PANI DOBREGO ZNAKU

Feliks W. Kres

PANI DOBREGO ZNAKU

tom 2

Wydawnictwo MAG
Warszawa 2010

Redakcja:
Joanna Figlewska

Korekta:
Magdalena Górnicka

Okładka:
Jarek Krawczyk

Projekt typograficzny, skład i łamanie:
Tomek Laisar Fruń

ISBN 978-83-7480-156-0
Wydanie II

Wydawca:
Wydawnictwo MAG
ul. Krypska 21 m. 63, 04-082 Warszawa
tel./fax (0-22) 813 47 43
e-mail: kurz@mag.com.pl
http://www.mag.com.pl

Wyłączny dystrybutor:
Firma Księgarska Jacek Olesiejuk Sp. z o.o.
ul. Poznańska 91, 05-850 Ożarów Maz.
tel. (22) 721-30-00
www.olesiejuk.pl

Druk i oprawa:
drukarnia@dd-w.pl

TOM DRUGI

Wieczne Cesarstwo

CZĘŚĆ PIĄTA

Oddech Arilory

25

Namiestnik Wadelar nie był w stanie poruszyć głową.

Nigdy nie chorował. Dolegliwości, które powalały innych, miał za niepoważne. Utrata apetytu, słabość, ból, ślepota... Nigdy tego nie doświadczył.

Nigdy dotąd.

Miał trzydzieści sześć lat i uważał, że ciało już go nie zdradzi. Gdyby chciało okazać nielojalność, okazałoby dawno. Choćby jakiś cień nielojalności.

Było bardzo wierne. Dobre ciało.

– Yy – powiedział.

Tego poranka oddano mu wszystko naraz. Nic nie zginęło przez wszystkie te lata. Otworzywszy oczy, namiestnik natychmiast oślepł – wpadające przez okno światło wiosennego dnia wdarło się w głąb czaszki i poczyniło wewnątrz straszne spustoszenia. Ból przewiercił skronie na wylot. Wadelar stęknął głucho, lecz było jasne, że musi wstać – i iść... Nie wiedział, dokąd. Gdzieś, gdzie była woda.

Przytknięto mu do ust krawędź naczynia. Zaczął pić. Woda! Woda... Wypił i wiedział, że nigdy nie zdoła spłacić długu wobec miłosiernej istoty, która bez żadnych warunków uratowała mu życie.

– Aaa – powiedział z ulgą. – Aa... Aaa.

Wysoki kobiecy głos zabolał. Okrutnica bawiła się z nim, na zmianę pojąc wodą, to znów mówiąc.

– Wasza dostojność, koniecznie trzeba coś zjeść. W przeciwnym wy...

– Nnnn! – krzyknął Wadelar. – N... nnnn...

Na myśl o posiłku żołądek wlazł mu do gardła.

Zbita z tropu kobieta zamilkła. Zemściła się po chwili, po raz drugi świdrując mu mózg swoim wysokim głosem:

– A jednak trzeba koniecznie.

Bezceremonialnie wetknięto mu coś w usta. Chciał krzyknąć i wypluć, ale... poczuł smak. Kto wie?... To mogło mieć sens. Żołądek cofnął się na swoje miejsce i jął potakiwać. Może warto mu było zaufać?... Ostrożnie i jednak nieufnie namiestnik zacisnął zęby na ogórku; kwaśny sok spłynął do gardła.

– Mhm – powiedział.

Kiszony ogórek był dobry. Żołądek chciał przyjąć ogórka.

– Wasza dostojność?

– Jeszcze – niewyraźnie powiedział Wadelar. – Najlepiej chyba sam sok.

Zachrobotał kamionkowy garniec, postawiony u wezgłowia łóżka.

– Zaraz coś znajdę – powiedziała niewolnica. – Kielich jest za duży... Nie mogę nim zaczerpnąć.

Namiestnik rozchylił powieki, westchnął, bohatersko przetoczył się na bok i gdy mignął mu przed oczami okrągły obrys garnca, wpadł weń twarzą. Pił. W zielonobrunatnej wodzie pływał koper i ząbki czosnku.

– Aaa! – powiedział znowu, z powrotem przetaczając się na plecy i zakrywając otwartą dłonią oczy. – Aaaa. Ja... posłuchaj: ja nie wiedziałem.

– O czym, wasza dostojność?

– Nie wiedziałem... że to aż tak. Myślałem, że wszyscy kłamią – przyznał się powoli, z wysiłkiem.

Poranne dolegliwości naprawdę nigdy go nie trapiły. Owszem – czasem trochę chciało mu się pić. Pobolewała głowa, ale umiarkowanie, a już na pewno nie bardziej niż wtedy, gdy pracował do późna, schylony nad dokumentami. Wypijał więc kubek wody. Posilał się ze zwykłym apetytem, a poranny apetyt dopisywał mu zawsze. I śmiał się, nędznik. Niegodziwiec. Żartował z nieszczęśników, którzy obejmowali głowy, uciekali od zapachu pożywienia, pili jakieś paskudztwa.

– O nie, Weseto – powiedział. – To nie od wina. Strułem się, podano nieświeży posiłek.

Niewolnica, ładna jak Perła trzydziestolatka o brązowych oczach, uśmiechnęła się wyrozumiale.

– Tak, tak, wasza dostojność, oczywiście – powiedziała. – Bardzo nieświeży posiłek. Garniec z odtrutką zostawiam, ale jednak przyniosę jakiś kubek. Nie mogę patrzeć, jak próbujesz się utopić, panie.

Wyszła.

Blask dnia nie był już tak porażający. Namiestnik mógł bezpiecznie leżeć z otwartymi oczami, ale głowa wciąż bolała tak strasznie, że z trudem potrafił zebrać myśli. Rozczulił się na widok wracającej niewolnicy. Zaczerpnęła lekarstwa i podała mu, a potem podtrzymała głowę – delikatna, kochana. Opiekunka i uzdrowicielka. Dygoczącą dłonią doniósł płyn do ust. Nauczył się już mówić i odzyskał trochę władzy w rękach. Przyszła pora na naukę chodzenia... ale czuł, że jeszcze na to za wcześnie.

Odkrył, że nie leży w swoim łóżku. Spoczywał na stopniu przegradzającym komnatę. Garniec z ogórkami stał poniżej. Niezbyt duży, ale dla drobnej kobiety na pewno bardzo ciężki. Przydźwigała go specjalnie po to, by ratować pana.

– Obiecaj mi – powiedział – że nie odejdziesz bez ważnego powodu, już jutro albo pojutrze. Wyzwolę cię, Weseto.

Spoważniała.

– O nie, wasza dostojność. To bardzo poważna sprawa. A teraz to nie jest dobra chwila na podjęcie takiej decyzji.

– Nie podjąłem jej dzisiaj. Jestem Armektańczykiem, Weseto...

Nie miał siły tłumaczyć. Ale powiedział prawdę: decyzję podjął już dawno. Niewolnicy nadawali się najwyżej do pracy w kamieniołomach. W domu służba powinna być wolna. Zbyt wielu Armektańczyków zapomniało o tej mądrej regule.

Odbiło mu się po ogórkowej wodzie.

Nigdy nie stać go było na taką dziewczynę jak Weseta. W hodowlach nazywano je niewolnicami pierwszego sortu. Przeważnie nieudane Perły – podobno ten najwyższej rangi certyfikat uzyskiwało zaledwie co piąte, a nawet co dziesiąte dziecko. Niewolnice pierwszego sortu były drogie. Ale teraz, kupowane z drugiej ręki, kosztowały tyle co nic. Wojna. W całym Dartanie wyzbywano się niewolników. Ogromnie wzrósł popyt na przyboczne strażniczki i strażników, ale śliczne perełki mogły co najwyżej paść łupem rozbestwionego żołdactwa. Wojna, w której wszyscy walczyli ze wszystkimi, żadnego miejsca nie czyniła bezpiecznym. Opuszczone przez rycerzy i ich poczty majątki były plądrowane przez bandy zbiegłych najemników, a czasem pospolitych rabusiów. Sprzedawano wszystko co zbędne, bo wartość miał tylko żywy pieniądz.

Wadelar kupił Wesetę za śmieszną cenę i od początku wiedział, że chce mieć taką... taką panią domu. Kochankę. Ale nie niewolnicę.

– Pani Akea... – zaczęła.

– Pani Akea ma syna – przerwał. – A ja chcę mieć chociaż ciebie. Ale nie jak domowego ptaka, kruka w klatce. Jestem wszystkim zbędny. Nieudacznik. Dla Kirlanu nikt. Dla żony... też już nikt. Wyszło na jaw, że nie zapewnię wielkiej przyszłości Lenetowi. Przecież, Weseto, jestem nieodpowiedzialny. Zamiast piąć się do góry, przynosić do domu worki srebra, chcę tylko świętego spokoju. Najchętniej tylko oglądałbym swoje matematyczne tablice... Nieudacznik. Gdzie schowałaś wino, Weseto?

– Wypiłeś wszystko, wasza dostojność. Ty i twoi... goście?...

Powątpiewanie w głosie niewolnicy wydawało się uzasadnione. Goście... Połowy z nich nie znał. Jacyś znamienici (podobno) uchodźcy z Dartanu. A wino... nie, nie chciał wina. Wyobraził sobie smak, zapach i zrobiło mu się niedobrze.

– Wszystko jedno, dzisiaj czy jutro, w każdym razie wyzwolę cię. Potrzebuję kogoś, kto mnie chce z wyboru. Zostań ze mną albo idź dokąd ci się podoba. Możliwe, że już niedługo przestanę być namiestnikiem, a wtedy będę kompletnym utracjuszem. Niczego nie mam, więc najwyżej wrócę pod ojcowski dach. Rozwód, a nawet kochanka... wszystko mi tam wybaczą, matka od początku nie lubiła Akei. Gorzej z wnukiem, którego dziadek już upatrzył sobie na wojaka albo urzędasa. – Wadelar zaśmiał się, złapał za głowę, zacharczał i zamilkł na chwilę. – I gorzej z nieudacznictwem. Zamiast służyć Wiecznemu Cesarstwu... kupiłem sobie klejnocik. Ojciec popatrzy na ciebie i powie: „Wadelarze, skoro stać cię na taką służkę, stać cię także na jej utrzymanie", he, he, he... „Twoi bracia, mój synu..." powie jeszcze. He, he... – Znowu musiał trzymać się za głowę. – Lepiej idź już, Weseto. Jak tylko dojdę do siebie, wezwę świadków, spiszę akt wyzwoleńczy i będziesz mogła zrobić co zechcesz.

Usiadł z najwyższym trudem i długo trwał w bezruchu, samymi końcami palców uciskając skronie. Pod opuszkami okropnie coś tętniło. Nie wiedział, że może tak tętnić.

Obok stopnia leżał podbity futrem płaszcz. Posmutniała niewolnica podjęła go z posadzki.

– Wasza dostojność, ja chciałam... Ale nikomu nie pozwoliłeś się ruszyć z tego stopnia, dlatego przyniosłam płaszcz... – próbowała się wytłumaczyć.

Wyciągnął rękę i trochę na oślep dotknął kolana dziewczyny. Poklepał łagodnie.

– Dziękuję ci. Posiedzę tu sobie trochę, a potem szukaj mnie w kancelarii. Niech tam przyjdzie pisarz. Nie, nie chodzi o twój akt, to spiszę później, teraz... w końcu mam jeszcze jakieś sprawy urzędowe i nie mogę zostawić bałaganu żonie, kiedy już zajmie moje miejsce... Idź, Weseto.

Pokiwała głową i poszła.

Od czterech miesięcy Akea miała uprawnienia śledczej Trybunału. Wątpił, by od razu powierzono jej namiestnictwo. Ale tymczasową nominację mogła dostać na pewno. Doświadczonych urzędników brakowało jak nigdy dotąd. Wszystkich posyłano do Dartanu, do okręgów, gdzie wojna jeszcze nie dotarła. Stanowisko w spokojnej Akali mogło poczekać, zajmowane tymczasowo przez niedoświadczoną, ale bezgranicznie lojalną urzędniczkę, która wybornie umiała donosić nawet na własnego męża. O tak, o tak, tak! Takich ludzi potrzebował Kirlan! Na takich ludziach opierał się Armekt. Kraj wojowników; kraj zdobywców Szereru...

Z wielkim trudem stanąwszy na nogach, Wadelar uczył się chodzić. Poszło łatwiej, niż się spodziewał. He! Nie był jeszcze taki do niczego... Ale z głową jednak działo się coś niedobrego. Gdy wieńczyła ciało w pozycji siedzącej, nic w niej nie wirowało. Co innego na stojąco, a już najgorzej, gdy próbował iść.

Znowu poczuł nudności. Nudności; czy naprawdę nudności, namiestniku?... Nudności miały pewnie brzemienne kobiety.

Rzygać mu się chciało i tyle.

Zaczerpnął tchu, przykucnął, bo bał się schylić. Zaczerpnął kubkiem wody z garnca, wypił. Zabrał dwa ogórki, odpoczął i powlókł się do kancelarii. Lecz po drodze zmienił kierunek i przyspieszył, pędząc zupełnie nie do kancelarii. Jednak był otruty. Wszystko jedno czym. Wkrótce, z łokciami opartymi na kolanach a czołem na dłoniach, bulgotał, furczał i pryskał jakąś straszną cieczą, do której niechybnie dosypano piasku. Współczuł służbie, która będzie opróżniała i myła wyciągnięty spod deski ceberek, ale najbardziej współczuł sobie. W malutkim pomieszczeniu z przebitym oknem bez szyb znaleziono miejsce na kosz z kwiatami. Chyba właśnie więdły. Skurczony potworek z olbrzymimi oczami, którego wizerunkiem ozdobiono drzwi po obu stronach, wytrzeszczał ślepia na brata-bliźniaka.

O nie... Nie oszczędzono mu niczego.

Po jakimś czasie, wycieńczony i obolały, znów człapał do kancelarii. Kancelarii Pierwszego Namiestnika Trybunału Imperialnego w Akali.

Na stole leżały cztery listy i jakaś petycja.

W rogu stołu umieszczono stos kart i kilkanaście rulonów. W drugim rogu list i dwie karty.

Sprawy nowe, sprawy zaległe, sprawy załatwione.

Przyszedł pisarz i zaczął rozkładać swe klamoty na pulpicie przy oknie. Wadelar zamachał ręką i go odprawił.

Wziął jeden z nowych listów do ręki, odłożył, wziął petycję. Zamożni mieszkańcy Akali prosili o wcześniejsze zamykanie miejskich bram. To nie do niego. Do Terezy albo do rady miejskiej. Wziął drugi list.

I odłożył, bo wszystko miał gdzieś.

Nie, nie wszystko... Siedział, tępo gapiąc się na listy, aż dotarło do niego, skąd jest trzeci. Pochwycił, złamał pieczęć i łakomie zagłębił się w treści.

Jego Dostojność T.L.Wadelar
Pierwszy Namiestnik...

Czcigodny Kamracie!
Co jest?
Twoja zawsze oddana przyjaciółka

Arma

Zaczął się śmiać. Posłała z tym kuriera Trybunału.

Zamilkł i zawstydził się. Mocno przetarł palcami powieki. Nie odpowiedział na dwa poprzednie listy. Była późna wiosna, a pierwszy przyszedł jeszcze zimą. Nie odpowiedział dlatego, że... tak bardzo, bardzo chciał odpowiedzieć. Sto spraw, o których chciał napisać. Aż sto spraw... Brakowało mu czasu, żeby usiąść i spokojnie opowiedzieć o wszystkim. No właśnie, spokoju i czasu, ale najbardziej spokoju. Myślał sobie: jutro... nie, pojutrze. Potem znów: jutro, pojutrze...

Wziął do ręki pióro, sięgnął po czystą kartę i inkaust. Szybko skreślił nagłówki i napisał:

Armo, wszystko się wali, prawie nie ma już Pierwszej Prowincji, więc nie będzie i Wiecznego Cesarstwa...

Pisał szybko, bez zastanowienia, jakby się bał, że może nie zdążyć. Że znów mu zabraknie spokoju.

***

Dartan walił się, jak wzniesiony na plaży zamek z piasku.

Podbite przed wiekami królestwo nigdy nie zatraciło swojej odrębności. Nie zatraciła jej żadna z krain Szereru; Armektańczycy wszędzie i wszystkim narzucili swoje prawa, armektański ład i porządek – lecz nic więcej. Żaden kraj nie stał się częścią Armektu ani drugim Armektem. Olbrzymi grombelardzki półwysep od zawsze był ziemią niczyją, bez tradycji, bez królów, bez praw... Góry i góry, na ich zboczach wioski pasterskie, poniżej trochę pól uprawnych. Pięć miast, z których cztery wyrosły wokół starych twierdz rozbójniczych, piąte zaś było portem – tak armektańskim, jak to tylko możliwe. W miastach i wioskach u stóp gór panował armektański ład (lecz nie obyczaje); były to dobra imperialne, zarządzane przez urzędników imperium. Górami nikt nie zarządzał, miecz po staremu był tam prawem, obyczaje zaś każdy przynosił swoje własne. Panujące w górzystej Drugiej Prowincji porządki najbardziej, jak na ironię, przypominały te, które zaprowadzono na Wyspach. Piratów ścigano, tak jak w górach rozbójników. Rybackie wioski przejęło cesarstwo, wolnych rybaków i chłopów zmuszono do składania daniny – co czynili wcale ochoczo, bo ciężary nie były nadmierne, za to prawa, choć nieliczne, jednak przysługiwały. Każdy mógł zgłosić się do służby w legii, licząc na wojskową karierę, a była to kariera mogąca zakończyć się tak wysoko, jak to tylko możliwe, bo nawet u stóp tronu. Każdy też miał prawo rozporządzić swoją własną osobą i życiem; niewolniczym rynkiem rządził wyłącznie popyt i niejedna wiejska dziewczyna ratowała byt swego rodzeństwa, a także starych rodziców, posyłając brzęczący trzosik srebra otrzymany od przedstawiciela hodowli – potem zaś wiodła wcale dostatnie życie kupieckiej posługaczki, służki w jakimś prywatnym majątku, a nawet, jeśli była dość ładna, prostytutki w armektańskim domu publicznym. Tak było na Wyspach, bo porządki garyjskie, choć zaprowadzone w tej samej Morskiej Prowincji, wyglądały zupełnie inaczej. Garrę zdobyto w krwawej wojnie morskiej – tak krwawej, jakiej nie widziała historia Szereru. Armektańczycy nie znali takich wojen – wojen, w których całe legiony, zaokrętowane na pokładach żaglowców, znikały w wodnych otchłaniach. Nie było rannych, nie było niedobitków i nie było chwały, bo nikt nie mógł jej głosić. Wojenna tradycja Armektu potrzebowała zarówno wygranych, jak i pięknie, bohatersko przegranych bitew, których uczestnicy po kres swoich dni mogli opowiadać: „Byłem tam!".

Lecz gdy stu majtków i stu żołnierzy przepadało bez wieści wraz z okrętem, nie wiadomo gdzie ani kiedy?

Gdy zwycięska bitwa pociągała za sobą utratę ośmiu żaglowców na dziesięć i tak samo wyglądały straty wśród żołnierzy?...

Podbitą Garrę przeorano żeleźcem katowskiego topora, a następnie posiano na tym strasznym polu niezliczone nakazy i zakazy, z których wkrótce wyrosła nienawiść. Garyjczycy zawsze pogardzali wszystkim co kontynentalne, a pod panowaniem Kirlanu utwierdzili się w tej pogardzie. W Armekcie zbyt późno zrozumiano, że ostatnia z podbitych krain nie ma nic wspólnego z Dartanem i Grombelardem. Bo Garyjczycy bardziej godni byli szacunku niż przedstawiciele jakiegokolwiek innego narodu Szereru. Przed wojną, za murem niechęci do kontynentalnych krain, wyrosło morskie państwo najbardziej ze wszystkich podobne do... Armektu. Zamieszkujące wielką wyspę ludy, dumne ze swej historii, świadome swej tożsamości, zasługiwały na szacunek, nie na ucisk. Lecz dzika żądza odwetu i pospolity strach przed wznowieniem zmagań na wodzie tylko ten jeden raz, w całej historii armektańskich wojen i podbojów, zaważyły na decyzjach zdobywców Szereru – i już nie było odwrotu. Garrę dało się utrzymać tylko siłą. I tak ją utrzymywano.

A Dartanu nie trzymano wcale.

Kiedyś, wyniosłe magnackie i rycerskie rody służyły swemu królowi tylko nominalnie. Blask Domu, świetna przeszłość rycerskich przodków, wzrost znaczenia rodu zawsze były w Dartanie ważniejsze niźli siła królestwa, jego historia i przyszłość. Od niepamiętnych czasów każdy ciągnął tam w swoją stronę, króla uznawano albo nie, obierano własnego i detronizowano, bezkrólewie było codziennością, a pretendenci do tronu ruszali przeciw sobie na czele wielkich armii, popierani przez Domy, którym obiecali wzrost znaczenia, zwalczani przez rody, którym obiecał ktoś inny. Osadzano wreszcie na tronie słabego władcę, ten zaś nie był w stanie – ani nawet nie chciał – zapobiec odnawianiu odwiecznych zatargów, niedorzecznie zastarzałych, których przyczyny ginęły w pomroce dziejów, a wydobyte na światło dzienne wydawały się aż niewiarygodne. Czy można było najechać dobra sąsiada dlatego, że przed dwoma wiekami prapradziad, goniąc własnego jelenia, zapędził się za nim do cudzego lasu? Oczywiście, że można! Syn Domu, który by nie podjął sprawiedliwej wojny odziedziczonej po przodkach, zasłużyłby na pogardę – a największą w oczach przeciwnika.

Wszystko to przecięła przegrana wojna z Armektem. Kirlan, rozejrzawszy się po Złotym Dartanie, zaprowadził własne porządki. Już nie było słabego monarchy, mającego władzę odpowiednią do znaczenia tych magnackich Domów, które go popierały – zamiast niego siedział w Rollaynie Książę Przedstawiciel Cesarza.

Zwaśnione rody po staremu odwołały się do jego sprawiedliwości, żądając rozsądzenia sporu, tak jak wcześniej odwoływały się do króla.

Król wydawał werdykt, którego jedna strona natychmiast nie uznawała. Cesarski Przedstawiciel postąpił podobnie, mianowicie przekazał sprawę sądom, sądy wydały wyrok, Przedstawiciel zaś utrzymał go w mocy. Legioniści imperium pojawili się w dobrach nie zgadzającego się z wyrokiem, dalej próbującego mieczem dochodzić swoich praw magnata i jako nieposłusznego cesarskiego wasala po prostu wywłaszczyli go z dóbr, zabierając wszystko, nawet zbroję z grzbietu i konia spod siedzenia. Pierwsza taka interwencja przyczyniła się do wybuchu drugiej wojny dartańskiej; oburzeni stronnicy pokrzywdzonego gotowi byli ruszać na Rollaynę. Ale Armekt dopiero co wygrał pierwszą wojnę i nie znał żadnych powodów, dla których miałby przegrać drugą, sporo mniejszą. Nim rycerze zjechali się na wyprawę, karne armektańskie legiony przymaszerowały do ich dóbr – i zabrały wszystko, nawet konie i zbroje... Była jeszcze trzecia wojna dartańska, ale zgasła, nim wybuchła. Stało się zupełnie jasne, że już nie ma słabego króla, zastąpił go ktoś inny, kto z niezmąconym spokojem gotów jest wywłaszczyć cały Dartan, bo ma najsilniejszą armię świata, sto razy liczniejszą od największego prywatnego pocztu i dziesięć razy lepiej zorganizowaną.

Tak oto waśnie rodowe przeniosły się do sal sądowych, osobiste zniewagi zaś można było po rycersku pomścić na turniejach, których znaczenie niepomiernie wzrosło, zwłaszcza że Kirlan bardzo przychylnie odnosił się do takich sposobów dowodzenia racji; przecież trzeba było otworzyć jakąś furtkę dla ujścia owego żywiołu niezgody, leżącego u fundamentów dartańskiej tożsamości. Magnaci grzmocili się więc turniejowymi mieczami po turniejowych zbrojach, w których było rzeczą prawie niemożliwą ponieść uszczerbek na zdrowiu, pokonanych przeciwników po rycersku oszczędzali i brali do niewoli, przeciwnicy tak samo po rycersku wypłacali okup, a sam Książę Przedstawiciel Cesarza chętnie głosił chwałę zwycięzcy, wspaniałomyślność zaś wobec pokonanego podnosił jako największą z cnót... Nowa tradycja łatwo weszła na miejsce starej, bo była sporo tańsza, a równie honorowa. Mogłaby zaistnieć już dawno, gdyby

Dartanem rządził władca mający faktyczne prawo rozsądzania sporów, do którego sprawiedliwości rzeczywiście można się było odwołać i który potrafiłby wyegzekwować wyrok przy użyciu własnego wojska, nie zaś skrzykniętych rycerzy, mających swoje zdanie na temat każdego rodowego zatargu – więc bez mała będących w sporze stroną... Nowe obyczaje utrwaliły się, przy powszechnej aprobacie. Złoty Dartan stał się najspokojniejszą prowincją Wiecznego Cesarstwa. Na straży praw w prywatnych dobrach stali prywatni żołnierze; Legia Dartańska – podobnie jak w Armekcie większość oddziałów Legii Armektańskiej – przemieniła się powoli w rodzaj straży miejskiej, bo liczne legiony o wojennych stanach były tyleż kosztowne, co zbędne.

Ale Dartan pozostał Dartanem. Może bardziej niż Armekt Armektem... Naród zdobywców Szereru mógł zaproponować Dartańczykom co najwyżej tradycję żołnierza-Jeźdźca Równin, służącego Wojnie-Arilorze, zależnego tylko od swoich dowódców; dumnym magnatom i rycerzom trudno było tym zaimponować, gdy przeciwnie, dworskie ceremoniały, rodowe monogramy, pyszne rezydencje i dodające splendoru, niemożliwie kosztowne niewolnice, okazały się bardzo potrzebne w Armekcie. Nie było już koczowniczych plemion, nie było walczących armektańskich księstw, po podboju Grombelardu i Garry zabrakło wojen. Zamiast nich trwało Wieczne Cesarstwo, a w nim wieczny pokój. Wielcy wodzowie ustąpili pola wielkim panom, a ci nie mogli już dowodzić swej wartości przy użyciu mieczy. Liczne mieszane małżeństwa niewiele zmieniły w Złotej Prowincji, a bardzo dużo w Armekcie, który stał się bez mała drugim Dartanem. Drugim i trochę... gorszym.

Wieczne Cesarstwo okrzepło; w jego granicach wszystkim było znośnie, a nawet zupełnie dobrze. Tylko za morzem wybuchały powstania, gaszone jedno po drugim. Chłopskie bunty w Dartanie tłumiły prywatne wojska, czasem przy niewielkim wsparciu ze strony Legii Dartańskiej. Było to zresztą wsparcie niechętne i bez mała symboliczne; Kirlan nie po to zezwalał na utrzymywanie licznych prywatnych pocztów, by angażować legie w prywatnych majątkach. Ale też prawie nigdy nie proszono cesarskiego przedstawiciela o pomoc w uśmierzeniu rewolty. Imperialni żołnierze pilnowali tylko dóbr należących do cesarstwa i przeganiali chłopskie bandy, które się tam zapędzały.

Sielanka trwała długo, skończyła się zaś w kilka miesięcy.

Kłopotliwa dla Kirlanu sprawa Puszczy Bukowej była właśnie kłopotem – ale niczym więcej. Problem dało się rozwiązać na bardzo wiele sposobów. Przede wszystkim, jak słusznie przewidziała księżna Dobrego Znaku, można było wywrzeć nacisk na sądy w Rollaynie. W najgorszym wypadku, gdyby to nie wystarczyło, Legia Dartańska rzeczywiście powinna wyegzekwować prawa nowych właścicieli – ale gdyby nie wyegzekwowała, to co?... Pod byle pretekstem można było odwlekać interwencję, uporządkować ważniejsze sprawy, zdobyć środki na rozbudowę kilku miejskich garnizonów do wojennych stanów, a wreszcie udzielić żądanego wsparcia pocztom nowych właścicieli. Nikt nie liczył się z wybuchem wojny poza granicami

Puszczy Bukowej. Kto mógł widzieć w tym jakikolwiek zysk?

Waśń pomiędzy odgałęzieniami rodu K.B.I. dojrzała nieomal z dnia na dzień. Nikt w Armekcie nie rozumiał, co się stało. Jak za dawnych czasów, prywatne wojska dokonały zbrojnego najazdu na ziemie sąsiadów. W mgnieniu oka – chciałoby się rzec: z iście dartańską sprawnością – skłócone Domy pozyskały sojuszników i powstały dwa potężne, zwalczające się stronnictwa. Silniejsze rozpadło się wkrótce i dało początek trzem nowym: ktoś tam dostrzegł możliwość upieczenia własnej sztuki mięsa przy tym ogniu, kto inny wycofał się ostentacyjnie, obiecując wsparcie to jednej, to znów drugiej stronie konfliktu, w zamian za określone korzyści.

W środku tego wszystkiego tkwiła Legia Dartańska – armia złożona z pieszych i konnych patroli. Dawno już nie było groźnych, uzbrojonych po zęby legionów, które przed wiekami z taką łatwością rozpędzały awanturników. Nie było kuszników ani ciężkiej piechoty, nie było konnych ani pieszych łuczników. Jak Dartan długi i szeroki, po ulicach miast i drogach przemieszczali się, konno lub pieszo, uzbrojeni tylko w miecze legioniści, z bardzo ładnymi tarczami przechowywanymi w arsenałach garnizonów – tarczami przeznaczonymi do parad, bo w prostokątnych, owalnych lub trójkątnych polach, na tle dartańskiej czerwieni, przepięknie odznaczały się srebrne gwiazdy Wiecznego Cesarstwa... Oprócz tego byli w Rollaynie halabardnicy malowanej Gwardii Dartańskiej, dobrze wyszkoleni, ale niemający żadnego wojennego doświadczenia, a w miastach portowych Dartańska Straż Morska – jedyna formacja, która znała smak walki, bo na morzach ścigano czasem okręty, a nawet eskadry pirackie. Lecz piechota morska potrzebna była na pokładach żaglowców, a nawet gdyby zabrano stamtąd tych żołnierzy – ich przydatność w walkach lądowych budziła wątpliwości. Brakowało zresztą czasu na przeprowadzenie reorganizacji wojsk. Rozpoczęta jeszcze zimą wojna domowa z nadejściem wiosny nabrała rozmachu. Wkrótce wyszło na jaw, że stronnictwo K.B.I.Enewena na pewno będzie górą, mając do dyspozycji fundusze, o jakich nie mogli śnić przeciwnicy. Przekupywano neutralne Domy, zaciągano nowych żołnierzy, opłacano niezliczonych szpiegów. Przybrawszy sobie, starym dartańskim obyczajem, tyleż kwiecistą co niezrozumiałą nazwę, Stronnictwo Ahe Vanadeyone – Wskrzeszonych Rycerzy Królowej – rosło w siłę, zaprowadzając własne porządki w całym północno-zachodnim Dartanie, od Seneletty aż po Lida Aye nad Morzem Zamkniętym. To już było coś więcej niż zatarg zwaśnionych rodów. Księcia Przedstawiciela Cesarza i jego żołnierzy poproszono o opuszczenie Rollayny. Jego godność Enewen wyrażał w ten sposób troskę o bezpieczeństwo wicekróla Pierwszej Prowincji, ubolewając, że nie potrafi tego bezpieczeństwa zapewnić...

26

Mokra łąka za miastem, ograniczona jeziorkiem i rzeczką, nie była na tyle rozległa, by urządzać po niej galopady. Nie powiedziano o tym kolumnie konnych łuczników. Trzy pełne kliny, każdy pod wodzą podsetnika, drobnym to znów wyciągniętym kłusem manewrowały między gęsto stojącymi oddziałami piechoty. Dzień był chłodny; wiosna tego roku bardzo skąpiła słońca – jednak rozzłoszczona dziewczyna, biegnąca wzdłuż linii toporników, najwyraźniej nie czuła chłodu. Muskularna, krótko ostrzyżona czarnulka powyżej wojskowej spódnicy miała na sobie tylko przeszywanicę, noszoną zwykle pod kolczugą. Na gołych ramionach nie było nawet śladu gęsiej skórki. Ktoś biegł na spotkanie rozwrzeszczanej pannicy, prowadząc świetnego deresza. Dziewczyna jednym skokiem znalazła się w siodle, ścisnęła kolanami końskie boki i skoczyła z miejsca galopem, przecinając drogę zawracającemu oddziałowi jazdy. Spocony podsetnik dmuchnął w glinianą świstawkę. Klin zatrzymał się sprawnie. Dziewczyna osadziła konia tuż przed oficerem i zaczęła ryczeć co sił w płucach. Struchlały podsetnik potakiwał.

Dziewczyna nie była dziewczyną. Poruszała się jak dwudziestolatka i miała odpowiednią do tego figurę, ale twarz zdradzała dwa razy więcej wiosen.

– Nie! Proste i krótkie słowo, powtórz za mną. NIE!

– Nie, pani.

– Bo?...

– Bo grząsko, wasza godność.

– Właśnie.

Krzycząca na swoich oficerów Tereza – to był zwyczajny widok. Nie przejmowała się obecnością prostych żołnierzy. Wszyscy do tego przywykli i wszyscy rozumieli. Nigdy nie podważała autorytetu swoich podkomendnych, ale na placu ćwiczeń nie było czasu i miejsca na ciche napomnienia. Oficerowie wiedzieli, że gdy wreszcie sprostają wymaganiom komendantki, natychmiast usłyszą pochwałę. Zazwyczaj równie głośną. Potrafiła zawołać do żołnierzy: „Podsetnik nikomu was nie odda, jesteście z nim bezpieczni jak w domu!". Miało to swój wydźwięk, zwłaszcza na tle wcześniejszych połajanek.

Wiedziała kiedy przestać. Nie każdy mógł zostać orłem... Gdy widziała, że lepiej już nie będzie, kiwała głową i chwaliła. To, czego nie sprawiły pouczenia i instrukcje, mogło jeszcze przyjść z czasem, za sprawą doświadczenia i rywalizacji między dowódcami. Żaden nie chciał być gorszy od innych.

Dołączyli oficerowie pozostałych dwóch klinów. Podjechał też setnik, dowódca kolumny.

– Wszyscy tak samo do dupy – powiedziała Tereza. – Gdzie się pchasz? Pod łuki własnej piechoty? – pytała jednego z podsetników. – Zachodzisz w prawo, bardzo dobrze, ale po co to robisz? No, pytam. Po co?

– Żeby... – powiedział podsetnik. – Żeby żołnierze mogli strzelać w kłusie, na przedpole, po lewej ręce.

– No i bardzo dobrze. Ale to jest klin lekkiej piechoty. – Pokazała za siebie. – Mają mocniejsze łuki i nawet z głębi szyku strzelają lepiej niż jazda, a zwłaszcza jazda w ruchu. Jak idziesz między liniami, to przechodź przed frontem toporników, nie łuczników, choćbyś miał skręcać w lewo! Twoi nie będą strzelać, no i trudno, zrobią to za ciebie piechurzy, i zrobią znacznie lepiej, ale tylko jeśli im pozwolisz.

– Tak, pani.

– Kiedy mówię „zachodź w prawo zawsze, kiedy możesz", to nie mam na myśli manewrów w szykach piechoty. Tam musisz patrzeć i myśleć, komu zasłaniasz widok.

– Tak, pani.

– Za daleko wychodzisz na przedpole – zwróciła się do trzeciego oficera. – Oni już naprawdę dobrze jeżdżą konno, więc prowadź ich krótko przy sobie, bo na pewno nie skłębią ci się za tyłkiem. Za obszerny ten łuk! Trzeba było nawet spróbować zwrotu ze zmianą szyku, z „dziesiątki kolejno" na „szeregiem", ufaj im już trochę, tym swoim wojakom, co? Jak myślisz? A ty, gdzie pojechałeś? – zagadnęła z kolei setnika. – Dwa kliny poszły w prawo, jeden w lewo, a ty idziesz do tego jednego? Tam wiadomo, kto dowodzi!

– Miały iść dwa w lewo.

– A nie poszły, bo zmieniłam twój rozkaz – powiedziała, rozkładając ręce. – I niejeden raz tak właśnie będzie. Któryś z podsetników źle odczyta sygnał, albo nie usłyszy i podejmie własną decyzję. Musisz się z tym liczyć i być tam, gdzie trzeba, a nie tam, gdzie sobie umyśliłeś. Po co wyszliście przed szyk?

– Bo szła szarża na środek linii – odpowiedział oficer, pokazując przedpole. – Tak powiedziałaś, pani. Kazałaś pomóc piechocie.

– Dwie ciężkie chorągwie, nie do zatrzymania – potwierdziła. – Wyszliście przed szyk tylko po to, żeby ich rozproszyć i ogłupić, wyjść na skrzydła i tyły. Żeby nie wiedzieli, co się dzieje. Zawsze będziecie mieć nad nimi przewagę manewru, zwłaszcza w błocie. A ty robisz obszerny łuk przed ich frontem. – Znów wycelowała palec w podsetnika. – Walnęliby cię z boku i pojechali dalej. Jeśli już się zapędzisz, to idź do kontrszarży, trudno. Tak samo po was przejadą, ale już nie za darmo. Zawsze gorzej wdepnąć w gówno, niż przeskoczyć nad nim. Jeszcze raz! – zarządziła. – Pozorowana kontrszarża zza pleców piechoty, przeciwnik, tak jak poprzednio, ustawiony w podwójny grot. Nadjeżdżacie galopem, w ostatniej chwili ściągnięci z odwodu, i przechodzicie przez szyk.

– Tak, pani!

Rozbrzmiały świstawki podsetników. Tereza pojechała ku linii piechoty i zmieniła ustawienie klinów, mieszając ciężkie z lekkimi. Nie zamierzała ułatwiać swym oficerom zadania. Wydawszy rozkazy, odjechała na skrzydło i wraz z dwoma nadsetnikami obserwowała poczynania jazdy. Jednak po krótkiej chwili dostrzegła samotnego jeźdźca, pędzącego od strony miasta. Goniec garnizonu, na świetnym srokaczu.

– Oho! – powiedziała. – Coś czuję, że w mieście stęsknili się za mną. Prowadź to dalej, do skutku. – Wskazała podbródkiem ćwiczące półlegiony. – Nawet do wieczora.

Nadsetnik skinął głową. Tysięczniczka wyjechała na spotkanie gońca. Drobniutka kurierka na grzbiecie okazałego ogiera ze Złotych Wzgórz wyglądała jak dziecko. Spotkały się i zamieniły kilka słów. Wkrótce obie gnały ku widocznym w oddali murom miasta. Szlachetny deresz Terezy należał do jednej z odmian stepowych – był to koń znakomity na wojnę, mało wymagający, ale znacznie wolniejszy od pełnokrwistego dartańczyka dosiadanego przez kurierkę. Dziewczyna wyraźnie hamowała bieg wierzchowca. Dopiero na ulicach Akali musiała się trochę postarać, bo zwrotniejsze zwierzę Terezy lepiej radziło sobie w zaułkach, a i tysięczniczka była po prostu lepszym jeźdźcem. Gońcy garnizonu musieli znać sztukę jazdy z wiatrem w zawody, ale nie wymagano od nich opanowania najtrudniejszych zwrotów.

Kobiety minęły przedmieście i musiały zwolnić za miejską bramą, bo było dopiero południe i zbyt wielu mieszkańców Akali chodziło po ulicach. Kłusem dotarły do garnizonu. Tereza zostawiła konia pod opieką żołnierzy mających służbę stajennych i pomaszerowała prosto do swojej wieży. Wlazła na samą górę, do sławetnej graciarni.

Niemożliwie wychudzony i wyleniały kocur leżał na wieku skrzyni, w której trzymała odzienie. Stojąc w progu, tysięczniczka długo patrzyła na zwiadowcę, wreszcie usiadła na krześle pod oknem.

– Chciałam pogadać spokojnie, ale gdy cię stąd wysyłałam, nie wiedziałam, że wrócisz w takim stanie... Po co właziłeś aż tutaj? Dlatego że przed dwoma miesiącami powiedziałam: „Jak wrócisz, przyjdź prosto do mnie"?...

Kocur lekko poruszył ogonem.

– A gdzie reszta? – spytała.

– Przyszedłem tutaj, bo nie chciałem, żeby żołnierze mnie oglądali – rzekł z głębszą niż zwykle kocią chrypką. – Krzepiący widok, tysięczniczko? Reszty nie ma. W Sey Aye trzymają psy.

– Psy? Co znaczy, że reszty nie ma?

– Mają psy w obozach wojskowych, a ostatnio w ogóle wszędzie. Te psy zagryzły dwóch twoich zwiadowców, komendantko. Trzeciego zapędziły na drzewo, został zabity z kuszy.

Tereza wzdrygnęła się.

– A co z tobą?

– Przed psami uciekałem dwa razy. Sparszywiałem w tym lesie i mam coś we flakach. Nie mogę jeść, bo od razu rzygam. Robię pod siebie robakami. Lada dzień będzie po mnie, więc przywlokłem się, żeby zdać raport.

– Po co siedziałeś tam tak długo?

– Bo było warto.

Pokiwała głową.

– No to mów. Jak skończysz, marsz do izby chorych. Ściągnę do ciebie z miasta najlepszych konowałów.

– Wolałbym trochę spokoju, tysięczniczko. Sey Aye ma siedem chorągwi ciężkiej jazdy, o nierównych stanach i bardzo zagmatwanej organizacji, opartej chyba na trzy- lub czterokonnych pocztach. Chorągiew Domu czterysta koni, inne różnie, sto pięćdziesiąt do ponad trzystu. Są stale rozwijane, ale dla kopijników brakuje wierzchowców, dlatego dodawana jest sama jazda strzelcza. Nie mnoży się chorągwi, a tylko je wzmacnia. Są dwie chorągwie średniej jazdy, nazywanej tam lekką, po dwieście pięćdziesiąt koni każda. Do tego sześciuset piechurów, w tym trzy setki kuszników. Do piechoty wciąż zaciąga się nowych żołnierzy, ale coraz trudniej w Dartanie o dobry materiał na żołnierza, zwłaszcza że w Sey Aye nie biorą nikogo o niepewnej przeszłości. Lekka jazda jest dosyć sprawna, tak wynikało z rozmowy, którą podsłuchałem. Dosyć sprawna, ale nie za dobra, chociaż wyćwiczona po armektańsku. Jednak to formacja traktowana trochę po macoszemu, oczkiem w głowie są ciężkie chorągwie. Ci oficerowie, których podsłuchałem, uskarżali się na to. Tylko jeden na pięciu żołnierzy lekkiej jazdy ma łuk albo kuszę, w ogóle nie szkoli się ich do walki strzelczej, ale wszyscy są dobrze uzbrojeni do walki wręcz, dużo lepiej niż nasi. Piechota znacznie gorsza, ponad połowa to właśnie nowozaciężni, zresztą słabo wyszkoleni. Nie cenią tam pieszych regularnych żołnierzy.

– Bardzo po dartańsku – zauważyła Tereza.

– Zdaje się jednak, że komendant Yokes w ogóle nie zamierza wyprowadzać ich z Sey Aye, to piechota tylko do obrony, na wypadek gdyby straż leśna przepuściła kogokolwiek na tę polanę. Nie mają przydzielonych żadnych zwierząt jucznych, wielu to ludzie starsi wiekiem, czasem nawet byli żołnierze, ale już niezdatni do dalekich przemarszów. Liczebność straży leśnej to największa tajemnica wojskowa, myślę, że oprócz komendanta nikt nie wie, ilu jest tych gajowych. Może dwustu, a może tysiąc dwustu.

Kocur zamilkł. Potrzebował odpoczynku. Tereza też milczała. Doniesienia zwiadowcy potwierdziły jej obawy. W Sey Aye, w najgorszym wypadku, mogło siedzieć od czterech do pięciu tysięcy żołnierzy.

– Kto wejdzie do tego lasu, już nie wyjdzie – podjął kocur. – Gajowi dadzą mu łupnia po drodze, a ci piechurzy na polanie, chociaż kiepsko wyszkoleni, są jednak dobrze opłacani, nieźle uzbrojeni i będą się bić. Na pewno nie zdradzą ani nie uciekną z byle powodu. Ale to nie wszystko. Każdy chłop w Sey Aye ma solidny oszczep i dobrze naostrzoną siekierę. Kowale wykuwają groty, a bednarze zamiast beczek klecą proste drewniane tarcze. W całym Szererze nie ma poddanych, którzy bardziej by kochali swoją panią. Kto tam wejdzie, będzie miał sprawę z całą ludnością tej polany, od pastucha świń poczynając, na poborcy danin kończąc. Samego domu księżnej pilnuje stu halabardników. Potrafią bić się każdą bronią, a nawet bez żadnej broni, konno i pieszo, w zbrojach i bez, umrą za księżną na rozkaz. Do gwardii zawsze byli przenoszeni najlepsi żołnierze ze wszystkich oddziałów, to wielka nagroda i zaszczyt, o żołdzie nie wspominając. Widziałem, jak uzupełniany jest arsenał gwardii, mają tam wszystko, mogą wystąpić w boju jako kusznicy, średnia lub strzelcza jazda, albo ciężka piechota. Tych stu nie tyle pokona, co zmasakruje postawioną naprzeciw kolumnę imperialnych, a obroni się przed półlegionem. Mają dobrego dowódcę, starego wojaka z Grombelardu, wiele lat temu dowodził chyba gwardią Przedstawiciela w Grombie albo był zastępcą dowódcy, więc to ktoś obyty, nie jakiś dzikus z gór. Sama księżna jest nieosiągalna dla nikogo, nie istnieje taki zabójca, który przeniknie w jej pobliże. Wszyscy niewolnicy domu zostali wytresowani przez jedną z Pereł księżnej i dopóki ta Perła chodzi po ziemi, Ezena nie zostanie użądlona przez osę. To nie tyle niewolnica, co rozumna suka, liżąca ręce i nogi swojej pani i bez przerwy patrząca jej w oczy. Merda do niej ogonem, ale w następnej chwili zagryzie każdego, kto podejdzie. Wojsko, które wkroczy do tego lasu, już z niego nie wyjdzie – powtórzył zmęczony zwiadowca; mówił tak niewyraźnie, że Tereza ledwie rozumiała. – Nawet kiedy Yokes wyprowadzi stamtąd jazdę, potrzeba będzie jeszcze jakichś pięciu legionów o wyjściowych stanach. Albo trzech takich jak nasz, w połowie złożonych z półsetek, nie z klinów. Do zdobycia, ale nie do utrzymania. Nikt nie utrzyma tej polany. Chłopi spalą swoje wioski i uciekną do lasu razem z niedobitkami żołnierzy. Półlegion to będzie za mało do ochrony konwoju z żywnością. Wszyscy legioniści Szereru, zebrani na tej polanie, zdechną tam wkrótce z głodu, jak na bezludnej wyspie.

Tereza wstała i powoli chodziła po izbie. Wyjrzała przez okno. Usiadła i znowu wstała.

– Wiesz coś o zamiarach Yokesa?

– Nie rozmawiałem tam z nikim, a zamiary nie chodzą po ziemi, więc nie można ich policzyć. Domysły to już twoja sprawa, komendantko. – Zwiadowca, jak każdy kot, nie znosił gdybania, a nawet nie bardzo umiał to robić. – Trochę udało mi się podsłuchać. Policzyłem żołnierzy i oceniłem, ile wojska trzeba, żeby ich pokonać. To i tak więcej, niż mogłaś oczekiwać. Ale wiem coś jeszcze, i to na pewno jest ważne. Myślę, że jazda Sey Aye już niedługo wyjdzie z Puszczy. Przy Netenie, tej handlowej przystani na rzece Lidzie, którą są spławiane towary, przygotowano wielki obóz wojskowy i skład materiałów wojennych. To najwyżej mila od traktu z Armektu do Rollayny, tego który przecina południowo-zachodni skraj Puszczy.

– Wiem.

– Na miejscu są montowane wozy. Przepchną je jakoś przez tę milę lasu i będą mieli tabor. Obóz przesłaniany jest przez wszystkich kuszników Sey Aye i liczne drużyny gajowych, nikt tam nie zabłądzi przypadkiem. Zresztą Enewen od dłuższego czasu trzyma tamte okolice.

Tereza pokiwała głową. Nawet koci zwiadowca, żywiący pogardę dla wszystkiego, co pachniało polityką, wiedział już, że za Enewenem stoi księżna Sey Aye. Nie wiedział o tym tylko Kirlan. W stolicy udawano, że Puszczy Bukowej nie ma. Że dartańska wojna domowa to wewnętrzna rodowa sprawa dwóch zwaśnionych Domów K.B.I. Tak przynajmniej, jakby księżna K.B.I.Ezena przez przypadek nosiła takie same monogramy przed imieniem.

– Koniec raportu. Reszta, jak dojdziesz do siebie. Leż! – rozkazała. – Już się nabiegałeś. Wartownik!

Żołnierz natychmiast stawił się w izbie.

– Pomóż zwiadowcy. Walczy od dwóch miesięcy, kiedy my tu jemy obiadki... Do izby chorych.

Legionista podniósł kocura ze skrzyni.

– Ty przestałaś jeść obiadki, tysięczniczko. – Trzymany przez żołnierza, schorowany zwiadowca nie stracił rezonu.

– Komplement czy pochlebstwo? Wynocha.

Wartownik wyniósł zwiadowcę. Komendantka uśmiechnęła się mimo woli, bo kpinka bezczelnego kocura jednak sprawiła jej przyjemność. Pogrzebała w swoich klamotach, znalazła kolczugę i białą tunikę, zapięła pas z mieczem. Usłyszała, że służbowy legionista wrócił na swój posterunek.

– Wartownik!

Drzwi skrzypnęły.

– Świeżego konia, trzech żołnierzy asysty.

– Tak, pani.

– I do oficera służbowego. Niech pośle gońców do wójta i burmistrza, burmistrz ma zebrać radę. Równo z zamknięciem bram miejskich chcę mieć ich wszystkich w ratuszu.

– Tak, pani.

Wkrótce stępa, poprzedzana przez dwóch konnych legionistów i z trzecim przy boku, zmierzała do gmachu Trybunału Imperialnego.

Wadelar nie widział Terezy prawie od dwóch miesięcy. Gdy było to potrzebne, porozumiewali się przez posłańców, a do osobistego spotkania żadne nie dążyło. Zdziwił się, ujrzawszy, jak bardzo tysięczniczka zeszczuplała i odmłodniała z krótkim jeżem na głowie, ale nic nie dał po sobie poznać. Pozycja wojskowej komendantki Akali, zawsze bardzo silna, umocniła się jeszcze od czasu przestawienia garnizonu na stopę wojenną. Było to równoznaczne ze zmianą statusu okręgu z miejskiego na wojskowy – a w wojskowych okręgach ostatnie słowo należało zawsze do komendantów legii. Od blisko pół roku Tereza po prostu rządziła Potrójnym Pograniczem. Nadal musiała się liczyć z Trybunałem, wójtem i opinią rady miejskiej, ale tylko dlatego, że czasem czegoś potrzebowała. Wadelar był bardzo ciekaw, o co chodziło tym razem. Skoro stawiła się własną nieprzyjemną osobą... To na pewno coś oznaczało.

– Tu przyjmujesz gości, namiestniku? – zapytała, rozglądając się po dużej sali.

Ponad pół roku wcześniej w tej samej komnacie Wadelar podejmował Przyjętego.

– Gości – potwierdził. – Petentów i delegacje w kancelarii, a raczej w pokoju obok.

Usiadła, nieproszona.

– Daj mi wina, wasza dostojność – poprosiła. – Od samego rana galopuję jak wściekła. Jestem głodna i zaschło mi w gardle.

– Jakiś posiłek?

– Nie, na to nie mam czasu.

Namiestnik nie wezwał służby. Sam przyniósł dwa cynowe kubki – bardzo po armektańsku. Napełnił je trunkiem.

– Czemu zawdzięczam tę wizytę, wasza godność? – zapytał oficjalnie, ale nie okazując niechęci.

Przez chwilę przyglądała mu się uważnie. Mało sypiał albo przemęczał się pracą. Twarz miał szarą, pod oczami zaś wyraźne worki. Broda, zwykle bardzo krótko przystrzyżona, urosła. Wyglądał na czterdzieści parę lat.

– O cokolwiek poproszę, natychmiast dostaję – powiedziała, nie bawiąc się we wstępy. – Boję się, że niedługo zacznę dostawać bez proszenia... Będziesz odgadywał, czego sobie życzę, wasza dostojność? Lubię ciepłe mleko do poduszki.

– Znowu niedobrze? – raczej skonstatował, niż zapytał.

– Ależ dobrze. Tyle tylko, że udzielanie wojskowej komendantce okręgu wszelkiej możliwej pomocy nie jest chyba zadaniem Pierwszego Namiestnika Trybunału? Powinieneś trochę ograniczać moje zapędy, panie. Gdyby Kirlan chciał powierzać wojskowym władzę absolutną, czyniłby ich królami.

Wadelar westchnął.

– Wasza godność – powiedział – jestem zajęty i zmęczony. Jeśli chcesz mi ciosać kołki na głowie, to lepiej wróć do siebie i wystosuj oficjalne pismo ze skargą, że nie kłócę się z tobą o głupstwa. Nie zażądałaś dotąd niczego, co miałbym za niemądre. Najpoważniejszą sprawą, jaką załatwiłem na twój wniosek, było uzyskanie od namiestniczki Londu zgody na sądzenie w Akali grombelardzkich obwiesiów. Przystała na to z radością.

– Ale i ty przystałeś, wasza dostojność – zauważyła. – A przysporzyło ci to pracy, że hej. Na jednego pogranicznika przypada czterech sądzonych przez ciebie Grombelardczyków.

– Mam to za słuszne – uciął. – Lond jest za daleko, żeby tam odsyłać każdego złapanego przez twoich żołnierzy łotra. Trudno też ich łapać i wypuszczać, bo to robota głupiego. Miałem nie przyznać ci racji?

Pokiwała głową.

– Ponad pół roku temu powędrował do Puszczy Bukowej klin gwardzistów – rzekła z innej beczki. – Jak właściwie skończyła się ta historia? Wiesz coś o tym, panie? Od paru miesięcy mam mnóstwo roboty ze szkoleniem setek nowych żołnierzy, prawie zapomniałam o tej sprawie.

– Przypomniałaś sobie dzisiaj, wasza godność?

– Tak, bo wrócił z Puszczy mój zwiadowca. Oddaję się w twoje ręce, namiestniku. – Wyciągnęła skrzyżowane w przegubach przedramiona, podając je do związania. – Posyłam swoich zwiadowców nie tylko do Grombelardu, na co mam pozwolenie, ale i do Dartanu. Zaraz zacznę szpiegować cesarza w Kirlanie.

Nie wyciągnął sznura z zanadrza ani dybów spod stołu.

– Co z tym oddziałem gwardzistów? – powtórzyła pytanie. – Możesz mi powiedzieć, namiestniku?

Ze złośliwą satysfakcją, jaką ma chyba skaczący z mostu samobójca – satysfakcją, że jednak robi swoje – wbrew rozkazom Wadelar opowiedział komendantce Akali o wszystkim, co zdarzyło się w Dobrym Znaku. O pełnomocnictwach Agatry nie wspomniał, bo nie wiedział. Ale szczegóły obu zamachów i wyniki śledztwa znał dobrze. Wiedział też, oczywiście, jak długo gwardziści zabawili w Sey Aye. Tereza słuchała, marszcząc brwi. Dolała sobie wina, chciała dolać też namiestnikowi, ale zakrył kubek dłonią. Wciąż jeszcze cierpła na nim skóra, gdy wspomniał przebudzenie przed trzema dniami.

– Ten pochwycony zamachowiec – zapytała – nie wiadomo, na czyje zlecenie działał?

– Oficjalnie nie wiadomo.

– A nieoficjalnie?

– Nieoficjalnie, komendantko, Trybunał w Seneletcie chyba coś wie. Przekazano mi dość obszerny raport w tej sprawie, ale ani jednym słowem nie wspomniano o tożsamości tego człowieka. Żadnych domniemań, w ogóle ani słowa.

– Co to może znaczyć? Że wiedzą, kto to jest, tylko nie chcą nic o tym mówić?

– Może.

– A co dalej? O śmierci tego młodego magnata coś słyszałam, było o tym głośno w Dartanie. Ale o zamachu na księżnę Sey Aye dowiaduję się dopiero teraz.

– Ledwie tydzień po pogrzebie syna jego godność K.B.I.Enewen pojechał do Puszczy Bukowej. Siedział tam dosyć długo, a gdy wrócił... najpierw nic nie robił. Zdaje się, że wysyłał tylko dużo, dużo listów i przyjmował bardzo wielu gości. W Rollaynie i w ogóle w Dartanie Domy K.B.I. znaczą naprawdę niemało, i to nawet jeśli pominąć główną linię, która skończyła się na osobie księcia Lewina. Enewen procesował się z przyrodnimi braćmi i po powrocie z Sey Aye zrobił wszystko, żeby proces przegrać. Nie uznał wyroku, ale zamiast się odwołać, rozpętał wojnę, zupełnie jak przed wiekami.

– To już wiem.

– Bracia nigdy się nie kochali. Owdowiały ojciec dwóch starszych poślubił w bardzo sędziwym wieku ciężarną pannę, przyznając się do dziecka, które nosiła. Tym dzieckiem jest Enewen. Od chwili śmierci ojca starsi bracia próbują dowieść, że ich macocha na pewno nie była brzemienna za sprawą siedemdziesięciopięcioletniego mężczyzny z rodu K.B.I. i znajdują sporo zrozumienia w oczach sędziów z Rollayny.

Namiestnik przemilczał całą resztę, bo Tereza zrobiła minę, jakby bolały ją zęby. Dartańskie sądy nie były przychylne Enewenowi przede wszystkim dlatego, że jego matka, już jako wdowa Domu K.B.I., rodziła dzieci każdemu, kto się zgłosił z odpowiednim majątkiem. Była zamężna jeszcze trzy razy, zawsze z kimś bardzo wiekowym, i przed laty nikt w Dartanie nie mówił K.B.I.Ayana, tylko Wieczna Wdowa. Sprzedawała najświetniejsze monogramy rodowe, przez całe bujne, choć krótkie życie ciułając majątek dla swego pierwszego syna... Dartańczycy wprawdzie dopuszczali dziedziczenie rodowych monogramów po linii żeńskiej (choć pochodzenie po mieczu stawiano znacznie wyżej) – było to jednak bardzo źle widziane i usprawiedliwione właściwie tylko groźbą wygaśnięcia rodu. Ale matka Enewena nie była z urodzenia damą Domu K.B.I., a podobało się jej wielokrotnie wychodzić za mąż, dokładniej zaś: *mayme ourina vasayla* – narzeczeni wydawali się za nią, jako że dopuszczała ich do własnych (bardzo wątpliwie własnych, bo nabytych przez pierwsze zamążpójście) monogramów rodu. Wszystko to było zgodne z imperialnym i dartańskim prawem – ale nie obyczajem... Byle przybłęda wymachiwał teraz w Dartanie imionami przodków księcia Lewina i jego najbliższych krewnych. Enewen uznawał całe bez wyjątku przyrodnie rodzeństwo; jego starsi bracia – nikogo. Kiedyś wszczynano o podobne sprawy wewnątrzrodowe wojny. Teraz zamiast wojny były niezliczone procesy. Ale było też kilka pojedynków na turniejowej arenie, podczas których jego godność Enewen mocno pogiął zbroje niekochających go braci. Powszechnie wróżono, że następne spotkanie może skończyć się czymś więcej niż tylko rycerskim pokonaniem przeciwnika... Wadelar znał te szczegóły, a plotek drugie tyle, oszczędził ich jednak skrzywionej tysięczniczce.

Oboje milczeli przez chwilę.

– Obrzydlistwo – powiedziała wreszcie. – Nie nadaję się do grzebania w takich... rodowych popierdułkach. Żałuję, że zapytałam. Namiestniku, czy chcesz wiedzieć, co teraz dzieje się w Puszczy? A może dobrze wiesz?

– Nic nie wiem.

Opowiedziała, co wykrył jej zwiadowca.

– Polityki Kirlanu nie rozumiem – rzekła na sam koniec. – Stronnictwo Sprawiedliwych w końcu się rozleci, Rycerze Królowej rządzą już połową Dartanu. Rządziliby całym, ale dartańska wojna koniecznie musi być ślamazarna, przerywana fetowaniem zwycięstw, wykupywaniem się jeńców z niewoli po każdym zawieszeniu broni, powoływaniem rozjemców, których werdyktu zawsze jedna strona nie uzna, układami i wiecznymi rokowaniami. Ale i tak każdy, kto tylko może, przechodzi na stronę Enewena, bo widać, że sprawa przeciwników jest przegrana. Jeśli Rycerzy wesprze Sey Aye... a księżna na pewno ma coś wspólnego z Enewenem... to za parę miesięcy cały Dartan będzie we władzy jednego Domu K.B.I.

Wierzysz, wasza dostojność, że Enewen poprosi wówczas Kirlan o przysłanie do Rollayny Księcia Przedstawiciela? Bo ja już widzę, jaki chleb rośnie z tej mąki. Dzisiaj albo jutro, a najlepiej wczoraj, należałoby pobić Rycerzy Królowej, a samego Enewena i najbliższych jego zauszników puścić z torbami. Pobić ich, nie czekając, aż Sprawiedliwi poproszą imperium o pomoc, bo nieprędko poproszą – to sprawa honoru i rodowej dumy. Może jednak w końcu to uczynią, gdy okaże się, że przegrali z kretesem. Ale wtedy będzie już za późno. Nikt nie pobije Stronnictwa Ahe Vanadeyone, bo wszystko, czym dysponuje imperium, siedzi tutaj. – Popukała palcem w blat stołu. – Silny liczebnie i dobrze przygotowany do walki legion, ale tylko jeden. Bez widoków na uzupełnienie strat bojowych, bo jako rezerwowy obwód wojskowy, mający szkolić żołnierzy dla Akali, wyznaczono Allenay w okręgu Seneletty, miasto, w którym siedzi zaledwie półlegion. Zresztą, wszystko jedno, co w nim siedzi, niechby siedziała kolumna, ale gdzieś na tyłach. Bo pod Senelettą stoją chorągwie jego godności Enewena czy któregoś z jego stronników. Żadnych uzupełnień nie dostanę. Znasz się trochę na wojsku, namiestniku? – zapytała.

– Tyle o ile.

– Dostałam fundusze na doprowadzenie moich trzech półlegionów do wyjściowych stanów bojowych. Rozpisałam pobór i tak gospodarowałam funduszami, że zamiast niskoetatowego legionu mam pod bronią legion wzmocniony. Moim przeciwnikiem są na razie grombelardzcy obwiesie, ale już w trakcie poboru zaczęłam poważnie brać pod uwagę Puszczę Bukową. Bez skrupułów wykorzystałam wszystkie furtki nieopatrznie pozostawione mi przez Kirlan i urządziłam wojsko tak, jak mi się spodobało. Mam bardzo mało ciężkiej piechoty, która jest droga i zbędna, zarówno w potyczkach z rzezimieszkami, jak i w lesie. Jazdy też mam mniej, niż to zwykle bywa, bo szkolenie jeźdźca trwa najdłużej, a utrzymanie jazdy bardzo dużo kosztuje. Przeszło połowa żołnierzy to łucznicy piesi, wojsko najtańsze, wartościowsze od toporników, chociaż niestety nie tak ruchliwe jak jazda. Zaufanie za zaufanie: mam siedemnaście klinów i trzynaście półsetek, do tego dziewięć samodzielnych dziesiątek rezerw kolumnowych i jeszcze odwodową kolumnę dowódcy legionu, a w niej jeden klin własnej Gwardii Akalskiej. No i oczywiście służby, ale niekompletne. To są dane tajne – zaznaczyła, doskonale wiedząc, że namiestnik i tak nie zapamięta tych dziesiątek, klinów i kolumn. – Zdradzam je przed tobą, wasza dostojność, bo potrzebuję pomocy. Jeszcze dzisiaj odbędzie się posiedzenie rady miejskiej. Chcę wymóc na mieszczuchach dobrowolne świadczenia na wojsko.

Wadelar zmarszczył brwi.

– Ani ty, ani ja, wasza godność, nie mamy prawa narzucić im tego. A nawet gorzej: oni sami, choćby i chcieli, nie mogą finansować swojego garnizonu.

Pokręcił głową i dorzucił:

– Wiesz równie dobrze jak ja, wasza godność, że dobrowolne dotacje na legie imperialne można przekazywać tylko za pośrednictwem cesarskiego poborcy, wprost do imperialnej szkatuły. W przeciwnym wypadku zaczęłyby powstawać coraz silniejsze armie miejskie, których dowódcy byliby zależni od ratusza. Nie mogę przymknąć na to oczu, bo to już nie jest naciąganie prawa, a wręcz jego łamanie. Akalczycy nie mogą finansować swoich legionistów.

– Nie wprost. Ale mogą powołać choćby własną straż miejską. W normalnych warunkach byłby to policzek dla komendanta garnizonu... Ale ja się nie obrażę. Pomogę im zorganizować tych pachołków i wdrożę do służby.

– Co to da? A, chyba rozumiem: w razie konieczności będziesz mogła wyprowadzić z miasta do boju wszystkich swoich żołnierzy, czy tak?

– Co do jednego, nie licząc chorych i paru doświadczonych funkcyjnych, którzy będą szkolić jakieś, choćby skromne, rezerwy. To moja sprawa, jakimi siłami zapewniam porządek na ulicach, może to być nawet pięciu kulawych legionistów. Oprócz powołania straży miejskiej Akala może zrobić coś jeszcze. Otóż ja ciągle mam pieniądze, wasza dostojność. Ale są one przeznaczone na konkretny cel. Mój legion prawie nie ma taboru, no i nie ma wojennych zapasów. Wszystko to muszę kupić. Właściwie natychmiast. Jeśli kupię po normalnej cenie, no to kupię. Ale jeśli otrzymam za symboliczną opłatą, to natychmiast rozpiszę nowy pobór. Mogłabym rozwinąć do półsetek jeszcze parę klinów.

– Skąd weźmiesz, pani, pieniądze na żołd dla dodatkowych legionistów?

– Moi żołnierze zgodzili się pobierać żołd pokojowy. Wszyscy, z oficerami i komendantką garnizonu włącznie.

Pokiwał głową. Legioniści dopłacali do imperium.

– I co jeszcze, pani?

– I jeszcze... amnestia, wasza dostojność – rąbnęła. – Muszę mieć mulników, woźniców, a przede wszystkim rzemieślników służących przy wojsku: szewców, krawców, siodlarzy, rymarzy, kowali. Mam, ale za mało. Wystarczy jednak, żeby przyuczyć pomocników. Czy amnestia dla drobnych rzezimieszków wchodziłaby w rachubę? Zamiast gnić w twierdzy akalskiej, może mogliby odbębnić skróconą karę, służąc przy wojsku? Oczywiście żadnych poborów, dam im tylko utrzymanie – zastrzegła.

– Ma się rozumieć... Pomyślę o tym, pani.

– No to, miałabym jeszcze ze trzy dziesiątki łuczników – powiedziała, zadowolona. – Co się stało, namiestniku? Buduję tutaj armię, jakiej istnienia nie przewidział Kirlan. Dlaczego mi w tym pomagasz?

– Może po raz ostatni. Za miesiąc, a może już za tydzień, będziesz dogadywać się z kim innym, wasza godność.

– Co to znaczy?

– To znaczy, wasza godność, że za miesiąc lub za tydzień nikt nie będzie pomnażał z tobą sił legii, a tylko donosił o takich zamiarach komu trzeba. Armekt, Armektanko, chyba nie potrzebuje armii, a nawet strażników prawa, woli mieć bandy donosicieli... Mamy iść na spotkanie z radą miasta, czy tak? – zapytał, wstając; rozmowa była skończona. – Burmistrz i rajcy na pewno pójdą ci na rękę, bo umiesz dbać o ich miasto. Ale z wójtem będzie kłopot. Reprezentuje tu Kirlan.

– To okręg wojskowy – przypomniała. – Usadzę wójta. Powołanie straży miejskiej to nie jest coś, czego może zabronić radzie.

27

Wypełniająca korytarze ciżba dworzan, petentów, urzędników i wszelkiego rodzaju służących wydawała się nie do przebycia. A jednak zwarta grupa idących szybkim krokiem ludzi nie potrzebowała nawet torujących drogę żołnierzy. Na widok białych, szarych i niebieskich mundurów pierzchano z drogi – tłum spływał w boczne odgałęzienia korytarza, urzędnicy i dworacy znikali w jakichś komnatach, służba niemal wtapiała się w ściany. W Wiecznym Cesarstwie podobne znaczenie jak armia miał tylko Trybunał Imperialny, ale wynikało to z politycznej konieczności. Żaden urzędnik nie mógł równać się z żołnierzem imperium, symbolem armektańskich zwycięstw i chwały. Gdyby tym samym korytarzem kroczyli, zebrani ze wszystkich prowincji, Najwyżsi Sędziowie i Pierwsi Namiestnicy Trybunału, potrzebowaliby asysty halabardników lub mozolnie przepychali się przez tłum. Przed idącymi oficerami otwierała się pustka.

Grupa skręciła w boczny korytarz. Zaskoczeni ludzie gotowi byli poprzewracać się, uciekając z drogi. Oficerowie poszli dalej, wciąż tym samym zdecydowanym, iście wojskowym krokiem. Na końcu korytarza widniały czarne dwuskrzydłowe drzwi. Strzegli ich gwardziści w jednolicie jasnoszarych tunikach, ozdobionych srebrnymi gwiazdami imperium. Poniżej gwiazd, tak samo srebrnymi nićmi, wyhaftowano rodowe monogramy. Żołnierze Gwardii Cesarskiej, prywatny poczet imperatora.

Drzwi otwarto, nim oficerowie do nich doszli. Dalej były drugie, też strzeżone przez halabardników. Otwarły się podobnie jak pierwsze.

Przestronna sala była urządzona z armektańską surowością i prostotą. Na jednej ze ścian zawieszono tarczę z wielką srebrną gwiazdą, a poniżej trochę oręża. Zwracały uwagę dwa łuki, większy i mniejszy. Oręż pieszego i konnego łucznika.

Wokół długiego stołu stały liczne krzesła, bardzo solidne i proste, chciałoby się rzec: ostentacyjnie tanie. Tylko jedno, u szczytu stołu, wyróżniało się wysokością, ale nie sposobem wykonania. Wzdłuż okien znaleziono miejsce dla pulpitów; czekali już przy nich pisarze. Pod ścianą tkwili czterej młodzieńcy, każdy z antałkiem miodu pod pachą.

Niewielkie boczne drzwi otwarły się, przepuszczając niewysokiego mężczyznę w podeszłym wieku, odzianego w czarno-szare, bardzo dobrze skrojone szaty. Oprócz krótkiej męskiej spódnicy i jedwabnej czarnej koszuli człowiek ten miał na sobie szare nogawice wpuszczone w cholewy skórzanych butów, nabijany srebrnymi guzami pas, spinający narzutę trochę podobną do wojskowej, równie niewyszukaną w kroju, a na szyi dość drobny srebrny łańcuch, obciążony czteroramienną gwiazdą. Mężczyzna nie pozwolił czekać wchodzącym do komnaty oficerom. Skierował się prosto ku szczytowi stołu i usiadł. Zaszurały nogi krzeseł i po chwili zaległa cisza. Bez żadnych przemówień i powitań wojenna narada była rozpoczęta.

Pisarze przy pulpitach i mężczyźni rozlewający miód do kubków, wszyscy bez wyjątku nosili jasnoszare narzuty, ale bez wyszytych czteroramiennych gwiazd. Służący przy wojsku pachołkowie i urzędnicy nie byli żołnierzami, choć obowiązywał ich wojskowy rygor.

– Cesarzu?

Mężczyzna na wysokim krześle przyzwalająco skinął głową. Oficer, który się odezwał, był najwyższym rangą wojskowym w Armekcie. Nadtysięczników legii w całym Wiecznym Cesarstwie dałoby się zliczyć zaledwie kilkunastu. Ale tylko jeden był ponadto honor-tysięcznikiem gwardii. Złożył krótki raport i oddał głos następnemu oficerowi. Wszyscy siedzący przy stole po kolei meldowali o stanie swych oddziałów. Nie były to sprawy bardzo ważne, ale od tego zaczynały się wszystkie wojenne narady. Imperator słuchał, zatrzymując spojrzenie na twarzy każdego mówiącego. Jeden z wojskowych miał niebiesko-szarą narzutę wycinaną w kwadratowe zęby, a zamiast spódnicy szare hajdawery. Nadsetnik Armektańskiej Gwardii Morskiej, dowodzący stojącą w Kirlanie eskadrą – odpowiednikiem półlegionu – zastępował swego dowódcę, który na czele pozostałych dwóch eskadr flotylli był na morzu.

Marynarz składał raport jako ostatni, ale to jemu właśnie udzielono zaraz głosu ponownie.

– Nie, wasza wysokość – odpowiedział. – Eskadry z Bany zdążą, ale nasze nie. O tej porze roku przeważają słabe wiatry południowo-zachodnie, czyli wiejące w sam dziób. A do opłynięcia mamy pół Szereru. Ostatni raport o naszych okrętach mam z Akary na wysokości Bany. To sprzed tygodnia. Myślę, że stoimy tam do dziś.

– Dlaczego?

– Bo z raportu wynika, że wiatr jest taki, jak powiedziałem, a to oznacza, że nasze eskadry mogą robić najwyżej dziesięć, dwanaście mil na dobę. To prędkość Prądu Zachodniego, najgodniejszy. Pchającego nas w przeciwnym kierunku.

– Wolno jednak sądzić, że Wielka Flota poradzi sobie bez pomocy Trzech Portów? – Imperator nigdy nie ukrywał, że poczynania flot są dla niego, w dużej mierze, sprawą tajemniczą.

– Tak, wasza wysokość. Wystarczy, że Trzy Porty zluzują eskadry z Morza Zwartego, a dokładniej: dopilnują Wysp Przybrzeżnych i Okrągłych, co ostatnio robiła właśnie Bana. Choć powinna robić Mała Flota Wysp.

– Wiem, dlaczego nie robi, i oszczędź mi tego, wasza godność.

Oficer skłonił głowę.

– Co z Północną Granicą?

– Bardzo dobrze, wasza wysokość. – Starszy mężczyzna w białej tunice z trójkątnymi niebieskimi wycięciami tysięcznika Legii Armektańskiej poruszył się i odkaszlnął. – Wojska Okręgu Wschodniego już zostały zluzowane, Okręg Zachodni ruszy lada chwila. Straciliśmy dużo czasu, ale warto było, bo zyskaliśmy doborowych żołnierzy. Na Północnej Granicy spokój, a jeśli nawet Alerowie zaczną wierzgać, to grozi nam najwyżej nieupilnowanie paru wiosek. Ale wojny takiej jak przed ćwierćwieczem na pewno tam nie będzie. – Uśmiechnął się lekko, bo brał w tej wojnie udział.

– Jaką wartość mają luzujące oddziały?

– No... hm, taką jak zwykle, najgodniejszy. Rezerwowe Okręgi Riny i Rapy bardzo dobrze szkolą żołnierzy, Kanaza i Donar także nie posyłają do stanic rekrutów. Ale to żołnierz zupełnie zielony. Będzie im tam ciężko bez doświadczonych kolegów – przyznał. – Tym bardziej jednak nie warto ściągać takiego żołnierza do Dartanu.

Imperator pytał o sprawy oczywiste. Lecz nie było tajemnicą, że od kilku tygodni prawie wcale nie zajmował się wojskiem. Wydał ogólne dyspozycje i zaufał swoim dowódcom, nie roztaczając nad ich poczynaniami osobistego nadzoru. Piętrzyły się inne sprawy, których musiał dopilnować osobiście, bo urzędnicy skarbowi, poborcy, wójtowie miast, a na koniec, jak się okazywało, urzędnicy Trybunału, nie byli nawet w połowie tak lojalni i pilni jak żołnierze. Rozpaczliwie brakowało pieniędzy, a jeszcze bardziej ludzi, którzy chcieliby podejmować szybkie i śmiałe decyzje, potrafili wcielać je w życie, umieli choćby spod ziemi wyrwać wszystko, co potrzebne. Władca Wiecznego Cesarstwa szukał pieniędzy, szukał ludzi, akceptował, zabraniał, naciskał... Nie miał czasu na przyglądanie się wojskowym przygotowaniom. Dopiero teraz, gdy wojenna machina imperium ruszyła wreszcie z miejsca, chciał wiedzieć, jak gładko się toczy i dokąd zmierza. Przyszła pora na podjęcie nowych decyzji.

– Co dokładnie będziemy mieli i kiedy?

– Cztery legiony, najgodniejszy. Uzupełnione po drodze do pełnych stanów. Z rezerwowych okręgów poszło do stanic tylko tyle wojska, ile musiało iść. Reszta wyrówna ubytki w ściągniętych z północy oddziałach.

Do Tarwelaru dotrą... trudno powiedzieć kiedy, bo to zależy od pogody. Jeśli już nie będzie śniegu ani zbyt dużo błota, wasza wysokość, to mogą tam być... za trzy tygodnie? Jazda nawet szybciej.

– Każ spowolnić marsz tych oddziałów.

– Spowolnić, wasza wysokość?

– To oddziały staniczne, tysięczniku, czy tak? Przeznaczone do działań w oparciu o umocnione placówki.

– Tak, wasza wysokość.

– Czy mają już polowe tabory i służby?

Oficer zmieszał się, bo imperator, choć dawno nie pytał o wojsko, miał przecież o nim pojęcie. Nie należało o tym zapominać.

– Nie, wasza wysokość.

– Czy mi się zdaje, tysięczniku, czy rzeczywiście nie potrafisz się wyzwolić z myślenia kategoriami wojny granicznej, prowadzonej w oparciu o twierdze i stanice?

Nauczka była dotkliwa; cesarz trafił w sedno. Staniczne tabory – i tak bardzo skromne – musiały zostać przekazane nowo przybyłym oddziałom luzującym. To samo dotyczyło wszystkich stanicznych rzemieślników. Wojska spod Północnej Granicy mogły prowadzić najwyżej kilkadziesiąt zwierząt jucznych. Jednego muła na... klin?

– Jeśli ci żołnierze przemierzą biegiem pół Szereru, głodni i schorowani (bo czy mają namioty, tysięczniku, czy też raczej stawiają sobie daszki z płaszczy, dobre na krótki wypad przeciw zgrai Alerów?), to jakie siły staną pod Tarwelarem? Ułóż marszrutę w ten sposób, by mogli często uzupełniać zapasy, bo na własnych plecach niewiele wezmą na drogę. Uzgodnij z kwatermistrzami, do których miejsc kierować zakupione wozy z zapasami, tak żeby mogli zabierać je po drodze i stopniowo uzupełniać braki.

– Tak, cesarzu.

Oficer oberwał trochę na wyrost. W chaosie wstępnych przygotowań wcale nie było oczywiste, co jest ważniejsze: szybkość, z jaką oddziały stawią się pod Tarwelarem, czy zachowanie sił żołnierzy. Tysięcznik, odpowiedzialny za zluzowanie północnych garnizonów, uznał, że zmitrężono już dość czasu, i dostał po nosie za to, czego tak bardzo poszukiwał cesarz: zdolność do podejmowania samodzielnych decyzji, na własną odpowiedzialność...

– Garnizony w środkowym Armekcie. Jak to wygląda?

Głównodowodzący Legii Armektańskiej bezradnie rozłożył ręce.

– Bardzo źle, wasza wysokość. We wszystkich okręgach rozpisano pobór. Wybrano najlepszych i odesłano do domów. Czekają na wezwanie. Jutro możemy mieć tylu rekrutów, że wystarczy na pięćdziesiąt nowych legionów, nie tylko na uzupełnienie garnizonów do stanów wojennych.

– Nie ma na to pieniędzy.

– Nie ma w ogóle niczego, najgodniejszy.

Była to szczera prawda. W miejskich arsenałach, jak się okazało, nie było uzbrojenia dla legionów o wojennych stanach. Zapasy broni, nieodnawiane od dziesięcioleci, stopniały w zatrważający sposób – nikt nie poczuwał się do winy i może nawet rzeczywiście nie było winnych... Wykryto zaledwie kilka przypadków defraudacji zapomnianego wojskowego mienia. Złożone w arsenałach tarcze, łuki, włócznie i topory, choć zabezpieczone przed niszczącym oddziaływaniem czasu, nie zawsze wyszły ze zmagań zwycięsko. Najlepiej wyglądała sprawa z uzbrojeniem ochronnym: dość często przecierane oliwą, owinięte w natłuszczone szmaty kolczugi i blachy nosiły tylko nieliczne ślady rdzy; wystarczyło wymienić sparciałe rzemienie. Ale broń ręczna była w opłakanym stanie. Wszystkie łuki domagały się nowych cięciw, a najbardziej brakowało strzał. Styliska toporów, pozornie mocne, lubiły pękać przy pierwszym kontakcie żeleźca z tarczą, same tarcze zaś kryły pod cienką warstwą blachy zbutwiałe drewno. W ogóle nie było mundurowych tunik, spódnic, pasów, obuwia, rzędów końskich, derek, pledów, a nawet drewnianych kubków i lnianych toreb na podręczny ekwipunek żołnierzy. Takie rzeczy w służbie zużywały się najszybciej, a żaden komendant garnizonu nie kupował nowych, dopóki nie musiał. Gdy naprawa uszkodzonych przedmiotów była niemożliwa, po prostu sięgano do składów. Czyniono to zresztą zupełnie legalnie, bo wieloletnie przechowywanie tak nietrwałych rzeczy, jak sukienne tuniki, mogło doprowadzić najwyżej do masowego wyrzucania zetlałych na krawędziach złożeń szmat. Taki los spotkał setki wojskowych namiotów, pamiętających przemarsze i obozowiska wielkich armii. Odkąd nastał pokój, wojskowy patrol na gościńcu, jeżdżący od wioski do wioski i od miasta do miasta, nie potrzebował namiotu dla trzydziestu ludzi, ani w ogóle żadnego. Z obawy przed zmarnowaniem pozwalano więc wykorzystywać zalegające w składach wojskowe mienie. A że już od dawna nikt tych zapasów nie odnawiał to była zupełnie inna sprawa... Bardzo bolesna dla władców Wiecznego Cesarstwa, którzy naiwnie uwierzyli w wieczny pokój.

– Do tych północnych legionów miały dołączyć wszystkie rozporządzalne siły z Kirlanu. Co wygospodarowano?

Zapytany – komendant Miejskiego Okręgu Trzech Portów – pokręcił głową.

– Nic, wasza wysokość.

– Zupełnie nic?

– Tylko gwardię legii. Jest jeszcze Gwardia Cesarska.

Kirlan, jak wszystkie portowe miasta imperium, utrzymywał garnizon straży morskiej, nie legii. Dwie eskadry wypłynęły w morze, żołnierze trzeciej, gwardyjskiej, utrzymywali pozostałe okręty i pełnili służbę patrolową na ulicach. Jak na miasto tej wielkości, wcale nie było ich zbyt wielu... Ale w Miejskim Okręgu Trzech Portów stał jeszcze półlegion Legii Armektańskiej, bardzo dobrze uzbrojony i wyposażony, o wzorcowych wręcz stanach bojowych. Jedna kolumna tego legionu była kolumną gwardyjską.

– Gwardia Cesarska zostanie tutaj, w stolicy. Tak długo, aż stanie się jasne, że nikt mi jej nie wyrżnie do ostatniego żołnierza.

Żaden z obecnych w komnacie oficerów nie wątpił, że imperator, gdyby tylko mógł, posłałby swoich prywatnych żołnierzy dokądkolwiek. Ale użycie prywatnych oddziałów panującego to już nie było posunięcie czysto wojskowe. Przede wszystkim miało wymiar polityczny. Sama konieczność wprowadzenia do walki tego najświetniejszego wojska obnażyłaby słabość imperium. O skutkach, jakie pociągnęłaby za sobą klęska Gwardii Cesarskiej – a klęska na wojnie zawsze mogła się zdarzyć – nie warto było nawet wspominać.

– Garra i Grombelard.

– Garra pilnuje swoich spraw i panuje nad nimi. Straż Morska Garry i Wysp wciąż jest wspierana przez eskadry armektańskie i dartańskie, ale Legia Garyjska ma się zupełnie dobrze. Nie potrzebuje żadnego wsparcia ani dalszych uzupełnień. Straż morska zapewnia, że odejście eskadr dartańskich nie spowoduje katastrofy. Poradzą sobie. Z Grombelardem gorzej. W okręgu Londu spokój, ale Ciężkie Góry to jaskinia zbójców. Jeszcze gorzej na dartańskim i armektańskim pograniczu, to dzisiaj druga Północ. Wojna podjazdowa, łupieżcze bandy, zagony. Legia Grombelardzka nie ma już oparcia w górskich miastach, a z Londu nie może nad tym zapanować. Wszystko wzięła na siebie Akala.

– Poleciłem przestawić ten legion na stopę wojenną już dość dawno. Dostali pieniądze, bo wtedy jeszcze były... Nie zmarnowali ich, mam nadzieję? Jak to wygląda?

– Bardzo dobrze, wasza wysokość. Reorganizacja została ukończona. Akala kontroluje cały Niski Grombelard.

– Dobrze. Kto odpowiada za Dartan?

Zgłosił się nadsetnik Gwardii Cesarskiej.

– Ty, Evinie? – zdziwiony imperator nie ustrzegł się drobnego uchybienia, jakim było podczas rady wojennej nazwanie faworyta (i bez mała przyjaciela) po imieniu. – Dlaczego?

– To tylko przyjmowanie raportów, najgodniejszy – nadsetnik jął się tłumaczyć, jakby dobrowolne nałożenie na siebie dodatkowych obowiązków wymagało usprawiedliwienia. – Wszyscy tutaj mają co robić... Rozmowy z gońcami i czytanie raportów to wszystko, co znalazłem dla siebie. Zabiegałem o powierzenie mi tej pracy.

W usprawiedliwieniu krył się wyrzut skierowany wprost do imperatora. „Wszyscy tutaj mają co robić...". Nadsetnik H.H.Evin, znakomity oficer dowodzący najlepszymi żołnierzami świata, czuł się zupełnie zbędny. Zestawiał więc raporty z dalekiego Dartanu, rysował mapy i wypisywał cyfry oznaczające domniemaną lub stwierdzoną liczbę wojsk.

– W każdej chwili, wasza cesarska wysokość, można wysłać rozkazy do dartańskich garnizonów. Rozstawieni kurierzy czekają. Nie wszystkie raporty są ścisłe, a Legia Dartańska ma już straty bojowe, więc nie da się z całkowitą dokładnością ocenić liczebności tych wojsk.

– Skąd się wzięły straty bojowe?

– Z bałaganu, wasza wysokość. W północno-wschodnim Dartanie wojna, a gdzie indziej właśnie bałagan. Pojawiły się różne bandy, które z tego korzystają. Znikają patrole, mniej w miastach, ale sporo na traktach. Konia i broń łatwo dzisiaj sprzedać w Dartanie, nikt nie pyta, skąd pochodzi dobry miecz i kolczuga. Ponadto coraz trudniej utrzymać porządek w dartańskich dobrach imperialnych. Prywatne strzeżone są lepiej. Legia Dartańska stoczyła już kilka wartych wzmianki potyczek w obronie wiosek należących do imperium. Rozkwitł wstrętny proceder uprowadzania młodych mężczyzn. Różnych jeńców, pojmanych przez walczące stronnictwa, odsyła się pod eskortą tu i tam, więc spętani ludzie na drodze to teraz nic niezwykłego. Niepiśmienny chłopak dartański, uprowadzony z wioski, w której siedział od urodzenia, najczęściej nawet nie wie, skąd pochodzi. Można go łatwo doprowadzić do hodowli i sprzedać, a stamtąd prawie natychmiast trafia do prywatnych kamieniołomów albo kopalń. Wszystko to, oczywiście, odbywa się zupełnie nielegalnie, ale z zyskiem dla każdego. Traci tylko ten chłopak i imperialne wioski, z których ubywa rąk do pracy.

– Podaj nam szacunkowe dane na temat liczebności Legii Dartańskiej.

– W straży morskiej ponad cztery tysiące żołnierzy. Legia od czterech i pół do pięciu tysięcy ludzi, do tego trzystu gwardzistów z Rollayny; są już w Tarwelarze, razem z Księciem Przedstawicielem. Straż morska jest dobrze uzbrojona, znośnie dowodzona, wielu żołnierzy biło się jeszcze podczas garyjskiego powstania, inni mieli jakieś utarczki z łodziami przybrzeżnych rozbójników albo nawet z załogami pirackich żaglowców. Można liczyć, że straż morska utrzyma wielkie porty Dartanu, przynajmniej tak długo, jak długo będą potrzebne. Z legią jest gorzej, znacznie gorzej. Tylko gwardia jest dobrze wyszkolona i nieźle uzbrojona, choć bez żadnego doświadczenia bojowego. No i bez żadnego zaplecza i służb, o taborach nie wspominając. Natomiast zwykli legioniści to wojsko do bitew z pijakami w gospodach i bezdomnymi psami na traktach, uzbrojone w pałki, miecze i paradne tarcze trzymane w arsenałach. Jednak to aż cztery tysiące ludzi, z czego jedna trzecia na koniach, ludzi zorganizowanych, mających dowódców, znających dyscyplinę i jako tako wyszkolonych według regulaminów ciężkiej piechoty strzelczej. Jeśli dostaną kusze, przypomną sobie jak z nich strzelać.

Główndowodzący Legii Armektańskiej poruszył się znacząco. Imperator popatrzył nań, po czym uczynił niezbyt obszerny ruch dłońmi, jakby dawał znak, że udziela głosu każdemu, kto chce się wypowiedzieć. Było to hasło do właściwej narady.

Nadtysięcznik w białej tunice z niebieskimi obszyciami poprawił się na krześle jeszcze raz, pokręcił głową i zwrócił się do dowódcy Gwardii Cesarskiej:

– Jeśli dostaną kusze, wasza godność, otóż to. Ale nie dostaną, bo kusze to bardzo droga broń. Zresztą kłopot nie tylko w cenie, bo nawet gdyby znalazły się pieniądze, to czterech tysięcy kusz z zapasem bełtów nie ma do kupienia w całym Wiecznym Cesarstwie. Trzeba by złożyć zamówienia i czekać. I znowu powiem: dobrze, może nawet warto by poczekać, wycofując tych żołnierzy do odwodu. Ale gdzie złożyć te zamówienia na kusze, wasza godność? W Grombelardzie, który jeszcze niedawno dostarczał najlepszych kusz w Szererze? Czy w Dartanie, gdzie robiono – i pewnie robi się nadal – głównie lekkie samostrzały dla konnych kuszników, bardzo pięknie zdobione? Bo w Armekcie... nie wiem, czy w ogóle gdzieś u nas wyrabia się kusze? – Rozejrzał się pytająco, ale odpowiedziało mu milczenie, a kilku oficerów wręcz z powątpiewaniem pokręciło głowami. – Pewnie uciekli tu jacyś rzemieślnicy z Grombelardu, ale kto wie, gdzie ich szukać? Z wielkim nakładem sił wyciągniemy więc z Dartanu cztery tysiące piechurów z końmi i bez (bo przyznasz, wasza godność, że te konne patrole trudno nazwać jazdą) i co z nimi poczniemy?

– Przedstawiłem tylko sytuację – powiedział Evin. – Flota z Bany, a za nią nasza, z Trzech Portów, wypłynęły przecież tylko po to, żeby zluzować i osłonić Flotę Dartańską, a także zarekwirowane statki kupieckie, słowem wszystkie żaglowce, które przyjmą na pokłady wywożonych z Dartanu żołnierzy. Jeśli ich przyjmą.

– Nigdy nie zostało przesądzone, że przyjmą. Rozważamy to właśnie dzisiaj.

Naczelny dowódca Legii Armektańskiej wolałby z całą pewnością, żeby środki przeznaczone na zakup kusz dla Legii Dartańskiej dostały się jakimś miejskim garnizonom w Armekcie. Ale nawet, jeśli rzeczywiście tak myślał, to mógł mieć sporo racji. Wzięty z byle wioski rekrut wiedział pewnie więcej o strzelaniu z łuku niż dartański legionista o strzelaniu z kuszy. W armektańskich wsiach prawie każdy dzieciak uczył się trafiać do celu, marząc o wojskowej tunice w przyszłości. Możliwość zrobienia wojskowej kariery traktowano tam bardzo poważnie. Stary mit o prostym łuczniku, który z czasem zostawał dowódcą legionu, był wciąż żywy w armektańskiej tradycji. A że nie była to tylko piękna bajka, zaświadczyć mógł chociażby biorący udział w naradzie komendant okręgu Trzech Portów, którego ojciec był drobnym kupcem. Krzepki syn wybrał przyszłość żołnierza ciężkiej piechoty.

– Więc rozważajmy, panie. Mówimy o czterech tysiącach żołnierzy w kolczugach i mundurowych tunikach, w dobrych kapalinach na głowach. O czterech tysiącach dobrych mieczy przy solidnych pasach i z górą tysiącu ułożonych do wojskowej służby koni. Jeśli nawet wartość tych żołnierzy jest żadna, to może warto ich sprowadzić do Armektu choćby po to, żeby rozebrać z tego dobra, którego tak rozpaczliwie brakuje?

Był to argument prawie nie do odparcia. Ale tylko prawie.

Z kolei odchrząknął komendant okręgu stołecznego.

– Nie wiem. Policzmy. Wartość bojowa tych żołnierzy jest naprawdę niewielka. A cztery tysiące mundurów i kolczug... komu właściwie chcesz to dać, Evinie? Kolczug akurat nie brakuje. Brakuje pieniędzy na wszystko inne, a więc tabory, wyposażenie, brakuje ich także na żołd dla nowozaciężnych. Dartańczycy mają swoje kontrakty i rozebrani z mundurów nadal będą żołnierzami, a nie można wyrzucić ich z legii ot, tak sobie. To żołnierze imperium, którzy sumiennie wypełniali swoje obowiązki tam, gdzie ich postawiono, a że nie były to obowiązki takie, jakie mają ich koledzy na Północnej Granicy, to już nie jest wina tych żołnierzy. Będziemy więc opłacać, twoim zdaniem, cztery tysiące bezużytecznych nagusów siedzących... no, gdzie właściwie? W dartańskich wioskach, z których pochodzą? Bo jak nie, to trzeba będzie jeszcze zapewnić im kwatery. Może lepiej niech siedzą w Dartanie? Ich obecność tam, z wojskowego punktu widzenia, nie ma żadnego sensu, ma natomiast wymiar polityczny. Kto pierwszy otwarcie wystąpi przeciw tym żołnierzom, wyda wojnę Wiecznemu Cesarstwu. Na razie nikt się do tego nie kwapi. A przede wszystkim, czy naprawdę leży w naszym interesie pokazanie wszem wobec, że uciekamy z Dartanu? Wyjść łatwo, Evinie. Ale jak potem wrócić?

– Lepiej wyjść, Ranevelu, niż zostać wyrzuconym. A będziemy wyrzuceni na pewno. Liczysz, że ta „waśń rodowa" rozejdzie się po kościach? Że ktoś tam załatwi swoje sprawy, rozpuści wojsko i zaprosi nas z powrotem do Rollayny?

Nadsetnik Evin dotknął sprawy najważniejszej. Mówiono dotąd dużo o reorganizacji, taborach, szkoleniach, a nawet wydostaniu Legii Dartańskiej z Dartanu.

Ale wszystkie plany były zawieszone w próżni. Nikt jeszcze wprost nie zapytał: o co toczy się wojna? Czy idziemy tam tylko po to, by przylać awanturnikom, którzy drwią sobie z prawa imperium? A może raczej Dartan wypowie zaraz Kirlanowi posłuszeństwo? Czy zwycięskie stronnictwo, w mocy którego będzie opanowanie całej Złotej Prowincji, zechce wrócić do starych, imperialnych porządków?

Nikt w to nie wierzył. I tak samo nikt nie miał śmiałości przyznać się do tej niewiary wobec najgodniejszego A.S.N.Awenora, władcy Wiecznego Cesarstwa.

Zaległo krótkie milczenie.

– Nie liczyłbym na to.

Oficerowie zwrócili się ku szczytowi stołu.

– Nie liczyłbym na to – spokojnie powtórzył imperator. – Jeśli ktoś tu uważa inaczej, to na pewno się myli. Wszystko, co zarządziłem do tej pory, postanowione było z myślą o odbiciu Dartanu, nie o jego utrzymaniu, bo to niemożliwe.

Odwrócił się ku pisarzom i skinął na służących z antałkami.

– Dziękuję.

Gdy wyszli, mówił dalej:

– Nie mam żadnej pewności, czy tę wojnę wszczęto z myślą o oderwaniu Dartanu od imperium, choć wiele na to wskazuje. Ale jeśli nawet nikt nie miał takiego zamiaru, to na pewno już ma. Trzeba być ślepcem, żeby nie dostrzec wojskowej słabości cesarstwa, słabości, która nigdy dotąd nie wyszła na jaw, lecz musiała się ujawnić wobec... splotu różnych przypadków, popartych lekkomyślnością. Największe jak dotąd powstanie garyjskie niemal zbiegło się w czasie z rozpadem Grombelardu. Niefortunnie (i za to ponoszę już osobistą odpowiedzialność) za mojego panowania w ogóle nie wzrastały obciążenia podatkowe i inne, mnożono zaś wydatki z imperialnej szkatuły. Na wszystko oprócz Trybunału i wojska, bo to tutaj szukałem oszczędności. Przepisano i rozpowszechniono w setkach zwojów każde z najważniejszych literackich dzieł Szereru. Powstały nowe biblioteki i uczelnie, budowano nowe drogi, przerzucano mosty i otwierano porty – nie myślano zaś o taborach i wojskowych namiotach. Pora wyznać winy wobec własnych zaniedbanych żołnierzy, którzy jutro będą umierać za moje mosty i księgi. Rządzę Szererem od trzydziestu siedmiu lat. Chciałem dobrze, lecz dobrymi intencjami wypełnione są twierdze więzienne. Bardzo dobitnie przypomniano pierwszemu Armektańczykowi, że zapomniał o wojennych tradycjach swego kraju, wyżej stawiając pióro poety niż łuk Jeźdźca Równin. Potykając się o stopnie w komnatach, nie chciałem pamiętać, po co je zbudowano. Dość przemilczeń. Nie mówimy tu o tym, jak utrzymać imperium w całości. Mówimy, jak je zdobyć na nowo. I utrzymać w wiecznym strachu, skoro w wiecznym dobrobycie i pokoju nie można.

Armektańskie wyznanie winy wobec towarzyszy mających dzielić trudy. Od tego zaczynano każdą wojnę.

Najgodniejszy A.S.N.Awenor dobrze wiedział, co czyni. Przybył na wojenną naradę nie tylko po to, by zdecydować o losie żołnierzy z dartańskich garnizonów. Przede wszystkim przyszedł zapytać swych dowódców, najznamienitszych żołnierzy Szereru, czy gotowi są ponieść największe ofiary i wyrzeczenia w służbie Niepojętej Arilory, Pani Losu Wojennego. Rozkazy, decyzje – to wszystko mogło poczekać.

Armektańczyk pytał innych Armektańczyków: czy możemy jeszcze wrócić do naszych korzeni? Czy możemy, jak ojcowie przed wiekami, usiąść i bez zbędnych przemówień, bez niekończących się narad postanowić: wojna? Prawdziwa i bezlitosna, do pełnego zwycięstwa lub kompletnej klęski? Bez twierdzących odpowiedzi na te pytania, zrujnowany powstaniami w prowincjach Armekt, pozbawiony gotowych do użycia armii, nie mógł wplątać się w zmagania, których wynik był bardzo niepewny. Wojnę dało się odwlec – nikt jej jeszcze nie wypowiedział Wiecznemu Cesarstwu. Można było przeczekać, zapleść misterną sieć intryg, skłócić dartańskie rody... Może wystarczyło zagrozić wybuchem zbrojnego konfliktu, pokazać ściągnięte z północy legiony, wymóc na dartańskich stronnictwach ustępstwa, przygotować się do odzyskania kontroli nad Dartanem?

Oficerowie milczeli. Imperator zrozumiał, że nie tylko on jeden zapomniał, co symbolizują niewygodne stopnie w komnatach. Siedzący przy stole mężczyźni w mundurach już prawie nie pamiętali, że są przede wszystkim Armektańczykami. Służyli Wiecznemu Cesarstwu, którego Armekt był zaledwie najważniejszą częścią. Nigdy dotąd nie zebrano ich razem, by wzorem ojców w jednej chwili podjęli decyzję: wojna czy pokój? Nie byli nawet pewni, czy cesarz rzeczywiście o to pytał.

– Zawiniłem – powiedział raz jeszcze. – Przebaczcie żołnierzowi, żołnierze. Nierzetelnie służyłem mojej Pani.

Imperator też był legionistą imperium. Żaden syn panującego rodu nie mógł się od tego uchylić. Przed półwieczem szesnastoletni Awenor z włócznią w ręku wartował przed bramą garnizonu. Rozstał się z wojskiem jako podsetnik konnych łuczników. Zdobył patent tak samo, jak każdy inny oficer.

– I ja zawiniłem, cesarzu. Milczałem służalczo, a widzę od wielu miesięcy, że Wieczne Cesarstwo się rozpada. Przebacz mi. Przebaczcie mi wszyscy.

W komnacie siedzieli tylko wojownicy – wszyscy równi wobec Wojennego Losu. Mógłby zniknąć stół, krzesła, a nawet ściany pałacu... Wystarczyłoby obozowe ognisko koczowników.

– I ja jestem winien. Dowodziłem dziś, że służący tej samej sprawie i tej samej Niepojętej Pani żołnierze Legii Dartańskiej nie zasługują, by dać im oręż do ręki. Byłem nielojalny wobec towarzyszy broni. Zasługują na szansę zwycięstwa lub na klęskę i śmierć z mieczem w dłoni.

– Ja także jestem winien...

– I ja także.

28

Była późna noc, ale cesarski pałac nie zasypiał nigdy. Zawsze ktoś tam czuwał, zawsze ktoś pracował... Tej nocy pracowały także dwie najważniejsze osoby imperium. Cesarz i cesarzowa.

Pierwsza kobieta Szereru, sześćdziesięcioszescioletnia, a więc nieco młodsza od męża, nigdy nie wyglądała na zmęczoną. Sypiała mało, jeszcze mniej jadała, każdą sprawę – jeśli tylko było to możliwe – załatwiała od ręki. Bawiła się nieczęsto, a jeśli już, to tylko w męskim gronie. Lubiła czasem wypić piwo w żołnierskiej izbie pałacowych gwardzistów, przegrać parę sztuk złota w kości, a kiedy indziej – z trzema dorosłymi synami, jeszcze gdy byli w Kirlanie – zapolować we własnych podmiejskich dobrach. Kobiece rozrywki – taniec, biesiadne rozmowy, żarciki – uważała za niezrozumiałe.

Nigdy nie ukrywała swego wieku. Zresztą jeszcze niedawno wcale nie miała powodu. Była prawdziwą Armektanką: smagłą, czarnowłosą i czarnooką, wcześnie dojrzałą, długo, długo młodą. Siwizna i zmarszczki przyszły późno, ale za to nagle – również po armektańsku. Czy starość jej cesarskiej wysokości miała być prawdziwą armektańską starością? Obiecywało to jeszcze wiele lat życia w dobrym zdrowiu, bez śladów niedołęstwa, wreszcie śmierć – równie nagłą, jak pierwsze oznaki starości. Szerń – może martwa i bezrozumna... – bardzo jednak kochała synów i córy Równin.

Jeszcze przed północą jej cesarska wysokość Waseneva przyjęła gościa. Faworytka wiedziała, że pora nie jest zbyt późna – w każdym razie nie dla niej. Jeden z dziennych pokoi cesarzowej przemieniono w zaciszną kancelarię. Jej wysokość przyjmowała tu tylko najbardziej zaufane osoby i załatwiała najbardziej poufne sprawy – półprywatne i całkiem prywatne, znacznie rzadziej państwowe. Zresztą, oficjalnie, jej cesarska wysokość była nikim. Małżonką panującego. Nie piastowała żadnego stanowiska. Każde polecenie, każdy rozkaz sygnowany był przez właściwych urzędników. Mała pieczęć jej wysokości widniała tylko pod pismami, których treść sprowadzała się do uprzejmych próśb: *Zechciej, Wasza Godność, ugościć tego posłańca... Proszę, Panie, o życzliwy stosunek do przedstawionej Ci sprawy...*

– Przeszkadzam, wasza wysokość?

– Nigdy nie przeszkadzasz. Na pogaduszki? Czy w sprawie?

– W sprawie, wasza wysokość.

Cesarzowa skrobała coś piórem na szerokiej karcie. Potrafiła rozmawiać i pisać jednocześnie, a bywało, że jeszcze dyktowała drugi list. Przerwała na chwilę i z oburzeniem popatrzyła na pobrudzone inkaustem palce.

– Gdzieś musiałam nakapać... nie widzę... No, rozejrzyj się, masz podobno taki świetny wzrok! Zaraz zaplamię list, nie wiem, gdzie kapnęło. Nie tutaj?

Znalazła. Starannie wytarła plamkę z pulpitu, beztrosko używając rąbka sukni. Suknia była czarna z brązowymi dodatkami, bardzo prosta w kroju i aż nazbyt śmiała, jeśli wziąć pod uwagę wiek jej wysokości. „Mam to w nosie" – powiedziała kiedyś mężowi. „Nie zrezygnuję z rozcinanych spódnic, bo przewrócę się na pierwszych schodach. Jestem cesarzową i będę pokazywać nogę zawsze, kiedy usiądę. A kto mi zabroni? Ty?". Nie zabronił. Śmiał się. Kochał żonę bardziej niż życie i śmierć razem wzięte. Z dziką armektańską wzajemnością, obojętną na upływ czasu.

– No? Czego chcesz ode mnie, Agatra?

– Tak wiele, jak jeszcze nigdy, wasza cesarska wysokość.

– Żartujesz? – Waseneva nie przestała pisać. – Teraz, w nocy? To aż takie ważne i pilne?

– Bardzo pilne, wasza wysokość. A ważne... nie wiem. Chyba tylko dla mnie.

– W takim razie słucham. Ile jest tych spraw?

– Jedna... właściwie dwie, ale łączą się ze sobą.

– Dobrze. Czego chcesz? Dwie sprawy, więc tylko dwa słowa. Krótko: czego?

Agatra zaczerpnęła tchu.

– Awansu i protekcji.

Jej cesarska wysokość roześmiała się.

– Żartujesz – powiedziała znowu, maczając pióro w inkauście. – Proteguję cię zawsze i wszędzie. A o awanse dziś łatwo, legiony mnożą się jak grzyby po deszczu. Chyba że chcesz zostać nadsetniczką gwardii? – Spojrzała pytająco. – Mądra dziewczyna! Wiedziałam, że nie.

– Wasza wysokość...

– Widzę już, że w dwóch słowach nie da rady. Tysięczniczka legii? Jaki masz staż jako nadsetnik?

– Sześć lat, wasza wysokość.

– Powinno wystarczyć... Ale nigdy nie wtrącam się w awanse, to za poważna sprawa. Mąż mi nie pozwala. – Spojrzała bez śladu uśmiechu.

– Wasza wysokość, może lepiej zacznę z drugiej strony. Legia Dartańska zostanie wyprowadzona z Dartanu.

– Skąd to wiesz?

– Postanowiono dzisiaj na naradzie.

– Jeszcze nic nie słyszałam. Wiem tylko, że wojownicy uradzili wojnę. Jak dzieci. A raczej jak ich dziadowie.

– Rzeczywiście, wasza wysokość.

– Byłaś na tej naradzie? Chyba nie?

– Nie, wasza wysokość. Ale zastępuję dowódcę samodzielnego gwardyjskiego półlegionu i z racji tego natychmiast dowiaduję się o decyzjach, które zapadły na radzie.

– Czyli jednak wyciągniemy Dartańczyków z Dartanu?

– Tak, wasza wysokość. Nie wiadomo jednak co dalej z nimi zrobić. Rozważane są różne możliwości, ale już teraz wiadomo, że całą Legię Dartańską trzeba będzie zreorganizować. Z kadrowych garnizonów pochodzących z różnych okręgów i obwodów miejskich trzeba będzie utworzyć kliny i kolumny obsadzone według etatów wojennych. Brak zgody, jeśli chodzi o najwyższy stopień organizacji; proponuje się samodzielne kliny i kolumny porozdzielać między legiony armektańskie jako wsparcie.

– Już mnie zanudziłaś. Dlaczego wy, wojskowi, umiecie mówić tylko takim dziwnym językiem? Miałaś o coś prosić. Więc co to w końcu ma być? Chcesz dowodzić tym swoim półlegionem?

– Do tego niepotrzebny mi awans. Dowodzić będę na pewno, to już dawno postanowione. Mój dowódca to wspaniały żołnierz, ale w pole nie wyruszy z racji wieku. Nie złożył dotąd rezygnacji, bo proszono go, by sprawował komendę, aż zostanie ogłoszony wymarsz.

– No to czego chcesz?

– Rozważano też powołanie choć jednego lub dwóch półlegionów dartańskich. Ale dowódcy dartańskich garnizonów miejskich nie mają żadnego doświadczenia w dowodzeniu czymś większym niż kolumna. Byłby kłopot z obsadą wyższych stanowisk dowódczych. Wiadomo, że żaden naprawdę dobry oficer dobrowolnie nie podejmie się dowodzenia obcojęzycznymi, upadłymi na duchu żołnierzami bez broni i żadnego doświadczenia bojowego. To wróży same klęski. Będą kandydaci, ale na miarę tych żołnierzy. Dowódcy, którzy zostali nimi przez pomyłkę, a teraz wyobrażą sobie, że samodzielne dowodzenie wyniesie ich na szczyty sławy.

– Nie do wiary. Zrozumiałam, że to ty właśnie chcesz komenderować tym... niepewnym wojskiem? Jesteś dowódczynią, która nią została przez pomyłkę?

Cesarzowa już od pewnego czasu nie pisała. Oparłszy łokcie o pulpit, obracała pióro w dwóch palcach.

– Wasza wysokość wiesz, że nie. Chcę wziąć pod komendę legion armektańsko-dartański. Dwa półlegiony dartańskie i mój własny. Ale jestem tylko nadsetniczką i nie mogę dowodzić legionem.

– Podsunę twoją kandydaturę imperatorowi. Zaproponuję awans. Ma o tobie bardzo dobrą opinię, więc powinien się zgodzić, zwłaszcza gdy podsunę mu pomysł z tym mieszanym legionem. Ceni każdego, kto potrafi podjąć wyzwanie. Zadowolona? To teraz jeszcze powiedz, dlaczego ci na tym zależy.

– Mam rachunki w Dartanie.

– A dokładnie w Sey Aye, tak?

– Tak, wasza wysokość.

– Więc ty także uważasz, że za tym wszystkim stoi Puszcza Bukowa?

– Jestem pewna, wasza wysokość.

– Ale zdajesz sobie sprawę, że możesz wziąć udział w wojnie i nie zetknąć się z nikim stamtąd?

– Jestem żołnierzem, cesarzowo. Wiem. Nie szukam żadnej osobistej zemsty. Chcę tylko udowodnić, że żołnierze Wiecznego Cesarstwa... – Zaczerpnęła tchu i rozejrzała się dokoła, jakby szukając podpowiedzi. – Udowodnić, że żołnierze Wiecznego Cesarstwa też potrafią bardzo szybko maszerować.

Waseneva zrozumiała, co Agatra ma na myśli, bo znała wszystkie szczegóły jej wyprawy do Puszczy Bukowej. Po powrocie nadsetniczka nie tylko zdała jej raport, ale jeszcze wyżaliła się szczerze...

Przyznała się do wszystkich popełnionych głupstw. Cesarzowa rozgniewała się, rzuciła w nią kielichem i wypędziła za drzwi, a potem przebaczyła.

– Dostałam list od Przyjętego, z którym byłaś w Sey Aye. Nowa księżna to, o ile zrozumiałam, coś w rodzaju wspomnienia po jednej z mitycznych Trzech Sióstr. Mają tam rodową tradycję wiecznego czekania na powrót Rollayny. Ale z księżnej cała Szerń już wyparowała.

– Szerń to ostatnia rzecz, wasza wysokość, której trzeba się bać w tej kobiecie.

– Boisz się jej?

– Nie, wasza wysokość. Ale to... bardzo twarda baba – orzekła z powagą Agatra.

– Nie podoba mi się, że idziesz na wojnę.

– A ja, wasza cesarska wysokość, nie mogę się tego doczekać.

– A może nie dać ci tego awansu? Kto tu ze mną zostanie? Dziady i ropuchy.

– Wasza cesarska wysokość... możesz mnie nawet zdegradować. Pójdę w klinie piechoty, z łukiem w ręku, jeśli nie będę mogła inaczej.

***

Blisko i daleko zarazem, bo w tym samym pałacu, ale we wschodnim skrzydle, oddalonym o ćwierć mili od komnat imperatorowej, pracował jej cesarski małżonek. Nieznośny wojskowy język, który tak nudził jej wysokość, dla najgodniejszego Awenora był odpoczynkiem. Zarządca prywatnych dóbr rodziny cesarskiej, Imperialny Intendent i Pierwszy Strażnik Skarbu nie mówili wojskowym językiem.

– Przesunięcie wojsk imperialnych nie może pozostać bez wpływu na wartość państwowych ziem, wasza wysokość wie to najlepiej.

Jego wysokość nie wiedział najlepiej. Ale rozumiał, o czym mówi intendent.

– Postąpiłem więc dokładnie odwrotnie, niż postąpić należało.

– Niestety tak, wasza cesarska wysokość. Nie ma popytu na ziemie leżące na Północnej Granicy. Popyt nigdy nie był duży. To niebezpieczne tereny, które nieprędko przynoszą dochody, najpierw trzeba dużo inwestować. Obniżenie opłat za dzierżawę, lub nawet wyprzedanie tych gruntów po najniższej cenie, mogłoby może dojść do skutku, ale nie teraz, kiedy odeszły stamtąd wojska. Nikt nie kupi ziemi, która została wydana na pastwę Alerów. Przez jakiś czas lasy i grunty uprawne, a nawet pastwiska na północy, nie będą miały żadnej wartości. Należało sprzedać je dwa miesiące temu.

– A imperialne dobra w Dartanie? To samo?

– Nie mają żadnej wartości.

– Czy w ogóle możemy jeszcze coś zastawić i sprzedać? – Zmęczony imperator nie krył rozdrażnienia. – A majątek ruchomy? Nic?

– Najprędzej opłaty mostowe i portowe. Myto wszelkiego rodzaju. Można przekazać prawo do pobierania tych opłat w ręce prywatne. Sprzedać te prawa albo wydzierżawić.

– Zrujnujemy finanse Wiecznego Cesarstwa! – zaprotestował skarbnik. – Postępując w ten sposób, pozbawimy skarb państwa najlepszych, bo przewidywalnych i stałych dochodów. A tym samym staniemy się niewiarygodni dla pożyczkodawców. Pożyczki pod zastaw przyszłych wpływów podatkowych i danin nie są udzielane zbyt chętnie, zwłaszcza gdy pożyczkobiorca jest już mocno obciążony odsetkami. Wierzyciele potrafią liczyć i wiedzą, że im więcej zastawimy, tym większe będą kłopoty ze spłatą odsetek i samego zadłużenia. A przecież wystarczy susza albo zaraza na bydło, by wpływy z podatków i daniny gwałtownie zmalały. To nie miało wielkiego znaczenia, gdy Kirlan uzyskiwał przychód ze wszystkich prowincji imperium, bo trudno oczekiwać suszy od razu w całym Szererze, ale teraz podatki i opłaty dzierżawne pobieramy tylko z Armektu. Morska Prowincja ciągle przejada wszystkie własne uzyski i Dorona chętnie poprosiłaby Kirlan o dotacje, zamiast...

Cesarz zamachał ręką.

– Miejskie łaźnie należące do imperium? Domy publiczne?

– Domy publiczne właśnie sprzedajemy. Łaźnie nie przynoszą dochodów, przeciwnie: wymagają dotacji.

– Kopalnie soli?

– Już zastawione.

– Przecież nie wszystkie? Wiem, że nie!

– Armektańskie wszystkie. Większość od kilku lat, a ostatnia od paru miesięcy. Częściowo sfinansowały wojnę garyjską...

– Cesarstwo nie ma już kopalń soli?

– Ma, najgodniejszy. W Dartanie.

Cesarstwo nie miało kopalń soli.

– Zastawcie i sprzedajcie cokolwiek. Pożyczajcie. – Awenor ciężko wstał od stołu. – Obciąć wszelkie wydatki, oprócz sztywnych, takich jak pobory. Wszystko kierować na wojsko.

Dostojnicy wstali, gdy wstał cesarz.

– Najgodniejszy...

– Wasza wysokość...

– Wszystko kierować na wojsko – imperator nie zamierzał ustąpić. – Jeśli zawali się cały Armekt, to będziemy siedzieli na trawie, ale z łukami w rękach. Legie przedstawiły już szacunkowe koszty. Na pewno zawyżone, nie mam złudzeń.... Polecam sprawdzić te rachunki i uściślić. Te pieniądze mają się znaleźć, nie obchodzi mnie, skąd. Podpiszę wszystko, co mi przedłożycie do podpisu. Mamy wojnę. O opłaty targowe i dochody z myta będziemy się martwić po wojnie. Zastaw bądź sprzedaj wszystko, co mi jeszcze zostało – zwrócił się do swojego zarządcy. – Domu w Rollaynie nie sprzedasz, wiem... Lasów już nie mam, zdaje się? Zacznij od Pereł jej wysokości, nigdy ich nie lubiła. W ogóle zwolnij zbędną służbę, potrafię ubierać się sam.

– Wasza cesarska wysokość... – intendent miał jeszcze sprawę.

– Chcę dać przykład i pokazać, że oszczędzam. Wiem, że sprzedając Perły nie sfinansuję wojny... Ale jednak, gesty są ważne.

– Ja nie o tym, wasza...

– Tak, już wiem, pamiętam. Tydzień. W ciągu tygodnia życzę sobie mieć przedłożone sprawozdanie, jakie są możliwości złożenia zamówień na wszelkiego rodzaju materiały wojskowe. Po szczegóły zgłoś się, wasza godność, do intendentów legii. Czy coś jeszcze?

Więcej spraw nie było.

Cesarz wyszedł.

***

W wysokim kandelabrze u wezgłowia łoża płonęło kilka świec. Pomimo bardzo późnej pory jej cesarska wysokość swoim zwyczajem czytała do poduszki. Małe zwoje podróżne, coraz powszechniejsze w Armekcie, były wygodne w użyciu.

Na widok małżonka cesarzowa uniosła spojrzenie i uśmiechnęła się. Awenor podszedł do łoża, przysiadł na brzegu i dotknął zwieszającej się ze zwoju wstążki tytułowej.

– „Prawdziwa historia Białogrzywej"? Przecież to dla panien na wydaniu. Ona go kochała...

– ...a on tego nie widział – dokończyła pogodnie. – Dla kobiety takie historie nigdy się nie starzeją.

Pokiwał głową.

– Ale niestety starzeją się ludzie. Jestem stary, wasza cesarska wysokość.

– Bez wątpienia. Ja też.

– Kazałem sprzedać wszystkie twoje Perły.

– Dziękuję. Jesteśmy zrujnowani?

Westchnął.

– Ująłbym to inaczej. Jesteśmy najuboższą cesarską rodziną od jakichś dwustu lat. Ale głód nie zagląda nam w oczy i jeszcze nieprędko zajrzy.

– Nie rozmawiajmy o tym.

– Tylko przez chwilę, dobrze? Nie zasnę, jeśli ci się nie zwierzę.

– Mężczyzna to taki wielki kot – stwierdziła. – W każdym razie chodzące dziwadło. Chociaż... te wieczne rozterki to na pewno nie jest cecha kocia. Postanowiłeś? Podjąłeś decyzje, wydałeś rozkazy? Ciesz się i śpij.

– Zrujnowałem Wieczne Cesarstwo. Wyobrażałem sobie, że armektański pokój, wieczny pokój, winien wreszcie przynieść światu coś więcej niż zastój i nudę. Uwierzyłem, że cesarstwo naprawdę jest jednością. Może poza Garrą... Nie zdążyłem uczynić gestu, który zjednałby nam ten wielki naród.

– Nie bądź naiwny – powiedziała. – Ten wielki naród, gdyby tylko mógł, już tysiąc lat temu wypaliłby ogniem cały Szerer. I od tego tysiąca lat nic się nie zmieniło. Przyjazny gest w oczach Garyjczyka uczyniłbyś wówczas, gdybyś ściął wszystkich poddanych cesarstwa, a na koniec sam się powiesił.

– Ale Dartan? Przed wiekami zwaśnione armektańskie księstwa narzucały sobie więcej ciężarów i praw, niż Armekt narzucił Pierwszej Prowincji. Dartańczycy są u siebie, w swoim własnym kraju, mówią własnym językiem, a cesarski przedstawiciel jest rdzennym Dartem, który wyrósł z ich ziemi.

– Chcą być wolni. Chcą być narodem.

– Naród? Wolni? Nie, Wasenevo. Dartańscy rycerze i magnaci są wolni. Oni nie chcą wolności, chcą tylko po staremu wodzić się za łby, palić wioski sąsiadów z powodu ciężkostrawnej wieczerzy, podanej komuś przed wiekami. Czy na tym ma polegać ich wolność i prawo do samostanowienia? Wszystko, czego żąda od nich Kirlan, to niewszczynanie bratobójczych wojen.

– Zawsze uważałam, że żądamy za mało.

– Wiem, wiem, Wasenevo... Tu powinien być jeden wielki Armekt, rozpostarty na cały Szerer. Wiem, co myślisz. Ale, Wasenevo, wiem coś jeszcze. Otóż gdybyś to ty rządziła Wiecznym Cesarstwem, gdyby w ogóle światem rządziły kobiety, to płacz i jęki dobiegałyby z każdego, nawet najmniejszego zakątka.

– Jesteśmy okrutnicami – powiedziała wyrozumiale.

– Nie. Ale macie bardzo małe serca, potraficie kochać tylko swoje dzieci. Czasem jeszcze wybranego mężczyznę. W imię tych małych miłości gotowe jesteście na cokolwiek. Chciałbym choć raz w życiu spotkać kobietę mającą na oku jakiś wielki cel, nie związany z jej córeczką i synkiem, a nawet osiągany wbrew ich szczęściu. Ten biedny Ramez, jakże go rozumiem! – powiedział, biegnąc myślami do szalonych przedsięwzięć zięcia, które stały się przyczyną upadku Grombelardu. – Musiałem mu przeszkodzić w imię dobra cesarstwa, więc poparłem naszą córkę... Ale Werena chciała tylko mieć swojego mężczyznę, dla siebie i tylko dla siebie. Wszystko, co uczyniła, nie służyło niczemu więcej, bo sprawie Grombelardu najwyżej przy okazji. Małe, kobiece serce.

– Mam trzech synów. Nigdy nie zabiegałam o korzyści dla żadnego z nich.

– Nie, Wasenevo?

– Czyżbym zabiegała?

– Nie zabiegasz. Walczysz z żelaznym uporem. Całe swoje życie poświęciłaś budowaniu ich przyszłości. Armia, z mojej winy, prawie nie istnieje, za to Trybunał Imperialny ma się dobrze, jak chyba nigdy dotąd. Ale jaka to jest instytucja? Jaką stała się za twoją sprawą? Kirlanowi służy dobrze, ale... no tak, najwyżej przy okazji. Urzędników stojących na straży prawa imperialnego i jedności Wiecznego Cesarstwa przemieniłaś w zastęp piastunek dla naszych synów. Bo nasi synowie pozostaną, kiedy nas już nie będzie, a wiemy oboje, że nie nadają się do niczego. Rozszarpią między siebie wicekrólewskie trony w prowincjach, a jeden zechce zasiąść tutaj, w Kirlanie. Przez całe życie wiążesz oczka niewidzialnej sieci, która spęta ich wtedy, gdy sami sobie zechcą zrobić krzywdę.

– Nigdy tak o tym nie myślałam – powiedziała po długiej chwili.

– Wiem.

Najgodniejszy Imperator rzeczywiście nie potrzebował pomocy przy zdejmowaniu szat. Zdmuchnął świece i po niedługim czasie położył się obok żony.

– Pozwolisz mi dzisiaj spać tutaj?

– To bardzo obszerne łoże – powiedziała ciepło i zachęcająco. – A ty jesteś w nim gospodarzem, nie gościem.

Może w pięknych bajkach o namiętnej miłości aż po grób kryło się ziarno prawdy? Dłonie starego cesarza nie pieściły ciała posuniętej w latach kobiety, lecz gładziły skórę najbliższej i najważniejszej istoty. Oboje chcieli dawać, nie brać. Ważne było, co czuje to drugie. Całując żonę, Awenor czuł jej przyjemność, i to było źródłem przyjemności własnej; powolutku ciągnąc męża ku sobie, Waseneva chciała dać mu ciepło i tę wspaniałą, opiekuńczą władzę nad kobietą, z której mężczyzna czerpie tyle siły. Wiedziała, że u jej boku nigdy nie czuje się słaby, nawet jeśli czasem lata dawały znać o sobie, zsyłając płytką niemoc. Płytką, bo tylko cielesną... Tych dwoje ludzi, razem, nigdy nie poznało goryczy zwątpienia i niemożności. Może rzadziej, ale za to pełniej niż za młodu, mogli cieszyć się zmęczeniem, smakować błogość zaspokojenia. Pół wieku wspólnego życia pozwalało z pobłażliwym, choć czułym uśmiechem spoglądać na młodzieńcze uniesienia, szybkie, przemijające, nieważne... Młode wino na pewno zaspokajało pragnienie, lecz pełny smak miało tylko dojrzałe.

Awenor czuł znużenie i senność, zaklęte w zapachu włosów żony i ciepłej kropli potu płynącej po jej szyi.

– Jestem zmęczony. A ty nie?

– Jestem, chociaż tego nie widać – odparła cicho, wiedząc, co ma na myśli jej mężczyzna. – Chcesz... ustąpić?

W ciemnej sypialni długo trwała cisza.

– Gdy tylko skończymy tę wojnę. Abdykuję na rzecz Wereny.

– Kobiety o małym sercu?

– Wielkie serca nie są temu światu potrzebne. Jestem niemądrym, dobrotliwym oprawcą... Moje łagodne rządy wycisnęły z tej ziemi więcej krwi, niż zdołałbym wytoczyć z batem w ręku. Werena przygniecie kolanem do ziemi cały Szerer. Ktoś taki jest tu teraz potrzebny, Wasenevo.

Milczała, zamyślona, patrząc w mrok. Długo szukała odpowiedzi na sto pytań.

– Lecz Werena nie może mieć dzieci... A kto po niej?

Nie było żadnej reakcji. Najgodniejszy Imperator A.S.N.Awenor równo oddychał przez sen.

– Ostatecznie... to już nie nasze zmartwienie – powiedziała, zamykając oczy.

29

Jej wysokość wezwała Agatrę dopiero po tygodniu.

Nadsetniczka niecierpliwiła się, czekając. Mimo że cesarzowa obiecała jej własne wstawiennictwo, wcale nie było oczywiste, czy upragniony awans dojdzie do skutku. Chodziło przecież o coś znacznie ważniejszego niż tylko nadanie komuś stopnia. W zupełnie nieformalny, nie mający nic wspólnego z drogą służbową sposób, średniej rangi oficerka zgłaszała propozycję, której odrzucenie lub przyjęcie mogło mieć bardzo doniosłe – zarówno z wojskowego, jak i politycznego punktu widzenia – skutki. Sprawa faktycznej likwidacji Legii Dartańskiej – bo tym było rozdzielenie jej oddziałów między armektańskie legiony – musiała zostać rozważona od początku; utworzenie dwóch dartańskich półlegionów pod wspólną komendą oznaczało, że Pierwsza Prowincja będzie w istotny sposób reprezentowana w nadchodzącej wojnie. Kliny, a nawet kolumny, można było powierzyć dartańskim podsetnikom i setnikom o wątpliwych umiejętnościach. Lecz złożony głównie z Dartańczyków legion to już była całkiem inna sprawa. Książę Przedstawiciel Cesarza z Rollayny, choć chwilowo siedział w Tarwelarze, wciąż piastował swoje stanowisko. Na pewno nie był skłonny kłócić się o obsadę niższych szczebli dowódczych. Ale nadsetnicy i tysięcznik-komendant legionu?

Mogło się okazać, że nadsetniczka Agatra ukręciła sznur na własną szyję – przecież wystarczyło przyjąć jej pomysł, odrzucić zaś prośbę o awans... Doborowy armektański półlegion, wraz ze swą dowódczynią, mógł trafić pod komendę jakiegoś dartańskiego bufona, którego wojenne doświadczenie sprowadzało się do kilku miesięcy spędzonych przed półwieczem w jakiejś stanicy na północy (bo każdy od stopnia setnika w górę musiał odbyć tam staż).

Oczekiwanie na decyzję było bardzo męczące.

Agatra nie nudziła się jednak. Od kilku miesięcy wszystkie trzy kolumny półlegionu dostawały w tyłek jak nigdy dotąd. Gdyby komendant Yokes mógł zobaczyć, co sprawiły marszowe popisy jego spieszonej konnicy, urósłby i rozeźlił się zarazem. Niewątpliwie wywarł pożądane wrażenie, lecz przy okazji przyczynił się do wytresowania trzech setek wojskowych zwierząt, które miały wkrótce, być może, stanąć przed frontem jego wojsk. Odpowiedzialna za dyscyplinę i szkolenie zastępczyni dowódcy półlegionu, rozleniwiona pozycją faworytki na cesarskim dworze, rozbawiona, więcej czasu spędzała w Kirlanie niż w swoim podmiejskim garnizonie. Kiedyś. Po powrocie z Puszczy Bukowej niezbyt lubiana nadsetniczka została wręcz znienawidzona przez żołnierzy. Mąż, niski rangą urzędnik miejski, przyjeżdżał czasem do garnizonu – pokpiwano, że w celu wyegzekwowania praw małżeńskich, chociaż raz w miesiącu... Rzeczywiście, chyba tak było. Być może nadsetniczka zapisała gdzieś imiona swoich dzieci, bo jeżeli nie, to na pewno zdążyła je zapomnieć. Niekończące się marsze, strzelania, siłowe ćwiczenia i kąpiele w lodowatej rzece (była dopiero wczesna wiosna!) wychodziły już żołnierzom bokiem. Płytka, leniwie tocząca swe wody Kewra miała u ujścia szerokość pół ćwierci mili. Po miesiącu nie było w półlegionie żołnierza, który by jej nie pokonał w obie strony. Wsparci na końskich kulbakach, opici wodą jeźdźcy, kurczowo trzymali się płynących wierzchowców, idąc o lepsze z łucznikami i topornikami. Nieszczęśni piechurzy, to płynąc, to idąc po licznych płyciznach, popychali przed sobą dziesiątki pokracznych tratew, dźwigających najcięższe lub wrażliwe na wodę części uzbrojenia. Podsetniczka nie zamierzała potopić ani pozaziębiać na śmierć swoich żołnierzy; forsującym rzekę legionistom i gwardzistom towarzyszyły łodzie, gotowe pospieszyć tonącym z pomocą, na brzegu zaś czekały kubki z wódką i kotły z gorącą zupą (nie dotarły tam same, o nie; kucharze wraz z częścią zaplecza półlegionu pokonali rzekę nieco wcześniej, wraz z ochotniczym oddziałem straży przedniej...). Podobnie, gdy zarządzano forsowne marsze, za kolumnami podążały wozy, zbierające tych, którym naprawdę trzeba było pomóc. Przydały się niejednemu. Dwa razy półlegion maszerował przez całą dobę, równo od świtu do świtu. Szli wszyscy, także spieszeni jeźdźcy. Za pierwszym razem pokonano czterdzieści osiem mil. Za drugim pięćdziesiąt dwie. Było to ponad trzy razy więcej, niż przewidywały normy. Uznawano, że piechota w równym terenie powinna pokonywać średnio piętnaście mil dziennie.

Ale nadsetniczka pływała i chodziła razem ze wszystkimi. Nie znoszono jej, ale podziwiano. Ta kobieta miała dwa razy więcej lat niż jej przeciętny podkomendny. Pierwszego całodobowego marszu nie zdołała ukończyć – z poobcieranymi do żywego mięsa stopami musiano ją położyć na wozie. Przełknęła to; istny tabor wiózł razem z nią prawie setkę dwudziestoparoletnich chłopaków i wszystkie dziewczyny półlegionu. Drugi przemarsz, po miesiącu, ukończyła na czele podkomendnych.

Po kilku miesiącach ćwiczeń żołnierze dostali nagrodę. W garnizonie pojawili się dziesiętnicy i oficerowie w jasnoszarych tunikach. Cesarz posłał ich specjalnie po to, by zobaczyli, jak ćwiczy armektański gwardyjski półlegion... Po trzech dniach wrócili do Kirlanu. Wkrótce przyszło pismo z prośbą o czterech tarczowników i tyluż łuczników pieszych. Mieli to być ochotnicy. Po raz pierwszy w historii imperium zdarzyło się, że Gwardia Cesarska była gotowa przyjąć uzupełnienia nie tylko z klinów gwardyjskich, ale też ze zwykłych oddziałów legii... Nadsetniczka odczytała pismo na porannym apelu i zobowiązała swoich oficerów do przedstawienia listy ochotników. Czekała do wieczora, potem poszła spać.

Nikt się nie zgłosił.

Posłano tę wiadomość do Kirlanu. Cesarz odpowiedział osobiście; jego krótki, złożony z kilkunastu słów list powieszono na ścianie w wielkiej izbie jadalnej. Imperator nie żywił urazy do żołnierzy gwardyjskiego półlegionu. Gratulował wytrwałości i nazywał ich wzorem dla innych.

Wszystkie trzy kolumny, najpierw gwardyjska, potem pozostałe, otrzymały od Agatry po pięć dni urlopu. Potem szkolenia wznowiono.

Nadsetniczka nie nudziła się, czekając na wezwanie do pałacu.

***

Coś bardzo dziwnego wydarzyło się w Kirlanie i Agatra próbowała zgadnąć, co to było. W pałacowych korytarzach tłum dworzan, petentów i służby był pozornie taki sam jak kiedyś. Ale jednak zaszła jakaś zmiana... Nadsetniczka przemierzyła pół pałacu, nim zrozumiała, o co chodzi. W powietrzu wisiała wojna.

W powietrzu wisiała wojna i oficerka gwardyjskiego półlegionu dowiedziała się, co to znaczy. To nie było poetyckie określenie, wydumane przez kogoś, kto nie wiedział, co mówi. Armektańska żołnierka, weteranka wielu bitew i kampanii na Północnej Granicy, przypomniała sobie, jaki ciężar ma spojrzenie Arilory. Gdy Niepojęta Pani zniżała ku ziemi swoją twarz, wszyscy czuli jej oddech. Wojna, trzeci z bytów, najpotężniejszy ze wszystkich. Niezniszczalny, zawieszony między Szernią a światem, rządzący nawet Pasmami i Smugami. Agatra czuła się dziwnie odrodzona. Oddano jej coś zapomnianego; coś, co dla żołnierza było samym sensem istnienia.

Arilora zamieszkała w spojrzeniach, jakimi obrzucali ją mieszkańcy i goście pałacu. Niebieska tunika z szarymi paskami honor-gwardzistki stała się bardziej godna uwagi niż najpiękniejsze suknie. Jakiś obcy mężczyzna na schodach (kto to był? pałacowy urzędnik?) wyciągnął do niej rękę i z uśmiechem podał drewnianego psa. Wzięła odruchowo i przez długą chwilę stała zdziwiona; obejrzała się, ale nieznajomy już poszedł. Niedroga zabawka, kupiona pewnie dla dziecka... Zrozumiała, że ten człowiek po prostu chciał jej coś dać. Miał akurat w ręku zabawkę i dał ją dostrzeżonej żołnierce, która jutro miała gdzieś daleko, budować od nowa armektańską dumę. To był

Armektańczyk. Jeśli nawet nie służył Niepojętej Pani, to ją szanował i czcił.

Agatra już wiedziała, że Armekt wygra tę wojnę. Wygra każdą wojnę, prędzej albo później. Armekt wyrósł z wojny – a możliwe, że tak samo wojna wyrosła z Armektu. Przecież narodziła się gdzieś, kiedyś... Agatra wiedziała gdzie.

Jej cesarska wysokość pracowała w dziennej kancelarii. Na widok ulubienicy machnęła tylko ręką i pokazała ruchem głowy drzwi do komnaty obok. Nie przerywała dyktowania, a zarazem słuchała jakiegoś człowieka, niebogatego mężczyzny Czystej Krwi, a może mieszczanina, bo strój nie dawał wyraźnej odpowiedzi. Agatra poszła, gdzie jej nakazano. Nie musiała czekać zbyt długo. Wyglądała przez okno, gdy za plecami skrzypnęły otwierane drzwi. Odwróciła się i skłoniła głowę na wojskowy sposób.

– Mam dwie sprawy i ani chwili czasu – powiedziała jej wysokość, idąc ku ścianie, na której umocowano liczne półki.

– Dwie sprawy, więc tylko dwa słowa – palnęła bezczelnie żołnierka.

– Och, ty szelmo.

Agatra czekała. Waseneva niecierpliwie przekładała jakieś karty i rulony na półkach, szukając chyba właściwego pisma. Znalazła.

– Jutro lub pojutrze twój dowódca wręczy ci patent tysięczniczki lekkiej piechoty. Uciesz się, udaj, że słyszysz nowinę od niego. Niech staruszek ma przyjemność, że sprawił ci niespodziankę. W ten sposób zyskuje się przyjaciół.

Agatra z najwyższym trudem powstrzymała wybuch radości.

– Dziękuję – powiedziała. – Czy to znaczy, wasza wysokość...?

– Będziesz dowodziła legionem, jaki sobie wymyśliłaś. Mało tego, za parę dni dostaniesz rozkaz wyjazdu do Tarwelaru. Sama sobie wybierzesz żołnierzy spośród wszystkich, jacy tam dotrą. Ja też miałam wojskowy pomysł... co, nie wierzysz? Upomnij się tam o półlegion Gwardii Dartańskiej, to straż Przedstawiciela, zdaje się? Nie będzie mu potrzebna, jest twoja. Za dwa, trzy dni zostanie zwołana nowa narada wojenna. Tym razem już weźmiesz w niej udział.

Oszołomiona Agatra milczała.

– Ale teraz mam sprawę. Pół roku temu byłaś w Akali. Słucham. – Pokazała dwa trzymane w ręku pisma. – Posyłam to jeszcze dziś. Najwyższy Sędzia Trybunału w Kirlanie odwołuje Pierwszego Namiestnika, tu akurat nie interesuje mnie twoja opinia. Ale to – uniosła większy rulon – jest przeniesienie dla tysięczniczki dowodzącej garnizonem Akalskim. Tysięczniczka Tereza, tak? – zajrzała do pisma. – Bardzo sławna żołnierka, jak pamiętam. Zostaje przeniesiona na tyły, bo Północna Granica to teraz tyły. Słucham.

Gwardzistka milczała zdumiona.

– Nie mam czasu – powiedziała poirytowana cesarzowa. – Zasięgam twojej opinii, bo mam powody. Byłaś tam i od dawna znasz tę kobietę. Słucham.

– Przeniesienie na tyły? – Agatra nie mogła uwierzyć.

Cesarzowa patrzyła wyczekująco.

Nadsetniczka pozbierała się, bo było całkiem jasne, że Waseneva wyrzuci ją zaraz, jeśli nie usłyszy czegokolwiek wartego uwagi.

– To najlepszy garnizon miejski, jaki kiedykolwiek widziałam. A tysięczniczka Tereza jest teraz być może najlepszym dowódcą, jakiego ma Wieczne Cesarstwo. Zwłaszcza gdy chodzi o działania jazdy. Jeśli w Morskiej Prowincji nie siedzi ktoś lepszy od niej, to w Armekcie na pewno go nie ma. Ja nikogo takiego nie widziałam, a znam wszystkich armektańskich tysięczników i nadtysięczników.

– Gdyby miała jutro zostać naczelnym dowódcą wszystkich wojsk armektańskich? Tu, w Kirlanie. Nie wodzem na wojnie. Najważniejszym żołnierzem tutaj, w tym pałacu. Słucham.

Agatrę zatkało.

– To... jest rozważane?

– Nadsetniczko, ja naprawdę nie mam czasu.

Gwardzistka nie wiedziała co powiedzieć. Nie miała pojęcia, co sobie umyśliła cesarzowa.

Czy naprawdę nadsetniczka półlegionu mogła teraz pomóc lub przeszkodzić swojej dawnej dowódczyni w karierze?

W osiągnięciu stanowiska naczelnej komendantki wszystkich wojsk w Armekcie?...

– Nie, wasza wysokość – powiedziała z ciężkim sercem.

Cesarzowa wyglądała na zdziwioną.

– Nie? Dlaczego?

Agatra westchnęła.

– Tysięczniczka Tereza to... naprawdę znakomity dowódca. Ale taka funkcja... nie, wasza wysokość. Chyba... chybaby sobie nie poradziła. Chybaby nawet nie chciała... Nie wiem, wasza wysokość.

– Żartujesz. Nie poradziłaby sobie?

– Naczelny dowódca w Kirlanie to raczej polityk niż żołnierz, cesarzowo. Tysięczniczka Tereza... Nie, wasza wysokość.

– W Akali radzi sobie świetnie. Zdaje się, że nikt tam nie ma nic do powiedzenia. Tylko ona.

– To wojskowy okręg, wasza wysokość. W wojskowych okręgach komendanci garnizonów mają głos decydujący. To... tego się chyba oczekuje, żeby działali zdecydowanie? Ale tutaj, w stolicy? Nie, wasza wysokość. Tysięczniczka próbowałaby tutaj rządzić najwyższymi urzędnikami tak, jak rządzi swoimi oficerami. Ja... sama widziałam, jak wyrzuciła za drzwi Pierwszego Namiestnika. Zasłużył na to! – dodała pospiesznie. – Tutaj... po kilku miesiącach usunięto by ją ze stanowiska. Tak uważam. Odeszłaby... i do tego w niesławie. To krzywdzące.

– Nie lubisz jej? Próbujesz jej złamać karierę?

Agatra przygryzła wargę, ale po chwili uniosła spojrzenie.

– Wasza wysokość, wiem, że nie masz czasu – powiedziała odważnie. – Ale nie mogę ci pomóc, nie wiedząc, o co właściwie pytasz. Jakie ma znaczenie, czy lubię tysięczniczkę Terezę? Bardzo ją podziwiam i zazdroszczę jej sławy. Odesłanie jej na tyły uważam za... za głupie, wasza wysokość. Mamy wojnę i przegramy ją, odsyłając najlepszych dowódców. A stanowisko w Kirlanie, dla świetnego dowódcy polowego... ale właśnie polowego! Tereza bez żołnierzy... z piórem, wiecznie przy pulpicie? Jedno i drugie jest głupie. Wystarczy, wasza wysokość?

– Pierwsze głupstwo wymyśliłam ja. Druga możliwość nigdy nie była rozważana.

Agatra pogubiła się do reszty.

– Nie było rozważane przeniesienie tysięczniczki do Kirlanu i mianowanie naczelną komendantką legii?

– Nie. Taki pomysł nawet głupia cesarzowa uważa za głupi.

– Wasza wysokość... Ja nie mówiłam...

– Słyszałam, co mówiłaś. Dziękuję. Wracaj do garnizonu i czekaj na swój awans.

Nadsetniczka skłoniła się i ruszyła do wyjścia.

– Czekaj – powiedziała Waseneva, zatrzymując żołnierkę przy drzwiach. – Nie złość się. Chciałam wiedzieć, czy tysięczniczka ma głowę do polityki. Podpuściłam cię, zaprzeczyłaś. Tylko tyle. Uciekaj.

Agatra, wciąż niewiele rozumiejąc, zniknęła za drzwiami.

Cesarzowa została sama, skubiąc trzymane w dłoniach rulony.

Rano poważnie pokłóciła się z mężem. Była to kłótnia polityka z żołnierzem... Teraz stała głęboko zamyślona. Obrażona i niezadowolona. Wreszcie popatrzyła na pieczęcie i przedarła jeden z rulonów. Połówki zmięła i upuściła na podłogę.

Wróciła do kancelarii.

– Wysłać to natychmiast do Trybunału w Akali – powiedziała, podając rulon urzędnikowi. – Na czym skończyłam? – zapytała pisarza. – Już wiem. Pisz: „Skłonna więc jestem przychylić się do prośby, ale jeszcze nie teraz. Uzbrój się, panie, w cierpliwość i nie podejmuj na razie żadnych wiążących decyzji".

Dyktując, znalazła mały arkusik i stanęła przy wolnym pulpicie. Napisała: *To był głupi pomysł, miałeś rację. Zrób, jak powiedziałeś. Przepraszam, że krzyczałam.*

Złożyła arkusik na pół.

– Do cesarza, natychmiast. A ty dalej, pisz: „Dokładne instrukcje zostaną przekazane...".

30

Jej Godność Tereza
Tysięczniczka-Komendantka
Wojskowego Okręgu Akali
honor-podsetniczka
Gwardii Armektańskiej
w Akali

Komendantko!

Wojna.

Nie umiem dobże pisać listów. Powiedziałaś mi kiedyś że widać ogromną różnicę w moim sposobie mówienia, ale pisania to napewno nie dotyczy. Ledwie ledwie. Raporty jakoś skrobię. Nie śmiej się ze mnie, Terezo.

Terezo, cały Kirlan, cały Tarwelar i wogóle cały Armekt żyje tylko przygotowaniami do kampanii dartańskiej. Dostałabym po uszach, gdyby wyszło na jaw, że napisałam do Ciebie ten list, schowaj więc go dobże, a najlepiej odrazu wyrzuć. Co mówię wyrzuć? Zniszcz! Nie rozstałyśmy się w wielkiej przyjaźni, ale bardzo mi zależy żeby spotkanie było inne. Po pierwsze muszę koniecznie wkraść się w Twoje łaski, Komendantko. Nie, żartuję sobie. Ale już wkrótce i tak usiądziemy w jakiejś izbie, by wyrąbać sobie w oczy wszystkie żale, bo Niepojęta nie zechce wesprzeć w walce żołnierzy, którzy nieprzyjaźń do wrogów przenoszą na towarzyszy. Terezo, kiedy piszę ten list, masz już pewnie w Akali pierwszych legionistów dartańskich, a kiedy go dostaniesz, w całym Dartanie, oprócz straży morskiej, nie będzie już ani jednego żołnierza imperium. W Kirlanie, gdy powstawały pierwsze plany, nikt się nie spodziewał, że wyprowadzenie Legii Dartańskiej do Armektu uda się aż tak dobże. Wszystko przebiegło nadzwyczaj sprawnie, konni legioniści z północnego i środkowego Dartanu forsownymi marszami przeszli wprost do okręgu Tarwelaru i Twojego. Z pierwszych raportów wynika, że nikt ich nie zatrzymywał, ale nawet się temu nie dziwię, bo nie odrazu chyba stało się tam jasne, że nie chodzi o jakieś wzmorzone patrole, albo przesunięcia sił z garnizonu do garnizonu. A później tym bardziej nikt ich nie niepokoił, bo oznaczałoby to wypowiedzenie wojny cesarstwu i zerwanie rozmów z Kirlanem, a pertraktujemy teraz ze wszystkimi. Żołnierze piesi z północnego Dartanu tak samo przeszli wprost do Armektu, wszyscy inni są już w Dartanie południowym i albo wsiadają na statki, albo właśnie nimi płyną. W południowym Dartanie straż morska będzie trzymać tylko dwa miasta portowe, Llapmę i Nin Aye, tak długo, jak to będzie możliwe. Straż morska po zabraniu legionistów, którzy dojdą do mniejszych portów, już tam nie wróci, zasili garnizony Llapmy i Nin Aye, albo przejdzie do Armektu, także i pod Twoje rozkazy. Nie wiadomo, co zrobić z tymi marynarzami, bo nawet komendy i sygnały mają inne niż piechota legii, więc użycie ich w polu jest prawie niemożliwe. Rozważa się zluzowanie przez tych żołnierzy kilku mniejszych miejskich garnizonów, rozważ i Ty taką możliwość, bo wiem że utrzymujesz jakieś placówki w Grombelardzie. Służbę patrolową na ulicach mogą pełnić choćby i marynarze, a nawet zbrojne utarczki z jakimiś grombelardzkimi bandami to też nie jest to samo, co regularne bitwy z dartańską konnicą rycerską, więc piechota morska na pewno sobie poradzi. Najpierw wogóle brano pod uwagę zluzowanie nie tylko przez straż morską, ale także Legię Dartańską wszystkich możliwych armektańskich garnizonów, potem jednak zdecydowano, że mija się to z celem. Już dawno zabrano z miejskich garnizonów wszystko, co można było zabrać, bo nie tylko najlepszych ludzi, zwłaszcza tych, którzy kiedyś służyli na północy, ale także rozporządzalną broń i wyposażenie. Powstałby tylko niepotrzebny bałagan a skutkiem byłoby przyprowadzenie do Dartanu tak samo wartościowych i tak samo uzbrojonych oddziałów, jak te, które stamtąd wyszły, tyle tylko, że armektańscy żołnierze nie znają języka i miejscowych stosunków. Legia Dartańska będzie więc walczyć w Dartanie. Terezo, walczyć będzie pod Twoją komendą! Ja sama przyprowadzę Ci zupełnie dobry legion armektańsko-dartański. Oprócz własnego półlegionu gwardyjskiego mam ciężkozbrojny (ale jak ciężkozbrojny!) półlegion Gwardii Dartańskiej, to żołnierze całkiem dobrze wyszkoleni, prawie jak nasi legioniści. Trzeci półlegion składa się ze zwykłych legionistów dartańskich, jeszcze go organizuję. Brakuje mi wszystkiego: broni, służb, materiałów, zapasów, taborów... Naprawdę wszystkiego. Ale sami żołnierze, choć trudno w to uwierzyć, nie są aż tacy źli, wyszukałam naprzykład kilku dziesiętników, którzy jeszcze jako prości żołnierze brali udział w wojnie garyjskiej, bo tutaj każdy, kto kiedykolwiek wziął udział w walce, od razu dostaje stopień funkcyjnego legii, albo jest przenoszony do gwardii – to zasłużony weteran, wyobrażasz sobie? Jest też trochę Armektańczyków, mam bardzo dobrych kurierów na świetnych koniach, wogóle konie wszyscy przyprowadzili znakomite, to nie są nasze stepowce! Znalazłam nawet jedną dziewczynę, rodowitą Dartankę, wzięłam ją. Wszyscy ci żołnierze chcą się bić! Chcą udowodnić, że nie są gorsi od naszych, że niesłusznie się nimi pogardza. Potrzebują tylko broni i dowódców. Teraz siedzę w Tarwelarze i czekam, co jeszcze przypłynie.

Terezo, istnieją już plany wojenne. Wkrótce otrzymasz dokładne rozkazy, ale już teraz myśl o zorganizowaniu i przeszkoleniu ogromnej liczby ludzi. Pod Tarwelarem stawią się wszystkie legiony armektańskie, w tym cztery z Północnej Granicy. Legia Dartańska odesłana zostanie na tyły, wszyscy powinni w to uwierzyć, a najbardziej wszyscy w Dartanie. W rzeczywistości, nie licząc mojego, sformowane zostaną co najmniej dwa pełne legiony. Ci żołnierze trafią pod Twoją komendę, do jakiegoś obozu między Akalą i Rapą, który nie będzie (jak próbuje się to wszystkim wmówić) obozem jakichś bezwartościowych żołnierzy-tułaczy, którzy całą broń przekazali Legii Armektańskiej, lecz obozem do przeprowadzenia reorganizacji. Dartańczycy nie tylko niczego nie oddadzą, ale przeciwnie, trafi do nich tyle uzbrojenia i wyposażenia, ile tylko będzie można posłać. Wszystko to musi być zrobione sprawnie i szybko, nie mówiąc o zachowaniu tajemnicy. Nie będzie wiele czasu na szkolenia, może tydzień. Przez ten czas dartańscy legioniści nauczą się najwyżej rozpoznawać swoich nowych dowódców, przypomną sobie komendy i sygnały, których nie słyszeli od lat, zresztą sama wiesz najlepiej, czego można nauczyć przez tydzień. Pocieszeniem jest, że wszyscy ci ludzie, chociaż dawno i byle jak, przeszli jednak szkołę ciężkiej piechoty strzelczej. Terezo, w każdej chwili oczekuj awansu, powierzone Ci zostanie dowództwo Armii Wschodniej, złożonej z Twojego własnego legionu, mojego gwardyjskiego i tych dwóch lub trzech dartańskich. To my mamy wygrać tą wojnę! Armia Zachodnia, przy wsparciu Stronnictwa Sprawiedliwych, z którym prowadzimy rokowania (z Enewenem prowadzimy także, ale tylko dla stworzenia pozorów) uderzy na Dartan w ogólnym kierunku na Lida Aye, Semenę i Senelettę, ściągając na siebie wszystkie siły Wskrzeszonych Rycerzy Królowej, a być może i to, co wyjdzie z Puszczy Bukowej (a byłam tam i myślę, że napewno coś wyjdzie). Jeżeli istnienie zorganizowanej Armii Wschodniej, a także jej przeznaczenie uda się utrzymać w tajemnicy, uderzysz tym wojskiem spod Akali na Rollaynę, a szczególnie na majątki K.B.I.Enewena i sprzymierzonych z nim Domów. Wszystko to puścimy z dymem, prywatne wioski i należące do dartańskich rodów małe miasta, wszystko. Po zajęciu Rollayny, z rodowych pałaców zostawimy tylko gruzy, potem zaś wyjdziemy na tyły Enewena, odcinając go od posiłków i zaopatrzenia z głębi kraju. To są założenia strategiczne, szczegóły wykonania tego planu będą zostawione oczywiście dowódcy Armii Wschodniej, czyli Tobie. Twierdz o znaczeniu ryglowym nie ma w Dartanie od wieków, a miasta dawno straciły znaczenie obronne, raczej więc nie musisz się liczyć z prowadzeniem działań oblężniczych, zresztą sama wiesz to najlepiej. Zdobądź dobre dartańskie mapy! W kraju, gdzie jest tyle rzek, uchwycenie mostów i przepraw będzie na miarę wygrania wojny. Ale przepraszam, że próbuję Cię pouczać. Wiesz to wszystko lepiej ode mnie.

Terezo, wygramy tą wojnę! Jeśli nawet plan się nie powiedzie, jeśli przeciwnik zgadnie, do czego zostaną użyte wyprowadzone z Dartanu siły imperialne – wygramy tą wojnę, Terezo. Na zamkniętej wojennej naradzie w Kirlanie powiedziano „Idziemy na wojnę!" i usłyszał to cały kraj. Tak samo wszyscy już wiedzą, że Cesarz i Cesarzowa sami sobie ścielą łóżka do snu i sami sobie posługują przy stole, bo zwolnili całą służbę. Wszyscy wiedzą, że Jej Cesarska Wysokość ma tylko trzy skromne suknie, bo sprzedała wszystkie swoje szaty i klejnoty, i oddała pieniądze na wojsko. Nigdy nie widziałam czegoś podobnego, Niepojęta przyszła do Armektu i spowrotem przyjmuje na służbę swoich łuczników równin, tych łuczników, którzy siedzą w miastach, w imperialnych i prywatnych majątkach, i dawno zamienili łuki na dratwy i dzieże do zagniatania chleba, a konie na wozy kupieckie, ale w duszach pozostali łucznikami, których ojcowie zdobyli cały Szerer. Imperialni poborcy nie mogą nadążyć z kwitowaniem dobrowolnych darowizn na wojsko. Ktokolwiek ma jakiś zbrojny poczet, zostawia w swoich dobrach najwyżej połowę tych żołnierzy, a z resztą zgłasza się do komendantury najbliższego miejskiego garnizonu. Prywatni żołnierze luzują imperialnych, pełniąc patrolową służbę na ulicach i traktach, opłacani z prywatnych pieniędzy. Setki żołnierzy z kadrowych legionów miejskich kierowane są dzięki temu do zbiorczych obozów, gdzie zestawia się z nich pełnoetatowe kliny i kolumny. Mamy już trzy nowe legiony, uzbrojone i częściowo wyposażone. Kupcy oddają wojsku w dzierżawę swoje wozy, przyjmując wojskowe kwity, które można będzie zrealizować dopiero za kilka lat. Miejscy rzemieślnicy naprawiają uszkodzone mienie wojskowe, przedstawiając rachunki tylko za zużyte materiały, bo za swoją pracę nie chcą wynagrodzenia. Zgłosiło się wielu ludzi chcących darmo służyć przy wojsku, tylko za utrzymanie. Nawet tutaj, w Tarwelarze, mam już pierwszych chętnych do służby przy moim legionie. Dostałam już kilka wozów, za które musiałam zapłacić – ale nie za to, co na nich było. Sprzedano mi je jako puste, Terezo, a jest tam płótno na namioty i płaszcze, buty dla żołnierzy, baryłki z wódką, szmaty na opatrunki i nawet lniane torby, kubki, sama nie wiem, co jeszcze. Możemy przegrać dziesięć bitew, możemy przegrać kampanię, ale wojnę wygramy, bo pod niebem Szereru nie istnieje nic, co mogłoby zatrzymać Ciebie, mnie i wszystkich tych, co nawet bez broni chcą służyć swojej armektańskiej Niepojętej Pani.

Mamy wojnę, Dowódczyni! Mamy prawdziwą wojnę!

– z Tarwelaru

Agatra
tysięczniczka legii
honor-setniczka
Gwardii Armektańskiej

Agatra nigdy tego listu nie wysłała. Podniecona i rozgorączkowana, pragnęła wykrzyczeć z siebie wszystko, co ją rozpierało, chciała podzielić się nowinami z przyszłą dowódczynią, która jeszcze nie wiedziała, że nią będzie. Ale nie istnieli tak pewni gońcy i tak bezpieczne drogi, którym można by zawierzyć list o podobnej treści. Zawarte w nim wiadomości, dla Stronnictwa Ahe Vanadeyone warte były każdej sumy w złocie. A Niepojęta Arilora, Pani Losu Wojennego, lubiła surowo karcić tych, którzy lekceważyli jej prawa... Tysięczniczka-komendantka gwardyjskiego legionu miała tego świadomość.

Tereza otrzymała list Agatry z własnej ręki nowej podkomendnej, dopiero wówczas gdy ta stawiła się w Akali. Ale wcześniej tysięczniczka Pogranicza odebrała rozkazy z Kirlanu i obejrzała nową białą tunikę, wycinaną w kwadratowe zęby. Obejrzała, bo jeszcze nie mogła nałożyć, jej awans był na razie wojskową tajemnicą. Otrzymała tunikę i proporzec jedyne w swoim rodzaju, całe białe, bez obszyć w barwach prowincji; mundur ozdobiono tylko wąskimi szarymi paskami honor-setniczki gwardii. Miała dowodzić wojskiem złożonym z żołnierzy dwóch krain i Potrójnego Pogranicza.

Tereza awansowała, bo jej cesarska wysokość Waseneva, wkrótce po tym, jak posłała małżonkowi drobno zapisany arkusik, powiedziała mu coś, co ogromnie podniosłoby na duchu zdjętego z urzędu T.L.Wadelara, Pierwszego Namiestnika Trybunału w Akali:

„Może to ty masz słuszność, Awenorze? Może powinnam ufać Armektance, która bez zarzutu pełni swoją służbę? Zamiast zupełnie bezpodstawnie bać się wzrostu jej siły i znaczenia, odgadywać plany, których pewnie nie ma... Moje zamiary nazwano dziś głupimi, tylko pomyśl. Ale może nie bez powodu. Niech będzie, jak tego chcesz, ty i twoi wojskowi. Wycofuję swoje zastrzeżenia".

CZĘŚĆ SZÓSTA

Rycerze i żołnierze królowej

31

Księżna tylko raz przymierzyła swoją pyszną zbroję, wykonaną dla niej z rozkazu księcia Lewina. Ubrana w złocone blachy – wcale lekkie, jak na zbroję płytową – z chrzęstem i łomotem postąpiła pół kroku naprzód, po czym parsknęła śmiechem.

„Można się w tym poruszać" – powiedziała. „To i tak więcej, niż oczekiwałam. Zdejmijcie to ze mnie, ale już! Hayno, czy jest coś, co może włożyć kobieta idąca na wojnę? Wszystko jedno, pod suknię, czy na suknię, byleby ważyło trochę mniej?".

Hayna zagoniła do roboty zbrojmistrza, płatnerza i... krawca. Znakomite kolcze plecionki, cienkie, lecz bardzo gęste, powleczono srebrem. Dopasowane były do wojennych sukni księżnej, granatowej i szarej. W stalowych koszulkach przewidziano z przodu otwory pozwalające na przeciągnięcie wszytych w suknie pasów. Ezena wyglądała w tym jak kobieta, a dźwigała niewiele więcej niż wtedy, gdy przychodziło jej do głowy wystroić się w którąś z uroczystych brokatowych szat. Trzecia zbroja jej wysokości, przeznaczona do sukni brązowej, została pokryta miedzią i złotem – był to krótki łuskowy pancerz, mocniejszy od obu srebrnych kolczug, ale niestety cięższy. Ezena trochę marudziła, lecz Hayna postawiła na swoim.

„Wasza wysokość" – powiedziała – „zrobię wszystko, co w mojej mocy, żebyś nie ruszyła na żadną wyprawę, a już zwłaszcza zadbam o to, żebyś trzymała się z daleka od bitew. Ale jeśli jednak dojdzie do tego, to będziesz nosiła ten pancerz. Chyba że wolisz lekki kirys? Kolczugi przydadzą się w podróży, ale na polu bitwy nie zatrzymają strzały, a tym bardziej bełtu z kuszy. Wystrzelonego z bliska ciężkiego bełtu nic zresztą nie zatrzyma, ale zabłąkany pocisk, nadlatujący z daleka, nie pokona tych łusek. Przynieść kirys? No to koniec, wasza wysokość".

Od tamtego czasu minęły trzy miesiące.

Ezena parokrotnie kazała sobie pokazywać wszystkie suknie wojenne i zbroje do nich. Spoglądała tęsknie, czasem przymierzała – i polecała odnieść. Nudziła się śmiertelnie, aż nagle wyszło na jaw, że bardzo, ale to bardzo słabo jeździ konno. Gdy uświadomiono jej tę prawdę, rozzłościła się. Oberwali wszyscy.

„Siedzę tu i siedzę, nic nie robię, a potem okazuje się, że nie umiem jeździć! Kto ma o tym wiedzieć, że nie umiem? Ja?".

Nieszczęsny koniuszy pokazał stadninę Sey Aye. Wszystkie bez wyjątku wierzchowce, które podobały się księżnej, były zupełnie nie dla niej. Nie miała zielonego pojęcia o koniach, ale bezbłędnie wybierała buchające ogniem z nozdrzy, ledwie ułożone pod siodło ogiery, z którymi mógłby mieć kłopoty każdy jeździec. Wybrano w końcu wytrzymałego wałacha-podjezdka i dwie klacze: niewybredną, dzielną armektankę i dużą smukłonogą dartankę ze Złotych Wzgórz, zwierzę szybkie jak wiatr, którego chętnie by dosiadł każdy kurier imperialnych legii. Ezena narzekała, złościła się, marudziła i codziennie, z żelazną wytrwałością, pobierała lekcje jazdy konnej, zarówno w kobiecym, jak i męskim siodle. Wdrożywszy się do niemiłych zajęć, wezwała Haynę i przypomniała o dawno złożonej obietnicy.

„Miałaś mnie uczyć posługiwania się bronią. Pokazywałaś mi, jak trzymać włócznię i sztylet, ale to było kiedy jeszcze żył książę i nic już nie umiem. Zapomniałam".

Hayna, która dawno już przestała proponować lekcje (bo Ezena machała tylko ręką), nic nie dała poznać po sobie. Wyrzucono wszystkie sprzęty z jednej z komnat. Ezena popatrzyła na Czarną Perłę, która zrobiła coś z włócznią o tnącym grocie... nie wiadomo co, bo wirującej broni w ogóle nie było widać... obejrzała wywiniętego w powietrzu kozła, pogapiła się na drewnianą tarczę zawieszoną na ścianie, w której środek łupnęło smukłe ostrze, potem znowu popatrzyła na zadowoloną niewolnicę, która spod przeciwnej ściany szła wyrwać rzuconą broń – i bez słowa wyniosła się z komnaty. Namawiana i nagabywana, wróciła po kilku dniach. Następnego ranka gotowa była zabić swą gwardzistkę, ale nie mogła wstać z łóżka, by ją znaleźć. Hayna przyszła sama, wpakowała jej wysokość do gorącej kąpieli, wysuszyła, natarła olejkami, a wieczorem znów zabrała do komnaty ćwiczeń.

Tak mijały dni. Lekcje jazdy konnej i wymachiwania sztyletami przerywano tylko wówczas, gdy księżna popadała w przygnębienie. W całym pałacu nie było wówczas nikogo, kto potrafiłby ją namówić do czegokolwiek. Zawsze jednak w końcu wzywała Przyjętego – i wszyscy już wiedzieli, że następnego dnia będzie lepiej. Może nawet zupełnie dobrze.

***

– Wasza wysokość – rzekł Gotah – nie istnieje taki żart, który można powtórzyć sto razy. A raczej: owszem, powtórzyć można każdy, ale nikt już nie będzie się śmiał. Co wyprawiasz, młoda kobieto?

„Młoda kobieta" od kilku dni dowodziła, że jest praczką i pochodzi z Armektu. Jeżeli nie musiała, w ogóle nie mówiła po dartańsku. Teraz siedziała – od samego rana, a był wczesny wieczór i na zewnątrz gościł już mrok – w swojej wąskiej komnacie. Posiłków nie przyjmowała – jeszcze czego... Wezwała mędrca Szerni zapewne tylko po to, by pokazać, że oprócz koszuli nie nosi na sobie nic więcej. Nie wątpił, bo w ciągu ostatnich dwóch dni mieli możność to sprawdzić chyba wszyscy w pałacu. Teraz bose stopy trzymała na stole, a splecione ręce na karku.

– Nie pouczaj mnie, wasza godność.

Rzecz jasna, po armektańsku.

– O, naprawdę nie śmiałbym pouczać księżnej Sey Aye – powiedział. – Ale poszła dokądś, zostawiając w swoich komnatach rozgrymaszone dziecko. Wasza wysokość, czy to rozsądne? – zapytał, rozsiadając się wygodnie. – No, powiedzże o co chodzi! Przecież po to mnie zawołałaś, żeby się wygadać – dorzucił zupełnie poważnie.

Zmarszczyła brwi, wydęła usta i... nic nie powiedziała. Bo miał rację. Przez chwilę walczyła z chęcią obrażenia się także na Gotaha. Ale wzruszyła tylko ramionami, ostentacyjnie podrapała się po udzie, zdjęła nogi ze stołu i wstała. Zagapiła się w okno.

Przez minione pół roku wyszło na jaw, że dwudziestoparoletnia kobieta też czasem potrzebuje matki, albo ojca... Dziadka, stryja, kogokolwiek. Opiekuna. Dobrego wujka. Gotah odkrył to z ogromnym zdziwieniem, bo o niektórych sprawach świata wiedział tyle, ile Ezena o Szerni. Ale i w sobie odkrył jakiś... instynkt ojcowski, coś, o czym dotąd nie wiedział. Bardzo wiele wieczorów spędził z jej książęcą wysokością, rozmawiając o Szerni, Prawach Całości, Rollaynie i jej siostrach... Niektóre z tych rozmów przemieniały się w zwierzenia młodej kobiety, która nie zawsze chciała być księżną. Czasem nawet nie chciała być niczyją przyjaciółką, wolałaby dzieckiem. Albo chociaż... siostrzenicą?

Od kilku miesięcy Przyjęty sumiennie i bez przymusu wywiązywał się z roli dobrego wuja. Nie nadużywała tego, bo też wcale nie była słabym i bezbronnym biedactwem, stale szukającym współczucia i oparcia. Ale bywały dni, gdy koniecznie, kiedy nikt nie słyszał, chciała powiedzieć Gotahowi, że jest jej źle.

– Siedzę tutaj i siedzę – powiedziała z westchnieniem. – Była zima, teraz jest wiosna... Yokesa w ogóle nie ma, Hayna łazi i nie może się doczekać, aż ktoś rzuci we mnie ogryzkiem, bo wtedy będę mogła podziwiać, jak moje przyboczne łapią ten ogryzek w powietrzu, a gwardziści rozrywają napastnika... Kesa wiecznie rozmawia z tobą, i to po grombelardzku, a jak raz powiedziała coś o Szerni, to myślałam, że mówię z Przyjętą. Anessa objechała cały Dartan, wróciła w sukni, jakiej nawet nie umiałabym włożyć. Bardzo jej potrzebuję, ale już nie mogę czasem wytrzymać tego jej lenistwa, fumów i tych wszystkich mężczyzn. Biedny Yokes... Moja Pierwsza Perła niczego się nie nauczyła, prędzej albo później znowu narobi mi kłopotów. Ale to nieważne. Najgorsze, że jestem nikomu niepotrzebna. Siedzę tu i siedzę...

Stara piosenka. Gotah domyślał się, że chodzi właśnie o to. Odkrył – podobnie jak kiedyś Yokes – że pani Dobrego Znaku bardzo źle znosi bezczynność. Była demonem czynu. Gdyby tylko mogła, już zimą uderzyłaby na Dartan, na Armekt, zresztą na cokolwiek, choćby na Grombelard. Najpierw bardzo dużo rozmawiali, potem coraz mniej, bo powoli brakowało tematów... Zimą nie dało się uciec z praczkami do strumienia i Ezena snuła się po swoim pałacu, popadając w coraz gorszy humor. Obżerała się z nudów, ale rozkosze podniebienia okazały się nic niewarte. Dłubiąc w coraz bardziej wyszukanych potrawach, Ezena owszem przytyła troszeczkę, ale to nie poprawiło jej humoru. W Dartanie trwała wojna, Enewen odnosił zwycięstwa, w Armekcie zbierano wojska, a jej wysokość Ezena jadła pasztety i potrawki.

– Nie poradzę sobie – powiedziała posępnie. – Nie jestem Rollayną i nie będę, przecież już to wiemy. Od czasu, kiedy znowu zmieniły mi się włosy, nic i nic. Nawet nie wiem, jak to zrobiłam. A wszyscy myślą...

Westchnęła.

Gotah wiedział, kto przywrócił księżnej pierwotną barwę i długość włosów. Ale nikomu nie powiedział. Dwie córki Szerni w Sey Aye – to już było naprawdę zbyt wiele. Wystarczyły kłopoty z jedną.

– Wasza wysokość, przecież rozmawialiśmy o tym tyle razy – powiedział. – Siły Szerni potrzebne są ci tak samo jak ogon albo dodatkowa ręka. Ciesz się, że jesteś prawdziwą kobietą z krwi i kości, zdolną do rzeczy wyjątkowych. Czy naprawdę lepiej być cudakiem, którego nie można dobudzić, któremu zmieniają się włosy, a tylko patrzeć, jak wyrosną skrzydła i zacznie świecić w mroku?

– Myślałam, że nauczę się nad tym panować. Że będę miała jakąś siłę albo moc.

– Masz jedno i drugie. A siły Szerni przeniesione do świata w ogóle nie chcą tu pasować. Naiwnością jest sądzić, że można wyszarpnąć z Pasm same pożyteczne rzeczy, zostawiając wszystko, co zbędne i niewygodne. Ubliżam twojemu rozumowi, pani, tłumacząc to po raz dziesiąty. Masz wojska, masz środki, o jakich przeciwnicy nie mogą nawet śnić, masz oddanych ci ludzi, a przede wszystkim masz siebie. Pasma Szerni dały ci więcej, niż myślisz. Dlaczego nie chcesz tego zauważyć?

– Dały mi coś? – ożywiła się.

– Przecież naprawdę byłaś, w jakiejś mierze, odbiciem Rollayny. Gdybyś nie była, to komendant Yokes, Perły Domu, a nawet Gotah-Przyjęty, nie służyliby ci swoimi umiejętnościami i wiedzą. Nie jestem pewien, czy utrzymałabyś pozycję pani Puszczy Bukowej. W tych wszystkich kronikach i księgach, w tym portrecie sprzed wieków, zapisano coś bardzo ważnego. Zapisano, że do Sey Aye przyjdzie ktoś wyjątkowy. Wszyscy tu na kogoś takiego czekali, sam książę Lewin czekał na kogoś takiego i tylko dlatego dostałaś swoją szansę. Wykorzystałaś ją. Teraz wszystko zależy od ciebie, Szerń tu nie pomoże ani nie zaszkodzi. Wojna z Wiecznym Cesarstwem to nie jest sprawa Szerni.

Bawiła się płomieniem osadzonej w lichtarzu świecy. Sparzyła się w palec, ssała go przez chwilę, a potem dmuchała nań, marszcząc brwi.

– Jestem uzurpatorką – powiedziała. – Nie jestem Rollayną.

– Rzeczywiście nie jesteś, ale trochę jednak nią byłaś, a jeszcze bardziej możesz nią zostać! – powiedział zniecierpliwiony. – Kim według ciebie była Rollayna? Boginią Szerni? Tak, ale tylko w legendzie. Może świeciła w nocy, może zresztą robiła jeszcze dziwniejsze rzeczy, ale rycerze królowej nie służyli żadnej sztukmistrzyni, to ich nie obchodziło. Służyli właśnie królowej, swojej królowej. Przez całe wieki czekali na królową i królowa wróciła. Spójrz na to inaczej. Czy jeśli jutro objawią się, jakimś cudem, uśpione w tobie siły Szerni, a ty do końca życia będziesz spacerować po tym parku, to będziesz Rollayną, na którą czekali jej rycerze? Czy może raczej będziesz nią wówczas, gdy bez żadnego wsparcia ze strony Pasm Szerni zasiądziesz na tronie w stolicy? Pomyśl, wasza wysokość!

– Śniły mi się siostry Rollayny – powiedziała. – Wyglądały jak Hayna i Anessa.

– Hayna? Nie – powiedział i ugryzł się w język.

Przez długą, długą chwilę patrzyła, nic nie mówiąc. Gotah poczuł, jak czerwienieją mu uszy. Kłamać umiał równie dobrze jak Yokes. Nigdy nie musiał tego robić.

– Hayna nie – powtórzyła.

– Miałaś sny, wasza wysokość? – zapytał. – Podobne do tamtych, kiedyś?

Patrzyła jeszcze przez chwilę.

– Nie, nie, mędrcze – powiedziała. – O snach za chwilę... Hayna nie – powtórzyła raz jeszcze.

Patrzyła wyczekująco.

Z górą pół roku wcześniej, ale dokładnie tak samo, dała się złapać Anessa, przy sadzawce... Przyjęty o tym nie wiedział, lecz od dawna miał pojęcie, że przy księżnej nie można się zapomnieć. Była nieprawdopodobnie spostrzegawcza.

– A Anessa tak – powiedział, bo o Szerni mógł milczeć, ale kłamać nie potrafił i nie chciał. – Hayna nie, a Anessa niestety tak.

Księżna powoli usiadła na krześle.

– Seila... To Seila. Ona o tym wie? Że jest podobna do Seili?

– Nic nie wie. Nie wiadomo, czy jest podobna.

– Nie jest podobna do Seili?

– To, w pewnym sensie, była Seila, to było odbicie Seili – powiedział Gotah. – Byłyście dwie w Dobrym Znaku. Trzeciej, na szczęście, nie ma i nie było.

– Mam siostrę – powiedziała nieswoim głosem Ezena. – Prawdziwą siostrę... Dlaczego... jak mogłeś mi nie powiedzieć?

– Chciałem, ale trochę później – wytłumaczył się Gotah.

– Później? – zapytała z żalem i wyrzutem.

Po pałacu chodziła Rollayna-nie-Rollayna, dwudziestopięcioletnia kobieta nie mogąca dać sobie rady z własną tożsamością. Na myśl o tym, że chodzić będą dwie takie, Gotah poczuł kiedyś ciarki na plecach i zachował odkrycie dla siebie. A jeszcze kto? Anessa. Seila. Legendarna lekkomyślna kapryśnica, z którą Rollayna miała same kłopoty... Wszyscy mieli kłopoty. Przyjęty nie mógł się nadziwić, że nikogo nie uderzyło, jak bardzo Pierwsza Perła Domu przypomina mityczną Drugą Siostrę, o której legenda mówiła dużo więcej niż o samej Rollaynie. Ale może te podobieństwa uderzały tylko wtedy, gdy się już wiedziało? Teraz było to bez znaczenia. Gotah wstydził się pod spojrzeniem kobiety, przed którą ukrył... może najważniejszą dla niej rzecz. Nie przyszło mu do głowy, że to ważne. Pokrewieństwo odbić dwóch Sióstr było najzupełniej symboliczne; od dawna miał wyrobione zdanie o powrotach Rollayny.

– Przebacz mi, księżno – powiedział. – Zawiniłem. Gotah-Przyjęty... naprawdę słabo zna świat. Poznaję go od niedawna. Myślę o równowadze, wszystko odnoszę do Pasm. Zapominam, że istoty pod nimi czują i myślą, bo choć są odbiciem Szerni, to jednak nie są samą Szernią. W ogóle nie przyszło mi do głowy, że to, w twoich oczach, nie jest siostra Rollayny, tylko twoja. Że tak pomyślisz i poczujesz.

Powoli pokręciła głową. Była bardzo blada.

– Ja... ja nie wiem, czy będę umiała ci przebaczyć – powiedziała cicho. – Naprawdę nie wiem... Od pół roku mogłam mieć siostrę. Rodzinę... Prawdziwej rodziny prawie nie pamiętam. Najbardziej matkę, która nigdy mnie nie lubiła i przekonała ojca, kiedy zachorował, że to ja powinnam się sprzedać do hodowli... A tutaj mam siostrę. Trzymałam ją w klatkach dla psów. – Przyłożyła dłonie do policzków, na których bladość jęła ustępować miejsca równie nienaturalnej czerwieni.

– Wtedy jeszcze nie wiedziałem.

– Od kiedy wiesz?

Miał ochotę skłamać, że od niedawna.

– Od chwili kiedy ją wypuściłaś – przyznał. – To ona oddała ci włosy, tak myślę. Może zobaczyła cię przez chwilę taką, jaką zapamiętała... Przypadek, że akurat wtedy, tej nocy, coś mogło z tego wyniknąć. Przez całą noc w twojej sypialni kłębiły się siły Pasm Szerni. Przyszedłem rano, żeby o tym porozmawiać i dowiedziałem się, że nie spałaś w swojej sypialni. Powiedziano mi, kto tam spał. Następnego dnia jeszcze dwukrotnie, bardzo słabo, odezwało się w Anessie coś, co było związane z Szernią. Opatrywałem ją i pielęgnowałem, jak pamiętasz, żeby mogła pojechać do Dartanu. Nawet, za moją namową, kazałaś odwlec wyjazd o dwa dni.

– No właśnie, przecież posłałam ją wtedy do Enewena – powiedziała. – Nie przyszło ci na myśl, że może zdarzyć się coś złego?

– Wiedziałem, że nie. Z tobą rzecz miała się inaczej, ale Anessy byłem pewien. Te dwa razy, kiedy coś jeszcze zauważyłem, to był odpływ, wasza wysokość. Pasma odsuwały się od niej tak wyraźnie, że nie miałem żadnych wątpliwości. Zabrały z niej najdrobniejsze ślady swojej obecności. Anessa przez chwilę była Seilą, ale już nią nie jest. Jest nią mniej, niż ty jesteś Rollayną, nieporównanie mniej. I była nią mniej od początku. Zdaje się tylko, że wygląda trochę jak legendarna jasnowłosa Seila i ma wiele jej cech. Jest Seilą w tym rozumieniu, że pojawiła się tutaj tak samo jak ty. Za sprawą Pasm, jako niewyraźne odbicie, a może raczej echo czegoś, co zaistniało dawno temu.

– Co ja mam teraz zrobić? Jak jej powiedzieć? Przecież to jest niewiarygodne... Moja siostra ma być tutaj niewolnicą? Jest ładniejsza ode mnie, znacznie ładniejsza! – powiedziała oskarżycielsko, celując palcem w Przyjętego. – To Rollayna miała być najpiękniejszą z Sióstr. No?!

– Wasza wysokość... – powiedział bezradnie – przecież to legenda. Jeśli ten, kto ją spisał, gustował w brunetkach... Będziesz pytać mnie o urodę legendarnych Trzech Sióstr? I o co jeszcze, wasza wysokość? Czy Delara naprawdę śpi w tym lesie? Oczywiście. Pod krzakiem jałowca.

Ezena prawie nie słuchała. Chodziła po komnacie. Miała ochotę pobiec do Anessy... i zaczęła zdawać sobie sprawę, jak wiele racji przemawiało za milczeniem mędrca Szerni. Pani Sey Aye nauczyła się niejednego. Niezwykłe wieści, wzruszenia, odkrywane sekrety – wszystko to od dawna nie było niczym nowym. Nauczyła się zachowywać w obliczu niezwykłych zdarzeń.

– Usiądę – powiedziała, wprowadzając decyzję w czyn. – Muszę pomyśleć. Nie przeszkadzaj mi przez jakiś czas, wasza godność.

Przyjęty siedział cicho, jakby umarł.

W jego oczach księżna była kimś naprawdę niezwykłym. Obcował już z niezwykłymi ludźmi. Trzeba trafu, że najczęściej kobietami. Ale jej królewska wysokość, bo nie wątpił, że ta kobieta może zostać królową Dartanu, przypominała tylko jedną znaną mu osobę – Werenę, cesarską córkę, rządzącą Grombelardem. Cokolwiek powiedziano na temat równości ludzi, było bzdurą. Nie każdy mógł być prawdziwym władcą. Wiele rzutkich, przedsiębiorczych i zdecydowanych, mądrzejszych od Ezeny lub Wereny kobiet, mogłoby panować tylko z nadania. Nikt nie umiał nazwać tego „czegoś", co było potrzebne prawdziwej, niekwestionowanej władczyni. One obie „to" miały. Nie miała Karenira, legendarna grombelardzka Łowczyni. Nie miała Kaga, dobrze znana Gotahowi przywódczyni górskich rozbójników, kobieta o duszy kota. Ale miały Ezena i Werena, miała „to" także jej cesarska wysokość, małżonka panującego – Gotah przeczytał list od tej kobiety i już wiedział. Teraz siedział cicho, bo księżna powiedziała „nie przeszkadzaj".

– Pójdę do niej i co powiem? Siostrzyczko? Ogłoszę w Sey Aye: „To jest Seila, druga Córka Szerni"? Przecież nawet ona sama nie uwierzy! Pomyśli, że coś ze mną nie tak! Nawet ty jej nie przekonasz, wasza godność. Jak można bez cienia dowodu uwierzyć, że jest się kimś innym? Ja miałam kroniki, portrety, niezrozumiałą najpierw decyzję księcia Lewina... Jesteś, panie, rycerzem dartańskim! – palnęła. – Uwierzyłeś? To może Yokes uwierzy, że nim jesteś?

Rozłożył ręce.

– Akurat Anessa mogłaby uwierzyć, że jest Seilą, tak myślę.

– Wątpię. Ale... – ciągnęła – to nie może tak zostać! Ona ma prawo wiedzieć! I obie mamy prawo się mieć! Chcę ją mieć, chcę mieć siostrę i mam siostrę! Miałabym trzymać Seilę jako swoją niewolnicę?

– Anessę – poprawił łagodnie. – Jeśli chcesz być siostrą Seili, wasza wysokość, to musisz myśleć o sobie „Rollayna". A jeżeli myślisz „Ezena", to w jaki sposób Seila może być twoją siostrą? Tak naprawdę, wasza wysokość, chyba jednak nie jesteście siostrami.

– Jesteśmy! – powiedziała oburzona.

– Nie – zaprzeczył szorstko. – Jesteście podobne do sióstr, które żyły dawno, dawno temu. Posłuchaj, wasza wysokość...

– Gdzie jest trzecia? – przerwała.

– Trzecia Siostra?

– Tak. Gdzie ona jest?

Zrobił minę, jakby pytała o odległość do najbliższej gwiazdy.

– Nie wiem, wasza wysokość. Chyba nigdzie jej nie ma. Naprawdę trudno przyjąć, że od wieków śpi w Puszczy Bukowej...

– Nie, nie – powiedziała. – Nie tak szybko, wasza godność. Może najpierw pomyśl, zanim odpowiesz? Jeśli nie wiesz, gdzie jest, to chociaż pomyśl, gdzie może być. I nie mów mi, że nigdzie, bo zaraz zacznę się śmiać.

Zastanowił się.

– Chyba wiem, wasza wysokość, o czym myślisz.

– Były trzy. Może od czasu do czasu pojawia się gdzieś, jak mówisz, odbicie którejś z nich. Wyglądało na to, że tylko Rollayny. Coś tam dzieje się w Szerni, prawda? Coś czego nie rozumiemy i wtedy pojawia się tutaj, w Szererze, odbicie Rollayny, tak? – pytała. – Ale od miesięcy kładziesz mi do głowy, wasza godność, że Szerń podlega jakimś prawom i nic tam się nie dzieje przez przypadek. Może z praw rządzących Pasmami wynika, że Rollayna pojawia się co jakiś czas, w jakimś miejscu. No to dobrze, pojawia się i koniec. Ale jeśli w jednym miejscu i czasie pojawiają się dwie z Trzech Sióstr, to nie można nie zapytać: a gdzie trzecia? Wygląda na to, że Siostry to jedna całość. Czy nie sądzisz, że zawsze tutaj, w Sey Aye, pojawiały się wszystkie trzy, ale rozpoznawano tylko jedną?

– Dużo się nauczyłaś – powiedział. – Wywód jest bardzo logiczny, ale...

– Dlaczego nie Hayna? – zapytała. – Przecież tylko czasem potrafisz zauważyć, że w którejś z nas, Ezenie albo Anessie, dzieje się coś związanego z Szernią. Może jutro zauważysz to w Haynie? Kim była Delara, wasza godność?

– Według legendy? Wojowniczką. – Pokiwał głową. – Dowodziła wojskami Rollayny. Ale jeśli już wierzyć legendzie, to Hayna w ogóle nie ma nic wspólnego z Delarą. Rollayna musiała pokonać jej wojska. Delara chciała zabić Rollaynę, torturowała Seilę. Najmłodsza Siostra była... no, powiedzmy otwarcie, szaloną zbrodniarką, zdolną do wszystkiego. I zdrajczynią.

– Nie od razu, wasza godność. Stała się taka za sprawą pewnego klejnotu, rubinu, nieprawdaż?

– Geerkoto, tak – powiedział niechętnie. – Ale ja, wasza wysokość, nie potrafię rozumować w ten sposób. Jako historyk opieram się na faktach. Czasem czerpię jakąś wiedzę z legend, a nawet baśni, ale uzyskane w ten sposób wiadomości koniecznie wymagają sprawdzenia. Zestawienia z innymi źródłami. Jeśli w dziesięciu legendach znajduję wzmiankę o tej samej wielkiej bitwie, to mogę założyć, że jakieś zmagania naprawdę miały miejsce. Ale legenda o Trzech Siostrach jest tylko jedna. Kroniki Dobrego Znaku to pierwsze wiarygodne źródło... a zresztą w ogóle jedyne, wszystko jedno, czy wiarygodne... które potwierdza kilka opisanych w tej legendzie zdarzeń. A zaprzecza stu innym zdarzeniom. Z kronik w ogóle nie wynika, że Rollayna miała jakiekolwiek siostry, nie ma tam o nich nawet słowa. A już o tym, że jedna z tych sióstr zdradziła i trzeba było pobić jej armię? Czy rycerze królowej Rollayny zapomnieli o tak błahym zdarzeniu? Opisano wszystkie wojny, w jakich ród księcia Lewina uczestniczył. Ale o tej mitycznej wojnie nie ma ani słowa. Jeśli zapytasz, wasza wysokość, to odpowiem, że sto razy bardziej wierzę kronikom Sey Aye niż wszystkim legendom świata razem wziętym. Jak na zapiski czynione przez Dartańczyków w Dartanie, są niewiarygodnie wręcz ścisłe.

– Ale Anessa i Seila? Przecież są takie same! Wszystko, co w legendzie powiedziano o Seili, pasuje do Anessy!

– Poniekąd – przyznał nierad, bo wyciągała od niego rzeczy, o których chciał milczeć jeszcze przez jakiś czas. – Sam się nad tym zastanawiałem. To wszystko jednak, wasza wysokość, zupełnie nie składa się w spójną całość. Trzy niewolnice w Sey Aye... dwie Perły, jedna praczka... Trzy Siostry, przysłane przez Szerń nie wiadomo po co. Nie wierzę w takie cuda. Seila pasuje do Anessy aż za bardzo.

– No, ale jednak, wasza godność... Dwie niewolnice bez wątpienia są Córkami Szerni, czy też ich odbiciem, jeśli wolisz.

– Wasza wysokość – powiedział – mam pewne przemyślenia na ten temat, mam je już od dawna. Nie pchałem się z nimi za bardzo, bo nie mają dla ciebie większego znaczenia, a właściwie nie miały do tej pory, bo teraz już wiesz o Seili i nie bardzo mogę cię zostawić z dotychczasowymi wyobrażeniami. Nie spodobają ci się te moje przemyślenia, ponieważ są to przemyślenia uczonego, który nie lubi mitów, nie wierzy w żadne cudowne moce, bo wie, co wisi nad światem i ile to jest warte, szuka więc prostych wyjaśnień. Chcesz posłuchać?

Potarł nos palcem.

– Trzy Siostry rzeczywiście istniały, a na pewno istniała Rollayna – powiedział. – Coś zepsuło się tam na górze i tutaj, na ziemi Szereru, trzy dziewczyny zostały wypchane mocą Pasm, aż wychodziło im uszami. Jedna została królową, zapewne w ten sam sposób, w jaki ty nią zostaniesz, księżno, o ile, rzecz jasna, zostaniesz. Jakieś grono ludzi uwierzyło, że jest to osoba wybrana, i poszło za nią, a dziewczyna (nie wiemy, kim była, może wielką damą, a może tylko praczką?) wykorzystała swój rozum i swoje zdolności, bo na pewno nie siły Szerni, pokierowała tymi ludźmi i osiągnęła to, co osiągnęło wielu przed nią i po niej, mianowicie władzę. Bo przyznasz, wasza wysokość, że nie trzeba być dziecięciem Szerni, żeby zostać królową albo królem? Minęły wieki, a przez wszystkie te wieki w środku wielkiego lasu żyli dumni rycerze tęskniący do swojej królowej, żyjący myślą o jej powrocie, kultywujący pamięć o latach największej świetności. Ci ludzie czytali stare kroniki, wpatrywali się w portret wspaniałej pani, która ich zostawiła. Otóż, wasza wysokość, pragnienie i wiara potrafią sprawić niejedno, a my, rozumne istoty powołane do istnienia przez Szerń, mamy pewne, choć niewielkie i niepoznane do końca, siły sprawcze. Szerń, choć bezrozumna, potrafi jednak działać celowo, ale z drugiej strony, bezsilne w sensie sprawczym istoty pod jej niebem, czasem coś jednak sprawiają... Uważam, wasza wysokość, że wszystkie rzekome powroty Rollayny zostały spowodowane nieśmiertelnym marzeniem o jej powrocie. Szerń wcale cię nie przysłała. To książę Lewin, w swojej wielkiej duszy znalazł dość siły sprawczej, by cię wyrwać Pasmom, powodując drobne Pęknięcie Szerni. Gdzieś w Szererze dość często, być może, rodziły się kobiety, mające wyglądać jak Rollayna ze starego obrazu. Niektóre z nich trafiały do Sey Aye albo wręcz rodziły się tutaj. Jesteście wymyślone i wytęsknione, wypatrywane i wyczekiwane. Dowiadujecie się, kim jesteście, a wtedy te odrobiny Szerni, które z woli władców Sey Aye ukształtowały wasze twarze, wyrywają się z was, bo chcecie sprawiać cuda, wierzycie, że będziecie je sprawiać. Szerń przychodzi i zabiera wam wszystko, bo już nie jesteście jej żywymi częściami, żywe części Szerni mogą być tutaj, na ziemi, obecne tylko wtedy, gdy śpią. Mogę uzdrowić albo uśmiercić dotykiem – powiedział Gotah, przywołując uśmiech na skrzywioną twarz. – Rozumiem Szerń tak bardzo, że mogę latać jak ptak. To nie bajki, pani. Mogę to wszystko zrobić. Tylko raz. Póki jestem symbolem Szerni, póki ty, pani, nosisz Szerń uśpioną, nic się nie wydarzy. Ale jeśli przemienię symboliczną siłę w prawdziwą, jeśli ty sama obudzisz swoją siłę – wtedy Szerń przyjdzie do nas i zabierze wszystko, bo dla Szerni nie ma miejsca na świecie. Nie jesteś Rollayną, jesteś tylko ucieleśnionym marzeniem o Rollaynie, ucieleśnionym przez Szerń, do której nieświadomie sięgnęli marzący o tobie ludzie. Gdybym miał dość śmiałości, poszedłbym do twojej Pierwszej Perły, która, odkąd dowiedziała się o tobie, mało dziesięć razy czytała legendę o Trzech Siostrach, i zapytałbym: „Anesso, czy pokażesz mi wiersze, które tak często pisujesz, a których nikt nigdy nie czytał? Nie marzyło ci się, że jesteś Seilą? Nie myślałaś nigdy o tym, jak bardzo jesteś do niej podobna?". Jestem prawie pewien odpowiedzi, wasza wysokość. Seili nie wymyślili rycerze Dobrego Znaku, Seila wymyśliła się sama. A o wyciągnięcie ręki była Rollayna – Przyjęty wyciągnął dłoń, jakby chciał dotknąć Ezeny – nosząca w sobie okruchy Pasm, których moc dała jej różnobarwne oczy i granatowe włosy, rysy twarzy... Anessa ukradła ci najmniejsze z tych okruszków, gdy zostały obudzone, i na kilka chwil, o których nawet nie wie, że były, stała się Seilą. Nie ma żadnych powrotów, są tylko marzenia, wasza wysokość. Ucieleśnione marzenia. Trzeciej siostry nie ma i nie będzie dopóty, dopóki ktoś jej nie wymyśli. Chcesz mieć siostrę w Haynie, taką siostrę, która nie pochodzi z tych samych rodziców? To miej, wasza wysokość. W moim najgłębszym odczuciu już ją masz. Tak samo, jak masz siostrę w Anessie. Ale przestań wreszcie oglądać się na Szerń, na bajki i legendy. Po co ci to wszystko?

Słuchała bardzo uważnie.

– Więc naprawdę nie ma żadnej z Trzech Sióstr? To tylko wymysł?

– Były przed wiekami, ale już ich nie ma i nie będzie. Tak, wasza wysokość, to wymysł. Ucieleśniony na chwilę, ale tylko wymysł. Nie jesteś Rollayną, Anessa zaś nie jest twoją siostrą Seilą.

– Skąd możesz mieć pewność, mędrcze Szerni? Przecież to tylko twoje domniemania.

– Domniemania, tak, ale domniemania biorące pod uwagę ogólne prawa, którym podlega Szerń. Wasza wysokość, wiele razy pytałaś mnie, skąd mogę wiedzieć, skąd mam pewność, na czym się opieram... Zawsze odpowiadałem ci tak samo i teraz znów odpowiem: niczego o Szerni nie wiadomo na pewno. Opisana i policzona, zamknięta w setkach i tysiącach matematycznych modeli, wciąż wymyka się pełnemu zrozumieniu. Przyjęty to ktoś, kto... – Gotah uniósł palec na wysokość ucha, jak zawsze, gdy szukał najlepszego określenia – ktoś, kto umie utrafić w sedno. Przyjęty to, jak każda rozumna istota, krzywe odbicie Szerni na ziemi, ale odbicie pojmujące, na czym polega owo skrzywienie obrazu. Umiem wyobrazić sobie, jak wygląda obraz wierny, i Szerń to potwierdza, dając mi do dyspozycji całą własną potęgę. Ale jednak nie jestem samą Szernią, wasza wysokość, i mam właśnie tylko wyobrażenia. Ludzkie wyobrażenia o czymś, co jest zupełnie nieludzkie, niepodobne do niczego tutaj. Wyobrażenia prawdziwe w zarysach, dotykające sedna, ale tylko tyle.

– Wasza godność, czy można opowiadać o tym... nie wiem, jakoś inaczej? Bo zawsze, im bardziej próbujesz mi przybliżyć problemy związane z Szernią, tym mniej rozumiem – wyznała.

– To dotyczy nie tylko Szerni, księżno – zauważył. – Dotyczy w ogóle wszystkiego. Każdy problem da się łatwo przedstawić w kilku słowach, ale gdy ktoś docieka dalej, zejść trzeba do poziomu szczegółów i wtedy... jak wy to mówicie w Armekcie? Umarł w butach, bosego pochowali. No, oczywiście, że tak! – powiedział na widok jej miny. – Potrzebujemy może dziesięciu słów, żeby wytłumaczyć, jak działa i do czego służy kusza. Ale zacznij pytać o mechanizm spustowy, sposób wykonania cięciwy i materiał, z jakiego jest zrobiona, potem jeszcze skąd ten materiał pochodzi i dlaczego musi być taki, a zobaczysz, wasza wysokość, ile z tego zrozumiesz. I dokąd zabrniemy, stawiając coraz to nowe pytania. Na pewno na uprawie konopi i obróbce żelaza nie skończymy.

– Wytłumaczyłbyś w dziesięciu słowach, wasza godność, jak działa i do czego służy kusza? – zapytała z namysłem. – A gdyby tak stanęła przed tobą osoba, która nic, naprawdę nic nie wie o Szerni? Czy potrafiłbyś powiedzieć jej, w dziesięciu słowach, co to jest i do czego służy?

– Ciekawy pomysł, wasza wysokość... Potargowałbym się. A w stu słowach?

– Niechby i w stu, ale bez wdawania się w najdrobniejsze szczegóły.

– Myślę, wasza wysokość, że to przybywa stamtąd. – Wskazał noc nad ogrodem za oknem. – Z gwiazd, wasza wysokość, nie z tych paskudnych chmur... Wiele takich... bytów obsiada świat podobny do naszego, bo wolno sądzić, że światów jest bardzo dużo. Te obce byty rozpościerają się nad lądami, a częściowo na nich, i ta część, która leży na ziemi, to my, a dokładniej rozum. Ta część tutaj, na ziemi Szereru, jest częścią służebną wobec tej na górze, w jakiś sposób potrzebną do istnienia tamtej. Obie części różnią się od siebie tak bardzo, jak to tylko możliwe, a zarazem podlegają takim samym prawom. Przede wszystkim prawu wiecznej wojny, walki o dominację. Ciemne i Jasne Pasma są aktywne i pasywne, i tak samo tutaj, odkrywcze i twórcze siły rozumu ścierają się w wiecznej wojnie z mocami zachowawczymi, biernymi. To pierwsze z Praw Całości: Prawo Równowagi. Równowaga Całości to kompromis między chęcią wprowadzenia zmian a potrzebą zachowania czegoś. To samo dzieje się tam – wycelował palec do góry – tyle tylko że bez udziału świadomości. To na górze jest chyba nieśmiertelne; to na dole w pewnym sensie też, bo śmierć to zaledwie moment, w którym dusza istoty rozumnej wraca do Pasm i rozpływa się w nich, a zawarte w tej duszy elementy aktywne i pasywne wracają na swoje miejsca, do odpowiednich Pasm, z których się narodziły. I to wszystko, wasza wysokość, najkrótsza opowieść o Szerni. Czy policzyłaś słowa?

– Nie, ale nawet jeśli było ich sto, to ja także mam od razu sto pytań. To ma być pełny obraz Szerni i Szereru, wasza godność?

– No nie, wasza wysokość, nie możemy rozmawiać w taki sposób... Czy „urządzenie służące do wystrzeliwania pocisków za pomocą napinanej cięciwy" to jest pełny obraz kuszy? Może i pełny, ale do jakiego stopnia wierny i dokładny? A złożoność kuszy w jakiej niby stoi proporcji do złożoności Szerni? Właśnie dlatego, że w stu słowach wyjaśnić wszystkiego się nie da, rozmawiamy o Szerni już pół roku, ja zaś zmagam się z nią od pół wieku. A dość często przy tym mam wrażenie, że niewarto, że to zupełnie beznadziejne – wyznał.

– Czasem mi się wydaje, wasza godność – powiedziała – że ty... pogardzasz Szernią. Nie szanujesz jej.

Zastanowił się.

– Pogardzam? Nie, pani, nawet przeciwnie: podziwiam tę... to zdumiewające urządzenie ponad światem. Ale czy szanuję? Rzeczywiście, ani mi to w głowie. Szanować mogę tylko tę część Szerni, która leży na ziemi, a i to nie każdą bez wyjątku. Jakąś żywą istotę, która myśli, czuje, cierpi i podejmuje decyzje. Ale to paskudztwo na górze, obojętnie jak pomysłowe, skomplikowane i potężne, obojętnie, jak bardzo interesujące, jest tylko właśnie paskudztwem. My tutaj jesteśmy jego potem, oddechem i wydalinami, nie wiadomo czym właściwie, czymś czego wyplucie na ziemię jest mu jakoś niezbędne. Więc rodzimy się, umieramy, męczymy... Pół biedy, jeśli tylko radujemy się i odchodzimy we śnie, szczęśliwi. Stary naród Shergardów – powiedział – miał bardzo szczególny stosunek do macierzyństwa i ojcostwa. Ktoś, kto decydował się na powołanie do istnienia nowych ludzi, popełniał tym samym czyn bez mała niegodny i dalszym życiem musiał dowieść, że naprawdę wiedział, co robi, a wszyscy inni się mylili. Zacierał złe wrażenie, wychowując swe dzieci tak, że były zawsze syte, szczęśliwe, dumne ze swego istnienia, ze swych rodziców, a wszyscy wokół byli dumni z tych dzieci. Każdy rodzic do końca życia musiał odpowiadać za wszystko, czego dopuściło się jego potomstwo, bo bez jego rodzicielskiej decyzji nie byłoby tych uczynków. Jeśli coś się stwarza, rozumowali Shergardzi, to trzeba wiedzieć co, odpowiadać za to – lub, wygodniej i rozsądniej, powstrzymać się od stwarzania. Krótko mówiąc, uważano tam, że powołanie na świat potomstwa to nie jest przywilej byle głupka, tylko ogromny obowiązek, świadectwo odpowiedzialności. Tego trzeba było potem dowieść albo nosić piętno do końca życia, zwykle zresztą krótkiego, bo na szafot wraz ze zbrodniczymi dziećmi szli rodzice... Otóż, wasza wysokość, to, co wisi nad światem, niczego nie dowiodło. To taki nieudaczny rodzic Shergardów. Trudno gardzić tym czymś, bo jest bezrozumne i martwe, ale szanować? A za co? Rozumiem Szerń i nie obrażam się na nią – dodał z uśmiechem. – Przyjąłem do wiadomości, że jestem, że wszyscy jesteśmy, malutkimi częściami wielkiej machiny, która działa tak, jak działać musi. Ale nic nie jestem winien tej machinie, ty pani także nie. Ceń się wyżej! Pomyśl o Szerni jak o wielkim żaglowcu, z którego zeszłaś na ląd i jesteś zdana na siebie. Ten żaglowiec, obojętne jak wspaniały i potężny, nie ma nic do roboty na lądzie, w niczym ci nie pomoże ani nie zaszkodzi, trudno też żywić doń wdzięczność, że cię wysadził na wyspie. Zbuduj tam swoje królestwo i tyle. Żaglowiec przypłynie raz jeszcze, żeby zabrać twojego trupa. Ale z tego nic już dla ciebie nie wyniknie.

– A co z tym narodem Shergardów? Nie wymarł? – zapytała.

Westchnął.

– Ucierpiał od jakiegoś kataklizmu i wyniósł się, nie wiadomo dokąd. Zresztą, wasza wysokość, plemiona Shergardów znały wojny, budowały twierdze, wygląda więc na to, że te wspaniałe dzieci odpowiedzialnych rodziców nie były takie znowu wspaniałe... Powiedziałem ci tylko, za co szanowano tam człowieka, a za co nie szanowano. A że nie zawsze coś z tego wynikało? W całym Szererze ceni się dziś prawdomówność, łgarstwem zaś pogardza. I co z tego, skoro kłamcy jak byli, tak są dalej i niektórym nawet kary za krzywoprzysięstwo niestraszne? Powiedziałem tylko, co cenili Shergardzi, a co piętnowali – powtórzył. – Nie mówiłem, że byli idealni. Wasza wysokość – rzekł, zmieniając temat – zrobisz, co uznasz za najlepsze, ale jeśli chcesz posłuchać rady... przyjaciela, bo nim jestem, księżno... Jeśli chcesz posłuchać rady przyjaciela, to zostaw swojej Pierwszej Perle jej ciche, wstydliwe marzenia, na które kiedyś sobie pozwoliła. Pragnęła być kimś niezwykłym, jak dziewczynka marząca o byciu królewną. Nie jest Seilą, tak jak ty nie jesteś Rollayną. Nie jesteście siostrami, wasza wysokość, i okłamiesz Anessę, dowodząc, że była dziewczyną z legendy. Przez kilka chwil była co najwyżej marzeniem o tej dziewczynie. Anessę wolno ci kochać, bo i ona bardzo cię kocha. Ale truchło wiszące tam, w górze, nic do tego nie ma. Zostaw to, pani, tak jak jest.

Wstał z krzesała.

– Dzisiaj o Szerni już mi się nie chce rozmawiać. Ubierz się, wasza wysokość, i nie pokazuj mi się więcej w takim... dalece niekompletnym stroju. A jeśli już musisz, to nie chodź mi przed nosem w tę i nazad, bo nic mądrego nie powiem. Od pewnego czasu... nawet bez podobnych sprawdzianów odkrywam w sobie zdumiewające rzeczy. Bycie mężczyzną jest nawet przyjemne, ale i trochę straszne.

Skrzywił się zabawnie, skłonił lekko i poszedł.

32

Anessa przez całą zimę podróżowała po Dartanie, prowadząc w imieniu swojej pani niezliczone rozmowy, których nie potrafiłby poprowadzić nikt inny. Wiedziała o każdym, kto miał jakiekolwiek powiązania z Sey Aye – najczęściej były to stosunki handlowe, ale nie tylko. Pierwsza Perła księcia Lewina była za jego życia prawdziwą królową Puszczy i jedyną, bezsporną panią domu, mającą prawo podejmowania najdonioślejszych decyzji. Stary książę wiedział, czego chce i dokąd zmierza, lecz poza swoją wielką misją wszystko powierzał Anessie. Perła Domu decydowała zarówno o tym, jakie towary i surowce z Puszczy trafią na rynek, komu można sprolongować płatność długu, kogo trzeba natychmiast puścić z torbami, jak i o tym, kto w Dartanie zyska, kto zaś straci na znaczeniu... Podobało się jej, w imię przyszłych zysków, podarować komuś prawo do wyrębu trzystu sosen – to je darowała, nawet nie pytając księcia o zgodę. Miała kaprys zrujnować handlarzy armektańskim drewnem dębowym – zarzuciła rynek własnym, tak tanim, że bez mała rozdawanym darmo; Sey Aye mogło, przez rok albo dwa lata, dopłacać do czegokolwiek, byle pozbyć się konkurencji. Teraz, w ciągu jednej zimy, głowy kilkunastu znanych rodów dowiedziały się, od kogo właściwie zależy ich byt i dobrobyt. Anessa potrafiła zarówno przedrzeć na pół podpisany akt dzierżawny ze słowami: „Tutaj jest klauzula, że mogę wymówić ci dzierżawę bez podania przyczyn, wasza godność", jak i położyć na stole plik rewersów. „To są twoje, wykupione przez Sey Aye, długi, wasza godność. Mam zostawić te kwity czy zabrać?". Prośby, argumenty i próby zastraszania zbywała z największą łatwością. Właściciele Dobrego Znaku zbudowali w Szererze nie tyle handlową potęgę, co wręcz gospodarcze imperium. Pierwsza Perła księcia Lewina, a później księżnej Ezeny, mająca wszelkie pełnomocnictwa, bez trudu skaptowała dla Enewena istną armię zauszników. Żaden z tych ludzi, popierających zbrojnie, albo w inny sposób, Stronnictwo Ahe Vanadeyone, nie miał jeszcze pojęcia, że wikła się nie w jakąś – niebywałą, co prawda – waśń rodową, lecz w wojnę z Wiecznym Cesarstwem. Polityczne plany księżnej i jej pierwszego rycerza wciąż były dla wszystkich tajemnicą. Ale zarówno Anessa, jak i Ezena, a na końcu sam Enewen, wiedzieli, że kiedy stanie się jasne, o co toczy się gra, nikt już nie będzie mógł się z niej wycofać. Wojna rozkręcała się powoli, ale nieubłaganie, wciągając w swoje tryby wszystko i wszystkich. Zbrojny zajazd spotkał się z odwetem, zginęli pierwsi ojcowie i synowie Domów. Odpowiedzią na odwet była kolejna wyprawa. Po spustoszeniu czwartej części Dartanu nikt już nie uczestniczył w wojnie tylko z powodu rewersów Anessy. Zmartwychwstałe po wiekach urazy wybuchały z nową siłą; pojawiły się nowe powody do niechęci i nienawiści. Książę Lewin wiedział, że dartańskie demony, raz rozbudzone, już nie zasną. Umiała to pojąć także jego wytęskniona królowa... Zaś wyborne narzędzia, jakie pozostawił jej w spadku, używane były zgodnie z przeznaczeniem.

Najpiękniejsze narzędzie Sey Aye wróciło z dartańskich podróży rozkapryszone i zepsute bardziej niż kiedykolwiek wcześniej. W bagażach wiozło sto kosztownych podarków dla swej pani i drugie tyle własnych „łupów wojennych". Błyskotliwa, urodziwa, pewna siebie najdroższa Perła Szereru przywiozła do Puszczy Bukowej wspomnienie uczt, tańców, polowań i magnackich sypialni. Upojona władzą, znaczeniem, powodzeniem u mężczyzn noszących najświetniejsze rodowe monogramy, Anessa stawiła się przed księżną Ezeną – i zmieniła w wystraszone zwierzątko, które trzeba było ośmielić, nim rzuciło się na szyję swojej pani. Księżna pokazała tylko tyle, że o żadnych złych rzeczach nie pamięta i czeka na przyjaciółkę. Zyskała więcej, bo siostrę. Przyjęty nie mylił się, dowodząc, że jej wysokość nie musi szukać w Anessie Seili. Piękna niewolnica miała w pogardzie cały świat, wszystkich dartańskich magnatów i rycerzy razem wziętych, ale gotowa była oddać życie za swoją starszą siostrę, przyjaciółkę i panią. Była Anessą, o jakiej kiedyś marzyła Ezena.

Ale tylko dla niej. Poza tym była nieznośnym potworem, którego wszyscy mieli czasem ochotę wypędzić z pałacu, z Dobrego Znaku, a najlepiej w ogóle z Szereru.

Chociaż... Oprócz księżnej chodziła po pałacu jeszcze jedna osoba, mająca nad Anessą pewną władzę. Pierwsza Perła, zazdrosna o względy, jakimi u Ezeny cieszyła się Hayna, trochę jednak obawiała się gwardzistki z armektańskiej hodowli. Pod nieobecność

Anessy Hayna zaprowadziła w domu bardzo szczególny rygor. Każdy znał tam swoje miejsce. Wiecznie rozgadana, uśmiechnięta Hayna od paru miesięcy wiedziała już jednak, kim jest i do czego się przydaje. Bardzo szybko doszło do pierwszego starcia i Czarna Perła usadziła piękną blondynkę. „Nie zadzieraj ze mną" – ostrzegła. „Rządzisz tu wszystkim, no to bardzo dobrze. Ale jeżeli ja postanowię, że coś trzeba zrobić, albo czegoś zaniechać ze względu na bezpieczeństwo Ezeny, to zejdź mi z drogi, bo przytrafi ci się w lesie wypadek. Mógł przytrafić się Denettowi, to na pewno może i tobie". Anessa nie znała takiej Hayny. I zupełnie nie wiedziała co z tym zrobić. W końcu zrobiła rzecz najlepszą: wieczorem poszła do komnat gwardzistki, nawrzeszczała na nią, złapała za kasztanowe kudły i wydarła trochę, dostała okropne lanie, powiedziała, co jej leży na sercu, poryczały się obie – wreszcie wlazły z Hayną do łóżka, gdzie objadały się słodyczami i gadały do samego świtu, aż zasnęły.

Obie bardzo kochały Ezenę.

Raczej jednak schodziły sobie z drogi, niż szukały swojego towarzystwa. Nikt właściwie w Sey Aye nie wiedział, że Anessa i Hayna się przyjaźnią. I to bardzo pięknie się przyjaźnią – uczciwie, rzetelnie, po męsku.

***

Zima wróciła nie wiadomo kiedy. Gotah, który jak zwykle wstał dosyć wcześnie, ujrzał za oknem dziwnie szarą ciemność przedświtu. Szarą, a nawet jasnoszarą... Wszędzie leżał śnieg, a drobne iskierki wciąż prószyły z nieba. W komnacie było straszliwie zimno – ogrzanie wielkiego pałacu stanowiło sztukę nie lada. Zimą ciepło było tylko w kilku pokojach księżnej; istniał tam zdumiewająco sprawny system grzewczy, którego działanie zaimponowało Przyjętemu – widywał dotąd rozmaite rozwiązania, ale to było bez wątpienia najlepsze. W podziemnej części pałacu trzymano w wielkiej sali mnóstwo rozgrzanych kamieni, z których ciepło rozchodziło się przez kanały w ścianach i posadzkach. W komnatach jej wysokości żelazne pokrywy zamykały wyloty tych kanałów; owe pokrywy – niektóre, albo wszystkie, zależnie od potrzeby – można było zastąpić gęstymi kratami. Księżna nie marzła w swej sypialni, jadalni ani dziennych pokojach.

Ale marzli, niestety, wszyscy poza nią. Z jakichś przyczyn budowniczowie domu nie rozciągnęli sieci owych kanałów na pokoje gościnne, komnaty wyższych rangą dworzan, o izbach dla służby nawet nie wspominając. Zimą duże pomieszczenia ogrzewano, paląc suto w kominkach, do małych zaś przynoszono żelazne kosze wypełnione gorącymi kamieniami. Nie było to wygodne, piękne ani zbyt skuteczne. Nawet w niewielkich izbach całe ciepło uciekało pod niedosiężne, po dartańsku zaiste odległe od podłogi, sufity. Gotah-Przyjęty wymarzł zimą jak pies. Zanosiło się, że będzie marzł znowu.

Wylazł z łóżka i wlazł z powrotem. To nie mieściło się w głowie. Jedna zimowa noc, po kilku tygodniach wiosny, wyssała z komnaty całe ciepło. Wielkie okno dartańskie, niewątpliwie imponujące, nawet dla lekkiego przymrozku stanowiło słabą przeszkodę. Gotah z żalem pomyślał o młodych liściach na drzewach, ścinanych paskudnym zimnem.

Kesa pojawiła się jak zwykle o świcie. Lubiła wstawać wcześnie, tak samo jak Przyjęty. Miała na sobie szaro-białą suknię podbitą miękkim futerkiem – zimowy strój domowy, który jeszcze późną jesienią bardzo przypadł Gotahowi do gustu. Niosła kubek roztaczający wspaniałą woń grzanego mleka z miodem, a na niewielkim półmisku lekki poranny posiłek: pięknie przybrane udko i skrzydełko pieczonego kurczaka. W pałacowej kuchni musieli jej nienawidzić.

– To nie z twojego powodu – powiedziała, jakby odgadując myśli Przyjętego. – Przecież wiesz, że zawsze jadam o tej porze. Są przyzwyczajeni. Po prostu posłałam po drugą porcję dla ciebie.

Ruszyła ku drzwiom.

– Już idziesz?

– Nie... Czekaj.

Za drzwiami najwidoczniej stał niewolnik. Odebrała coś odeń. Ukazała się zaraz, niosąc dwa olbrzymie tomiska. Położyła je na stole.

– Przeczytałam.

– Mój list też?

– Też.

Przed miesiącem do Gotaha dotarła bardzo niezwykłą przesyłka. Grombelardzka wicekrólowa, jedyna cesarska córka, prosiła Przyjętego o ocenę bardzo niezwykłej historii, spisanej na jej żądanie. Była to opowieść o losach legendarnej grombelardzkiej Łowczyni, nieżyjącej już przyjaciółki księżnej Wereny. Gotah także znał tę kobietę.

– I co myślisz? – zapytał.

Przysiadła na brzegu łóżka.

– O liście czy o tych księgach?

– Najpierw o liście.

– Wyrzuć zakończenie – powiedziała – bo jej wysokość Księżna Przedstawicielka Cesarza nie zrozumie z tego ani słowa. Z listu, który przysłała razem z tymi księgami, wynika, że księżna Werena nic nie wie o Szerni. I chyba nie chce wiedzieć. Skróć ten list, napisz tylko o tym, co dotyczy Łowczyni.

– Może i tak. – Zastanowił się. – A historia spisana w tych księgach?

– Piękna i niezwykła. To aż nie do wiary, że jej wysokość nie bała się posłać tych ksiąg przez pół świata. Wprawdzie pisze, że ma jeszcze jeden egzemplarz tego dzieła... Piękna i niezwykła historia – powtórzyła. – No, może za wyjątkiem tego, co dotyczy Dartanu. – Uśmiechnęła się lekko. – To raczej opowieść o tym, jak armektański kronikarz, piszący o grombelardzkiej rozbójniczce, wyobraża sobie Dartan. Dom A.B.D. w Rollaynie jest jednym z najważniejszych, a jego wysokość Baylaya nawet kiedyś widziałam.

– O, naprawdę? – ożywił się Gotah.

– Nie całe życie spędziłam w Sey Aye – przypomniała. – Mój pierwszy pan... Bo z drugim nigdzie nie bywałam. Jedyne, co miał dla mnie, to kuksańce.

Posmutniała.

– Szkoda mówić. Ale jego wysokość A.B.D.Baylay nie mógł wygadywać takich bzdur, i w ogóle jestem pewna, że inaczej się zachowywał... Skąd biorą się takie historie?

Wzruszył ramionami.

– Armektańczycy dawno temu wygrali wojnę z Dartanem. Niedołęstwo dartańskich dowódców, a także samowola i niekarność rycerstwa obrosły z czasem legendą. Przeniesiono tę legendę na wszystkich dartańskich rycerzy, a może zgoła na wszystkich Dartańczyków.

Jak Szerer długi i szeroki, powtarzana jest obiegowa bzdura, że Dartańczyk to tchórz, potrafiący co najwyżej bawić się mieczem w śmiesznym turnieju na arenie. Rollayna trochę potwierdza ten pogląd, nieprawdaż? Jeśli gdzieś naprawdę zanikły rycerskie tradycje, to w stolicy.

– Ale nie zanikła rodowa duma – zauważyła Perła. – Jego godność Baylay na pewno nie korzył się przed nikim. O jego niezwykłych wyprawach i perypetiach z żoną słyszałam, co prawda tylko plotki... Niemniej, nawet jeśli naprawdę pobierał od kogoś lekcje walki mieczem, to raczej doskonalił swe umiejętności, niż uczył się wszystkiego od początku. Chociaż, z drugiej strony, to zupełnie oczywiste, że nie nosi broni w swoim domu. Dlaczego miałby stale potykać się o miecz? Pomyliłeś się – zmieniła temat, pokazując prawie ukończony list. – W nagłówku tytułujesz jej książęcą wysokość Przedstawicielką Cesarza w Grombie.

– Naprawdę? Zmienię to, jeżeli nie zapomnę – powiedział rozbawiony. – Dla mnie księżna Werena zawsze siedzi w Grombie i zupełnie nie mogę sobie wyobrazić, że stolica jest teraz w Londzie.

Gorące mleko rozgrzało wnętrzności. Gotah pokochał zmartwychwstałą zimę, wygodne łóżko, Kesę i pachnące skrzydełko kurczaka.

– Nie ma mowy, żebym się stąd zabrał – powiedział z zamkniętymi oczami, na leżąco kończąc posiłek. – Będę tu mieszkał do końca życia, spał i jadł. Porozmawiam z księżną Ezeną. Może, tak jak pani Werena, też potrzebuje nadwornego kronikarza? Wprawdzie jednego już ma, poznałem niedawno, miły człowiek. Ale i ja potrafię bardzo pięknie pisać... kiedy mi zależy.

Zjadł i wypił. Kesa odstawiła kubek i półmisek. Gotah wylegiwał się pod ciepłym przykryciem. Popatrzył na śnieg za oknem i na milczącą Kesę.

– Co się stało? – zapytał.

– Nic... Po prostu przez chwilę pomyślałam, że naprawdę mógłbyś tu zostać.

Zajrzał jej w twarz, ale nie odpowiedziała spojrzeniem. Siedziała na brzegu posłania, spoglądając na splecione na kolanach dłonie.

– Jestem, kim jestem – rzekł. – Niestety. Tu nie jest moje miejsce. Kim mógłbym być tutaj? Naprawdę kronikarzem?

– Przecież wiem.

Usiadł nagle i uczynił coś, co dawno uczynić pragnął, ale nigdy nie miał śmiałości: objął kobietę wpół, przyciągnął do siebie i nim zdążyła zaprotestować, delikatnie pocałował w usta. Nie umiał tego robić, ale chyba zrobił dobrze... Dawno zapomniane, młodzieńcze doświadczenia nie były żadną pomocą; niestary jeszcze, ale jednak więcej niż dojrzały mężczyzna, chciał podzielić się z piękną, onieśmielającą go kobietą wszystkim, co czuł – i nie umiał. Był niezręczny i nieporadny.

Obroniła się bez wysiłku.

– Nie – powiedziała. – Przebacz mi... ale nie.

– Jesteś piękna – powiedział cicho. – I wiesz, że nie tylko to. Jesteś dla mnie... ważna. Z kim mogę rozmawiać o takich sprawach, jak z tobą?

– Nie jestem piękna – powiedziała z goryczą, wstając. – Widzisz tylko suknię... Urodziłam dziecko, przecież wiesz. Widzisz tylko to, co warto zobaczyć. Nigdy nie rozbiorę się przed tobą. Przed każdym, ale nie przed tobą.

Gotah znał historię zaniedbanej, nikomu niepotrzebnej niewolnicy, która wbrew rozsądkowi uwierzyła kiedyś, że pozwolą jej zachować urodzone dziecko. Pozwolą zatrzymać przy sobie głupią, małą istotkę, która będzie kochała swoją mamę tylko za to, że jest.

– Ale... jakie to nieważne! – powiedział z najgłębszą szczerością. – Keso, to niemożliwe, żebyś naprawdę myślała w taki sposób. Powiedz, czy... przeszkadza ci moja twarz?

Zaczerpnęła tchu i przymknęła na chwilę oczy, a potem powiedziała ze swoją zwykłą, spokojną stanowczością:

– Nie znęcaj się nade mną, wasza godność. To niepotrzebne, bo sporo wiem o życiu. Przyślę kogoś, kto przyniesie ci ciepłe odzienie. Gdybyś potrzebował czegoś jeszcze, daj mi znać.

– Keso – powiedział.

Uśmiechnęła się po swojemu i wyszła.

Gotah ciężko legł na plecach, podkładając ręce pod głowę. Długo, długo leżał, ze spojrzeniem utkwionym w suficie.

– „Gdybym jeszcze czegoś potrzebował" – rzekł na koniec do siebie ponuro. – Pomyślmy... Trzydzieści kijów? Jazda stąd. Najwyższy czas wracać do domu.

Zamknął oczy. Zamierzał spać do wieczora. A potem od wieczora do rana.

***

Przysłane przez Yokesa z obozu nad rzeką listy zapowiadały koniec bezczynności. Komendant wojsk Sey Aye donosił o wojennych przygotowaniach w Armekcie, zdawał też raport z własnych przygotowań.

Były najświeższe wieści o poczynaniach Ahe Vanadeyone: mijał właśnie termin ostatniego rozejmu i Enewen pociągnął pod Senelettę, gdzie spodziewał się znaleźć resztki wojsk Stronnictwa Asenavene. Sprawiedliwi zostali sami; trzecie i najmniejsze stronnictwo, Bractwo Sławy i Chwały, próbujące dotąd lawirować między silniejszymi antagonistami, ociągało się zbyt długo i straciło swą szansę. Przymierze ze Sprawiedliwymi oznaczało już tylko udział w nieuchronnej klęsce, Rycerze Królowej zaś odwrotnie – stali się zbyt silni, by Bractwo mogło im dyktować jakiekolwiek warunki. Enewen wszystko, co musiał zrobić, to uprzejmie przyjąć posłów z ofertą przymierza oraz ich zapewnienie o całkowitym oddaniu sprawie jego Domu. Yokes pisał o tym z cierpkim uznaniem, bo stosunki z K.B.I.Enewenem, krótko mówiąc, miał dość napięte. Enewen poczuł się jedynym spadkobiercą tradycji rycerzy Dobrego Znaku i ani myślał iść pod komendę prostego rycerza-najemnika, choćby nawet sławnego. W zakończeniu listu Yokes potwierdzał, że po Dartanie krążą już ostrożnie rozpuszczane pogłoski i plotki o powrocie królowej. Odzew był bardzo różny: od niewiary w legendy po domniemania wojskowej intrygi, ale w bardziej wyrobionych politycznie kręgach niemal otwarcie już pytano, kto ma apetyt na tron w Rollaynie, kto jest tego godzien, przede wszystkim zaś: co na to Kirlan i co można zyskać, a co stracić, popierając nowego władcę lub władczynię. Drugi list zawierał instrukcje dla komendantów szkoleniowych w obozach jazdy i piechoty. Ezena przeczytała list trzy razy, pokazała Perłom i komendantowi gwardii pałacowej, po czym zarządziła wojenną naradę po południu dnia następnego. Yokes wprawdzie miał pojawić się w Sey

Aye dopiero za tydzień, ale właśnie dlatego księżna chciała przygotować się na jego przybycie. Niektórych spraw nie rozumiała. Z Yokesem chciała snuć plany wojenne, nie zaś prosić go o wyjaśnienia.

– Ohegened – powiedziała, gdy wszyscy zasiedli przy stole w wielkiej sali biesiadnej (pozostało zagadką, dlaczego wybrała właśnie tę komnatę, bodaj najzimniejszą ze wszystkich) – jesteś tu jedynym wojskowym, więc to ty odpowiesz na większość moich pytań. Nie zapadną tu dzisiaj żadne doniosłe decyzje, bo bez Yokesa to niemożliwe. Chcę tylko omówić jego list. Myślę, że nawet Hayna, która zna się na wojnie i wojsku, nie wszystko potrafi zrozumieć, bo nie służyła nigdy w imperialnych legiach i wie raczej, jak powinno tam być, niż jak jest w rzeczywistości. Czy mam rację, Hayno?

– Tak, wasza wysokość. Nie mam żadnego wojskowego doświadczenia.

– A my nie mamy nawet wojskowej wiedzy. Ohegened, co właściwie dzieje się w Armekcie i Dartanie? Pomiń rzeczy oczywiste, takie jak ściąganie legionów z północy, bo wiem, co to znaczy i do czego służy. Ale Legia Dartańska? Dlaczego te wojska są wyprowadzane z Dartanu? Z obawy przed ich utratą?

– Tak i nie, wasza wysokość. Ze wszystkich doniesień wynika, że w Kirlanie, jeśli nawet domyślają się powiązań jego godności Enewena z Puszczą Bukową, to nie jest jasne, co naprawdę jego stronnictwo chce osiągnąć. Może w zamian za określone korzyści niektóre Domy K.B.I. zbrojnie poparły twoje prawa do Sey Aye, występując przeciwko tym, którzy te prawa podawali w wątpliwość? Może to naprawdę jest tylko wewnętrzny konflikt najpotężniejszego dartańskiego rodu?

– To polityka, nie wojskowość – powiedziała księżna. – Na ten temat, komendancie, wiem dużo więcej od ciebie.

– Ale wojny – powiedziała Hayna, spiesząc z odsieczą swemu podkomendnemu – ku ubolewaniu żołnierzy, wasza wysokość, są tylko narzędziem polityki. Przecież to właśnie z tego, co powiedział Ohegened, wynika cała strategia Kirlanu. W Armekcie nie wiedzą, co właściwie się dzieje w Dartanie. Dowiedzą się, gdy Legia Dartańska zostanie zmieciona przez Rycerzy Królowej. Ale wtedy będzie za późno. Wojskowi w Kirlanie rozumują tak: „Jeśli już trzeba stracić tych żołnierzy, to niech przynajmniej nastąpi to teraz. Dowiemy się, kto wystąpi przeciw cesarstwu i czy w ogóle ktoś wystąpi". To rozpoznanie bojem, wasza wysokość. Prawda, komendancie? Wołają do nas: „Skupiamy nasze wojska, jeśli chcecie je pobić bez strat własnych, to macie ostatnią okazję!". Legia Dartańska ma sprawdzić, czy nikomu nie przeszkadza zebranie jej w bezpiecznym miejscu w jedną armię, a jeżeli przeszkadza, to komu.

– Enewen nie uderzy na legię. Nie jesteśmy jeszcze gotowi do wypowiedzenia wojny cesarstwu. Legia Dartańska ucieknie do Armektu, bo będziemy gotowi dopiero za tydzień lub nawet dwa tygodnie.

– I tego właśnie cesarstwo się dowie – rzekł Ohegened. – Że nikt nie chce wydać Kirlanowi wojny, a nawet jeśli Rycerzom Królowej marzy się taka wojna, to jeszcze nie są gotowi. Armektańscy dowódcy już wiedzą, że zyskali trochę czasu, nawet jeśli wydarzenia w Dartanie to coś więcej niż waśń rodowa.

– Wypuszczamy z Dartanu parę tysięcy żołnierzy, którzy wkrótce staną przeciw nam – powiedziała Ezena.

– Wątpię, wasza wysokość. W Armekcie nie mają pieniędzy na dozbrojenie i wyposażenie żołnierzy prawdziwych, zabiorą więc raczej Dartańczykom konie i całą broń. Komendant Yokes też tak uważa, a wie więcej od nas, bo to do niego spływają raporty wszystkich wojskowych wywiadowców. Legia Dartańska to w rzeczywistości tłum miejskich pachołków, nikt nie pośle tego do boju. Nawet gdyby Armekt miał takie środki, jak Sey Aye, użyto by tych wojaków najwyżej do służby pomocniczej. O, i z czymś takim może warto się liczyć. Że Dartańczycy zluzują kilka kadrowych garnizonów miejskich. Możliwe też, że Gwardia Dartańska wesprze jakiś legion armektański. Ale Gwardia Dartańska jest już w Armekcie od dawna.

– Komendant Yokes pisze, że w Armekcie nadchodząca wojna wywołała wielkie poruszenie. Podobno skarb cesarstwa jest coraz hojniej wspomagany przez prywatnych darczyńców.

Anessa i Hayna wymieniły porozumiewawcze spojrzenia. Księżna nie przeoczyła tego. Chciała zapytać, co knują (Hayna i Anessa? razem? coś knuły?...), ale Hayna sama poprosiła o głos.

– Wydatki na wojsko, wasza wysokość, nie dadzą się porównać z niczym innym. Armie to najbardziej kosztowne zabawki, jakie wymyślił świat, na dodatek bardzo nietrwałe. Prywatni darczyńcy, obojętnie jak liczni, nie zastąpią długotrwałej polityki finansowej państwa. Jeśli przez całe dziesięciolecia zaniedbuje się wojsko, to żadne datki nie zmienią jego wartości z dnia na dzień. Wystawi się za to dodatkowy legion, wyposaży i uzbroi kilka innych. I oby aż tyle! Gdy rośnie armia, jeszcze bardziej rośnie jej zaplecze, gdy pojawia się tysiąc uzbrojonych ludzi, to uwija się przy nich drugi tysiąc niewidzialnych. Ofiarność armektańskiej ludności bardzo podniesie żołnierzy na duchu, to może jest największy zysk. Jednak to broń obosieczna. Bo jeśli ta ofiarność nie przyniesie żadnego skutku, to może dojść do załamania nastrojów. Wszystko na próżno, wszystko na nic... Prawda, wasza wysokość?

Ezena z trudem przypomniała sobie, że ktoś kiedyś jej mówił (Anessa? może Yokes?), że Hayna doskonale orientuje się w zagadnieniach finansowych... Ale przywykła już traktować swoją Czarną Perłę jako śliczną komendantkę przybocznych niewolnic, mającą na głowie najwyżej takie problemy, jak gęstość oczek posrebrzanej kolczugi...

– Wasza wysokość – powiedziała Anessa – zaprosiłyśmy z Hayną na naradę dwóch bardzo wyjątkowych dowódców... Czekają za drzwiami. Prawdę mówiąc, już od kilku dni wiemy, że ci dwaj mogą rozpocząć kampanię. Gdyby dzisiaj nie było tej narady, same byśmy o nią poprosiły. Czas ucieka i jeśli ta kampania ma zakończyć się pełnym zwycięstwem, to trzeba ją rozpocząć już jutro.

Księżna wymieniła zaskoczone spojrzenia z Kesą i Ohegenedem.

– Dwaj dowódcy? O jaką kampanię chodzi?

– Czy wasza wysokość rozkaże ich wezwać?

– Tak, niech wejdą.

Hayna klasnęła w dłonie. Stojący hen, daleko, przy samych drzwiach halabardnik, usłyszał to klaśnięcie i zobaczył gest dowódczyni. Otworzył drzwi, wyszedł i zaraz wrócił, wprowadzając dwóch mężczyzn. Uczestnicy narady, siedzący u szczytu podkowy utworzonej przez biesiadne stoły, patrzyli, jak się zbliżają. Byli to skarbnik i główny intendent Sey Aye.

– Wiem już, że musimy zachować dość pieniędzy na opłacenie żołnierzy i trochę na zapas – powiedziała księżna, spoglądając na Haynę i Anessę. – Wiem, że mogą być kłopoty ze ściągnięciem niektórych należności... Po co ci dwaj tutaj?

Jej wysokość nie znosiła spraw finansowych i handlowych. Potrafiła dodać dwa do dwóch – na tym jej rozumienie matematyki się kończyło. A gdy chodziło o handel, potrafiłaby odkupić drogo to, co przed chwilą tanio sprzedała. Wszyscy oprócz księżnej siedzieli tyłem do drzwi, chcąc więc rozmawiać z wezwanymi „dowódcami" musieli usiąść bokiem. Skarbnik i intendent, wiecznie zakopani w swych rachunkach, nie umieli nawet po ludzku zażartować przy stole, gdy spotykało ich zwyczajowe wyróżnienie, jakim było towarzyszenie jej wysokości przy posiłku. Teraz postawiono ich przed księżną, surowym dowódcą gwardii pałacowej i trzema pięknymi Perłami, z których jedna, ta najstraszniejsza, była ich faktyczną przełożoną, mającą decydujący głos we wszystkich sprawach związanych z handlem i finansami Sey Aye.

– Wasza wysokość – powiedziała Anessa – na twoje polecenie od kilku miesięcy wszystkie rozliczenia Sey Aye prowadzone są wyłącznie w srebrze.

– Na moje polecenie?

Pierwsza Perła miała ochotę kopnąć swą panią i przyjaciółkę w kostkę.

– A! No, może... – Ezena z najwyższym trudem przypomniała sobie, że w samej rzeczy pytano ją kiedyś o to. – Tak, pamiętam. I co?

Jakie to miało znaczenie, w srebrze czy w złocie?

– Takie rozliczenia są bardzo niewygodne, większe sumy przekazuje się w złocie, wasza książęca wysokość rozumie – powiedział skarbnik, zachęcony gestem przez Perłę. – Sey Aye zezwalało więc regulować należności na bardzo korzystnych warunkach, ratalnie, przez co wpływy były częste, ale kwoty mniejsze, jednak przekazywanie takich kwot w srebrze nie zwracało, wasza książęca wysokość rozumie, nie zwracało uwagi...

– W srebrze – ucięła Anessa, bo Ezena miała pustkę w oczach.

– W srebrze – potwierdził skarbnik. – Cała gotówka Sey Aye ulokowana jest w srebrze, wasza książęca wysokość rozumie. Bardzo znaczna gotówka, bo w czasie wojny nikt nie ufa obligacjom i wekslom, żądamy więc od dawna płatności w żywej gotówce, wasza książęca wysokość rozumie.

Ezena rozumiała tylko tyle, że nie może pokazać się swoim urzędnikom jako kompletny gamoń. Lecz przysięgła sobie, że wywrze pomstę na Haynie i Anessie.

– Doskonale rozumiem – powiedziała.

– Mamy przygotowaną pewną ilość złotych monet, wasza wysokość, o obniżonej zawartości kruszcu. Znacznie obniżonej. To po prostu fałszywe pieniądze, pozornie nie różniące się niczym od tych, które biją imperialne mennice.

Ezena zobaczyła błysk w oczach Kesy, kiedy ta zwróciła się na chwilę ku Haynie. Kesa już wiedziała, o co chodzi... i była gotowa chyba zemdleć z wrażenia.

– Wasza wysokość... – powiedziała, unosząc ręce i zaraz opuszczając je znowu. – One wygrają ci tę wojnę! One i ci dwaj! Wasza godność, proszę szybko mówić! – zwróciła się do intendenta, zupełnie zapominając, że przy stole siedzi ktoś ważniejszy od Perły Domu. – Nasze przedstawicielstwa...?

– W każdej chwili, wasza wysokość – intendent przytomnie zwrócił się do Ezeny, nie do jej niewolnicy – w każdej chwili możemy wprowadzić tę monetę do obiegu. Mamy znakomite połączenia kurierskie ze wszystkimi przedstawicielstwami handlowymi, tylko dotarcie na Garrę to... hm, spory kłopot. Ale na kontynencie... W ciągu tygodnia, wasza wysokość, możemy wprowadzić te pieniądze do obiegu. I rozpowszechnić wiadomość, że w obiegu jest złoto o bardzo niskiej próbie.

– I jakie... jakie przewidujecie skutki tego? – Ezena stawała na głowie, by nie zdradzić bezmiarów swej niewiedzy.

Efekt był marny. Dwaj nowi „dowódcy" wymienili – niemal otwarcie zgorszone – spojrzenia.

– No... wasza książęca wysokość rozumie... Spadek kursu złota względem kursu srebra. Srebro, wasza wysokość... będzie na wagę złota! – rzekł skarbnik, uszczęśliwiony, że ułożył tak znakomity żart. – Oczywiście nie będzie, nie może być na wagę złota – zastrzegł zaraz, z właściwą swemu fachowi skrupulatnością. – Ale zysk na wymianie szacujemy... – porozumiał się wzrokiem z intendentem, Hayną i Anessą – nawet na dziesięć, dwanaście od sta, wasza książęca wysokość rozumie.

Ezena rzeczywiście zaczynała coś tam mgliście rozumieć, lecz zarazem jej cierpliwość dobiegała kresu. Anessa, znająca księżną lepiej niż ktokolwiek inny, zauważyła, co się święci.

– Wasza wysokość – powiedziała szybko – Kirlan zaciąga wielkie pożyczki, sprzedaje, co tylko można, a prawie wszystkie płatności są rozliczane w złocie. Gdy w Szererze stanie się jasne, że w obiegu jest moneta o niskiej zawartości kruszcu (a stanie się jasne bardzo szybko, bo dołożymy starań, żeby stało się jasne, przedstawicielstwa handlowe mamy prawie wszędzie), spowoduje to spadek zaufania do złota. Za to srebro zyska na wartości. Zamieszanie nie potrwa długo, bo fałszywą monetę dość łatwo można rozpoznać. I o to właśnie chodzi. Gdy wyjdzie na jaw, że w obiegu jest bardzo mało fałszywych pieniędzy, złoto zacznie odzyskiwać swą pozycję, a odzyskać musi, bo przecież nam na tym zależy, bo będziemy je kupować, i to szybko, po najniższej cenie. Ale Kirlan nie ma czasu i nie może czekać, aż kurs złota względem srebra wróci do równowagi. Wymieni całe złoto na srebro po kursie, który narzuci ktoś inny, ktoś, kto może poczekać, a przede wszystkim ma srebro i gotów się jest go wyzbyć. Te dobrowolne darowizny na wojsko, z których tak się cieszą w Armekcie, nawet nie pokryją strat wywołanych naszym posunięciem.

– Ale to nie wszystko – powiedziała Hayna. – Już wiadomo, że imperialne dobra w Dartanie tylko dlatego nie są wystawiane na sprzedaż, że nikt nie da za te ziemie przyzwoitej ceny. Lecz może dać ją Sey Aye. Przyzwoitą cenę, co nie znaczy wysoką... Oczywiście Sey Aye nie może wprost zgłosić oferty. Kupimy te dobra albo wydzierżawimy, przez podstawione Domy dartańskie. Mamy licznych dłużników, także wielu nie wplątanych jeszcze w wojnę. Uradują się, jeśli tylko odroczymy im spłacanie odsetek w zamian za przedłożenie Kirlanowi ofert handlowych. Nikt nie będzie sprawdzał tych ofert, bo w Armekcie nie mają na to czasu. Za bezcen kupimy ziemie, płacąc naszym srebrem, a Kirlan zgodzi się na prawie każde warunki, bo rozpaczliwie będzie srebra potrzebował. Tak, wasza wysokość? To wszystko wymaga szybkości i bardzo zdecydowanych działań, a przede wszystkim utrzymania pełnej tajemnicy. Anessa twierdzi, że nasze przedstawicielstwa handlowe, a zwłaszcza sztafety kurierskie, podołają zadaniu. Te nabyte od cesarstwa majątki już wkrótce będą dobrami królewskimi, które zechcesz obiecywać i rozdawać według uznania, księżno. To nie są jakieś ziemie za morzem, to ziemie leżące po sąsiedzku z majątkami wielu Domów magnackich i rycerskich. Bardzo łakomy kąsek.

– Mam płacić za ziemie, które jutro zdobędę? – w Ezenie odezwało się skąpstwo.

– O, wasza wysokość, to na razie jest skóra na niedźwiedziu! – powiedziała uśmiechnięta Hayna. – A pewna jesteś, że to ty je zdobędziesz? A jeśli zdobędą je rycerze Enewena? Zaczniesz panowanie od wywłaszczania swoich nowych poddanych ze zdobytych na wojnie gruntów? I daleko chcesz zajechać w ten sposób?

Księżna popatrzyła na Ohegeneda. Skinął głową. Kesa nie kryła podziwu i zapału. Hayna i Anessa spoglądały wyczekująco. Skarbnik liczył już z maślanymi oczami wpływy, zyski, widział najpiękniejszy interes swego życia. Intendent w myślach spisywał nowo zyskany inwentarz, wioskowe dymy, plony... W tle tego widniał powieszony, nieszczęśliwy i własną ręką z rozpaczy wypatroszony cesarski Strażnik Skarbu. Pobojowisko, trupy wrogów... Oczywiście, ci tutaj, to byli dwaj dowódcy. Wiodący swe brzęczące zastępy do zwycięskiej bitwy.

– Hayna czy Anessa? Która z was tego dopilnuje?

Rozpromienione Perły spojrzały po sobie.

– Oczywiście Anessa – powiedziała Hayna. – Ja tylko... umiem liczyć, wasza wysokość. Nauczono mnie, do czego służą pieniądze, ale to Anessa wie, jak je zarabiamy. Jak ty je zarabiasz, wasza wysokość.

Czy to aby nie była złośliwość?...

– Dziękuję, jestem bardzo zadowolona – powiedziała księżna, spoglądając na intendenta i skarbnika.

Urzędnicy pokłonili się i odeszli. Księżna mogłaby przysiąc, że niemłody skarbnik gotów podskakiwać, idąc... Namiętność, z jaką ci ludzie chcieli nurzać się w cyfrach, była aż nieprawdopodobna. Ezena rozumiała, że dzięki swym mądrym niewolnicom naprawdę może osiągnąć bardzo wiele. Ale, choć starała się z całej siły, nie bardzo umiała wykrzesać z siebie entuzjazm. Było jej... prawie żal tych nieszczęsnych Armektańczyków, których wyrzeczenia i ofiarność miały nie zdać się na nic wobec poczynań szajki oszustów z Sey Aye.

Ale jednak obie Perły zasłużyły na nagrodę. Wspierały ją, jak tylko potrafiły. Nawet gdy tego nie żądała.

– Dobrze, że was mam – powiedziała poważnie. – W ogóle nie znam się na finansach... i wszyscy tutaj to wiedzą – dorzuciła z uśmiechem. – Zdaje się jednak, że od dzisiaj wiedzą o tym także skarbnik i intendent. Dopilnuj ich!

Anessa puściła do niej oko.

– Nie rozumiem tylko – zapytała jeszcze Ezena – dlaczego nikt inny nie posłużył się takim... taką bronią? W Kirlanie mają chyba dobrych rachmistrzów?

– To zabawa dla bogaczy, wasza wysokość – rzekła Hayna. – Kirlan nie przetopi ostatniego tysiąca sztuk złota na dwa tysiące fałszywych. A zresztą po co? Bankrutem jest skarb państwa i na razie nikt inny w Szererze. Nikt nie musi panicznie wyprzedawać swego złota. To Kirlan robi teraz największe zakupy w Szererze i tylko Kirlan nie może odłożyć tych zakupów na później. Tylko cesarz musi z dnia na dzień kupić sobie wojsko i tylko on naprawdę, ale to naprawdę, nie może ryzykować podejrzeń, że płaci fałszywymi pieniędzmi. Pytanie, czy nie będzie zmuszony do skupywania z rynku naszych monet... Rozgrywasz grę dla bogaczy, wasza wysokość – powtórzyła ze śmiechem. – Dla bogaczy, a i to nie wszystkich.

33

Enewen nienawidził brata, który zabił mu syna. Paląc wioski, łupiąc dobra Sprawiedliwych, wytrwale dążył do spotkania z wodzem wrogiego stronnictwa. Miecz Denetta woził zamiast swojego. Rozpoczynane i zrywane rokowania należały do rycerskiej tradycji, ale nie miały znaczenia. Na końcu tych rokowań mogła być tylko krew morderców. Teraz, pod Vemoną, miało dojść do tej walki. Rycerskiej, ale bez jeńców, bez wykupu. Do walki na śmierć i życie.

Enewen nienawidził starszych braci, lecz pod murami Vemony znalazł w okrytej żelazem piersi miejsce dla uznania i szacunku. Szacunku dla wojowników, bo nie dla morderców... Skryta w cieniu niedalekiej Seneletty Vemona, jedyna wyspa w morzu zdobyczy Ahe Vanadeyone, od początku wojny dostarczała Sprawiedliwym wszelkich materiałów wojennych, a nawet zbrojnych knechtów. Małe bogate miasto, które K.B.I.Ones uznawał za stolicę swego Domu, które niejednokrotnie korzystało ze szczodrości swego pana i właściciela, pozostało mu wierne. Teraz, gdy wojna dobiegała kresu, bezbronne miasto nie mogło liczyć na żadne względy wodza zwycięskiego stronnictwa. Nie było prawdziwych murów obronnych, za którymi mogłaby skryć się broniąca miasta załoga – przed półtorawiekiem, gdy Vemona otrzymała miejskie klucze,

Dartan był już częścią Wiecznego Cesarstwa i oddychał wiecznym pokojem. Przy okazałych bramach wzniesiono tylko symboliczne umocnienia, nawiązujące wyglądem do dawnych murów miejskich, lecz krótkie, urywające się nagle po kilkudziesięciu krokach. Nie opasywały miasta opiekuńczym kręgiem. Vemona nie mogła się bronić.

Lecz mimo to na drogach nie było tłumu uchodźców. Bardzo nieliczni mieszkańcy (a może tylko przybysze z innych stron Dartanu?) uciekali przez południową bramę, tworząc na widocznej ze wzniesienia drodze cienki, rwący się strumyk.

Rozległe błonia były widoczne z murów, wież bramnych i dachów najwyższych domów. Na owych wieżach i dachach skupiały się maleńkie ludzkie sylwetki. W dole nieliczne chorągwie Sprawiedliwych rozwijały się do bitwy na równinie. Jego godność K.B.I.Ones, cofający się stale, prowadzący rokowania z Wiecznym Cesarstwem i być może już wkrótce mogący liczyć na wsparcie armektańskich legionów, przyjmował beznadziejną bitwę pod murami wiernego miasta. Oznaczało to koniec Stronnictwa Asenavene. Gdyby nie podły mord, czarną plamą ciążący na sumieniach braci, Enewen czułby się dumny, stając do walki przeciw rycerzom, którzy słusznie przybrali miano Sprawiedliwych. Zniszczyłby ich wojska, służąc swojej królowej, ale głosiłby chwałę pokonanych.

Lecz miał przed sobą chorągwie w służbie morderców.

Sprawiedliwi stawali w płytkim, bardzo szeroko rozpostartym szyku – podwójnie bezbronni. Ustawienia „w płot" zaniechano już przed wiekami, podczas wojny armektańsko-dartańskiej, bo nie pozwalało na manewrowanie wojskami, przemieniało bitwy w złożone z setek pojedynków turnieje. Z żądnym krwi armektańskim chłopstwem, wypełniającym szeregi legionów, nie można było toczyć pięknej rycerskiej wojny. Teraz jednak Enewen nie mógł i nie chciał odrzucić ostatniej prośby mężnego – choćby nawet zbrodniczego, lecz jednak mężnego – przeciwnika. Wydał rozkazy. Gońcy galopem ruszyli ku ustawionym „w groty" chorągwiom Ahe Vanadeyone. Po niedługim czasie wyszła z szyku pierwsza, Czarnej Tęczy, potem wysunęła się druga, Wielkiej Sprawy. Kolejno szły z wysoko podniesionymi znakami: Chorągiew Nieśmiertelnej Nadziei Mężnych, Mniejsza Domu, Wilcza, Pierwsza i Czterech Domów. Rycerskie poczty stawały jeden obok drugiego, na czele kopijnicy, za nimi lżej zbrojni giermkowie i strzelcy. Długi, płytki szyk żelaznych jeźdźców, stających do walki jeden na jednego. K.B.I.Enewen nie chciał uderzyć w cienki szyk wroga wojskami zwartymi w „groty".

Czternaście chorągwi Wskrzeszonych Rycerzy Królowej ustawiło się w trzy długie linie, przed frontem pięciu chorągwi Stronnictwa Sprawiedliwych.

Najpierw jednak rzuciły wyzwanie rogi i łopoczące sztandary. Przed szyk wysunęli się jeźdźcy, pragnący na oczach obu wojsk dać świadectwo swego męstwa i rycerskich umiejętności. Enewen dał znak otaczającym go towarzyszom, rycerzom najświetniejszych rodów. Granatowo-zielona chorągiew z powiewającymi u szczytu różowymi wstęgami popłynęła w dół łagodnego stoku, trzymana w mocnych dłoniach chorążego Domu. Lecz to nie był usztywniony gonfanon, będący znakiem wojennym Większej Chorągwi Domu, ani wielka banderia przysługująca Mniejszej.

Pierwszy z Rycerzy Królowej, z własnym proporcem dowódcy, wysunął się przed szyk swego wojska, pytając braci, czy zechcą stanąć z nim do walki w dniu ostatniej bitwy.

Z samego środka pierwszej linii osłaniających Vemonę wojsk wysunęło się kilku jeźdźców. Granatowo-zielona własna chorągiew rycerzy Domu K.B.I. popłynęła na spotkanie swej siostry.

Na równinie, gdzie łagodny stok przemieniał się w równą łąkę, trwały już pierwsze orężne starcia. Huk blach, przebitych mocnym grotem kopii, poniósł się wyraźnie i szeroko, zawtórował mu łomot okrytego żelazem ciała, walącego się z końskiego grzbietu na ziemię. Odgłosowi tego spotkania natychmiast zawtórowały następne: jeszcze jeden huk uderzającej w tarczę kopii, szczęk mieczów o blachy, głuche uderzenia rozbijających zbroje młotów. Jakiś jeździec, strąciwszy z konia przeciwnika, zeskoczył z własnego rumaka, powierzając go giermkowi, i stanął do walki pieszej, dając szansę powalonemu. Daleko, na skraju zagajnika wyznaczającego kraniec prawego skrzydła wojsk Vanadeyone, gdzie płynął niewielki strumień, strzeliła woda spod kopyt wierzchowca. Przeciwnik nadjechał z drugiej strony, składając kopię do uderzenia. Dwaj jeźdźcy pędzili korytem strumienia, jednocześnie trafili w tarcze i wylecieli z siodeł. Wierzchowce rozbiegły się na boki. Grzęznący w błocie spieszeni wojownicy, oszołomieni upadkiem, z najwyższym trudem składali się do ciosów. Wymienili ich po kilka, by wreszcie odstąpić w tył i pozdrowić się uniesionymi dłońmi. Każdy z tych mężczyzn uznał przeciwnika za równego sobie: nie lepszego, ale i nie gorszego. Zaniechali walki i poszli ku liniom towarzyszy, bo żaden nie chciał walczyć z przeciwnikiem, w którym dostrzegł samego siebie.

Pomiędzy pary i grupki walczących, na samym środku równiny, niespiesznie wjeżdżały dwa poczty, ocienione bławatami granatowo-zielonych chorągwi. Takie same barwy miały kropierze kilku koni. Wierzchowiec Enewena nosił na końskiej zbroi szatę, której barwy układały się w ukośną szachownicę. Z drugiej strony nadjeżdżali jeźdźcy mający kropierze granatowe w środku, obwiedzione zielenią.

Dębowe liście były takie same.

Poczty zatrzymały się w odległości mniej więcej dwustu kroków.

Enewen zamknął przyłbicę i pochylił kopię, blokując ją o haki przy zbroi. Jeździec stojący naprzeciwko uczynił to samo, podejmując wyzwanie. Lecz Enewen czekał na gest drugiego jeźdźca. Człowiek ten wiedział, że pochylona kopia stojącego naprzeciw starego armektańskiego żołnierza, który w służbie Domu K.B.I. zdobył rycerski pierścień, jest wyzwaniem dla niego. Ranezen prosił pana K.B.I., by zechciał zmierzyć się z nim, nie bacząc na swe dostojeństwo.

Rycerz przyjął wyzwanie. Opuścił zasłonę przyłbicy i pochylił kopię.

Konie ruszyły stępa.

Przez wąskie wizury nie widać było rozległego pola bitwy. Tylko jedźców jadących na spotkanie, skrawek łąki... Enewen widział jeszcze w oddali miasto, za które chciał umrzeć jego brat.

Konie poszły kłusem.

Ranezen, syn armektańskiego rzemieślnika, którego w Armekcie uznano za godnego oficerskiej tuniki, a w Dartanie rycerskiego pierścienia, osiągnął w życiu wszystko, o czym marzył, stracił zaś tylko jedno: sens istnienia. Pokochał kiedyś młodego chłopca, któremu opowiadał o Równinach, wiecznej wojnie na północy i wyrokach Niepojętej Arilory; opowiadał o równości wszystkich ludzi, którzy sięgnęli po miecz.

Wierzchowce przeszły do galopu.

K.B.I.Ones, z młodszym o dwa lata Kenesem u boku, pędził na spotkanie wielkiego wojownika i wodza, którego nigdy nie uważał za brata, ale mógłby szanować, cenić, a nawet ofiarować mu przyjaźń. Nie umiał jednak pogodzić się z fałszywym świadectwem macochy-ladacznicy, która omotała jego schorowanego ojca, potem zaś imionami przodków rodu wycierała podłogi w niezliczonych dartańskich sypialniach.

Jego godność K.B.I.Kenes, dziedzic imienia wielkiego rycerza sprzed wieków, z pochyloną kopią galopował ramię w ramię ze swym starszym bratem, chcąc uczcić wierność i zasługi armektańskiego żołnierza, który pokochał Dartan i przez całe życie duszą i sercem służył swemu panu. Kenes znał i rozumiał armektańską ideę Wojny-Arilory. Nie wierzył, że każdy, kto bierze do ręki broń, godny jest nazwania jej synem. Ale gotów był dać wiarę, że każdy może uzyskać prawo do równej walki z dartańskim rycerzem, nawet jeśli z urodzenia nie przysługiwał mu taki przywilej. Ranezen był godzien, by przyznać mu to prawo.

Cztery wielkie konie dźwigające jeźdźców zbiegły się w jednym punkcie pola bitwy. Pośród huku uderzających o zbroje i tarcze grotów jeden z jeźdźców został wyrzucony z siodła, trzej inni rozjechali się w dwie strony świata. Powściągnięte wierzchowce stanęły i zawróciły. Rycerz, który zatrzymał swego konia jako pierwszy, odrzucił ułomek kopii, zeskoczył z siodła i poszedł ku strąconemu na ziemię przeciwnikowi. Lecz do walki pieszej nie doszło. Armektański żołnierz z dartańskim pierścieniem rycerskim, prowadzony przez swoją Niepojętą Panią, wracał już do Szerni, która dała mu krótkie jak mgnienie, ludzkie życie, a teraz roztapiała je w swych Pasmach.

Enewen i Ones zatrzymali wierzchowce i stali naprzeciw siebie. Enewen, ze złamanym drzewcem w ręku, czekał na giermka, który nadjeżdżał z tyłu, wiozący nową kopię. Uniósł zasłonę przyłbicy i patrzył na brata, z trudem utrzymującego się w siodle. O walce pieszej nie mogło już być mowy. Pierwszy rycerz królowej, jeden z najświetniejszych jeźdźców w Dartanie, umiał prowadzić broń jak nikt inny. Nie pamiętał o koniu, bo tworzył z nim jedną całość, czuł każdy ruch potężnych muskułów i naprężonych ścięgien. Uderzenie kopii zerwało przeciwnikowi płytę naramiennika, która, pogięta, wisiała teraz na rzemiennym zapięciu. K.B.I.Ones nie mógł już trzymać tarczy, by osłaniać się nią w pieszym boju. Walcząc z bólem zdruzgotanego ramienia, mógł liczyć tylko na to, że zjechawszy się z Enewenem ponownie, wcześniej dosięgnie go swą bronią.

Enewen wziął od giermka nową kopię, zablokował ją, po czym odrzucił tarczę i znów zamknął przyłbicę. Ruszył z miejsca kłusem.

Zjechali się po raz drugi.

Czworograniasty grot prowadzony przez Enewena trafił dokładnie w to samo miejsce co poprzednio – ale Ones nie miał już tarczy, po której mógłby się ześlizgnąć wrogi oręż. Strąciwszy przeciwnika z siodła, Enewen osadził konia, okręcił go w miejscu i zawrócił. Zeskoczył w biegu na ziemię, klęknął przy powalonym i wyrwał sztylet z pochwy przy pasie. Znalazł szczelinę w zbroi.

– Okup! Wyznacz okup!

Enewen nie posłuchał prośby Kenesa. Dobił Onesa i wstał. Bardzo powoli – a była w tych poruszeniach uroczysta ulga – zdjął hełm.

– Już tylko my... bracie – rzekł, nie patrząc na Kenesa.

Kenes podjął z ziemi tarczę Ranezena i cisnął ją pod nogi zabójcy swego brata. Enewen podniósł puklerz w barwach swego Domu, ale bez liścia dębowego, dobył miecza i ruszył, by dopełnić przysięgi.

Walki na błoniach wygasały. Wszczynano niewiele nowych. Zwycięzcy z obu walczących obozów zjeżdżali się ku środkowi pola, by oglądać rycerskie zmagania swoich wodzów. Było to coś niezmiernie doniosłego.

Kenes natarł na przeciwnika z zaciętością, jakiej nikt nie oczekiwał u niemłodego człowieka. Lecz odpowiedź Enewena miała siłę, której przyrodni brat żadną miarą nie mógł sprostać. Wymieniwszy z przeciwnikiem trzy ciosy, drugi z wodzów Asenavene chwiał się już tylko i cofał pod nawałą uderzeń, spadających na osłaniającą go tarczę. Enewen zderzył z wrogim puklerzem własną tarczę, pchnął potężnie i przeciwnik upadł na plecy. Odstąpiwszy, rycerz pozwolił mu wstać. I znowu zaatakował z szybkością i siłą, które musiały wzbudzić najwyższy podziw patrzących. Uderzywszy dwa razy mieczem, zwycięzca – bo był już zwycięzcą – jeszcze raz grzmotnął tarczą w tarczę przeciwnika, a gdy ten poleciał do tyłu, zamachnął się i przerąbał stalową opachę na trzymającym miecz ramieniu, tuż powyżej nałokcicy, której zerwane skrzydło odleciało w bok. Kenes krzyknął, padając. Wypuścił broń. Enewen odrzucił tarczę, oburącz chwycił miecz, obejmując rękojeść odwrotnie i kierując oręż sztychem w dół. Stanął nad powalonym.

– Który z was kazał zabić Denetta? Ty czy on? Teraz chcę wiedzieć.

– Żaden z nas – powiedział Kenes. – Zabij mnie... ale jesteś szalony, wiedz o tym.

– Kłamstwo w chwili śmierci. Chcesz tak umrzeć, rycerzu Domu K.B.I.?

– Ktokolwiek kazał zabić twego syna... nic o tym nie wiem. Przysięgam.

– Przysięgniesz za swego brata? Na pamięć przodków! – krzyknął Enewen, opuszczając miecz i pokazując stojących w krąg wojowników. – Przysięgniesz za swego brata? Że nie kazał tego uczynić ani nie wiedział o takim zamiarze? Gotów jesteś na takie zuchwalstwo?!

Kenes był tylko cieniem i narzędziem Onesa. Enewen dokonał już zemsty, bo leżący u jego stóp stary rycerz przez całe życie był nikim.

– Zabij mnie – rzekł po długiej chwili. – Ones zawsze cię nienawidził, ale nie był zdolny do tego, o czym mówisz. Jeśli jednak każesz mi przysiąc za niego... O wszystkim zawsze decydował sam, miał rozum i niczym nieograniczoną wolną wolę. Zabij mnie. Nie przysięgnę.

Broczący krwią wojownik nie kłamał w obronie życia. Chciał i był gotów umrzeć. Ale nie mógł przysiąc, wobec dwudziestu świadków ze znakomitych rodów, że jego brat nie kazał zabić Denetta ani nawet nie wiedział, że ktoś... gorliwy poplecznik... powziął taki zamiar. Nie było na to dowodów, gdy przeciwnie –

Enewen na pewno miał jakieś dowody i świadków. Nie rozpętał przecież najstraszniejszej od stuleci wojny, opierając się na przeczuciach.

– Zabij mnie, Enewenie. Jestem już... zmęczony.

Po czym powiedział jeszcze:

– Ones nie był zbrodniarzem... ale dla dobra Domu umiał nie dostrzegać wielu spraw. Nie kalam jego pamięci, był wielkim rycerzem, prawym człowiekiem i dobrym bratem. Nie wierzę, by popełnił przypisywaną mu zbrodnię, ale mam właśnie tylko tę wiarę. Za nikogo nie przysięgnę w chwili śmierci, nie wiedząc, czy na pewno nie brudzę się kłamstwem.

Enewen pojął cierpienie rycerza, który stojąc nad grobem... nie mógł poręczyć za bliskiego mu człowieka. Bo Ones jednak był intrygantem, człowiekiem zawziętym, a nierzadko małostkowym i niesprawiedliwym. Młodszy brat, będący tylko wykonawcą jego woli, niczego nie mógł wiedzieć na pewno. Tak jak powiedział, miał tylko swoje zaufanie i wiarę. Nikt ze stojących wokół nie mógł uznać tego za wystarczające. Każdy z tych rycerzy chciałby móc ręczyć za najbliższych i prawie żaden nie odważyłby się na to.

– Nawet nie wiesz, kim jesteś, Kenesie... – powiedział z goryczą Enewen. – Powinieneś dzisiaj stać u mego boku, bo jesteś rycerzem królowej, nosisz imię pierwszego spośród wszystkich, którzy jej służyli. Prawdziwa wojna dopiero się zaczęła. Nie rozpętałbym jej tylko z powodu śmierci syna.

Gdzieś daleko toczono jeszcze jakiś pojedynek. Do uszu wojowników docierał niewyraźny szczęk mieczów tłukących o zbroje i tarcze. Nikt nie wiedział, o czym mówi wódz Stronnictwa Ahe Vanadeyone. A raczej prawie wszyscy domyślali się, o czym, ale nikt jeszcze nie wiedział – o kim. Krążące po Dartanie pogłoski niczego nie przesądzały. Kazały tylko czekać na bardzo niezwykłe nowiny.

– Śmierć mojego syna... – rzekł głucho Enewen i nagle uniósł dłoń ku twarzy, dotykając oczu stalową rękawicą. – Śmierć mojego syna to rzecz błaha. Mówi to ojciec, który pomścił właśnie swego jedynego dziedzica i następcę. Mój syn był jednym z nas, rycerzem królowej, który pierwszy oddał życie za jej sprawę. Wszyscy winniśmy mu pamięć i cześć. Wiem, komu służę, i wy także macie prawo o tym wiedzieć! – zawołał, wodząc wokół ostrzem miecza. – Przysięgam na pamięć moich wielkich przodków, że pokażę wam dzisiaj największą sprawę, jakiej dartański rycerz może służyć! Kenesie, tam stoją twoje chorągwie. Wracaj do nich! – krzyknął. – Zabierz ciało brata i wracaj!

– Wrócę.

Rycerz wolno podniósł się z ziemi. Krew żywszym strumykiem popłynęła wzdłuż zranionego ramienia, spływając do stalowej rękawicy i kapiąc na stratowaną łąkę.

– Moi rycerze – rzekł Kenes – pomszczą śmierć wszystkich towarzyszy, którzy polegli w tej wojnie, ja zaś jeszcze raz będę szukał zadośćuczynienia za śmierć brata. Będziemy walczyć do południa. W południe, gdy usłyszysz głos rogów, wszyscy ci, którzy przeżyją, oddadzą się w twoje ręce, Enewenie. Oszczędź wtedy bezbronnych, uszanuj swoich jeńców. Rycerzy, którzy nie cofnęli się w obliczu trzykrotnie silniejszego wroga.

– Tak się stanie.

– Ale jeśli przeżyję, będę chciał wiedzieć, o co naprawdę walczyłem i dlaczego przegrałem tę wojnę.

Będę chciał dowiedzieć się, co znaczą twoje słowa, jakiej sprawie i komu służysz. Będziesz musiał mi dowieść, że nie jesteś szaleńcem, Enewenie. Będziesz musiał dowieść tego wszystkim.

– Dowiodę. Powiem komu i dlaczego służę.

Giermek Kenesa przyprowadził konia swego pana.

– A zatem, Enewenie, jeszcze raz dowiedź mi dzisiaj, jaka krew naprawdę płynie w twoich żyłach. Pragnąłbym uznać, że Ones... że mój brat, wielki człowiek i rycerz, błądził i mylił się co do ciebie. Lecz najpierw raz jeszcze sięgnę po twoje życie. I wszystkich, którzy służą pod twymi sztandarami.

***

Raniący uszy szczęk oręża, towarzyszący wcześniej pojedynczym zmaganiom na błoniach, był niczym wobec łoskotu, z jakim zderzyły się dwie linie zakutych w zbroje jeźdźców. Trzask kruszonych kopii, huk grotów przebijających blachy, jęk żelaza rysującego krzywizny tarcz, kwik i chrapanie koni, a wreszcie krzyk ludzi – zlały się w pieśń, której na pewno chciałaby wysłuchać armektańska Pani Śmierci i Wojny. Czy była obecna nad Dartanem i patrzyła na pole bitwy pod Vemoną? Czy podobały jej się takie zmagania, będące wspomnieniem dawnej świetności królestwa, któremu odmówiono wielkości w świecie żeglarzy, górskich zbójów i stepowych jeźdźców? Synowie Równin przynieśli do Dartanu inną wojnę, w której nie było miejsca na wielkość. Być może bezduszne armektańskie legiony, złożone z kroczących machin do zwyciężania, walczyły mężnie i z honorem, ale było to inne męstwo i inny, zupełnie inny honor.

W bezlitosnej wojnie na wyniszczenie, prowadzonej z myślą o unicestwieniu wroga, przepadały zarówno rycerskie gesty, jak i zwykłe ludzkie odruchy, porywy wielkich serc. Armektańczycy, wbrew temu, w co wierzyli, nie służyli wojnie, lecz przemocy, śmierci i zagładzie. Potrafili być wielkoduszni dopiero wówczas, gdy gasł wszelki opór, a wrogie armie przemieniały się w tłumy niewolników. Lecz może tak właśnie należało prowadzić zmagania? Może traktowanie wojny jako uroczystej zabawy dla szlachetnych i mężnych ubliżało jej? Może w samej rzeczy nie dało się podnieść z pól bitewnych niczego więcej niż podeptanej litości, szczątków wiary w zwycięstwo i upokorzenia pokonanych?

Do walki ruszyła druga linia chorągwi Ahe Vanadeyone. Asenavene drugiej linii nie mieli. Nikt nie mógł wesprzeć skrwawionych, walczących już nie o zwycięstwo, lecz o przetrwanie i życie, rycerzy jego godności K.B.I.Kenesa.

Słońce stało wysoko na niebie, lecz rogi po stronie Stronnictwa Sprawiedliwych milczały. Miały nadejść nowe czasy i nowe pokolenia. Rogi milczały, by nikt zrodzony po wojnie nie śmiał wyrazić przypuszczenia, że przegrywający zbyt wcześnie obwieścili zbawcze dla nich południe.

Enewen ruszył do boju wraz z ostatnią linią swych jeźdźców. Bardzo krótkie cienie kładły się za plecami szarżujących – ale jeszcze niezupełnie pod nimi...

Na skrwawionych błoniach długa fala walczących przesunęła się na południe, zostawiając, jak uciekająca z brzegu woda morska, rozmaite szczątki. Lecz nie były to drobne małże ani ich skorupy, na zielonej plaży pod Vemoną nie zostały barwne i gładkie kamienie.

Fala porzuciła dziesiątki srebrzystych blach, pod którymi jeszcze niedawno biły ludzkie serca. Zostawiła pogubiony i potrzaskany oręż, barwne tarcze. Wiele wierzchowców nie mogło podnieść się z ziemi; inne stały między poległymi, jeszcze inne biegały wzdłuż linii. Nadciągała już czeladź obu stron, żądna zarówno zdobyczy, jak i nagrody z ręki podniesionego z pobojowiska rannego strzelca, giermka, a kto wie, może nawet rycerza? Coraz więcej sytych walki i sławy wojowników wychodziło z bitwy, w której niełatwo przychodziło znaleźć nowego przeciwnika. Na spotkanie z każdym rannym, zmęczonym wojownikiem Kenesa czekało co najmniej dwóch służących w armii Enewena. Długa linia rwała się, dawno już rozpadła na kawałki, nierówne grupy i grupki.

Lecz słońce nareszcie doceniło męstwo Sprawiedliwych i rozkazało cieniom wybiec spod stóp i kopyt na północ ku wschodowi. Rozbrzmiały rogi, prosząc w imieniu Stronnictwa Asenavene o zawieszenie broni. Szczęk oręża ucichł nieomal w jednej chwili, pozwalając wyraźniej zabrzmieć jękom rannych. Skrwawieni rycerze oddawali zwycięzcom swe miecze, rzucali pod nogi topory, uwalniali przedramiona z uchwytów tarcz. Chyliły się proporce i chorągwie pokonanych – te, których jeszcze nie zdobyto. Najdłużej trzymano w górze granatowo-zielony gonfanon własnej chorągwi braci K.B.I.

Pośród powiewających nad wojskami proporców i chorągwi wciąż tkwiły dwa proporce wodzów. Enewen spotkał się z Kenesem i odmówił przyjęcia jego miecza. Nie chciał jeńca, w zamian pragnął wreszcie odnaleźć brata. A mógł go odnaleźć, bo wierzył uroczystej przysiędze, złożonej w obliczu śmierci. Stary rycerz na pewno nie wiedział o zbrodniczych decyzjach Onesa lub zamiarach ludzi Onesowi służących.

***

Łupem zwycięzców padł zarówno stojący za miastem tabor, jak i samo miasto. Harda Vemona nie oddała swemu zdobywcy kluczy do bram miejskich, nie posłała na spotkanie zwycięzcy żadnego ze swych ojców. Większa Chorągiew Domu, na czele której podążał sam Enewen, zastała bramę otwartą, lecz ani w samej bramie, ani na ulicach poza nią nie było żywej duszy. Mieszkańcy skryli się w domach; czasem tylko skrzypnęła niedokładnie zamknięta okiennica, spoza której czyjeś oczy śledziły przemarsz wojska.

Enewen prowadził chorągiew do rynku. Rycerze na czele swych pocztów rozjeżdżali się w prawo i lewo, otaczając rynek kordonem. Sam Enewen, w asyście najznakomitszych wojowników, pojechał przed drzwi ratusza, zatrzymał wierzchowca i czekał.

Przez jakiś czas nic się nie działo.

Lecz w końcu drzwi otwarto. Zażywny, wysoki mężczyzna, bardzo dostatnio przyodziany i ustrojony w czarny beret burmistrza, zszedł po wiodących od drzwi schodach i stanął przed konnym rycerzem. Za burmistrzem pojawiło się kilku rajców.

Enewen milczał.

– Po raz pierwszy i ostatni – rzekł wreszcie, głosem donośnym na tyle, by wszyscy na rynku mogli dosłyszeć słowa – pozwalam na podobne traktowanie mnie i moich wojsk. Chcę uczcić pamięć wielkiego wojownika, który mógł ocalić swoją armię i życie, lecz własną piersią zasłonił to miasto. Chcę wierzyć, że jesteście tego godni. Nakładam na Vemonę kontrybucję, mającą wynagrodzić śmierć moich rycerzy, a także wszystkie poniesione dzisiaj przez nich straty w broni i wierzchowcach. Kwota tej kontrybucji ustalona zostanie do jutra. Mieszkańcy mogą wyjść z domów, spokojni o swe mienie i życie. Miejska straż niech wróci na ulice, by pilnować ładu i porządku, wy zaś nadal będziecie pełnić obowiązki w ratuszu. Zawdzięczacie to swemu obrońcy, jego godności K.B.I.Onesowi, a także jego godności K.B.I.Kenesowi, który pomimo wielu ran nie odstąpił od obrony miasta. Nie chcę waszej gościnności, ale nie chcę także kluczy do bram miejskich. Przekażcie je swemu panu.

Zawrócił konia, a wraz z nim uczynili to przyboczni rycerze.

34

Yokes nie stawił się w Sey Aye. Dwa dni przed umówionym terminem przysłał na polanę kilka drużyn straży leśnej pod wodzą Vahena. Gajowi przekazali list z wyjaśnieniami. *Wasza Wysokość* – pisał komendant – *jeśli to konieczne, stawię się przed Tobą, ale lepiej, żebym został w obozie z żołnierzami, mam tu pełne ręce roboty. Przyjedź raczej do mnie, Pani, a mam odwagę prosić Cię o to, bo wyruszysz ze mną na wojnę. Pokaż ten list Haynie, jako dowód, że wojenna wyprawa to nie jest Twoja zachcianka, lecz wymuszona konieczność. Jego godność Enewen odniósł właśnie pod Senelettą zasłużone i całkowite zwycięstwo. Nie znam jeszcze wszystkich szczegółów, ale za to mam dokładne rozkazy od Twojego pierwszego rycerza. Ten człowiek gotów jest podporządkować się tylko jednej osobie, a tą Osobą jesteś Ty, Wasza Wysokość. Czy chcesz tego, czy nie, będziesz więc dowodzić armiami, tu polecę się jako wojskowy doradca, skoro wodzem naczelnym być nie mogę. Bierz bagaże i przyjeżdżaj, Pani, bo za tydzień, zamiast z Armektańczykami, będę bił się z Jego Wyjątkową Godnością Enewenem.*

Był jeszcze podpis. I drugie pismo, zawierające kilka krótkich rozkazów dla dowódcy obozu piechoty.

Podniecona i niemal zdyszana z przejęcia Ezena swoim zwyczajem przeczytała list parokrotnie, nim kazała oddać go Haynie. Próbowała zapanować nad sobą, bo radość z wymarszu na wojnę była chyba cokolwiek niestosowna. Poza tym naprawdę nie miała żadnych powodów do zadowolenia. Tarcia między Enewenem a Yokesem zdarzały się od samego początku, teraz jednak mogło dojść do czegoś znacznie gorszego. Z listu Yokesa przebijało rozdrażnienie, a już ostatnie słowa, w których nazywał rycerza z rodu K.B.I. „jego wyjątkową godnością", zasługiwały na głęboki namysł. Yokes był po prostu wściekły; wściekły do tego stopnia, że nie chciało mu się ukrywać tej wściekłości... Wyglądało na to, że jej książęca wysokość rzeczywiście będzie musiała nominalnie dowodzić wojskami – dowodzić, jak treściwie napisał komendant, „czy tego chce, czy nie".

Hayna nie czytała listu kilkakrotnie, ani nawet dwa razy. Rzuciła tylko okiem. Zaraz potem znalazła się w pokojach Ezeny. Księżna spojrzała na pochyloną wojowniczo głowę, spadającą na oczy kasztanową grzywkę i już wiedziała, co będzie. Jej rycerze, dowódcy, niewolnice (naprawdę, dlaczego jeszcze nie urzędnicy?) zamierzali bez przerwy kłócić się między sobą.

– Wasza wysokość – rąbnęła od progu gwardzistka – NAJZNAKOMITSZY komendant Yokes przysyła tu jakiś świstek, który ledwie przypomina list. Nic w nim nie ma, tylko polecenia, żebyś się stawiła, gdzie rozkazał. Oprócz listu przysyła bandę zastawiaczy sideł z łukami, którym przewodzi kot. Jak rozumiem, jest to twoja eskorta? Ale dla mnie najwyżej nagonka, jeśli będziesz chciała zapolować. Masz przedzierać się przez puszczę do przystani na rzece, potem płynąć do obozu, którego nawet jeszcze nie widziałam, w którym nie ma ani jednego twojego gwardzisty, a może nawet dachu nad głową! Ja mu zaraz odpiszę... Gdzie jest pióro?

– Na środku komnaty, na posadzce, wetknięte we flaszę z inkaustem – powiedziała Ezena, gryząc jabłko. – Co, nie widzisz?

Perła uniosła rozpostarty list, otworzyła usta i chyba chciała coś wrzasnąć, ale księżna odezwała się szybciej:

– Nie, nie, Perło, chyba już wystarczy. Bagaże mam przygotowane od dawna, przedzieranie się przez puszczę to siedem mil po najlepszej drodze, jaką mamy, ta do przystani jest chyba utwardzona, czy nie tak? Oprócz zastawiaczy sideł zabieram moją gwardię i zdaje się, że dwustu najlepszych piechurów z obozu wojskowego. Na rzece mam istny pływający pałac, którego jeszcze nawet nie widziałam, ale Anessa wiele razy pływała tym statkiem i opowiadała, że jest tam nawet łoże z baldachimem... co prawda, jak znam Anessę, solidnie już wygniecione... Zapomniałam o czymś? A, już wiem! Wojskowy obóz Yokesa, do którego jedziemy, zaraz zostanie zbadany przez jedną z moich Pereł, która nie będzie szukać pióra, tylko sama pojedzie do komendanta Yokesa i powie mu, co tylko będzie chciała. A potem przyśle gońca z wykazem wszystkiego, co potrzebne. Ma na to... no, ile mieć musi?

– Tydzień, wasza wysokość.

– No właśnie, ma pięć dni – rzekła zadowolona Ezena, która albo nie wiedziała, ile dni ma tydzień, albo przed chwilą zapomniała. – Za pięć dni już mnie tutaj nie będzie, więc do tego czasu moja Perła stawi się u komendanta Yokesa, wręczy mu list ode mnie, zrobi awanturę, zbada obóz, napisze, czego jej trzeba, i zdąży pchnąć gońca z powrotem. Czy mi się wydaje, czy też moja Czarna Perła bardzo się spieszy i właśnie wychodzi z komnaty?

– Jesteś niemądra – powiedziała rozżalona Hayna. – Robię, co tylko mogę, a ty sobie jedziesz na wojnę? Tak po prostu?

– Nie sama, tylko z tobą i paroma tysiącami żołnierzy. Nie licząc, oczywiście, czterech przybocznych niewolnic... W tym błocie szara suknia będzie najlepsza, kolczugę do niej mam mieć spakowaną przy własnej kulbace, zrozumiano? Przygotuj się do drogi i już cię nie ma w Sey Aye. Zdaj wszystkie obowiązki Ohegenedowi – przypomniała.

– No wiesz?... – obraziła się Hayna.

Oddała list Yokesa i poszła.

Ezena skończyła jabłko i umieściła ogryzek obok dwóch innych, w pucharku z resztką wina. Szczerze mówiąc, owoce z zimowej piwnicy były obrzydliwe.

– Anessa i Kesa – powiedziała.

Drzwi do komnaty uchyliły się.

– Czy natychmiast, wasza wysokość? Pierwszej Perły nie ma w pałacu.

– Tak, Ayano, natychmiast. Każ ją znaleźć. Ale w takim razie Kesy nie wołaj. Niech przyjdą razem.

– Tak, wasza wysokość.

– Zaczekaj. Poproś teraz do mnie Przyjętego.

– Tak, wasza wysokość.

– A ty chciałabyś jechać ze mną na wojnę? Nie, nie, Ayano, żadnych głupstw – ostrzegła. – Jedną z was zabiorę na pewno, ale najchętniej ochotniczkę. Lubisz wojnę czy wolisz pałac i trochę wiosennego lenistwa?

– Jeśli żadna nie będzie chciała jechać, to ja jestem tą, która nie chce najmniej – bardzo dyplomatycznie powiedziała niewolnica.

Ezena myślała przez chwilę.

– Szczerze, ale przebiegle – oceniła ze śmiechem, doszukawszy się wreszcie sensu wypowiedzi. – To wszystko.

– Tak, wasza wysokość.

Przyjęty przyszedł mniej więcej po dwóch jabłkach.

– Wasza godność, list od komendanta Yokesa – powiedziała, podając mu pismo. – Co ty na to?

Gotah przeczytał. Spojrzał pytająco.

– Pytam o twoje plany, wasza godność – wyjaśniła. – Zostajesz? Jedziesz ze mną? Wracasz do Grombelardu?

– Jeśli to tylko możliwe, będę ci towarzyszył. Siedzę tu, pani, już pół roku, naprawdę nie ze względu na tajemnice Szerni, które mogę zgłębiać w Sey Aye. Co mogłem, dawno zgłębiłem.

– Ciekaw jesteś, czy wygram tę wojnę? – droczyła się.

– Zarówno jako historyk, jak też mieszkaniec Szereru.

– Jaki poważny! – zauważyła; była w doskonałym humorze.

– Bo to już naprawdę nie są żarty, pani. Przechodzisz na drugi brzeg, stamtąd już nie będzie odwrotu. Dopóki siedzisz w Sey Aye, dopóki siedzą tu twoje wojska, wszystko jeszcze można odwrócić. Wszystko jest możliwe. Możesz wydać wojnę Wiecznemu Cesarstwu równie dobrze, jak pobić jego godność Enewena, albo odciąć się od wszystkiego... Co tylko zechcesz. Ale gdy raz wyjdziesz z Puszczy Bukowej, to wrócisz do niej jako królowa Dartanu, albo nie wrócisz wcale. Przejdź się po swoich komnatach, księżno, przejdź się po całym domu – poradził z całkowitą powagą. – Za kilka dni opuścisz to miejsce i już nigdy w życiu nie spojrzysz na nie oczami jej książęcej wysokości Ezeny, pani Dobrego Znaku.

Pokiwała głową.

– Nie umiem o tym myśleć w ten sposób – powiedziała. – Jedyne, czego już nie chcę, to być jej książęcą wysokością Ezeną, panią Dobrego Znaku. Nie po to dano niewolnicy te dobra, żeby je trzymała do końca marnego życia. Użyczono mi ich tylko, wasza godność, podsunięto stopień, oczekując, że będę wspinała się wyżej. Mam wobec kogoś dług i uczciwie spłacam odsetki. Ale ciąży mi ta pożyczka i chcę wreszcie spłacić ją całą albo ogłosić bankructwo. – Uśmiechnęła się, bo Przyjęty nie znał szczegółów niedawnej „finansowej" narady.

– Bardzo ładnie powiedziane – ocenił. – Ale rzeczywiście jest tak, jak mówisz. Wątpię, czy w całym Szererze istnieje druga praczka, która Puszczę Bukową umiałaby uznać tylko za stopień wiodących dokądś schodów.

– Ha! – powiedziała. – Zasłużona pochwała, ależ ja to lubię!

Zmusiła go w końcu, żeby się uśmiechnął.

– Obiecaj mi, wasza wysokość, że kiedy już zostaniesz królową Dartanu, dasz mi coś, o co poproszę. Nie poproszę o nic, czego byś dać nie mogła – zastrzegł. – Wiem, o co wolno prosić.

Teraz ona spoważniała.

– Dziwny targ... Ale ufam ci na tyle, mędrcze Szerni, że mogę powiedzieć: dobrze, zgoda. Koniec! Już! – zawołała, machając ręką, jakby odpędzała owada. – Potrzebuję kilku rad. Oczywiście pojedziesz ze mną, wasza godność. Poprosiłabym cię o to, ale zapraszanie kogoś na wojnę... Nie wiem, czy wolno prosić o coś takiego. Znakomicie, że sam się wprosiłeś. Jest piękna pogoda, wczoraj takiej nie było i jutro znów może nie być. Chodźmy do ogrodu! – powiedziała. – Do altany Anessy.

Zakręciła się na pięcie z furkotem sukni i ruszyła ku drzwiom. Przyjęty miał wrażenie, że masywne skrzydła rozlecą się w drzazgi pod jej wzrokiem. Naładowana była kłębami ognia albo wichrem – nie wiadomo czym. Przechodząc, mogłaby gasić lub zapalać świece. Przekonywał się znowu, że ta niezwykła kobieta nigdy nie powinna trwać w bezruchu. Po stokroć miała rację: nie było dla niej miejsca w Sey Aye. Zestarzałaby się w wieku lat czterdziestu, zgrzybiała dziesięć lat później i umarła przed sześćdziesiątką. Jako władczyni Dartanu, żelazną ręką rządząca wielkim królestwem, zmagając się z problemami godnymi monarchini, mogła żyć i sto lat.

Po raz pierwszy Gotah poszukał odpowiedzi na pytanie, które wypłynęło nie wiadomo skąd... Może z furkotu spódnicy idącej ku drzwiom kobiety, a może ze smagnięcia wysoko upiętego warkocza, który zatoczył łuk i pacnął policzek, gdy się odwracała... Pytanie brzmiało: gdzie jest koniec drogi tej dłużniczki księcia Lewina? Kto za trzydzieści lat będzie rządził całym Szererem i z jakiej stolicy będzie rządził?...

Odpowiedzi musiały poczekać. Przyjęty z kopyta ruszył śladem księżnej, bo było zupełnie jasne, że za chwilę nawet biegiem nie dogoni jej przed drzwiami do ogrodu. Miała zdrowe nogi, słuszny wzrost i chęć do działania, dla której jeszcze nie znalazła ujścia. Maszerowała jak łucznik legii armektańskiej.

– Hayna jedzie ze mną, to jasne – mówiła przed siebie, a Przyjęty doganiał każde słowo. – A oprócz niej? Która? Anessa czy Kesa? Anessa nigdy mi nie daruje, jeśli nie zabiorę jej na taką wyprawę. Wojenne suknie, rycerze, wojskowe namioty, konne parady przed frontem chorągwi... Wyobrażasz sobie, wasza godność? Ale właśnie dlatego z Anessą będę miała same kłopoty. Wolałabym zabrać Kesę, to mądra dziewczyna, wszystko ma dobrze poukładane w głowie. Anessa potrafi załatwić każdą sprawę, o! posłać ją gdzieś z misją, tak jak zimą! Do tego znakomicie się nadaje. Ale ja teraz będę potrzebowała rady, nie samodzielnego działania. Wolałabym zabrać Kesę. To za poważna sprawa, żeby przejmować się humorami Anessy. Nie pojedzie. Będzie obrażona, no to trudno. Wezmę Kesę.

Wybiegli do ogrodu i popędzili żwirową alejką.

– Kesę nie, wasza wysokość.

– Myślałam, że ją lubisz, wasza godność? Przecież dobrze wam się rozmawia?

Szła przodem i tylko dlatego przegapiła najciekawszy widok, jaki mógł się ukazać jej oczom: zarumienionego Przyjętego. Potem było za późno, bo dość szybko odzyskał zwykłą barwę.

– Anessa, wasza wysokość, będzie się tutaj nudziła, jak nigdy – powiedział nie bez racji. – Nie wiadomo, co może się zdarzyć, a Sey Aye to zaplecze całej wojny. Kesa nie popełni żadnego głupstwa, nawet nie skręci karku podczas galopady po lesie. A gdyby wydarzyło się coś naprawdę groźnego, gdyby jakiś legion jednak pokusił się o zdobycie Sey Aye, Kesa ubierze się w kolczugę i z tym samym spokojem, co zawsze, wyda potrzebne rozkazy. Anessa raczej wpadnie w panikę i narobi głupstw. Ja... wasza wysokość, nie chcę zaszkodzić twojej Pierwszej Perle, ale jednak przypomnę pewne zdarzenie w zagajniku, z górą pół roku temu... Chcesz zostawić tu kogoś takiego?

Zwolniła trochę. Dał jej do myślenia. Zresztą altana była blisko. Skądinąd mocno wątpił, czy długo w niej wysiedzą.

– No właśnie, i na tym polegają dobre rady – powiedziała, gdy doszli na miejsce.

Usiadła na tej samej marmurowej ławce, w tym samym miejscu, które zajmowała podczas pierwszej rozmowy z Przyjętym.

– Na tym polegają dobre rady – powtórzyła z namysłem. – Masz słuszność pod każdym względem, mędrcze Szerni. Myśleć trzeba nie o tym, kogo zabrać, ale kogo można tu zostawić... Nie mogę zostawić Anessy.

Myślała jeszcze przez chwilę, marszcząc szerokie brwi.

– No to postanowione – rzekła, wstając. – Chodźmy do domu, wasza godność. Nie jest tak ciepło, jak myślałam.

***

Lida – co po dartańsku znaczyło: piękna – miała swoje źródła gdzieś w przepastnych głębiach Puszczy Bukowej, ale gdzie dokładnie, nikt nie wiedział. Nie na wzgórzach Młodego Lasu Yenett, gdzie rodziły się prawie wszystkie strumienie płynące przez Sey Aye. Wcale nie była wielką rzeką, ale jej dość szerokie koryto nadawało się do żeglugi. Od Sey Aye aż do ujścia rzeka rzadko meandrowała, nie obfitowała w zdradliwe płycizny; tylko w niektórych zakolach tworzyły się łachy piaskowe, z mrówczą pracowitością zwalczane przez kopaczy Dobrego Znaku. Ci sami ludzie, stale patrolujący oba brzegi, usuwali wszelkie naniesione przez wodę przeszkody, choćby pnie martwych drzew albo wielkie konary – najwięcej pracy mieli wczesną wiosną lub po obfitych opadach, gdy Lida wzbierała i wymywała las w górnym biegu. Był to główny szlak handlowy Sey Aye. Nawet zimą, gdy woda zastygała w okowach lodu, z wygodnego gościńca korzystały wyładowane towarami sanie. Drobni handlarze prowadzili swe muły po ścieżkach, ale większym przedsiębiorstwom kupieckim opłacało się uiścić zimą niewysoką opłatę drogową za skorzystanie z lodowego traktu, od wiosny zaś do jesieni opłatę wodną, również bardzo umiarkowaną i pobieraną tylko wówczas, gdy towar był wieziony na własnych łodziach, bo jeśli wynajmowano rzeczne statki Sey Aye, opłata wodna zawierała się w kosztach wynajmu. Rzeka była spławna od Dobrego Znaku aż do ujścia. W delcie leżało jedno z najpiękniejszych miast Szereru i doskonały port – Lida Aye. Podzielone były zdania, czy miasto wzięło nazwę od rzeki, czy raczej odwrotnie. Lida Aye od niepamiętnych czasów rywalizowała z armektańskim Tarwelarem o miano stolicy Morza Zamkniętego – były to wody rozdzielające południowy Armekt i Dartan, niesłychanie ważne zarówno z handlowego, jak i wojskowego, a wreszcie politycznego punktu widzenia. Kto panował na Morzu Zamkniętym, ciągnął ogromne zyski z handlu z całą Morską Prowincją. Tarwelar był w tej wojnie portów stroną pozornie uprzywilejowaną, bo biorące w nim początek lądowe i wodne drogi pozwalały rozwieźć towary po całym Armekcie, gdy Lida Aye obsługiwała tylko handel z Puszczą Bukową i północnym Dartanem. Ale tam właśnie leżała

Rollayna – największe i najbogatsze miasto Szereru. No i Puszcza Bukowa, z której wywożono wszystko, co w Szererze potrzebne. Oba porty, Tarwelar i Lida, były Wiecznemu Cesarstwu niezbędne i chyba tylko jakiś straszny kataklizm, na przykład pożar trawiący całe miasto, mógł dać rywalowi odczuwalną przewagę.

Lida Aye była miastem zaprzyjaźnionym z Dobrym Znakiem. Bez tego portu w delcie rzeki Lidy Puszcza Bukowa straciłaby znaczną część obrotów handlowych, skazana na kosztowny przewóz towarów do odleglejszych i nie mających tak dobrego połączenia z Dobrym Znakiem portów. Ale i odwrotnie: w Lida Aye więcej ładowano na statki, niż z nich wyciągano... Tarwelar, także przecież leżący dosyć blisko Puszczy, zapłaciłby każde pieniądze za obsługiwanie handlu Sey Aye.

Południowo-zachodni skraj Puszczy przecinała, na długości kilkunastu mil, dobra droga, zbudowana przez imperium wielkim nakładem kosztów, ale niezbędna. Ogromny leśny jęzor koniecznie należało przeciąć u nasady, bo o kilka dni skracało to podróż ze środkowego Armektu do Rollayny i dalej, do całego wschodniego Dartanu. Przy owej drodze, tam gdzie przerzucono most nad Lidą, wyrosło bodaj najbogatsze miasteczko Szereru. A dokładniej: byłoby takim, gdyby nie wielka polana w głębi puszczy, która zabierała wszystkie zyski, sprowadzając Neten (czyli, po dartańsku „sień") do rangi sieni właśnie, przedpokoju Dobrego Znaku, przystani przeładunkowej i targowiska (chociaż Neten nigdy nie uzyskał prawa składu, bo cesarstwo nie po to budowało drogę na skróty, by kupieckie karawany tkwiły z towarami w jakimś prywatnym mieście).

W nadchodzącej wojnie z imperium Neten i przecinająca puszczański jęzor droga miały znaczenie strategiczne. Każde armektańskie uderzenie, wychodzące spod Tarwelaru przez Miejski Okręg Lida Aye na środkowy Dartan, musiało być podtrzymane przez posiłki, uzupełnienia, zapasy i materiały wojenne sprowadzane po tej właśnie drodze. Jeśli nie, pozostawało wozić to wszystko wokół leśnego jęzora, po znacznie gorszych drogach, lub zgoła po bezdrożach, albo żyć na koszt odbijanego kraju, co nie rozwiązywało wszystkich problemów, a w zamian zwiastowało nieliche kłopoty. Natomiast dla Puszczy Bukowej Neten był bramą do całego Szereru. Utrata tej przystani oznaczałaby przepychanie wszystkiego, co potrzebne wojsku, po krętych leśnych ścieżkach. Yokes nie znał jeszcze zamiarów dowództwa armektańskich legionów, powoli zbierających się pod Tarwelarem. Ale nie musiał ich znać, by bolała go głowa, ilekroć pomyślał o Netenie.

Zdążająca do nieodległej przystani kawalkada, na którą składał się orszak księżnej i prowadzone Yokesowi wojsko – dwustu najlepszych piechurów, setka gwardzistów z własnym taborem i służbami oraz kilka drużyn gajowych – wbrew narzekaniom Hayny nie musiała przedzierać się przez żadne knieje, bo było dokładnie tak, jak powiedziała Ezena: najlepsza droga Sey Aye wiodła właśnie do rzeki. Musiało tak być, bo ruch na tej drodze nie zamierał prawie nigdy. Ogromną część tego, co Puszcza Bukowa kupowała i sprzedawała, przeciągano po owym krótkim lecz szerokim trakcie; były to właściwie aż dwie drogi, jedna tuż obok drugiej, utwardzone drewnianymi okrąglakami, stale naprawiane, uzbrojone w rowy odwadniające, słowem: zbudowane według planów najlepszych armektańskich budowniczych. Dowolnie długie karawany wygodnie mijały się na owym trakcie i podczas krótkiej podróży Ezena mogła jedną obejrzeć. A patrzyła z wielką ciekawością, bo na samej polanie zmierzający do miasta kupcy korzystali z obwodnic i nie turkotali na dziedzińcu przed jej domem. Księżna, obojętnie jak znudzona, ani myślała brać przykład z Anessy, której zawsze wszędzie było pełno. Przez cały okres swoich rządów w Dobrym Znaku jej wysokość tylko dwa razy zagościła w mieście, ani razu w obozach wojskowych, a lekcji jazdy konnej nie udzielano jej na szlakach karawan; pokazywanie kupieckim pachołkom – czy komukolwiek zgoła – jak ładnie pani Puszczy Bukowej trzyma się na grzbiecie wierzchowca, nie miało żadnego sensu. Niemniej skutek przesiadywania Ezeny w pałacu był taki, że władając największym przedsiębiorstwem handlowym Szereru, nie za dobrze wiedziała, jak wygląda kupiecki wóz...

Prawdę rzekłszy, nie wiedziała, jak wygląda cokolwiek. Pierwsze miasto, które miała za wielkie, zobaczyła jeszcze jako dziecko, ale było to armektańskie miasto obwodowe, niedające się porównać z okręgowym, a cóż dopiero stołecznym. Okręgowe miasto zobaczyła wówczas, gdy pośrednik niewolniczej hodowli posłał ją, wraz z kilkoma innymi dziewczynami i przydzielonym przewodnikiem, do Rapy. Tam została kupiona – zdrowa i silna wiejska dziewucha do pracy – przez handlowego przedstawiciela pana Dobrego Znaku... W towarzyszącym księżnej Gotahu budził się podziw zawsze, gdy myślał, jak celne i zgodne z prawdą były wyobrażenia tej kobiety o polityce, wojsku, nawet o handlu – i w ogóle o życiu w Szererze. Wyobrażenia o wszystkim. Ujrzawszy jedno małe miasto, wiedziała odtąd, na czym polegają miasta, i potrafiła wyobrazić sobie niemal wszystkie konsekwencje związane z rozmiarami. Umiała zgadnąć, że stolica to nie jest po prostu więcej domów, więcej ulic na o wiele większej przestrzeni. Pojmowała, że są to inne domy, inne ulice, a przede wszystkim na pewno inni mieszkańcy... Przyjęty był zupełnie spokojny, gdy myślał o jej wjeździe do Rollayny. Nie wątpił, że księżna obejrzy dartańską stolicę z wielką ciekawością, ale raczej się nie przerazi, że smukłe magnackie pałace zaraz się wszystkie zawalą, nie postrada mowy na widok parków, placów i fontann, za to kiwnie głową i powie: „No już, to teraz przyślijcie do mnie burmistrza, starszych cechów i kogo tam jeszcze... Powiem im, co mają zrobić, żebym była zadowolona".

Rozkazy Yokesa i Hayny dawno już dotarły na przystań. Gotah, który wybrał się tu kiedyś na przejażdżkę, ale zimą, kiedy nic się nie działo, ujrzał teraz raczej duży port rzeczny, rozbudowywany od pewnego czasu już nie tylko z myślą o handlu, ale i o ładunkach wojskowych. Zbudowano bardzo wygodną, nową pochylnię dla koni i bydła, pogłębiono mniejszy basen i utrzymywano go w stałej gotowości – kupieckie barki i łodzie nie miały tam wstępu, nawet jeśli przyszło im czekać na rozładunek na rzece. W tym małym basenie stał przycumowany do nabrzeża duży płaskodenny statek księżnej, coś pośredniego między barką a szkutą. Księżna, wraz ze swym niewielkim, iście wojennym orszakiem, od razu została zaokrętowana. Portowe władze, uzyskawszy pozwolenie, natychmiast odsunęły statek od nabrzeża, robiąc miejsce dla barek. Anessa, która czuła się na statku jak u siebie, zaraz kazała umieścić na pokładzie miękko wyściełane krzesła, stół, podać wino i lekki posiłek. Zbierało się na deszcz, więc nad stołem rozpięto dach z żaglowego płótna, służyły do tego specjalne maszty. Do tego i tylko do tego, bo statek nie był żaglowcem. Spełniwszy rozkazy Pierwszej Perły, majtkowie szybko porozchodzili się po kątach, z ciekawością ale ostrożnie zerkając na jej wysokość, którą oglądali po raz pierwszy. Księżna też ich sobie obejrzała, a wcześniej, gdy odbijali od brzegu, ku wielkiej uciesze załogi przez chwilę nawet mocowała się z drągiem do popychania łodzi, oczywiście wspierana przez marynarza. Teraz z zaciekawieniem obserwowała załadunek wierzchowców gwardii, ale z jeszcze większym zainteresowaniem przypatrywała się poczynaniom swojej Perły, która znów zagoniła kogoś do roboty i wyraźnie oczekiwała słów podziwu. Na statku rzeczywiście nie brakowało niczego. Ujrzawszy pyszny kobierzec, rozpościerany na tylnym (rufowym chyba?) pokładzie, Ezena nie umiała już powściągnąć rozbawienia.

– No dobrze – powiedziała. – A dokładnie, dokąd pływasz na tym okręcie? Założę się, że gdzieś w górę rzeki, gdzie nie pływa nikt inny. Gdybym miała zgadywać, powiedziałabym, że o pół dnia lub dzień drogi stąd kazałaś zbudować wygodny pałacyk myśliwski. Latem biegasz tam nago po lesie, z łukiem w ręku, sama ze swoją przyboczną... albo i nie sama, choć przybocznej nadal nie liczę. Czy Yokes wie o tym pałacu? A straż leśna, Anesso?

Księżna żartowała i nie mogła ukryć zdumienia na widok purpurowego rumieńca niewolnicy. Anessa miała czerwone nawet uszy i szyję.

– Ale... kto ci powiedział? – zapytała. – Ja chciałam... chciałam pokazać ci to kiedyś, ale była zima, a wcześniej... To już bardzo dawno, książę wiedział o tym domku myśliwskim! – tłumaczyła pospiesznie. – Sam tam kiedyś był!

Ezena czuła, że zaraz parsknie śmiechem, a jak nie, to zemdleje z braku powietrza. Wyobrażała sobie ten „domek myśliwski"! Jeśli Anessa naprawdę zbudowała w puszczy rezydencję, to na pewno nie sypiała w barłogu, nie okrywała się skórami i nie siadała na skleconym z paru desek zydelku... Chichocząc trochę kpiąco, a trochę pobłażliwie, księżna pochyliła się i rozburzyła zawstydzonej Perle złote włosy na czole.

– Kiedyś pokażesz mi to miejsce – powiedziała. – Może nawet pobiegam z tobą nago po głuszy. Ale tylko z tobą.

– Nie biegam nago po głuszy i nie bywam tam sama. Na statku czekają marynarze, a dom jest tylko milę od rzeki.

– Tylko milę? – Jeśli od rzeki nie wiodła wygodna ścieżka, mila przez las to wcale nie było mało. – No dobrze. Na razie idziemy na wojnę, tak czy nie? Ostatni raz – powiedziała poważnie Ezena – siedzimy na miękkich krzesłach i tarzamy się w puchowej pościeli. Nie będziemy spały na ziemi ani stały na warcie, ale na tym koniec przywilejów. Żołnierze nie będą patrzyli, jak pławimy się w zbytku, kiedy oni gryzą suchary i popijają wodą. Rozłożysz kobierce wszystkim albo nikomu. Zrozumiano?

– Tak, wasza wysokość, oczywiście.

– To oprowadź mnie teraz po statku. Co jest w tym... no, domku?

– W nadbudówce? Sypialnia, a zarazem mała jadalnia, to tylko jedno pomieszczenie... Nie jesteśmy jeszcze na wojnie, więc teraz, na rzece, nie będziemy chyba spały na pokładzie?

– Złośnica. Przyjęty już zwiedził cały port i chyba mu się znudziło. – Księżna pokazała małą łódkę, wiozącą Gotaha od nabrzeża. – Pokaż mi szybko, gdzie będziemy spały, i wymyśl, gdzie położyć Przyjętego. Łóżko opanujemy we dwie, zgaduję, że jest dosyć szerokie, na pewno na dwie albo i trzy osoby?

– O, już przestań, wystarczy mi zupełnie! – rozzłościła się Anessa. – Nie, to koja żeglarska, przytwierdzona do ściany!

– No już dobrze, cicho. Przyboczne położą się pod drzwiami, Enea i ta twoja przy łóżku – wyliczała księżna, wkraczając do pomieszczenia, o którym rozmawiały. – Wydawało mi się, że będzie tu więcej miejsca... Co z Przyjętym?

Popatrzyły po sobie.

– No... będzie spał z nami, bo przecież nie na pokładzie? – powiedziała Anessa, z nawiązką oddając księżnej wszystkie złośliwości. – Jesteśmy na wojnie, prawda? Przyjętemu pościelimy na stole.

– A mycie? – księżna jednak przywykła do pałacowych wygód. – A ten... no?

– Do mycia dostaniesz wodę z rzeki, ale chyba jest bardzo zimna. Jak będziesz chciała zrobić siku albo coś, to naczynie jest pod łóżkiem. Specjalnej wygódki nie ma. Na burcie nie siadaj, bo wypadniesz. Albo wypadną majtkowie, kiedy cię zobaczą, bo nie jesteśmy w Armekcie. To tylko jeden dzień! – powiedziała kpiąco Pierwsza Perła. – Jutro wieczorem na pewno wylądujemy w Netenie.

Ezena trochę obraziła się na wojnę.

– Namiot też dostaniemy tylko jeden, wspólny, Hayna mi mówiła – dorzuciła bezlitośnie Anessa. – Podzielony na kilka części, ale jeden. Wojsko ma bardzo przemyślne, składane łóżka dla najwyższych dowódców, szerokie jak ławka w oberży i obciągane płótnem albo skórą... Zobaczysz, jak się wyśpimy. Zwłaszcza najwyższe i najcięższe z nas.

Księżna zadarła podbródek, odwróciła się i poszła na pokład. Łódź z Przyjętym przybijała właśnie do boku (chyba burty?...) statku.

Załadunek żołnierzy i wojennych materiałów szedł sprawnie. Nie czekano, aż wszystkie oddziały znajdą się na wodzie, powstałby tylko niepotrzebny tłok. Gdy tylko gwardia znalazła się na barkach, z kapitanatu portu natychmiast dano sygnał do wypłynięcia z zatoki na rzekę. Leniwy nurt kolejno chwytał łodzie i ciągnął na południe. Majtkowie z drągami i szerokimi wiosłami bardzo sprawnie ustawili statek jej wysokości między łajbami gwardzistów, na czoło kolumny wysunęła się smukła łódka pilotów. Jej wysokość z nowym zaciekawieniem obserwowała wszystkie te manewry i nieprędko znudziło ją oglądanie obu brzegów rzeki. Oprócz dwóch wytrawnych znawców nurtu, wskazujących drogę pierwszej barce, każda łódź miała własnego sternika i pilota, będącego jednocześnie dowódcą załogi. Ezena dowiedziała się, czy nie będzie przeszkadzać w prowadzeniu statku, po czym zarzuciła przejętego, miętoszącego czapkę w garści mężczyznę istną lawiną pytań. Chciała wiedzieć, w jaki sposób jest zorganizowany ruch na rzece, czy łodzie mogą się mijać, w jaki sposób najcięższe ładunki przeciągane są pod prąd, w górę rzeki. Pilot pokazał jej ścieżkę na lewym brzegu, którą zwykle kroczyły ciągnące ciężkie barki muły, wytłumaczył, że wprawdzie są dwie zatoki, w których można zakotwiczyć łodzie, czekające aż przepłynie zdążająca z drugiej strony kolumna, ale zazwyczaj ruch jest regulowany, barki grupuje się we flotylle i wypuszcza dopiero wtedy, gdy do portu wpływa flotylla z naprzeciwka albo łódź z wiadomością, że droga jest wolna.

„A już dzisiaj, wasza książęca wysokość" – tłumaczył – „dzisiaj nic po rzece nie chodzi, tylko my. Były dane rozkazy, wasza książęca wysokość przecież wie, od pięknej pani Hayny, jak była tu cztery dni nazad, a potem jeszcze rozkazy z Netenu".

To nie wystarczyło; księżna miała jeszcze pięćdziesiąt „ale" i „dlaczego". Anessa ziewała przy stole, nie mogąc dogadać się z dziwnie skwaszonym Przyjętym (Gotah miewał swoje humory). Pomachała ręką dostrzeżonym na brzegu gajowym, którzy pod wodzą swego kociego oficera maszerowali ścieżką dla mułów. To były wszystkie jej rozrywki – aż do wieczora, kiedy zaczęła siąpić drobna mżawka i Ezena musiała wrócić pod dach z żaglowego płótna. Zapalono latarnie, podano posiłek.

Podróż minęła dość szybko. Ezena i Anessa wyspały się za wszystkie czasy, bo wygramoliły się z łóżka dopiero następnego dnia przed południem. Delikatne kołysanie statku, plusk wody za burtami i rufą, potrzaskiwanie poszycia i chłodny oddech rzeki, stanowiły wyśmienitą pożywkę dla snu. Gorzej było z Gotahem, który przez całą noc wiercił się na twardych deskach stołu, aż wreszcie nad ranem, rozeźlony, wylazł na pokład i dopiero tam się trochę przespał, siedząc na wyściełanym krześle, z nogami opartymi na drugim. Dwa rozleniwione straszydła – bo ani księżnej, ani jej Perle nie chciało się uczesać przed śniadaniem, co dopiero mówić o czernieniu brwi i rzęs albo różowaniu policzków – posilały się przez pół dnia, gadając o takich rzeczach, że Przyjęty, na spokojnej rzece, niemal dostał morskiej choroby. Zaczął się poważnie zastanawiać, czy tak będzie przez cały czas. Może komendant Yokes mógłby mu wynaleźć jakieś zajęcie przy wojsku? Kobiety, jak się okazywało, nawet te najbardziej niezwykłe, były po prostu straszne. Między nielicznymi, mającymi jakiś sens, uwagami, przelewało się niemożliwe babskie ple-ple o wszystkim i wszystkich bez wyjątku, okraszone przekomarzaniami, złośliwostkami, a na koniec dowcipami i żartami. Przyjęty trzymał się mężnie, ale, posłyszawszy dwa żarty opowiedziane przez brunetkę oraz jeden, czterokrotnie rozpoczęty i nigdy nie skończony przez blondynkę, uciekł do pustej nadbudówki i siedział tam, myśląc o Grombelardzie. Porozmyślał też trochę o Kesie, z którą całymi dniami potrafił rozmawiać o historii Szereru, która nie słuchała go jak wyroczni nawet wtedy, gdy opowiadał o Szerni, bo miała własne zdanie i własne przemyślenia, nierzadko godne uwagi. Potrafiła zapamiętać argumenty, których użył, i przyjść z nimi dnia następnego, obracając część na swoją korzyść, pokazując miejsca, w których mędrzec Szerni sam sobie zaprzeczał. Była bezcenna. Mijał się z prawdą, dowodząc Ezenie, że niczego już w Sey Aye o Szerni się nie dowie. Niczego nowego nie zobaczy – być może. Ale przez pół roku porządkował wiedzę nabywaną przez całe życie. Pomagał mu w tym ktoś, kto nie zaczynał cztery razy tego samego dowcipu, żeby wreszcie opowiedzieć go od końca. Mężczyźni byli mądrzy albo głupi. Ale kobiety... właściwie chyba wszystkie, poza jedną... bywały mądre i głupie zarazem. Jej wysokość Ezena, gdy tylko przestawała być księżną, natychmiast stawała się dwudziestopięcioletnią pannicą, myślącą każdą częścią ciała, byle tylko nie głową. Błyskotliwa Pierwsza Perła, która wróciła z zimowej podróży, ciągnąc dla swojej pani uwiązany na postronku cały Dartan, przy stole pod płóciennym dachem, na rzecznym statku, nie umiałaby chyba zliczyć do dziesięciu... Zresztą, wszystkie były takie, bez żadnych wyjątków! Ta, którą miał za najmądrzejszą, znamiona po ciąży uważała za coś poniżającego, a na koniec nie przyszła pożegnać się z nim, gdy odjeżdżał. Ani z nim, ani z nikim, nawet ze swoją panią. Tak właśnie można było przyjaźnić się z kobietą.

Późnym wieczorem (było już całkiem ciemno), gdy okazało się, że zaraz dopłyną do Netenu, księżna i jej Perła wpadły w panikę. Służebne, przy nie najlepszym świetle latarń, czesały i malowały swoje panie, poprawiały byle jak zasznurowane wojenne suknie, grzebały w przepastnych skrzyniach, szukając żądanego obuwia. Gotah, od pół roku mieszkający w pałacu, nigdy nie widział, jak to wygląda z tej strony – „to", czyli życie kobiet od podszewki. Codzienne pogawędki przy stole, choć błahe (jakie zresztą miałyby być?), nie trwały długo. Liczne rozmowy z księżną zawsze dotyczyły spraw konkretnych. Koszula noszona przez jej wysokość zamiast sukni była przejawem buntu – to rozumiał, bo każdy miał czasem ochotę zrobić coś niemądrego (on sam, będąc w złym humorze, potrafił po prostu przez cały dzień nie wstać z łóżka). Ale teraz, na pokładzie niedużego statku, niczego nie dało się ukryć, wychodziła na jaw codzienność, skryta zwykle w niezliczonych komnatach pałacu. Gotah wiedział już, że będzie klęczał przed Yokesem, będzie nosił za nim miskę z zupą, dmuchał na łyżkę i podawał schłodzoną strawę wprost do ust, byle dostać jakieś zajęcie i trafić do namiotu z wojskowymi urzędnikami, oficerami, a niechby i kucharzami.

Barki gwardii, zręcznie lawirując między zaopatrzonymi w latarnie bojami (wiele takich świecących boi wyznaczało tor wodny na rzece), zbliżały się do rzęsiście oświetlonej przystani. Uwijający się w malutkich łodziach piloci portowi wyznaczali miejsca cumującym jednostkom, inne kierowali na redę. Dla statku jej wysokości przewidziane było wolne miejsce. Wkrótce rzucono trap i księżna w asyście przybocznych niewolnic, Pierwszej Perły i Przyjętego zeszła na nabrzeże.

Przybyszów oczekiwał szpaler spieszonych jeźdźców Chorągwi Domu. Wyładowujący się ze swoich barek gwardziści trochę krzywo spoglądali na elitę jazdy Sey Aye, przysłaną nie wiadomo po co, tak jakby ich eskorta była niewystarczająca. Obie doborowe formacje od dawna rywalizowały o miano najlepszego wojska jej książęcej wysokości. Ale Yokes wcale nie chciał pobudzać tej rywalizacji, pragnął tylko nadać przybyciu księżnej należytą rangę i zapewnić właściwą oprawę.

Komendant od dawna siedział w obozie wojskowym; Ezena nie bez zdziwienia dostrzegła, że schudł, poruszał się bardziej energicznie, a głos miał jak trąby wojenne – w ciszy Dobrego Znaku nie musiał krzyczeć do żołnierzy, ale tutaj, w portowym hałasie, mrukliwej komendy nikt by nie usłyszał. Jeźdźcy huknęli rękawicami o tarcze; Yokes, w asyście Hayny, powitał księżną w Netenie. Komendant wymienił znaczące spojrzenie i przelotny uśmiech z Anessą, co spostrzegawcza Ezena natychmiast zauważyła.

Czarnej Perle nie w smak były huczne ceremonie.

– Zabierajmy się stąd, wasza wysokość – powiedziała po krótkim powitaniu. – Komendant i ja mamy zupełnie odmienne zapatrywania na niektóre sprawy. Rozumiem go. Chce podnieść nastroje swoich żołnierzy, więc najchętniej przyprowadziłby tu wszystkich, żeby zobaczyli twoje przybycie. Ale ja odwrotnie, wolałabym, żeby przyniesiono cię schowaną w worku. Pies z kulawą nogą nie powinien wiedzieć, gdzie jest pani Dobrego Znaku. Zgodziłam się na pół chorągwi.

Hayna miała na sobie pyszny rynsztunek wojenny: świetną kolczugę skrytą pod czerwoną narzutą, czarną wojskową spódnicę i dwa pasy nabijane złotymi guzami – jeden równo w talii, podtrzymujący pochwy kryjące ostrza sztyletów, drugi skrzyżowany z nim ukośnie, obciążony wiszącym u lewego biodra mieczem. Wszystko ociekało bogactwem, głowice i jelce broni ozdobiono złotem i dużymi rubinami, także spódnica i narzuta były haftowane złotymi nićmi, a cholewy wysokich butów przybrano podobnie jak pasy.

Yokes, który odszedł na chwilę, by wskazać miejsce kucharzowi, kuchcikowi i giermkowi księżnej (przypłynęli na barkach gwardii), zawołał coś do Hayny. Niewolnica odwróciła się i zrobiła jakiś gest ramieniem, Yokes też odpowiedział gestem. Tych dwoje na pewno umiało się dogadać. Przede wszystkim – co Ezena dostrzegła z prawdziwym zadowoleniem – najwyraźniej dobrze im się współpracowało, nie było żadnych zatargów. Perła wydała rozkaz jeźdźcom Chorągwi Domu, a Yokes polecił coś Ohegenedowi.

Skłóceni dowódcy na pewno nie pozwoliliby komenderować swoimi oddziałami.

Komendant zbliżył się, osobiście prowadząc wałacha Ezeny.

– Wasza wysokość – powiedział – prawdziwe powitanie będzie w obozie wojskowym, to niedaleko stąd, ale musisz już jechać. Hayna pokaże drogę, ja zostanę tutaj jeszcze przez jakiś czas. Muszę wydać rozkazy piechurom, których mi przywiozłaś, bo nie pójdą na razie do obozu, muszę także skierować w odpowiednie miejsce tabor gwardii. Hayna i mój zastępca w obozie wskażą ci namiot... Chciałem odstąpić ci, pani, część budynku komendantury, ale twoja Czarna Perła powiedziała, że już teraz powinnaś się przyzwyczaić do namiotu, żeby w polu nie był dla ciebie czymś nowym. – Uśmiechnął się lekko. – Może to i racja.

– Wasza godność, czy pozwolisz mi zostać tutaj? – wtrącił się Przyjęty. – Jeśli nie będę przeszkadzał...

Yokes zdzwił się, ale skinął głową.

– Jeżeli masz ochotę, wasza godność, biegać ze mną po całym Netenie, to zapraszam. Nie jesteś ciekaw obozu wojskowego?

– Zdążę go obejrzeć.

– Co prawda, to prawda.

– Nie pytasz nawet, mędrcze Szerni, czy będziesz mi potrzebny? – zagadnęła Ezena, trochę urażona.

– Pytam, wasza wysokość. Przepraszam.

– Zostań z komendantem, jeśli nudzisz się w moim towarzystwie – pozwoliła. – Mam dziwne wrażenie, że wzięto mnie tutaj pod komendę.

Yokes spoważniał. Zerknął na Haynę i wrócił spojrzeniem do Ezeny.

– Wasza wysokość, wytłumaczymy się jutro. Ale już teraz zechciej pamiętać, proszę, że to jest obóz wojskowy, z którego lada dzień wyruszymy na wojnę. Ja będę wybierał drogi, którymi pójdą żołnierze, ja wyznaczę miejsce w szyku tobie i twojej gwardii, a Hayna będzie decydowała, w którym miejscu stanie twój namiot i jak daleko od namiotu wolno ci będzie odejść. Jeśli zastanowisz się przez chwilę, księżno, to na pewno łatwo zrozumiesz, że tak musi być. Jutro rano zapraszam na odprawę – dorzucił. – Poznasz, pani, swoich oficerów.

Jeśli była w tym złośliwość, to niezamierzona.

– Rano? – zapytała jej książęca wysokość, która ledwie dobę temu pouczała Pierwszą Perłę, że będą żyły bez mała jak proste żołnierki, bez żadnych kobierców i zbytków.

– Pobudka dla żołnierzy jest przed świtem, poranne apele w chorągwiach o świcie. Odprawy odbywają się zaraz po apelach, przed śniadaniem, wasza wysokość.

Anessa i Ezena wymieniły przerażone spojrzenia. O tej porze w Sey Aye wstawała tylko Kesa.

35

Hayna nie pomyślała o wydzieleniu w wielkim wojskowym namiocie miejsca dla Przyjętego, więc Gotah, wróciwszy z Netenu, skwapliwie skorzystał z zaproszenia do budynku komendantury, w którym Yokes wynalazł mu izbę. Do tego czasu kobiety rozgościły się już w namiocie. Miały sporo miejsca, było to bowiem schronienie przeznaczone zwykle dla dwudziestu pięciu, trzydziestu żołnierzy.

Składane wojskowe łóżka, którymi Anessa straszyła Ezenę, rzeczywiście były używane w polu przez starszych rangą wojskowych. Co najdziwniejsze, wynaleźli te pożyteczne sprzęty Dartańczycy; zamożniejsi rycerze, wyruszając na wojnę, nie życzyli sobie sypiać na ziemi. Na razie jednak do namiotu przygotowanego przez Haynę wstawiono proste, lecz dość wygodne łóżka zbite z desek przez obozowych cieśli. Nawet w oddzielonej płótnem części dla służebnych niewolnic stanęła szeroka prycza, na której mogły spać jednocześnie nawet cztery osoby. To wystarczało, bo niewolnic było razem sześć, a dwie z czterech przybocznych zawsze miały służbę. Poza tym w namiocie nie było żadnych wygód. Księżna miała do dyspozycji niewielki stół i kilka prostych zydelków. Ustawiono skrzynie z jej bagażami – raptem dwie, bo Ezena jeszcze w Sey Aye naprawdę dzielnie oparła się pokusie zabrania na wyprawę wszystkiego, co przyszło jej do głowy. Inaczej było z Anessą. Księżna wyspała się na statku i tylko dlatego nie przepędziła Pierwszej Perły na cztery wiatry. Blondynka do późnej nocy tłukła się po namiocie, nie pozwalając na odpoczynek nikomu. Służebne porozstawiały jej kufry, wyjęły z nich najniezbędniejsze sprzęty, takie jak trzy zwierciadła, szkatułka z klejnotami, kilkanaście grzebieni i szczotek do włosów, kilka dzbanów i garnuszków z pachnidłami i wonnymi olejkami, srebrna zastawa stołowa, parę kielichów, kubków i pucharek, kandelabr z kości i rogu, lampki oliwne, strój do spania, jakieś lektury i podróżny pulpit do pisania – tablicę, którą można było położyć lub oprzeć na kolanach, zaopatrzoną w uchwyty na przybory. Był jeszcze aksamitny wilk wypchany wełną, pięknie uszyty, z rubinami świecącymi w oczach, kobierczyk do położenia przed łóżkiem (drugi, taki sam, Anessa miała dla swojej pani, ale coś jej mówiło, że na razie lepiej nie wyciągać go z kufra) i olbrzymie futro z lisów, przydatne na wypadek porannego chłodu. Ezena, która oczywiście też miała trochę kobiecych drobiazgów, leżąc w łóżku, wsparta na łokciu, obserwowała w milczeniu krzątaninę Perły. Otwarto trzeci i czwarty kufer. Na widok aksamitnej żaby wypchanej wełną, pięknie uszytej, z turkusami świecącymi w oczach, która miała służyć Anessie za poduszkę, księżna odwróciła się twarzą do płóciennej ściany. Uważny obserwator dostrzegłby może, jak raz i drugi zadrżały jej plecy. Anessa niczego nie zauważyła, długo jeszcze pochłonięta wyjmowaniem niezbędnych na wojennej wyprawie przedmiotów, z którymi służebne biegały po namiocie, szukając dla nich miejsca.

Wojskowy obóz, widziany za dnia, wywierał wielkie wrażenie. Wydawało się, że cały las wypchany jest wojskiem, namiotami, końmi, budynkami, w których gromadzono zapasy, warsztatami rzemieślników... Gdzieś jazgotał tartak. Wszędzie chodzili ludzie, maszerowały oddziałki i oddziały, przeprowadzano jakieś ćwiczenia, prowadzono wierzchowce... Wszędzie były jakieś kuchnie, zbite z surowych desek stoły, dziwaczne konstrukcje – na przykład dwie wysokie wieże obserwacyjne, z których straż leśna wypatrywała dymu nad puszczą; dym mógł świadczyć o pożarze lub (co bardziej prawdopodobne wczesną wiosną, gdy las był bardzo wilgotny) biwaku nieproszonych gości. Osłonięte od deszczu solidnymi dachami, piętrzyły się beczki i skrzynie, zawierające jakieś dobro wojenne. Budowano i składano liczne wozy, większe i mniejsze, choć dbano o to, by wszystkie koła miały taką samą wielkość – łatwiej było je naprawiać i wymieniać. Las został bardzo znacznie przerzedzony, ale nie wykarczowany, bo pniaki przydawały się do różnych rzeczy. Wiele drzew zostawiono, żeby po ogromnej polanie nie mógł hulać wiatr. Anessa widziała obozy wojskowe w Sey Aye, wprawdzie zupełnie inaczej zagospodarowane, ale tak samo pełne wojska. Księżna trafiła w podobne miejsce po raz pierwszy – i nie mogła uwierzyć, że w tych niezliczonych namiotach zakwaterowano, na bezmiernej przestrzeni niespełna dwa i pół tysiąca żołnierzy. Przysięgłaby, że dziesięć razy tyle.

A jednak. Yokes miał ośmiuset jeźdźców w trzech chorągwiach Wielkiego Sztandaru, sześciuset pięćdziesięciu w Sztandarze Mniejszym oraz pięciuset lekkokonnych (lekkokonnych w pojęciu dartańskim, jak słusznie kiedyś zauważył zwiadowca tysięczniczki Terezy, bo uzbrojonych sporo ciężej niż strzelcza jazda imperialna). Do tego dochodziło pół tysiąca piechurów, licząc tych, których przyprowadziła Ezena, stu gwardzistów i Chorągiew Domu w sile czterystu koni. To były wszystkie wojska Sey Aye, oprócz dwóch setek piechoty i strażników miejskich, pozostawionych na polanie. No i ośmiuset z górą gajowych, których wartość na puszczańskich bezdrożach była bardzo znaczna, lecz poza lasem żadna.

Ezena wiedziała, ilu mniej więcej ma żołnierzy, ale na porannej odprawie po raz pierwszy poznała dokładne dane. Wiedziała, że najsłabszy imperialny legion, o tak zwanych wojennych stanach wyjściowych, liczył prawie równo tysiąc łuczników, tarczowników i jeźdźców, a rozwinięty mógł być nawet do półtora tysiąca, jeśli zamiast klinów były w nim półsetki. Yokes domyślił się chyba, jakie wątpliwości nurtują jego panią, ale zakończył odprawę, niczego nie wyjaśniając. Na omówienie czekały bardzo poważne sprawy, których jednak nie chciał poruszać w obecności dowódców chorągwi. Zapowiedział, że po śniadaniu stawi się w namiocie jej wysokości.

Z namiotu dobiegał huk młotów, jakieś zgrzytania i wysoki głos Pierwszej Perły. Wartujący przed namiotem gwardziści mieli bardzo nietęgie miny. Po zakończeniu odprawy księżna, poprzedzana przez jedną z przybocznych, weszła do środka i ujrzała armię cieśli i ciesielskich pomocników, majstrujących pod kierunkiem Anessy jakieś sprzęty. Wieszaki na suknie i drabiniasto sklecone półki były już gotowe, rzemieślnicy biedzili się teraz nad małymi stołami, na których mogłyby stanąć lustra. Na widok jej wysokości pracę przerwano; służący przy wojsku biedacy nie bardzo wiedzieli, jak należy powitać księżnę, więc prostowali się tylko, niczym na widok oficera. Z części namiotu przeznaczonej dla służebnych wyjrzała Hayna, popatrzyła na złotowłosą przyjaciółkę, potem na Ezenę i zaprosiła ją gestem do siebie (gwardzistka postanowiła mieszkać tam gdzie przyboczne). Ezena skorzystała z zaproszenia. Obok, zgrzyt piły, szuranie struga i huk młotów rozbrzmiały ponownie.

– Myślałam, że rozmówisz się z Yokesem! – wrzasnęła Perła. – Myślałam, że wrócisz później!

– Ma przyjść tutaj! – odkrzyknęła Ezena. – Yo-kes! Tu-taj!

– Ale tutaj jest tartak! Pójdę do niego! Do Yokesa! Niech każe podać posiłek do siebie, zjesz razem z nim!

– Ty też chodź! Przydasz się przy rozmowie!

Wyszły z namiotu niezauważone przez Anessę.

Wieść o poczynaniach Pierwszej Perły komendant przyjął z wielką wyrozumiałością, a nawet żartobliwie ofuknął Haynę, która dość złośliwie przedstawiła mu sprawę. Ezena nie po raz pierwszy pomyślała, że Anessa ma ogromny wpływ na tego twardego – i niebędącego przecież młodzieńcem – wojaka. Ale może tak właśnie musiało być, że człowiek wydający na co dzień rozkazy, także potrzebuje jakiegoś przełożonego, choćby dla odmiany?... Nie ulegało watpliwości, że piękna niewolnica dawno już owinęła sobie Yokesa dokoła palca.

Komendant posłuchał rady Hayny i posłał wartownika do kuchni z rozkazem, by dostarczono posiłek dla czterech osób. Nim księżna zdążyła zapytać, kim ma być czwarty biesiadnik, powiedział:

– Wasza wysokość, mam pewną radę i prośbę zarazem. Twój gość złożył przede mną solenne przyrzeczenie, że dochowa każdej powierzonej tajemnicy. Jestem mu skłonny zaufać, bo goszcząc przez pół roku pod twym dachem, nie dał żadnych powodów do innego traktowania. A jest to człowiek o ogromnej wiedzy, zwłaszcza historycznej, i już wczoraj usłyszałem od niego bardzo wiele ciekawych uwag. Odnosiły się do pierwszej wojny armektańsko-dartańskiej, a doświadczenia z tej wojny mogą być bardzo użyteczne. Nie wiem, czy ktokolwiek wie na ten temat więcej niż twój gość. Jeśli to możliwe, chciałbym zatrzymać go przy sobie jako doradcę.

– Mówisz o Przyjętym? Rzeczywiście, na pewno można mu zaufać. Skoro twierdzisz, że ci się przyda, to go bierz. Co on na to?

– Był rad. Nie ukrywał, że chce być użyteczny, a bezczynność go męczy.

Wezwano Przyjętego, który, swoim zwyczajem, od dawna już był na nogach. Wkrótce potem przyniesiono posiłek. Dla księżnej przygotowano nieco inne dania niż dla wszystkich; Hayna zdążyła już zagonić do roboty kucharza jej wysokości. Pod okiem Czarnej Perły nie było możliwe, by Ezena kosztowała potraw, przy których kręcili się przypadkowi ludzie. Posłany z olbrzymią tacą kuchcik przytargał ją osobiście, nie pozwalając, by ktokolwiek pomógł mu w tym dziele. Hayna udusiłaby go za to.

Zaspokoiwszy pierwszy głód, księżna zdradziła nurtujące ją wątpliwości, związane z liczebnością wojsk. Yokes, przygotowany na podobne pytanie, skinął tylko głową i powiedział:

– Wasza wysokość, dla tych bez mała dwóch tysięcy ciężkiej jazdy, którą dowodzę z twojego rozkazu, nie ma przeciwwagi w całym Wiecznym Cesarstwie. To najlepsza konnica, jaka kiedykolwiek istniała w Szererze, uzbrojona równie dobrze, jak rycerze jego godności Enewena, a oprócz tego karna i wyszkolona tak starannie, jak to tylko możliwe. Jedyne, czego brakuje tym żołnierzom, to wojennego doświadczenia. Ale uważam, że już teraz nie istnieją takie wojska, które w otwartej bitwie zatrzymają te dwa tysiące jeźdźców. Przez ćwierćwiecze służyłem w armektańskiej konnicy, dowodziłem nią, współdziałałem z lekką i ciężką piechotą, a na koniec dowodziłem także tą piechotą, bo byłem zarówno dowódcą stanicy, jak i całego okręgu wojskowego. Dlatego wiem, co mówię. Twoi jeźdźcy, wasza wysokość, rozniosą na swych kopiach i kopytach koni dziesięć armektańskich legionów o wyjściowych stanach, a większych legionów imperium mieć nie będzie, doskonale wiesz, z jakich powodów. Siła twojej armii nie podlega dyskusji. Rzecz w tym, pani, że wroga trzeba zmusić do walnej bitwy w odpowiednim dla ciężkiej jazdy terenie, i to zmusić do bitwy niejednej, bo wielką siłą imperialnych legii jest zdolność do odradzania się wciąż i wciąż na nowo. Tych żołnierzy należy wybić do ostatniego, pozbawić dowódców, odebrać najmniejszy cień szansy na zwycięstwo, bo inaczej, pobici i rozpędzeni na cztery wiatry, zbiorą się z niewiarygodną szybkością i z pięciu rozbitych legionów utworzą zaraz cztery nowe, pełnowartościowe jak tamte.

– Armektańskiemu żołnierzowi wojna daje wszystko – uzupełnił Przyjęty. – Pozycję, której nikt nie ośmiela się negować, łupy wojenne, bezwartościowe dla dartańskiego rycerza, ale niezwykle cenne dla ubranego w mundur chłopa, a choćby tylko żołd. Wreszcie, możliwość odznaczenia się i zrobienia kariery, dość przypomnieć dowódczynię gwardzistów, którą kiedyś wyrzuciłaś z Sey Aye. Ta kobieta wszystko zawdzięcza wojsku i wojnie, a łucznicy z armektańskich legionów patrzą na takich dowódców i wiedzą, że za kilka miesięcy lub lat mogą być ich kolegami. Armekt, wasza wysokość, podbił cały Szerer, bo najmarniejszy z armektańskich wojaków chciał walczyć i walczyć bez końca. Nie dla kaprysu swego władcy, nie dla jakichś politycznych racji, i nawet nie dla samego żołdu, bo żołd można pobierać choćby drzemiąc w miejskim garnizonie. Ale łupów wojennych, chwały i szansy na lepsze życie dostarcza tylko armektańska Arilora. Teraz będzie tak samo.

– Mamy więc silną armię, bo nie mogę w to nie wierzyć, i bardzo trudnego przeciwnika – powiedziała Ezena, zwracając się do Yokesa. – Ale nie to chyba jest największym twoim kłopotem? Przyjechałam tutaj, bo rycerz dowodzący moimi wojskami wydał mi taki rozkaz – rzekła żartobliwie. – Oboje wiemy, że nie poprowadzę żadnej kampanii ani nawet bitwy. To ty będziesz wydawał rozkazy, ja je tylko podpiszę. Na czym polegają problemy z jego godnością Enewenem? – zapytała wprost.

Yokes zmarszczył brwi. Opowiedział o decydującym starciu pod Vemoną, o przebiegu którego miał już dokładne wiadomości. Uczciwie pochwalił postawę wodza Rycerzy Królowej, który nie dość, że zakończył wojnę domową, to pozyskał sojusznika w osobie odwiecznego wroga i wzmocnił swe siły resztkami jego chorągwi. W Dartanie powszechnie już opowiadano o królowej, która wzorem legendarnej poprzedniczki sprzed wieków wskrzesi świetność dartańskiego królestwa i zapewni dartańskim rodom należne miejsce w Szererze. Enewen był dobrym wodzem i zdolnym politykiem. Miał też wielką władzę nad sercami i duszami ludzi. Potrafił do nich przemówić i pozyskać dla sprawy, której sam służył. Księżna nie mogła wybrać lepszego wykonawcy dla swych planów i Yokes uczciwie to przyznawał. Miał jednak poważne obawy.

– Jego godność Enewen uważa się za pierwszego z twoich rycerzy, wasza wysokość, i trudno mieć o to pretensję, bo sama mu to wbiłaś do głowy, pozyskując cennego sojusznika – rzekł na koniec. – Powiem raz jeszcze, że jest mężnym człowiekiem i dobrym wodzem. Ale wojna z Wiecznym Cesarstwem to nie będą rycerskie zmagania ze Sprawiedliwymi. Jego godność Enewen wie o tym, lecz gotów jest podjąć wyzwanie, ufając swoim strategicznym zdolnościom i męstwu swoich rycerzy.

– Nie podzielasz tego zaufania, jak rozumiem? Nie, nie, komendancie – zaprotestowała, gdy zaczął kręcić głową, że niby „z jednej strony... ale z drugiej strony...". – Jesteś żołnierzem i masz mówić po wojskowemu. Ma szansę wygrać tę wojnę czy nie ma?

– Zanim poprosiłem cię o przybycie, przysłał mi list, w którym przedstawia swe plany i niemal wprost wydaje mi rozkazy. W ogólnych zarysach są to plany zgodne z wytycznymi, jakie uzyskał od ciebie, wasza wysokość. Ale sposób, w jaki chce to przeprowadzić... Nie oddam mu twoich żołnierzy – rzekł krótko. – Przejdę pod rozkazy jego godności Enewena tylko wtedy, gdy mi rozkażesz. Ale słuchając go, nie zapobiegnę klęsce. Może uda mi się wygrać jakąś bitwę, ale wojnę przegramy z kretesem.

– Pokażesz mi ten list.

– Oczywiście, wasza wysokość. Czy natychmiast?

– Nie, wiem już, co w nim jest. Chcę dokładnie znać jego treść, tylko tyle. Dlaczego Enewen nie sprosta imperialnym legionom? Zrozumiałam, że jego chorągwie, choć nie tak karne, jak moje, ale za to znacznie liczniejsze, dotrzymają w bitwie pola legionistom. Uważasz, że nie będzie umiał doprowadzić do bitwy? – zapytała.

Yokes myślał i myślał. Od dawna miał wyrobione zdanie, ale zastanawiał się, jak najlepiej przedstawić sprawę nieznającej się na wojnie księżnej.

– Wartość chorągwi dartańskich jest trudna do oszacowania. W bezpośrednim boju mogą dokonać tego, co nasze własne chorągwie, bo znane od wieków ustawienie „w grot" jest najlepsze do szarży przełamującej i sami tak ustawiamy nasze siły. Rycerstwo ustępuje naszym żołnierzom pod każdym względem, ale nie w bezpośredniej walce. Zwroty w obliczu nieprzyjaciela, podział sił, wszelkie manewry, nikogo na pewno nie zachwycą. Ale jeśli jednak dojdzie do starcia, to dartański rycerz z Domu kultywującego orężne tradycje przodków (bo nie wszystkie Domy są takie) zarąbie każdego przeciwnika, skoro ćwiczy się w tej sztuce od dziecka, pod okiem własnego ojca. Prawie każdy z naszych żołnierzy, jeśli odliczyć kilkudziesięciu rycerzy służących w Chorągwi Domu, w bezpośredniej walce uległby dartańskiemu mężczyźnie Czystej Krwi, który chlubi się rycerskim pochodzeniem, cóż dopiero mówić o lekkozbrojnym armektańskim łuczniku, bardzo słabo wyszkolonym do walki wręcz. Nie można więc zupełnie lekceważyć sił jego godności Enewena, bo nie istnieje taki armektański legion, który sprostałby uderzeniu jednej jego chorągwi, odpowiednio uszykowanej. Kłopot w tym, wasza wysokość, że ściągane tu z Północnej Granicy legiony to przeciwnik najgorszy z możliwych, zwłaszcza dla niekarnej i niezdyscyplinowanej armii, obciążonej dużym taborem. Na północy legioniści bawią się z alerskimi półzwierzętami w wieczną wojnę podjazdową. Zgraja Srebrnych Alerów na wehfetach, bo tak nazywają się ich wytrzymałe wierzchowce, niepodobne do naszych koni, może być dziś tu, jutro tam, więc tak samo działają legioniści. Piechur z Północnej Granicy będzie zaskoczony siłą dartańskiej jazdy, a może nawet samym wyglądem żelaznych zastępów Enewena, a konny łucznik jest przyzwyczajony do rozbijania szarżą słabszych od niego jeźdźców alerskich, niełatwo więc przyjmie do wiadomości, że tutaj to on jest słabszy, i to słabszy bez porównania. Ale Enewen straci tabory, zanim zda sobie sprawę, że w ogóle może je stracić, porwą mu straż przednią, poszarpią tylną, i tak będzie codziennie. W nocy przelecą przez obóz i podpalą namioty, wymęczą rycerstwo do granic, ogłodzą i ani razu nie staną do walki twarzą w twarz, choć dziesięć razy będą udawali, że właśnie chcą wydać walną bitwę. W końcu ją wydadzą, a jego godność Enewen, zmęczony i wściekły, przyjmie tę bitwę, bo inaczej opuści go resztka zniechęconych paskudną wojną rycerzy. Da się wmanewrować w walkę o niemożliwą do zdobycia pozycję, wybraną i zawczasu umocnioną przez wroga, bo nie będzie miał innego wyboru. Taką wojnę poprowadziłbym ja sam, stojąc na czele północnych legionów, i takiej wojny najbardziej się obawiam.

Wasza godność, czy nie tak właśnie wyglądała pierwsza wojna armektańsko-dartańska?

Zagadnięty Gotah skinął głową.

– Właśnie tak. Armektańskie legiony były wszędzie, lecz stoczono ledwie kilka dużych bitew i ani jednej decydującej, czyli takiej, która mogłaby rozstrzygnąć losy wojny. Dartańscy rycerze w końcu rozjechali się do domów. Miasta i twierdze wzięto głodem, kiedy już nie było armii polowych, które mogłyby przyjść z odsieczą. Ale teraz w Dartanie w ogóle nie ma liczących się fortyfikacji i wojna może potrwać znacznie krócej, bo miast nie trzeba zdobywać, wystarczy do nich wkroczyć. Ponadto, wojska imperialne mogą poruszać się po kraju z całkowitą swobodą, bo nigdzie nie zostawią za sobą niezdobytych twierdz, których załogi mogłyby zająć ich tyły i przejąć zaopatrzenie.

– Mam rozumieć, że teraz będzie tak samo, jak podczas pierwszej wojny?

Yokes żachnął się. Przyjęty pokręcił głową.

– Przede wszystkim, wasza wysokość, Armekt miał wtedy, jak szacuję, pięćdziesiąt do sześćdziesięciu legionów pod bronią, a niektóre z tych legionów były bardzo silne liczebnie. Do Dartanu wtargnęła naprawdę wielka armia. Dziś pod Tarwelarem zbierze się najwyżej osiem lub dziewięć legionów, a dziesiąty, podobno bardzo dobry, strzeże Potrójnego Pogranicza. My zaś mamy siły niewiele mniejsze, niż miał kiedyś dartański król. Niewiele mniejsze, za to bez porównania lepiej dowodzone i zorganizowane.

– Chciałabym wiedzieć – rzekła księżna – co może zmusić imperialnych dowódców do wydania nam walnej bitwy. I jeszcze jedno pytanie... a raczej pomysł, chociaż znam się na wojsku tak słabo, że nie będę się gniewać, nawet jeśli wszyscy wybuchniecie śmiechem – powiedziała, trochę figlarnie patrząc na Yokesa, Haynę i Gotaha. – Czy nie jest tak, że wojska bywają najsilniejsze wtedy, kiedy... kiedy tylko są? Kiedy nie wkraczają do walki, ale samym swoim istnieniem zmuszają jakieś duże armie przeciwnika do bezczynności, no tak... na wszelki wypadek?

Nikt się nie śmiał. Jej wysokość, w ogóle nie znająca się na wojnie i odważnie przyznająca się do swojej niewiedzy, zarazem obdarzona była wojskowym talentem tej miary, że zasługiwała tylko na uznanie i podziw. Prawie nie używając wojskowego języka – bo go nie znała i nie rozumiała – umiała trafić w sedno.

– Garyjczycy ukuli kiedyś termin *orre seg gever,* co oznacza dokładnie „flota w istnieniu" – powiedział Yokes. – Musieli utrzymywać w gotowości wielkie siły tylko dlatego, że istniały armektańskie okręty. Tylko istniały, nic więcej. Stały na kotwicy i nikt nie wiedział, kiedy i dokąd popłyną. Piraci i korsarze w służbie imperium zrujnowali handel Garry z Wyspami, bo nikt nie ważył się rozpuścić floty do eskortowania kupieckich żaglowców. Dzisiaj każdy wysoki rangą oficer używa określenia „orre seg gever", mówiąc o dowolnych siłach, które wiążą samym swym istnieniem siły przeciwnika. Odpowiadam: tak, wasza wysokość. Twoje wojsko to orre seg gever, ta doktryna jest podstawą naszej strategii. O ile, ma się rozumieć, jego godność Enewen nie urządzi wszystkiego inaczej.

– Nie urządzi, bo dowodzić będziesz ty – ucięła Ezena. – Już to powiedziałam. Będziesz pisał rozkazy, ja je będę podpisywała, a Enewen wykonywał. Zdaje się, że to właśnie dlatego mam być przy wojsku, zamiast siedzieć w Sey Aye? Żebyś mógł mi bez żadnej zwłoki podyktować każdy rozkaz lub odpowiedź dla jego godności Enewena? No, teraz czekam, aż powiesz mi wreszcie, w jaki sposób wygram tę wojnę, kiedy to się stanie i co może zagrozić naszym planom.

– Najkrócej mówiąc, wasza wysokość, będziemy tutaj orre seg gever, wiążąc armektańskie legiony z północy, podczas gdy Enewen powinien uderzyć na Armekt, obchodząc od wschodu Puszczę Bukową. Nie ma tam żadnych wojsk poza legionem z Potrójnego Pogranicza. Na pewno doborowym, bo wiem, kto nim dowodzi, ale tylko jednym. Ci żołnierze, obojętnie jak dobrze wyszkoleni i bitni, nie zatrzymają trzydziestu chorągwi Enewena. Będą siedzieć w Akali lub wydadzą jedno z najbogatszych miast imperium na pastwę rycerzy, a i tak niczego nie sprawią. Tysięczniczka Tereza dostanie szału i w ciemno mogę powiedzieć, że nawet z tą garścią żołnierzy narobi trochę kłopotów, ale wojskowego cudu nie dokaże. Jeśli Enewen wywiąże się z zadania, a wywiąże się na pewno, to cały południowo-wschodni Armekt stanie w ogniu. Legiony, które tutaj zwiążemy, nie odejdą, bo wówczas my zrobimy to samo co Enewen, uderzając na Tarwelar i cały Armekt południowy. Imperialni uderzą więc na nas, bo wydanie walnej bitwy chorągwiom Sey Aye będzie jedyną szansą zniszczenia tych wojsk i uniknięcia niemożliwej do wygrania wojny z dwiema operującymi na różnych kierunkach armiami. Będą chcieli szybko nas pobić i ruszyć na Enewena. Tak wygląda nasza strategia, wasza wysokość. Planujemy przeniesienie wojny na rdzenne tereny Armektu, zmuszenie przeciwnika do wydania nam beznadziejnej bitwy, unicestwienie lub skrwawienie jego sił, a potem wymuszenie na Kirlanie rokowań pokojowych, które będziesz mogła prowadzić z pozycji siły.

– Kiedy będziemy gotowi?

– Na czas, wasza wysokość. Legionów północnych jeszcze nie ma pod Tarwelarem. Jego godność Enewen wzmacnia armię i uzupełnia wojenne zapasy, wkrótce ściągnie pod Rollaynę. Ale kampanię rozpocznie dopiero wówczas, gdy imperialne legiony ruszą przeciw nam, licząc na rozpoczęcie swej zabawy w chowanego.

– Jeśli mogę... – powiedział Gotah.

Księżna pozwoliła skinieniem.

– To są wojskowe zręby planu. Ale ty, wasza wysokość, powinnaś już dzisiaj myśleć o tym, kiedy i w jakich warunkach wjechać do Rollayny. Najlepiej byłoby uczynić to na fali pierwszych odniesionych zwycięstw. Odradzam pospieszną koronację, bo akt o takiej doniosłości winien mieć należytą oprawę i musi zostać potwierdzony przez obecność przedstawicieli najważniejszych rodów i Domów. A nie zostanie, jeśli rycerze będą walczyć na wojnie. Wasza wysokość powinna najpierw uzyskać tytuł regentki czasu wojny, co zupełnie wystarczy, by Dartan dostał władczynię, a wpisuje się w dartańską tradycję i nie urazi delikatnej dumy magnatów i rycerzy. Trzeba, by sami obrali cię swoją królową, bo twoje własne wojska na razie są zbyt nieliczne, by zdołały obronić tron i pozycję niechcianej monarchini. Jego godność Enewen pozyskał dla twojej sprawy licznych sojuszników, ale nawet im trzeba najpierw dowieść, lub chociaż dać nadzieję, że pod twoim panowaniem nastaną czasy świetności, zamożności i chwały.

CZĘŚĆ SIÓDMA

Nieistniejące legiony

36

Tereza od dawna już nie dosiadała swojego stepowego wierzchowca. Kurierskie konie, rozstawione na drodze z Akali do obozu Legii Dartańskiej, wszystkie bez wyjątku były pełnokrwistymi dartańczykami, używanymi przez gońców. Dowódca wywodzący się z innej formacji – na przykład ciężkiej piechoty – przypłaciłby chyba zdrowiem podobne galopady. Nadtysięczniczka, w asyście zaledwie kilku znakomitych jeźdźców, potrafiła pokonać kilkadziesiąt mil w ciągu doby. Obóz dartańskich uchodźców nie mógł leżeć zbyt blisko Akali. Odpowiedzialni za przemarsze oficerowie stawali bez mała na głowach, byle tylko utrzymać w tajemnicy miejsce zbiórki wszystkich oddziałów. Armekt nie leżał na wyspie; zdawano sobie sprawę, że do Dartanu docierają zarówno przywożone przez podróżnych i kupców pogłoski, jak też dokładne raporty opłacanych szpiegów. Tak samo przecież zbierały wieści wojska imperialne, nie polegając wyłącznie na raportach Trybunału, wciąż obecnego w wielu miastach Złotej Prowincji... Najwięcej wywiadowców werbowano właśnie spośród kupców, którzy mogli przemieszczać się stale i wszędzie, nie zwracając niczyjej uwagi. Handel między dwiema największymi krainami Szereru, choć mocno ucierpiał od wojny, wcale jednak nie zamarł. Dokładano więc wszelkich starań, by było zupełnie jasne, że wycofane z Dartanu wojska maszerują na głębokie tyły, do Rapy, a nawet Riny i stołecznego Okręgu Trzech Portów. Posyłano do tamtejszych garnizonów małe grupki legionistów w czerwonych tunikach i mogło się wydawać, że wszędzie jest ich pełno, wszędzie słychać język dartański – w rzeczywistości wycofano zaledwie kilkudziesięciu niezdatnych do służby wojaków. Dla odmiany, mający już przydział do nowych legionów żołnierze z maszerujących oddziałów udawali jakichś, posyłanych nie wiadomo dokąd, rekrutów: maszerowali pod wodzą armektańskiego dziesiętnika, nie mieli mundurów ani żadnej broni, bo wszystko wieziono w jukach. Gdzie indziej całe kolumny, a nawet kadrowe półlegiony pokonały dziesiątki niepotrzebnych mil tylko po to, by w wielu obwodach miejskich zobaczono mnóstwo pozornie rozbrojonych żołnierzy, mówiących po dartańsku i noszących barwy Pierwszej Prowincji; te same półlegiony i kolumny zawracały później i przekradały się nocami po bezdrożach, bez namiotów, obozowych sprzętów, a nawet biwakowych ognisk, obozując za dnia w jakichś zagajnikach, lasach i wykrotach. Żołnierze Legii Dartańskiej w ciągu kilku tygodni dostali w ten sposób naprawdę twardą szkołę wojny – na pewno nauczyli się maszerować, cierpieć niedostatki, a nawet nieść całymi milami chorych kolegów, gorączkujących lub nie mogących chodzić na poobcieranych stopach. Tak samo mieli później nosić rannych towarzyszy broni. Gdy było to możliwe, już podczas pochodów przypominano wojakom z miejskich patroli, jak zmienia się szyk marszowy na bojowy, jak brzmią komendy polowe i biwakowe, uczono rozpoznawać sygnały dawane proporcami dowódców, świstawkami i głosem. Do ukrytego w dębowo-sosnowym borze obozu docierali wyczerpani ludzie, którym nie pozwalano odpocząć, bo musieli sami zbudować sobie schronienia, lazarety, a nawet wykopać latryny. Dopiero wtedy każdy z przybyłych na miejsce oddziałów dostawał dwa dni wolnego. Po upływie tych dwóch dni zaczynało się wyczerpujące szkolenie według regulaminów ciężkiej piechoty, częściowo tylko podobne do szkolenia ciężkiej piechoty strzelczej, jakie kiedyś przeszli ci ludzie. Kusz jednak rozpaczliwie brakowało – ze wszystkich garnizonów dartańskich wyniesiono zaledwie dwieście samostrzałów, z których tylko kilkadziesiąt miało wartość jako broń bojowa, reszty można było użyć najwyżej do szkoleń – tylko nieliczni szczęściarze mieli więc znaleźć się w klinach wyposażonych w znaną sobie broń. Cała reszta z mieczami i kiepskimi (choć bardzo pięknymi) paradnymi tarczami w rękach odbierała szkołę toporników – piechoty przeznaczonej do walki wręcz. Lecz olbrzymi topornicy, którzy już przy naborze wykazać się musieli odpowiednim wzrostem, wagą i krzepą, oprócz pełnych kolczug nosili kirysy, głębokie hełmy, nabiodrki, nałokcice i nakolanki, osłaniali się solidnymi tarczami, do walki zaś mieli przede wszystkim potężne topory. Okryci tylko cienkimi kolczugami Dartańczycy, wśród których o olbrzymów było trudno, bo najpotężniejsi mężczyźni trafiali do Gwardii Dartańskiej, w kapalinach i otwartych łebkach na głowach, mieli walczyć tak samo jak ciężka piechota imperium – bo do niczego innego nie można było ich użyć. Z łuków strzelać nie potrafili; zresztą łuków – a jeszcze bardziej strzał – dla paru tysięcy ludzi brakowało tak samo, jak kusz. Utworzono wprawdzie całkiem nową formację i nazwano konną piechotą: było to około tysiąca żołnierzy na świetnych dartańskich wierzchowcach, którzy mieli ich używać tylko do przemarszów, do bitwy zaś zostawiać pod opieką koniowodnych. Taka formacja miała sens o tyle, że konna piechota mogła towarzyszyć imperialnej jeździe, mając tę samą ruchliwość. I znowu nasuwała się myśl: gdybyż jeszcze ci żołnierze mieli kusze! Choćby lekkie kusze, zaopatrzone w strzemiączka, jakich używali pocztowi w chorągwiach dartańskich. Nawet nie najlepsi strzelcy mogliby skutecznie wspierać swoich konnych kolegów, rażąc ciężkimi pociskami grubo opancerzonych jeźdźców wroga.

Tereza w ciągu niespełna dwóch tygodni przemierzyła na grzbiecie rozstawnych wierzchowców tyle mil, że wystarczyłoby chyba na objechanie Szereru. Dokonywała cudów. Cesarzowa nie wiedziała jeszcze, że godząc się na powierzenie jej dowództwa, najprawdopodobniej ocaliła dla imperium kilka tysięcy żołnierzy. Mało prawdopodobne, by ktokolwiek inny zdołał przemienić tę niedozbrojoną zbieraninę w sprawne narzędzie wojny. Piętrzyły się trudności tego rodzaju, że należało wątpić, by ktokolwiek poza jedną jedyną Terezą potrafił w ogóle stawić im czoło, a cóż dopiero pokonać. Już to tylko, że na końskim grzbiecie trzymała się jak żaden inny nadtysięcznik imperium, było warunkiem decydującym o powodzeniu wielu przedsięwzięć. Wszyscy znali ją samą albo chociaż jej sławne imię. Ona także znała wielu oficerów. Pojawiała się zupełnie nagle w jakimś obwodowym garnizonie, zeskakiwała z siodła wprost na stopnie wiodące do drzwi komendantury, wchodziła razem z wartownikiem i od progu pokazywała swój patent, żeby komendant wiedział, kim jest przybyła. Czasem nawet nie było to potrzebne, bo setnik lub nadsetnik uśmiechał się na jej widok i powiadał: „No, czekałem, kiedy zjawisz się u mnie, wasza godność. Przedwczoraj byłaś u sąsiadów... Czy możesz mi powiedzieć, co się właściwie dzieje?". Odpowiadała wtedy: „Niestety, nie, nadsetniku. Ale mogę ci powiedzieć, co możesz dla mnie zrobić, a obiecuję, że za jakiś czas się dowiesz, dlaczego potrzebowałam twojej pomocy". Uzyskiwała to, czego nie uzyskałby nikt inny. Pozostawieni na tyłach oficerowie, którym nie dane było uczestniczyć w nadchodzących zmaganiach, gotowi byli wyrwać spod ziemi wszystko, czego żądała, byle móc kiedyś, niby obojętnie, powiedzieć: „Nadtysięczniczka Tereza prosiła mnie wtedy o pomoc. Pomogłem jej, jak umiałem". W ten sposób zebrała w różnych garnizonach dwie setki hełmów ciężkiej piechoty, przekazując w zamian dartańskie kapaliny. Skutkiem posłanego do Londu listu było dostarczenie do Akali trzydziestu świetnych grombelardzkich kusz: klin Gwardii Grombelardzkiej, służący u boku samej Księżnej Przedstawicielki Cesarza, wypożyczył Dartańczykom własną broń, wraz ze znacznym zapasem pocisków. Drogą morską, na pokładzie niewielkiego żaglowca, dostarczono ten bezcenny oręż wprost do Rapy. Dowódca eskortującego ładunek, pełnego klina kuszników Legii Grombelardzkiej przekazał nadtysięczniczce pismo, z którego wynikało, że jej wysokość Werena byłaby niepocieszona, gdyby wojska Drugiej Prowincji w ogóle nie wzięły udziału w nadchodzącej wojnie. Symboliczna siła zbrojna, jaką było trzydziestu żołnierzy w ciemnozielonych tunikach, została jednak powitana z otwartymi ramionami; nadtysięczniczka z miejsca skierowała weteranów z gór do Akali (jeden z jej nadsetników świetnie mówił po grombelardzku, nie był więc skazany na posługiwanie się w rozmowach z nowymi żołnierzami niewygodnym Kinenem; miał ich włączyć do swojego półlegionu). Niedługo potem dostarczono równie cenny ładunek z Kirlanu, choć tym razem nie było asysty, która mogłaby zasilić Armię Wschodnią. Nadtysięczniczka, jeszcze zanim zobaczyła pierwszego ze swych dartańskich żołnierzy, posłała list do samego imperatora. *Wasza Cesarska Wysokość* – napisała – *wiem, że Twoja osobista Gwardia może być potrzebna i nie wolno zabrać jej broni. Lecz wiem równie dobrze, że halabardy są potrzebne żołnierzom Waszej Wysokości tylko do straży w pałacu i parad. To świetna broń do walki z ciężką jazdą. Mam dostać pod komendę półlegion Gwardii Dartańskiej, ale ci żołnierze są uzbrojeni w posrebrzane żeleźca osadzone na cienkich patykach. Wiem na pewno, że Gwardia Cesarska nie używa zabawek zamiast broni.* Doskonale wiedziała, co pisze: żaden Armektańczyk nie ważyłby się na strojenie żartów z narzędzi wojny – a Armektańczyk, do którego pisała, był najpierwszym ze wszystkich. Po pewnym czasie do leśnego obozu przysłano dziesięć ciężkich koni objuczonych bardzo długimi pakunkami. *Wasza Godność* – napisał własną ręką imperator – *jestem wdzięczny, że moi żołnierze, których pomimo chęci nie wolno mi użyć, mogą jednak wspomóc walczących.* Poza kilkoma oddziałami Legii Garyjskiej halabardnicy z Rollayny byli jedynym wojskiem w całym Szererze, które przeszkolono do posługiwania się tą – niebywale groźną – bronią w boju. Dartan miał przecież swoje tradycje; przed wiekami dartańskie Domy właśnie w Morskiej Prowincji zaciągały halabardników, z których tworzono groźne oddziały knechtów. Odbicie tej tradycji znalazło się w regulaminach szkoleniowych Gwardii Dartańskiej, strzegącej Księcia Przedstawiciela. Agatra, która nie pomyślała o czymś tak oczywistym, jak pozyskanie od Gwardii Cesarskiej niepotrzebnej broni, szeroko otworzyła oczy, zaraz po powitaniu otrzymując od nowej dowódczyni prezent, który czynił z jej półlegionu jedną z najgroźniejszych formacji pieszych w nadchodzącej wojnie. Nie bez znaczenia było, że gwardziści mogli przekazać swe piękne, ale i mocne tarcze kolegom z drugiego dartańskiego półlegionu pod rozkazami Agatry. Jeden krótki list nadtysięczniczki Terezy przyczynił się do przezbrojenia aż dwóch półlegionów.

Spośród kilkunastu wzorów tarcz, wyniesionych przez legionistów z Dartanu, nie wszystkie przedstawiały taką samą wartość. Korzystając ze wskazówek oficerów i funkcyjnych ciężkiej piechoty, Tereza zabrała tarcze wszystkim legionistom, oceniła ich przydatność i na nowo rozdzieliła między tworzone oddziały, w ramach każdej kolumny, a w miarę możności nawet półlegionu, pozostawiając tylko jeden wzór. Niektóre tarcze, choć trochę słabsze i lżejsze, nawiązywały do tarcz ciężkiej piechoty i tych dało się użyć w boju. Inne, choć mało przydatne w walce wręcz, były jednak dość duże, by osłonić nacierających lub broniących się żołnierzy przed strzałami; nawet bełt z kuszy, choć bez trudu przebijał taką tarczę, grzązł w niej i dalej nie leciał. Najsłabsze i najmniejsze trójkątne tarczki, używane przez żołnierzy z Okręgu Semeny, Tereza kazała przerobić do noszenia na plecach. Tarcze, przewieszone na pasie na ukos biegnącym przez pierś, tak samo ukośnie osłaniały plecy legionistów, uzupełniając kolczugę. Wreszcie przełomem stał się pomysł kociego zwiadowcy, który swego czasu wrócił z Puszczy Bukowej. Schorowane kocisko ani myślało umierać. Kryzys jakoś minął, kocur tracił sierść już raczej z powodu nadejścia wiosny niż skórnych dolegliwości, a najlepsi medycy z Akali za pomocą czosnkowych nalewek i różnych tajemniczych mikstur uwolnili go od robactwa we wnętrznościach. Było jasne, że do służby w legii już nie wróci (dostał wojskową rentę), ale mógł jeść, przestrzegając diety, i miało mu się na życie. Tereza, z ludzkim uporem wciąż na nowo wypytująca zwiadowcę o szczegóły, sama kiedyś usłyszała pytanie, które ją zdumiało, a brzmiało mniej więcej tak: „Komendantko, dlaczego nie uzbroisz tych żołnierzy w jakieś dzidy, tak jak zrobili z chłopstwem w Sey Aye? To tania broń, którą prawie każdy wojak sam sobie może wystrugać w lesie, a groty wypukają ci kowale w byle wiejskiej kuźni, wystarczy dać im trochę żelastwa, choćby jakichś ćwieków". Tereza grzmotnęła kota w bury kark, aż stęknął, zerwała się i pobiegła zorganizować szkolenie według nowych zasad. Każdy żołnierz, oprócz tarczy i miecza, miał mieć trzy lekkie oszczepy, przeznaczone wyłącznie do rzucania. Władanie taką bronią nie nastręczało trudności i nie wymagało długich ćwiczeń (przydałyby się, a jakże, ale jednak cisnąć przed siebie dzidę na trzydzieści kroków mógł każdy, gwiżdżąc na wiatr i bez uwzględniania poprawki na ruch wroga; nie trzeba tu było miesięcy strzeleckiego szkolenia). Mogła to być broń rzeczywiście tania i łatwa w wytwarzaniu, ze smukłym grotem umocowanym do drzewca nawet na pojedynczym krótkim wąsie; jeśli grot miał odpaść po uderzeniu w cel, to trudno – w razie przegranej utrata oszczepów nie miała większego znaczenia; w razie zwycięstwa można było pozbierać groty i drzewca, po czym łatwo znów połączyć jedno z drugim. Grad takich oszczepów, miotanych jednocześnie przez kilkuset żołnierzy, mógł zdeprymować każdego przeciwnika, nawet jeśli rycerskie zbroje trudno było tym przebić. Ale pocztowi okryci byli lżej, wierzchowce z reguły zaś wcale. Pierwsze próby z nową bronią dały obiecujące wyniki: stara kolczuga topornika legii imperialnej nie wytrzymywała uderzenia silnie rzuconej broni, ważącej w końcu dziesięć razy tyle, co wypuszczona z łuku strzała... Tereza wyobrażała sobie, że dartańska ciężka jazda, pędząca naprzeciw rzucającym, dołoży do siły ich rzutu własny rozpęd. Koci zwiadowca dał, być może, skuteczny oręż dwóm legionom imperium! Wprawdzie rzecz nie przedstawiała się aż tak prosto, jak to wyglądało w pierwszej chwili, bo jednak nie każdy krzywy kij był od razu oszczepem; w zamian wykucie paru tysięcy grotów było przedsięwzięciem gigantycznym, choć wszystkie kuźnie, jakie dało się zaprząc do pracy, huczały dniem i nocą. Żelazo zbierano od ludności miast, dającej nowe dowody ofiarności, a paradne halabardy Gwardii Dartańskiej jednak się przydały, dostarczając od razu trzystu świetnych drzewc, zbyt wątłych do ręcznej rąbaniny – lecz wybornych do celów Terezy (posrebrzane żeleźca z miejsca sprzedano w Akali; roztropny nabywca wiedział, że jakkolwiek zakończy się wojna, prędzej czy później ktoś zechce uzbroić straż przyboczną w piękne halabardy). Pomimo to wyszło na jaw, że na pewno zabraknie czasu i będą powody do zadowolenia, jeśli każdy legionista dostanie choć dwa oszczepy zamiast trzech. Lepsze to było niż nic. Opracowano komendy i sygnały gotowości do rzutu i samego rzutu oraz trzeci – że wolno zbierać wyrzuconą broń po zdobyciu całego placu boju lub tylko odparciu atakujących. Miał to czynić ostatni żołnierz z każdej dziesiątki. Obserwując pierwsze szkolenia z oszczepami, Tereza była naprawdę dobrej myśli. Uczciła swego zwiadowcę w bardzo niezwykły sposób: kocur nosił imię Derenet; nową broń, różniącą się zarówno od włóczni jazdy, jak i ciężkich oszczepów, których używały niektóre oddziały tarczowników, nazwano „derenetami".

Po upływie dwunastu dni od chwili, gdy ostatni dartański oddział dotarł do leśnego obozu, Tereza wyprowadziła trzy nowe legiony na ćwiczenia. Armektańscy legioniści i gwardziści Agatry przeczesali upatrzony teren i rozciągnęli baczny dozór nad okolicą, by nikt postronny nie przeniknął do rejonu, który nocą osiągnęły trzy czerwone legiony. Sprawdzian nie wypadł najlepiej: żołnierze zupełnie znośnie radzili sobie na szczeblu półsetki bądź klina, jako tako w ramach kolumny, potrafili jeszcze od biedy nie przeszkadzać sobie w ramach jednego półlegionu, ale legion był już całością tylko z nazwy, nikt nie umiał zapanować nad tysiącem bezładnie skłębionych żołnierzy, którzy potrafili utrzymać szyk marszowy, jeśli zostali wcześniej ustawieni na drodze, co zabierało nieprawdopodobną ilość czasu. Rozwinięcie z szyku marszowego do boju to był widok wręcz przerażający. Starsi rangą oficerowie, nawet jeśli wiedzieli, co robią, nie potrafili i nie mogli pilnować każdego podsetnika i setnika, więc kolumny i kliny właziły sobie w drogę, nie potrafiły ustąpić (jak dwaj wychodzący zza rogu domu przechodnie, dający krok to w lewo, to znów w prawo – tak schodziły sobie z drogi oddziały Legii Dartańskiej). Podsetnicy nie umieli zmusić dziesiętników do zgrania komend w klinie. Na tle tego całkiem zgrabne parady skrzyczanych niegdyś pod Akalą jeźdźców w czarnych tunikach, zachodzących przed łuczników, zamiast toporników, były istnym popisem sprawności. Dla Terezy stało się jasne, że dzienny przemarsz legionu dartańskiego (jeszcze z taborami!) należy szacować na osiem mil, nie piętnaście. Zwinięcie biwaku, przyjęcie szyku marszowego, a później zwinięcie tego szyku i rozłożenie nowego obozu, musiało zająć pół dnia. Nie było też mowy o wejściu do bitwy z marszu, z czego zawsze słynęły imperialne legie: dartańskie ciężkie chorągwie, obojętnie jak samowolne i niezdyscyplinowane, były już otrzaskane w boju i wgniotłyby bezładny tłum w ziemię, zachowując w szykach wzorowy wręcz porządek – czas na pewno nie mógł naglić dartańskich rycerzy... Najmniejszym zmartwieniem był legion piechoty konnej, od początku pomyślany jako odwód na polu bitwy lub wsparcie dla konnych zagonów Legii Armektańskiej. Tereza wyobrażała sobie, że prowadząc bitwę, będzie mogła tymi szybkimi piechurami doraźnie zatykać dziury w ugrupowaniu i dosyłać posiłki, gdzie trzeba, na co dzień zaś niewielkie oddziały pójdą pod rozkazy doświadczonych dowódców Agatry i jej własnych, przydzielane jako wsparcie samodzielnie działającym kolumnom. Lecz większe manewry wszystkich sił koniecznie należało przeprowadzić jeszcze ze dwa razy; nadtysięczniczce cierpła skóra na myśl, jakie będą straty w jej czerwonych legionach, jeśli dojdzie do niezaplanowanej bitwy.

Na tle tego bardzo dobrze prezentował się legion Agatry. O armektańskich gwardzistach i legionistach nie warto było nawet mówić – był to najlepszy półlegion w całym Wiecznym Cesarstwie, bo Tereza mocno wątpiła, czy doświadczeni i okryci zasłużoną chwałą żołnierze gwardii imperatora zdolni są do podobnych wyczynów, zwłaszcza gdy w grę wchodziło działanie zespołowe. Na dodatek ci żołnierze mieli wszystko: tabory, zaplecze i służby wyglądały jak wycięte z regulaminów, nie brakowało ani jednego muła i jednej sakwy jucznej. Ale i Dartańczycy Agatry trzymali się wcale nieźle: Gwardia Dartańska może i była ćwiczona głównie do parad, ale ćwiczona tak twardo, że równy krok i chrzęst blach półlegionu rozbrzmiewał i gasł w jednej chwili. Tych trzystu żołnierzy na pewno nie mogło wejść nikomu w drogę, bo chodzili i działali jak jeden człowiek, zdolni przybić dwa kroki i zawrócić w miejscu, przejść w marszu z klinów „kolejno" w „szeregiem", do boju zaś równie łatwo rozwijali trójkątny szyk przełamujący, jak oskrzydlające schody w lewo albo w prawo, czy na koniec trójkąt odwrócony do oskrzydlenia dwustronnego. Wielkoludy w zbrojach, jakich nie miała żadna piechota Szereru, mogły ze swoimi halabardami dokazać niejednego. Na koniec ostatni półlegion też wyraźnie odstawał od wszystkich, które zebrano w trzech czysto dartańskich legionach. Agatra nie ukrywała, że ukradła dla siebie najlepszych żołnierzy i funkcyjnych, poza tym miała ich od dość dawna i już nieźle zdążyła podszkolić. Legioniści radzili sobie z manewrami na tyle, że na pewno mogli wejść do każdej bitwy prosto z marszu, z dowolnej pozycji w szyku legionu. Uzbrojeni byli przyzwoicie, bo jeszcze pod Tarwelarem otrzymali topory, nałokcice i nakolanki (każdy piechur miał jedno albo drugie, a niektórzy jedno i drugie), co w połączeniu z tarczami przekazanymi przez gwardię stanowiło udaną całość. Dwie flankowe kolumny miały w swym składzie po półsetce konnej piechoty (powołanie tej formacji było pomysłem Agatry), kolumna środkowa zaś piękną półsetkę kuszników. Tereza, zadowolona, że ma pod komendą aż dwa legiony, na których można polegać, nic nie mówiła i czasem tylko uśmiechała się pod nosem, myśląc o tym, że skąpo wydzielane przez Kirlan pieniądze i uzbrojenie w jakiś sposób jednak wiedziały, dokąd płynąć... Ktoś tam chyba kierował je w pożądaną stronę. Agatra miała nawet, dla swoich Dartańczyków, przyzwoity tabor – wprawdzie tylko jeden lub dwa wozy na klin piechoty i po dziesięć mułów na półsetkę jeźdźców pieszych (czyli o jedną trzecią mniej niż trzeba), ale to i tak było nieźle w porównaniu z nowymi legionami, zwłaszcza że wozy i juki mułów nie świeciły pustkami.

Zaopatrzenie stanowiło największą bolączkę Armii Wschodniej. Pieniędzy wciąż brakowało, ale jeszcze poważniejszym kłopotem było sprowadzanie jedzenia dla pięciu tysięcy ludzi – tak żeby nikt o tym nie wiedział... Na krótko przed przybyciem pierwszych dartańskich legionistów zaopatrzono obóz jako tako, ale tych zapasów nie mogło wystarczyć na długo. Tereza nie miała złudzeń: było więcej niż pewne, że niejedna głowa pracuje nad rozwiązaniem zagadki, gdzie właściwie rozpływają się karawany wozów i zwierząt jucznych i dla kogo wiozą ładunek. Chciała ćwiczyć swych żołnierzy dalej, ale jeszcze bardziej chciała ruszyć wreszcie na wojnę, zanim stanie się jasne, że osiem armektańskich legionów zebranych pod Tarwelarem i garnizon Potrójnego Pogranicza to nie wszystko, czym rozporządza cesarstwo. Kiepsko wyszkoleni żołnierze, o których nikt nie wiedział, warci byli dwa razy więcej niż doborowi, wyglądani przez wroga.

Jawiło się kwestią tygodni, a może nawet dni, kiedy cała prawda wyjdzie na jaw.

Wymęczona do ostatnich granic, stale galopująca po gościńcach dowódczyni armii, po nocach prawie nie sypiała, wraz z najlepszymi swoimi dowódcami układając plany kampanii. Napływały meldunki szpiegów i zwiadowców, potwierdzające lub negujące istnienie różnych przepraw mostowych, promowych i brodów. Inni przynosili wieści o zebranych pod Rollayną żelaznych hufcach Ahe Vanadeyone, zatrważająco licznych, zaopatrzonych we wszystko, czego można chcieć na wojnie, czekających nie wiadomo na co. Tereza od dawna uważała za całkiem jasne, że dartańska wojna domowa była tylko wstępem do wypowiedzenia posłuszeństwa cesarstwu. Prawie na pewno stała za tym tajemnicza pani Puszczy Bukowej, a napływające z Dartanu wieści tylko te domysły potwierdzały. Jasno już mówiono o powrocie królowej (właśnie królowej, nie króla!) odbudowie królestwa, potędze Złotego Dartanu... Wciąż jednak nic się nie działo. Wskrzeszeni Rycerze Królowej (no właśnie, i znów: a dlaczego nie króla?) stali pod Rollayną. Z Puszczy Bukowej nic nie wyszło. Żadne wojska. Tylko w samym Dobrym Znaku ponoć prawie nie było żołnierzy. Dokąd ich zabrano? Czy do wojskowego obozu pod Netenem, o którym doniósł zwiadowca? Jeśli tak – a było to prawdopodobne – to czekali na kierunku uderzenia Armii Zachodniej, przy drodze, która była teraz najważniejszą drogą Szereru. Armektańskie legiony musiały wkroczyć do Dartanu, bo tylko w ten sposób dało się zmusić wszystkie siły Pierwszej Prowincji do obrony północno-zachodniej części kraju. Wątpiła, by ciężkie chorągwie Sey Aye, nawet pod wodzą Yokesa, zdołały utrzymać tę drogę. To nie było wojsko do obrony lasu! Armektańscy łucznicy z północy mogliby gotować sobie zupy w hełmach najlepszej, być może, ciężkiej jazdy świata. Ale była jeszcze piechota, byli jeszcze słynni gajowi Sey Aye. I nie wiadomo co poza tym, bo kto wiedział, co naprawdę tkwiło za ścianą drzew? A jeśli tych gajowych nie było pięciuset ani nawet tysiąc, tylko dwa tysiące? Kto mógł przysiąc, że nie? Człowiek z łukiem kosztował trzydzieści razy mniej niż człowiek w pełnej zbroi, z rycerskim ekwipunkiem i na bojowym rumaku, także okrytym zbroją. Dlaczegóż by Sey Aye nie mogło mieć dwóch, trzech, czterech tysięcy gajowych, skoro miało dwa tysiące takich jeźdźców? Gdyby wojska Sey Aye zdołały bez pomocy Enewena zatrzymać uderzenie armektańskich legionów na rubieżach Puszczy Bukowej, stojące pod Rollayną chorągwie przekreśliłyby cały plan kampanii. Armia Wschodnia mogła wkroczyć do wschodniego i środkowego Dartanu, siejąc tam spustoszenie, zwątpienie i przerażenie, rujnując dobra Domów, ale nie wtedy, gdy nad jej głową wisiał żelazny młot Enewena. Stale unikając spotkania z Ahe Vanadeyone, dowódczyni Armii Wschodniej mogła co najwyżej – zwłaszcza na czele swych dartańskich legionów – puścić z dymem wioskę tu i tam, posłać zagon jazdy dla splądrowania małego miasta. To miały być spustoszenia? To miał być odbierający wolę walki podbój? A gdzie zburzone pałace Rollayny? Gdzie nocne łuny wzdłuż całego horyzontu, a za dnia czarne dymy?

Coraz częściej świtała jej w głowie myśl, że przemarszu dartańskich żołnierzy nie udało się jednak utrzymać w tajemnicy... Że jego godność Enewen czeka pod Rollayną właśnie na nią i jej niepewną armię.

***

Pierwsza klęska spadła na imperium, jeszcze nim zadźwięczały krzyżowane miecze. Tereza, pochłonięta bez reszty organizacją armii, szkoleniami, wyprawami po ekwipunek, a na koniec planowaniem kampanii, nie chciała słyszeć o niczym więcej. W końcu jednak płatnik Armii Wschodniej wdarł się do jej kwatery w leśnym obozie, stoczywszy przed drzwiami najprawdziwszy bój z wartownikiem. Półprzytomna Tereza, wyrwana z drzemki, na którą znalazła parę wolnych chwil, z niedowierzaniem patrzyła na funkcyjnego, który szarpał się w drzwiach z urzędnikiem. Urzędnik kopnął żołnierza w nogę i walnął pięścią w ramię. Żołnierz złapał urzędnika za gardło i przyparł do ściany.

– Co to jest? – zapytała ochryple nadtysięczniczka.

Szamotanina ustała.

– Wasza godność nie spała od dwóch dni – powiedział zdyszany dziesiętnik, tak wściekły, że gotów chyba naurągać wszystkim wokół, nawet dowódczyni. – Odprawiłem legionistę i sam stanąłem na warcie. Jutro wasza godność poprowadzi mnie na wojnę! – powiedział z prawdziwym gniewem. – Nie zamierzam zginąć w pierwszej bitwie dlatego, że nie spałaś od tygodnia!

Urzędnik oddychał chrapliwie, masując zdławione gardło. Odzyskał nareszcie głos i wykrztusił:

– Od pięciu dni... chrrr... Już pięć dni, jak kazałem powiedzieć waszej godności... I nic! A ja nie wiem co zrobić! Chrrr! Jakie wydatki obciąć?! Żołd?! Chrr?! Zaopatrzenie?!

Rozebrana Tereza przestała trzeć zaczerwienione powieki i wylazła z barłogu, groźnie potrząsając małymi i ciągle jędrnymi cyckami pięćdziesięciolatki, która, zamiast karmić dzieciaki, dźwigała ciężary z żołnierzami na majdanie. Ochlapała twarz resztką wody ze stojącego pod ścianą cebra, wreszcie podniosła naczynie i wylała zawartość na głowę – na szczęście nie pomyliła cebrów, bo drugi, stojący w kącie, zakryty, służył do sikania. Goła i bosa dowódczyni armii to dla dwóch obecnych w izbie Armektańczyków nie było zjawisko godne uwagi, chociaż wszystko miała w sam raz. Zaczęli mówić jednocześnie, ale uciszyła ich gestem.

– Dziękuję, dziesiętniku. Obiecuję, że się wyśpię przed wymarszem, bo jest dużo racji w tym, co powiedziałeś. Ale teraz już nie śpię, więc dopuśćmy do głosu płatnika, bo gotów wstrzymać nam żołd.

Dziesiętnik odetchnął głęboko, skinął głową po wojskowemu i wyszedł. Tereza poszukała koszuli.

– No? Dlaczego chcesz obciąć wydatki?

– Nie mogę uwierzyć, że nikt nic waszej godności nie powiedział! – Urzędnik był naprawdę przerażony.

– Coś słyszałam. Jakieś fałszywe pieniądze, tak? Ale co ja mam do tego? Legie zatrudniają skarbników i płatników właśnie po to, żeby dowódcy nie musieli ustawiać pieniędzy w słupki.

– Wasza godność... Fałszywe pieniądze? Fałszywe pieniądze! – zawołał nieszczęsny dusigrosz. – Tak, ale wszędzie, w całym Szererze! Nasze złoto z dnia na dzień traci wartość, nikt go nie chce! Wczoraj wieczorem otrzymałem pismo z Kirlanu i nie mogłem dostać się do waszej godności, nigdzie cię nie było! Nie będzie już żadnych pieniędzy, koniec, wasza godność! To, co mam w kasie, to wszystko! Na żołd, na wyposażenie, na żywienie, na spyżę, na spłatę zamówień – wyliczał. – Na tabory, na opłacanie szpiegów...

– Zaraz – przerwała Tereza. – Co to znaczy: nie będzie pieniędzy?

Urzędnik rozłożył ręce.

– No... nie będzie – powiedział. – Kirlan pisze, że to koniec. Nie dostaniemy już nawet miedziaka. Może zdobędziemy trochę żywności dla ludzi, wystawiając kwity. Ale kwatermistrz mówi, że te pokryją najwyżej połowę zapotrzebowania. Nie wszyscy chcą brać kwity, opornych dostawców możemy wprawdzie zmusić, ale to się nigdy nie opłaca, kwatermistrz bardzo ostrzega, dostarczony towar jest od razu taki, jaki zysk dostawcy... A jeśli nawet zgodzą się przyjmować kwity, to tylko trochę poprawi sprawę wyżywienia. Ale nie rozwiąże! A inne wydatki, a...

– I nie będzie pieniędzy? – nie dowierzała nadtysięczniczka. – Ale... w jaki sposób mam dokończyć organizację armii, skąd mam wziąć zaopatrzenie na kampanię? Nie mamy żadnych zapasów! A czym zapłacę kowalom za wykuwane groty? Tyrają dzień i noc, a i tak z każdych pięciu jeden robią nam darmo!

– No właśnie, wasza wysokość. Intendent i kwatermistrz chcieli mnie pobić, gdy powiedziałem, że nic więcej nie dam. Jeden ma puste składy, a drugi nie może odwołać ani spłacić zamówień... Co mam robić?

– Nie wiem – powiedziała Tereza. – Ja nie znam się na finansach, od tego mam ciebie. Wiem, jak dobrze wydać pieniądze, ale muszę najpierw jakieś mieć. Zarabiać nie umiem, wojsko jest od tego, żeby spokojnie zarabiali inni. Ale co to znaczy, że nie będzie?! – zawołała raz jeszcze, rozgniewana, niebezpiecznie ładna; nawet blizna na policzku nie zgasiła wydobytej na wierzch urody wojowniczki. – Pierwszy raz słyszę coś takiego! Zawsze jest za mało pieniędzy, czasem śmiesznie mało, ale wcale? Mamy kraść jedzenie, czy co?! Jak mogę oszczędzać, jeśli nie mam nic? Ile masz w kasie?

Płatnik wymienił sumę.

– Przecież to jest nic! – ryknęła nadtysięczniczka. – Od jutra będę dowodziła armią głodomorów! I co, mówisz, z tym złotem? Jeszcze, że nikt go nie chce?!

– Z dnia na dzień traci na wartości. Takie wieści rozchodzą się jak wicher, bo wielkie przedsiębiorstwa kupieckie mają sztafety kurierskie między okręgowymi miastami. Z każdą sztuką złota trzeba chodzić do kantoru, żeby ocenili zawartość kruszcu, a nawet jeżeli ocenią i potwierdzą, że to dobra moneta, to drobny handlarz, czy jakiś rzemieślnik, i tak nie weźmie, bo będzie miał kłopoty, chcąc zapłacić tym pieniądzem komukolwiek innemu. W Okręgu Rapy jest najgorzej. W Akali lepiej, ale i tak złoto biorą tylko najwięksi dostawcy, oczywiście pod warunkiem, że słono przepłacamy. Najlepszą cenę dają ci, którzy mogą poczekać, aż pieniądz odzyska wartość, czyli najbogatsi. Przedstawicielstwa właścicieli ziem z Okręgów Riny i Rapy, od których bierzemy zboże, związki rybaków z Garry, od których mamy wędzoną i soloną rybę, przedstawicielstwo Sey Aye, przedstawicielstwo sukienników z dartańskiej Semeny, niektóre browary i gorzelnie.

– Srebra nie mamy?

– Już nie.

– Ściągaj mi wszystkich płatników legionowych, wszystkich intendentów i kwatermistrzów – powiedziała nadtysięczniczka. – Macie radzić i uradzić coś mądrego. Nie obchodzi mnie, jak wyżywicie wojsko. Żarcie ma być, koniec!

Płatnik chciał coś powiedzieć.

– Koniec! – wrzasnęła nadtysięczniczka, zamierzając się butem, który właśnie miała wzuć na nogę. – Co to ma być, wojna czy jakieś przeklęte liczykrupstwo?! Mam dostać w dupę dlatego, że komuś się spodobało zapłacić gdzieś blaszanymi pieniędzmi?! Wszystko nieważne, łuki, legiony i plany kampanii, bo brakuje kawałka śmierdzącego sera dla żołnierza! Po którym i tak srał dalej, niż strzela! Spierdalaj stąd i zrób z tym złotem porządek!

Czegoś podobnego płatnik jeszcze nie widział. Wściekł się na dowódczynię, lecz zarazem miał tyle rozsądku, że nie obraził się i nie odpowiedział wrzaskiem. Ta kobieta od dwóch tygodni nie schodziła z kulbaki. Nadludzkim wysiłkiem doprowadziła pięć legionów do jakiej takiej gotowości bojowej tylko po to, żeby usłyszeć, że teraz jej żołnierze po prostu nie dostaną jedzenia, a jeżeli nawet uda się coś zdobyć, to wystarczy na głodowe racje. Ci ludzie mieli wkrótce uderzyć na Dartan, przemierzyć dziesiątki i setki mil, niedosypiać, przebyć lasy i rzeki, walczyć, umierać z odniesionych ran, podtrzymywać w marszu chorych towarzyszy, przepychać wozy przez piaski i błota – wszystko to o chlebie i wodzie, bez uzupełnień, bez gorzałki. Mieli walczyć o kurę biegającą po spalonej wiosce, zjadać własne konie i oszukiwać głód, w nieskończoność żując cienkie paski suszonego mięsa. Nie mogli nawet sami kupować sobie jedzenia, bo pobierali pokojowy żołd, który i tak wypłacano im nieregularnie, a wystarczał, nawet w czasach spokojnej i zasobnej służby garnizonowej, na tanią dziwkę i jedną uczciwą pijatykę w miesiącu.

– Zrobię, co będę mógł, wasza godność – powiedział płatnik.

Ale wiedział, że może niewiele.

Dwa dni później Tereza otrzymała wiadomość o wymarszu Armii Zachodniej spod Tarwelaru. Zapowiadano, że Armia Wschodnia odbierze rozkazy do uderzenia na Dartan natychmiast, gdy chorągwie Ahe Vanadeyone ruszą przeciw armektańskim legionom. W Kirlanie wiedzieli, że dłużej zwlekać niepodobna. Istnienie Armii Wschodniej mogło w każdej chwili wyjść na jaw. Poza tym na wrogim terytorium można było przynajmniej żyć z wojennej zdobyczy, a więc nakładać kontrybucje, wymuszać okup od mieszkańców miast albo po prostu rabować...

37

Armia Zachodnia w ciągu kilku dni osiągnęła rejon Lida Aye. W mieście nadal siedzieli żołnierze Dartańskiej Straży Morskiej, panował spokój, nikt nie rwał się do wojny po którejkolwiek stronie. Armektańczycy skrycie pogardzali tym dartańskim „Pięknym Znakiem", który był raczej symbolem służalczości, potwierdzeniem brzydkiej legendy o tchórzliwych i płaczliwych Dartańczykach. Lida nigdy nie była oblegana, bo ojcowie miasta zawsze czekali przed bramą, oddając miejskie klucze każdemu, kto się zgłosił, radośnie i przymilnie płacąc kontrybucje, posyłając dziewczęta z miejskich domów publicznych do armii, która obozowała najbliżej. Teraz także, choć wcale nie było to potrzebne, Lida Aye natychmiast potwierdziła swą wierność wobec imperium i imperialnych porządków. Dowództwo Armii Zachodniej zabrało z miasta kilka dziesiątek piechurów morskich i wzmocniło nimi osłonę taborów, po czym całe wojsko pomaszerowało dalej, z szybkością, o której wspominały wszystkie kroniki armektańskich wojen. Stanowiące rdzeń armii trzy doskonałe legiony północne, korzystając z głównego traktu, przemieszczały się z szybkością piętnastu mil na dobę; czwarty legion, w całości złożony z jazdy, posuwał się jeszcze szybciej. Cztery pozostałe legiony, zebrane ze wszystkich obwodów środkowego i południowego Armektu, idące gorszymi bocznymi drogami, utrzymywały tempo do dwunastu mil, przez co marszowe ugrupowanie armii przybrało postać trójkąta, albo raczej grotu, którego ostrze stanowiły wojska z Północnej Granicy. Zajmujące wnętrze szyku tabory były bezpieczne, a do obrzeży Puszczy Bukowej jako pierwsze miały dotrzeć wojska doświadczone, najsprawniejsze, potrafiące należycie rozpoznać i zabezpieczyć teren. Zapasów na razie nie brakowało – wszystko, czego odmówiono Terezie, trafiło do armii, która pierwsza miała wejść do walki; ponadto liczono, że Tereza zdoła wyżywić swoich żołnierzy kosztem plądrowanego kraju.

Armia Zachodnia była wojskiem, które w rozpoczętej wojnie miało wziąć na siebie cały ciężar walk. Słabsza liczebnie i o niebo gorzej przygotowana armia Terezy nie sprostałaby podobnemu zadaniu – mogła co najwyżej palić bezbronny kraj i staczać małe bitwy z niewielkimi, desperacko wyrywanymi z zachodu siłami Rycerzy Królowej. Ale Yokes nie wiedział, że istnieje druga armia imperialna – obojętne, słaba czy silna – i dlatego poczynił zupełnie fałszywe założenia. Sądził, że armektańskie uderzenie spod Tarwelaru i Lida Aye będzie wyglądało tak właśnie jak to, które przewidziano dla Terezy. W podjazdowej wojnie, obliczonej na spustoszenie kraju, a także złamanie ducha walki i wyczerpanie przeciwnika, armektańskie legiony z północy mogły bawić się z chorągwiami Enewena w kotka i myszkę – czego pospołu dowodzili księżnej Yokes i mędrzec-Przyjęty. Dowódca wojsk Sey Aye nie posiadałby się ze zdumienia, gdyby mu powiedziano, że L.K.Caronen, naczelny dowódca Armii Zachodniej, pragnie dokładnie tego samego co on: związania sił przeciwnika i niczego więcej. Uderzenie na Neten i utrzymanie wiodącej przez las drogi było, oględnie mówiąc, przedsięwzięciem nie rokującym szybkiego sukcesu... Ale wystarczało w zupełności do związania i skrwawienia wojsk Sey Aye, które musiały bić się o swoją „bramę do Szereru".

Pierwsze meldunki, złożone przez konne oddziały rozpoznawcze, potwierdziły założenia armektańskiego planu. Podjazdy stoczyły kilka mniejszych i większych potyczek na skraju Puszczy, potyczek niezbyt krwawych, bo chodziło tylko o rozpoznanie przeciwnika, więc dowódcy armektańskiej jazdy nie naciskali mocno. Najsilniejszy opór stawiano, zgodnie z przewidywaniami dowództwa wojsk imperialnych, przy wylocie leśnej drogi. Tam, gdzie jeszcze dnia poprzedniego swobodnie przejeżdżały karawany kupieckie, nie śmiał przejść ani jeden uzbrojony żołnierz imperium. Uchwycenie skraju lasu było zadaniem dla piechoty, jazda zrobiła swoje i teraz miała już tylko osłaniać zataczających umocniony obóz łuczników i tarczowników. Zaczekano z tym do nadejścia nocy; Caronen nie lekceważył ciężkozbrojnych hufców dartańskich i wcale nie miał zamiaru wdawać się w bitwę na równinie pod lasem. Zamierzał rano wyjść z umocnionego obozu i pod osłoną całej swojej jazdy, uszykowanej do bitwy, wedrzeć się do puszczy. Zdawał sobie sprawę, że słynni gajowi Sey Aye utoczą jego żołnierzom sporo krwi. Ale piechota z północy, szczególnie piechota lekka, umiała radzić sobie w takich warunkach. Przy znacznej przewadze liczebnej (bo Caronen nie był tak przemęczony jak Tereza i przytomnie zdawał sobie sprawę, że straż leśna Sey Aye na pewno nie liczy czterech tysięcy ludzi) armektańscy piechurzy, gorzej znający knieję, ale lepiej posługujący się łukami, nie powinni mieć dużych problemów z oczyszczeniem położonych wzdłuż drogi połaci Puszczy Bukowej. Walcząc o las, nadtysięcznik Caronen zamierzał jednocześnie pchnąć większą część swojej jazdy na obejście południowo-zachodniego leśnego jęzora. Dwa tysiące nieuchwytnych konnych łuczników miały zarówno zagrozić tyłom wojsk Yokesa, jak też posiać przerażenie w prywatnych dobrach rycerskich, a na koniec skrwawić i wyczerpać podjazdową walką puszczańskie chorągwie, próbujące powstrzymać zagony. W armektańskim dowództwie uważano, że piechota prędzej albo później oczyści Puszczę Bukową aż po Neten i zdobędzie samą przystań, a wtedy – o ile nie wcześniej – obrońcy staną wobec konieczności zawezwania na pomoc stojących pod Rollayną wojsk Enewena. Do tego czasu Armia Wschodnia powinna być już na pozycjach wyjściowych do uderzenia na Dartan. Plan miał poważną wadę, a mianowicie: nikt nie wiedział na pewno, czy istnienie Armii Wschodniej wciąż jest dla Dartańczyków tajemnicą, a jeśli nawet nią jest, to jak długo jeszcze pozostanie. Armia Zachodnia nie mogła więc bawić się w przewlekłą wojenkę, będąc *orre seg gever*, „flotą w istnieniu" – samo istnienie zachodniego zgrupowania nie mogło zmusić Enewena do przyjścia Yokesowi z odsieczą. Należało nacierać, szybko i zdecydowanie, nie unikając krwawych potyczek, a nawet mniejszych bitew, choćby o niepewnym wyniku. Nie do pomyślenia było tylko jedno: wielka bitwa pod lasem, toczona wedle reguł narzuconych przez przeciwnika. Dlatego Caronen nie tylko nie odesłał, ale wręcz ściągnął do siebie całą jazdę, jaką dysponował. Ustawione w bojowym szyku, osłaniające wychodzącą z obozu piechotę, karne kolumny i półlegiony łuczników konnych mogły uniemożliwić każdą próbę rozwinięcia przez wroga sił do bitwy na równinie.

Uszykowanie ciężkiej chorągwi „w grot" było sprawą mozolną i trudną. W pierwszym szeregu stawało kilku kopijników, w następnym dwóch więcej, potem znowu – i tak, w zależności od tego, jak liczna była chorągiew, aż do chwili, gdy zabrakło ciężkozbrojnych. Musiało ich jeszcze wystarczyć na osłonięcie boków ugrupowania, którego wnętrze zajmowali konni kusznicy. W środku ostrza szyku, lub w ostatnim szeregu kopijników, stawał chorąży u boku dowódcy chorągwi. Lekka jazda armektańska nie była w stanie wytrzymać uderzenia tak ugrupowanego oddziału, ale tutaj, pod lasem, nacierając z włóczniami na zajmujących miejsce w szyku ciężkozbrojnych, musiała najwyżej liczyć się z przebiciem przez jakieś rozproszone, nieuszykowane „w grot" siły osłonowe. Caronen uważał, że zwarte armektańskie kolumny podołają temu zadaniu. Następnie, po przedarciu się przez kordon, łatwo mogły zmieszać impetem ataku formujących szyk żołnierzy Yokesa, a potem związać ich walką w miejscu, aż do nadejścia piechoty. Gdy odpadał element siły uderzenia wyciągniętym kłusem lub galopem, przewaga okrytych pełnymi zbrojami jeźdźców nie była już tak oczywista. W zamieszaniu, sprawniej powodujący zwrotnym koniem legionista imperium, mógł nawiązać mniej więcej równorzędną walkę z przeciwnikiem, piechurzy zaś korzystali na skłębieniu bitewnego szyku jeszcze bardziej. Nadtysięcznik Caronen mocno wątpił, by rozważny dowódca Sey Aye – którego znał osobiście – uwikłał swoich żołnierzy w podobnie beznadziejną rąbaninę, choć po cichu liczył, że może się tak zdarzyć, jeśli zastępy skrytych w lesie gajowych są mniej liczne, niż szacowano. Obustronnie krwawa sieczka była bardzo na rękę dowódcy liczniejszych sił imperialnych i chętnie by ją nawet sprowokował. Dlatego, między innymi, zrezygnował z przemarszu pod osłoną ciemności – ale przede wszystkim zrezygnował dlatego, że dzienne uderzenie na las, pod osłoną własnej jazdy, było o wiele bezpieczniejsze niż nocna bitwa na skraju puszczy, toczona siłami piechoty. Caronen po prostu bał się posłać swych świetnych żołnierzy, jak na dłoni widocznych w świetle księżyca na równinie, pod łuki i kusze niewidzialnych strażników leśnych, którzy nie musieliby się cofnąć nawet po wejściu legionów między drzewa. Siedzący na skraju lasu gajowi znali tam z całą pewnością każdą piędź ziemi, każdy wykrot i każdy pień. Nie dało się też wykluczyć istnienia wilczych dołów i najrozmaitszych pułapek. W podobnych warunkach nawet dwustu nieuchwytnych, niemożliwych do wypatrzenia strzelców mogło w nocy zdziesiątkować mu armię. Ci ludzie nie strzelali być może aż tak dobrze jak łucznicy legii, ale kilku zabitych i trzydziestu rannych w ciągu dnia łuczników konnych było najlepszym dowodem, że strzelać jednak umieli. W leśnych ciemnościach nikt nie zdołałby powiedzieć nawet tego, z której strony nadleciała strzała.

Oficerowie starannie wybrali miejsce, a żołnierze legionów północnych sprawnie zatoczyli umocniony obóz w odległości niecałej mili od lasu. Z boku i z tyłu osłaniały go zabudowania sporej wsi, był też strumień, co oznaczało dostatek wody dla wojska.

Nie liczono się z długim pobytem w obozie; założenie go wynikało z przezorności. Gdyby coś poszło niezgodnie z planem, gdyby przeciwnik, rozwijając swe szyki na równinie, zatrzymał jednak uderzenie armektańskiej jazdy, piechota miała dokąd się cofnąć. Nadtysięcznik – stary wojak, który niejedno w życiu widział – uważał te polowe fortyfikacje za najzupełniej zbędne, nie chciał jednak niczego zaniedbać. Po pierwsze, żołnierze lepiej się bili, wiedząc, że w razie czego można cofnąć się w bezpieczne miejsce. Po drugie, a nawet przede wszystkim, Wieczne Cesarstwo miało tylko jedną pełnowartościową armię. Nikt nie miał prawa narażać jej bez potrzeby.

Płytki, ale dosyć szeroki rów, nierówną i nieciągłą linią zabezpieczył obozowisko – był to jeden z najprostszych i najlepszych sposobów na złamanie szyku nacierającej jazdy. Wzmocniły ten rów niewysokie skarpy, usypane z wydobytej ziemi. Pokonanie galopem podobnej przeszkody było najzupełniej niemożliwe, żaden „grot" nie mógł się utrzymać w sytuacji, gdy część nadjeżdżających musiała powściągać konie wcześniej niż towarzysze; zresztą wszelkie nierówności, dziury i wykroty były dla jazdy przekleństwem. Brzegi rowu wzmocniono zaostrzonymi palikami; historia wojen uczyła, iż każdy piechur winien mieć przy sobie jeden taki obustronnie zaostrzony palik. Zatknięcie podobnego kołka w ziemię było dziełem chwili; nawet przy pełnym zaskoczeniu przez przeciwnika dobrze wyszkolona piechota natychmiast potrafiła skryć się za lasem pochylonych dzid, zmniejszających nieco impet pierwszego ataku.

Do północy obóz był gotów. Zrezygnowano z rozbijania namiotów; pogoda dopisywała i nie zachodziła obawa, że wojsko przemoknie i zmarznie pod gołym niebem. W wojskowych namiotach i tak sypiało się na ziemi.

Czwarta część piechoty stała pod bronią, oczekując świtu. Co jakiś czas luzowano oddziały i zastępowano je innymi, by każdy żołnierz mógł odpocząć przed bitwą. Czuwali wszyscy jeźdźcy na równinie, gotowi udaremnić próbę rozwinięcia przez wroga szyku pod osłoną nocy.

Jeszcze przed brzaskiem ruszyły legiony drugiej linii, kolejno ściągając pod obóz „pograniczników". Legiony północne miały uchwycić skraj lasu i wziąć na siebie cały ciężar walk, jednak nadtysięcznik Caronen chciał mieć pod ręką odwody, a przede wszystkim zamierzał zabrać całe wojsko z równiny tak szybko, jak to tylko możliwe. Podciągano tabor. Cztery rezerwowe legiony miały go osłaniać do chwili, aż stanie się możliwe wprowadzenie wozów na drogę między drzewami. Zabezpieczenie czoła taboru nie było sprawą trudną: wąski trakt wykluczał zaskakujące szarże ciężkiej jazdy, a zresztą żaden dowódca na miejscu Caronena nie mógłby sobie życzyć niczego piękniejszego niż widok potężnie opancerzonych wojowników na niezwrotnych bojowych wierzchowcach, uwikłanych w beznadziejną walkę między zaprzęgami, wozami, drzewami, wykrwawiających się w szarpaninie z obozową czeladzią i napływającą z lasu po obu stronach drogi piechotą. Myśl, że jego godność M.B.Yokes mógłby połakomić się na tabor, wzniecała we wnętrznościach Caronena intensywne i błogie ciepło.

Tuż przed świtem poderwano żołnierzy na nogi. Kucharze i pomocnicy dostarczyli z zaplecza posiłek, roznosząc kotły z gorącą owsianką do wszystkich klinów w legionach. Także do stojącej w szykach jazdy dotarli konni pachołkowie z suchym prowiantem. Jeźdźcy nie trzymali swoich służb na głębokim zapleczu, lecz w najbliższym sąsiedztwie pola walki. Lekka jazda armektańska nie używała wozów taborowych – zamiast tego na każdych piętnastu ludzi przypadały cztery konie juczne, prowadzone przez służących przy wojsku koniowodnych. Zaplecze łuczników konnych nie mogło być kulą u nogi wojska przeznaczonego do wypadów na tyły wroga, wypuszczania zagonów, zaskakujących przemarszów. Lekkokonni zawsze i wszędzie mieli swoje bagaże „pod ręką".

W umocnionym obozie wiarusy z Północnej Granicy wyskrobywały drewnianymi łyżkami resztki z misek, chowały klamoty do podręcznych toreb i leniwie spozierały na odległy las, coraz wyraźniej odcinający się od jaśniejącego nieba. Na równinie konni łucznicy żuli swoje suchary, popijając przywiezionym przez koniuchów piwem. Dzbany przechodziły z rąk do rąk. Oficerowie przejeżdżali stępa wzdłuż oddziałów, gotowi w każdej chwili wydać potrzebny rozkaz. Porzucone dzbany pozbieraliby chłopcy z zaplecza.

Świtało.

Ozwały się sygnały do wymarszu. Ponad sześciuset łuczników z 3. Legionu Północnego wyszło z obozu, rozwijając szyk w lewo od drogi. Z daleka rozbrzmiał okrzyk-salut czterystu pięćdziesięciu jeźdźców tego samego legionu. Piechurzy odpowiedzieli okrzykiem.

Ruszyła piechota 1. Legionu Północnego, rozwijając się na prawo od drogi: prawie trzystu łuczników i dwustu osiemdziesięciu tarczowników. Ci nie mogli wymienić pozdrowień z konnicą legionową, stojącą na lewym skrzydle sił ubezpieczających.

2. Legion Północny, legion ciężkozbrojny, prawie pozbawiony był jazdy – tylko rezerwowa kolumna dowódcy składała się z trzech klinów konnych. Blisko siedmiuset tarczowników i trzystu łuczników ruszyło drogą na wprost. Ci żołnierze mieli uderzyć w sam środek, zdobywając cel główny: wylot leśnej drogi.

Północny Legion Konny, ostatni z czterech „pogranicznych", wsparty oddziałami środkowo- i południowoarmektańskimi, od dawna trwał w gotowości. Żołnierze w ciągu nocy zdrzemnęli się trochę, jak wszyscy jeźdźcy, na zmianę schodząc z grzbietów zwierząt i przysypiając w trawie bez opuszczania szyku.

Cztery ubezpieczające tabor legiony weszły do opuszczonego obozu.

W sile armektańskich armii, złożonych z oddziałów, które wymieniano między legionami niczym klocki w dziecinnej układance, kryła się zarazem pewna słabość. Wszyscy żołnierze służyli Wojnie-Arilorze, ale tylko pod jej sztandarem... Armektańskie legiony nigdy nie miały własnych bojowych tradycji, tak silnie spajających jednostki. Armia zdobywców Szereru, świetnie zorganizowana, złożona jednak była z żołnierzy nie wiedzących, co to szlak bojowy. Idący na wojnę rycerz dartański zabierał ze sobą pamięć o wszystkich wojnach, w jakich brali udział jego przodkowie. W garyjskich flotach od zawsze istniał zwyczaj, że nowy okręt przybierał imię zniszczonego lub zatopionego poprzednika, przejmując pamięć o wszystkich jego zwycięstwach i klęskach; załogę, o ile było to możliwe, kompletowano z marynarzy i żołnierzy służących na tamtym żaglowcu. Armektańscy synowie Wielkich Równin niczego podobnego nie mieli. Żaden łucznik nie mógł powiedzieć: „mój legion odznaczył się przed dwustu laty przy zdobyciu Rollayny". Idących ku skrajowi lasu żołnierzy zebrano ze wszystkich wojskowych okręgów pogranicza i utworzono z nich legiony o takim składzie, jaki uznano za najlepszy. To samo dotyczyło rezerwowych legionów drugiej linii, pozbieranych z całego Armektu. Kliny dostały nowych sąsiadów w kolumnach; kolumny złożyły się na nowe półlegiony... Wszystko to w każdej chwili można było zmienić; w ciągu zaledwie jednego dnia, za sprawą reorganizacji zarządzonej przez dowódcę armii, mogły pojawić się legiony wyłącznie konne i piesze, ciężkie albo lekkie, mieszane w dowolny sposób – tak jak tego wymagała sytuacja. Niezwykle groźna była wojenna machina, zbudowana tak, że wszystkie jej części dało się dowolnie wymieniać, a pomimo to świetnie pasowały i znakomicie współdziałały. Czasem jednak brakowało tym żołnierzom pamięci o bojowym szlaku legionu, w którym służyli. Brakowało chełpliwych opowieści przy obozowych ogniskach, gdy podejmowano gościa z młodszej stażem jednostki, powiadając na przykład: „My, z Legionu Orłów, nigdy się nie cofnęliśmy", a on słuchał i przysięgał sobie, że wraz ze swoimi towarzyszami z nowego Legionu Wilków też wkrótce będzie tak mówił. Nie było Legionu Orłów ani Wilków, nazwy i numery nadawano doraźnie. Nie było odrębnych znaków i tradycji... Wszyscy ci bracia-żołnierze służyli w Legii Armektańskiej pod sztandarem Niepojętej Arilory. Szli do jednej z najdonioślejszych bitew swoich czasów, walcząc dla cesarstwa, dla chwały i dla siebie, ale nie dla swojego legionu. Marnowało się w ten sposób wiele pięknych legend i sławy.

Legendą miały obrosnąć w tej bitwie broniące swego lasu dartańskie chorągwie.

Przenikliwe dźwięki świstawek oficerów jazdy rozbrzmiały z wielu stron naraz, bo w świetle wstającego dnia, na wylocie leśnej drogi, coś zamigotało. Coraz wyraźniej rozbrzmiewał tętent wielu koni – wyciągniętym kłusem wyjechała z lasu stłoczona w ciasnym szyku marszowym ciężka chorągiew dartańska: długi wąż jeźdźców, gotowych podjąć próbę rozwinięcia szyku przed frontem ustawionej do natarcia armektańskiej konnicy. Proporce imperialnych nadsetników i setników na obu skrzydłach poruszyły się, powtarzając znak dany przez białe chorągwie tysięczników, dowodzących zbiorczymi legionami. Uszykowane do kontrszarży kliny i półsetki ruszyły stępa; żołnierze sięgnęli po włócznie, zatknięte w tulejach przy kulbakach. Maszerująca ku ścianie lasu piechota przystawała, dając miejsce konnym łucznikom. Nie potrzebowano tam żadnych dodatkowych przygotowań – piesze kliny były gotowe do podjęcia marszu, udzielenia wsparcia jeździe, cofnięcia się lub obrony w miejscu. Do skraju lasu miały jeszcze pół mili.

Lecz ta mroczna ściana ożyła. Bezładnie i chaotycznie spomiędzy drzew poczęły wysuwać się nowe gromady konnych, spływały ku sobie, szły stępa, inne kłusem. Wielu! Bardzo wielu było tych okrytych zbrojami, siedzących na świetnych koniach wojowników. Zamigotał barwny sztandar, potem drugi. Była to desperacka szarża osłonowa, której oczekiwał Caronen, podjęta bez formowania szyku, według zasady „kupą, rycerze!". Za plecami tego kordonu stanąć miały uszykowane do walki pozostałe chorągwie. Ile? Po północnej stronie drogi wynurzyła się z lasu tylko jedna, wierzchowce były okryte granatowo-zielonymi kropierzami. Z drugiej strony wychodziły na równinę aż trzy – końskie szaty miały barwę błękitną, białą i czerwono-zieloną. Szkoleni pod rygorem wojskowej tajemnicy żołnierze dopiero w dniu pierwszej bitwy dostali odmienne stroje dla koni, z dumą ujęli w dłonie barwne bojowe tarcze, otrzymane w miejsce ćwiczebnych, osadzili w tulejach hełmów dodatkowe pióra, chełpiąc się świetnością swych oddziałów. Wcześniej całe wojsko musiało wyglądać tak samo, by nikt nie zdołał policzyć i odróżnić chorągwi. Teraz każdy z żołnierzy Sey Aye miał niezachwianą pewność, że to właśnie jego oddział jest najpiękniejszy ze wszystkich, że warto oglądać tylko róże na zielonym tle, białe fale na dostojnej szarości albo jednolicie mroczne, groźne jak sama śmierć, rozwiane kropierze Czarnej Chorągwi Przybocznej.

Armektańska kontrszarża prowadzona była spokojnie i pewnie.

Chorągiew, która wypadła kłusem z gardzieli leśnej drogi, pociągnęła za sobą drugą. Naraz dziać się zaczęły rzeczy niepojęte: z chrzęstem i tętentem długi wąż ciężkozbrojnych, wciąż idących wyciągniętym kłusem, począł zniekształcać się, skupiać w dziwaczną, skłębioną gromadę, nad którą płynęła łopocząca czarno-złota banderia z czerwoną kreską książęcej korony. Ze środka gromady rozbrzmiał donośny głos trąby i bezładna zgraja jęła przemieniać się płynnie w tępy, regularny grot. Gdy okrzepł w nowym kształcie, trąba rozbrzmiała po raz drugi. Z hukiem kopyt i stalowych blach potworne dłuto wykute z trzystu jeźdźców przeszło do galopu, płynnym łukiem schodząc z drogi, na której kłębiła się właśnie druga chorągiew, mniej liczna, ale tak samo sprawnie przechodząca z szyku marszowego wprost do szarży. Nie istniała na świecie taka ciężka jazda! Armektańscy lekkokonni, pod wodzą najlepszych dowódców, potrafili zmieniać szyk w obliczu wroga, dzielić się na mniejsze i większe oddziały, ale żelazne dartańskie hufce nie były zdolne do podobnych manewrów. By dokazać takiej sztuki, każdy żołnierz sam sobie musiał być dowódcą, musiał znać swoje miejsce w szyku, odnaleźć bocznych i poprzedzających, a wszystko to w ruchu, w obliczu kontrszarżującego wroga. Ciężkie i niezwrotne wierzchowce nie nadawały się do podobnych przepychanek, trudno je było okiełznać, puszczone galopem bardziej panowały nad jeźdźcami, niż jeźdźcy nad nimi.

Ale w oddziałach Sey Aye nie służyli mężni dartańscy rycerze, zjeżdżający się ze wszystkich stron świata, by stanąć pod wspólnym znakiem. Puszczańskie oddziały tylko z wyglądu były rycerską konnicą. Ci ludzie nie spotkali się po raz pierwszy w chwili rozpoczęcia kampanii. Od lat siedzieli w leśnym obozie jazdy, na olbrzymiej polanie setki razy zrytej tysiącami kopyt. I tak samo setki razy trąbiono im w uszy sygnały, wymachiwano proporcami, które wyznaczeni do tego żołnierze, zwani podsygnałowymi, stale mieli śledzić, by zaraz wykrzyczeć najbliższym towarzyszom, jaki znak przekazano. Nawet głosy trąb nie zawsze było słychać w dzikiej wrzawie bitewnej – ale wysoko uniesiony znak chorągwiany powtarzał każdy ich sygnał.

A jednak, mimo wszystko, nie od rzeczy byłoby pytanie, czy u podstaw wielkiej wojennej legendy o jeźdźcach Dobrego Znaku nie legło – obok świetnego wyszkolenia – zwykłe szczęście, wsparte szczególnymi okolicznościami. Skryci między drzewami żołnierze byli przecież ustawieni w jako takim porządku, a chorągwie miały pełne stany – nikt tam jeszcze nie zginął, każdy świetnie znał swojego towarzysza po lewej i prawej ręce... Tylko w oczach wstrząśniętych legionistow wyłaniające się z lasu oddziały były bezładnymi kupami, które jakimś cudem zwierały się w szyki bojowe.

Trzecia z rzędu chorągiew na drodze układała się w tępy grot, najeżona od czoła masywnymi drzewcami kopii, a po bokach włóczniami średniozbrojnych. Przechodzące z kłusa do galopu konie nosiły przepiękne, biało-liliowe kropierze, zaś na dwupolowych tarczach, trzymanych przez kopijników, parzyły czerwienią wszechobecne książęce korony.

Także i pod lasem nie było już bezładnych gromad i pojedynczych jeźdźców. Oniemiały Caronen mógł oglądać popis sprawności, jakiego nie dałaby nawet jego własna jazda. Droga podzieliła pole bitwy na pół; w południowej części trzy grupy pod trzema łopoczącymi banderiami szły wyciągniętym kłusem, niewiarygodnie szybko równając do linii, płynnie przybierając kształt „grotów", tak jak chorągwie na drodze. W samym sercu środkowej chorągwi wyrósł nagle wielobarwny gonfanon – zgasły za to banderie chorągwiane. To była armektańska szkoła szarży, te trzy chorągwie, na wzór armektańskich półlegionów, miały działać razem, zebrane pod jednym dowództwem!...

Armektańscy łucznicy konni ujrzeli się nagle przed czołem żelaznej ławy trzech walących galopem, uporządkowanych do boju oddziałów – tylko tu i ówdzie powstrzymywał konia pojedynczy jeździec, który nie odnalazł swego miejsca w szyku i teraz próbował skryć się w „ogonie", za plecami atakujących towarzyszy.

Samobójcza kontrszarża imperialnych przygasła w deszczu czterystu bełtów, posłanych nad głowami kopijników, z wnętrza szyku każdej chorągwi. Te pociski, wystrzelone z dokładnością, o której nie mogli marzyć pocztowi dartańskich rycerzy, miały swoją moc. Ktoś próbował dać rozkaz do odwrotu, ale nie było już na to czasu, odległość topniała w oczach i można było przyjąć czołowe uderzenie albo dać rozpaczliwy rozkaz: „W rozsypkę! Ratuj się, kto może!".

Nie wiadomo, czy poległy w tej bitwie tysięcznik konnych łuczników rozważał wydanie tego rozkazu. Dla każdego dowódcy jazdy jest to rozkaz ostateczny i haniebny, oznaczający niemożność zapanowania nad przebiegiem starcia; rozkaz nieszczęśnika, który wie już, że nie wygra, i chce tylko uratować chociaż garść żołnierzy.

Armektańscy jeźdźcy nie znali gonfanonu Sztandaru Mniejszego, ale jego rosnący w oczach bławat wszyscy, którzy wynieśli głowy, mieli pamiętać do końca życia. Trzy tarany żelaznych jeźdźców w pełnym galopie zderzyły się ze ścianą łuczników imperialnych i rozwaliły tę ścianę, prawie nie łamiąc szyku. Trzask pękających kopii i opętańczy wrzask z setek gardeł zmieszał się z bojowym zawołaniem ciężkozbrojnych, w tle tego rozbrzmiał jękliwy zgrzyt rozrywanych kolczug, wizg armektańskich włóczni na kirysach i tarczach, chrapanie i kwik obalonych koni. Idące do kontrszarży w dwóch liniach armektańskie kolumny ucierpiały bardzo podobnie, bo pierwsza linia nie wyhamowała całego impetu żołnierzy księżnej Sey Aye. Spłaszczone nieco, zniekształcone od zderzenia z wrogiem „groty" wpadły na drugą linię lekkiej jazdy i dopiero tutaj ciężkozbrojni ponieśli godne wzmianki straty. Większość kopijników miała w rękach już tylko ułomki kopii, a brakło czasu na dobycie mieczów. Spadł z konia okryty żelazem jeździec, dalej jeszcze kilku, przewrócił się koń, kłębiąc nieco szyk, ale niebieskie tuniki Legii Armektańskiej utonęły w morzu lśniących, bogato zdobionych kirysów. Ciężkozbrojni nie wdali się w walkę, poszli dalej, zostawiając za sobą poprzewracane konie, podnoszących się z ziemi jeźdźców, skowyczących rannych i wielu beznadziejnie rozproszonych, z trudem panujących nad zwierzętami, wciąż tkwiących w kulbakach łuczników. Rozbrzmiał przenikliwy dźwięk oficerskiej świstawki, ale przepadł gdzieś proporzec tysięcznika, nie było proporców nadsetników i przez wiele długich, śmiertelnie długich chwil, nim tu i ówdzie podniósł się trójkątny znak setnika, armektańscy łucznicy nie wiedzieli, gdzie mają się skupiać, dokąd jechać. W tym czasie zmieszana ciężka jazda drobnym kłusem oddalała się od pobojowiska; gonfanon pochylił się w przód i wyprostował, zabrzmiała trąba na rozkaz dowódcy i trzy „groty" znowu przeszły w wyciągnięty kłus, cały czas jadąc prosto przed siebie, jakby chciały zjechać z placu boju. Ale w trakcie jazdy chorągwie jęły wyrównywać swe szyki – ci żołnierze nie umieli chyba stanąć w miejscu dla przywrócenia ładu w szeregach, wydawało się, że koniecznie muszą kłusować, bo inaczej nic im nie wyjdzie! Zaraz, posłuszne nowym rozkazom gonfanonu, kolejno zabrzmiały trąby ze środka każdej chorągwi; sygnał był podobny, lecz każdorazowo dany w innym tempie. Trzy groty niespiesznie poczęły zataczać łuk, zachodząc w prawo, aż oczom patrzących przez wizury hełmów żołnierzy na powrót ukazał się plac boju. Skruszone kopie i włócznie zastąpiła inna broń, wedle uznania dobywana z pochew bądź odczepiana od kulbak. Chorągwie Sztandaru Mniejszego były gotowe ponownie włączyć się do bitwy. Miały przed sobą poszarpane, wciąż jeszcze zmieszane oddziały wstrząśniętych łuczników, którzy na skrwawionym i odbierającym wolę walki polu, pośród setek ciał zabitych i rannych towarzyszy, trupów końskich i resztek połamanej broni, z trudem skupiali się wokół ocalałych dowódców.

W tle tego, tuż przed drogą, na samej drodze i za nią, toczyła się bitwa dyktowana przez jazdę Wielkiego Sztandaru.

Spływające z drogi i dalej za drogą cztery chorągwie Sey Aye nie działały razem, jak chorągwie Sztandaru Mniejszego. Prowadzone przez swych naczelników, rozeszły się na wszystkie strony, uderzając w to, co było najbliżej albo po prostu stanęło im na drodze. Potężna Czarna Chorągiew Przyboczna, która wynurzyła się z lasu jako pierwsza, weszła wprost pod ulewę tysiąca strzał, słanych przez piechurów z 2. i 3. Legionu Północnego. Na dumnych żołnierzy, którzy najczęściej ze wszystkich pełnili służbę u boku księżnej, pracując w koszarach obok jej domu na swe wspaniałe miano, których brawurowy marsz potrafił wstrząsnąć dowódczynią imperialnej gwardii, spadały kolejne fale groźnego dżdżu. W wojnie z Garrą Armektańczycy zapoznali się z siłą długich łuków, używanych przez wyspiarzy, i odrzucili tę broń, zakazując jej używania. Dla jeźdźca równin, który poza alerskimi zwierzętami z północy nie miał już wrogów w Szererze, była to broń kłopotliwa i zbędna. Także piechota nie widziała potrzeby przezbrajania się w długie łuki, droższe, niewygodne, a tak samo skuteczne przeciw nieopancerzonym wojownikom alerskim, jak te, których używano od stuleci. Teraz kolejne tysiące wyrzucanych pod niebo pocisków z bezlitosną dokładnością raziły posuwający się obok drogi zastęp żelaznych jeźdźców, zadając niemałe straty stłoczonym w środku „grotu" lżej osłoniętym kusznikom. Znakomicie sprostały wyzwaniu małe tarcze, wożone przez strzelców na plecach, ale w gąszczu spadających z góry pocisków bardzo wielu kuszników zostało rannych w ramiona, uda i karki, kilku zginęło, mocno ucierpiały nieokryte blachami wierzchowce. Lecz samo czoło i boki szarżującej chorągwi, pozostały zupełnie niewrażliwe na lekkie armektańskie pociski; spadł z konia tylko jeden ciężkozbrojny jeździec, którego opuściło szczęście wojenne – smukły pocisk trafił prosto w wąską szczelinę hełmu. Nadtysięcznik Caronen, gotów wycofać piechotę do umocnionego obozu, gdyby zaszła taka potrzeba, nie umiał przewidzieć rzeczy niemożliwej, a mianowicie tego, że siedem dartańskich chorągwi po prostu wypadnie z lasu, cudownie przybierze kształt „grotów" i kłusem, a potem galopem wbije się w jego legiony, nie tracąc bodaj chwili na przygotowanie szarży. Gdyby nawet cała jazda Sey Aye, zamiast osłaniać się kordonem kilku chorągwi, od razu runęła do ataku, pędząc bezładnymi kupami, doszłoby do poważnych strat w armektańskich szeregach, ale potem, w chaotycznej rąbaninie wszystkich ze wszystkimi, liczebna przewaga legionistów przesądziłaby o wyniku bitwy. Jednak w obliczu zwartych, w pełni kontrolowanych przez dowódców chorągwi, uderzających w wybrane punkty, nikt nie mógł stawić skutecznego oporu zaciśniętym na podobieństwo pięści stalowym hufcom, które ani myślały iść w rozsypkę. Nikt też nie mógł uciec, a co dopiero wycofać się w szyku, z przeklętego pola bitwy. Od momentu, gdy wschodzące za lasem słońce wyłowiło pierwszy błysk ze zbroi jeźdźca na wylocie drogi, minęło akurat tyle czasu, ile trzeba, by konny żołnierz pokonał niecałe pół mili – nadtysięcznik nie zdołałby doliczyć do stu. Ogłupiały stary żołnierz, który przemyślał manewry i obroty we wszelkich wojnach wygranych i przegranych przez Armekt, nigdy sobie nie wyobrażał, że w najważniejszej bitwie swego życia zobaczy na własne oczy, co wynika z połączenia dartańskiego konia i zbroi z wyszkolonym według armektańskich zasad, karnym i posłusznym żołnierzem, któremu przez kilka lat płacono tylko za codzienne ćwiczenia. Ćwiczenia prowadzone pod okiem doświadczonego dowódcy i znakomitego jeźdźca, urobionego w imperialnej machinie wojennej na armektańską modłę. Yokes, z powodu braku koni, nie mógł mieć więcej kopijników, ale strzelców konnych zdołałby zebrać dwa razy tyle, ile zebrał. Nie uczynił tego, prowadząc nabór bardzo rozważnie. Nawet żołnierze, których przyjął niedawno, musieli być świetnymi jeźdźcami, przede wszystkim zaś w ciągu ostatniego półrocza przyjął bardzo niewielu. Tak niewielu, że wtopieni w znakomicie wyszkolone oddziały szybko równali do starszych stażem towarzyszy. Taki system sprawdzał się w armektańskich stanicach na północy, dokąd posyłano uzupełnienia pod postacią przeszkolonego, ale jednak „surowego" rekruta. Nowi żołnierze bardzo szybko uczyli się pod okiem doświadczonych kolegów. Yokes niczego sam nie wymyślił. Wszystkiego nauczyły go imperialne legie.

Licząca trzysta koni przyboczna chorągiew księżnej, gubiąc poległych i rannych strzelców, została zmieszana w lżej zbrojnym wnętrzu, ale nie aż tak, by kusznicy zapomnieli o rażeniu wrogiej piechoty. Wystrzelone zza pleców kopijników bełty pierwsze powiedziały armektańskim łucznikom, że nie są nietykalni. Z trzaskiem kruszonych o końskie ladry zaostrzonych palików „grot" Czarnej Przybocznej przedarł się do linii ciężkiej piechoty, ubezpieczającej łuczników. Mężni legioniści z toporami, osłonięci przez solidne tarcze, nie mieli przecież żadnej możliwości oparcia się ważącym dziesięć razy więcej, rozpędzonym konnym żołnierzom. Tarcze nie wytrzymywały uderzenia kopii, a jeśli nawet sprostały wyzwaniu, to trudno było ustać na nogach, odebrawszy podobny cios. Pośród huku, który przewyższył nawet łoskot towarzyszący szarży Sztandaru Mniejszego, jeźdźcy na spowitych w czarne kropierze koniach, jednym uderzeniem rozbili toporników, po części wgniatając ich w ziemię, po części odrzucając i spychając na stojących z tyłu łuczników. Skłębiwszy się z piechotą, żołnierze Sey Aye uwięźli w niej na koniec i wdali się w rąbaninę, o której marzył nadtysięcznik Caronen, ale wdali się na swoich warunkach. Z pięciuset pieszych żołnierzy 1. Legionu Północnego, po zderzeniu z jazdą, na nogach stała najwyżej połowa, na dodatek byli to okryci tylko kolczugami łucznicy, z krótkimi mieczami w dłoniach, bo topornicy z pierwszej linii prawie wszyscy polegli lub zostali ranni. Nie ustępujący liczebnie piechurom, jeźdźcy pani Sey Aye urządzili im istną masakrę, prawie nietykalni pod osłoną grubych blach. Nawet strzelcza jazda z wnętrza szyku uzbrojona była – a i wyszkolona – do walki wręcz znacznie lepiej niż łucznicy Legii Armektańskiej, dla których regulaminy przewidywały udział w bezpośrednim starciu tylko wraz z ciężką piechotą. Ci żołnierze mieli strzelać, nie rąbać; miecze przydawano im tylko do obrony własnej. Jazda Sey Aye zupełnie bezkarnie wycinała teraz doborowych łuczników, nie mających w takim starciu żadnych szans. W najlepszym z północnych legionów były aż trzy kliny gwardyjskie – tych świetnych, zasłużonych żołnierzy, wraz z innymi rozniesiono na mieczach albo wdeptano w ziemię.

Żadna odsiecz nie mogła nadejść. Najpotężniejsza ze wszystkich, granatowo-zielona Chorągiew Domu, która jako jedyna ustawiła się do szarży „w płot", by w pełni wyzyskać liczbę swych żołnierzy, zderzyła się z armektańskimi konnymi łucznikami, kontrszarżującymi od lewego skrzydła ku środkowi – i osadziła ich w miejscu. Szyk „w płot" nie miał przełamującej mocy „grotu", ale dowódca elity Sey Aye chciał tylko na całej linii zatrzymać armektańską kontrszarżę i dopiął swego celu.

Za plecami jeźdźców Domu łomotały kopyta spływających z drogi chorągwi. Szara przewaliła się obok uwikłanej w bój Czarnej i rozniosła jakąś setkę armektańskich jeźdźców, próbujących wejść w lukę między legionami – była to odwodowa kolumna północnego legionu ciężkozbrojnego – po czym poszła dalej, płynnym łukiem wychodząc na tyły łuczników 3. Legionu. Jadąca na końcu Chorągiew Pierwszego Śniegu, ze swym biało-liliowym sztandarem powiewającym w środku ostrza „grotu", nie zjechała z drogi. Biorąc trakt „okrakiem" pod siebie, z grzmotem tłukących ziemię podków, pod deszczem strzał pędziła na spotkanie tarczowników z 2. Legionu Północnego. Coś się tam nie udało; zbyt wielu żołnierzy nie zdołało odnaleźć swego miejsca w szyku i biało-liliowa nie stworzyła tak równego „grotu", jak dwie poprzedniczki. Niemal trzecia część chorągwi szła w rozsypce, ale nawet to pokazało, jak świetnie wyćwiczono tych jeźdźców. Widząc, że nie dołączą do przełamującego rdzenia, ciężkozbrojni równali już tylko do siebie, tworząc dwa krótkie „płoty" po obu stronach „grotu", podczas gdy rozproszeni kusznicy uciekli za ich plecy. Caronen nie mógł dostrzec wyniku tego starcia, bo walczące wojska przysłoniły mu widok, ale po raz kolejny usłyszał trzask kruszonych o końskie zbroje zaostrzonych pali, kwik zwierząt i jeszcze jeden trzask wpleciony w przeciągły huk, gdy kopie zderzyły się z tarczami. Trzask i huk utonęły w nieludzkim ryku, brzmiącym tak, jakby go wydano na komendę. W 2. Legionie było więcej ciężkozbrojnych żołnierzy, a Chorągiew Pierwszego Śniegu liczyła tylko dwustu czterdziestu jeźdźców, z których wielu nie weszło do „grotu", więc biało-liliowi musieli napracować się solidniej niż ich towarzysze z Przybocznej.

Nie miało to znaczenia dla przebiegu bitwy, nad którą nikt nie panował.

A może ktoś jednak panował, lecz nie był to dowódca w białej tunice z obszyciami oficera imperium... Leśna droga wypuściła na równinę jeszcze dwie, migoczące wszystkimi barwami, ciężkie chorągwie, które krótkim kłusem rozeszły się na boki. Jedna przystanęła dla sformowania szyku, lecz jej sąsiadka ruszyła z miejsca, choć bezładnie, na pomoc jeźdźcom Domu, uwikłanym w rąbaninę z całą armektańską jazdą północnego skrzydła. Jeźdźcy wydłużyli kłus wierzchowców, przeszli do galopu. Wyjechała i trzecia wielobarwna chorągiew, ruszając od razu do przodu, po drodze i obok drogi, tak samo bezładną kupą. To było dartańskie rycerstwo, mogące teraz, pod osłoną szalejących po całym polu bitwy żelaznych hufców Yokesa, włączyć się do walki, choćby bez formowania szyków. Nie chodziło już o rozbicie wroga impetem, posiłki miały tylko wzmocnić „biało-liliowych", rąbiących się na drodze z przytłaczającymi ich liczebnie, nierozbitymi szarżą tarczownikami imperium.

Na skrzydle, zmagający się z jazdą „granatowo-zieloni" już pomoc otrzymali. W sukurs żołnierzom Pierwszego Śniegu ruszyła ostatnia z posiłkowych chorągwi, ta która pod lasem najpierw próbowała sprawić szyki, a teraz poniechała zamiaru – dowodzący tą jazdą rycerz, widać bystry dowódca, uznał, że wystarczy bezładne, byle szybkie, włączenie się do boju. To była dobra decyzja.

Nadtysięcznik Caronen pojął, że w żaden sposób nie wesprze swych masakrowanych żołnierzy, usiłował więc wyprowadzić do obozu jedyny niezaatakowany legion, 3. Północny, złożony z samych łuczników. Do obozu, bo tylko tam jeszcze stały wojska, którymi mógł dowodzić i które musiał ocalić. Miał pojęcie, że w tej fazie boju, gdy już nie istniały szyki, owi niekarni rycerze musieli dopełnić klęski. Ci synowie dartańskich Domów, włączając się do rozstrzygniętej już bitwy, mieli zakończyć żniwa, wspierając chorągwie Sey Aye, ścigając niedobitki konnych i pieszych legionistów, zmuszając ich do beznadziejnych pojedynków i mordując.

Na przecięcie drogi cofającego się 3. Legionu Północnego pędziło ćwierć tysiąca jeźdźców na koniach okrytych ciemnoszarymi kropierzami, przeciętymi jaskrawobiałą falą – Szara, zazdrosna o wspaniałe miano Czarnej Przybocznej, druga z chorągwi najczęściej strzegących domu księżnej. Po rozbiciu setki konnych, jeźdźcy Szarej przedarli się na tyły przez lukę między legionami. Najpierw zwolnili, wypatrując celu, teraz znowu puścili konie wyciągniętym kłusem.

Nadtysięcznik wiedział już, że pozostało tylko drogo sprzedać skórę. Chciał stanąć do walki na czele nieszczęsnych piechurów, ale nie pozwolili na to dwaj towarzyszący mu oficerowie.

– Dowodzisz armią, nie legionem! – wrzasnął jeden. – Dano ci armię, nie legion, masz więc ratować armię!

Grupka jeźdźców popędziła do obozu, zostawiając za plecami sześciuset lekkozbrojnych, posyłających właśnie pierwszą chmurę pocisków. Groty dzwoniły na blachach – gęsto ale krótko... Nie było huku, jak wówczas, gdy kopie zderzały się z tarczami; uchodzący do obozu nadtysięcznik posłyszał tylko grzmot wojennego zawołania „szarych", trzask łamanej broni i mnogi wrzask łuczników.

Z lasu wyłoniły się dwie lekkie chorągwie Sey Aye. Ci żołnierze, choć cięższej opancerzeni niż cesarscy, dosiadali jednak szybszych zwierząt i niewiele ustępowali ruchliwością konnym łucznikom legii. Chorągwie sprawnie podzieliły się na półsetki, rozjeżdżając się na wszystkie strony. Półsetka lekkiej jazdy mogła już bezpiecznie truchtać po polu bitwy... Równina pod lasem była teraz jednym wielkim kłębowiskiem zwartych i rozproszonych oddziałów, pędzących dokądś konno i pieszo ludzi, galopujących koni bez jeźdźców. Chorągwie Sztandaru Mniejszego raz jeszcze rozbiły armektańską konnicę, przejeżdżając po jej resztkach w drugą stronę. Gonfanon opuszczono, na powrót wykwitły banderie.

Chorągiew Stu Róż wyszła z walki, stając pod samym lasem, gdzie pojawiła się grupka jeźdźców w cieniu licznych proporców. M.B.Yokes, rycerz i dowódca wojsk pani Dobrego Znaku, życzył sobie mieć pod ręką odwód, który mógłby skierować w dowolne miejsce pola bitwy, choćby na spotkanie piechoty z obozu, jeśli jakiemuś dowódcy strzeliłoby do głowy posłać ją na odsiecz wyrzynanym na równinie oddziałom.

Chorągwie Błękitna i Trzech Sióstr rozproszyły się w pogoni za niedobitkami jazdy prawego skrzydła. Nie rokowało to sukcesu: prawoskrzydłowe armektańskie półlegiony nie istniały już jako zwarte formacje, mogące odegrać w bitwie jakąkolwiek rolę. Pojedynczych jeźdźców na rączych wierzchowcach ciężkie poczty Sey Aye na pewno nie mogły wyłapać, a odwrotnie – pierzchający łucznicy potrafili się odgryźć, posyłając pociski, groźne jednak dla niektórych lżej zbrojnych prześladowców. Wkrótce ozwały się trąby i obie chorągwie zaprzestały jałowej gonitwy, wzorem pierwszej ściągając pod rozkazy naczelnego wodza.

Na lewym skrzydle cesarskich skrwawiona przez żołnierzy i rycerstwo armektańska jazda wyrywała z bitwy, co tylko się dało. Najpierw prysnęły do tyłu poczty oficerskie, zaraz rozbrzmiały świstawki i półlegiony sprawnie oderwały się od wroga. Długa linia Chorągwi Domu nie rozbiła szyku łuczników konnych, tak jak uczyniły to na drugim skrzydle „groty" Sztandaru Mniejszego; cesarscy jeźdźcy wciąż mieli dowódców i stanowili zdolną do walki siłę. Ale jaka to była siła! Okropnie poszarpane kliny jazdy, ostrzeliwując się z łuków, uciekały galopem z pola bitwy, gubiąc rannych, którzy nie mogli sprostać szybkości poruszeń swych oddziałów. Pognali za nimi rycerze z posiłkowej chorągwi przysłanej przez Enewena, ale zwycięska Chorągiew Domu triumfalnie pozostała na placu boju, w miejscu gdzie zatrzymała kontrszarżę czterokrotnie liczniejszego przeciwnika.

Z piechotą w środku pola sprawa miała się inaczej niż z lekkokonnymi. Łucznicy i tarczownicy nie mogli uciec przed wrogimi jeźdźcami. Dorzynano ich – to nie mogło trwać długo. Tylko zmieszane, na łeb na szyję pędzące gromady łuczników z 3. Legionu, przy którym do końca chciał pozostać Caronen, dopadały zbawczego obozu, o ile nie dogonił ich wcześniej zwarty na powrót klin Szarej Chorągwi, ciężkim kłusem przemierzającej pobojowisko. Całą resztę mordowano. Bywało, że dartański kopijnik, dosiadający wierzchowca okrytego czarnym lub biało-liliowym kropierzem, teraz już z mieczem lub toporem w dłoni, ścigał nieszczęśnika, którego w ostatniej chwili porywał mu sprzed nosa jakiś konny kusznik, ćwiczący się w celnym strzelaniu. Kiedy indziej to właśnie kusznicy szukający celu musieli obejść się smakiem, na widok zwartej grupki własnych towarzyszy, którzy lada chwila mogli przysłonić im widok.

Spod lasu, od grupki dowódców wyprysnęli gońcy z czerwonymi proporczykami na wysokich żerdziach, przymocowanych do kulbak; łatwo było tych posłańców zauważyć. Yokes nakazywał przerwać polowanie, bo obawiał się, że w narastającym chaosie kusznicy mogą trafiać kopijników. Spływające z pola bitwy resztki armektańskich legionów – pojedynczy żołnierze lub ich grupki – bez tarcz, z pogubionymi łukami, pędzące przed siebie byle dalej, to nie był cel dla siedmiu ciężkich chorągwi Sey Aye, wspartych przez trzy rycerskie. Nawet puszczańska lekka jazda nie miała już nic do roboty.

Pozostał tylko umocniony obóz.

Chorągiew Domu pierwsza stanęła w szyku pod lasem po drugiej stronie drogi, na wprost tego, co niedawno było armektańskim lewym skrzydłem. Dołączały do niej chorągwie Wielkiego Sztandaru. Sztandar Mniejszy wyszedł z odwodu, krótkim kłusem idąc w stronę gościńca, a potem prosto na obóz imperialnych. Yokes chciał przypieczętować swe zwycięstwo. Istniała szansa, że legioniści, wstrząśnięci tym, co ujrzeli na równinie, ugną się wobec możliwości wznowienia morderczego boju.

Była szansa, że po prostu uciekną.

Ale tak się nie stało. Gęsta chmura pocisków poderwała się ku niebu i pomknęła na spotkanie niespiesznie nadciągającej jazdy. W obozie siedziało prawie dwa i pół tysiąca łuczników. Banderie i trąby natychmiast dały znak do odwrotu – konnica Sey Aye pospiesznie wychodziła spod ulewy strzał, gubiąc kilkunastu strzelców i uwożąc licznych rannych. Pośród tych, co spadli z końskich grzbietów, jeszcze kilku próbowało umknąć na piechotę, kulejąc, ze strzałami w udach i ramionach. Pędziły konie bez jeźdźców. Nie wszystkim ludziom i zwierzętom się udało, cesarscy mieli dużo pocisków... Najeżona tysiącami pierzastych strzał ziemia wyglądała niesamowicie; był to widok odbierający wszelką chęć do walki.

Yokes mógł się pokusić o zdobycie obozu cesarskich, ale zaniechał tego. O szarży nie było mowy, musiałby przed samym rowem spieszyć swoich jeźdźców i choć polegał na ich umiejętnościach, to wiedział, że przy braku liczebnej przewagi, w dzikiej młócce, jego armia poniesie bardzo znaczne straty. Wojska Sey Aye złamały siłę i ducha bojowego armektańskich legionów; dowódca księżnej Ezeny osiągnął wszystkie założone cele i teraz wolał zachować wojsko dla pani, której służył. Przyszłość była nieodgadniona; nowa królowa Dartanu mogła bardzo potrzebować swoich świetnych wojsk. Utrata połowy tych jeźdźców w pierwszej – nawet zwycięskiej – bitwie, złożyłaby przyszłe losy wojny w dłoniach Enewena.

Tłumacząc komendanta Sey Aye, w którym na polu bitwy odezwał się polityk, trzeba przypomnieć, że Yokes wciąż nie wiedział, iż oprócz pobitych właśnie legionów Wieczne Cesarstwo ma jeszcze drugą armię. Sądził, że przed ruszającym na podbój Armektu Enewenem stoi tylko osamotniony czarny Legion Akalski. Gdyby wiedział, że Tereza ma pod komendą jeszcze cztery inne legiony, w tym jeden elitarny, gwardyjski, prawdopodobnie nie istniałaby taka cena, którą wahałby się zapłacić za całkowite zniszczenie armektańskiej Armii Zachodniej. Zdobyłby obóz Caronena, choćby rzeczywiście przyszło mu za to płacić życiem i ranami połowy żołnierzy.

Sądził jednak, że właśnie pobił wszystkie wojska cesarstwa, zdolne do wyjścia w pole. I choć zadał nieprzyjacielowi druzgocącą klęskę, zaprzepaścił połowę owoców zwycięstwa.

***

Jej książęca wysokość, po słownej utarczce z dowódcą swojej armii, obraziła się, ale zgodziła zostać w obozie. Anessy jednak nie upilnowała. Pierwsza Perła kręciła się przez cały wieczór, z błyszczącymi oczyma obserwując wymarsz chorągwi. Minęła noc, potem dzień, a wieczorem do obozu dotarł goniec z wieścią, że legioniści stanęli milę przed skrajem lasu. Towarzystwo podnieconej do ostatnich granic Anessy stało się po prostu nieznośne; piękna Perła nie mogła usiedzieć na miejscu, co chwila biegała za potrzebą, obżerała się nieprzytomnie i w ogóle nie słuchała, co się do niej mówi. Ezena i Hayna także były podekscytowane. Przyszedł Gotah, porozmawiał, życzył księżnej i jej Perłom dobrej nocy, po czym zabrał się do komendantury, gdzie mieszkał i bez przerwy kreślił jakieś mapy.

Ezena uznała, że całonocne tkwienie przy świecach to najgorszy pomysł z możliwych, zagoniła więc Perły do łóżek i sama także się położyła. Nie zasnęła łatwo. Kilkanaście mil dalej Yokes szykował się do bitwy (a może już ją toczył?). Od wyników tego starcia mogło zależeć wszystko, nawet losy wojny. Ezena ufała swojemu dowódcy (choć w liście do Enewena dowodziła czegoś przeciwnego; *Wasza Godność* – pisała – *nie każdemu mogę ufać tak jak Tobie, łatwo więc zrozumiesz, że moja obecność przy wojsku, które wystawiłam z takim trudem, jest nieodzowna, gdy odwrotnie – kontrola nad Twoimi poczynaniami najzupełniej zbędna...* – i dalej w podobnym tonie). Jednak zaufanie miało swoje granice; księżna doskonale wiedziała, że na wojnie oprócz odwagi żołnierzy i umiejętności dowódców liczy się coś jeszcze – na przykład szczęście bitewne. Zasnęła w końcu i, o dziwo, spała zupełnie dobrze, nie budząc się i nie śniąc o niczym szczególnym; w każdym razie nic nie pamiętała.

Rano nie znalazła Anessy. Była tylko karteczka.

Wasza Wysokość – napisała niewolnica – *uczynisz ze mną, co tylko zechcesz, ale muszę pojechać traktem choć ka-*

wałek, może spotkam gońca od Yokesa, a wtedy przywiozę Ci wieści. Muszę pojechać, bo czuję, że zaraz umrę! Przebacz mi, Ezeno! Zaraz wracam!

I tyle.

Ezena przeczytała kartkę dwa razy i wściekła się tak, że Hayna z najwyższym trudem powstrzymała ją od wsiadania na koń. Wyszło zaraz na jaw, że jej wysokość gotowa jest zabić Pierwszą Perłę tylko za to, że... nie pojechały razem.

– Siedzę tu jak... no, jak co?! Nie wiesz?! – krzyknęła na Haynę, która próbowała jej pomóc przy sznurowaniu sukni. – Wszyscy mną komenderują, miałam jechać na wojnę, a wyleguję się pod daszkiem na kijkach! Wstrętna dziwka! Jak tylko wróci, od razu ją poślę do Sey Aye! Siedzieć z Kesą, jak nie może wysiedzieć przy mnie! Znalazła się, głupia... – jej wysokość zgrabnie wplotła słówko, bez dwóch zdań zasłyszane od żołnierzy w obozie; Haynie zwiędły uszy pod włosami. – Nawet nie przyszła zapytać: „Jedziesz ze mną czy siedzisz tu, głupia babo?". Cichutko jak myszka obudziła przyboczną i proszę! Pojechała!

– Jeżeli ją zabiją, to kupisz sobie nową – przytomnie powiedziała gwardzistka. – Jeżeli ją zgwałcą jacyś niesforni żołdacy, to tym bardziej świat w posadach nie zadrży. Ale jeśli zabiją ciebie, to trudno będzie o królową Dartanu. Nawet jak tylko zgwałcą i zapłodnią, to będzie następca tronu, z cokolwiek nieprawego łoża. No tak, wasza wysokość? Nie każda kobieta na drodze w środku lasu oznacza takie same kłopoty.

– Jeśli mnie zgwałcą, to sobie zaparzę ziółek.

– No, skoro tyle zrozumiałaś z tego, co powiedziałam... Oczywiście, ziółka rozwiązują problem.

Ezena otworzyła usta, zamknęła zaraz i po chwili otworzyła znowu. Dotknęła językiem górnej wargi.

– Głodna jestem – powiedziała. – Zdobądź mi jakieś jabłko.

Wyglądało na to, że rozsądek wrócił.

– Nie uciekniesz? – upewniła się Perła.

– O, patrzcie: głupia Hayna – powiedziała Ezena. – Dokąd mam uciekać? Wiem, że nie mogę szarżować na czele jeźdźców Yokesa. Tak sobie tylko... mówiłam. Daj mi jabłko, muszę coś gryźć.

Czarnej Perle zamarzył się dzień, w którym księżna polubi szyszki. O jabłka w obozie było niezmiernie trudno. Wciąż brakowało wiosennych owoców, a ciężko zdobyte przysmaki z zimowych zapasów Ezena zjadała z ostentacyjnym wstrętem, wyraźnie pokazując, jaką robi łaskę.

Hayna ruszyła szukać jabłek. Siedzenie przy skwaszonej księżnej nie należało do przyjemności.

Oddział trzydziestu jeźdźców, który przewalił się galopem przez obóz, mknąc ku drodze wiodącej do Netenu, wprawił Czarną Perłę w osłupienie. Przerwała sprzeczkę z kucharzem (który miał jabłka, ale wkradał się w łaski Ezeny, przynosząc je osobiście) i z otwartymi ustami patrzyła na wstrętną, kłamliwą wiedźmę, mknącą na czele swych gwardzistów. Odzyskała w końcu głos, wrzasnęła, trzasnęła kucharza w papę i, niczym sarna, na przełaj pobiegła po wierzchowca, przeskakując pniaki, korzenie drzew, schylając się pod gałęziami. Krzyknąwszy na pachołka, porwała jedno ze zwierząt, skoczyła na oklep i chwyciwszy garścią zaplecioną w warkocze grzywę, jak leśny demon pognała śladem swojej pani. Ezena jeździła już konno wcale znośnie, ale przecież nie tak, żeby uciec przed swoją gwardzistką. Hayna dogoniła oddziałek jeszcze przed Netenem. Ryknęła na jednego z żołnierzy, zatrzymała go, odebrała konia, zostawiając w zamian nieokulbaczonego i pomknęła znowu. Wkrótce znalazła się u boku galopującej Ezeny. Księżna spojrzała w bok, a potem w dół, z wyraźną dumą pokazując swej gwardzistce kolczugę, którą nałożyła na suknię. Ta gwarancja pełnego bezpieczeństwa, której udzieliła sobie jej wysokość, do reszty odebrała Haynie mowę. W pierwszej chwili gotowa była sięgnąć do pyska zwierzęcia księżnej, chwycić wodze i ukrócić galopadę, ale jej wysokość spojrzała tak groźnie, że Perła poniechała zamiaru. Ramię przy ramieniu wjechały w wąskie uliczki Netenu, omijając przystań, a także ogromny rynek, na którym pomimo wczesnej pory rozstawiano już budy i stragany. Wkrótce znalazły się za miasteczkiem, na imperialnym trakcie, który kilka mil dalej wychodził z puszczy na równinę... Konie przeszły w kłus, łomocząc kopytami na moście. Hayna odwróciła się i dała znak swoim gwardzistom. Dziesięciu jeźdźców natychmiast wysforowało się przed kobiety; drugi rozkaz, wydany głosem, sprawił, że dwie krótkie kolumny odgrodziły je od lasu po obu stronach drogi.

– Wasza wysokość – niegłośno powiedziała niewolnica – dzisiaj po południu wrócimy do ćwiczeń z bronią. Będą też ćwiczenia bez broni. To jedyna okazja, kiedy mogę bezkarnie cię stłuc.

– Marudzisz – powiedziała Ezena.

– A co do Anessy – dorzuciła Perła – nie potrzebuję żadnej specjalnej okazji. Jeśli wyjrzysz dzisiaj z namiotu, to zobaczysz, jak włóczę ją po lesie za kudły. Pojedziemy jeszcze pięć mil, nie więcej – zakończyła tonem nie dopuszczającym sprzeciwu. – Skraj lasu jest niewiele dalej. O wyjściu na równinę pod lasem nawet nie myśl. Jeśli nie spotkamy nikogo od Yokesa, to poślemy do niego gwardzistę.

Księżna chciała coś powiedzieć. Perła nie pozwoliła.

– Pozwól mi skończyć – zażądała. – Dowódca twoich wojsk ma pełne ręce roboty. Nie wiadomo, czy doszło do bitwy, ale to obojętne. Twoje bezpieczeństwo to w sumie najmniejsze zmartwienie, bo nasi żołnierze są zdyscyplinowani i żadni dezerterzy nas nie zgwałcą, a nie wierzę, by Yokes wpuścił do lasu jakieś oddziały wroga i nie dał o tym znać do obozu. Ale ten człowiek robi właśnie co może, żeby powiodły się twoje plany. Chcesz mu zawracać głowę, posyłając jakichś gońców po wieści, bo na pewno mało gońców przybiega do niego co chwila. Nie umiesz upilnować swoich Pereł, a na koniec sama plączesz się pomiędzy drzewami. Ślicznie, wasza wysokość. Tak szanujesz pracę komendanta swoich żołnierzy, który gotów przegrać bitwę, martwiąc się o dwie najważniejsze dla niego kobiety. Bo te kobiety nie potrafią usiedzieć na robaczywych tyłkach. Rób tak dalej.

– Naprawdę nie mogłam usiedzieć – przyznała zawstydzona Ezena. – Dobrze, Czarna Perło, zrobimy tak, jak mówisz. Zatrzymamy się pół mili przed skrajem lasu i wyślemy żołnierza po wieści. Ale nie do Yokesa, tylko do dowódcy jakiejkolwiek chorągwi. Na pewno będzie coś wiedział. Dobrze, Hayno?

Perła, ze ściągniętymi brwiami, nie umiała długo utrzymać groźnego wyrazu twarzy. Drgnęły jej nozdrza. Uśmiechnęła się w końcu, już otwarcie.

– Nie umiem się gniewać na ciebie... Straszny jest los przybocznej, która pilnuje kogoś, na kogo nie można się gniewać – powiedziała ze skargą. – Wymyśl sobie jakąś karę, proszę cię!

– Nie zjem dzisiaj śniadania – zdecydowała Ezena.

Hayna parsknęła śmiechem.

Wstały późno; ranek już dawno minął. Słońce coraz wyżej wspinało się nad drzewa. Piękny wiosenny dzień rozbrzmiewał szumem lasu i śpiewem ukrytych w gąszczu ptaków. Gdzieś zaterkotał dzięcioł. Wspaniały las dartański – przestronny, podszyty setkami paproci, poprzecinany słonecznymi promieniami – był najpiękniejszym i najspokojniejszym miejscem na świecie. Wydawało się niemożliwe, by gdzieś trwała wojna.

Hayna wydała krótki rozkaz i wszystkie konie znowu poszły galopem. Ale tylko przez krótką chwilę. Zza nieodległego zakrętu drogi wyłonił się silny oddział jeźdźców. Gwardzistka księżnej natychmiast rozpoznała barwy Chorągwi Domu. Na czele, obok prowadzącego, w asyście dwóch ludzi z czerwonymi proporczykami przymocowanymi do długich żerdzi jechały dwie kobiety, jedna w stroju przybocznej niewolnicy, druga w wojennej sukni, na olbrzymim ladrowanym rumaku, roześmiana, z wielką tarczą osłaniającą bok. Wlokła drzewcem po ziemi trzymany tuż pod bławatem trójkątny biały proporzec tysięcznika Legii Armektańskiej. Na widok gwardzistów księżnej wydała dziki okrzyk i z wysiłkiem zmusiła wielkie bydlę, które ledwie obejmowała nogami, do kłusa. Dowódca chorągwi krzyknął coś do tyłu. Oddział zatrzymał się.

Nieprzytomna ze szczęścia Anessa wjechała między rozstępujących się gwardzistów i zatrzymała konia przed Ezeną. Chciała coś powiedzieć, ale wyciągnęła tylko przed siebie usztywniony proporzec, zabrany z miejsca, gdzie chorągwie Sztandaru Mniejszego zmiotły przyboczny poczet tysięcznika jazdy.

Księżna poczuła rozlewające się w piersi gorąco. Ruszyła. Musnęła Anessę palcami na znak, że przebacza jej ucieczkę z obozu, minęła ją i pojechała prosto ku swym żołnierzom. Pośród radosnych okrzyków wprowadziła stępa wierzchowca w rozstępujący się szyk, starając się choć na chwilę dotknąć spojrzeniem każdej twarzy, widocznej pod krawędzią kapalina, w otwartym wycięciu łebki lub pod uniesioną zasłoną przyłbicy.

***

Yokes stawił się w obozie dopiero następnego dnia wieczorem. Na skraju lasu i pod samym lasem pozostawił większość swego wojska, które miało dawać baczenie na coraz lepiej umacniany obóz cesarskich. Dwie chorągwie lekkie dostały specjalne zadanie odcięcia wroga od świata – bawiły się teraz w chowanego z armektańskimi półlegionami konnymi, które od nowa sformowano z rozbitych. Nie było tego dużo...

Komendant wojsk księżnej przywiózł dokładne dane o rozmiarach zwycięstwa. Na polu bitwy legło przeszło tysiąc konnych łuczników i drugie tyle piechoty, licząc ciężko rannych, którzy dostali się do niewoli. Yokes, bez obawy popełnienia większego błędu, szacował, że w obozie imperialnych rannych mają bez mała drugie tyle. Zginęło czterech podsetników, trzech setników i tysięcznik; dwaj ranni setnicy i nadsetnik dostali się do niewoli. Ezena nie mogła uwierzyć, gdy poznała rozmiary strat własnych. Wojska

Sey Aye miały trzydziestu dwóch poległych i stu czterdziestu trzech rannych – w większości byli to żołnierze, którzy ucierpieli od spadających strzał (jeden ze strzelców miał w ramionach i nogach aż siedem dziur po grotach, które, spadając z nieba, przebiły kolczugę i wytraciwszy siłę, powchodziły w ciało, na szczęście niegłęboko). Ponadto zginęli dwaj rycerze z chorągwi posiłkowych, kilku giermków i pocztowych kuszników. Rany od strzał, choć bolesne, w większości nie były groźne dla życia, a nawet zdrowia; Yokes liczył, że już wkrótce ogromna większość tych jeźdźców wróci do szeregów. Kontuzjowanych i lekko pokłutych przez strzały, którzy nie musieli opuszczać swych chorągwi, w stratach nie uwzględniono. Może największym problemem były pokaleczone i poranione konie, ale w bitwie zdobyto blisko czterysta świetnych armektańskich stepowców, tak samo wdrożonych do jazdy w szyku. Było więc czym zastąpić leczone zwierzęta strzelców.

Wiozący wieść o zwycięstwie gońcy rozjeżdżali się na wszystkie strony świata.

38

Tereza czuła się Armektanką – nikim więcej. Była związana tylko z Armektem i żadnym innym miejscem. Ledwie potrafiła wymienić nazwę wsi, w której przyszła na świat. Rodzice już nie żyli, więc od dawna nie posyłała im pieniędzy, rodzeństwo miało własne rodziny... Podczas ostatniego poboru przyjęła do legii siostrzeńca, chłopaka który naprawdę dobrze strzelał z łuku, żadna protekcja nie była mu potrzebna. No, prawda, posłała list poborowy do swojej wioski, chociaż leżała tak daleko, że, gdyby nie mieszkająca tam rodzina, nigdy nie przyszłoby jej do głowy wybierać stamtąd rekruta... Tyle kumoterstwa. Nie była związana ze swą wioską ani żadnym miastem, choć służyła we wszystkich krainach Armektu. Najlepiej wspominała małą stanicę na północy, gdzie zdobyła patent oficerski, a potem, gdy wybuchła prawdziwa wojna, jakiej nigdy tam nie widziano, pod komendą wspaniałego dowódcy, komendanta R.W.Ambegena okryła się sławą wojenną, walcząc z tysiącami Alerów. Drugim szczęśliwym okresem w jej życiu były lata spędzone w Akali. Powoli zaczynała myśleć o tym niezwykłym mieście jak o „swoim". Moje miasto. Na pewno mogłaby tak powiedzieć, mając na myśli coś więcej niż tylko miasto, w którym trzymała garnizon.

Nowy dowódca Legii Akalskiej nie potrzebował jej nadzoru, a tym bardziej pomocy, przy wyprowadzaniu wojska w pole. Nie po to pojechała. Pojechała pożegnać się z Akalą, bo ruszała na wojnę i mogła z niej nie wrócić. A poza tym chciała raz jeszcze poprosić swoje miasto o pomoc. Wyruszała na wojnę, miała głodnych żołnierzy i było jej wszystko jedno, co mówi prawo imperialne o finansowaniu garnizonów.

Uprzedzony o przybyciu dowódczyni tysięcznik – jeszcze niedawno nadsetnik, jej zastępca – zgotował dawnej komendantce garnizonu powitanie, o jakim nie marzyła. W ciągu kilku minionych tygodni bywała w mieście, załatwiając niezliczone sprawy, odwiedzała garnizon, ale były to krótkie robocze wizyty – i znów jazda na grzbiecie wierzchowca. Teraz przyjechała trochę inaczej, wciąż w biało-czarnej tunice tysięczniczki akalskiej, ale z liczną asystą. Miała za plecami dziesiątkę własnych jeźdźców – oczywiście z garnizonu Akali, bo ten legion poprosiła o eskortę – a przy boku dwóch gońców i kilku dowódców średniej rangi.

Od bramy miasta witał ją szpaler piechurów w pełnym wojennym rynsztunku.

Niesłonna do wzruszeń dowódczyni armii czuła ucisk w gardle. Sam dowódca legionu wyjechał konno przed szyk, oddał jej honory i dołączył do oficerów asysty, cofając konia tak, że wszyscy widzieli, kto jest prawdziwym gospodarzem w Akali. Jechała do garnizonu, po prawej ręce mając długi szereg żołnierzy, po lewej zaś tłumy mieszkańców miasta, którym przez wiele lat zapewniała bezpieczeństwo na ulicach. Wojskowa tajemnica wciąż obowiązywała, ale wszyscy już wiedzieli, że akalski garnizon wyrusza na wojnę, że zaczyna się jakaś kampania. Za plecami ludzi widziała przybite do wielu okiennic i drzwi domów odezwy, których treść sama ułożyła... Kilka takich zapisanych stronic przysłała przedwczoraj do Akali – teraz były wszędzie. Ktoś kazał je przepisać, pokrył koszta, ponaglił do pośpiechu.

Żołnierze, których minęła, podrywani komendami, ruszali w ślad za swoją tysięczniczką, dziesiątka za dziesiątką, sprawnie formując szyk trójkowy, trzymając się blisko domów po prawej stronie ulicy, bo lewą płynęły masy mieszczan. Wkrótce oficerski poczet Terezy posuwał się na czele potężniejącego tłumu, złożonego zarówno z karnych oddziałów wojska, jak i skłębionego pospólstwa. Najkrótsza droga od bramy miejskiej do koszar garnizonu nie wiodła przez rynek główny, ale szpalery legionistów i mieszczan ustawiono tak, że nadtysięczniczka zrozumiała, iż oczekuje się, że zajedzie przed ratusz. Nie pytając o nic, pojechała wytyczoną drogą. Już z daleka widziała okalające rynek tłumy, przed ratuszem zaś grupkę rajców, otaczających burmistrza. Stawił się nawet wójt – człowiek, z którym zawsze miała na pieńku, bo jako przedstawiciel Kirlanu rzadko zgadzał się z wojskową komendantką okręgu, mającą na uwadze tylko korzyści swego garnizonu. Domyślała się już, co to wszystko znaczy, i nie wiedziała, czy sprosta wyzwaniu. Stanąwszy na rynku, nie wiedziała nawet, czy powinna zsiąść z konia, czy lepiej, żeby wszyscy dobrze ją widzieli, tkwiącą w żołnierskim siodle.

Rozbrzmiał głos trąby i gwar tłumu przygasł. Miejski herold, człowiek o potężnym i donośnym głosie, w ogromnej ciszy odczytał odezwę, którą przysłała – chyba trochę zbyt szorstki, zbyt suchy i oszczędny w słowach apel. Dobrze wypadły tylko podziękowania dla mieszkańców Akali i ich przedstawicieli w ratuszu; cała reszta to były raczej żądania niż prośby. Przyzwyczajona do wydawania rozkazów, stale podejmująca niepodważalne decyzje, w ogóle nie umiała poprosić – i zdała sobie z tego sprawę w obliczu tysiąca ludzi stłoczonych na wielkim rynku.

Herold skończył czytać odezwę. Oddział miejskich pachołków, powołanych kiedyś na jej prośbę (prośbę? a może żądanie?...), odszedł na bok, odsłaniając wylot jednej z wiodących do rynku ulic. Stały tam wozy Legionu Akalskiego, a za nimi inne: odkryte i zakryte, zadaszone drewnem lub płótnem, często zupełnie niepodobnym do tego, jakie wybierano dla wojskowych taborów. Długi, niekończący się rząd wozów, poprzecinany czwórkami jucznych zwierząt; nierówny wąż, którego koniec znikał gdzieś w głębi miasta. Wozy ruszały kolejno, ciężko wyrywane z miejsca przez zaprzężone woły i konie. Pełne koła głucho łomotały na bruku, skrzynie ładunkowe skrzypiały. Ciżba rozstępowała się, przepuszczając niezgrabne pojazdy.

Herold czytał teraz odezwę burmistrza, ułożoną w imieniu wszystkich mieszkańców miasta. Akalczycy dostarczyli swoim legionistom przewidziane przez regulaminy zapasy żywności i wystawili drugi tabor rezerwowy. Zobowiązywali się ponadto posyłać wojsku codziennie, aż do zakończenia kampanii, jeden wóz wypełniony żywnością, piwem i wódką, spyżą dla zwierząt i opatrunkami. Akala zgodziła się przyjmować i leczyć na własny koszt rannych żołnierzy legionu. Tereza dostała wszystko, o co prosiła – i jeszcze dwa razy tyle.

Herold kończył czytać odezwę, ciężko wyładowane wozy turkotały, zmierzając ku miejskiej bramie.

Tereza nie mogła dłużej tkwić w siodle. Zeskoczyła z grzbietu wierzchowca, odetchnęła głęboko i gniewnym ruchem przesunęła dłonią po twarzy. Jeszcze raz odetchnęła, szybkim krokiem podeszła do burmistrza i wyściskała go mocno, po żołniersku, na oczach uszczęśliwionych akalczyków. Rozbrzmiały wiwaty, zaraz dobiegła skądś muzyka, straż miejska sprawnie zrobiła miejsce dla wózków z wielkimi beczkami piwa. Odbijano szpunty. Na beczki wskakiwali żonglerzy, pojawili się cudacznie przebrani akrobaci na szczudłach. Mieszczuchy, wykazując haniebny brak karności i zdyscyplinowania, ruszyły ku szpalerom żołnierzy i jęły bratać się z nimi, przekrzywiając hełmy na głowach wojowników, zmuszając ich do przekładania z ręki do ręki tarcz i toporów. Oficerowie z otoczenia Terezy wzorem dowódczyni serdecznie uściskali rajców. Tereza podała rękę wójtowi i skinęła mu głową, dziękując. „Ja nic nie wiem i o niczym nie słyszałem!" – powiedział, przekrzykując gwar. „Nie dla ciebie i nawet nie dla tego miasta. Dla Armektu, wasza godność!". Jeszcze raz skinęła głową, odwróciła się i weszła w tłum ludzi; każdy chciał dotknąć jej tuniki, grubej wojskowej spódnicy, rękojeści miecza. Wiedziała, że nie może teraz jechać do koszar. Zresztą nie miała po co. Dawno już posłała po swoje rzeczy, izba na szczycie krępej baszty od kilku tygodni należała do nowego dowódcy garnizonu. Jeśli chciała pożegnać się z Akalą, to właśnie się żegnała.

Był wieczór, gdy zmęczona, trochę pijana, ale bardzo zadowolona dowódczyni Armii Wschodniej mogła wreszcie wyjechać z miasta. Tabor Legionu Akalskiego dawno zniknął za którymś z licznych zakrętów dartańskiego traktu, przysłonięty przez drzewa;

poszła już za nim jazda pierwszego półlegionu, by wyprzedzić i eskortować cenne wozy. Wyszły z miasta także zwarte kolumny żołnierzy, pełen legion. Mniejszy tabor, ufundowany przez Akalę, Tereza kazała zatrzymać kilka mil za przedmieściem. Wkrótce miały nadciągnąć pozostałe legiony jej armii. Miała już prowiant dla tych żołnierzy, wozy należało porozdzielać między wszystkie dartańskie półlegiony. Darowanego przez wspaniałe miasto jedzenia nie mogło wystarczyć na zawsze, ale było z czym rozpocząć kampanię. Odtwarzanie topniejących zapasów, a nawet, później, gdyby zaszła taka konieczność, zmniejszanie racji dziennych to było jednak zupełnie co innego, niż rozpoczynanie wojny z pustym brzuchem. Jak mogli czuć się żołnierze, patrzący na podskakujące na wybojach, beznadziejnie rozchybotane puste wozy? Oglądający chude juki, w których nic nie mogło się pojawić, skoro każdy zdobyty przez kwatermistrzów kęs od razu wędrował do kotła?

Myśląc o nowym taborku, Tereza z mściwą satysfakcją postanowiła, że dowódczyni Legionu Gwardyjskiego nie zobaczy z tych zapasów nawet jednej beczułki śledzi. Jednak nie pasowały do siebie; pomimo obustronnych prób poprawienia nie najlepszych stosunków bardzo szybko doszło do pierwszego starcia... Na wieść o wstrzymaniu dopływu pieniędzy dla Armii Wschodniej Tereza zwróciła się do Agatry z żądaniem przekazania części gwardyjskich zapasów Dartańczykom, tak jak uczynił to Legion Akalski. Gwardzistka twardo powiedziała „nie". To były jej zapasy, na własnych taborowych wozach, i nie zamierzała głodzić swych świetnych żołnierzy, byle napchać brzuchy bezwartościowym wojakom. Tereza wściekła się, nic jednak nie wskórała; musiałaby odebrać te zapasy przemocą, a to nie wchodziło w rachubę. Potem, już na spokojnie, po cichu, przyznała tysięczniczce trochę racji. Właściwie tylko jeden z półlegionów Agatry, armektański, miał wozy i juki wypchane wszelkim dobrem – reszta zaopatrzona była dużo gorzej. Połowa zapasów jednego półlegionu, rozdzielona między dziewięć innych, to była kropla w morzu, gest o koleżeńskiej wymowie i nic więcej. Ale jednak taki gest należało uczynić. Uparte wmawianie Dartańczykom, że są niegodni nawet gwardyjskich zapasów, nie mogło dobrze wpłynąć na postawę tych żołnierzy w boju. Tereza musiała myśleć jak dowódczyni całej armii. Ale Agatra nie. Ją obchodził tylko własny legion. Poniekąd, może i słusznie.

W małej gospodzie na przedmieściu, a właściwie już za rogatką (sprytny karczmarzyna wiedział, gdzie postawić budynek), nadtysięczniczka zatrzymała się wraz ze swą asystą, by czekać na nadejście wojska. Legiony miały nadciągnąć boczną drogą, opływającą miasto – parada po ulicach nie mogła być brana pod uwagę. Odgałęzienie armektańskiego traktu, łączącego bramę Akali z okręgami Riny i Rapy, zbiegało się z gościńcem do Rollayny tuż przy wybranej gospodzie – dlatego Tereza nie skorzystała z kwater garnizonu. Zarazem, zgodnie z obietnicą, której niedawno udzieliła dziesiętnikowi stojącemu na straży jej snu, chciała porządnie się wyspać przed wymarszem. Prosty wojak niejedno w życiu zobaczył i naprawdę wiedział, co mówi. Dowódczyni armii musiała być wypoczęta.

Nie wiedziała, że czeka ją jeszcze jedna niespodzianka...

Żołnierze eskorty rozłożyli się w zamówionej wcześniej wielkiej izbie noclegowej i wystawili warty. Gospodarz, któremu oględnie i grzecznie dano do zrozumienia, że gospoda nie powinna być przepełniona, wziął to sobie do serca tak bardzo, że nie tylko odmawiał izb przejeżdżającym podróżnym, ale wręcz wyrzucił tych wszystkich, którzy zatrzymali się na dłużej. Gospoda stała pusta. Oficerowie z asysty Terezy rozgościli się w małych izbach, najlepszą odstępując dowódczyni. Nadtysięczniczka nie chciała zostawić po sobie złych wspomnień, więc opłatę za nocleg uiściła z góry, sięgając do własnego trzosika i prywatnych sakiewek oficerów (Agatra, zapewne, kazałaby sobie przynieść darmowy posiłek do łóżka...). Zaraz wyszło na jaw, jak dobrze zrobiła: karczmarz, wyczuwając przez skórę, że do końca życia będzie mógł opowiadać o wojskowych, których gościł pod swoim dachem, policzył bezwstydnie tanio.

Tereza rozpakowała sakwę konnej łuczniczki, bo taki miała bagaż podręczny. Prywatne klamoty, które wzięła na wojnę, mogłaby wymienić z każdym legionistą. Zapasowe buty, koszula, kubek, miska i łyżka... Parę sucharów na złą chwilę, mały bukłak wódki, czysta szmata, którą można było podrzeć na szarpie do opatrzenia rany. Krótko ostrzyżona żołnierka nie potrzebowała nawet grzebienia. Wprawdzie w taborach cały wóz był załadowany zydlami, składanym stołem, mapami i przyborami do pisania, jechał na nim namiot głównodowodzącej, składane łóżko i różne niezbędne sprzęty, ale to nie były jej rzeczy, tylko regulaminowy ekwipunek nadtysięcznika-komendanta armii.

Rozgościwszy się w schludnej izdebce, nadtysięczniczka zeszła do wielkiej sali jadalnej, chcąc zamówić posiłek. Już na schodach przystanęła, zaskoczona. Bo też widok był jedyny w swoim rodzaju: na podłodze, na ławach i wprost na stołach siedziało bądź zgoła się wylegiwało blisko dziesięć najprzeróżniej umaszczonych kotów. Płonęły żółte i zielone ślepia, osadzone w wielkich łbach kocurów i mniejszych, bardziej trójkątnych głowach kocic.

Tereza zeszła z ostatnich czterech stopni.

– Zarekrutowałem dla ciebie zwiadowców – mrukliwie rzekło wyleniałe kocisko, siedzące na jednej z ław. – Sam już na wojnę nie pójdę, ale ta młodzież to co innego.

Nadtysięczniczka nie wiedziała co powiedzieć. Tych kilku czworonożnych rozumnych przedstawiało dla armii wielką wartość.

– Legia Armektańska płaci od razu żołd dziesiętnika każdemu kotu, który zgłosi się do służby – powiedziała wreszcie, siadając przy jednym ze stołów. – I w ogóle nie mają chętnych. Kiedyś było więcej, teraz coraz ciężej o kociego zwiadowcę. Ja... nie mam pieniędzy, żeby wam zapłacić tak wysoki żołd. Zgłoście się do Legii Armektańskiej, tam od razu podpiszą z wami kontrakty. O ile wiem, stracili w Puszczy wszystkich swoich zwiadowców. Tak jak ja.

– Legia Armektańska nie nazywa się Tereza – powiedziała wielka szara kocica, podnosząc białą łapę w Pozdrowieniu Nocy; kocice zazwyczaj mówiły trochę wyraźniej niż kocury i ta tutaj nie była wyjątkiem. – Co to za zabawa, robić zwiad dla jakiejś Legii Armektańskiej? Na razie tylko nas karm i wystawiaj wojskowe kwity zamiast żołdu. Kiedyś się zgłosimy po zaległe pobory.

– Dlaczego to robicie?

– Bo jest wojna – powiedziała kocica, już troszeczkę znudzona. – A ty jesteś sławna tysięczniczka Tereza. W tym roku długo leżał śnieg.

Dowódczyni armii mogła doszukać się związku między wojną a sławą tysięczniczki (nadtysięczniczki, o czym szara nie wiedziała) Terezy; ale już związku między wojną, sławą a śniegiem nie widziała żadnego. I było jasne, że nigdy nie zobaczy... Czworonożni mieli swoje powody, absolutnie niepojęte dla nikogo, kto nieokryty futrem chodził na dwóch długich łapach.

– Masz krawców przy wojsku, tysięczniczko?

– Nadtysięczniczko – powiedziała Tereza. – Dowodzę pięcioma legionami i moi zwiadowcy muszą o tym wiedzieć. Mam krawców.

– Niech uszyją dziewięć wojskowych tunik dla nas. Na północy kot może biegać bez munduru, bo potwory wiedzą, w czyjej jest służbie. Ale tutaj chcemy nosić mundury. Wystawisz kontrakty dla zwiadowców, nie szpiegów.

– Mam nawet na stanie dwie kocie kolczugi, każę posłać po nie do składu garnizonu... Wiem, że zwiadowcy od was nie lubią żelastwa, ale w takiej dużej grupie może znajdzie się chętny. Porozdzielam was między legiony, a do Akalskiego i Gwardyjskiego pójdzie nawet po osiem łap. Tylko dwoje zostawię przy sobie. Nie będziecie służyć razem.

– Uważasz, że to źle? – zapytała szara, najwyraźniej będąca przywódczynią wszystkich. – Przecież szarża dziewięciu zwiadowców i tak nie ma siły przełamującej.

Tereza od dawna wiedziała, że koty obdarzone są szczególnym poczuciem humoru. Szczególnym, bo koci żart zawsze podszyty był kpiną i nieodmiennie czytelny. Nie umiały kłamać ani zmyślać i nawet w żartach było to widoczne.

– Nie ma siły przełamującej... – powtórzyła nadtysięczniczka. – Służyłaś w wojsku?

– Tylko on. – Kocica popatrzyła na pręgowanego kocura pod ścianą. – Kiedyś, dawno temu. Wiem, co to znaczy „siła przełamująca", bo od dawna przyjaźnię się z żołnierzem.

Nadtysięczniczka uśmiechnęła się do swego starego zwiadowcy.

– Jutro każę powystawiać dla was kontrakty. Mogą być roczne lub dłuższe. Nie znam was, więc sami wyłońcie spomiędzy siebie dowódcę.

– Po co?

– Bo tak działa wojsko – koty nie miały cierpliwości do ludzi, ale i ludziom czasem brakowało cierpliwości do kotów. – Dowódca dostanie tunikę z białymi obszyciami dziesiętnika. No i wyższy żołd.

– W takim razie ja – powiedziała szara. – Nazywam się Czeta, wszyscy mnie znają. To ja będę dowódcą.

Nikt nie zaprotestował, tym bardziej że połowa przyszłych zwiadowców już spała, a w każdym razie drzemała.

– Nadtysięczniczko – powiedziała Czeta, znikając za stołem; wróciła zaraz i upuściła na blat coś, co miała w zębach. – Zabrać to do taboru czy zostawić w Akali?

Kociak, na oko, jeszcze nie umiał mówić... Odkąd Szerń darowała kotom rozum, żyły prawie tak długo jak ludzie, ale szybciej dorastały i prawie nigdy nie niedołężniały na starość. Nie zakładały rodzin i nie poczuwały się do więzów z potomstwem – odchowany kociak szedł własną drogą natychmiast, gdy to było możliwe, korzystając najwyżej z opieki grupy, która go przyjęła. Kocice rodziły jedno, najwyżej dwoje dzieci. Koty nie zaczynały mówić tak jak ludzie – młody kot po raz pierwszy odzywał się dopiero wtedy, gdy potrafił rozmawiać jak każdy. Ten tutaj na pewno nie potrzebował już mleka matki. Czeta była bardzo dobrą opiekunką, jeśli do tej pory nie przegoniła go na cztery wiatry.

– Lepiej niech zostanie w garnizonie. – Nadtysięczniczka powściągnęła uśmiech.

– To niech go zawiozą, jak poślesz po nasze kolczugi.

– W wielkiej izbie na górze – powiedziała Tereza – kwaterują jeźdźcy z mojej eskorty. Idźcie tam spać. Poznajcie towarzyszy broni. Jutro dowiecie się, jakie z grubsza są plany dowództwa, czego oczekuję i na co trzeba zwracać uwagę. Szczegółowe rozkazy odbierzecie już od dowódców swoich legionów. Aha, jeszcze jedno – dorzuciła, wiedząc, że dla nowych żołnierzy może to mieć znaczenie. – Wojskowe tuniki będą w różnych kolorach, czerwone, czarne lub niebieskie. Ustalcie, kto w jakiej chce chodzić.

Sprawa rzeczywiście musiała być poważna, bo otwarły się nawet ślepia tych, co posnęli. Kota nie obchodziło, o co toczy się wojna – ale najwyraźniej miało znaczenie, jak będzie na niej wyglądał.

***

Legiony Armii Wschodniej, raz ruszone z miejsca, w żaden już sposób nie mogły skryć się z powrotem w cieniu wojskowej tajemnicy. W naczelnym dowództwie wojsk imperium wybornie rozumiano, że przesunięcie armii Terezy na pozycje wyjściowe do uderzenia na Dartan jest właściwie początkiem kampanii na wschodzie. Tego już nie dało się cofnąć. Ryzykownie zakładano, że wojska Enewena zostaną zmuszone do marszu na pomoc Yokesowi, zanim do Ahe Vanadeyone dotrą sprawdzone wieści o drugiej armii imperium. Ale podjęcie tego ryzyka było koniecznością; z każdym dniem wzrastało prawdopodobieństwo wykrycia legionów dartańskich i z dwojga złego bardziej opłacało się ujawnić ich istnienie, niźli gubić się w uzasadnionych domysłach: czy wróg wie? A jeśli tak, to ile wie? Czy wszystko? Szybko przeprowadzone uderzenie mogło sprawić, że Armia Wschodnia pojawiłaby się w Dartanie niemal równo z pierwszymi wieściami o niej. W najgorszym wypadku, nawet gdyby Enewen nie ruszył spod Rollayny, dawało to przynajmniej efekt zaskoczenia.

Ale Enewen nie ruszył na pomoc Yokesowi, choć – na co bardzo liczono w dowództwie wojsk cesarskich – powinien to zrobić, nawet pomimo klęski wojsk Caronena. Armia Zachodnia wciąż istniała i wydawało się niemożliwe, by wojska Sey Aye, mimo początkowych sukcesów, bez żadnej pomocy uporały się z nią raz na zawsze.

Jednak K.B.I.Enewen nie udzielił pomocy Yokesowi... Uczynił coś wręcz przeciwnego: opuścił wygodne kwatery pod Rollayną, a następnie pociągnął wprost ku Potrójnemu Pograniczu, mając po lewej ręce ścianę Puszczy Bukowej. W oczach głównodowodzących siłami imperium mogło to oznaczać tylko jedno: w dartańskim dowództwie wiedziano o istnieniu armii Terezy. Pytanie: od jak dawna wiedziano?

Wiadomość o marszu Enewena nadtysięczniczka odebrała na trzecim nocnym postoju po opuszczeniu gospody przy zbiegu dróg. Było to niespełna trzydzieści mil od Akali. Wraz z wieścią o Enewenie przyszedł raport o klęsce Armii Zachodniej – i rozkazy potwierdzające pierwotny plan kampanii. Armia Wschodnia, w obliczu dwudziestu pięciu do trzydziestu chorągwi Ahe Vanadeyone, wiedzących o jej istnieniu i ciągnących na spotkanie, miała spustoszyć wschodni Dartan i zdobyć Rollaynę. Zapowiadano wsparcie tego uderzenia przez Armię Zachodnią, po jej przedarciu się przez kordon Sey Aye. Były jeszcze jakieś baśniowe historie o zagonach wypuszczonych dla odwrócenia uwagi przez... piechotę morską z Llapmy i Nin Aye.

Tereza posłała po wszystkich dowódców legionów. Wraz ze swoim zastępcą, tysięcznikiem W.Aronetem, czekała na nich w swym namiocie, przy stole zasłanym mapami.

Sztuki wykreślania map Armektańczycy nauczyli się dopiero od żeglarzy z Garry, którzy potrafili bezbłędnie wodzić swe eskadry pośród setek wysp, przesmyków i mielizn. Prymitywne szkice, znane wcześniej w Armekcie, nie mogły się równać z dokonaniami znakomitych garyjskich uczonych, zwanych kartografami – nowe słowo przyjęło się na kontynencie równie szybko jak sam wynalazek. Wojskowe mapy, których używała Tereza, podobne były nieco do kupieckich: uwzględniano na nich tylko drogi, łączące okręgowe i obwodowe miasta, rzeki, na odcinkach gdzie były mosty, przeprawy promowe i brody, ponadto najważniejsze przeszkody terenowe, a więc większe lasy, wzniesienia i bagna. Czasem jeszcze jakieś ważne punkty orientacyjne; ot, z jakichś przyczyn, na wszystkich mapach będących w posiadaniu

Terezy, choć brakowało wsi, zaznaczono olbrzymi głaz, tkwiący przy trakcie z Akali do Rollayny... Ponoć leżał równo w połowie drogi. I to już było właściwie wszystko. Każdy dowódca poprawiał i uzupełniał swoje mapy według potrzeb, mogło więc się zdarzyć, że na mapach Terezy istniały miasta i brody, o których nie słyszał Caronen, i odwrotnie. Przy każdym spotkaniu dowódców dowolnego szczebla najpierw służący przy wojsku kartografowie porównywali i ujednolicali ich mapy. Nieszczęśnicy byli stale zapracowani: prowadzący kampanie tysięcznicy i nadtysięcznicy uwielbiali mazać cenne karty, kreśląc kierunki uderzeń, zakreślając rejony zgrupowań, przerywanymi lub ciągłymi liniami zaznaczając rubieże obrony. Na każdym postoju wojskowy kartograf najpierw szukał miejsca dla swojego stołu i niezwłocznie zasiadał do przerysowywania zabazgranych podczas minionej odprawy map. Mniejsze szkice, z grubsza tylko wyobrażające teren, biedacy wykreślali na kołyszących się i trzęsących podczas jazdy wozach.

Kartograf garnizonu akalskiego – teraz główny kartograf Armii Wschodniej – był osobnikiem nieprawdopodobnie wręcz leniwym, a przez to pomysłowym, co się zowie. Odkąd legioniści akalscy zaczęli patrolować Niski Grombelard, bardzo przybyło mu pracy. Nie mogąc tego znieść, wynalazł stojak dźwigający wielką drewnianą tablicę. Na każde żądanie kreślił na niej, węglem albo kredą, z niezwykłą sprawnością mapę, zaznaczając tylko to, co było akurat potrzebne. Każdą źle narysowaną linię łatwo mógł poprawić; po odprawie mapę zostawiał; przed następną odprawą dowiadywał się, czy nadal będzie potrzebna, czy też winien kreślić nową. Tereza, nim wyruszyła na wojnę, kazała sporządzić jeszcze trzy tablice, każdą z osobnym stojakiem.

Tysięcznik Aronet znał treść dostarczonych raportów i rozkazów. Lecz Tereza nie znała Aroneta... Był to, jak zapewniano, zdolny i sumienny oficer. Ale jaki człowiek? Nadtysięczniczka zetknęła się z nim kiedyś, gdy nosił jeszcze tunikę setnika, ale to była przelotna znajomość. Nie wiedziała, kim właściwie jest ten młodszy od niej o dziesięć lat mężczyzna. Bardzo młody jak na tysięcznika. Odkryła dotąd parę wad, kilka zalet... Stojąc przed tablicą z mapą wschodniego Dartanu, zastanawiała się, czy może mu zaufać.

To był jej zastępca. Człowiek, z którym miała dzielić odpowiedzialność za los armii, wojenne dole i niedole. Ale także protegowany Tarwelaru, gdzie mieściła się Kwatera Główna Naczelnego Dowództwa. Przysłano go na pewno także po to, by patrzył swojej dowódczyni na ręce. No dobrze, ale jeśli nawet tak było, to co z tego? Jeśli nie mogła polegać na swoim zastępcy, należało to odkryć jak najszybciej.

Wyrzuciła kartografa z namiotu i usiadła przy stole, w cztery oczy z tysięcznikiem Aronetem.

– Posłuchaj, zanim zejdą się wszyscy – powiedziała bez żadnych wstępów. – Nie mogę podważać autorytetu naczelnego dowództwa, więc nie powiem, że siedzą tam durnie, miłośnicy bajek i złośliwe kutasy. Zabraniam sobie nawet tak myśleć. Oni po prostu... nietrafnie ocenili sytuację. I możliwości Armii Wschodniej.

Język nadtysięczniczki nigdy nie brzęczał niczym srebrne dzwoneczki, ale Aronet znał już dowódczynię armii na tyle, by zrozumieć, że jest źle. W ciągu kilku tygodni wspólnej pracy dowiedział się, kiedy trzeba milczeć i schodzić jej z drogi. Najgorzej, gdy zaczynała robić się młoda i ładna. Zwykle była szorstką, ale znośną w obejściu pięćdziesięciolatką o bardzo przeciętnej urodzie.

– Armia Zachodnia wzięła w dupę pod Puszczą Bukową – ciągnęła. – Piszą nam, że to nic wielkiego, ale nie podają strat. Tak się składa, że znam komendanta wojsk Sey Aye, który właśnie spuścił im manto. Jeśli Yokes wygrał bitwę, no to ją wygrał. Na pewno nie wymienił swoich ciężkich jeźdźców na łuczników legii w proporcji jeden za jednego. Ani jeden za dwóch. Armia Zachodnia nie zwiąże więc Rycerzy Królowej, bo ma kłopoty z wojskami puszczańskimi. A Enewen wie o nas i ciągnie nam prosto na spotkanie. Pomimo to – uniosła rozpieczętowane pismo – rozkazy dla Armii Wschodniej brzmią: po pierwsze, szerokim frontem, siłami pojedynczych legionów, wyprowadzić uderzenie na Dartan; po drugie, nacierać na kierunku Rollayny, pustosząc wszelkie dobra prywatne; po trzecie, zająć stolicę. Przy szturmie stolicy obiecują nam wsparcie z zachodu (ciekawam, w jaki sposób przekonają Yokesa, żeby ich przepuścił?) i snują morskie legendy o marynarzach z Llapmy, którzy... no nie wiem, spalą pewnie jakąś wioskę pod miastem i z powrotem uciekną na okręty. Bardzo słusznie, bo trzymamy te porty tylko dlatego, że Ahe Vanadeyone ich nie chcą. Ale gdy straż morska zacznie hałasować, pójdzie tam jakaś niepotrzebna chorągiew i ratunek będzie tylko na morzu.

– Znam te raporty i rozkazy – przypomniał ostrożnie. – O co ci chodzi?

– O to, że właściwie nie dowodzę tą armią. Mówią nie tylko, co mam zrobić, ale jeszcze: jak. Kto zdecydował, że natarcie ma być prowadzone siłami pojedynczych legionów, więc na pięciu kierunkach, nie na dwóch albo czterech? To należy chyba do dowódcy armii? Co jutro? Przyślą rozkaz, że dwa kliny łuczników na prawo, trzy na lewo, a gońcy przy taborach?

Pokiwał głową. Bolączka wielu wojen. Zawsze w jakiejś głównej kwaterze znalazł się ktoś, kto z odległości czterystu mil chciał zastąpić polowego dowódcę.

– Zauważyłem. Ale co poradzisz?

Podeszła do jednej z tablic i wzięła kawałek kredy.

– Jesteśmy tu... skraj Puszczy tu... Enewen idzie dwiema kolumnami, tędy... i nie wiadomo którędy jeszcze, wstępne raporty są sprzeczne. W dartańskich miastach nie mamy już urzędników Trybunału – przypomniała – bo siedzą w twierdzach więziennych. Szpicle działają bez żadnego oparcia, bez funduszy i w ogóle niezbyt skwapliwie. Wieści o Enewenie może więcej nie być. Aż do chwili, gdy zobaczymy jego chorągwie przed sobą. Może czegoś dowiemy się sami, a może nie. Otwieram radę wojenną! – rzekła tyleż szyderczo, co gromko, trochę ładniejsza niż zwykle, bo z lekko rozdętymi nozdrzami. – Radź, zastępco! Zaraz przyjdą tu nasi podkomendni, trzeba będzie coś im powiedzieć! Na przykład to, że spisano nas na straty, mamy ni mniej, ni więcej, tylko rozwiązać Armię Wschodnią, rozpuszczając pojedyncze legiony po całym północno-wschodnim Dartanie, byle tylko spalić jak najwięcej. Możemy zacząć już tutaj, w końcu to Dartan. Ta wioska o rzut kamieniem jest prywatna czy imperialna? No, w każdym razie mamy rozejść się szeroką ławą. Żaden legion nie pomoże w tarapatach drugiemu. W jaki sposób Armia Wschodnia ma uderzyć na Rollaynę, jeśli już jej nie będzie? Może dotrze tam jeden legion. Może szczątki drugiego. Ale chyba tylko kryjąc się po lasach, albo w chłopskich przebraniach, bo paląc i niszcząc, na pewno nie.

– Też tak uważam – rzekł ciężko.

– No więc? O co chodzi w tym planie, tysięczniku? Masz pomysł, jak przekonać dowódców legionów do beznadziejnej zabawy w podpalaczy, z której nic zupełnie nie wyniknie? Bo na końcu tego chwalebnego szlaku bojowego widać tylko jedno: żelazną jazdę Enewena. Obojętne, ciężka jazda czy lekka... To jednak jest armia konna. Nie wymigamy się od bitwy, ani pojedynczymi legionami, ani w kupie. Mogłaby wymigać się Armia Zachodnia, ale nie my. Mamy czterystu sześćdziesięciu jeźdźców i tysiąc czterystu konnych piechurów. Co z tym zrobić? Rozpuścić zagony? A jak chłopy z widłami przegonią tę konną piechotę? Nie wiem, na co liczą w dowództwie. Chyba na to, że przestraszymy rycerzy. – Znowu usiadła przy stole. – I kto wie, może nawet się uda. Ale na co liczą dalej w związku z tym? Przestraszeni rycerze nie rozjadą się przecież po domach, żeby trzymać podpalane przez nas ściany, tylko, właśnie bojąc się o swoje dobra, pognają na nas hurmem, i to tak szybko, jak potrafią. Nikt nie zwiąże ich na zachodzie. Kto stawi czoło bodaj trzem czy czterem chorągwiom? Osamotniony legion głodnych podpalaczy?

– Co masz na myśli? A raczej: co zamierzasz? Bo coś zamierzasz, tak?

– Zamierzam pobić Enewena – powiedziała, zupełnie po prostu. – I dopiero potem wykonać rozkazy Tarwelaru. Bo dopiero wtedy będą wykonalne.

Przez chwilę patrzył, jakby postradała zmysły.

– Mamy sześć tysięcy legionistów, z tego dwa i pół tysiąca pełnowartościowych. A Enewen jakieś trzydzieści chorągwi. Niechby dwadzieścia parę... Osiem do dwunastu tysięcy ludzi, w ogóle nie licząc piechoty przy taborach, a tych żołnierzy też jest parę tysięcy. Żołnierzy, nie pachołków! Ja nie wiem, czy nasza armia jest w stanie zdobyć choć tabor.

Tereza wiedziała, o czym mówi Aronet. Dartańscy ojcowie i synowie Domów pozabierali ze sobą na wojnę znaczne części pocztów, które kiedyś trzymali w swych dobrach – głównie dla fasonu, bo dla zapewnienia spokoju wystarczyłaby połowa tego. I najwyżej połowa została na straży dóbr. Reszta była przy taborach, pilnując licznych wozów, prowadzonych przez swoich panów. Niemożliwie ciężkie tabory Enewena strzeżone były przez parę tysięcy dobrze uzbrojonych piechurów. Tych ludzi nie należało lekceważyć. Nowinka, o której milczała historia pierwszej wojny armektańsko-dartańskiej.

– Jeśli zdarzy się cud, spadną deszcze i rozmiękną wszystkie łąki... Jeśli nawet zdołamy zaskoczyć Enewena... – wyliczał tysięcznik – mamy szansę na wygranie bitwy jak jeden do dziesięciu.

– Na deszcz się nie zanosi, więc najwyżej jeden do dwudziestu – spokojnie poprawiła Tereza. – Może i popada, ale o tej porze roku trudno liczyć, że będzie lało na okrągło przez dwa tygodnie. To Dartan, nie Grombelard.

– Więc na co liczysz?

– Na tę szansę, jedną do dwudziestu – powiedziała. – Bo jakie są szanse na wykonanie rozkazów Tarwelaru?

Milczał. Może liczył?

– A więc tak na to patrzysz – mruknął po długiej chwili. – Jedna wielka bitwa, jeden cud. No tak, to się zdarza. Ale pięć samotnych legionów, wiele bitew, wiele cudów... Rzeczywiście, nie ma o tym mowy.

– Co powiemy dowódcom legionów? – wróciła do pytania z początku rozmowy.

– A co byś im powiedziała?

– Na przykład, że Enewen ciągnie na Akalę, chcąc zniszczyć jedyny legion w tych stronach, o jakim wie, że jest. Że nie wie o istnieniu Armii Wschodniej i spróbujemy go zaskoczyć.

– Kto w to uwierzy?

– A nie pomyślałeś, że taka może być prawda? – Tereza nie miała złudzeń; Rycerze Królowej na pewno wiedzieli o jej słabej armii, ale próbowała dodać ducha zarówno sobie, jak i swojemu zastępcy. – Zresztą, wymyślmy cokolwiek, byleby nie wyszło na jaw, że dowódczyni armii łamie pierwszy rozkaz, jaki odebrała – powiedziała z nieukrywanym smutkiem i goryczą. – Pierwszy raz w całej karierze... Uwierzysz? Kiedyś poszłam do szarży na półtora tysiąca Alerów, mając za sobą dwustu pięćdziesięciu jeźdźców... Ale tamten rozkaz miał więcej sensu niż ten odebrany dzisiaj. Nie wykonam tego rozkazu. Albo raczej: spróbuję wykonać tak, jak umiem. Spróbuję usunąć to, co czyni ten rozkaz niemożliwym do wykonania, i dopiero potem zrobię wszystko, jak każą. Punkt po punkcie. Pomożesz mi? Czy poślesz raport do Tarwelaru, żeby mnie zdjęli z dowództwa? Zanim jednak przyjdzie odwołanie, ja i tak zrobię swoje.

Wciąż na nią patrzył.

– Nie poślę żadnego raportu, za kogo mnie masz? – rzekł wreszcie. – Ale znowu liczę nasze szanse... i ta szansa zwycięstwa to nie jest nawet jeden do dwudziestu. Niechby padało i przez miesiąc, co z tego? Przecież to przeklęte rycerstwo wytnie nas nawet na piechotę. Tu miało nie być nikogo, mieliśmy uderzyć na opuszczony kraj, do którego co najwyżej będą gnały jakieś pojedyncze chorągwie, wyrwane z zachodu na ratunek... Ale teraz? Tych naszych czerwonych legionów w ogóle nie można brać pod uwagę. – Aronet nie widział, co się działo pod Puszczą Bukową, gdy doborowe oddziały północne, o niebo lepsze od naprędce skleconych klinów dartańskich, trafiały pod kopyta kopijników, ale umiał wysilić wyobraźnię. – Nie wyobrażam sobie, jak można tych ludzi postawić przeciw szarżującej ciężkiej jeździe, a nawet spieszonym kusznikom z pocztów. Czy masz coś więcej niż tylko zadziorność starej dowódczyni jazdy?

Uśmiechnęła się mimo woli.

– Starej w znaczeniu: doświadczonej – rzekł pospiesznie, pogrążając się do końca. – Nie chodziło mi, no... że starej.

– Zaraz kopnę cię w dupę – powiedziała, szczerze rozbawiona. – Zdaje się, że idą nasi tysięcznicy... Porozmawiamy potem. Co mam teraz mówić?

– Mów, co chcesz – rzekł zrezygnowany.

– W takim razie schowaj ten rozkaz i rób dobrą minę do wszystkiego, co powiem.

39

Wjazd jej książęcej wysokości do Rollayny przygotowano bardzo starannie. Najpierw do miasta dotarły mocno przesadzone wieści o zwycięskiej bitwie wojsk Sey Aye z cesarskimi legionami – przesadzone dlatego, że potrzebna była wojenna legenda, bohaterskie czyny, nie szara rzeczywistość wojny. Osobiście dowodząca ciężkimi hufcami księżna, w złotej zbroi, strzeżona przez przybocznych kopijników-wielkoludów, sama poprowadziła swą największą chorągiew do walki, przeważając szalę zwycięstwa – oto, jakich historii słuchano we wszystkich gospodach stolicy. Szły wieści o tysiącach stratowanych łuczników, z których tylko nieliczni skryli się w warownym obozie i siedzieli tam głodni, coraz częściej myśląc o pójściu w niewolę.

Prawda była zupełnie inna. Już dwa dni po bitwie Yokes nie mógł spać ze zgryzoty, że nie rozbił cesarskich do reszty, żałując krwi swych żołnierzy, choć jeszcze niedawno sam opowiadał księżnej, jak trudno złamać bojowego ducha w legionistach. Zreorganizowana jazda imperialna wyszła z obozu natychmiast, gdy stało się to możliwe – i zniknęła, rozpływając się po kraju. Zapłonęły wioski, tu i tam. Dwie lekkie chorągwie Sey Aye kilka razy natykały się na jakąś kolumnę i ponosiły porażkę za porażką, tracąc w pościgu za konnymi łucznikami rannych i zabitych. Wreszcie przyszła wiadomość już nie o porażce, a klęsce – próbująca dopaść wroga Chorągiew Straży Przedniej została wprowadzona w pełnej szarży prosto na mokradła, gdzie ugrzęźli wszyscy: cesarscy i książęcy. Ale imperialni mieli łuki... Na suchy teren wydostała się z powrotem zaledwie połowa lekkich jeźdźców Sey Aye.

Pod samą Puszczą Bukową legioniści spali na zmianę, a żołnierze Yokesa wcale. Z umocnionego obozu wychodziło jedno natarcie za drugim, wszystkie pozorowane. Pod obozem rozwijała się kolumna lub dwie, dołączała trzecia... Kolejno ruszały do przodu i wracały, nie osiągając środka pola. Żołnierze spod ciężkich znaków Sey Aye dziesięć razy dziennie stawali w szykach pod lasem, czekając, co będzie dalej. Ale dalej nie było nic... W nocy cała historia zaczynała się od początku. Yokes nie mógł lekceważyć tych rozpoczynanych i niekończonych natarć, bo nie wiedział, które z nich zostanie poprowadzone dalej, a prędzej czy później musiało wyjść natarcie prawdziwe. Lecz cesarscy odwrotnie: wiedzieli, czy atakują naprawdę, i nie budzili swych żołnierzy bez potrzeby.

Taka zabawa nie mogła trwać wiecznie. Yokes miał świadomość, że jego wymęczeni i bezradni żołnierze wkrótce zaczną upadać na duchu. Zaczynał tęsknić do chwili, gdy z obozu wyjdzie wreszcie prawdziwe, dzienne albo nocne (najprędzej właśnie nocne), uderzenie. Tyle tylko, że imperialni wiedzieli już, czego się spodziewać po żołnierzach Sey Aye. Gdyby udało się im przenieść ciężar walki między drzewa, walczące pieszo w Puszczy chorągwie zapłaciłyby w utarczkach z piechotą straszną cenę. Gajowi zaś, pozbawieni pomocy spieszonych jeźdźców, sami utrzymać Puszczy nie mogli. Nie w walce przeciw sześciu tysiącom dobrze wyszkolonych, a nierzadko doświadczonych, legionistów.

Wódz wojsk księżnej Ezeny nie wiedział, jak rozpaczliwe jest w istocie położenie cesarskich legionów. Strumyk pod wsią, o studniach nie wspominając, nie dostarczał dość wody dla ludzi i wszystkich zwierząt, zarówno wierzchowych, jak pociągowych i jucznych. Nie przewidywano, że na wiele dni stanie w tym miejscu cała Armia Zachodnia. Deszczu ciągle nie było. Jazda wyszła z obozu przede wszystkim dlatego, by utrzymywać się własnym staraniem. Nocny szturm na Puszczę Bukową był bliższy, niż Yokes podejrzewał; cesarscy nie mogli już wysiedzieć w zatłoczonym – choć stale powiększanym i umacnianym – obozie, w którym tkwił cały tabor.

Doradcy księżnej na szczęście wiedzieli, że pierwszego sukcesu zmarnować nie wolno. Najbardziej nalegał Przyjęty. Znawca historii Szereru miał pojęcie, jak zmienne są koleje losu wojennego; pytany, stale mówił to samo: „Do Rollayny!". I księżna podjęła wyzwanie. Być może najtrudniejsze, przed jakim stanęła do tej pory. Miała pojawić się wśród ludzi, którzy jeszcze niedawno uważali ją za niewolnicę-uzurpatorkę; musiała udowodnić, że jest osobą wartą najwyższych zaszczytów, i narzucić swą władzę wszystkim.

W ślad za wojennymi legendami, rozpowszechnianymi głównie na użytek pospólstwa, poszły do stolicy wieści przeznaczone dla innych uszu. Dartańscy nosiciele rodowych monogramów, ze słabo skrywanym niepokojem – ale i ciekawością – czekali na kobietę, która wplątała Złoty Dartan w wojnę przeciw całej potędze cesarstwa. Za tą kobietą stała stara dartańska legenda, potwierdzana przez ludzi o takim znaczeniu i wpływach, jak K.B.I.Enewen, który gotów był walczyć i umierać za sprawę nowej pani. Tacy jak sławny żołnierz M.B.Yokes, szanowany i ceniony bez mała w całym Szererze, a wywodzący się z rodu surowych rycerzy-wojowników. Stały za nią wielkie pieniądze, dostarczane przez Puszczę Bukową, którą otrzymała od starego księcia K.B.I.Lewina, może i dziwaka, ale bez dwóch zdań pierwszego magnata w Dartanie, którego ród wyrósł z tej ziemi. Wreszcie stała za nią armia o niesłychanej sprawności i sile, rozbijająca w pył karne armektańskie legiony – bo wszystko jedno, jak wielką stworzono wokół bitwy legendę, klęska wojsk cesarskich była przecież faktem. Powątpiewano, czy księżna naprawdę prowadziła szarże, ale wojną kierowała z całą pewnością, na podobieństwo dawnych monarchów śląc rozkazy wodzom swych armii; mogła też rzeczywiście, wespół z rycerzem Yokesem, dowodzić w bitwie pod Puszczą.

Mężczyźni i damy dartańskich Domów nie bardzo chcieli kogoś tak potężnego. Kogoś, kto bardziej nawet niż cesarski Książę Przedstawiciel mógł narzucić wszystkim swoje własne, nie wiadomo jakie prawa. Obawiano się nowych porządków.

Pałac dartańskiego wicekróla, po opuszczeniu przezeń Rollayny – po prostu splądrowano... Świetne Domy stołeczne, najpierw bardzo nieśmiało, potem coraz zuchwalej, a po likwidacji nieudolnego dartańskiego Trybunału wręcz bezczelnie, przywłaszczyły sobie całe mienie cesarskiego przedstawiciela. Dopiero powrót pod stolicę żelaznych hufców Enewena ostudził zapędy magnatów, a szczególnie ich żon. Enewen nie musiał, jak Ezena, walczyć o znaczenie i pozycję; miał je od dawna, a teraz dodatkowo był opromieniony sławą świetnego wodza, zwycięzcy licznych bitew, za którym stało murem wiele wiernych chorągwi. Może setka, albo nawet więcej, znanych i mniej znanych Domów, wiązała wszystkie swe nadzieje z Enewenem i wojną, którą prowadził, a pięć razy tyle Domów widziało w owej wojnie przynajmniej jakieś korzyści. Były rody gotowe uwierzyć w cokolwiek i każdą prawdę przyjąć za swoją, poprzeć mieczami każdą sprawę, którą popierał wódz, bo na wojennej glebie, uprawianej pod jego okiem, rosło ich znaczenie, zamożność i pozycja. Już teraz wielu rycerzy o świetnych monogramach przed imieniem, ale za to bez miedziaka w sakiewkach, bogaciło się, zgarniając zdobycz wojenną, przyjmując złoto za wykup jeńców, a wszystko to w promieniach sławy i chwały.

Popierany przez takich ludzi Enewen stanął pod Rollayną i bez żadnych ceregieli przepędził z pałacu, który przed wiekami zbudowano dla dartańskiego króla, wszystkich intruzów. Obrażony przez jednego, zaraz wyzwał go na arenę, i to wyzwał w taki sposób, że przełknięcie upokorzenia było niepodobieństwem. Wyśmiał ciężką zbroję turniejową, stawił się przed zuchwalcem w swoich pogiętych na wyprawie blachach i porąbał go, ale tak, żeby wszyscy widzieli, iż w Dartanie naprawdę trwa wojna. Sam wprowadził się do świetnych komnat i jął pytać, dlaczego stoją puste, odarte nawet z draperii na ścianach. Podejmował gości, rozmawiał i bywał. Nie minął tydzień, a w pałacowych korytarzach i salach pojawiło się z powrotem sporo skradzionych sprzętów. Srogi wódz Ahe Vanadeyone uprzejmie dziękował każdemu, kto „odebrał cenne przedmioty jakimś nieznanym rabusiom", i zapewniał, że gdy tylko pozna tożsamość tych rabusiów, natychmiast pośle po kata, co zazwyczaj kończyło się mniej lub bardziej pośpiesznym pożegnaniem. Gdy znowu pociągnął na wojnę, w stolicy została jedna z jego najlepszych chorągwi, Mniejsza Domu. Rycerze i ich pocztowi strzegli pałacu, czekając na osobę, która powinna w nim wkrótce zamieszkać.

Yokesowi mrówki chodziły po plecach, gdy odsyłał do Rollayny elitarną Chorągiew Domu, najpotężniejszą ze wszystkich – zupełnie jakby cierpiał od nadmiaru żołnierzy. Ale było oczywiste, że jej wysokość nie może stawić się w stolicy, otoczona wianuszkiem stu gwardzistów. W Chorągwi Domu, oprócz siły i prezencji, jakiej nie miała żadna chorągiew rycerska, liczyło się coś jeszcze. Nie tylko okryte ladrami rumaki kopijników; nie tylko świetne zbroje. Wagę miały barwy staroksiążęcej linii rodu K.B.I., dębowe liście uwieńczone koroną, a na koniec rodowe monogramy rycerzy występujących pod znakami Ezeny. Jeśli odliczyć kadrę dowódczą, wszyscy wojownicy Czystej Krwi służyli właśnie pod dumnym gonfanonem Chorągwi Domu.

Już na rogatkach szeroko rozłożonych przedmieść witały wojsko szpalery gapiów. O przyjeździe jej książęcej wysokości wiedziano od dwóch dni. Tłumy gęstniały, w miarę jak jeźdźcy Domu, z kopiami w dłoniach i na bojowych rumakach, zbliżali się do Bramy Pani Seili. Rollayna miała jeszcze Bramę Królewską i Bramę Pani Delary, ale okrążanie miasta dla naprawdę już pustego gestu, jakim byłby wjazd przez Bramę Królewską, mijało się z celem. Na samym czele pochodu jechał dowódca chorągwi, mając u boku nieprawdopodobnie urodziwą, jasnowłosą dziewczynę w haftowanej złotem wojennej sukni, na której pyszniła się tak samo złota kolczuga. Dziewczyna była przy mieczu, którego jelec i głowica rękojeści lśniły od klejnotów. Szeptano, że to żona rycerza dowodzącego chorągwią. Dalej szli już groźni jeźdźcy Domu, niektórzy w rycerskich płaszczach. Do parady ulicami miasta ustawiono ich w kolumnie trójkowej: w każdym szeregu szedł kopijnik lub średniozbrojny w asyście dwóch konnych kuszników, a z boku pieszy pachoł prowadził podjezdka. Jeźdźcy siedzieli na bojowych wierzchowcach. Chorągiew wywarła oczekiwane wrażenie – ale też, bez dwóch zdań, była to najlepiej wyposażona i strojna ciężka chorągiew Szereru. W żadnej rycerskiej chorągwi – ani nawet w klinie Gwardii Cesarskiej – wszystkie bojowe rumaki nie były okryte zbrojami. Prawdę powiedziawszy, na kompletną końską zbroję mogli sobie pozwolić tylko bardzo nieliczni. Mało tego, wszyscy ciężko- i średniozbrojni jeźdźcy mieli pełne zbroje płytowe, nieznacznie różniące się od siebie, co w ogóle się nie zdarzało w zbiorczych chorągwiach rycerskich. Najbardziej różnorodne, jak zwykle, były hełmy, choć większość kopijników nosiła przyłbice, a średniozbrojnych zamknięte i półzamknięte łebki. Nawet strzelcy, na okrytych krótkimi kropierzami koniach, z jednakowymi tarczami na plecach, w pełnych kolczugach, wzmocnionych nakolankami i nałokcicami, prezentowali się świetnie. Na widok czterystu takich ludzi, których koszt uzbrojenia i wyposażenia równał się cenie ekwipunku może czterech zwykłych chorągwi, gapiom wychodziły na wierzch oczy. Wiedziano już powszechnie, że Sey Aye ma więcej podobnych oddziałów. Oczywiście nie wszystkie były równie liczne – najmniejsza Chorągiew Błękitna liczyła zaledwie stu pięćdziesięciu jeźdźców – ale tłumy na ulicach Rollayny nie mogły znać takich szczegółów; zresztą nie znał ich prawie nikt. Obwieszeni bronią żołnierze (bo oprócz kopii, włóczni bądź kusz w dłoniach, oraz mieczów i rycerskich sztyletów przy pasach widniały jeszcze, zawieszone u kulbak, topory, maczugi, korbacze i wszelka broń, jaką każdy jeździec uznał za potrzebną) niespiesznie przejeżdżali pod sklepieniem bramy, krzesząc podkowami iskry na bruku, których snopy widoczne były w mrocznym tunelu.

Za jeźdźcami podążała zwarta półsetka kuszników pieszych – najlepsi żołnierze, jakich Yokes mógł wybrać z grona strzelców. Uzbrojenie i wyposażenie tych ludzi, na tle idących przodem jeźdźców, nie robiło wielkiego wrażenia, ale zwracał uwagę bardzo równy krok. Ten oddziałek przyłączono do pocztu jej wysokości specjalnie dla rzeczoznawców. Każdy, kto miał jakieś pojęcie o wojsku, musiał docenić karność tej piechoty i zapytać się w duchu, czy o sile Sey Aye na pewno decyduje tylko jazda? Z tego samego powodu za półsetką kuszników szła druga, o wiele mniej karna, ale za to niezwykła – byli to leśni strzelcy, odziani w zielone, brunatne i szare barwy, z opończami malowniczo spływającymi z ramion. Symbol Puszczy Bukowej, legendarna straż leśna, o której chętnie rozprawiano, snując niewiarygodne historie. Zawołani tropiciele i myśliwi, znawcy bezdroży, mieszkańcy dzikiej kniei, której ludzkie oko nie widziało. Postrach kłusowników i zbiegłych do lasu bandytów – o iluż morderczych potyczkach, iluż leśnych zasadzkach mogłyby opowiedzieć ostępy! I w samej rzeczy ci ludzie wyglądali na bohaterów najbardziej niezwykłych opowieści: zuchowaci, zawadiaccy, może trochę dzicy, ze sterczącymi u ramion różnobarwnymi pierzyskami strzał, świetnymi łukami i kuszami w dłoniach, wszyscy przy mieczach i ciężkich nożach myśliwskich.

Za leśną strażą postępowało dwudziestu lekkozbrojnych, lecz świetnie wyposażonych jeźdźców w barwach domu, a dalej już jechała sama księżna, otoczona bardzo nielicznym, zaiste wojennym, orszakiem. Z każdej strony odgradzał ją od ciżby rząd konnych gwardzistów, takich samych jak dwudziestka z przodu. Wpatrywano się zachłannie w twarz tej najbardziej tajemniczej kobiety Szereru, która jechała obojętna, zdawkowo uśmiechnięta, zamieniając czasem kilka słów z oficerem w mundurze gwardzisty lub towarzyszącą jej kobietą o urodzie najdroższej niewolnicy: hodowlanej Perły. Lecz ta Perła na pewno była przyboczną strażniczką – piękna dziewczyna o kasztanowych włosach, prowadząca wierzchowca ze swobodą znakomitego jeźdźca, odziana w srebrzystą kolczugę i czerwoną narzutę, z mieczem i sztyletami przy dwóch pasach. Za księżną jechał, w towarzystwie dwóch młodych, uzbrojonych kobiet (chyba przybocznych niewolnic?), mężczyzna o pospolitym wyglądzie, skrzywiony w dziwnym uśmiechu, ale dobrze odziany – jedyny w całym orszaku człowiek bez żadnej broni. Jeszcze dalej giermek i kilku pachołków. Sama księżna siedziała po męsku na pięknej bułanej klaczy dartańskiej, ubrana w granatową wojenną suknię o obszernej spódnicy; na sukni srebrzyła się świetna kolczuga. Była kobietą bardzo urodziwą, chyba dosyć wysoką, o ile dało się ocenić, gdy siedziała w siodle, o szerokich brwiach i zdecydowanym spojrzeniu, z granatowoczarnymi włosami ujętymi w jedwabną siatkę. Tłum nie wiedział co myśleć o kimś takim.

Ale ta niewiedza trwała krótko.

Przedziwna była łatwość, z jaką pani Puszczy potrafiła zjednywać sobie ludzi. Zaiste królewski dar... Rozmawiając z piękną strażniczką, księżna dojrzała coś w ciżbie i bezceremonialnie zatrzymała wierzchowca. Wydawało się, że dopiero teraz zauważyła tłumy stojących wzdłuż ulicy mieszczan. Nie bacząc na protesty uzbrojonej towarzyszki, złamała szyk swoich gwardzistów, przepchnęła się aż do pierwszego szeregu gapiów i pochyliła z uśmiechem, wyciągając rękę ze srebrną zausznicą, którą przed chwilą zdjęła. Przestraszona kobieta z dzieckiem na rękach gotowa była się cofnąć, ale maluch odważnie sięgnął po błyskotkę i księżna roześmiała się szczerze, uszczęśliwiona, spoglądając na zbrojną towarzyszkę. Zaraz skinęła głową matce obdarowanego szkraba i powiedziała coś, ale ujęty ludzkim, nieudawanie ciepłym gestem tłum wrzasnął, wiwatując, i nie dosłyszano słów. Jej wysokość machnęła ręką, pozdrawiając mieszkańców stolicy tak samo naturalnie, jak wcześniej podała zausznicę. Znów się śmiała. Jakże to podobało się ludziom! Kapryśni mieszkańcy wielkiego miasta, widujący na co dzień najświetniejszych rycerzy i ich piękne małżonki, nie oczekiwali przybycia roześmianej kobiety, która poprzedzana przez pyszne wojska, bogata i potężna, pochylała się ku nim, gotowa chyba porozmawiać... Patrzący na to Gotah-Przyjęty po raz setny powiedział sobie, że Ezena dopnie wszystkiego, co zamierzy. Ale przyznał się – sam przed sobą – do czegoś jeszcze. Do kłamstwa... a może tylko pomyłki. Jechał u boku Rollayny, Pierwszej z Trzech Córek Szerni, legendarnej królowej Dartanu. Ezena była Rollayną. Obojętne, czy stary książę Lewin wyrwał ją

Pasmom Szerni; obojętne nawet, czy Rollayna kiedykolwiek istniała... Jeśli nie było jej dotąd, to pojawiła się właśnie, prawdziwa, z ciała i duszy. Dysponowała siłą i mocą, jakiej nie mogły dać nawet Pasma. Była to moc człowieka, który dokładnie wie, dokąd zmierza, zna swoje miejsce na świecie i na pewno potrafi je zająć.

Wiwaty, raz rozbudzone, już nie milkły, przekazywane coraz dalej i dalej, podsycane spojrzeniem i uśmiechem, a czasem tylko samym gestem Ezeny. Nikt nie sypał tym ludziom złotych i srebrnych monet. Ktoś się do nich po prostu uśmiechał i był to ktoś szczęśliwy.

I rzeczywiście. Jej książęca wysokość wprawdzie lubiła dzieci, ale gest z zausznicą płynął z wyrachowania... Za to już chwilę później Ezena odkryła dziwne ciepło w piersi; miasto odezwało się do niej i poczuła, że to jest właśnie JEJ miasto. Zniknęło wyrachowanie, bo pani Dobrego Znaku z każdym krokiem była bardziej szczęśliwa, a ludzie to szczęście widzieli. Szczerą radość kogoś, kogo warto było witać; a warto właśnie dlatego, że był wdzięczny za powitanie.

Zamykający pochód konni gwardziści jechali pośród huku rozbudzonej stolicy, która w jednej chwili dostała swoją panią. Kogoś zupełnie innego niż Książę Przedstawiciel Cesarza, Dartańczyk w służbie obcego monarchy, przysłany skądś i dokąś odwołany. Kogoś, kto dotąd nigdy nie był w Rollaynie, ale przyjechał, bo chciał tu zamieszkać, bo tu miał być jego dom i miejsce, nie zaś tylko piastowane za czyimś przyzwoleniem stanowisko. Docierało do ludzi, że nie wyszli na ulice z próżnej ciekawości... Wyszli, by po latach mówić dzieciom i wnukom: „Widziałem, jak królowa wjeżdżała do miasta".

Dla pospólstwa Ezena została królową, jeszcze zanim minęła przedmieście.

***

W Rollaynie być może brakowało miejsca, ale tylko w zewnętrznym pierścieniu. Miasto zbudowano na planie dwóch okręgów, jeden w środku drugiego. Wewnętrzny zamykał Dzielnicę Królewską, od czasu nastania imperium przemianowaną na Książęcą. Teraz miała wrócić do swojej pierwszej nazwy.

Olbrzymi pałac królewski – a potem wicekrólewski – nie przytłaczał. Główna bryła budowli była parterowa, w starodartańskim stylu. Tylko skrzydła strzelały do góry – słynne „wieże" Rollayny, mieszcząc więcej pokoi i komnat niż jakakolwiek inna budowla na świecie. Ale sam środek pałacu, zbudowany z myślą o panującej rodzinie, był mniejszy niż dom księżnej w Sey Aye. Podobnie rozplanowany... Ezena czuła się niemal jak u siebie. Najbardziej brakowało wąskiej komnaty z oknami wychodzącymi na ogród.

Park za domem był zupełnie inny. Najpierw rozbawił księżną. Na wielkiej polanie w środku Puszczy Bukowej wytyczono żwirowe alejki, posadzono krzewy ozdobne. W środku największego miasta Szereru próbowano zapuścić knieję. Za pałacem Ezena miała las. Malutki, śmieszny, wzruszający las. Ale było to coś bliskiego, potrzebnego. Księżna uświadomiła sobie, jak bardzo zżyła się ze swoim wielkim lasem. Chyba oszukała Przyjętego... Tęskniła do swojej polany.

Ale tutaj był mały las, w którym szumiały sosny, ćwierkały ptaki, a na drzewo uciekła wiewiórka. Jakby... jakby z rozkazu starego księcia zrobiono w Rollaynie coś, co powita panią Sey Aye, przypomni o opiece, którą nad nią roztoczył potężny ród puszczańskich wojowników. Księżna czuła tę opiekę stale. Miał słuszność mądry Gotah, dowodząc, że jej siła bierze się z marzeń, ze snów pokoleń rycerzy. Czuła w sobie te wszystkie marzenia, z całej duszy chciała im sprostać, bo były czymś wielkim, jak armektańska Pani Arilora. Dartan nie znał niczego takiego. Nie znał, bo ukryte były w mrocznej puszczy, gdzie całe pokolenia czekały.

Jej wysokość pokochała malutki lasek za domem, bo połączył ją ze wszystkim, co nadało sens jej istnieniu.

W obozie przy Netenie, jeszcze przed wyjazdem do stolicy, Anessa zajęła się przygotowaniami do pobytu w Rollaynie. Napisała list do Kesy. Pilnująca Sey Aye Perła wiedziała, co będzie potrzebne. Co, a raczej, przede wszystkim – kto. Jednocześnie z księżną (ale przez inną bramę) wjechał do Rollayny przysłany z Puszczy zastęp niewolników, urzędników i dworzan. Księżna, na wojennej wyprawie, mogła mieć przy sobie dwie lub trzy niewolnice, ale w stolicy potrzebowała trochę więcej służby. Kesa uznała, że na razie wystarczy osiemdziesiąt dusz, nie licząc ponad trzydziestu dworzan i urzędników. Ludzie ci przywieźli ze sobą najpotrzebniejsze sprzęty, bo Anessa dała Kesie znać, iż pałac został splądrowany i nie wiadomo, co w nim właściwie jest. Dostarczono księżnej dwadzieścia parę sukni – niektóre Anessa wymieniła jako niezbędne, o innych pomyślała Kesa – oraz kilkanaście par obuwia i sporo kobiecych dodatków. Nie było to wiele dla kogoś, kto przywykł przebierać się nawet dwa razy dziennie... Ezena wprawdzie buntowała się czasem i paradowała w koszuli praczki, ale na co dzień – przynajmniej, gdy chodziło o stroje – całkiem dobrze rozumiała się z Anessą.

I to właśnie Pierwsza Perła miała być w Rollaynie najbardziej nieszczęśliwa. Kesa, bez cienia litości, posłała jej tylko kilka sukni; reszta miała przyjechać dopiero później, na wozach, których istny tabor przygotowywano w Sey Aye. Ale musiało to trochę potrwać i nieszczęśliwa Anessa w ogóle nie miała co na siebie włożyć. Mogła pokazać się ludziom dokładnie pięć razy; potem zostawały już tylko dwie domowe suknie, nie przeznaczona dla oczu gości. Jedynym wyjściem był powrót do Yokesa; twarda żołnierka mogła w surowych obozowych warunkach na okrągło pokazywać się w trzech wojennych sukniach. Wojna to wojna, wiadomo.

Obrażona Anessa stawiła się przed Ezeną i powiadomiła ją sucho, że nie może być w niczym pomocna. Ezena, jak każda kobieta, była zdolna do współczucia tylko wtedy, gdy spotykało ją dokładnie to samo, co osobę poszkodowaną – gdyby miała pięć sukni, płakałaby razem z Anessą, nad swoim i jej losem. Ale miała prawie trzydzieści i nie rozumiała, o co chodzi Perle.

– Jak to: „nie możesz być pomocna"? A w czym?

– W niczym.

Ezena urządzała sypialnię w zupełnie innym miejscu, niż sypiał Książę Przedstawiciel Cesarza. Oddział niewolników targał łoże wielkości okrętu. Nie miała czasu na głupstwa. Brakowało jej służby, kucharzy... Wszystkiego. Tylko Pereł miała w sam raz, a nawet o jedną za dużo.

– Lada dzień wielkie posłuchanie dla całej Czystej Krwi, jaka płynie w tym mieście – powiedziała. – Nie posłuchanie, tylko... Jak to nazwał Gotah? Mniejsza z tym, w każdym razie wysłałam ponad trzysta zaproszeń. Enewen na szczęście zostawił mi człowieka, który zna tutaj wszystkich, ale nie wiem, czy kogoś nie pominęłam. Ja nie będę zajmować się gośćmi, od tego mam Pierwszą Perłę. Niesamowicie drogą, ale na pewno wartą swojej ceny.

– Pierwsza Perła jest naga.

– Bardzo dobrze, będzie po armektańsku – oceniła twardo jej wysokość. – Nie zawracaj mi głowy, właśnie przenoszę łóżko.

Anessa nie dała się zbyć.

– Wasza wysokość, uważam...

– Nie, nie, żadne „wasza wysokość" – przerwała Ezena. – Co mam zrobić? Pożyczyć ci suknię? Wybierz sobie jakąś, skróć i wypchaj z przodu. Tutaj nie! – zawołała, szybkim krokiem przemierzając komnatę i spoglądając na łoże, o które ciężko opierali się czerwoni na twarzach niewolnicy. – Bardziej na środku! Wezgłowie z drugiej strony.

Anessa poszła do Hayny.

Hayna miała jeszcze mniej czasu, niż Ezena. Pierwsza Perła skarżyła się przyjaciółce, pędząc za nią biegiem. Gwardzistka uczyła się domu na pamięć, liczyła na palcach gwardzistów, wybierała miejsca, gdzie mają podpierać ściany, tak żeby każdy widział dwóch najbliższych towarzyszy.

– W skrzydłach na razie nikogo – rzekła do Anessy, przerywając jej niemal w pół słowa. – Wiem już, dlaczego Przedstawiciel miał cały półlegion halabardników. A ja potrzebuję dwa razy tyle. Trzy zmiany warty, po pięćdziesięciu ludzi w skrzydłach i setka tutaj. Od wczoraj próbuję dać sobie z tym radę... Myśl ze mną! – prychnęła na Anessę. – Kogo dam jej do asysty? Wszystko stoi na głowie, ktoś ukradł nawet drzwi i wybił okna, a ona wydaje bal!

– Poproś o jeźdźców Domu – powiedziała zrezygnowana blondynka.

– I chyba tak zrobię. Staną w sali tronowej.

Anessa odszukała Gotaha.

Gotah miał czas – i bardzo zły humor. Wybrał się do Rollayny na wyraźne życzenie księżnej i na razie nie miał nic do roboty. Najbardziej gniewało go to, że nie mógł być w trzech miejscach naraz. Chciał zobaczyć, jak księżna poradzi sobie w Rollaynie. Równie mocno pragnął towarzyszyć Yokesowi, z którym ostatnio bez mała się zaprzyjaźnił, znajdując w byłym tysięczniku cierpliwego słuchacza; Yokes nigdy nie znał kogoś takiego, jak historyk-Przyjęty, i dopiero na stare lata dowiadywał się, jak ciekawe są dzieje wojskowości w Szererze. Polityczne wstrząsy nudziły go śmiertelnie – za to o przemianach w uzbrojeniu, taktyce i strategii, a także najważniejszych bitwach, mających wpływ na losy świata, gotów był rozmawiać całymi nocami. Umiał odnieść uzyskane wiadomości do sytuacji własnych wojsk, nie było to więc dla niego tylko próżne gadanie. Uczył się, pogłębiał niezbędną dowódcy wiedzę. Spostrzegawczy i potrafiący myśleć, zadawał ciekawe pytania i miał bardzo cenne uwagi. Przyjęty czuł, że to raczej Yokes, niż Ezena, potrzebuje teraz doradcy, a potrzebuje tym bardziej, że odesłał swego zastępcę, dowódcę Chorągwi Domu. Był sam naprzeciw cesarskiej armii pod lasem. Gotah pragnął jak najszybciej wrócić do wojskowego obozu pod Netenem, albo zgoła stawić się od razu w namiocie dowódcy, na polance przy wylocie drogi na równinę. A jeszcze bardziej ciągnęło go do Sey Aye, gdzie wprawdzie był całkiem zbędny, ale mógł dostać od kogoś kubek mleka i skrzydełko kurczaka do łóżka. Anessa trafiła fatalnie. Przyjęty po prostu ją przegnał, w ogóle nie doceniając, że Pierwsza Perła próbuje spełnić swój obowiązek. Miała występować jako najcenniejszy klejnot swojej pani, zaświadczać o jej bogactwie, zajmować się gośćmi, służyć radą, a wszystko to w szorstkiej włosienicy. Ofuknięta niewolnica poszła, nie mówiąc słowa. Jej gorycz była tak bezbrzeżna, że Gotah, pomimo kwaśnego humoru, znowu zastanowił się przez chwilę, jak dziwacznie splątana jest dusza tej pięknej i naprawdę mądrej dziewczyny. Ktoś, kto obmyślał finansowe kampanie, prowadził bez mała wszystkie sprawy Sey Aye, umiał jeździć po Dartanie i dyktować warunki znanym Domom rycerskim – otóż ten ktoś gotów był płakać z powodu braku sukienki. Mędrzec Szerni przeklął się w duchu, że nie znalazł dla Anessy cierpliwości, bo było zupełnie jasne, co niewolnica zaraz zrobi: mianowicie, znajdzie sobie jakiegoś bezbronnego biedaka, pisarza lub niewolnego sługę, wbije mu w krtań zęby jadowe, pomnoży obowiązki, odbierze wszystkie prawa i obieca zwolnienie ze służby lub odsprzedanie byle jakiej hodowli przy pierwszej po temu okazji. I pół biedy, jeśli tylko tyle. Mogła jeszcze ruszyć w podróż po ulicach Rollayny i za pół sztuki srebra oddać swe ciało włóczędze w gospodzie, bo tak przecież czyni głodna kobieta w łachmanach na grzbiecie, której w oczy zagląda nędza. Gdy szło o Anessę, Przyjęty bywał aż niesprawiedliwy. Nie lubił Pierwszej Perły i gotów był uwierzyć w cokolwiek, co mówiono na jej temat, byle zaświadczało o bezdennej pustocie.

Mędrzec Szerni siedział w pustym, splądrowanym pokoju, który mu wskazano. Więcej wygód miał w budyneczku leśnej komendantury... Oprócz dwóch krzeseł w komnatce nie było żadnych sprzętów. Obiecano mu jakieś legowisko na noc i kandelabr z kilkoma świecami, ale miał to dostać już minionego wieczoru, gdy przekroczył próg pałacu, i nie dostał. Skończyło się na drzemce w jakimś pokoju zachodniego skrzydła, na trzecim piętrze, gdzie na łóżku litościwie zostawiono siennik. Teraz siedział na krześle i gapił się przez okno. Zdążył już przejść się po pałacu, bo wieczorem szukał posłania, a potem był w drugim skrzydle, gdzie mieszkali kiedyś dworzanie; Książę Przedstawiciel zabrał ich ze sobą, uciekając do Tarwelaru. Najrozmaitszych sprzętów zostawiono w pałacu dość, by urządzić parterową część budowli, ale to właśnie na parterze, gdzie mieszkał sam Przedstawiciel, było kiedyś najwięcej cennych przedmiotów i dało się łatwo je zabrać. Parter splądrowano nieomal doszczętnie, a Enewen odzyskał tylko część tego mienia. Wszystko, co jeszcze było w pałacu, należało teraz poznosić z różnych komnat. Takiej pracy nie mogło podołać osiemdziesięciu niewolników, nawet jeśli z pomocą ofiarowali się żołnierze.

Gotah wiedział, że księżna Ezena musi jak najszybciej dogadać się z wielkimi rodami Rollayny (był ogromnie ciekaw, jak to zrobi), więc nie domagał się niczego, bo ostatecznie mógł się przespać nawet na posadzce. Najważniejsze było teraz przygotowanie sali tronowej i kilku innych, niezbędnych do przyjęcia armii gości. Sama sala tronowa, urządzona z myślą o takich właśnie zgromadzeniach, mogła na pewno pomieścić ze dwie chorągwie jazdy. Ale w sali miało odbyć się tylko posłuchanie dla głów dartańskich rodów. Stołeczni rycerze i magnaci nie mogli stawić się w pałacu sami, bez małżonek, bez żadnych pocztów, bez nieodzownych Pereł... Wszystkich tych ludzi nie można było trzymać na dziedzińcu przed domem. Chociaż, z drugiej strony, pogoda wciąż dopisywała i Gotah zastanowił się, czy nie podsunąć takiej myśli Ezenie. Dartańskie obyczaje dopuszczały wystawienie pod niebo stołów dla pocztowych i pomniejszej służby. Anessa, zamiast martwić się o suknie, powinna zarządzić przygotowania do wielkiej biesiady. Zgromadzone w sali rycerstwo miało rozmawiać z Ezeną, ale potem należało podać jakiś poczęstunek. Jaki? Gdzie?

Gotah nie wiedział, że martwi się niepotrzebnie. Anessa, choć okradziona z sukni przez przebrzydłą Kesę, jak zwykle stanęła na wysokości zadania. Polecenia dawno już zostały wydane; Pierwsza Perła, nieszczęśliwa i niezadowolona, wstała tego dnia wcześnie jak nigdy i najważniejsze sprawy załatwiła sama, a inne zleciła komu trzeba. Gdy Gotah dumał o wydaniu uczty na dziedzińcu (co nie było możliwe, bo goście jakoś musieli zajeżdżać przed dom), do Dzielnicy Królewskiej zaczynały właśnie ściągać ciężko załadowane wozy. Dostarczano stoły i ławy, od razu wnoszone przez pachołków do pałacu i ustawiane w korytarzach wschodniego skrzydła, które wyglądało najlepiej. Rozkładano na nich obrusy, a na obrusach zastawę. Zakupiono mnóstwo zupełnie zbędnych rzeczy, tylko po to, by cała stolica miała o czym mówić. Handlowe przedstawicielstwo Sey Aye w Rollaynie mogło zaspokoić większość zamówień, ale zlecono mu tylko regulowanie rachunków i przedstawiono listę zakupów... Anessa stawała na głowie, byle tylko wydać jak najwięcej. Dziesiątki stołów, setki lichtarzy i tysiące świec kupowano u konkurencji. Zamówiono potrawy i trunki, które miały trafić wprost na stoły, bo pałacowe kuchnie i piwnice w żaden sposób nie mogły jeszcze sprostać zadaniu. Wszystko to kosztowało krocie. Ale finanse Puszczy Bukowej, mimo niesłychanych zakupów, które poczyniono ostatnio (wciąż nabywano liczne dobra imperialne), nie były jeszcze w ruinie, łatane i naprawiane przez skarbników, spekulujących na rynku pieniężnym. Zresztą, nawet gdyby rzecz przedstawiała się inaczej, Pierwsza Perła gotowa była poważnie nadwyrężyć szkatułę Dobrego Znaku, byle tylko pokazać, na co stać jej panią.

Te wydatki miały wymowę polityczną. Przygotowanie w ciągu kilku dni, w splądrowanym pałacu, okazałego przyjęcia dla kilkuset kobiet i mężczyzn Czystej Krwi, którym musiało towarzyszyć pięć razy tyle pocztowych i służby, graniczyło z niemożliwością. Ale pieniądze potrafiły zdziałać cuda i Anessa zamierzała właśnie dowieść, że jej pani może dokonać rzeczy niemożliwych. Przyjęty, zdumiony rozmachem, z jakim czyniono przygotowania, musiał w duchu oddać sprawiedliwość Pierwszej Perle, która miała czas na irytujące jęki-stęki, ale wcześniej zdjęła z głowy księżnej właściwie wszystkie kłopoty. Ta niewolnica, choćby jeszcze dwa razy bardziej pusta i kapryśna, warta była każdej sumy w złocie (ostatnio raczej: w srebrze...). Umiała na własną odpowiedzialność podejmować bardzo ważne decyzje i w całej pełni korzystała ze wszystkich swoich uprawnień.

Ale tak działo się zawsze, nawet w Dobrym Znaku. Księżna, owszem, była wyjątkową kobietą, lecz ponadto miała do pomocy sprzymierzeńców, o jakich inni mogli tylko marzyć. Nic nie stało na przeszkodzie, by przez całe popołudnie ustawiała swoje łóżko, a potem leżała w nim, myśląc tylko o tym, jak poprowadzić grę z dartańskimi rodami. Hayna dbała o jej bezpieczeństwo i prezencję gwardzistów, Yokes i Enewen kierowali wojną, Kesa pilnowała spraw w Dobrym Znaku, a Anessa zajmowała się całą resztą. I miała jeszcze czas na narzekania.

Nazajutrz, księżna Ezena, korzystając z pięknej pogody, przez cały dzień wylegiwała się w swoim lesie za domem, gawędziła z Przyjętym i karmiła wiewiórki orzechami, bo wiedziała, że gdy zjawią się goście, wszystko będzie gotowe.

40

W olbrzymiej sali tronowej nie zabrakło miejsca, zwłaszcza że stawiły się w niej tylko głowy rodów. Rozesłane zaproszenia, utrzymane w najlepszym tonie i własną ręką podpisane przez Ezenę (księżna ponad trzysta razy musiała nakreślić swe, poprzedzone monogramami rodu, imię – ale nie użyła żadnych tytułów) w tyleż lekki, co uprzejmy, a nawet dowcipny sposób uprzedzały o „wojennej radzie, na której zapadną istotne dla królestwa decyzje". W kilku słowach dawano do zrozumienia, że na owej „radzie wojennej" oczekiwani są tylko ci, którzy przyjść powinni. Gotah, którego jej wysokość poprosiła o pomoc, mocno się nabiedził, układając treść owych zaproszeń. Nie mógł obrazić nikogo, a zarazem, spełniając życzenie księżnej, nie chciał dopuścić do zgromadzenia w sali tronowej wszystkich dam Domów z Perłami, jakichś giermków i nie wiadomo kogo jeszcze. Trudno było siłą rozdzielać przybywające pary, więc już w treści krótkich zaproszeń musiała zostać zawarta wiadomość, czego księżna oczekuje od swych gości.

Mędrzec Szerni sprostał zadaniu.

Kesa może i nie lubiła Anessy, ale nie była głupia... Żale Pierwszej Perły miały się całkiem nijak do przysłanej z Sey Aye sukni, w której witała gości. Olbrzymia błękitna szata, tak dartańska, jak to tylko możliwe, należała bez wątpienia do najkosztowniejszych strojów, jakie kiedykolwiek widziano w Szererze. W ciągu zaledwie jednego wieczoru Perła księżnej Ezeny i sama Ezena zostały znienawidzone przez kilkaset kobiet, z których większość mogła mieć tylko niewolnice pierwszego sortu; Perły pozostałych dam Czystej Krwi na tle Anessy i jej sukni wyglądały na fałszywe. Piękna blondynka, dźwigająca na sobie jakieś trzysta brylantów wtopionych w złote hafty zdobiące szatę, miała się do innych Pereł tak, jak Chorągiew Domu do zbiorczych chorągwi rycerskich. Ze swobodą, przyzwyczajona do rozkazywania największym rodom, Anessa zapraszała kobiety do refektarza, porozumiewawczo ubolewając nad obowiązkami, którym musi jeszcze sprostać księżna, zanim opuści męskie towarzystwo; z drugiej strony żartobliwie współczuła magnatom i rycerzom, których wojna, nawet w bezpiecznej stolicy, właśnie rozdzielała z małżonkami. Niejeden z tych magnatów i rycerzy bladł bądź czerwienił się lekko pod spojrzeniem niewolnicy, która parę miesięcy temu wcale nie żartowała, tylko mówiła spokojnie: „A oto są, panie, długi twego Domu...". Spotkanie z tajemniczą panią Puszczy Bukowej wydawało się niegroźne wobec przelotnego spojrzenia Pierwszej Perły, w niebieskich oczach której kryło się krótkie: „Pamiętam...".

Przybyli prawie wszyscy zaproszeni. Bo też bez względu na to, co kto myślał o niejasnym pochodzeniu księżnej-niewolnicy, o jakichś bajkach i legendach, o wyzwoleniu Dartanu spod władzy imperatora, nikt nie mógł zlekceważyć kobiety, z rozkazu której właśnie pobito najlepiej zorganizowane wojska świata – Legię Armektańską, niemającą od stuleci godnego przeciwnika; kobiety, która mogła wiele zdobyć mieczem, a drugie tyle po prostu kupić; kobiety, za którą orężnie stały liczne rody, kultywujące rycerskie tradycje swego kraju.

Tkwiący za wielkim tronem Gotah, podniesiony do rangi pierwszego doradcy jej wysokości, czekał tak samo jak wszyscy, kiedy pani domu przyjdzie do sali i co powie. Nie wiedział, w jaki sposób postanowiła narzucić swoją wolę przedstawicielom najświetniejszych rodów, którzy w większości wciąż jeszcze nie poparli jej sprawy, ani własnymi mieczami, ani w żaden inny sposób. Co najwyżej, zachowali powściągliwą neutralność, a i to najbardziej za sprawą kwitów, które kiedyś pokazywała Anessa. Oczywiście nie każdy zadłużony był w Sey Aye... Ale prawie każdy dłużnik miał przyjaciół i popleczników, od których żądał poparcia własnej sprawy. Księżna, za pośrednictwem Pierwszej Perły, wygrywała takie powiązania na swą korzyść. Teraz jednak chodziło o coś więcej: chodziło o uznanie faktycznej władczyni, przyznanie jej tytułu regentki, od którego wiodła już bardzo prosta droga do królewskiej korony na skroniach.

Regencja miała w Dartanie bardzo długą i bujną tradycję. W kraju wiecznie wstrząsanym rodowymi wojnami, gdzie panowały i upadały dynastie, by ustąpić miejsca obieralnym władcom, a potem znowu dziedzicznej monarchii, gdzie wiecznie panowało bezkrólewie, wyznaczano regentów zarówno na czas małoletności monarchy, jak i ze stu innych powodów. Najczęstszym powodem była wojna. Regenci czasu wojny, jako władcy tymczasowi, rządzili aż do ustąpienia politycznych zawirowań. Ale teraz o tytuł regentki miała ubiegać się kobieta, przez ogromną większość możnych po raz pierwszy widziana na oczy. Nie każdy miał dosyć śmiałości, by – pod pozorem załatwiania jakichś spraw – przemierzać stołeczne ulice właśnie wtedy, gdy jej wysokość wjeżdżała do miasta, i choćby rzucić okiem na jej poczet. Większość udawała, że właściwie nie wie, iż zajęty został pałac w Dzielnicy Królewskiej. Zajęty przez jej wysokość K.B.I.Ezenę, księżnę Dobrego Znaku, która w jakiś... bardzo niezwykły sposób została poślubiona przez starego księcia Lewina. O której powiadano... strach pomyśleć... że niegdyś była niewolnicą. Co prawda, przeczyli temu tacy ludzie, jak jego godność K.B.I.Enewen, a nawet, co ważniejsze, jego przyrodni brat Kenes, który niegdyś sam wytoczył rzekomej niewolnicy proces, a teraz walczył za jej sprawę. Gotah czytał wszystkie te myśli w oczach zgromadzonych. Wierzył w księżnę Ezenę, ale miał też obawy. Nie wiedział, jak ta młoda kobieta zachowa się wobec setek najświetniejszych Dartańczyków. W jaki sposób zażąda tytułu regentki, a tym samym praw monarchini?

W sali celowo została zachowana pewna wojenna surowość. Wzdłuż ścian, nieruchomo oparci na mieczach, trwali najznamienitsi żołnierze Chorągwi Domu. Po obu stronach podwyższenia, na którym stał tron, tylko dwaj gwardziści. Przy wielkich drzwiach wejściowych czekał, w pełnym gwardyjskim mundurze, komendant straży przybocznej, w asyście zaledwie czterech własnych żołnierzy. Wszystko to rzeczywiście wyglądało na jakąś... radę wojenną.

Drzwi otwarto bez żadnej zapowiedzi. Pośród gwaru licznych rozmów bardzo wyraźnie rozbrzmiał szczęk blach, gdy stojący pod ścianami zbrojni unieśli miecze w wojskowym salucie, a potem je opuścili, zgrzytając ostrzami o posadzkę. Łoskot stalowych rękawic, uderzających w opancerzone piersi, momentalnie zgasił gwar w sali. Pośród głuchej ciszy wszystkie twarze zwracały się ku drzwiom, spoza których dobiegał odgłos kroków kilku gwardzistów. Komendant Ohegened odczekał jeszcze chwilę, a potem swym szorstkim, donośnym głosem oficera, powiedział po prostu:

– Jej królewska wysokość księżna regentka K.B.I.-Ezena, pani Dobrego Znaku.

Czterej gwardziści weszli do sali i natychmiast zajęli miejsca po obu stronach wąskiego czerwonego kobierca. Księżna, z orężną Czarną Perłą przy boku, spokojnie poszła wprost do tronu.

Gotah stał, z bijącym sercem czekając, co się zdarzy. Ezena rozegrała wszystko po swojemu... Powinien był się domyślić! Nie zamierzała nikogo o nic prosić, ani nawet niczego żądać. Po zapowiedzi Ohegeneda każdy z gości miał prosty wybór: zostać w sali lub wyjść.

Ktoś chyba chciał pójść ku drzwiom, ale zaraz znieruchomiał, widząc, że inni nie ruszają się z miejsca. Ilu było takich? Przyjęty wiedział, jak działa wola jednostki w tłumie. W ślad za pierwszym odważnym ruszyliby następni. Ilu? Mogli wyjść nawet wszyscy. Przyjęty czekał na pierwszego odważnego. W gronie trzystu ludzi... Nikt?

Ale Ezena też wiedziała, jak czuje i myśli tłum. Na Szerń, skąd? Skąd ta wiejska dziewczyna, niewolnica i praczka, wiedziała takie rzeczy? Czy naprawdę w tym młodym ciele drzemała kilkusetletnia dusza królowej Rollayny?...

Drzwi pozostały otwarte dość długo, by nikt nie ważył się powiedzieć, że księżna uwięziła swoich gości;

dość długo, by każdy zdecydowany zdążył przez nie wyjść. Ale zdecydowanych nigdy w tłumie nie było... I Ezena o tym wiedziała. Wielkie skrzydła złożyły się powoli, wreszcie zwarły ze stukiem. Koniec. Nikt nie wyszedł i było już wiadomo, że nie wyjdzie. Bo jak? Zabawnie szarpiąc się z drzwiami, uczepiony wielkiej klamki nad głową? Czas minął, okazja uciekła. Jej królewska wysokość Ezena pozwoliła każdemu podjąć decyzję, po czym uznała sprawę za zamkniętą. Zamkniętą jak drzwi sali tronowej.

Gotah patrzył na idącą ku niemu kobietę w olbrzymiej czerwonej sukni, zamówionej przez starego władcę Sey Aye z myślą o królowej Dartanu. Żadna dama Domu nie mogłaby włożyć tej szaty, bo wyglądałaby w niej śmiesznie – przebrana za królową. Gdzie miała chodzić w takim stroju? Czy po krętych schodach we własnym strzelistym pałacyku, przy jednej z ulic Rollayny? A może w jakimś w majątku na końcu świata? Kto i gdzie mógł w takiej szacie podejmować gości, nie narażając się na uśmieszki za plecami? Ale oto tutaj, w sali tronowej pałacu dartańskich monarchów, szła po królewskiej purpurze – trochę niecierpliwie skubiąc jakiś dokument – wysoka kobieta, która chyba nie miała zbyt wiele czasu. Nie wystroiła się przesadnie, na sukni lśniło niewiele klejnotów, a włosów, ujętych w jedwabną siatkę z rubinami, na pewno nie układały przez pół dnia niewolnice. Przyszła załatwić jakieś sprawy, ale bez wątpienia czekały już inne, prawdopodobnie ważniejsze lub chociaż równie ważne... Podeszła do podwyższenia i weszła po trzech stopniach. Wymieniła spojrzenie z Przyjętym, który po raz setny musiał sobie powtórzyć, że nie ma żadnej praczki Ezeny, jest tylko kobieta, która urodziła się, by zostać władczynią mocarstwa. Odwróciła się przodem do sali i powiedziała:

– Witam wszystkich. Przepraszam za nieporządek w moim domu, zbyt długo tu nie było gospodarza. Ale to samo można powiedzieć o całym państwie... Naprawimy to.

Po czym przysiadła, beztrosko zagniatając swą ogromną suknię, na poręczy krzesła – tak jak przysiada się czasem na krawędzi ulubionego fotela.

Lecz nad tym fotelem lśniła wąska czterozębna korona książęca, jakiej nie miał nikt inny w tym kraju. To wielkie krzesło było, jeszcze nie tak dawno, symbolem władzy cesarskiego przedstawiciela.

– Będziemy spotykać się często – ciągnęła, trochę niecierpliwie zerkając do trzymanego w dłoni pisma, które częściowo rozwinęła; nie wiadomo, co tam było napisane – bo trudno mi zajmować się wszystkim, niejednokrotnie więc będę potrzebowała pomocy. Chciałabym dzisiaj usłyszeć, na jaką pomoc mogę liczyć. Orężną, już wiem, że nie. Moi rycerze i żołnierze właśnie w tej chwili umierają w imię tego, żebyśmy mogli spokojnie porozmawiać. – Zostawiła wreszcie pismo i powiodła spojrzeniem po setkach twarzy u stóp podwyższenia. – Rozumiem, że dartańskie Domy z Rollayny mogą tutaj, w stolicy, służyć królestwu lepiej niż na bitewnych polach. Porozmawiamy o tym zaraz, ale najpierw zaległe sprawy.

Stojący nieco z boku i z tyłu krzesła Przyjęty ujrzał dłoń nad wysokim oparciem, przyzywającą go gestem. Zbliżył się natychmiast.

– Wezwij, wasza godność, pisarzy – powiedziała niegłośno.

Gotah skłonił się i podszedł do niewielkich drzwi za tronem. Wrócił zaraz na czele kilku ubranych w skromne szaty ludzi, niosących liczne zwoje. Ostatni dźwigał pulpit, który można było rozłożyć także jako mały stół. Księżna regentka z całkowitym spokojem panowała nad salą, wciąż przyglądając się zebranym, jakby chciała zapamiętać wszystkich, którzy z daleka od pól bitewnych stworzyli wcale liczną, złożoną z samych rycerzy, chorągiew. Nie zadała dotąd żadnego pytania, padały za to takie słowa, jak „państwo", „królestwo". I spokojne stwierdzenia w rodzaju „naprawimy to", „porozmawiamy". Wszyscy ci ludzie nigdy nie decydowali o podobnych sprawach. Nie mieli nic do gadania, bo nie było żadnego królestwa, tylko Pierwsza Prowincja, zarządzana przez księcia-urzędnika. Mianowanego, odwoływanego... Za pomocą kilku zdań jej wysokość zwaliła na przybyłych cały ciężar współodpowiedzialności za decydowanie o sprawach własnego kraju.

Gotah jednak widział, jak cienka była linia, po której kroczyła. Zaledwie pajęcza nitka oddzielała swobodę władczyni, która siadała jak jej się podobało i nie mogła tym nikogo obrazić, od zachowania gburowatej prostaczki, nie wiedzącej gdzie jest i do kogo mówi. Nie popełniła dotąd najmniejszego błędu, narzucając zgromadzonym obraz kogoś... ależ tak, monarchini, która jeszcze wczoraj była w polu ze swymi wojskami, a teraz wróciła do stolicy, by załatwić jakieś ważne sprawy – wciąż zapracowana, bo wojna nie chciała czekać.

Ale w każdej chwili mogła się potknąć. Jedno nieostrożne słowo, a niechby i – dosłownie – potknięcie...

Gotah spocił się na samą myśl o tym, że (ludzka rzecz, zwykły przypadek!) jej wysokość straci równowagę na swojej poręczy i uczyni zabawny ruch rękami, żeby nie spaść... Od czegoś takiego mogły zależeć losy wielkiego państwa. Za rok królowa będzie miała prawo nawet wyłożyć się na schodach jak długa. Lecz nie dziś.

– Wasza wysokość – rzekł ktoś z pierwszych rzędów sali.

Stali tam spadkobiercy najświetniejszych rodowych monogramów. Ezena popatrzyła na mężczyznę, który zabrał głos. Przedstawicieli kilku najznamienitszych rodów kazała sobie szczegółowo opisać, zebrała o nich trochę wiadomości... Ale mówiącego nie rozpoznała.

Nawet nie spostrzegła tego, co natychmiast zauważył Gotah: że odniosła kolejne zwycięstwo. Przyzwyczaiła się już do tytułu, ale z sali nie padło dopuszczalne, lecz niejasne: „pani"... Dla zebranych, bez dwóch zdań, była „jej wysokością", więc co najmniej pełnoprawną dziedziczką staroksiążęcej korony. Odkąd usiadła i przemówiła, nikt nie wierzył, że ta kobieta w purpurze kiedykolwiek była niewolną praczką.

– Słucham.

– Wszystko to dzieje się bardzo szybko, dopiero od kilku dni jesteś, pani, w stolicy. – Mężczyzna, pięćdziesięcioletni lub niewiele starszy, był doświadczonym mówcą, nie używającym słów, których nie mógłby cofnąć. – Tutaj, w Rollaynie, wydarza się wcale nie mniej niż na polach bitew. I podobnie jak na polach bitew każde działanie może przynieść różnorakie skutki. Nie zawsze skutki pożądane.

Nie powiedział nic, a zarazem wyraźnie zaznaczył swą obecność. Mógł uchodzić odtąd za pierwszego sojusznika lub najodważniejszego z przeciwników księżnej, zależnie od rozwoju wydarzeń. Z takimi ludźmi jej wysokość miała odtąd rozmawiać.

Poradziła sobie bardzo dobrze.

– Nie powiedziałeś właściwie nic, wasza godność. Co dokładnie miałeś na myśli? Albo nawet zapytam inaczej: jakie i czyje działania w Rollaynie mogą przynieść niepożądane skutki? Dartan mamy tylko jeden. Wszystkie nieprzemyślane działania trzeba tłumić w zarodku.

– Wasza wysokość, nie miałem na myśli żadnych konkretnych działań. – Magnat wycofał się.

Przez chwilę patrzyła z namysłem.

– Nie, nie – powiedziała. – Wasza godność, jest nas tutaj trzysta parę osób. Jeśli każda z tych osób zechce wypowiedzieć się w podobnie rzeczowym tonie, to lepiej pomilczmy do rana. Potem się pożegnamy. Ostatecznie wszystkie decyzje mogę podjąć sama.

Gdzieś rozbrzmiał stłumiony śmiech, zawtórowało mu kilka innych głosów. Publicznie udzielona nauczka była bolesna, a mówca miał na sali nie samych tylko przyjaciół. Księżna zaś nie samych wrogów...

Nie mogła pozwolić sobie na popełnienie błędu, wybrała więc tylko trzy twarze, co do tożsamości których nie miała żadnych wątpliwości. Całkowicie łysy, choć jeszcze niestary magnat, z pierwszego rzędu u stóp tronu, był jej przeciwnikiem. Wiele dartańskich Domów jawnie odstąpiło od rycerskich tradycji, co było o tyle łatwe, że popierał taką postawę Kirlan. Do takich rodów należał chociażby – stojący na ich czele – świetny Dom A.B.D., jeden z najznakomitszych w Rollaynie. Pierwszy mężczyzna tego Domu, który kiedyś awanturował się z mieczem w garści po grombelardzkich bezdrożach i przywiózł stamtąd żonę-dzikuskę, uchodził za oryginała. Ale K.D.R.Wasanen, ów łysy magnat rozpoznany przez księżnę, był potomkiem świetnego rodu rycerskiego. Wojownikiem, który ostentacyjnie nie wyruszył na cudzą wojnę.

– Wasza godność – łagodnie zapytała księżna regentka – co masz mi do powiedzenia? Kraj bardzo potrzebuje takich wojowników. Nie wyruszyłeś dotąd na wojnę. Dlaczego? Chociaż, może nawet dobrze się stało, bo dzięki temu mogę osobiście dać ci prezent... Mam aż dwa, ale wręczę tylko jeden! – dorzuciła z przekornym uśmiechem.

Zaskoczony mężczyzna zrazu nie wiedział co odrzec. Siedząca na poręczy tronu kobieta, którą widział po raz pierwszy w życiu, niemal w jednym i tym samym zdaniu pytała go o przyczyny, dla których nie pociągnął na wojnę, i mówiła o jakichś prezentach. Nie był dobrym mówcą, w przeciwieństwie do poprzednika, a Ezena wiedziała, że nie był, i świadomie zbiła go z tropu. Po krótkiej chwili milczenia, gdy rozważył wreszcie, co odrzec, księżna już nie chciała odpowiedzi; rozmawiała z następnym gościem. I milczenie jego godności K.D.R.Wasanena zostało zauważone przez wszystkich. Zostało też podobnie odczytane: rycerz nie potrafił odpowiedzieć, dlaczego nie wyruszył na wojnę.

– Wasza wysokość – rzekła księżna do niestarego i postawnego mężczyzny, którego najdokładniej opisała jej Anessa, bo był to wierny, choć ukryty sojusznik – a dlaczego ty nie wyruszyłeś w pole? Czy także oczekujesz podarunku?

Mężczyzna odpowiedział śmiałym, a nawet trochę porozumiewawczym spojrzeniem.

– Nie tytułuj mnie, pani, wysokością, bo nowoksiążęce korony rozdano w Dartanie tak wielu i tak różnym, że wstyd się do nich przyznawać. Nie zbywa mi na niczym, regentko, więc nie oczekuję podarunku. Ale wspieram cię od dawna i mam na to dowody. Mało tego, nadal chcę ci służyć, lecz pod jednym warunkiem.

Dom A.B.D. dyktował swoją politykę jednej trzeciej rodów Rollayny. Jego godność Baylay wart był pięciu znaków rycerskich. Prawie nikt nie wiedział, że ten człowiek jest cichym zausznikiem księżnej.

– A ten warunek?...

– Tylko jeden: nie każesz mi służyć z mieczem w dłoni. Obojętne są mi rycerskie tradycje i nie boję się tego powiedzieć. Miecz nigdy nie przyniósł mi szczęścia. Ale jestem rdzennym Dartem, regentko, moich ojców wyłoniła z tej ziemi sama Szerń, znikąd tu nie przybyli. Oddaję ci wszystko, co mam, bo nie chcę obcego urzędnika na tym krześle, a sam nie potrafię na nim zasiąść.

Dobitne, spokojne słowa docierały do wszystkich. Było jasne, że u boku księżnej regentki stają najznamienitsze rody. Bliska była chwila, gdy człowiek, który wystąpi przeciw niej, zostanie okrzyknięty zdrajcą... Prawie nikt, spośród wszystkich, którzy stawili się w sali tronowej, jeszcze budząc się rano, nie dałby sztuki srebra za pozycję nikomu nieznanej kobiety. Ale ta kobieta z miejsca dowiodła, że jest u siebie, w swoim własnym pałacu, a inni to potwierdzali.

– Wasza wysokość – rzekł K.D.R.Wasanen. – Chcę jednak odpowiedzieć na pytanie, dlaczego nie wyruszyłem w pole.

Dumny rycerz myślał i mówił wolno, ale nie bał się niczego. Gotów był rąbnąć na całą salę: „Bo jesteś uzurpatorką!" i wszcząć w ten sposób awanturę. Ezena nie mogła dopuścić do awantur, podważających jej nieokrzepłą pozycję.

– Nie musisz mówić, panie, bo wiem. Ale obiecałam ci prezent. Ziemie An Selle Moena i jeszcze... – znów zajrzała do trzymanego w dłoni pergaminu – jeszcze Dorzecze Walecznych, czy tak? Zdaje mi się, że to za miedzą? Kilka wsi, jakieś stawy, ładny las... o, i nawet miasteczko z prawem składu! Kupiłam to od cesarstwa i zrobię z tymi dobrami, co zechcę. A chcę je podarować, wasza godność.

Obejrzała się na pisarzy i skinęła. Natychmiast przyniesiono dwa opieczętowane dokumenty. Wzięła je i wstała z poręczy. Zeszła z podwyższenia, stając przed zdumionym magnatem, i wyciągnęła rękę.

– Oto akty własności – powiedziała. – Weź je, wasza godność, i nigdy więcej nie przychodź do mojego domu. Nikt nie potrzebuje rycerzy, którzy nie opowiadają się po żadnej stronie. Można cenić przyjaciół albo szanować wrogów, z tobą jednak nie wiadomo co zrobić. Proszę, panie, to twoje nowe ziemie. Albo... – dorzuciła z namysłem, cofając rękę – albo dam ci coś innego.

W sali panowała całkowita cisza.

– Dam ci możliwość pójścia na wojnę w mojej służbie. Stawisz się konno, zbrojnie i z pocztem, z własnymi zapasami i całą odwagą, jaką nosisz w sercu na pamiątkę po wielkich przodkach. Dwa dary, wasza godność. Majątki, które tu trzymam i po które dość sięgnąć... Albo krew, być może śmierć na wojnie, ale i moja życzliwość. Prosty wybór.

Pośród kilkuset rycerzy i magnatów trudno byłoby znaleźć człowieka, który nie wstrzymał oddechu. Przybyła znikąd królowa, mająca w ręku akty własności chyba wszystkich imperialnych majątków w Dartanie – bo ileż było tych rulonów na stole! – gotowa była je rozdawać przeciwnikom lub ofiarować w zamian swą łaskę. Takiego targu nie prowadził w Rollaynie jeszcze nikt. Ale kto miał dosyć siły, by obdarowywać nieprzyjaciół? Dartańska Czysta Krew, trochę czasem popsuta, zmącona, wciąż jednak była Czystą Krwią. Kiedyś rycerz Enewen przeczytał list, z którego dowiedział się tylko, że nie był pisany ręką niewolnicy. Jego godność K.D.R.Wasanen mógł dotąd nie popierać sprawy, w którą nie wierzył. Ale teraz stała przed nim wysoka pani w królewskiej sukni i mówiła: „Weź majątek i odejdź albo walcz dla mnie, a będę ci życzliwa". Wprost i pogardliwie proponowała wojnę lub – z szacunkiem i respektem – przymierze.

Wasanen nie miał w żyłach ukradzionej krwi. Milczał długo, lecz tym razem pozwolono mu ułożyć odpowiedź.

– Nie chcę tych dokumentów, regentko. Dobrze powiedziałaś: nikt nie potrzebuje rycerzy, którzy nie opowiadają się po żadnej stronie. Więc opowiadam się za tobą, bo pokazałaś mi dzisiaj, że warto.

Na sali wszczął się gwar. Księżna lekko uniosła brwi i cofnęła się na swoje podwyższenie. Usiadła na wielkim krześle, tym razem już normalnie, opierając na kolanach dłonie, w których trzymała dokumenty. Patrzyła na zgromadzonych. Rozmowy ucichły po chwili, bo było widać, że jej wysokość ma coś do powiedzenia.

– Stare Ziemie Eney, Kraj Przyrzeczny, Wanea, Soneye Ane, Dolina Stawu i Kessese Aye – wyliczyła, mieszając nazwy dartańskie z armektańskimi, nadanymi różnym krainom przez Kirlan. – I dużo, dużo innych. Wszystko wyprzedane przez Wieczne Cesarstwo. A ten rycerz mi mówi, że niczego nie chce! Czy wszyscy tutaj odmówią przyjęcia tych podarunków, wybierając w zamian moją przyjaźń? Więc po co to kupowałam?! – zawołała z udawanym zmartwieniem. – Może ktoś zechce jednak parędziesiąt wsi w zamian za opuszczenie tej sali? Czy naprawdę nikt?

Gotah patrzył i słuchał, spoglądając od czasu do czasu na stojącą obok Czarną Perłę. Hayna wpatrywała się w Ezenę z zachwytem i uwielbieniem.

Gwar znowu narastał. Jej wysokość księżna regentka żartowała ze swoimi rycerzami.

41

Tereza, zmyślając o zamiarach Enewena, nie wiedziała, że mówi dowódcom swych legionów samą prawdę. Ahe Vanadeyone wciąż nie wiedzieli o istnieniu imperialnej Armii Wschodniej. Enewen ciągnął na Armekt trzema marszowymi kolumnami, z których środkowa, dowodzona przez niego osobiście, miała za zadanie uderzyć na Akalę i zniszczyć stojący tam legion.

Pierwszy rycerz królowej z całą pewnością ustępował M.B.Yokesowi pod względem doświadczenia wojennego i żołnierskich umiejętności, ale kto wie, czy nie górował wyobraźnią? Wbrew protestom swoich rycerzy zabrał z taborów niemal wszystkich pocztowych, o których z takim respektem wypowiadał się tysięcznik Aronen, i utworzył z nich sześć chorągwi pieszych, liczących razem ponad trzy tysiące ludzi. Pogardzana przez rycerstwo piechota bardzo mogła się przydać; już w zamierzchłych czasach przy obleganiu miast korzystano z pomocy pachołków i ciurów – nie do wiary, jak mężnie potrafiło stawać takie „wojsko", nęcone wizją łupów w opanowanym mieście.

Teraz Enewen zostawił służbę przy wozach, bo miał coś lepszego: dobrze uzbrojone poczty znających się na walce żołnierzy. Akala była miastem szczególnym. Wciąż istniały stare mury miejskie, nienaprawiane od dziesięcioleci, ale po grombelardzku trwałe.

Poszczerbione, wyburzone tu i ówdzie, stanowiły jednak poważną przeszkodę. Na pewno nie wchodziło w grę prawdziwe, mozolne obleganie miasta, jak to czyniono przed wiekami, ale silny liczebnie Legion Akalski mógł dzięki owym murom stawić skuteczny opór. Wprawdzie Enewen sądził, że dowodząca garnizonem sławna tysięczniczka raczej wyprowadzi swych żołnierzy w pole, nie chcąc zamykać się z nimi w pułapce, ale był ostrożny, przezorny i nie lekceważył żadnej możliwości. Dlatego w swym hufcu, oprócz czternastu chorągwi jazdy, prowadził nowo sformowane, stubarwne oddziały piechurów i trochę knechtów, wystawionych przez prywatne miasta. Dwa pozostałe hufce były złożone wyłącznie z rycerskiej jazdy: prawoskrzydłowy, pod wodzą K.B.I.Kenesa, liczył cztery tysiące koni w dziewięciu chorągwiach, lewoskrzydłowy (a właściwie tylny, pozostający w odwodzie i strzegący wszystkich zapasowych taborów) trzy i pół tysiąca pod sześcioma znakami. To były wojska najzupełniej wystarczające do spustoszenia najpierw Niskiego Grombelardu, a następnie południowo-wschodniego Armektu, gdzie – według wiedzy Enewena – w garnizonach miejskich pozostały najwyżej kilkudziesięcioosobowe oddziałki legionistów. Idący szerokim łukiem prawoskrzydłowy hufiec miał ponadto uniemożliwić wycofanie się Legionu Akalskiego do Drugiej Prowincji.

Pierwsze wieści o legionistach w czerwonych tunikach Enewen zbagatelizował. Wiedział, że do wielu armektańskich garnizonów miejskich trafiły posiłki w postaci dartańskiej piechoty morskiej; wywiadowcy i szpiedzy donosili też o luzowaniu niektórych garnizonów przez oddziały Legii Dartańskiej – nic dziwnego, że widziano tych żołnierzy. Gdy przyszła w końcu wiadomość (tylko jedna) o wielkiej armii ubranej w czerwone dartańskie tuniki, po prostu nie uwierzył. Zwietrzył podstęp wojenny; było najzupełniej oczywiste, że wróg, broniąc się przed najazdem, rozpowszechnia różne pogłoski. A takich wyssanych z palca historii każdego dnia docierało przynajmniej kilka. Czego to już nie było! Widziano schodzącą z gór Legię Grombelardzką w ciemnozielonych tunikach i z kuszami w rękach. Dla odmiany na południu miały lądować w Llapmie kliny Legii Garyjskiej. O samym akalskim garnizonie Enewen wiedział, że jest przynajmniej w trzech miejscach naraz: w samym mieście, potem tutaj, w Dartanie, bez mała przed frontem jego wojsk, a na koniec jeszcze pod Rapą, gdzie widziano niezwykłych jeźdźców w czarnych tunikach. (Być może naprawdę widziano, bo Tereza, organizując dartańskie legiony, jeździła do Rapy ze swą przyboczną eskortą...). Wobec takich nowin pierwszy rycerz królowej niełatwo wierzył w cokolwiek. A już zwłaszcza lekceważył wieści, że kroczy przeciw niemu wielka armia, złożona z mężnych wojaków dartańskich, która nie wiadomo skąd się wzięła. Ani chybi, za sprawą Przyjętych... Prędzej byłby skłonny dać wiarę, że naprawdę zeszły z gór oddziały Legii Grombelardzkiej. Akala mogła dostać jakieś posiłki od Księżnej Przedstawicielki Cesarza w Londzie; pograniczny garnizon od dawna przecież pilnował porządku w Niskim Grombelardzie i wzmocnienie go paroma klinami zielonych kuszników było bardzo prawdopodobne.

Różne plotki docierały także do dowódców pozostałych hufców dartańskich. Przyjmowane były różnie. C.L.L.Ovenett, dowódca wojsk lewoskrzydłowych, wyśmiał wieści o wielobarwnych legionach, przekazane mu przez dowódców zdążających przed nim. Dla odmiany wódz hufca prawoskrzydłowego, jego godność K.B.I.Kenes, z przezornością właściwą wiekowi podeszłemu, starał się nie lekceważyć niczego – wzmocnił więc oddziały straży przedniej i tylnej, a także pomnożył patrole, rozsyłane dla zasięgnięcia wieści. Dzięki temu dowiedział się, że spłonął drewniany most nad rzeką Merewą, podpalony przez żołnierzy w czerwonych tunikach...

Dokładnie wybadawszy wieśniaków, którzy widzieli i żołnierzy, i samo podpalenie, Kenes poznał niektóre szczegóły. Siedząc w swoim polowym namiocie, w środku obozu rozbitego przy niewielkiej wiosce, dociekliwie badał jeszcze jednego, przysłanego przez dowódcę straży przedniej, wystraszonego chłopka, miętoszącego w dłoniach upleciony ze słomy kapelusz. Wieśniak wytrzeszczał oczy na wielkiego rycerza i otwierał gębę bez mała na widok wszystkiego – srebrny kubek i takiż, napełniony winem, dzban, wydały mu się chyba przedmiotami nie z tego świata. Kenes już przywykł. W czasach pokoju prawie nigdy nie podróżował; strach powiedzieć, ale przez całe życie ledwie parę razy widział wieś, najczęściej, gdy wracał z polowania... Ale teraz, wojując od kilku miesięcy, dokładnie obejrzał Dartan. Chłopstwo, pytane o drogę dokądkolwiek, wytrzeszczało oczy. Ci ludzie (czy aby na pewno ludzie?) wiedzieli, że „tamój stoi wielkie miasto, panie" – zwykle nie mające nawet statusu miasta obwodowego – a dalej jest „wielki kraj". Kenes, pytając o spalony most, starał się łagodnie i cierpliwie traktować nieszczęsne dwunożne stworzenie, przerażone samym ogromem namiotu.

– Ci żołnierze, jak wyglądali?

Chłop bardziej pokazywał, niż wyjaśniał.

– O, tutaj, wielki panie rycerzu, takie mieli... takuśkie, panie...

– Tuniki. Takie narzuty na zbrojach?

– O, wasza wielkość, nie inaczej!

– I na pewno czerwone? Takie? – Kenes pokazał pasy na namiocie, bo sam już nie wiedział, czy wieśniak rozumie, co to czerwień.

– Czerwione, wielki panie, czerwioniutkie. A tutaj jeszcze – pokazał brudne gołe nogi – takie jakby...

– Spódnice?

– Nie, panie. Takie jakby...

– Pludry. Hajdawery.

– O, wasza wielkość! Hajdawry. Czarniuśkie.

Most spalili żołnierze straży morskiej. Chłop, rzeczny rybak, potwierdzał wieści uzyskane od wieśniaków mieszkających w siole nad rzeką.

– Dużo ich? Tych żołnierzy?

– Dużo, wielki panie. Tyle! – Chłop dwa razy rozcapierzył wszystkie palce.

– Dwudziestu.

– Nie, wielki panie. Tyle.

Chyba jednak chodziło o dwudziestu. Kenes wypytywał chłopka jeszcze przez parę chwil, ale już niczego ciekawego nie usłyszał. Wyłuskawszy srebrny pieniądz, rzucił go wieśniakowi, który nie zrozumiał, co mu dają, bo nigdy w życiu nie widział sztuki srebra. Jeśli w ogóle znał pieniądze, to najwyżej miedziaki.

– Pójdziesz z tym do miasta i oddasz w kantorze – surowo powiedział rycerz, zapominając, że dartański chłop nie wie, co to kantor, bo w ogóle nie wie nic o niczym. – Tam ci dadzą za to... pieniądze.

Machnął ręką. Dziękującego chłopa wyprowadzono.

Jeszcze tego samego wieczoru, a właściwie już w nocy, Tereza także rozmawiała z chłopem. Trzeba trafu – tym samym, którego przesłuchiwał Kenes.

– Wiedzieli wszystko już beze mnie, wasza godność – raportował chłop. – Wieśniacy z tej wioski przy moście zobaczyli, co trzeba.

Tereza specjalnie ściągnęła oddziałek piechurów morskich, który miała przy taborach – i opłaciło się.

– To już najmniej ważne, dziesiętniku. Ręczysz mi, że nie mają tam pojęcia o istnieniu Armii Wschodniej? Tylko to mnie teraz interesuje.

– Dałbym głowę, że nie. Inaczej by mnie badano.

Elg, kiedyś szpicel dartańskiego Trybunału, a dopiero potem żołnierz, na pewno wiedział, co mówi.

– Świetnie się spisałeś – rzekła dowódczyni.

– Nie pierwszyzna, wasza godność. Ja już dawno mówiłem, że jak oni nawet coś o nas wiedzą, to nie wiadomo co.

– Komu to mówiłeś?

– A tak... między swoimi, wasza godność. Gada się w szeregach.

– Gada się w szeregach... – powtórzyła nadtysięczniczka, patrząc dziwnie. – Nie chcesz opuszczać swojej dziesiątki, co?

– Nie, wasza godność. – Z wrażenia żołnierz zdjął słomiany kapelusz.

– Codziennie wieczorem melduj się wartownikowi przed moim namiotem. Chyba częściej powinnam rozmawiać z żołnierzami. A zwłaszcza z tobą. Odmaszerować.

Dziesiętnik odszedł, bardzo zadowolony. Tereza pomyślała, że nie powinna lekceważyć takich ludzi.

Dawny szpieg Trybunału wiedział lepiej niż ktokolwiek inny, jak rozchodzą się wieści, jak dziwacznych kształtów nabierają po drodze i jak mogą wyglądać, gdy docierają do celu. Żołnierze z dziesiątki Elga, rozmawiając ze swym mądrym dziesiętnikiem, byli przekonani, że wróg, nawet jeśli słyszał o Armii Wschodniej, to w nią nie uwierzył. Mieli więcej rozsądku niż wszyscy ich dowócy razem wzięci...

Nadtysięczniczka od trzech dni zmagała się z nadzieją, to znów zwątpieniem. Wiedziała o dwóch marszowych kolumnach, z których większa na pewno była prowadzona przez samego Enewena. Kolumnę drugą miała przed sobą; koci zwiadowcy nieustannie śledzili jej poruszenia. To nie był marsz wojska, które idzie naprzeciw wrogiej armii! Przed kilkoma dniami, otrzymawszy wieść o pochodzie Enewena w dwóch kolumnach, nadtysięczniczka doszła do wniosku, że wódz Rycerzy Królowej podzielił wojska ze względu na przepustowość dróg; ponadto, mniejsze siły łatwiej było aprowizować, nie uszczuplając nadmiernie zapasów w taborach. Zdumiała się, usłyszawszy, że w jednym hufcu idzie blisko dziesięć tysięcy żołnierzy, a w drugim tylko trzy do czterech tysięcy. Nic nie uzasadniało podobnej niefrasobliwości; było niemożliwe, by Enewen, wiedząc o istnieniu Armii Wschodniej, utrzymywał stosunkowo słabą kolumnę marszową, której nie mógł w razie czego przyjść z pomocą. Zresztą drogi Enewena i wodza mniejszej kolumny (ponoć był nim K.B.I.Kenes, brat naczelnego wodza) rozchodziły się coraz wyraźniej. Enewen dotarł niemal do ściany Puszczy Bukowej i szedł chyba na Akalę; Kenes zmierzał raczej do brzegu Morza Dartańskiego, jakby chciał ominąć Potrójne Pogranicze od wschodu.

Nadtysięczniczka poprawiała plan, którego zarysy nosiła w głowie już podczas pamiętnej rozmowy z Aronetem. Spaliła most nie tylko dlatego, żeby pokazać Rycerzom Królowej niegroźnych piechurów morskich, których widywano niemal wszędzie, od czasu gdy wojska imperialne uciekły z Dartanu. Przede wszystkim chciała, żeby prawoskrzydłowy hufiec przeszedł przez Merewę w innym miejscu.

Wbrew temu, co mówiła zastępcy, dowódczyni Armii Wschodniej nie była wodzem, który zawierzyłby losy wojny szczęściu bitewnemu. Wręcz przeciwnie – w szczęście wojenne prawie nie wierzyła. Dziwna cecha u – znakomitej przecież, wsławionej wojennymi czynami – oficerki lekkiej jazdy, a więc formacji, która często musiała pokładać nadzieje w jakiejś szczęśliwej gwieździe. Tereza liczyła i planowała raczej jak wódz tarczowników, który zawsze musiał wiedzieć, na co dokładnie stać jego ludzi, ile wytrzymają, jak długo ustoją na pozycji, osłaniając łuczników. Od dowódcy takich żołnierzy nie oczekiwano niespodzianek, szybkich i ryzykownych decyzji... Nadtysięczniczka mogłaby dowodzić topornikami. Powiedziała: „Mamy szansę jak jeden do dwudziestu", tylko po to, by następnego dnia wieczorem zamknąć oczy, pomyśleć, policzyć i rzec sobie: „Teraz już jak jeden do piętnastu". Wczesnym przedpołudniem, tego dnia gdy straż przednia Kenesa sforsowała Merewę, nadtysięczniczka mogła sobie powiedzieć: „Pół na pół". Ale w krótkiej odezwie do żołnierzy, minionego wieczoru odczytanej we wszystkich półlegionach, posunęła się jeszcze dalej, bo oświadczyła po prostu: „Wygramy jutro bitwę". Wiedziała, że jeśli proroctwo się nie spełni, to dla rozbitej, rozpędzonej na cztery wiatry armii, ta odezwa nie będzie miała najmniejszego znaczenia. Jeśli jednak się spełni – sława żołnierki spod Północnej Granicy obrośnie nową legendą. Łasa na chwałę nadtysięczniczka życzyła sobie tego nie dla samej próżności... Wiedziała, że żołnierze są gotowi ślepo zaufać legendarnej, a do tego nieomylnej dowódczyni. Taka ufność przyczyniała się do kolejnych zwycięstw. W ciągu zaledwie doby niewyćwiczone i niedozbrojone, sklecone z byle czego wojsko mogło stać się dobrym wojennym narzędziem. Uskrzydleni zwycięstwem, żywiący zaufanie do swych dowódców, uzbrojenia i umiejętności żołnierze stawali się z miejsca armią pewnych siebie, nieustępliwych i odważnych wiarusów.

Teraz trzeba było odnieść to zwycięstwo.

„Pół na pół".

Wojenna rozwaga i sumienność jego godności Kenesa bardzo się Terezie podobały. Kenes był przewidywalny. Miał wszystko, co trzeba, i takie, jak trzeba: awangardę, ariergardę, ubezpieczenia boczne, oddziały rozpoznawcze... Wódz, który tego zaniedbywał, w każdej chwili mógł, dla byle kaprysu, zaprzestać robienia głupstw, sprawiając przykrą niespodziankę. Roztropnego Kenesa trudno było podejść, ale raz ułożona łamigłówka mocno trzymała się kupy.

42

Droga wiodła przez szeroko rozpostarty, ale wąski las. Z samego rana oddziały rozpoznawcze Kenesa przeprawiły się przez Merewę, jeszcze przed nadejściem straży przedniej. Dwie niewielkie grupki pocztowych, każda pod wodzą rycerza, pojechały wzdłuż lewego brzegu rzeki. Trzecia grupka ruszyła drogą w stronę oddalonego o niespełna ćwierć mili lasu. Pod samą jego ścianą, w odległości może trzystu kroków od drogi, widniały zabudowania biednej wioski.

Oddziałek rozpoznawczy zajechał między chałupy, wywabiono z nich jakieś wystraszone chłopki. Jeden z pocztowych zadał parę pytań, pokazał dowódcy kamienisty ugór za wsią i machnął ręką. Była to jedna z tych najbardziej dotkniętych wojną wiosek, w których brakło mężczyzn, bo porwali ich i sprzedali w hodowli korzystający z wojennego bezprawia szubienicznicy, łączący się w zbrojne bandy. Wieśniaczki przymierały głodem. Rycerz rzucił pod kopyta wierzchowca monetę i żegnany zgiełkiem bijących się o pieniądz kobiet poprowadził oddziałek z powrotem na drogę. Był to mocno zaniedbany dukt, stanowiący odgałęzienie gościńca do portowego Seyenu. Główna wstęga tego wygodnego traktu wiodła przez spalony most i stapiała się z drogą łączącą Akalę z Rollayną. Lecz o pół dnia drogi od mostu rzekę dało się przebyć w bród – i właśnie do tego brodu wiódł wychodzący z lasu dukt, którym pojechał zwiad Kenesa. Na południowym brzegu rzeki, skąd miały nadciągnąć chorągwie Ahe Vanadeyone, droga rozmywała się nieco, ginęła pośród traw. W oddali majaczyły, słabo widoczne w blasku wiosennego słońca, dymy dużej wsi, być może bogatszej od tej pod lasem. Tu i tam wyrastały z łagodnie pofalowanej równiny przestronne zagajniki.

Zwiadowców wysłanych na północny brzeg rzeki, tych, którzy zajrzeli do wsi, a potem wjechali do lasu, porwano w chwili, gdy prawie dojeżdżali do łagodnego zakrętu, za którym jaśniał już wylot leśnej drogi. W mieszanym klinie Gwardii Akalskiej była dziesiątka kuszników, druga łuczników i trzecia lekkiej jazdy, także z łukami w rękach. Znakomici żołnierze Terezy, nie umawiając się, potrafili sprawnie wybrać cele: dowódca konnego oddziałku, w zbroi przybitej do ciała czterema ciężkimi bełtami, zleciał z siodła, w tym samym czasie pocztowi podrywali konie, szpikowani pociskami łuczników; dopomogli im pozostali kusznicy. Wystrzelone z odległości kilkunastu kroków – bo tyle dzieliło zarośla od środka leśnego duktu – pociski najlepszych strzelców legionu poprzedzierały się przez kolczugi, w jednej chwili odbierając życie dziesięciu dartańskim jeźdźcom.

Łucznicy natychmiast wybiegli z ukrycia, chwytając konie zabitych. Wprowadzono je do lasu i poprzywiązywano do drzew. Dziesiątka kuszników uprzątnęła trupy. Bujnowłosa dziesiętniczka bez hełmu, z krwawiącym od świeżego nacięcia przedramieniem, włożyła w usta dwa palce i gwizdnęła. Za nieodległym zakrętem drogi niemal natychmiast rozbrzmiał bardzo miarowy, spokojny krok maszerującej piechoty. Milczące kliny łuczników w czarnych tunikach ozdobionych srebrnymi gwiazdami, rozkołysane w równym rytmie, mijały zadowolonych gwardzistów, podpierających drzewa. Buty żołnierzy Legionu Akalskiego starły świeżą krew z porastającej drogę trawy.

Legion dotarł niemal do wylotu leśnej drogi. Lekkie kliny rozchodziły się na boki, znikając między drzewami. Przyszła kolej na kuszników z drugiego półlegionu; jeden klin nosił ciemnozielone tuniki grombelardzkie. Także i ci ludzie wsiąkli między drzewa. Na drodze, nieco w głębi lasu, pozostała tylko kolumna ciężkiej piechoty: stu dwudziestu wielkich chłopów w zbrojach, z tęgimi czarnymi tarczami, na których lśniły trzy gwiazdy Wiecznego Cesarstwa.

Przez długą chwilę w lesie panowała kompletna cisza, przerywana tylko świergoleniem ptaków. W tle tej ciszy po raz drugi rozbrzmiał najpierw cichy, potem wyraźniejszy, odgłos kroków maszerującej piechoty. To dopiero był rytm! Słysząc chrzęst blach, można by pomyśleć, że idzie tylko jeden, zakuty w żelazo, olbrzym. Gdyby wymordowani zwiadowcy mogli jeszcze otworzyć oczy, niechybnie ulegliby wrażeniu, że do tarczowników Legionu Akalskiego chce dołączyć spieszona chorągiew dartańska. Ale olbrzymi żołnierze w pięknie zdobionych, pełnych zbrojach płytowych, byli jednak imperialną piechotą. Nad szykiem wyrastał gąszcz mocnych halabard, osadzonych na grubych drzewcach.

Za półlegionem Gwardii Dartańskiej ustawił się jeszcze jeden: ci żołnierze w czerwonych tunikach byli uzbrojeni jak ciężka piechota, brakowało im tylko kirysów i nabiodrków. Ale wszyscy mieli topory, większość osłony łokci i kolan oraz solidne tarcze, na których, z rozkazu dowódczyni, zamalowano na czerwono szare pola, bo ta barwa przysługiwała tylko gwardii; teraz tarcze były jednolicie czerwone, ze srebrnymi gwiazdami. Nadeszły jeszcze dwie półsetki konnej piechoty i półsetka czerwonych kuszników z lekkimi samostrzałami – ci ostatni ominęli szyk i podążając skrajem lasu, wzdłuż drogi, dotarli aż do wyjścia na równinę, po czym zniknęli gdzieś między drzewami, podobnie jak wcześniej kusznicy i łucznicy Legionu Akalskiego.

Na małej równinie pod lasem, obok biednej wioski bez mężczyzn, panowały spokój i cisza.

Północny brzeg wyraźnie górował nad południowym. Nadciągająca wzdłuż rzeki, od strony spalonego mostu, chorągiew straży przedniej widziała po drugiej stronie Merewy dziesiątkę konnych zwiadowców, którzy zawrócili teraz i jechali z powrotem do brodu, wskazując go towarzyszom. Chorągiew awangardy dotarła do piaszczystej łachy – rzeka często wylewała w tym miejscu – i skręciła. Pierwsze szeregi wparły konie w wodę; fale obmywały brzuchy zwierząt i tylko w samym środku nurtu sięgnęły trochę wyżej. Straż przednia szła w gotowości bojowej – rycerze nie dosiadali podjezdków i trzymali kopie. Idące za nimi, już widoczne milę dalej chorągwie, były ustawione do zwykłego pochodu: przy każdym rycerzu jechał giermek lub pachołek, wiodący bojowego wierzchowca, który dźwigał tylko kopię swego pana. Za wojskiem, jeszcze niewidoczny, ciągnął tabor. Pochód zamykała ariergarda.

Chorągiew straży przedniej wyjeżdżała z rzeki. Konie chwytały kopytami niewysoki uskok północnego brzegu. Szereg za szeregiem omijał wysoką skarpę, piętrzącą się nad wodą – podejście do brodu wrzynało się łukiem między dwie takie skarpy; wyjście na równinę miało postać krótkiego, ciągnącego się wzdłuż rzeki na długości kilkudziesięciu kroków, parowu. Chorągiew przeszła przez ten parów, uporządkowała szyk marszowy i ruszyła drogą ku lasowi, w którym niedawno zniknęli zwiadowcy.

Czarne narzuty legionistów z Potrójnego Pogranicza były zupełnie niewidoczne w półmroku między drzewami. Żołnierzom nakazano zdjąć z głów kapaliny, by żaden promień słońca nie zapalił na nich zdradliwego ognia. Szare kolczugi, okryte tunikami, nie lśniły.

Chorągiew awangardy obojętnie mijała wioskę, podchodząc do samego skraju lasu. Pierwsze szeregi lada chwila miały wejść między drzewa.

Półtorej setki bełtów, wymierzonych starannie, bez pośpiechu, zdziesiątkowało rząd jeźdźców idących prawą stroną drogi; dla tych pocisków nawet płytowa zbroja nie stanowiła przeszkody. Ku środkowym szeregom prysnęły setki strzał z łuków. To było zupełnie inne strzelanie niż pod Puszczą Bukową, gdzie północne legiony okrywały deszczem grotów szarżujące chorągwie Yokesa. Pociski nie sypały się z góry, uderzając już tylko ciężarem. Kilkudziesięciu łuczników, skupionych najbliżej wylotu leśnej drogi, raziło cele widoczne jak na dłoni, prawie nieruchome, bijąc z całą mocą cięciw na odległość kilkudziesięciu kroków. Nie zasłaniali im widoku tarczownicy, próbujący osłonić przed szarżą – tutaj tarczownikami akalczyków były drzewa lasu. Lżej zbrojni pocztowi sypali się na ziemię jak gruszki, tratowani przez poranione wierzchowce. Zaskoczeni nagłym atakiem jeźdźcy cofali się, inni parli do przodu, jeszcze inni zawracali wierzchowce. Strzały niewidzialnych łuczników pryskały z niewiarygodną szybkością, jedna za drugą. Znów bełty załomotały o blachy. Dartańska półsetka nie mogła parzyć czerwienią swych tunik, tkwiąc z innymi na skraju lasu; ci żołnierze dopiero teraz włączyli się do walki. Lekkie kusze nie miały tej mocy, co napinana lewarami i korbami broń grombelardzka lub akalska, ale można je było szybciej załadować, zaczepiając cięciwę o hak przy pasie, stopę zaś wkładając w strzemiączko. I po bitwie miało się okazać, że w walce na bliską odległość, gdy moc słabszych cięciw wystarczała do pokonania zbroi, właśnie szybkostrzelne kusze Dartańczyków zadały wrogiej chorągwi bardzo poważne straty.

Z lasu, nie przy samej drodze, lecz dalej, wysunęły się sprawnie kolumny czarnych łuczników. Dwie wtargnęły do opustoszałej wioski, między pozatrzaskiwane na głucho chałupy; dwie inne nadciągnęły z drugiej strony, biegnąc przez otwarty teren. Ci żołnierze mogli strzelać tylko tak, jak pod Puszczą Bukową ich armektańscy koledzy: stromo w górę, daleko. Sypiące się spod czystego nieba pociski nie miały tej siły, co wystrzeliwane prosto w twarze, ale było ich wiele, bardzo wiele. Akalczycy nie strzelali wolniej ani gorzej niż łucznicy z legionów północnych, mieli zaś przed sobą nieruchomy cel; to nie był rozpędzony do galopu „grot". Nad skłębioną na drodze chorągwią nikt już nie panował – poszarpany, porozrywany wąż ludzi i koni miotał się i rozpadał coraz bardziej.

Zwarty klin ciężkozbrojnych piechurów wyłonił się z głębi drogi i skręcił w lewo; druga trzydziestka pobiegła na prawo, ustępując miejsca trzeciemu oddziałowi. Biegiem, w szyku odwróconego trójkąta, kolumna akalczyków runęła na zmieszanych jeźdźców, zagarniając ich skrzydłami klinów ku uderzającej od czoła półsetce. Wypadła jeszcze rezerwowa dziesiątka dowódcy kolumny. Łucznicy przestali strzelać, z obu stron biegli teraz ku środkowi pola, szybko zmniejszając odległość od walczących. Wobec uderzenia tarczowników nieporęczne kopie rycerzy były w zmieszanej, wciąż stojącej w miejscu chorągwi co najwyżej zawadą. Odrzucano je, sięgając po miecze. Lecz ci, co trzymali tę broń, nie tratowali przecież zmieszanych, zgniecionych szarżą lekkozbrojnych łuczników – przeciwnie. Brakowało impetu, porządku i swobody ruchu; wszystko to było po stronie tarczowników. Konie, z łbami rozwalanymi uderzeniami toporów, rzucały się, wysadzając jeźdźców z siodeł, przygniatały rycerzy i pocztowych. Tęgie tarcze piechurów wytrzymywały uderzenia mieczów; ostrza ślizgały się po krzywiznach głębokich hełmów, zgrzytały o blachy napierśników. Ciężkie żeleźca na solidnych styliskach przerąbywały blachy, druzgocąc kolana i biodra jeźdźców. Atakowano nogi wierzchowców. Stu dwudziestu toporników do reszty zgniatało czoło i boki poszarpanej przez łuczników chorągwi rycerskiej. Od jej ogona nadbiegały posiłki, ale też prysnęli w stronę brodu pierwsi uciekinierzy.

Czarny Legion Akalski liczył ośmiuset dwudziestu łuczników i stu czterdziestu kuszników, wspartych przez strzelczą półsetkę z dartańskiego półlegionu Agatry. Wszyscy ci żołnierze już nie słali pocisków z daleka, właśnie nadbiegali ze skrzydeł. Nie wchodzili sobie w drogę, to nie były niesforne legiony dartańskie. Każdy klin i każda półsetka znały swoje miejsce w kolumnie.

Ruszający ku rzece rycerz został strącony przez trzydzieści strzał, które nieomal jednocześnie łupnęły w naplecznik i zjeżyły się na zadzie wierzchowca. Tysiąc dobrze wyszkolonych strzelców urządziło sobie straszne polowanie, tłukąc z najbliższej odległości do wszystkiego, co próbowało uciec tarczownikom lub przeciwnie – chciało się włączyć do walki przeciw nim. Chorągiew straży przedniej masakrowano. Kilkunastu cudem zebranych jeźdźców ruszyło kupą, próbując w rozpaczliwej szarży przebić się przez łuczników. Żaden nie dojechał do sprawnie dowodzonej półsetki w czarnych tunikach, której zresztą zaraz przyszła w sukurs druga, dostrzeliwując kontuzjowanych, pozrzucanych na ziemię przez ranne wierzchowce jeźdźców. W samym środku pola, odgradzając resztki nieszczęsnej chorągwi od rzeki, stanęło trzydziestu legionistów w ciemnozielonych tunikach grombelardzkich. Ci żołnierze nie strzelali razem. Dowódca wskazywał pojedynczy cel i natychmiast pryskały ku niemu trzy potężne bełty, dziurawiące żelazną płytę niczym płat świńskiej skóry. Była to mordercza, kręcąca się w kółko machina, wypluwająca śmiercionośne wiązki, kolejno jedna po drugiej – bo gdy ostatnia z dziewięciu trójek wystrzeliwała pociski, pierwsza właśnie zdejmowała korby z broni i nakładała nowe bełty. Nie strzelali tylko dziesiętnicy, choć mieli napiętą broń. Oznaczone zielonym kolorem grube strzały Legii Grombelardzkiej, można potem było podziwiać tkwiące w kilkudziesięciu ciałach. Kusznicy Legii Akalskiej nie umieli strzelać w ten sposób, bili więc całymi klinami albo dziesiątkami, zmiatając zarówno małe grupki jeźdźców, jak i pojedyncze cele.

Bitewna wrzawa dotarła wreszcie do ciągnących prawym brzegiem rzeki chorągwi. Skoczyły naprzód konne patrole. Skarpy przysłaniały widok, ale nie aż tak, by ukryć toczącą się bitwę. Rycerze Kenesa przesiadali się z podjezdków na bojowe rumaki – bardzo szybko, ze sprawnością, jaką daje tylko doświadczenie. Ale też byli to wojownicy biorący udział w wojnie od samego początku, walczący jeszcze przeciw Enewenowi. Zatrzymano tabor.

Wkrótce wrócili jeźdźcy, wysłani na rozpoznanie, prowadząc kilku uciekinierów. Nieszczęśnicy, którzy jakimś cudem zdołali przebić się do rzeki i ją pokonać, dosiadali okropnie poranionych zwierząt – z końskich boków i zadów na wszystkie strony sterczały promienie strzał. Kilku dotarło pieszo. Niedobitków okrywały poprzebijane pociskami blachy i kolczugi; jeden z tych ludzi wyzionął ducha na oczach samego dowódcy.

Przednia straż już prawie nie istniała.

Szybko i sprawnie, uwolnione od taborów i luźnych koni, ciężkie chorągwie Kenesa ruszały w stronę brodu. Straż tylną zatrzymano przy taborze. Wozy, na rozkaz przezornego dowódcy, ustawiano w obronny wielokąt, w którym mieli znaleźć schronienie pocztowi z ariergardy i pachołkowie taboru. Tylko w jednej ścianie wielokąta polecono zostawić bramę, przez którą rycerstwo miałoby możliwość wyjścia do szarży, gdyby zaszła taka potrzeba.

Do chorągwi, idących na odsiecz awangardzie, napływały wciąż nowe wiadomości. Stało się oczywiste, że straż przednia wpadła w pułapkę zastawioną przez Legion Akalski – czarne mundury nosili tylko żołnierze z Potrójnego Pogranicza. Jego godność K.B.I.Kenes dawno już zasięgnął wieści zarówno o tym legionie, jak i dowodzącej nim tysięczniczce. Rozwścieczony klęską straży przedniej nie posiadał się zarazem z szacunku i podziwu dla zuchwałej żołnierki, która wywiodła swoich ludzi tak daleko poza mury garnizonu, rzucając wyzwanie całej potędze Dartanu, zbuntowanego przeciw jej Wiecznemu Cesarstwu. Znakomicie wybrała miejsce; Kenes wiedział już, dlaczego spalono przed nim most. Nie po to, by spowolnić marsz chorągwi i zmęczyć wojsko, pokonujące dodatkowe mile. Dowódczyni legionistów chciała skierować go do tego właśnie brodu.

Na wysokim północnym brzegu, na niewielkiej równinie, ograniczonej od północy i zachodu ścianą lasu, a z drugiej strony chałupami wioski, dogasała nierówna bitwa, toczona przez stu rycerzy i trzystu pocztowych z półtoratysięczną armią strzelców. Bezprzykładna masakra, z której prawie nikt nie wyniósł głowy, bo wypuszczane setkami pociski były szybsze od najszybszego konia.

K.B.I.Kenes doskonale rozumiał, jak ciężka będzie rozprawa z tym bitnym i zadziornym legionem. Szeroki bród pozwalał na wejście do wody choćby całej chorągwi jednocześnie, ale wyjście na równinę wiodło tylko przez wąską szczelinę, wyrżniętą w stromej skarpie. Stary rycerz porozumiał się z doradcami i podległymi dowódcami. Być może rozsądek powinien wziąć górę nad dumą. Należało sforsować rzekę w innym miejscu i dopiero wówczas rozbić wojsko imperium.

Decyzja należała do Kenesa. Pomniejsi wodzowie, niezmiernie radzi, że głównodowodzący gotów jest sam odważnie stawić czoło posądzeniom o tchórzostwo i brak zdecydowania, zadowoleni, że nie żąda się od nich współodpowiedzialności za podejmowane decyzje, jawnie skłaniali się ku myśli o poszukaniu dogodniejszej przeprawy. Już nie było komu iść na ratunek.

Siedem ciężkich chorągwi stało w szyku nad rzeką, czekając na decyzję dowódcy. Kenes już ją podjął – ale natychmiast odwołał. Zdyszany jeździec, który przed chwilą odważnie przeprawił się przez rzekę, wrócił właśnie, przywożąc nowe wieści. Niebogaty (o czym zaświadczała kiepska zbroja) młody rycerz z zapomnianego południowodartańskiego rodu, głodny sławy, przygody i wojennej zdobyczy w służbie legendarnej królowej.

– Uciekają, wasza godność! – zawołał. – Imperialne wojsko ucieka do lasu! Tam otwarty grób... Rycerstwo, wasza godność! Porąbane! Ludzie postrzelani w plecy, zabite konie... Nikomu, wasza godność, nie podarowali. Teraz uciekają do lasu.

Brzeg rzeki oddalony był od ściany drzew o blisko ćwierć mili. Leżał poza zasięgiem strzał z najmocniejszych armektańskich łuków, a nawet ciężkich kusz. Kenes nie wiedział, czy najbliższa przeprawa nie będzie broniona tak samo. Mógł nie znaleźć mostu, spalonego tak jak poprzedni.

Nadjechali dwaj kolejni jeźdźcy, potwierdzając wieść. Imperialni podobijali rannych, nie wzięli żadnych jeńców. Akalski legion, dokonawszy świetnego dzieła, chował się w bezpiecznej gęstwinie.

– Forsować rzekę i sprawiać szyki do bitwy! – rozkazał Kenes. – Najpierw Chorągiew Ciemnej Kniei, Własna i Trzeciej Szarży. Przerwać przeprawę, jeśli tamci zawrócą!

Rycerze skoczyli do swych znaków. Potężna Chorągiew Ciemnej Kniei, okryta nieśmiertelną sławą pod

Vemoną i zasilona nowymi rycerskimi pocztami, wparła wierzchowce w leniwe wody Merewy. Dziesiątki i setki kopyt poderwały piasek z dna rzeki, skłębiły go w zagotowanym nurcie. Poczet za pocztem osiągał północny brzeg i wchodził w ciasny parów. Pierwsze grupki jeźdźców wydostały się na równinę, od razu stając „w płot", bo był to najprostszy szyk do sformowania, a najzupełniej wystarczał do odparcia ataku piechoty czy nawet szarży nielicznej jazdy legionu. Rycerze stawali ramię przy ramieniu, a za nimi pocztowi. Gryząc wargi, stary wojownik czekał, czy wróg nie naprawi swego błędu, bo jeszcze był czas, jeszcze można go było naprawić... Już trzecia część chorągwi stała w szyku... połowa... Dołączały kolejne poczty, nieustannie, jeden za drugim. Tak! Już było za późno, imperialni stracili swą szansę!...

Chorągiew Ciemnej Kniei stała w szyku, rozwinięta na prawo od drogi. Ruszyła stępa do przodu, dając miejsce Własnej, która z szumem i pluskiem rozrywanego nurtu szła w sukurs. Do brodu podchodziła Chorągiew Trzeciej Szarży, nadciągały kolejne.

Kenes obserwował przeprawę. Chorągiew Własna stawała w miejscu opuszczonym przez jeźdźców Kniei. Coś wydarzyło się w parowie, przez który wiodła droga na szczyt urwiska, widocznie przewrócił się jakiś koń, bo poczty przestały wychodzić na równinę, u wejścia do rozpadliny zbrojni cofali się z powrotem do wody, odpychając zadami wierzchowców napierające konie towarzyszy. Przy samym brzegu narastał galimatias... ale oto przeszkoda w szczelinie zniknęła, kilku ludzi wyprowadziło trzymane za uzdy wierzchowce na urwisko. Dosiadali ich teraz. Strumień rycerskich pocztów znowu zaczął płynąć parowem. Chorągiew Własna uformowała „płot" za plecami jeźdźców Ciemnej Kniei. Teraz szła Chorągiew Trzeciej Szarży, jej pierwsze poczty ustawiały się na lewo od drogi, przedłużając za nią szyk Ciemnej Kniei... Kenes odetchnął głęboko. Wiedział, że legioniści z Akali nie zdołają pokonać na równinie dwóch... a wkrótce już trzech chorągwi. Uchwycił przeprawę, mógł rozwinąć dowolne siły pod osłoną gotowych do boju oddziałów. Zdobycie lasu to była sprawa na później. Tutaj nigdzie nie istniały nieprzebyte bory, to mógł być najwyżej niewielki las, łatwy do pokonania nawet nie po drodze... Legion Akalski, twardo siedząc między drzewami, skazałby się na zamknięcie w pułapce. Kenesowi nie uśmiechało się rzucanie między drzewa spieszonego rycerstwa, ale ostatecznie musiał jakoś przejść do Niskiego Grombelardu, a potem do Armektu. Nie mógł stanąć przed jednym wrogim legionem, dowodząc, że to dla czterotysięcznego wojska armia zgoła nie do pokonania.

Czas płynął. Na równinie były już prawie trzy pełne chorągwie: dwie ustawione „w płot", linia za linią, trzecia w tym samym szyku, ale na lewym skrzydle. Blisko czwarta część Chorągwi Szarży tłoczyła się jeszcze w wodzie, ale kolejne poczty nieustannie pięły się na równinę, korzystając z przemielonej setkami kopyt, piaszczystej drogi w parowie. Do brodu podchodziła Chorągiew Nieposkromionych, a za nią Weyeńska, sformowana przez rycerstwo mające swe majątki wokół En Weyenu, starego i sławnego miasta. Jego godność K.B.I.Kenes wysłał gońca z rozkazem ściągnięcia taboru. Ani myślał zostawić swe wozy odgrodzone rzeką od sił głównych.

Widok wychodzących z lasu, równych linii czarnych łuczników, wprawił starego wodza w osłupienie. Z niewielkiego garbu, na którym stanął z chorążym i kilkoma przybocznymi rycerzami, mógł obserwować równinę po drugiej stronie rzeki, ale tylko przez szeroki na kilkadziesiąt kroków prześwit między „płotami", środkiem którego biegła droga. Na tle drzew w pierwszej chwili trudno było dojrzeć oddziały, a cóż dopiero oszacować liczbę żołnierzy, ale odległość malała i wkrótce szyk imperialnych minął pobojowisko, na którym wciąż jeszcze unosiły głowy okaleczone, porąbane toporami po nogach, wierzchowce awangardy. Gdzieś tam, pod lasem, po zachodniej stronie drogi, teren układał się w jakąś słabo widoczną fałdę, na tyle jednak wyraźną, że przez parę chwil Kenes widział nad głowami jeźdźców Trzeciej Szarży niemal całe prawe skrzydło wroga; słońce migotało na kapalinach lekkiej piechoty... Domniemywał, że podobne ugrupowanie szło na lewym skrzydle cesarskich. Dwa półlegiony, bardzo liczne, w większej mierze złożone z półsetek niż klinów, co pomimo odległości dało się ocenić wprawnym okiem, rozdzielone idącą środkiem kolumną tarczowników, były jednak zupełnie bezsilne wobec gotowych do szarży „płotów".

Kenes miał na północnym brzegu prawie tylu jeźdźców, ilu piechurów liczył cały akalski legion. Oniemiały, oglądał samobójcze natarcie sześciu imperialnych kolumn strzelczych, pośrodku których migotały tarcze i zbroje pojedynczej kolumny ciężkiej. Pożałował nagle, że dotąd nie sforsował Merewy. Obojętnie, co właściwie się działo na drugim brzegu, nie miał na to żadnego wpływu. Teraz nie mógł już skoczyć do wody, w której przepychały się dziesiątki, jeśli nie setki zbrojnych. Lecz pchnął gońca do Nieposkromionych, by formowali „grot" zamiast płotu – nigdzie nie było widać wrogiej jazdy, dlatego Kenes chciał mieć chociaż jedną chorągiew uszykowaną do walki manewrowej. Goniec wpadł do wody, wywrzaskując zalecenie wodza. Przekazywany krzykiem z ust do ust rozkaz najwyraźniej dotarł na drugą stronę rzeki, bo Nieposkromieni rozsypali się na skraju skarpy i sprawnie zaczęli ustawiać od nowa.

Czterystu siedemdziesięciu jeźdźców Chorągwi Ciemnej Kniei z rozwiniętym sztandarem poszło stępa na spotkanie wroga. Odeszli na sto kroków, gdy ruszyła się druga linia – przeszło czterystu jeźdźców pod zielono-granatowym znakiem Własnej. Po lewej stronie, już wcześniej, równo z pocztami Kniei, ruszyła Chorągiew Trzeciej Szarży. W tym czasie, do „grotu" składanego przez Nieposkromionych dołączały kolejne poczty, rozformowywane przez dowódcę. Kopijnikom wskazywano miejsca na czele, a kusznikom w głębi ugrupowania. Zryta kopytami rozpadlina w skarpie wyrzucała nieprzerwany strumień zbrojnych.

Prowadzący swych pocztowych rycerze Ciemnej Kniei puścili konie kłusem. Idąca obok Chorągiew Szarży także zmieniła krok. Zaraz potem przeszła do kłusa Własna w drugiej linii. Imperialni zaś wciąż parli na spotkanie. Wkrótce linie jeźdźców zupełnie przysłoniły widok i stary wódz, z żelazną dłonią opartą na napierśniku, czuł tylko, jak pod zbroją boleśnie wali mu serce.

Nie rozumiał, co się dzieje na drugim brzegu.

Ku piaskowej łasze, stanowiącej zejście do brodu, ruszały właśnie poczty kolejnej chorągwi. K.B.I.Kenes skinął ręką na rycerzy osobistej eskorty, po czym zjechał ku wodzie wraz z innymi. Przez jakiś czas miał nie widzieć zupełnie nic. Ale ufał dowódcom swoich zaprawionych w bojach chorągwi.

Tymczasem imperialni zmykali na łeb, na szyję. Idące już galopem Chorągwie Szarży i Ciemnej Kniei miały przed sobą tysiąc zadków i dwakroć więcej migających spod ciemnych spódnic nóg. Dowódca Kniei pojął, że w tej dziwacznej taktyce kryje się metoda; że jeśli nie dopadnie legionistów tuż przed skrajem lasu, to wpakuje się galopem między drzewa i porozbija swych jeźdźców o konary lub też będzie zmuszony zatrzymać szyk przed samymi nosami siedzących w zaroślach łuczników. Znakomicie wyszkolony legion pozwalał sobie na kpiny z dartańskich żelaznych hufców. Jakże znakomici to byli żołnierze!... Dowodzący chorągwią rycerz wiedział, że nie każdy oficer może sobie pozwolić na wydanie podkomendnym rozkazu: „Uciekajcie!". W obliczu zwartej ławy jazdy, łomoczącej ziemię kopytami, mógł to być ostatni wykonany rozkaz. Pędzący byle dalej od wroga żołnierze rzadko potrafili się zatrzymać.

Prowadzący szarżę doświadczony wojownik czynił to nie po raz pierwszy. Potrafił ocenić odległość i już widział, że na pewno nie dogoni uciekinierów. Krzyknąwszy na chorążego, nakazał dać banderią rozkaz przejścia w kłus. Wiedział, że ma za sobą galopującą Własną, i nie mógł osadzić swoich jeźdźców w miejscu, bo miałby na plecach całą bratnią chorągiew. Dopiero po chwili, niespokojnie patrząc na złowieszczo bliską ścianę lasu, w cieniu której przepadli akalczycy, wydał drugi rozkaz: „Stępa".

Dwie barwne linie ciężkiej jazdy stawały o pół strzału z łuku od linii pierwszych drzew.

Lecz na lewym skrzydle dowódca Chorągwi Trzeciej Szarży podjął inną decyzję, być może o wiele lepszą. Jeźdźcy zatrzymali się dopiero na samym skraju lasu, strzelcy na oślep posłali bełty między drzewa i cała chorągiew zeskoczyła z siodeł, ruszając do walki pieszej. Rycerstwo rzucało kopie i brało się za miecze, kusznicy pospiesznie napinali cięciwy, by wpaść do lasu z nałożonymi bełtami. Lekkozbrojni łucznicy imperialni mogli mieć się z pyszna!

Po nieudanej szarży, ustawienie „w płot" pozwalało na jeden tylko manewr: zwrot w tył i pospieszne odejście galopem. Ale dowódcy Chorągwi Ciemnej Kniei i Własnej mogli jeszcze poderwać swoich jeźdźców i skoczyć do skraju lasu tak samo, jak to uczynili zbrojni z siostrzanego oddziału.

Nie zrobiono żadnej z tych rzeczy.

Gdzieś za biednymi chałupami wioski rozbrzmiały ostre głosy oficerskich świstawek. Przez wąskie wizury hełmów dartańscy rycerze dojrzeli istne mrowie czerwonych jedźców, pędzących bezładnymi kupami wprost na odsłonięte skrzydło podwójnego „płotu", gdy inne gromady okrążały wioskę, chcąc wyraźnie zajść chorągwie od tyłu. Po niezwykłym natarciu piechoty na ciężką jazdę wychodziło natarcie drugie, jeszcze bardziej zdumiewające. Ktokolwiek prowadził tych żołnierzy, nie miał pojęcia o uszykowaniu klinów i półsetek do szarży. Dartańscy rycerze nie mogli wiedzieć, że pędzi na nich legion piechurów, potrafiących jeździć konno, ale jednak tylko piechurów, zebranych ze wszystkich patroli, jakie jeszcze niedawno przemierzały dartańskie trakty. Ci żołnierze zupełnie nic nie wiedzieli o szykach i sygnałach lekkiej jazdy, nie byli w stanie wykonać najprostszego manewru – jednak umieli galopować do przodu, gotowi wpaść na dwie nieruchome linie i zmieszać je samą liczbą.

Uszykowane „w płot" poczty bez rozkazu jęły zwracać się ku atakującym; szyk łamał się i pękał. Nadtysięczniczka Tereza prowadziła bitwę, nieustannie zaskakując i dezorientując wroga, który musiał zwracać uwagę na wiele jednoczesnych, a czasem niejasnych, zagrożeń. Przede wszystkim jednak była to stara dowódczyni jazdy, jak niedawno uprzejmie powiedział jej zastępca. Wiedziała, dokąd mogą dojść akalscy piechurzy, żeby zdążyć z powrotem do lasu, uciekając przed morderczą szarżą; tak samo gotowa była wskazać ostrzem miecza miejsce, w którym staną ciężkie chorągwie, zdeprymowane beznadziejną i niebezpieczną, godzącą w próżnię galopadą. Zaskoczyła ją tylko odważna decyzja dowódcy wrogiego lewego skrzydła, ale nic strasznego się jeszcze nie stało, bo było więcej niż pewne, że dowodzący łucznikami nadsetnik nie przyjmie bitwy ze spieszoną chorągwią, tylko raczej wciągnie ją głębiej w las, czekając na posiłki. Miał je zaraz otrzymać; Tereza posłała już gońca, najlepszego do biegu w lesie: kosmatego, okrytego niedawno uszytą czerwoną dartańską tuniką.

Rozpoczynając bitwę, nadtysięczniczka najbardziej obawiała się tego, że już pierwsza chorągiew, która wyjdzie na brzeg, zacznie formować klin. Musiałaby wtedy uderzyć natychmiast, co raczej nie rokowało wielkiego zwycięstwa. Ale najpierw powstały łatwe w formowaniu „płoty"... Liczyła, że tak właśnie będzie.

Teraz niezwrotne linie popękały. Nie było już zwartego, choć płytkiego szyku ciężkiej jazdy.

Od brodu rozpędzał się samotny „grot" Chorągwi Nieposkromionych, próbujący osłonić szarżą tyły „płotów". Z wąskiego żlebu wydostawały się w najwyższym pośpiechu poczty piątej chorągwi. Pędzący z hukiem Nieposkromieni, całą siłą swych pięciuset wierzchowców mogli przejść na wylot przez ławicę bezbronnych dartańskich legionistów, mających do obrony tylko kiepskie tarcze i krótkie miecze piechoty. Mogli przejść na wylot, ale tylko tyle. Jeśli „grot" Nieposkromionych miał wyżłobić w bezładnej zbieraninie szeroką na dwadzieścia koni ulicę, zostawiając za sobą sto trupów, to Tereza zgadzała się zapłacić tę cenę. Był tylko jeden sposób na związanie walką wszystkich tych fatalnych jeźdźców w czerwonych narzutach: pójść w rozsypkę i wdać się w rąbaninę.

Śmigające ze skraju lasu strzały przypomniały połamanym „płotom" o istnieniu imperialnych łuczników. Powtarzała się historia rozniesionej chorągwi straży przedniej: bezładny, zasypywany pociskami szyk kłębił się w miejscu, pryskając na wszystkie strony oddziałami i oddziałkami konnych, nad którymi nikt nie panował. Pośród szczękania grotów o zbroje i tarcze – był to dźwięk, jakby ktoś nieustannie ciskał w jeźdźców garściami żwiru – rozbrzmiał wyraźniejszy łomot, gdy o swoim istnieniu przypomnieli kusznicy. Natychmiast blisko dwudziestu jeźdźców zwaliło się z koni na ziemię; podrywane wierzchowce wierzgały, stając na zadnich nogach.

Jakieś poczty rycerskie, zasypywane strzałami przez łuczników, usiłowały podjąć kontrszarżę przeciw czerwonej zbieraninie, która właśnie zalewała przestrzeń między chałupami wsi; jacyś konni strzelcy próbowali słać bełty to do lasu, to przeciw nadciągającej dartańskiej zgrai; kilkadziesiąt pocztów odchodziło do tyłu, natykając się na zmieszane szyki Chorągwi Własnej, która poczynała sobie równie śmiało i celowo. Lecz to nie było wszystko, bo z leśnej drogi biegiem wypadły na równinę zwarte kliny akalskich tarczowników: ci żołnierze jednak umieli zarówno uciekać, jak też zatrzymać się i z powrotem nacierać na rozkaz... W potężniejącym łomocie kopyt rozproszonych żołnierzy Legionu Konno-Pieszego, w grzmocie biegnącej im naprzeciw chorągwi Nieposkromionych, w tupocie setek zwierząt przepychających się pod lasem, wreszcie w nieustannym, złowrogim turkocie strzał i bełtów prawie nie było słychać bojowego krzyku akalskich tarczowników.

Lecz poparł go drugi okrzyk, wydany przez trzykroć liczniejsze gardła. rozwijający się jak na paradzie półlegion srebrzystych wielkoludów, tak samo jak ciężka kolumna z Akali, miał do przebycia najwyżej trzysta kroków.

Rozbrzmiał kolejny ryk, dość bezładny, lecz mnogi – dwustu czterdziestu toporników w czerwonych tunikach, bez kirysów, ale z dobrymi tarczami, w trochę pomieszanym, lecz jednak zwartym szyku, runęło śladem akalczyków i halabardników gwardii.

Bliżej rzeki, nie tracąc impetu, żelazny „grot" Nieposkromionych porozrywał ażurowe zastępy nieszczęsnych konnych piechurów, bez żadnych strat własnych znacząc szlak obalonymi końmi, poprzebijanymi na wylot ludźmi, których nic nie osłaniało przed pchnięciami rycerskich kopii. Dartański pług przeorał kilka środkowych klinów, rozproszonych jak wszystkie inne, i zaczął zawracać po obszernym łuku, nie wytracając rozpędu. Lecz, o dziwo, straty czerwonych wcale nie były duże... Tym żołnierzom wprawdzie kazano nacierać, ale ani myśleli iść pod kopyta zwartej dartańskiej chorągwi. Nie trzymając żadnego szyku, a tym samym, mimo braku jeździeckiego wyszkolenia, górując zwrotnością nad „grotem", bezwstydnie (ale za to rozsądnie) umykali z drogi; śmierć znaleźli tylko nieszczęśnicy, którzy nie uciekli dość szybko. Także bełty posłane nawiją przez rycerskich pocztowych kiepskie zebrały żniwo, bo rozproszona konna piechota nie była wdzięcznym celem.

Pod lasem siedmiuset ciężkozbrojnych piechurów uderzyło na zmieszanych jeźdźców z dwóch zwabionych pod drzewa chorągwi. Z boku wpadli w mętlik konni piechurzy dartańscy, z miejsca ponosząc niesamowite straty. Niewprawnie powodujący końmi, wymachujący krótkimi mieczami żołnierze spadali z kulbak, nie mogąc marzyć o dotrzymaniu pola synom dartańskich Domów czy chociażby lżej zbrojnym pocztowym. Lecz natychmiast dostali wsparcie. Topornicy akalscy poniszczyli grupki jeźdźców na obrzeżach kłębu i przedarli się do prawego skrzydła ciężkiej jazdy, prawie pod samymi domami wioski. Dartańscy halabardnicy gwardii, uderzający nieco dalej, w środek tego, co wcześniej było szykiem, nieomal w mgnieniu oka przerąbali się aż do Chorągwi Własnej. Jakże morderczo skuteczny przeciw jeździe był ten słabo znany na kontynencie oręż, składający się z wielkiego żeleźca na solidnym drzewcu! Niepodobieństwem było zbliżyć się do zakutego w stal siłacza, zataczającego halabardą zamaszyste łuki. Gwardziści tłukli toporzyskami po zbrojach; inni wymierzali pchnięcia od dołu, jakby mieli w rękach masywne włócznie, jeszcze inni zaczepiali hak oręża o zbroje i ściągali jeźdźców na ziemię. Idący w sukurs halabardnikom topornicy Legii Dartańskiej zrazu trafili w próżnię za ich plecami; tutaj wsparcie było całkiem zbędne! Dopiero po chwili rozkazy oficerów skierowały żołnierzy bardziej ku lewemu skrzydłu zajadle walczących jeźdźców. Źle wyszkoleni, niedozbrojeni czerwoni tarczownicy nie zdołali nawiązać z konnicą równorzędnej walki, ale byli liczni, wciąż zwarci i jednak nie przynieśli swych głów w darze. Kazali za nie zapłacić.

Z głębi leśnej drogi, klin za klinem, wynurzały się czerwone półlegiony, uzbrojone w słynne derenety. Tym żołnierzom kazano słuchać tylko podsetników, nie oglądać się na proporce wyższych oficerów, bo było jasne, że nie utrzymają szyku w kolumnie, a cóż dopiero w ramach półlegionu. Ale rozkazy głównodowodzącej dotarły gdzie trzeba: pierwsze kliny natychmiast skręcały w prawo, płosząc konie spieszonej chorągwi, która przepadła między drzewami. Teraz tak samo przepadali oszczepnicy, odcinając wrogowi powrót na równinę. W lesie dawno już wrzała walka: cały legion czerwonych żołnierzy, wsparty przez kolumnę akalskich łuczników, przepychał się między drzewami, nawiązując walkę z zaskoczonymi wojownikami Trzeciej Szarży.

Drugi czerwony legion wypływał na równinę, zachodząc z boku popękane „płoty". Droga uporządkowała ruch tych samodzielnych klinów – a było ich przecież trzydzieści! Pierwsi żołnierze włączyli się do walki i ku własnemu zdumieniu, natychmiast zaufali nowej broni. Nadjeżdżający pocztowy spadł z konia, trafiony w pierś rzuconym z bliska oszczepem, zaraz podobny los spotkał kilkunastu innych śmiałków. Nie byli to tylko lekkozbrojni strzelcy!... Gruchnął na ziemię rycerz w kiepskiej zbroi – nie wszyscy kopijnicy byli okryci tak samo, zależało to od zamożności. Syn zubożałego dartańskiego Domu zginął z ręki oszczepnika, który po raz pierwszy w życiu stanął do walki z kimkolwiek, a cisnął swój oręż z całą siłą, jaką dało mu śmiertelne przerażenie.

Wykute w wielu kuźniach, różnokształtne lecz zawsze smukłe groty derenetów, bez trudu radziły sobie z kolczugami i siały spustoszenie wśród wierzchowców, choć były bezradne przeciw blachom. Kilka klinów Legii Dartańskiej łatwo uporało się z obrzeżem chorągwi Ciemnej Kniei, prawie nie nawiązując z jeźdźcami bezpośredniej walki, bo ciśnięty z odległości parunastu kroków oręż, o ile nie trafił w tarczę lub nie zsunął się po krzywiźnie napierśnika, dokonywał dzieła, zabijając na miejscu albo raniąc. Dopiero później, gdy przyszło sięgnąć po miecze, niepotrafiący sprostać konnym rębajłom legioniści odebrali swoje, bezlitośnie wycinani przez poczty Chorągwi Własnej.

Z lasu wypływała niekończąca się rzeka dartańskiej piechoty.

Wśród oszczepników trafiały się pojedyncze oddziały, uzbrojone w kusze lub tarcze i topory.

Wracająca do bitwy Chorągiew Nieposkromionych szukała celu dla szarży. Lecz pod lasem kłębił się i przewalał zmieszany tłum pieszych i konnych, swoich i obcych, wrogów i przyjaciół... „Grot" pędem obchodził kłębowisko, aż zupełnie nieoczekiwanie znalazł się wobec licznych czerwonych oddziałów, włączających się w mętlik walki, próbujących zajść popękane „płoty" od tyłu. Przerażeni piechurzy trafiali wprost pod kopyta ciężkozbrojnej jazdy, roznoszącej w puch kolejne trzydziestki, aż zabrakło wroga przed czołem.

Jednak po prawej stronie „grotu" zostało mnóstwo nienaruszonych oddziałów, które teraz, wstrząśnięte widokiem potwornej żelaznej konnicy, nie wiedziały dokąd uciekać. Oto był cel dla szarży! Nieposkromieni doszli pod ostrym kątem niemal do samej ściany lasu, kilkadziesiąt kroków za drogą, gdzie do reszty rozpędzili wierzchowce Chorągwi Trzeciej Szarży i przez chwilę szli wzdłuż linii drzew, lecz zaraz zaczęli zataczać ciasny krąg w lewo, by ponowić uderzenie, tym razem w sam środek strumienia czerwonej piechoty.

Bitwa na ciasnej równinie mogła trwać nawet do wieczora i zakończyć się całkowitą klęską imperialnych. Wychodzące z parowu poczty Chorągwi Weyeńskiej, nie formowały szyków, lecz natychmiast ruszały do walki, idąc w sukurs uwikłanym w bój towarzyszom pod lasem. Była to dobra, a nawet jedynie słuszna taktyka, bo w kłębowisku nie ubywało jeźdźców. Mężni tarczownicy i halabardnicy z coraz większym trudem stawiali opór świeżym, niezmęczonym walką, pocztom weyeńczyków, którzy poczet za pocztem pędzili przez równinę, a ostatnie swe szeregi wyrywali z parowu. Wciąż walczyły niedobitki Własnej i Ciemnej Kniei. W wodzie była już Chorągiew Druga Złotej Rollayny, do przeprawy zbliżała się Czwarta. Na południowym brzegu i w samych falach Merewy stało jeszcze ponad tysiąc ciężkich jeźdźców i z górą trzy setki przy taborze – ogromny odwód, który nieprzerwanym strumieniem wychodzących na równinę pocztów mógł nadal zasilać bitwę, przeważając w końcu szalę. Ci okryci żelazem kopijnicy, wsparci przez swoje poczty, umieli niszczyć wroga nie tylko masą i impetem prowadzonej w zwartym szyku szarży. Wdając się w pojedynki i utarczki, walcząc małymi grupkami, w większości starć byli górą. Należało natychmiast odciąć dopływ posiłków na równinę i zlikwidować śmiertelne zagrożenie, jakim dla czerwonego legionu był „grot" Nieposkromionych. Już ta jedna jedyna chorągiew mogła wgnieść w ziemię wszystkie bez mała, wychodzące z lasu kliny Legii Dartańskiej, a bez ich pomocy ciężkozbrojni piechurzy byli skazani na klęskę.

Krwawym śladem Nieposkromionych, w wyciągniętym kłusie, szedł ustępujący im liczebnie półlegion jazdy cesarskiej w czarnych tunikach akalskich – większa część konnicy Armii Wschodniej. Pod kopyta jezdnych dostawali się, rozniesieni szarżą kopijników, zabici i ranni żołnierze w czerwonych dartańskich narzutach. Może było ich dwustu?... Między zwartymi klinami opętańczo darł się, półleżąc na ziemi, jakiś porąbany piechur, wsparty jedną ręką na swoim derenecie. Nie łamiący szyku lekkokonni przejechali wprost po nim tak samo, jak po wielu innych, ale ci, co byli najbliżej, usłyszeli podobno: „Akala! Dajcie im!...".

Tereza, od początku bitwy cały swój odwód trzymała na skraju lasu, tuż przy wiosce. Jeszcze gdy Nieposkromieni wracali do środka placu boju, po pierwszej swojej szarży przeciw konnym piechurom, obróciła się ku siedzącej w siodle kilka kroków za nią tysięczniczce i pokazała jej wrogi „grot".

– No co? – powiedziała, przekrzykując bitewny zgiełk. – Koniec, wszystko mamy w boju! Aronet wie co zrobić z łucznikami. Teraz już tylko my.

Agatra przywołała uśmiech na swą chudą, ogorzałą twarz. Wiedziała co do niej należy, a jeszcze lepiej wiedziała, co nie należy. Na pewno na czele swych armektańskich gwardzistów nie mogła gonić dartańskiego „grotu".

– Wbiję szpunt – powiedziała, skinąwszy ręką do nadsetnika konnych łuczników, żeby podjechał po rozkazy. – Przerwę się do brodu i poślę ci w sukurs swoją jazdę.

Tereza skinęła głową.

– Właśnie tak. Uderzę i odskoczę, żeby mieli pole.

Nieposkromieni szli skosem przez ugór, chcąc ominąć wieś. Tereza wetknęła do ust oficerską świstawkę. Trzy kolumny jeźdźców na pozór zupełnie bezładnie wyjechały na pole za wsią, ale każda kolumna tworzyła osobną grupę. Idąc drobnym, a potem wyciągniętym kłusem, półsetki i kliny wyrównywały szyk, dołączali spóźnialscy.

Z wioski, przedzierając się przez gwar bitewny, dobiegł okrzyk-salut gwardyjskiego półlegionu Agatry, wspartego przez oddziałek Gwardii Akalskiej. Przed czołem kłusujących jeźdźców Terezy, przecinając szlak, którym przeszli Nieposkromieni, przewaliły się, wypadając spomiędzy zabudowań, trzy kliny konnych łuczników legii, trzy łuczników pieszych, a na samym końcu mieszana kolumna gwardyjska: klin konny, lekki i ciężki, każdy wsparty dziesiątką akalczyków. Cały półlegion pognał na łeb, na szyję najpierw wzdłuż drogi, a potem w stronę brodu, od którego nieprzerwanym strumykiem płynęły rycerskie poczty.

Tereza, na czele swoich jeźdźców, przerwała kordon posiłków słanych do chorągwi pod lasem i wyszła za plecy Nieposkromionych, w samą porę, by ujrzeć, jak „grot" bierze pod kopyta i rozjeżdża wychodzące zza kłębowiska kliny czerwonej piechoty. Nieposkromieni szli dalej, aż do samego lasu, tworząc coraz ciaśniejszą pętlę. Dowódczyni armii prowadziła konnych łuczników, jakby chciała dołączyć do rycerzy – to właśnie wtedy jej jeźdźcy musieli przejechać po umierających piechurach. I ten fragment boju ujrzał K.B.I.Kenes, gdy przepchał się wreszcie ze swym pocztem przez stłoczone w rzece zastępy wojowników, pokonał rozpadlinę i stanął na skraju skarpy.

Oszołomiony wódz rycerzy spoglądał na usianą walczącymi, pokrytą trupami, przemierzaną przez bezpańskie wierzchowce równinę, na której z jego chorągwiami zmagała się nieistniejąca do tej pory, wielka armia legionistów imperium. Zamiast czarnych tunik przyrodni brat Enewena oglądał setki i tysiące jaskrawoczerwonych mundurów, srebrne zbroje jakiejś strasznej piechoty, rąbiącej rycerzy Własnej i Weyeńskiej – istne mrowie cesarskich, o których nikt nie wiedział, że są. Kenesa przeraziła liczba bezpańskich koni, bo nie wiedział, że znaczna część tych wierzchowców to rozproszone zwierzęta jeźdźców Trzeciej Szarży, którzy pieszo bili się między drzewami.

Przy małej wiosce pod lasem, aż do drogi i okrakiem przez nią, trwała chaotyczna bitwa, toczona przez resztki dwóch chorągwi, skłębionych z ciężką piechotą imperialną, której pomagało mnóstwo czerwonych żołnierzy na koniach. Zasilały ten bój coraz nowe poczty rycerskie, wąską wstęgą płynące od brodu. Od zachodu, szarpiąc skraj kłębowiska, wtapiając się weń i opływając z boku, wychodziły z lasu na równinę coraz to nowe kliny dartańskich oszczepników. Jeszcze dalej na zachód, na samym końcu pola bitwy, pod lasem, kreślił ciasną pętlę potężny „grot" chorągwiany. W ślad za owym „grotem" szło istne stado wilków – czarny półlegion lekkokonnych łuczników, nad którym płynął, nieruchomo rozpięty na ramie, największy z proporców używanych przez cesarskie wojska: prostokątny, wycinany w kwadratowe zęby, biały znak nadtysięcznika. Nieposkromieni ujrzeli wrogą jazdę dopiero wówczas, gdy odeszli od ściany lasu, zawracając łukiem najpierw na południe i dalej, skręcając coraz bardziej ku środkowi pola. Jego godność Kenes usłyszał odległy, ale przenikliwy, różny od wszystkich innych bitewnych odgłosów, dźwięk oficerskiej świstawki i ujrzał gwałtowne poruszenie proporca. Trzy zwarte w trójkąt kolumny lekkiej jazdy w jednej chwili przeszły do galopu i nabrały pędu, z nastawionymi włóczniami uderzając w bok ciężkiego „grotu", na całej jego długości.

Stary rycerz, wbrew woli, zamknął na chwilę oczy.

Nadtysięcznik, prowadzący lekkokonnych, umiał wybrać czas i miejsce uderzenia. Odsłonięty bok „grotu" – najwrażliwsze miejsce każdego zgrupowania jazdy w ruchu – nie wytrzymał uderzenia masy akalskich jeźdźców. Włócznie poprzebijały tarcze i blachy, jadący na obrzeżach „grotu" kopijnicy, gorzej zbrojni od towarzyszy tworzących szpic czołowy, zostali wepchnięci na pocztowych w głębi szyku. Imperialna konnica samym impetem i ciężarem przełamała się do wnętrza chorągwi, gdzie obalone wierzchowce były tratowane przez inne, spadali z siodeł jeźdźcy, ogłuszeni siłą i nagłością ataku, a osadzane w miejscu i podrywane konie waliły się na grzbiety, popychane przez inne, wciąż idące kłusem. Uderzenie wymierzono w lewy bok szyku, a wróg po lewej ręce to był koszmar każdego jeźdźca, zmuszonego do obrony „na krzyż", kłucia i cięcia mieczem ponad karkiem konia. Rycerze mieli boki osłonięte tarczami, ale strzelcy w głębi ugrupowania trzymali tylko kusze... Lekkokonny półlegion w jednej chwili rozbił rycerską kolumnę, od której odpadło, wciąż idące naprzód, samo ostrze „grotu" – cztery pierwsze szeregi. Przepadła gdzieś łopocząca banderia chorągwiana. Szyk – bezcenny szyk jedynej zwartej formacji Kenesa – był teraz splątanym kłębem srebrzystych i czarnych jeźdźców.

Jego godność Kenes nie zobaczył niczego więcej. Zapatrzony na klęskę swojej jazdy pod lasem nie dostrzegł, co działo się po drugiej stronie.

Płynący od brodu strumień pocztów porwał się i postrzępił. Kopijnicy i strzelcy obierali nowy kierunek, zamiast na północ, kierując się na wschód, przeciw nadciągającemu zagrożeniu. Mignęły niebieskie armektańskie tuniki, gdy setka pędzących w zwartym szyku jeźdźców rozerwała cienki kordon pocztów, otwierając drogę żołnierzom lekkiej piechoty. Łucznicy pędzili za jazdą, jakby od tego zależało ich życie. Ale w istocie zależało jeszcze więcej, bo istnienie całej imperialnej armii. Jazda, otworzywszy drogę piechocie, zaraz uciekła ku środkowi pola, ale kolumna pieszych legionistów ani myślała ubezpieczyć swoje boki i tyły... W samobójczym, biegiem prowadzonym natarciu, piechurzy posuwali się prosto do przodu, zostawiając wokół ciężkozbrojne poczty, bo widzieli chyba tylko jedno: ciasny parów, z którego wychodziły posiłki na równinę. Kolumna biegiem doszła do samego urwiska, ustępując drogi jeszcze jednej, niebiesko-szarej, zasilonej ciemniejszymi oddziałkami. Prowadzący tę mieszaną kolumnę klin lekkiej jazdy rozpadł się na dwie części, z których mniejsza, czarno-szara dziesiątka gwardyjska, bez najmniejszego wahania runęła prosto w gardziel rozpadliny, zgniatając wszystko, co było u wylotu, kłębiąc się i tłocząc. Pięćdziesiąt kroków dalej, stary wódz, który już widział, co się dzieje, sięgnął po kopię, szybko podaną przez giermka, bo pełen klin cesarskich lekkokonnych pędził prosto na niego. Skoczyli naprzeciw rycerze eskorty, strącając kopiami pięciu gwardzistów – lecz klin liczył trzydziestu jeźdźców...

Jego godność K.B.I.Kenes, wraz z giermkiem i chorążym, został zepchnięty ze skarpy do rzeki, wpadając do niej razem z kilkoma żołnierzami w niebiesko-szarych tunikach Gwardii Armektańskiej.

Znacznie dalej, pod lasem, oficerska świstawka rozbrzmiewała znowu; konni łucznicy, skłębiwszy „grot" Nieposkromionych, ani myśleli wikłać się w siłową rąbaninę. Zmieszany półlegion wyrwał się z mętliku, rozpadając na kilka części, uciekając w różnych kierunkach. Lekkokonni zostawiali za sobą skotłowanych jeźdźców, którzy byli co najwyżej tłumem ludzi na koniach, bo już nie wojskowym oddziałem.

Ze środka pola galopem pędziła na ten tłum zwarta kolumna legionistów Agatry, którzy przed chwilą otworzyli drogę idącym do parowu towarzyszom. Terezie udało się dokładnie to, co próbował osiągnąć w bitwie pod Puszczą Bukową dowódca Armii Zachodniej: uderzała zwartymi oddziałami jazdy na zmieszanych, tkwiących w miejscu ciężkozbrojnych.

Druga szarża wstrząsnęła bezładnym szykiem; rozpędzeni, idący kolano w kolano legioniści nie mieli tam przeciwnika. Całkowicie rozbita chorągiew rozleciała się na wszystkie strony. Mordowani kolejnymi szarżami jeźdźcy szukali ocalenia w ucieczce.

Przy parowie, stu łuczników Agatry strzelało z wysokiego brzegu w dół, trafiając stłoczonych na brodzie jeźdźców. Strzelali szybko i celnie, powstrzymując napływ posiłków do szczeliny. W samej dziurze, gdzie nie było już żywych jeźdźców z Akali, walczyli armektańscy topornicy. W ciasnocie, pośród trupów i rannych, spieszeni rycerze tłukli ich mieczami po kirysach i tarczach; ciężkie topory imperialnych łomotały o zbroje rycerzy. Walczących o parów towarzyszy osłaniały dwa kliny łuczników gwardii, wsparte przez dwudziestu akalczyków. Ta garść piechoty stworzyła zaporę, przez którą nie mogły się przebić wracające z głębi pola, rozciągnięte jeden za drugim poczty weyeńczyków. Liczący kilka koni oddziałek kopijników i strzelców został zmieciony z siodeł przez dziesiątkę czarno-szarych kuszników; dwa następne, szarżujące obok siebie, rozstrzelali łucznicy, biorący na cel raczej konie niż jeźdźców.

Poszarpany gwardyjski klin konny, który porwał wodza rycerzy, wikłał się w utarczki z pojedynczymi pocztami, ponosząc nowe straty.

Z rzeki na szczyt urwiska sypały się bełty pocztowych, zabijając i raniąc łuczników, którzy wciąż powstrzymywali napływ świeżych sił do parowu, gdzie resztki ciężkiego klina mordowały ostatnich rycerzy. Ale przez pryzmy trupów usiłowali przedostać się następni, nieustraszenie prąc do góry pod deszczem grotów ze skarpy.

Z głębi pola nadjeżdżały następne rycerskie poczty, które najpierw miały wesprzeć chorągwie pod lasem, a teraz zawracały do brodu. Siedemdziesięciu pieszych łuczników gwardii, między którymi jaśniała biała narzuta tysięczniczki, wciąż osłaniało towarzyszy walczących o skrwawioną wyrwę w ziemi. Na gwardzistów szły kolejne szarże kopijników i pocztowych. Zmęczeni biegiem i walką piechurzy nie mogli dokonać cudów, trafiając w wąskie szczeliny pancerzy –

historie o łucznikach rozszczepiających wbite w tarczę strzały, należały do świata legend, nie do świata wojny. Ale potrafili z niezmąconym spokojem, z napiętymi łukami, czekać do ostatniej chwili, nieulękle patrząc na szarżujących jeźdźców, by na koniec strącić ich na ziemię ledwie kilkanaście kroków przed swym szykiem, gdzie wypuszczone pociski miały największą moc. Poczet za pocztem roznoszony był przez zajadłych wojowników, którym nie bez powodu dodano szarą barwę do tunik. Dopiero z większej od innych grupy przedarło się kilkunastu jeźdźców, stratowało klin bezbronnych łuczników i wyszło za ich plecy – ludzie ci zginęli niemal w jednej chwili od ciosów strasznych rębajłów z rezerwowej dziesiątki dowódcy kolumny, trzymanych w ostatnim odwodzie na taką właśnie okazję. Dopomogli im akalscy kusznicy, strzelający z bliska ze swej potężnej broni bądź chwytający za miecze. Dziesięciu tarczowników, którym aż do tej chwili odmawiano udziału w boju, pożerającym życie towarzyszy, wypadło przed zgnieciony szyk łuczników gwardii i pozwoliło im się pozbierać. Ciężkozbrojni osłonili strzelców własnymi zbrojami i tarczami, bo nie czekali w miejscu, lecz rzucili się na kolejny szarżujący poczet, nadziewając się na kopie i miecze, rozwalając końskie łby toporami.

Za ich plecami stratowani i porąbani strzelcy z postrącanymi z głów kapalinami, pokazywali wymykające się spod kolczych czepców długie włosy... Strzelający z najbliższej odległości do rozpędzonych pocztów nieustraszony klin gwardii składał się głównie z łuczniczek. Dwie pokłócone żołnierki, każda w innej tunice i walcząca z inną bronią w ręku, zginęły w tej bitwie zaledwie parę kroków od siebie.

Tysięczniczka Agatra trzymała rozpadlinę resztkami sił swych żołnierzy.

Dziewięć zwartych, samodzielnie działających klinów czarnej jazdy z Akali, pod wodzą swych podsetników, roznosiło luźne poczty rycerskie między lasem a brzegiem rzeki. Całe zastępy piechurów w czerwonych tunikach włączały się do boju przy wiosce bądź nękały zagubionych jeźdźców z rozbitej Chorągwi Nieposkromionych. Pośród tego chaosu nagle pojawiły się zwarte, idące marszowym krokiem kolumny i kliny żołnierzy, którzy zaczęli bitwę, a teraz mieli ją skończyć. Akalscy łucznicy i kusznicy wyszli z lasu przy wiosce i maszerowali ku rzece, zostawiając resztki Nieposkromionych piechocie z derenetami i klinom łuczników konnych. Z drugiej części sosnowo-dębowego boru, gdzie przepadła Chorągiew Trzeciej Szarży, wydostawał się na drogę kolejny lekki półlegion; te oddziały także szły ku rzece, kierowane tam przez ochrypłego tysięcznika, przy którym niesiono z daleka widoczny, trójkątny biały proporzec. Co chwilę jakiś klin przystawał, szpikując strzałami samotnego pocztowego, który uszedł spod kopyt jeźdźców. Na podobieństwo armii mrówek wyćwiczony i karny Legion Akalski oczyścił całe pole bitwy, zostawiając za plecami tylko skłębione zgrupowanie pod wsią, a między drzewami niedobitki spieszonych jeźdźców Szarży, na których polowali czerwoni Dartańczycy.

Stłoczeni na brodzie rycerze, z uporem szturmujący zapchany przez trupy parów, próbujący wyrąbać sobie drogę do osamotnionych na równinie towarzyszy, wciąż ranieni przez łuczników, których próbowali zwalczać chorągwiani strzelcy, ujrzeli nagle na wysokim brzegu całe zastępy legionistów napinających cięciwy. Blisko pięćset pocisków zagotowało wodę na całej szerokości brodu, ale już dołączały następne kliny i strzał z każdą chwilą przybywało. Nie trzeba było celować; stłoczone szyki Chorągwi Złotej Rollayny były okrywane kolejnymi tysiącami grotów, tłukących gęsto niczym strugi deszczu – i nie było w tym gromkiej wojennej przesady. Łucznicy i kusznicy imperialni mordowali ludzi i konie tratujące potopionych rannych. Rzeka zmieniła kolor. W ciągu zaledwie kilku chwil strzelający ze skarpy legioniści posłali w dół przynajmniej piętnaście tysięcy strzał – po pół setki na każdego jeźdźca w wodzie. Przewalały się, brzuchami do góry, naszpikowane pociskami zwierzęta, migały w spienionym nurcie kopyta i ramiona, błyszczące blachy i barwne tarcze – wszystko to skotłowane pośród różowych bryzgów. Pocztowi z Chorągwi Czwartej Złotej Rollayny, wciąż na drugim brzegu, zeskakiwali z koni, klękali na skraju nurtu, chcąc osłonić bełtami masakrowanych w płytkiej rzece jeźdźców. Lecz na skarpie ktoś wydał rozkaz, okrzyk powtórzyli setnicy, podsetnicy – i południowy brzeg momentalnie zjeżył się od pocisków. Nieszczęsnych strzelców, nieokrytych blachami, w jednej chwili zdziesiątkowano. Wszczął się popłoch, powiększony przez wstrząśniętych uciekinierów z rzeki, którzy gorączkowo, pieszo i na grzbietach skrwawionych wierzchowców, próbowali wrócić na przyjazny brzeg. Mnóstwo takich krzyczących ludzi, padających od uderzeń strzał w plecy, zataczających się z pierzyskami sterczącymi z karków i ramion, spadających z kulbak, posiało zamęt i przerażenie w ostatniej, jako tako jeszcze zwartej, chorągwi. Bezlitosna rzeka pochłonęła niemal wszystkich kopijników, niezdolnych do walki z topielą. Na równinie, kto spadł z konia, ten wstawał, lecz ta sama sztuka nie mogła się udać ubranym w żelazo ludziom w wodzie, których przygniatały końskie kopyta i nogi towarzyszy.

Na wysokim brzegu ktoś rozdzielił cele; stojąca za rzeką chorągiew była teraz dziurawiona głównie przez ciężkie bełty, bo kusznicy mieli broń o większym zasięgu i mocy. Łucznicy kontynuowali rzeź w rzece. Dwie Chorągwie Złotej Rollayny, jedna zdziesiątkowana, a druga zmasakrowana, rzuciły się do ucieczki, byle dalej od przeklętego brodu i wznoszącej się za nim skarpy. Pieszo i konno, ranni, zdrowi i dogorywający, kopijnicy i pocztowi pospołu, uciekali od brzegu na otwartą równinę.

Ale ktoś uznał, że to jeszcze nie wszystko...

Z przewieszonymi przez plecy łukami, z mieczami w dłoniach, akalscy strzelcy jęli zsuwać się po stromej skarpie wprost do rzeki. Dziesiątki i setki legionistów wpadły w brudnoczerwony, bulgoczący pośród trupów i rannych nurt, dorzynając wszystko, co jeszcze w nim żyło. Brnąc przez wodę sięgającą piersi, imperialna piechota wydostała się na płaski południowy brzeg, wielką falą idąc w ślad za pobitymi choragwiami, noszącymi nazwę dumnej stolicy.

Lecz wstrząśnięty rzezią wróg nie był już zdolny do boju. Na widok stających na brzegu zastępów resztki rycerskiego wojska, rozniesionego przez Armię Wschodnią, podtrzymując swych rannych, skierowały się się na południe, a częściowo rozpierzchły po błoniach. Liczne oddziały popędziły galopem po zarośniętej drodze, wiodącej do odległej wsi na południu.

Piechota legii nie mogła ich ścigać, pracowicie forsowała więc rzekę z powrotem, by raz jeszcze przyjść w sukurs walczącym pod lasem ciężkozbrojnym. Ale przez zapchany trupami parów, depcząc ciała, konni łucznicy sprowadzali już swoje wierzchowce, wiodąc je za uzdy. Na południowym brzegu, w oddali, majaczyły jeszcze grupki uciekinierów, gdy pierwsza kolumna ruszyła w pogoń. Już formowano następną; do wieczora było jeszcze mnóstwo czasu...

Na wysokim brzegu północnym, pod lasem, gdzie zaczęła się bitwa, przeszło trzy tysiące imperialnych żołnierzy zmagały się z resztkami pomieszanych chorągwi. Ciężka i konna piechota, wsparta przez mrowie oszczepników, a na koniec wracających znad rzeki strzelców, wciąż toczyła mozolny, krwawy bój, bo mężni dartańscy rycerze, wspierani przez swoich pocztowych, nie zbrukali Czystej Krwi tchórzostwem. Walczyli zawzięcie i w milczeniu, bez posiłków i nadziei na zwycięstwo, śmiertelnie groźni do samego końca.

***

W nocy, cała jazda i konna piechota Armii Wschodniej, dowodzona przez tysięcznika W.Aroneta, dogoniła i zdobyła uchodzący tabor. Wozy były eskortowane przez najmniejszą ze wszystkich chorągwi Kenesa i niekarną tłuszczę obozowych pachołków, którzy pierzchli na sam widok wynurzającej się z mroku jazdy. W krótkim nocnym boju chorągiew bez trudu rozbito i rozpędzono na cztery wiatry, do czego walnie przyczynił się zupełny upadek ducha bojowego; rycerstwo, któremu nieliczni uciekinierzy z placu boju donieśli o kompletnej zagładzie całej armii, śmierci wodza i trzydziestu tysiącach legionistów, ani trochę nie wierzyło w zwycięstwo i załamało się już na widok groźnej konnej piechoty... Nim nastało południe dnia następnego, wyczerpani, zmęczeni lecz szczęśliwi legioniści, wprowadzali zdobyte wozy do rzeki, wtaczając je następnie na skarpę, przez oczyszczony z trupów parów. Na skleconych tratwach przeciągano zdjęte z wozów dobro, które nie mogło zamoknąć. Tereza znowu miała czym nakarmić swoich ludzi – a czas był najwyższy, bo od trzech dni żołnierze dostawali zmniejszone racje dzienne.

Ciasna, ograniczona lasami i korytem rzeki równina, na której stoczono bitwę, była śmiertelną pułapką, z której uszło bardzo niewielu – najwięcej szczęścia miały niedobitki Nieposkromionych, ukryte w zachodnim lesie. Wstrząśniętą szarżami chorągiew raczej jednak rozpędzono niż wycięto i choć przestała istnieć, to nie z powodu strat w ludziach – bardzo wielu zapadło w lesie, a później przekradało się do swoich. Dołączali też wojownicy z walczącej pieszo między drzewami chorągwi Trzeciej Szarży – beznadziejna gonitwa za lekkozbrojnymi rozproszyła ich w gąszczu i wymęczyła do cna, jednak straty w zabitych nie były bardzo duże. Wielu chciało wrócić na równinę, ale zaniechało zamiaru widząc, co się tam dzieje. Niektórzy z tych ludzi trafili później do niewoli, innym jednak udało się schować.

Legioniści narachowali, z grubsza biorąc, przeszło dwa tysiące poległych po stronie wroga, a to oznaczało, że uszły – nie licząc Nieposkromionych i jeźdźców Szarży – tylko dwie poszarpane chorągwie oraz resztki trzeciej, wymordowanej na przeprawie. Jeszcze przed nocą, niejednego z tych nieszczęśników porwały kliny konnych łuczników, rozpuszczone w pościg.

Na samym polu bitwy zdobyto dumne znaki chorągwiane i niesłychaną mnogość oręża, w którym niedozbrojeni legioniści mogli dowolnie przebierać. Kusze konnych strzelców dostały się setkom dartańskich legionistów; ci, dla których nie wystarczyło, mieli odtąd po kilka derenetów – wcale nie wszyscy żołnierze chcieli zrezygnować z tej broni na rzecz kusz! Czerwoni topornicy poubierali się w blachy i wyszukali sobie odpowiednie hełmy; pozostałych elementów zbroi było więcej niż trzeba. Konna piechota dostała długie rycerskie miecze, które miała wozić przy kulbakach, zostawiając własne, krótkie, przy pasach. Załadowano wojenną zdobyczą, opróżnione już z zapasów, wozy małego taboru, darowanego armii przez Akalę.

Wojsko okrzepło, zmężniało. Tak jak przewidziała Tereza, wygrana bitwa przemieniła tych ludzi w weteranów, gotowych walczyć z każdym – skoro zwyciężali w boju z ciężką jazdą, to co jeszcze mogło wyjść przeciw nim? Duch w armii był wspaniały.

Gorzej w gronie dowódców.

Miało nie być żadnych uzupełnień. Jeszcze przed wymarszem jasno dano nadtysięczniczce do zrozumienia, że zapowiadane formowanie odwodowych legionów na tyłach, czy chociażby tylko dosyłanie posiłkowych klinów, nie dojdzie do skutku z powodu braku pieniędzy, które stopniały tak nieoczekiwanie. Nie powiedziano tego zwycięskim legionistom, a nawet starano się ukryć rozmiary strat, dodając do siebie przychodzące z legionów raporty w taki sposób, że gdzieś się zgubiło kilka setek... W rzeczywistości Armia Wschodnia straciła prawie tysiąc ośmiuset żołnierzy, w zabitych i ciężko rannych, których na zbędnych wozach zaraz skierowano do odległej Akali, podobnie jak łupy wojenne i tabun świetnych wierzchowców. Najbardziej ucierpieli dzielni konni piechurzy i niedoszkoleni dartańscy oszczepnicy, ale brakowało też wielu ciężkozbrojnych. Legion Armektańsko-Dartański Agatry stracił sporo halabardników i stu z górą czerwonych toporników, a ponadto miał bardzo poważne straty w elitarnej kolumnie gwardyjskiej – została tam ledwie połowa żołnierzy. Sama tysięczniczka, walcząca przy parowie z łukiem w ręku, była lekko ranna. W Legionie Akalskim do apelu nie stawiło się sześćdziesięciu kilku tarczowników. Z będącego dumą Potrójnego Pogranicza, gwardyjskiego klina, przetrwało trzynastu żołnierzy. W całej armii najmniej ucierpieli strzelcy i jazda, która ani razu, poza szarżą Terezy, nie wdała się w walkę ze zwartymi oddziałami wroga.

Nadtysięczniczka wiedziała, że ma teraz przed sobą już nie pomocniczą kolumnę marszową, ale całą armię Enewena. Według zebranych wieści szło tam kilkanaście tysięcy ludzi. Nie mogła wygrać walnej bitwy z K.B.I.Enewenem, wszystko jedno w jakim terenie i jak błyskotliwie prowadzonej. Mogła tylko zatruć mu życie.

Pary kocich zwiadowców wyruszyły na poszukiwanie wrogich wojsk.

***

Pierwszych wieści o klęsce jego godność Enewen po prostu nie przyjął do wiadomości. Najzwyczajniej w świecie wyrzucił z namiotu dowódcę dziwacznego oddziału, poskładanego z resztek dwóch świetnych chorągwi, mających w swych znakach wieże Złotej Rollayny. Rozumiał, że doszło do potyczki z żołnierzami

Legionu Akalskiego, którzy nie czekali na Potrójnym Pograniczu, lecz zuchwale ruszyli na spotkanie wroga, zamierzając zapewne opóźniać jego marsz i uprzykrzać się na każdym kroku. Ale wieści o kompletnym rozgromieniu całego hufca swego brata do wiadomości nie przyjął. A już za bajkę uważał doniesienia o istnej armii, złożonej z legionów w barwach wszystkich krain Wiecznego Cesarstwa. Czego tam miało nie być!... Armektańscy gwardziści w niebiesko-szarych mundurach, całe legiony dartańskiej konnicy (czy w imperialnych legiach istniała w ogóle jakaś dartańska konnica?), ktoś widział zastępy grombelardzkich kuszników, a o akalczykach nawet szkoda było mówić; z Pogranicza musiałyby nadejść co najmniej cztery silne legiony w czarnych tunikach, by dać pokrycie liczbom, które wymieniano.

Wieści jednak napływało coraz więcej, przybywało rozbitków, nadeszły sprawdzone wiadomości o utracie taboru... Wreszcie stawiło się paru rycerzy i pocztowych, którzy brali udział już nie w walce na przeprawie, albo przy wozach z zapasami, lecz na samej równinie pod lasem. Wódz Rycerzy Królowej nie mógł dłużej wątpić w to, co zgodnie mówiono.

Żadnych gońców od Kenesa nie było, nikt nie wiedział, co się stało z nim samym, chociaż byli świadkowie dowodzący, że zmiotła go do rzeki szarża konnych gwardzistów. Nikt jednak nie widział ciała. Enewen wierzył, że jego odzyskany brat, nieustraszony wojownik i roztropny wódz, przeżył bitwę. Ale, że ją przegrał, i to przegrał z kretesem, niepodobna już było dłużej wątpić.

Dla odmiany, Enewen, choć najpierw nie wierzył w nic – teraz gotów był uwierzyć we wszystko. Bo jak liczna, w samej rzeczy, musiała być armia, która w otwartej bitwie rozgromiła dziewięć rycerskich chorągwi, każdą dwukrotnie liczniejszą od chorągwi dowodzonych przez Yokesa? Cztery tysiące wypróbowanych wojowników, których męstwo sam miał możność ocenić, choćby tylko w ostatniej, chwalebnej bitwie pod Vemoną. Z pogromu uszły krwawe strzępy zaledwie trzech znaków, ścigane, jak powiadano, jeszcze na przestrzeni wielu mil. Przepadł tabor! Enewen ostrożnie szacował, że w podobnej masakrze musiało wziąć udział co najmniej dziesięć do dwunastu tysięcy cesarskich, w większości świetnie przygotowanych do wojny, chyba naprawdę wspartych przez jakieś oddziały z Dartanu. Wszystkie doniesienia mówiły dotąd o czterech ściągniętych z północy armektańskich legionach... Czy możliwe, że było ich siedem albo osiem, z których tylko cztery walczyły na zachodzie? Enewen zaczął się skłaniać ku podobnej myśli. Nie zamierzał rezygnować z kampanii, ale wiedział już, że darmo armektańskich wsi i miast nie dostanie. W jaki sposób udało się utrzymać istnienie tak silnych wojsk w tajemnicy? Skąd się wzięły?

Pierwszy z Rycerzy Królowej stanął obozem i porozsyłał dziesiątki patroli na wszystkie strony świata, usiłując zebrać wieści o armii, której dotąd nie było. Ale nie mógł czekać, aż dowie się wszystkiego. Miał do spełnienia przykry obowiązek – najgorszy, jaki może spocząć na barkach wodza.

Ważąc słowa, z wielką ostrożnością przedstawiając swe domysły i przypuszczenia, ale bez ogródek przyznając się do porażki i poniesionych strat, podyktował raport dla jej królewskiej wysokości księżnej regentki w Rollaynie, od której zaledwie dzień wcześniej otrzymał obszerny list.

43

Gońcy, przysłani z dwóch stron świata, niemal jednocześnie przywieźli podobne wieści: Enewen, a dokładnie jego brat Kenes, został pobity nad rzeką Merewą przez jakieś nieznane wojska; Yokes poniósł porażkę pod Puszczą, utracił jej obrzeża i cofał się na Neten, tocząc zażarte walki leśne.

Suchy raport dowódcy wojsk Sey Aye rozzłościł księżną Ezenę, bo były tam tylko dane o stratach własnych (niewysokich), szacunkowe o stratach przeciwnika (dwa lub trzy razy wyższych) i po wojskowemu zwięzłe przedstawienie sytuacji. Yokes widział możliwość opóźniania marszu nieprzyjaciela jeszcze przez parę dni, ale oceniał, że raczej nie utrzyma Netenu. Ponadto ostrzegał przed możliwością pojawienia się wrogich zagonów jazdy pod Rollayną i prosił o posiłki, zwłaszcza piechotę. To było wszystko. Równie groźnie, a o wiele bardziej zaskakująco, brzmiały wieści od Enewena. Wódz Ahe Vanadeyone przedstawił obraz przegranej bitwy, jaki wyłaniał się z opowieści jej uczestników, ale przytomnie dodawał, że doniesienia o liczebności wrogiej armii na pewno są przesadzone, bo zwycięskie zastępy zawsze mnożą się w oczach pokonanych. Szacował, że imperialni mają około dziesięciu tysięcy dobrze uzbrojonych i wyszkolonych żołnierzy, z których większość to lekka piechota, bo doniesienie o niezliczonych zastępach łuczników, zasypujących chorągwie istnym gradem pocisków, zgodnie powtarzało się w niemal wszystkich relacjach. Na koniec pisał o zamiarze podjęcia marszu na Armekt natychmiast, gdy tylko zbierze dokładniejsze wieści o wrogu. Ostrzegał jednak przed możliwością wypuszczenia przez imperialnych jakichś zagonów ku Rollaynie i przyznawał, że ze swoją ciężką armią rycerską nie będzie mógł temu skutecznie przeciwdziałać.

Jej wysokość księżna regentka, której nieprzerwane pasmo sukcesów trochę odebrało poczucie rzeczywistości, poczuła naraz, jak grunt usuwa się jej spod nóg. Było zupełnie jasne, że gdy wieści o klęskach dotrą do Rollayny, bardzo wiele stołecznych rodów natychmiast usztywni swoje stanowiska. Pogodzenie się z władzą kogoś, kto prawie na pewno wygra wojnę i będzie rządził w Dartanie, to była jedna sprawa. Popieranie kobiety, którą lada tydzień legioniści imperium wywloką z sali tronowej, rzecz druga. Po powrocie do Rollayny, Książę Przedstawiciel Cesarza mógł nie znaleźć żadnego powodu, dla którego poplecznicy wichrzycielki i rebeliantki mieliby nadal panoszyć się w jego stolicy, a zresztą gdziekolwiek; być może w imperialnej szkatule leżało jeszcze dość srebra, by zapewnić wikt parudziesięciu osobom osadzonym w twierdzach więziennych (to chyba nie musiały być bardzo duże sumy?...).

Ezena zrozumiała, że nie ma mowy, by ruszyła się z Rollayny choć na krok, bo mogłaby już do niej nie wrócić. I przestraszyła się. Nic od niej nie zależało, a tego zawsze bała się najbardziej. To Yokes i Enewen mieli utrzymać ją na ciężko zdobytym tronie. W zaistniałej sytuacji nawet nie bardzo umiała im pomóc. Jeszcze wczoraj mogła żądać wystawienia pięciu lub ośmiu nowych chorągwi, pieniędzy na sfinansowanie wojny, a już jutro mogło się okazać, że będzie dobrze, jeśli nikt nie wystawi chorągwi przeciw niej...

Słuchający tego Gotah trochę uspokajał. Wycofanie się z powrotem w cień neutralności – dowodził – jak najbardziej wchodziło w rachubę, ale do opowiedzenia się przez Domy po stronie Cesarstwa droga była jeszcze daleka. Zgadzał się natomiast z opinią, że Yokes i Enewen nie mogą sobie pozwolić na kolejne klęski, a w każdym razie jeszcze nie teraz. Wojna była wojną, zdarzały się – i mogły zdarzyć jeszcze wielokrotnie – większe i mniejsze niepowodzenia, ale nie jedno po drugim, bo to rzeczywiście zwiastowało katastrofę, na zasadzie samospełniającego się proroctwa. Porażki osłabiały nie tylko wojska, ale i poparcie dla ich sprawy – a brak tego poparcia, wyrażanego choćby tylko w posiłkach i pieniądzach, znowu osłabiał wojska i przybliżał widmo kolejnych niepowodzeń... Była to śnieżna kula, tocząca się po stoku.

Księżna żądała rady. Przyjęty miał aż kilka. „Wyśpij się, wasza wysokość" – powiedział. „Potem rób swoje tak dobrze, jak robiłaś dotąd. A przede wszystkim poślij Yokesowi wszystko o co prosi, a najbardziej żołnierzy. Nie chce jazdy, więc ją zatrzymaj i daj w zamian nawet swoich gwardzistów. Yokes wie, ilu żołnierzy przyprowadziłaś do Rollayny, jeśli więc prosi o setkę kuszników i gajowych, to znaczy, że nawet takie siły mogą mu w czymś pomóc. Dwa razy większe pomogą dwa razy bardziej. I poślij mu tam jeszcze Przyjętego, który wprawdzie niewiele pomoże, ale dokładnie opowie, jak radzisz sobie w Rollaynie. Dowódca twojego wojska bardzo teraz potrzebuje dobrych wieści. I na koniec napisz dwa listy do obu swoich rycerzy, zażartuj, okaż im pełne zaufanie i daj do zrozumienia, że wyroki losu wojennego rozumiesz i respektujesz". Jeszcze tego samego dnia osobiście prowadził do Netenu dwie setki żołnierzy Sey Aye, unosząc wspomnienie dzikiej furii, w jaką wpadła zawsze miła i uśmiechnięta Czarna Perła, na wieść o tym, że zabierają jej wszystkich podkomendnych.

Oprócz wspomnień wiózł list dla Yokesa.

Komendant siedział w Netenie, bo w środku lasu, zaczajony z łukiem pod krzakiem jałowca, był najzupełniej zbędny. Na widok Ohegeneda i jego gwardzistów ucieszył się tak bardzo, że Przyjęty z miejsca odżałował, iż sprawił swym pomysłem przykrość Haynie. Z właściwym uczonemu dystansem obserwował, jak na przegranego dowódcę działa nieoczekiwana, przyjemna niespodzianka. Yokes, który ani się spodziewał, że dostanie tę chorągiewkę najświetniejszych żołnierzy Sey Aye, z miejsca nabrał animuszu i od razu trochę inaczej spojrzał na możliwość utrzymania Netenu – tak przynajmniej, jakby rzeczywiście mogło to zależeć od stu, choćby i najlepszych, żołnierzy. Także i z listu Ezeny wódz jej wojska wyczytał same dobre rzeczy, poza jedną: powoli kończyły się pieniądze. Nawet szkatuła Sey Aye miała jakieś dno i księżna oględnie przypominała o tej smutnej prawdzie, dodając na pocieszenie, że w Rollaynie Dom A.B.D. postawił do jej dyspozycji wszystkie swoje fundusze, a nie były to kwoty błahe.

Niemniej, z powodu nadchodzących kłopotów finansowych, tym większego znaczenia nabierał mały Neten – handlowe wrota do całego Szereru. Nie po raz pierwszy w dziejach wojen pozwalano kupcom prowadzić interesy niejako „obok" toczących się zbrojnych zmagań. Było oczywiste, że Puszcza Bukowa nie sprzeda do Armektu broni, ale sprzedawała i kupowała mnóstwo innych rzeczy; zresztą kupował i sprzedawał cały Dartan. Zyski i straty w handlowej wojnie, toczonej przez dwa największe narody Szereru, jawiły się na tyle niejednoznaczne, że nikomu nie opłacało się jej wszczynać. Właśnie dlatego przez Neten, w dół i w górę rzeki, wciąż płynęły barki kupieckie. Yokes wiedział, że Sey Aye nadal musi handlować – bo o tym, że w dół Lidy spływało wszystko, czego mogły potrzebować jego wojska, nawet nie pamiętał, tak było oczywiste. Już od paru dni zachodził w głowę, jak dokazać niezbędnego cudu.

Przyjęty i Ohegened poznali z grubsza przebieg przegranej bitwy.

Najpierw, hasający po północno-zachodnim Dartanie konni łucznicy Caronena ściągnęli do warownego obozu, odpoczęli – i w ciągu następnych dwóch dni bez wytchnienia dawali w skórę ciężkozbrojnym jeźdźcom Sey Aye. Działali samodzielnie. Dowódcy półlegionów i kolumn mieli już pojęcie o sprawności, z jaką żelazne puszczańskie hufce manewrują na polu walki i ani myśleli zderzać się z nimi czołowo. Nie musieli, bo nie osłaniali szyków maszerującej piechoty. Zwarte i sprawne, ale jednak ciężkie chorągwie bezradnie kręciły się po równinie, podgryzane ze wszystkich stron przez dwa razy szybsze i zwrotniejsze formacje armektańskich łuczników, które dzieliły się i łączyły, jak chciały, gdzie chciały i ile tylko chciały. Dartańscy kusznicy konni robili co mogli, ale niewiele mogli wobec półtora tysiąca jeźdźców, z których każdy trzymał łuk i wyczyniał z nim rozmaite sztuki, strzelając za siebie, przed siebie i na lewo, bo tylko na prawo żadną miarą nie szło. Ale przecież zadaniem strzelców chorągwianych nie było polowanie na pędzące tabuny; ci stłoczeni w głębi szyku żołnierze byli szkoleni przede wszystkim do strzelania przed czoło szarżujących kopijników, a potem wspierania ich w walce; ostatecznie umieli trochę zmieszać wrogi oddział idący do szarży lub kontrszarży, ale w żaden sposób nie mogli nawiązać równorzędnej walki strzelczej z przeciwnikiem, który na każdy ich bełt odpowiadał dziesięcioma strzałami. Podziobani grotami jeźdźcy na pokaleczonych i zgonionych koniach, prawie bez strat w zabitych i ciężko rannych – bo łuki lekkiej jazdy imperialnej miały jeszcze mniejszą moc niż broń strzelców pieszych – przedstawiali dnia następnego niewielką wartość bojową, a zabawa zaczynała się od nowa.

Tylko raz żołnierze Chorągwi Trzech Sióstr przejechali się po Armektańczykach, których zbytnio rozzuchwalony – może młody? – setnik wprowadził im wprost pod kopyta.

Yokes nie mógł zmuszać swych upadłych na duchu jeźdźców do dalszej zabawy w berka, a zarazem nie mógł zabrać ich z przedpola, bo otwierał w ten sposób drogę czekającej w gotowości imperialnej piechocie. Na leśnym trakcie stale trzymał w odwodzie dwie własne chorągwie i trzy posiłkowe rycerskie. W końcu jednak musiał ustąpić; obciążone żelazem rumaki kopijników były gotowe padać, podczas gdy armektańskie stepowce miały się wcale dobrze. Bezsilny dowódca wojsk Sey Aye zabrał swoją jazdę do lasu i czekał, co będzie dalej – chociaż właściwie dobrze wiedział. Nie mógł wypuścić na równinę pojedynczej chorągwi, żeby inne w tym czasie odpoczywały, bo pojedynczą chorągiew cztery armektańskie półlegiony konne rozjechałyby mu na miazgę w czterech kolejnych szarżach, wychodzących jedna po drugiej, albo zgniotły w jednej tylko szarży, równocześnie prowadzonej z czterech stron świata. Musiał stale posyłać co najmniej trzy chorągwie. Musiał, ale już nie mógł.

Siedząc w krzakach ze swoimi jeźdźcami, komendant wojsk Sey Aye znał dalszy przebieg bitwy, zupełnie tak, jakby nadtysięcznik Caronen złożył mu wizytę i opowiedział, co zrobi. Gdy tylko stało się jasne, że ciężkie chorągwie nie przyjmą zaproszenia do dalszej gonitwy, z obozu zaczęły wychodzić zwarte kolumny piechoty. Wściekły Yokes miał ochotę raz jeszcze poderwać swoich jeźdźców, ale wiedział, że gdy tylko to zrobi, piechurzy z miejsca zawrócą. Czekał więc, aż cała lekka jazda – zgodnie z jego przewidywaniami – wpakuje się między drzewa i zatka wylot leśnej drogi. Przewidując taki rozwój wydarzeń, przy samym wylocie nie trzymał ani jednego jeźdźca. Dopiero kilkaset kroków dalej stali żołnierze Chorągwi Czarnej Przybocznej – najlepsi, jakich miał. W świetnej szarży, prowadzonej po wąskiej drodze, nacierając frontem o szerokości czterech jeźdźców, chorągiew przebiła się niemal przez połowę armektańskiego tłumu lekkokonnych, po czym – wbrew nadziejom, a zgodnie z przewidywaniami – uwięzła i wdała się w rąbaninę. Wcześniej, spieszeni konni kusznicy z pozostałych chorągwi, wsparci przez straż leśną i kuszników Sey Aye, wręcz zdziesiątkowali podchodzących do ściany lasu armektańskich konnych łuczników, którzy jednak nie zrezygnowali, dopadli pierwszych drzew, pozeskakiwali z kulbak i niemal dali się wyrżnąć, trzymając skraj lasu do chwili, aż biegiem nadciagnęła piechota. Wylotu leśnej drogi także już nie oddali; został wkrótce zatarasowany pniami i koronami ściętych drzew, żeby jeźdźcom Sey Aye nie przyszło czasem do głowy wypaść na idący śladem armii tabor.

Potem Yokes mógł już tylko się cofać. Zabrał swoją bezcenną ciężką jazdę i walczył o każdy łokieć oddawanego lasu, zastawiając dziesiątki zasadzek, w których siedzieli gajowi i kusznicy. Armektańskie kolumny i kliny nie mogły postąpić nawet stu kroków naprzód, nie upewniwszy się pierwej, czy w widocznej niedaleko, bardziej zwartej od innych kępie drzew, nie siedzi dziesięciu świetnych strzelców, którzy wybiją im dowódców i przepadną nie wiadomo gdzie ani kiedy, albo jeszcze gorzej: wciągną cały goniący ich półlegion wprost pod łuki stu gajowych, cichutko leżących w paprociach.

Taka właśnie, rozciągnięta na kilka dni bitwa, przez cały czas toczyła się w lesie. Yokes nie miał na nią najmniejszego wpływu, otrzymywał tylko raporty o stratach własnych i orientacyjnych przeciwnika. Była to wojna podsetników i dziesiętników przeciw dowódcom drużyn straży leśnej – wojna wodzonych po wertepach i mokradłach żołnierzy z łukami w rękach, przekradających się nocami za kordonowe linie nieprzyjaciela, cierpliwie czekających, aż zwierzyna wyjdzie na cel, zasadzających się na wroga, który sam przygotowywał zasadzkę. Naczelni wodzowie obu stron mogli tylko podjąć decyzję o przerwaniu tej bitwy – lub kontynuowaniu. Na razie obaj kontynuowali. Yokes liczył straty własne i wroga, z zestawienia których wychodziło mu, iż dwaj ostatni łucznicy zastrzelą się nawzajem mniej więcej na rogatkach Netenu. Caronen też liczył i nie zgadzał się chyba z rachunkami Yokesa; może trwał przy nadziei, że bardzo szybko biegnący po drodze tarczownik nagłym atakiem zajmie Neten i opanuje przystań, o ile wcześniej nie powstrzyma go na moście jedenaście ciężkich i lekkich chorągwi, szarżujących wężem o długości dwóch mil.

Z sarkazmem opowiadający o leśnych podchodach Yokes w gruncie rzeczy wiedział jednak, że będzie musiał ustąpić. Caronen miał pięć tysięcy żołnierzy, których luzował, odsyłał na tyły i kurował, gdy on sam dysponował niespełna tysiącem wymęczonych do granic, niewyspanych, głodnych i poranionych strzelców, bez przerwy wytrzymujących napór wroga idącego frontem szerokości paru mil. Stawiali opór tylko dlatego, że obrona w podobnych warunkach była o niebo łatwiejsza niż atak.

Yokes wiedział już o klęsce Enewena i tak samo doniósł mu o swojej własnej porażce. Minęło sporo czasu, odkąd księżna stanowczo zażądała, by dowódcy obu jej armii współpracowali ze sobą. Działali na rozbieżnych kierunkach i nie mogli sobie pomagać, ale mieli przynajmniej wymieniać wszelkie wieści. „Nie mam czasu ani ochoty na przepisywanie raportów otrzymanych od jednego z wodzów, po to, by je posłać drugiemu" – oznajmiła Yokesowi, Enewenowi zaś kropka w kropkę napisała w liście to samo. Niezupełnie dopięła swego. Obaj rycerze gotowi byli każdą wieść uznawać za nieistotną, niegodną przekazania dowódcy drugiej armii, ale, na szczęście, o takich rzeczach, jak przegranie bądź wygranie bitwy (nie mówiąc już o wykryciu nieistniejącej dotąd licznej armii wroga), powiadamiać się jednak musieli. Yokes posłał Enewenowi list złożony z jakichś trzydziestu pięciu słów; Enewen wygrał, używając tylko trzydziestu. Gotah czuł głęboką ulgę, że Ezena nie może widzieć tej świetnej współpracy, której obrazem był niemal czysty arkusz, przedstawiony mu przez Yokesa jako list od wodza Ahe Vanadeyone. Obaj dowódcy jednak trochę się polubili, bo wyświadczyli grzeczność jeden drugiemu, biorąc baty w tym samym mniej więcej czasie i tak samo raportując o tym księżnej. Yokes posunął się nawet do tego, że skreślił do Enewena parę słów, wykluczając obecność na wschodzie jakichkolwiek legionów z północy. Przez wiele lat trzymał okręg wojskowy na granicy z Alerem i wiedział, ilu żołnierzy obsadza stanice; mógł może pomylić się o trzystu, lecz nie o trzy tysiące. Wszystko, co stamtąd ściągnięto, walczyło na zachodzie. W zamian Enewen uprzejmie nie zażądał z powrotem swoich trzech chorągwi, wspierających wojsko Sey Aye. U dwóch ambitnych, głodnych wojennej sławy, rywalizujących o względy regentki dowódców była to współpraca zgoła najwyższej próby.

Po rozmowie Ohegened wyszedł, by – jak oznajmił z cokolwiek cierpkim uśmiechem – obejrzeć sobie miejsce, gdzie zdechną jego ludzie. Yokes wściekł się, ale Grombelardczyka już nie było. Gotah został i dumał. Wreszcie także podniósł się z niewygodnej ławy i poczłapał do drzwi.

– Tak naprawdę, wasza godność – powiedział jeszcze, zatrzymując się w progu – obaj wiemy, że żaden ze mnie wojskowy doradca. Sam wiesz, co trzeba zarządzić i na co stać twoich ludzi. Ale jednak, patrząc z daleka, zobaczyłem coś i coś pomyślałem.

– I co to takiego, wasza godność?

– Pomyślałem sobie, rycerzu, że jeśli będziesz trząsł się nad każdą kroplą krwi, uronioną przez twoje ukochane ciężkie chorągwie, to możesz stracić nie tylko te chorągwie i przegrać nie tylko swoją własną sprawę... Już wychodzę – dorzucił pospiesznie, uprzedzając gniewną odpowiedź gospodarza – bo nie chcę, żebyś kłócił się ze mną i wykładał racje, a tylko spokojnie pomyślał. To nie moi żołnierze, lecz twoi.

Co powiedziawszy, wyszedł.

CZĘŚĆ ÓSMA

Chorągwie Wielkiego Sztandaru

44

Jego godność K.B.I.Enewen parł do porzodu w tempie ślimaka. Sforsował Merewę, ale utknął na linii szerszej i głębszej Raneli. Tutaj już nie było licznych brodów, mosty zaś mógł sobie co najwyżej zbudować, ewentualnie odbudować spalone.

Wspaniały most kamienny na głównym szlaku z Rollayny do Akali, most na który najbardziej liczył, zastał wysadzony w powietrze. Prochowych dział używano tylko na okrętach, bo na lądzie więcej było z nimi kłopotu niż pożytku; nikt dotąd nie wymyślił, co można za ich pomocą zatopić na łące albo w lesie. Może przydawałyby się przy obleganiu twierdz, gdyby w Szererze istniały jakieś twierdze do oblegania. W każdym razie imperialne legie nie używały prochu. Ale na Potrójnym Pograniczu znalazła się baryłka albo dwie, może przeznaczone dla jakiegoś garnizonu straży morskiej?... Obojętne zresztą, skąd nadtysięczniczka Tereza wytrzasnęła tę kosztowną i rzadką mieszaninę saletry i... czegoś tam jeszcze, Enewen nie pamiętał. Dość, że zaraz ją unicestwiła, w sposób wielce celowy. W kamiennym moście ziała wyrwa dość duża, by jej załatanie pod gradem strzał, nieustannie sypiących się z przedmościa, było niemożliwe.

Rycerska jazda pełzła wzdłuż rzeki. W chorągwiach narastało zniechęcenie. Zamiast sławy i łupów wojennych były tylko niekończące się pochody. Spadły deszcze, ziemia rozmiękła. Ludzie przemokli i chorowali – niektórzy naprawdę, a inni jeszcze bardziej, tak bardzo naprawdę, że musieli dla poratowania zdrowia wrócić do swoich majątków. Enewen wiedział, co o tym sądzić. Nadtysięczniczka na drugim brzegu też wiedziała. Cesarscy dowódcy dość rzadko porażali zasobem wszelkich możliwych wiadomości, ale historię armektańskich podbojów każdy z nich musiał znać, choćby z grubsza. Jej godność Tereza miała pojęcie, w jaki sposób zdobyto kiedyś Dartan, i umiała wykorzystać tę wiedzę.

Niepokorna, wezbrana od deszczu Ranela, nie dla wszystkich była nieprzebytą przeszkodą. W strugach rzęsistego dżdżu, pośród pomruków nadchodzącej burzy, jakaś śmiesznie mała wataha armektańskich jeźdźców przewaliła się w nocy przez obóz, tnąc mieczami i dziurawiąc strzałami namioty, tratując obozowe sprzęty i przewracając wstrząśniętych dziką szarżą ludzi, którzy wybiegali ze swych schronień. Cesarscy pognali na błonia za obozem, rozpędzili przerażonych pachołków i na cztery wiatry rozegnali konie kilku chorągwi, po czym przepadli bez śladu. Rozbiegane wierzchowce chwytano przez cały dzień. Raptem jeden człowiek zginął podczas napadu, poturbowanych i rannych było kilkunastu pocztowych, ale za to wszyscy się dowiedzieli, że w sercu wielotysięcznej armii może sobie harcować setka konnych legionistów i gwardzistów. Znaleziono niebieską i niebiesko-szarą tunikę, najwyraźniej porzucone celowo – ci jeźdźcy życzyli sobie, by wróg znał ich tożsamość.

Wieczorem zachmurzone niebo podparły słupy dymu. Płonęły dwie wioski – był to niesamowity widok pośród ulewnego deszczu.

Enewen wiedział już, kto dowodzi wojskami przeciwnika, a także i to, że wroga armia nie jest tak silna, jak podejrzewano. Wciąż skłonny był zawyżać jej liczebność, ale już tylko o dwa, trzy tysiące ludzi. Sądził teraz, że ma przed sobą sześć lub siedem tysięcy żołnierzy. W rzeczywistości było ich trochę ponad cztery tysiące.

Regentka, w listach utrzymanych w spokojnym i rzeczowym tonie, donosiła z Rollayny, że wobec utraty Netenu trudno liczyć na poprawę finansów (sam Enewen już od dawna był całkowicie zrujnowany), a jej pozycja jest bardzo niepewna. W stolicy narastał opór przeciw ślamazarnie prowadzonej wojnie, zawiązywały się stronnictwa i krążyły słuchy o potajemnych układach prowadzonych z Kirlanem. Mogło się wkrótce okazać, że własne wojska księżnej pójdą do bitwy nie przeciw Armektańczykom, lecz chorągwiom południowodartańskich i niektórych stołecznych Domów. Pod Rollayną co i rusz pojawiały się wrogie podjazdy – najczęściej w dobrach rodów, które jeszcze zajmowały chwiejne stanowisko. Niczego tam nie paliły, ale swą obecnością dawały do zrozumienia, że nikt im nie przeszkodzi, jeśli spalić zechcą. Wypędzony z Rollayny Książę Przedstawiciel miał armię urzędników i doradców, którzy doskonale wiedzieli, do kogo należy ta lub inna wioska. Konni legioniści nie działali na oślep, wypełniali misję o znaczeniu politycznym, nie wojskowym.

Yokes na czele swych ciężkich chorągwi tkwił pod stolicą, wciąż jeszcze przechylając szalę na stronę księżnej. Te znakomite hufce nawet najodważniejszym dawały do myślenia. Ale wkrótce mogło się okazać, że potrzebne będą do obrony Sey Aye. Legioniści Caronena siedzieli w zdobytym – a raczej opuszczonym – obozie wojskowym pod Netenem i najwyraźniej czekali tylko na poprawę pogody, bo puszczańskie mokradła w strugach deszczu były nie do przebycia, rzeka Lida zaś toczyła w swych wezbranych wodach drzewne pnie i konary, uniemożliwiające ruch barek w górę rzeki. Te same ulewy, które podniosły poziom wody Raneli, zakrywając brody i hamując marsz Enewena, zarazem broniły Dobrego Znaku. Były tam tylko resztki znakomitej leśnej straży, wspierane przez niedobitki piechoty i stu gwardzistów księżnej Ezeny; żołnierze ci tkwili na samej polanie i podejściach do niej, dowodzeni przez komendanta Ohegeneda.

Po pięciu dniach fatalnej pogody na niebo wróciło słońce. Trwał wyścig pomiędzy wysychającymi w lesie mokradłami, a opadającą wodą w rzekach. Wyglądało na to, że wygrają rzeki.

Ale Lida też była rzeką.

***

Już ostatni z deszczowych dni zapowiadał poprawę pogody. Niebo przejaśniało się często i późnowiosenne słońce na zmianę ogrzewało przemoczoną ziemię, to znów skrywało się za chmurami, które – na złość promieniom – od nowa wypuszczały strugi dżdżu. Ale to już nie były burzowe ulewy, smagające Dartan strugami wody. Przelotne deszcze nie miały dawnej siły. Następnego dnia, i jeszcze następnego, niebo wyglądało tak, jakby nie istniały grube chmury.

Jednak białe obłoki, rozsiane tu i tam, nie były aż tak piękne, by rozjaśnić ponure myśli...

Jej wysokość księżna regentka nie wiedziała co sądzić o deszczach. Już zanim nastały, kolejna porażka Yokesa zapowiadała wszystko co najgorsze. Enewen nie był jeszcze tak zdesperowany, by forsować brody Raneli pod łukami żołnierzy nadtysięczniczki Terezy. Być może, gdyby nie deszcze, Enewen byłby w Akali. I być może, gdyby nie deszcze, Caronen stałby w Sey Aye... Nikt na całym świecie nie mógł dać prostej odpowiedzi na pytanie: czy pięć paskudnych dni, które nastały po okresie wojskowych niepowodzeń, odwlekały upadek regentki, czy przeciwnie – miały przyspieszyć?

Idąc pustym pałacowym korytarzem, księżna myślała, że ten dom już wie. Widział upadki największych dartańskich dynastii. Widział starego i zniedołężniałego monarchę, którego dowódca armektańskich wojsk w grzecznych słowach poprosił przed wiekami o opuszczenie stolicy. A całkiem niedawno widział cesarskiego przedstawiciela, który tak samo odchodził, by ustąpić komuś innemu.

Ale Książę Przedstawiciel Cesarza miał wrócić...

Ezena była w takiej samej sytuacji, jak cesarz przed rozpoczęciem wojny. Miała tyle, ile miała, i nic więcej. Kończyły się pieniądze, zamiast których w kancelarii leżały akty własności imperialnych majątków. Nie było skąd wziąć więcej wojska. Mogła co najwyżej przestawiać klocki, które jej dano do zabawy. Nowych klocków miało już nie być.

Armekt umiał poprzestawiać swoje klocki. Uczynił to tak, że powstał mur. Przerażająca była siła tego kraju, który zrujnowany, pozbawiony wojska, potrafił stawić opór komuś, kto miał wszystko: pieniądze, armie, zaufanych ludzi... A na koniec wielką misję do spełnienia, misję, w którą do końca wierzył. Ale nie miał łaski Niepojętej Arilory, która kochała tylko orężnych synów Równin.

Ezena myślała o tym, co powie rycerzom królowej, śpiącym na leśnym cmentarzu. Co powie władcom Puszczy Bukowej, którzy nigdy nie widzieli w swym księstwie nagiego miecza, trzymanego przez żołnierza z Armektu.

Właśnie rozmówiła się z przyjaciółmi. Ostatnimi, jacy przy niej zostali. Czy wiernymi przyjaciółmi? Wątpiła. Wierne były Perły, wierny Yokes i Enewen. Ale z wątłej grupki nosicieli Czystej Krwi, wierzyła chyba tylko w dwóch ludzi: wyniosłego mężczyznę z Domu A.B.D. i łysego rycerza, który był jej kiedyś niechętny, ale miał tylko jedno słowo i z honorem chciał służyć do końca. Cała reszta... najwyżej czterdzieści osób... trwała przy niej, bo trwali ci dwaj.

Nikt nie miał nic do powiedzenia. Deszcze coś odwlekły, deszcze przyspieszyły... Wszystko jedno, bo oto przeminęły. Pozostała po nich grząska ziemia, przeklęta dla żelaznej jazdy, a przyjazna raczej lekkozbrojnym piechurom. Nie zdołała pokonać tych piechurów, gdy kopyta końskie z łoskotem wzbijały kłęby kurzu – jak mogła pokonać teraz, gdy wierzchowce grzęzły po pęciny? I miało tak być jeszcze przynajmniej przez kilka dni – śmiertelnie długich dni. Książę Przedstawiciel Cesarza z Tarwelaru przeniósł się do Lida Aye, pewny, że nic mu nie grozi. Przeniósł się, bo w imieniu Kirlanu prowadził rozmowy z dartańskimi rodami i chciał szybciej wymieniać listy. Obiecywał łaskę jednym, przebaczenie dla innych...

Co mogła obiecać regentka czasu wojny? Wojny, która chyba dobiegała kresu.

Było coś przygnębiającego w białym pałacu w Dzielnicy Królewskiej. Jakaś nieuchwytna klątwa wisiała nad tym domem... Pozornie podobny do budowli władców Dobrego Znaku różnił się od niej prawie nieuchwytnie. Skierowane na północ i południe okna tylko z jednej strony wpuszczały słoneczne promienie; o wiele jaśniej było w bocznych skrzydłach-wieżach, przeznaczonych dla dworzan i służby. W załamaniach korytarzy krył się jakiś błąd architektoniczny – kąty zalegał wieczny mrok. Sufity w głównej bryle budowli wisiały zbyt wysoko; zamiast przestrzeni, poczucia wolności, dawały uczucie beznadziei i niemocy – niedosiężne, odległe, dziwnie szare, bo światło w komnatach rozchodziło się nierównomiernie, wpływając przez nazbyt wąskie (a może zbyt niskie?) okna, których ostre łuki także były jakieś... niestrzeliste, spłaszczone. Jej wysokość regentka, siedząc w wielkim, nieudanym i całkowicie pustym domu – bo służba, żołnierze i dworzanie beznadziejnie wsiąkali w boczne wieże – myślała najbardziej o tym, że trzeba by to wszystko przebudować, wyostrzyć łuki okien i drzwi, inaczej przeprowadzić korytarze, podwyższyć i poskracać stopnie schodów, po których wspinaczka była niebywale przykra – płaskie, długie tarasy, ciągnące się bez końca i bez końca... Nikt nie czuł się dobrze w tym domu.

I, co gorsza, nikt nie miał nic do roboty. Regentka była tytularną władczynią, w domu której nie zbiegały się wszystkie nici władzy. Nie zbiegały się żadne nici, bo nie istniało dartańskie królestwo prowadzące własną politykę, mające własne prawo; nie przychodzili petenci ze skargami, nikt nie żądał rozstrzygnięcia jakiejś sprawy lub sporu, wydania edyktu, zarządzenia, przepisu...

Księżna, nie czekając na zakończenie wojny, natychmiast (pod dyskretnym nadzorem Anessy) zajęła się sprawami, których nienawidziła i na których się kompletnie nie znała: zarządzaniem, handlem, finansami. Przejęła całą spuściznę po Wiecznym Cesarstwie, próbując – choćby tylko w samej stolicy – zbudować właśnie fundament królestwa. I natychmiast się dowiedziała, że nic z tego nie będzie. Legiony urzędników były niezniszczalne i niepodatne na próby reorganizacji. Tworzyły armie niewykonujące żadnych rozkazów, pchane siłą rozpędu, uzbrojone w tysiące przepisów i rozporządzeń, które należało unieważnić, zmienić, zastąpić innymi... Bez tego nic. Bodaj niepodobna było znaleźć kogoś, kto jednoznacznie odpowiadał za cokolwiek. Zawsze dzielił swą odpowiedzialność z kimś tam jeszcze, a tamten zaraz wskazywał następnego, zasłaniając się przepisem, regulaminem, prawem... Jej królewska wysokość mogła wydać przyjęcie dla kilkuset rycerzy i ich pocztów, ale żadną miarą nie była zdolna do zapanowania nad straszliwym urzędniczym krakenem, który leżał na stolicy, oplatając ją mackami. Jedna jedyna Anessa, wsparta przez urzędników Sey Aye, nie mogła ustanowić tysięcy nowych praw, zmienić rozporządzeń, ba! – zrozumieć, z czym w ogóle przychodzą wezwani do księżnej ludzie. Najbardziej dlatego, że nikt nie chciał współpracować z władczynią, która już za parę dni mogła nią nie być, ustępując miejsca dawnemu władcy, najwyższemu urzędnikowi prowincji, gotowemu rozliczyć swych nadgorliwych podwładnych ze wszelkich pochopnych działań. Urzędnicy, jak świat światem, wobec jakichkolwiek zmian mieli własną strategię: przeczekać. Przycupnąć, nie narazić się, zabezpieczyć, zapewnić o swej pracowitości i oddaniu, lecz nie robić nic, póki nie stanie się oczywiste, że zmiany są nieuniknione. Dopiero wtedy pałac królewski mógł liczyć na tłumy gorliwych sług państwa, ściągających na każde skinienie, chętnych do prawdziwej współpracy – choć i to, rzecz jasna, jak najmniejszym kosztem, a już na pewno bez brania na barki jakiejkolwiek odpowiedzialności.

Ruch w pałacu zamarł. Księżna zrezygnowała, bo było jasne, że prędzej straci zdrowie, niż zbuduje nowe państwo, opierając się na ludziach przerażonych wizją najmniejszej zmiany. Najpierw musiała wygrać wojnę, potem powołać kilka chorągwi złożonych z nowych, własnych urzędników, pragnących wyróżnić się, przypodobać, zabłysnąć gorliwością. Gotowych zarówno zwalniać podwładnych, jak i utrzymywać ich na stanowiskach, zależnie od efektów pracy. Musiała mieć takich ludzi – i kontrolować ich z całą surowością, żeby nie rozkradli budowanego państwa, zanim w ogóle powstanie.

Od dwóch dni do pałacu nie wzywano nikogo. Tym bardziej prawie nikt nie przychodził z własnej woli, a jeśli już, to w jakiejś mocno podejrzanej sprawie.

Hayna siedziała w swojej komnacie. Już nie strzegła Ezeny, nie towarzyszyła jej zawsze i wszędzie. Pozbawiona żołnierzy Czarna Perła rozumiała, że jest śmieszna, snując się za panią, która tkwiła w samym środku coraz bardziej wrogiego miasta. Za panią, do której mógł się zbliżyć byle poczet marnych pachołków i zrobić, co tylko przyszłoby na myśl ich dowódcy. Gwardia księżnej była w Sey Aye, a żołnierze Chorągwi Domu już nie strzegli królewskiego pałacu, bo potrzebni byli gdzie indziej. Yokes trzymał swe siły rozsiane po całym stołecznym okręgu – wszędzie tam, gdzie coraz bardziej jawnie powstawały zalążki chorągwi, które nie wiadomo komu miały służyć. Albo może wiadomo... W pałacu i przed nim byli tylko pełniący pieszą służbę jeźdźcy Mniejszej Chorągwi Domu Enewena, którym Hayna mogła rozkazywać jedynie za pośrednictwem ich dowódcy. Właściwie, miała więc pod komendą kilka przybocznych niewolnic. Śmieszne, małe wojsko, nie eskorta, lecz istna kpina, gdy w grę wchodziła osoba władczyni wielkiego kraju.

Na widok wchodzącej do pokoju Ezeny siedząca na krześle przy oknie gwardzistka uniosła głowę i uśmiechnęła się blado. Księżna podeszła i bez słowa trzasnęła ją w policzek. Wstrząśnięte kasztanowe włosy przez mgnienie oka były w nieładzie, nim na powrót gładko ułożyły się wokół głowy.

– Wiesz za co, suko? – spokojnie zapytała jej wysokość. – Za to, że nie wiesz, gdzie jest twoje miejsce. I za to, że nie wstajesz, kiedy wchodzę. Natychmiast wstań.

Hayna podniosła się z krzesła.

– Nie chcesz być gwardzistką, będziesz popychadłem – powiedziała Ezena. – Biegiem po Yokesa. Ma tu natychmiast przyjść.

Z czerwonym lewym policzkiem niewolnica posłusznie ruszyła ku drzwiom.

– Powiedziałam: biegiem. Nie mam czasu.

Hayna pobiegła.

Ezena usiadła na zwolnionym przez gwardzistkę krześle i zapatrzyła się w okno. Miała na sobie szarą suknię wojenną, tę samą, w której wyruszyła z Sey

Aye – najpierw na przystań, a potem do obozu pod Netenem. Po pewnym czasie mogło się wydawać, że regentka zasnęła. Nie patrzyła już w okno, głowę miała nieruchomo opuszczoną na piersi.

Chwile mijały, ciągnęły się jedna za drugą. W wielkim, zbyt ciemnym pokoju, którego szary sufit wisiał nie wiadomo gdzie.

Otwarto drzwi.

– Wasza królewska wysokość?

Ezena uniosła głowę i spojrzała ku drzwiom. W różnobarwnych oczach, ocienionych szerokimi brwiami, była spokojna stanowczość.

– No proszę, wódz chorągwi Sey Aye – powiedziała. – Gdzie powinieneś być?

– Nie rozumiem, wasza wysokość?

– Powinieneś być w polu. Gdzie jest Hayna?

Niewolnica ukazała się w drzwiach.

– No, Perło? Dobrze być popychadłem?

– Nie, wasza wysokość.

– W takim razie czekam, aż przyczepisz do swej pięknej osoby jakąś broń. W tym pałacu są tylko kucharki, bieliźniane, praczki i różni tam odźwierni, poprzetykani co sto kroków wojakami Enewena. Masz jeść razem ze mną, spać razem ze mną i sikać razem ze mną. Nie zamierzam szarpać się z jakimś pomyleńcem, któremu jutro przyjdzie do głowy, że może zwlec ze mnie suknię i dać ją w prezencie kochance. Yokes – powiedziała – co z tobą?

Mężczyzna milczał.

– Wytłumacz się – zażądała Ezena. – Chcę wiedzieć, jak w ogóle jest to możliwe, że przegrywam wojnę, mając dwie silne armie, w tym jedną prawie nienaruszoną? Pozwoliłeś wyrżnąć w lesie gajowych i całą piechotę. Dobrze, rozumiem, że chciałeś zachować dla mnie to, co w armii najbardziej wartościowe: jazdę. Najlepszą jazdę na świecie, czy tak? Nie posłałeś jej między drzewa na wsparcie piechoty, ocaliłeś i wyprowadziłeś do Rollayny, zabierając nawet dwa pełne tabory z leśnego obozu. Ale co to znaczy: zachować dla mnie armię? Do konduktu pogrzebowego?

– Wasza wysokość, gdyby nie ta jazda, pod Rollayną stałyby teraz zupełnie inne chorągwie. Gdyby nie ta jazda...

– Ta jazda ma wyginąć do ostatniego konia i jeźdźca – powiedziała Ezena. – Najpierw ona, dopiero potem ja. Ci żołnierze zostali wystawieni z rozkazu i za pieniądze jego wysokości księcia Sey Aye. Zostali wystawieni w jakimś celu. Znasz ten cel? Jest nim wolny Dartan, z własną królową na tronie, a zresztą niekoniecznie królową... Rycerzom Dobrego Znaku nie chodziło o mnie, chodziło im o kogoś, kto podejmie zaprzepaszczone dzieło królowej Rollayny. Wierzyli, że najlepiej je podejmie sama Rollayna. Ale ja nią nie jestem, a to znaczy, że na krześle w tej sali tronowej może zasiąść ktokolwiek. Ktokolwiek, byle zaraz z niego nie spadł. Jeśli nie Rollayna, to Ezena, albo Baylay, albo nawet jego królewska wysokość M.B.Yokes. Ale ktoś ma tam siedzieć, ktoś kto odda rycerzom Sey Aye ich Dartan. I za to mają zginąć twoi jeźdźcy. Czy zginęli? No to fruwaj stąd, komendancie! – wrzasnęła, wstając z krzesła i idąc ku drzwiom, jakby chciała wbić w nie Yokesa. – Jutro ma cię tu nie być! I ani jednego z twoich jeźdźców!

– Co mam z nimi zrobić, wasza wysokość?

– Nie wiem, to nie ja dowodzę armią. Mają walczyć i ginąć po kolei.

– Jeśli ich zabiorę, to już jutro zaczną powstawać chorągwie...

– Przestań, Yokes. Nie mogę tego słuchać. Jeśli zaczną powstawać te chorągwie, to w końcu powstanie ich tyle, że łyżkami zjedzą cię w kaszy. Jedynym sposobem, żeby nie powstały, jest natychmiast wygrać tę wojnę. Zdążysz albo nie zdążysz, ale przynajmniej masz szansę. Siedząc tutaj i pilnując mnie przed całym Armektem i Dartanem, nie masz żadnej szansy. Najmniejszej. Fruwaj stąd! – powtórzyła. – Wieczorem chcę cię widzieć u mnie z planem kampanii w ręku. Planem ułożonym przez jeźdźca dla jeźdźców, a nie jakichś ogrodników, pilnujących wielkich zarośli. Upilnowałeś przynajmniej?

– Nie upilnowałem – niegłośno przyznał mężczyzna.

– A wiesz dlaczego? Bo ja wiem. Komendant moich pocztów kiedyś mi powiedział, że na czele swego wojska nie obroni Sey Aye, bo to nie jest wojsko do obrony. Zostało przygotowane z myślą o agresji. Tak powiedział tamten człowiek. Wynoś się teraz z moich oczu, odszukaj go i posłuchaj, co ci powie, a może razem czegoś jeszcze dokonacie.

Odepchnęła mężczyznę i wyszła na pusty pałacowy korytarz, mając za plecami niewolnicę z dwoma sztyletami i mieczem na dwóch skrzyżowanych pasach.

Księżna maszerowała korytarzem, jakby chciała zaraz wybiec z domu i sama pociągnąć na wojnę.

– Gdzie jest to niezastąpione blond cudo, twoja przyjaciółka? – zapytała gniewnie przez ramię.

– Nie wiem, wasza wysokość.

Księżna prychnęła i chyba chciała zakląć. Na szczęście, z mijanych drzwi, wysunął się jakiś niewolnik i pospiesznie zszedł z drogi swojej pani – jednak nie dość szybko. Groźnie zamierzyła się ręką, jakby chciała trzasnąć go w łeb. Sługa przepadł, zniknął, wyparował. Gdy Ezena wpadała w podobny nastrój, nikt poza Pierwszą Perłą nie śmiał się odezwać nieproszony; jedna Anessa mogłaby zwrócić księżnej uwagę, że zachowuje się nieodpowiednio, wszczynając bójki ze służbą. Ale najmniej mogła uczynić to Hayna, która wciąż jeszcze czuła, jak pali ją policzek.

– Każ odszukać Anessę i przywlec ją do mnie za ogon. Gdzie jest Przyjęty?

– Nie wiem, wasza wysokość – powiedziała Hayna i skuliła się w sobie.

Księżna bohatersko powstrzymała się przed rękoczynami.

– No to tylko ty mi zostałaś – powiedziała. – Z kim powinnam mieć dziecko? Z rycerzem, który właśnie przegrywa dla mnie wojnę, czy z księciem A.B.D., jedynym tutaj mężczyzną, którego Czysta Krew w żyłach jest widoczna przez skórę?

Haynę zatkało.

– Chcesz mieć teraz dziecko?

– Tak – powiedziała ze złością jej wysokość. – Najlepiej zanim dojdę do tych schodów... Dynastia! Mam założyć dynastię, tak? Czy po mojej śmierci znowu ma tu zapanować bezkrólewie?

Bez względu na to, jak bardzo piekł policzek, Hayna nie mogła powstrzymać się od myśli, że jej pani... że wino do posiłku podano zbyt mocne. Mniejsza o Yokesa, który miał natychmiast szukać jakiegokolwiek wroga i upraszać go o wymordowanie jeźdźców Dobrego Znaku. Ale myśli o zamążpójściu, dynastii i następcy tronu... naprawdę były trochę przedwczesne. Dokąd właściwie pędziła Ezena? Może do jego godności Baylaya, z gromkimi oświadczynami?

– No? Z kim? – ponagliła Ezena.

Nieoczekiwanie Hayna poczuła przypływ odwagi.

– A z kimkolwiek! – powiedziała, przystając. – Najlepiej z kimś mądrym, co daje przynajmniej nadzieję, że następca tronu też będzie miał trochę rozumu. Dałaś mi po twarzy, a sama co wygadujesz? Co wolno niewolnicy, to nie regentce Dartanu!

Ezena przystanęła i milczała przez chwilę. Ujęła nos w dwa palce.

– Chodź do lasu za domem – rzekła wreszcie. – Pokażę ci wiewiórkę, z którą się zaprzyjaźniłam.

45

Korytarze świetnego domu na największej polanie świata straszyły pustką tak samo, jak korytarze pałacu w Rollaynie. I tak samo przemierzała je samotna, wysoka kobieta. Ale tamta, w stolicy, wciąż była władczynią Dartanu, ta zaś tylko niewolnicą. Dom opustoszał, bo niemal cała służba została posłana do Rollayny. Brakowało też wielu sprzętów, które popłynęły na barkach w dół Lidy, a potem trafiły na wozy w przeładunkowej przystani neteńskiej. Po drugiej stronie rzeki było już wtedy widać wychodzące czasem na brzeg kliny piechurów w niebieskich tunikach z gwiazdami. Wozy odjechały, a niebiescy łucznicy zajmowali następnego dnia Neten. Sień Dobrego Znaku.

Samotna Perła przemierzała korytarz, idąc do północnego skrzydła. Skręciła i wkrótce stanęła w pokoju komendanta straży pałacowej, którego kiedyś tak bezceremonialnie obudził Yokes, pokazując list od zamachowca.

Teraz w pokoju nie było nikogo.

Niewolnica przez chwilę stała w drzwiach, z namysłem spoglądając na niezasłane łóżko, potem znów wyszła na korytarz i poszła dalej. Kierowała się do sali myśliwskiej.

Niezliczone trofea tworzyły istną puszczę, bo tylko część z nich mogła zdobić ściany. Ogromna sala, nieco mroczna, została wypełniona wypchanymi okazami wszystkich stworzeń, jakie zamieszkiwały największą knieję Szereru. Wystawiono tu najwspanialsze okazy żubrów, turów, łosi i niedźwiedzi, nie licząc całych stad danieli, saren, dzików, wilków i borsuków, bo o drobniejszej zwierzynie nie warto było nawet wspominać. Umocowane pod sklepieniem pyszniły się puchacze i leśne orły z rozpostartymi skrzydłami. Poroża na ścianach tworzyły istny gąszcz. Całe pokolenia myśliwych budowały tę niezwykłą kolekcję. Usuwano trofea, które nie sprostały upływowi czasu, przynosząc w zamian nowe. Można tu było znaleźć istne potwory – okazy o zadziwiających rozmiarach, jak gigantyczny żubr, o blisko połowę większy niż jego pobratymcy. Ale w samym środku sali, otoczony wolną przestrzenią, stał na podwyższeniu tajemniczy stwór, o którym krążyły legendy, bo nigdy go ludzkie oko nie widziało. Nigdy i nigdzie, tylko raz... Tu, w Sey Aye. Stworzenie większe od najroślejszego człowieka, było okryte rdzawoczarnym futrem. Dwunożny, podparty na niezwykle długich ramionach potwór, marszczył szarą, nagą skórę twarzy, odsłaniając kły. Zwierzęce kły w twarzy – albowiem to zwierzę miało twarz. Podobną trochę do ludzkiej, lecz okrutną, dziką i bezmyślną. Kesa słyszała, że nieco podobne z wyglądu, lecz o wiele mniejsze, były alerskie stwory, przychodzące zza północnej granicy, spod nieba, którym władała wroga Szerni potęga.

Ohegened, zawołany myśliwy, miał swoje słabości jak każdy. Bardzo kochał tę mroczną salę, gdzie w powietrzu stale unosiła się ostra, trochę niemiła woń.

– Wyglądasz, wasza godność, jak jeden z tych okazów – powiedziała Perła.

Mężczyzna, siedzący wprost na podłodze, z plecami opartymi o nogę wielkiego tura, uśmiechnął ironicznie.

– I nie wiadomo, Keso, czy nie stanę tu wkrótce, wypchany jak ten łoś... Zależeć to będzie od kaprysu nadtysięcznika Caronena. Chociaż, raczej nie każe mnie wypchać. Caronen to żołnierz z krwi i kości. Nigdy bym nie okaleczył jego ciała, ale w zamian wiem, że i on nie sponiewiera mojego.

– A co nadtysięcznik Caronen zrobi z pochwyconą niewolnicą? – zapytała.

– Nie wiem, zadajesz trudne pytania. Legia Armektańska od wieków nie brała tak szczególnych łupów. Może sprzeda? Ja na jego miejscu najpierw bym zdobycz posiadł. A potem jeszcze posiadł i znów posiadł.

– To ma być, jak rozumiem, żołnierski komplement?

– Nie gniewaj się na mnie, Perło. Rzeczywiście, jestem tylko wojakiem. Może jeszcze myśliwym. Próbowałem być kiedyś intrygantem, ale wyśmiałaś mnie.

Powolutku chodziła po sali, oglądając okazy, jakby je widziała po raz pierwszy. Pierwszy albo... ostatni.

– Mamy piękną pogodę. Mokradła nieprędko obsechną, ale Lida już na pewno jest spławna. Kiedy powinniśmy spodziewać się gości?

– Lada dzień.

– Masz już dokładniejsze wieści o nich? Zdawało mi się, że widziałam Vahena...

– Wrócił dopiero co. Właśnie przyszedłem tutaj, żeby sobie przemyśleć, co powiedział.

– A co powiedział? Nie każ mi, komendancie, pytać o każde słowo z osobna – napomniała spokojnie.

– Caronen całą konnicę, jaka mu została, rozesłał w podjazdy. Ale konnica tutaj nie jest mu potrzebna.

Dostał jakieś posiłki, co prawda bardzo niewielkie. Parę klinów piechoty. Ma pod bronią mniej więcej cztery tysiące żołnierzy.

– Co z Yokesem?

– Strzeże księżnej w stolicy. Nie przyjdzie. Chyba że dostałaś jakiś nowy list?

– Nie dostałam.

– A więc wiesz, co robi, i dobrze wiesz, że nie przyjdzie.

– A my? Co możemy przeciwstawić nadtysięcznikowi?

– Także wiesz, więc po co pytasz?

– Wiem, ilu mamy żołnierzy, ale nie umiem oszacować ich wartości – wytłumaczyła. – Kiedy tu przyszliście, połowa tych piechurów wyglądała na takich, co zaraz umrą ze zmęczenia.

– Bardziej ze zniechęcenia – poprawił. – Dzień po dniu wyrzynano ich w lesie, gdzie pazurami trzymali się każdego drzewa. Sześciu mil bronili przez okrągły tydzień – dodał z goryczą. – Patrzyli na moich gwardzistów jak na zdrajców, którzy posiedzieli sobie w Netenie, a potem równo pomaszerowali do Sey Aye.

– Komendancie – powiedziała chłodno niewolnica – żołnierze biorą pieniądze za to, żeby się bić i umierać, nie za to, żeby patrzeć na gwardzistów. Pytałam, ile są warte twoje wojska?

– A ja właśnie ci odpowiadam. Gwardziści staną choćby za pięciuset ludzi, bo nie mogą nikomu spojrzeć w oczy i marzą tylko o tym, żeby wejść do lasu i bronić już nie sześciu, a trzech mil, i nie przez tydzień, a przez dwa tygodnie. Strażników leśnych, łącznie z tymi, co ściągnęli tu ze wszystkich obrzeży Puszczy, a nie walczyli wcześniej pod Netenem, mamy niespełna trzystu.

I drugie tyle piechurów, z których dwustu siedzi tu od początku, więc sama wiesz, ile są warci. Wszystko co najlepsze poszło do Yokesa i przepadło, tutaj zostali najstarsi, najsłabsi i najgorzej wyćwiczeni.

– Ale bardzo dobrze uzbrojeni.

– Tak, z tym jednym nie ma kłopotów – przyznał.

– A co ze strażą miejską i uzbrojonym chłopstwem?

– Nie żartuj sobie, Keso. Ci strażnicy miejscy mogą co najwyżej pełnić służbę wartowniczą. Chłopstwo zbroiliśmy na pokaz, dla szpiegów Trybunału. Jak stu tych wieśniaków rzuci się na dziesięciu łuczników, to pewnie da im radę, o ile dobiegnie więcej niż trzydziestu.

– Nic nie można zrobić z tym chłopstwem?

Wzruszył ramionami.

– Posłuchaj, jeśli do wioski wmaszeruje osamotniony klin łuczników z zamiarem puszczenia chałup z dymem, zgwałcenia dziewczyn i wyrżnięcia świniaków, to chłopy się wściekną i przegnają ich. Ale wątpię, żeby nadtysięcznik Caronen zaczął podbój Sey Aye od obrócenia przeciw sobie całej ludności polany. Puści tu wszystko z dymem, ale dopiero wtedy, kiedy już nie będzie moich żołnierzy. A wtedy to zbrojne chłopstwo... – Rozłożył ręce. – Nie wiem, jak miałbym użyć tych wieśniaków. Przeciw tym samym żołnierzom, którzy pod Netenem wygnietli gajowych i wyszkoloną piechotę? Przy takich szansach sfory psów bym nie poszczuł, a ci chłopi to jednak są ludzie.

– Gwardziści są warci pięciuset, strażnicy leśni sześciuset, a piechota trzystu – powiedziała. – To razem tysiąc czterysta.

– Znakomicie liczysz – pochwalił. – I gdyby maszerowało tutaj półtora tysiąca żołnierzy, to mielibyśmy szanse w obronie. Ale idzie trzy razy tyle.

– Nie obronimy się.

– Nie ma mowy. Sey Aye było twierdzą, dopóki w lesie siedziało ośmiuset gajowych, a na polanie gwardia i siedem setek piechoty. Teraz to jest twierdza z nieobsadzonymi murami i bez załogi w środku.

– Tak myślałam. No to wstawaj, zabieramy się stąd.

– Oszalałaś? Dokąd?

– Dokądkolwiek. Do lasu. Twoi żołnierze nie obronią Sey Aye, ale zdołają wypędzić chłopów z wiosek. Zabieramy wszystko: żywy inwentarz, cenne przedmioty, a przede wszystkim dokumenty Sey Aye. Czego nie można zabrać, trzeba zniszczyć albo zakopać, ukryć gdzieś.

– Powoli, czekaj, czekaj – powiedział.

– Właśnie czekać nie bedę. Mogą przypłynąć tutaj nawet jutro. Rusz swoje wojsko. Caronen dostanie gołą polanę, którą może spalić, jeśli chce, bo i tak temu nie zapobiegniemy. Całej Puszczy Bukowej nie spali, a Sey Aye to ludzie, nie domy. Domy zawsze można odbudować.

– Już dziesięć razy chodziło mi po głowie, żeby wyprowadzić stąd wojsko i nękać Caronena szarpaną wojną w lesie.

– To dlaczego nic mi nie mówiłeś?

– Bo tutaj są ludzie i właśnie ich domy... W Sey Aye.

– Ale ludzi zaraz zabieram, chodzić umie nie tylko wojsko. A domów, jak słyszę, i tak nie obronisz?

– Nie mam rozkazu, żeby oddać Sey Aye.

– Już masz, bo ja tutaj rozkazuję, w imieniu księżnej Ezeny. Ostatecznie, jeśli chcesz, to siedź tutaj ze swoją armią, strategu. Ja zabieram ludność, a jak mi staniesz na drodze, to rzucę do walki gromady zbrojnego chłopstwa – zagroziła.

Parsknął śmiechem.

– Rozkaz, wasza wysokość – rzekł, powstając. – Ale nawet pustej polany nie oddamy darmo. Gajowych poślę do lasu, niech polują. Już na samej rzece mogą dostać paru dowódców i ze trzy tuziny legionistów.

– Stracimy tych gajowych – powiedziała, marszcząc brwi.

– A skądże. Umierali pod Netenem, bo nie mogli oddać lasu. Ale tutaj idą na polowanie. Parę strzał i szukaj echa w kniei... – Ohegened odżył, gdy tylko pokazano mu coś, co nie było równie beznadziejne, jak śmierć w obronie majątku, którego obronić niepodobna. – Vahen dostanie tylko jeden rozkaz: zabijać i nie dać się zabić. A dowódcy drużyn na pewno taką taktykę docenią i będą umieli wcielić w czyn. To całkiem co innego niż powtórka z obrony Netenu. Keso, jeszcze jedno – zatrzymał Perłę, która już zmierzała ku drzwiom. – Które z nas dowodzi w Sey Aye? Wojna nie znosi narad w ogniu walki, dowodzenie musi być jednoosobowe.

Z namysłem popatrzyła na oficera, z którego spłynęło całe zniechęcenie.

– Co za pytanie... Ty dowodzisz, mnie już tutaj nie ma. Idę do kancelarii, zagonić urzędników do roboty. Cokolwiek się wydarzy, dokumenty Sey Aye muszą przetrwać. Daj mi wszystkich miejskich pachołków do eskortowania tych rzeczy – poprosiła. – Będzie tego parę wozów, w mieście też jest mnóstwo dokumentów. A jeszcze biblioteki, pałacowa i miejska.

– Oczywiście, weź tych pachołków.

– Poproszę jeszcze o obie przyboczne.

– Są twoje, ma się rozumieć. Teraz ja mam prośbę.

– Tak?

– Pchnij gońców do Rollayny. Ścieżkę wciąż kontrolujemy, ale to zaraz może się zmienić. Napisz księżnej, jaką decyzję podjęłaś. Podjęliśmy – poprawił się.

Lekko uniosła brwi.

– O, bohater... – powiedziała. – Strach zameldować, że bierze się nogi za pas? Dobrze, napiszę ten list. Wyjaśnię, że biciem zmusiłam cię do posłuchu.

***

Nadtysięcznik Caronen szedł na podbój Puszczy Bukowej zupełnie bez entuzjazmu. Zdobył obrzeża lasu a nawet, ku własnemu zdumieniu, sam Neten. Wychodząc z umocnionego obozu i uderzając na Yokesa, pakował się w tarapaty, ale nie miał wyboru. Dalsze tkwienie w obozie było po prostu niemożliwe. Ponosząc spore straty, przerzucił swoją armię do lasu, a potem z przerażeniem patrzył, jak topnieją szeregi piechoty, uwikłanej w przewlekłe boje. Z duszą na ramieniu oczekiwał, kiedy cała spieszona jazda Sey Aye wesprze straż leśną i zmieni kierunek marszu jego legionistów. Yokes był w stanie wypchnąć go z powrotem na równinę, a przynajmniej miał taką szansę. Licząc trzy posiłkowe chorągwie rycerskie i dwie lekkie, trzymał pod bronią, jak szacował nadtysięcznik, blisko trzy i pół tysiąca ludzi, którzy wespół z tysiącem piechoty na pewno mogli przeważyć nacisk jego zmęczonych legionistów. Z każdym dniem zmęczonych coraz bardziej... Caronenowi wydawało się, że odgadł zamiary wodza wojsk Sey Aye: kosztem swojej piechoty i strażników leśnych, Yokes chciał skrwawić Armię Zachodnią tak bardzo, jak to możliwe, by potem, przy samej rzece, wprowadzić do boju te trzy i pół tysiąca wypoczętych jeźdźców z mieczami i kuszami w rękach. Ale mogło być jeszcze inaczej – Caronen cały czas bał się o swoje tyły. Chorągwie Sey Aye mogły okrążyć las od południa, wyjść na opuszczony obóz warowny, zaatakować wprowadzony na leśny trakt tabor i tyły jego legionów. Resztki konnych łuczników, którzy w pierwszej bitwie byli wdeptywani w ziemię, a w drugiej ponieśli równie duże straty, kurczowo trzymając uchwycony skraj lasu, w żaden sposób nie mogły zniszczyć, czy choćby nadwyrężyć, dziesięciu ciężkich i dwóch lekkich chorągwi (Caronen nie wiedział, że jeźdźcy Domu odeszli do Rollayny; ciężkich znaków w istocie było dziewięć).

Nadtysięcznik chciał jak najdrożej sprzedać swą skórę i wypełnić zadanie, które określono na początku kampanii: związać na zachodzie jak największe siły wroga. Wiedział już o niebywałym sukcesie słabej Armii Wschodniej i pchnął do nadtysięczniczki Terezy gońca z gratulacjami. Upoważniony przez Kwaterę Główną obiecywał ponadto, że zrobi wszystko, co w jego mocy, by stojący przed Armią Wschodnią Enewen zmuszony był jednak posłać coś Yokesowi. Okazywało się, że nadtysięczniczka mogła, pomimo obecności rycerskiej armii Ahe Vanadeyone, wypełnić swoje zadanie. Pokonanie przez nią trzykrotnie liczniejszych, ciężkozbrojnych zastępów, byłoby wydarzeniem na miarę cudu wojennego, ale nadtysięczniczka pokazała właśnie, że potrafi dokazywać takich cudów. I dlatego Caronen był gotów, wraz z całym swoim wojskiem, umrzeć w lesie nad Lidą, bijąc się chociażby ze wszystkimi armiami świata, tak jakby zamierzał zdobyć nie tylko Neten, ale i polanę w środku Puszczy.

Jeźdźcy Yokesa nie przyszli z odsieczą mordowanej w lesie piechocie. Nadtysięcznik Caronen zdobył Neten i w samej rzeczy gotów był zdobywać Sey Aye...

Ale nie chciał. To już nie było przedsięwzięcie wojskowe, lecz czysto polityczne. Przede wszystkim miał zabrać z zachodniego Dartanu niemal wszystkie wojska, odsłaniając armektańską granicę. Wprawdzie Książę Przedstawiciel, w bardzo poufnym liście, powiadamiał go, że chorągwie Sey Aye nie ruszą się spod Rollayny, i skoro tak twierdził, to pewnie wiedział, co pisze. Polityka... Ale jednak, staremu żołnierzowi nie podobało się takie mieszanie dwóch światów: świata wojny ze światem knowań. Nie negocjował z nikim za pomocą miecza i byłby rad, gdyby w zamian kierunku na Armekt nie osłaniały wojska złożone z intryg politycznych. A marsz na Sey Aye to też było uderzenie polityczne. Miał utknąć ze swoimi legionami w głębi największego lasu Szereru, tylko po to, by pokazać całemu Dartanowi, jak idą z dymem dobra wichrzycielki, po zajęciu Netenu niemające już żadnego wojskowego znaczenia, nawet jako zaplecze. Nadtysięcznik uważał, że armie powinny być kierowane przeciwko innym armiom, bo ich zadaniem jest w pierwszym rzędzie niszczenie zbrojnych sił przeciwnika.

Miał rację i zarazem jej nie miał. Imperialne armie były zbyt słabe, by pokonać w bitwach wszystkie chorągwie, jakie mógł wystawić Dartan. Dlatego, niszcząc wojska, które już istniały, armektańskie legiony musiały zarazem zapobiegać powstawaniu nowych. Zniechęcanie niezdecydowanych Domów do poparcia samozwańczej regentki było na to najlepszym sposobem. Caronen, gdyby mu powiedziano, ile chorągwi unicestwił swym dotychczasowym działaniem, jeszcze zanim w ogóle powstały, miałby inne zdanie na temat możliwości swojego wojska. I skutków „politycznych" uderzeń. W żaden sposób nie pokonałby podobnych sił, walcząc z nimi w polu.

Rzęsiste deszcze dowódca Armii Zachodniej powitał z niemałą ulgą, jego żołnierze zaś z entuzjazmem. Marsz w głąb Puszczy był niemożliwy, a kwatery w Netenie i zajętym obozie Yokesa wygodne. Ciężka jazda, grzęznąca w rozmiękłej ziemi, traciła połowę swej wartości. Żołnierze odpoczywali, leczyli rany, odzyskiwali animusz, dzieląc się opowieściami o bohaterskich czynach. Nadeszły niewielkie posiłki; nowym towarzyszom można było opowiadać o nagłej szarży ciężkich chorągwi w pierwszej bitwie pod Puszczą Bukową, bojach ze strażą leśną... Przeprowadzono reorganizację, skupiając całą piechotę Armii Zachodniej w czterech silnych legionach, a działającą poza lasem jazdę w legionie piątym.

Deszcze padały przez pięć długich dni.

Nadtysięcznik Caronen zablokował przystań (Dartan dalej mógł handlować z Armektem, ale Sey Aye już nie, nawet gdyby nie padały deszcze) i obmyślał plany nowej kampanii, ściągał barki potrzebne do przewiezienia wojska w górę rzeki, sprawdzał stan zapasów. Szykował się do podboju Dobrego Znaku niechętnie, ale z całą żołnierską sumiennością i rutynową sprawnością wysokiego oficera Legii Armektańskiej. Zabrakło mu jednak wyobraźni – nie zdawał sobie sprawy, ile barek trzeba dla przewiezienia trzech tysięcy żołnierzy, co pierwotnie planował. Wyszło na jaw, że przewiezie najwyżej dwa tysiące niemożliwie stłoczonych ludzi i najniezbędniejsze zapasy. Gdy wróciło słońce, w górę rzeki popłynęły łodzie, prowadzone przez zmuszonych do współpracy rzecznych pilotów, których nadzorowali żołnierze. Obserwowano, jak opada wezbrana woda, badano nurt. W kilku miejscach należało go oczyścić z połamanych drzew, powalonych przez burzę gdzieś w górze rzeki i przywleczonych w dół.

Trzeciego dnia od chwili, gdy ustaliła się ładna pogoda, ścieżką na wschodnim brzegu rzeki, tą samą, po której chodziły muły ciągnące barki, ruszył najlepszy legion – Pieszy Północny. Była to cała piechota z pogranicza, która uszła spod kopyt jeźdźców Yokesa, a potem przetrwała walki w lesie. W ślad za owym legionem podążył jeszcze jeden, do którego dołączono pojedynczą kolumnę legionu trzeciego – dla tych żołnierzy już nie wystarczyło łodzi. Nadtysięcznik, widząc, jak bardzo rozciągnęły się jego oddziały na brzegu, pełen był najgorszych przeczuć. Razem z wojskiem lądowym ruszyły w górę rzeki barki, wiozące pozostałe wojska i najniezbędniejsze zapasy. Tabory odsyłano do Lida Aye. W Netenie mieli zostać żołnierze Dartańskiej Straży Morskiej oraz parę samodzielnych klinów, które nie weszły w skład zreorganizowanych legionów. Caronen doskonale wiedział, że są to śmieszne siły, które w żaden sposób nie zabezpieczą jego tyłów, ale robił tylko to, co zrobić musiał. Yokes mógł bez trudu odbić Neten, lecz nie miało to żadnego znaczenia w przypadku zajęcia Sey Aye; Neten był tylko przystanią, niczym więcej. Pozostawieni tam legioniści mieli co najwyżej rozpoznać atakujące ich siły i uciec do lasu, by połączyć się z resztą armii. Była to naprawdę okropna z wojskowego punktu widzenia awantura. Caronen marzył tylko o jednym: o wkroczeniu do Sey Aye, puszczeniu wszystkiego z dymem i zabraniu się stamtąd tak szybko, jak to tylko będzie możliwe.

Już na rzece nadtysięcznik otrzymał meldunek od dowódcy legionu konnego, działającego poza Puszczą. Książę Przedstawiciel rzeczywiście wiedział, co mówi, zapewniając, że wojska Sey Aye pozostaną bierne. Yokes ciągle stał pod Rollayną. Caronen nie mógł się nadziwić takiemu sposobowi prowadzenia wojny. Znakomity dowódca – i to dowódca jazdy! – okazał się przeciwnikiem niezbyt groźnym, niezdolnym do prowadzenia śmiałych i pomysłowych działań. Nadtysięcznik nie wiedział co ma o tym myśleć. Nie znał powodów bierności Yokesa. Niewykluczone, że ktoś nim nieudolnie kierował, być może sama regentka – takie wtrącanie się władcy do spraw, które należało pozostawić wojskowym, byłoby zgodne z dartańską tradycją... Jakkolwiek było, nadtysięcznik Caronen wciąż nie lekceważył przeciwnika i byłby rad, gdyby inni myśleli tak samo.

Goniec od tysięcznika konnych łuczników to był ostatni kontakt Armii Zachodniej ze światem poza Puszczą Bukową; światem, który gdzieś się rozpłynął, stał nierealny i nieosiągalny. Już następnego dnia tysięcznik Legionu Konnego posłał kolejnych gońców – ale ci żołnierze nigdy do Caronena nie dotarli. Drużyny gajowych Sey Aye wytrzęsły z nich zarówno wiezione meldunki, jak i życie.

Kilka tygodni wcześniej płynąca w dół rzeki księżna Dobrego Znaku potrzebowała doby na dotarcie do Netenu. Wyprawa w górę rzeki trwała dłużej. Ciężko załadowane barki Caronena wlokły się z szybkością najwyżej dziesięciu mil na dobę; idący po błotnistej ścieżce mułów legioniści, pilnujący wodnego szlaku, posuwali się równo z barkami. Zmierzchało już, gdy leśna straż Sey Aye uderzyła z zachodniego brzegu, gdzie nikt się nie spodziewał obecności wroga. Caronen posłał tam wprawdzie kilka niewielkich patroli, które przebijały się z trudem przez podmokły gąszcz, ale nigdy już się nie dowiedział, co właściwie spotkało tych żołnierzy. Pokazano mu za to, jak można w mgnieniu oka zatopić wyładowaną wojskiem barkę. W miejscu, gdzie tor wodny wiódł najbliżej zachodniego brzegu, z trzaskiem jęło walić się do rzeki drzewo, chyba już dawno ścięte i trzymane tylko na linach. Korona starej sosny dosięgła szczytem krępej łodzi i wgniotła ją pod wodę, rozpraszając pokaleczonych i poranionych przez gałęzie legionistów, zaczepiony na brzegu pień odchylał się pod ciężarem ciągniętej przez nurt korony, drzewo zagrażało kolejnej w szyku łodzi. Z trzaskiem zawaliło się następne, zbyt niskie jednak i za daleko rosnące, by dosięgnąć toru wodnego; Caronen miał szczęście, że takich miejsc było na drodze niewiele. Wysokie drzewa nie rosły na samym brzegu, stale zalewanym przy wszystkich powodziach, podmywanym... Gajowi Sey Aye zdołali zażartować tylko ten jeden raz.

Ale wyszło na jaw, że znali wiele dowcipów. Nadtysięcznik przez trzy doby przepychał się w górę rzeki, walcząc z pożarami, wzniecanymi na łodziach przez płonące strzały, odpychając żerdziami puszczone z prądem pniaki, licząc żołnierzy wylatujących za burty z bełtami w karkach lub piersiach, a na koniec wprzęgając do ciągnięcia barek doborowych legionistów z północy, gdy zaczęło brakować zabijanych i ranionych mułów. Przystań w Sey Aye powitał z największą ulgą.

Nie było tam zupełnie nikogo. Poniszczone nabrzeża i pochylnie raczej utrudniały, niż ułatwiały wyładunek. Pierwsze opróżnione barki popłynęły po legionistów na zachodnim brzegu, bo od czasu, gdy runęło do wody drzewo, Caronen zmuszony był ubezpieczać rzekę z obu stron.

Wyładunek wojsk i zapasów szedł kulawo, został zakończony dopiero późną nocą. O świcie pochowano siedmiu wartowników i legiony ruszyły po świetnie utrzymanej drodze prosto do Sey Aye, z silnymi ubezpieczeniami w gąszczu po bokach, poprzedzane przez straż przednią i z oddziałem straży tylnej. Jeszcze przed awangardą poszły na rozpoznanie, z kompletnie samobójczym zadaniem, dwa konne patrole – dwie dziesiątki z jedynego klina jeźdźców, jaki miał przy swym wojsku Caronen. Nadtysięcznik liczył, że broniące polany oddziały pozwolą wrócić do sił głównych chociaż jednemu z tych konnych łuczników.

Ale przeżyli prawie wszyscy. Gdy nadeszły wojska, jeden z rozpoznawczych oddziałków już czekał, zaczajony na obrzeżu największej polany Szereru. Zaczajony dlatego, że był cokolwiek postrzelany z łuków, lecz poza tym nie atakowany. Nadtysięcznik przyjął raport zwiadowcy.

W Sey Aye nie było nikogo. Upiorna polana straszyła skrzypieniem niedomkniętych drzwi, porozrzucanymi wszędzie klamotami, których nie warto było brać na tułaczkę, a wreszcie ostrą wonią spalenizny dobiegającą z wielu miejsc, gdzie rozpalono wielkie ogniska. Spłonęło na tych stosach wszystko, co mogłoby się przydać legionistom.

Sporo później, gdy Caronen zakwaterował się już w najświetniejszym domu, jaki kiedykolwiek oglądał, jeden z tysięczników przyniósł mu list, znaleziony na stole w wielkiej sali biesiadnej. Obok listu leżała kupka oblepionych smołą szmat.

Wasza Godność,

ściany chałup i obór wciąż są mokre i niełatwo przyjmą ogień. Zapasy smoły znajdziesz w składach miasta, zostawiłem tam kilka wozów, ale bez zaprzęgów. Jesteś, Panie, dobrym wodzem, ale już nie opuścisz tego lasu. Ani Ty, ani żaden z Twoich żołnierzy.

Salut, Nadtysięczniku

N.Ohegened
dowódca oddziałów w służbie
Jej Królewskiej Wysokości Regentki Dartanu
K.B.I.Ezeny, Pani Dobrego Znaku

W nocy żołnierze Sey Aye uderzyli na przystań, po ciężkim boju rozbili stojące tam dwa półlegiony i spalili bądź puścili z prądem rzeki wszystkie barki. Nadtysięcznik Caronen zaczął się zastanawiać, czy ktokolwiek w Dartanie w ogóle usłyszy o tym, że ukarano samozwańczą regentkę, paląc jej dobra w Puszczy. Wyglądało na to, że w Szererze będzie snuta raczej ponura legenda o armii, która weszła do wielkiego lasu i już nikt nigdy się nie dowiedział, co tych żołnierzy spotkało. Zostawiony w wielkiej sali list nie był czczą pogróżką.

Caronen spalił wioski i drewniane zabudowania miasta, zniszczył mosty i młyny, tracąc przy tym klin łuczników, który odszedł zbyt daleko od innych oddziałów, wreszcie porozbijał wszystkie szyby, jakie były na całej polanie, bo na kucie murów nie miał czasu, i zarządził przygotowania do odwrotu. Ale nie mógł wracać prosto do Netenu, nie mając pojęcia, czy przystań wciąż jeszcze jest w rękach jego żołnierzy. Zresztą, nawet gdyby tak było, to marsz wzdłuż przeklętej rzeki, gdzie rozległe mokradła uczyniłyby z wojska niesłychanie długi wąż ludzi, pełznący ścieżką dla mułów, był przedsięwzięciem samobójczym. Nadtysięcznik wybrał leśny „trakt", wiodący ku Rollaynie. Wolałby ruszyć drugim, wiodącym na wschód, gdzie po wyjściu z lasu mógłby pomaszerować ku Terezie, połączyć się z nią i stworzyć jedną silną armię. Pomysł kusił; scalenie wszystkich rozporządzalnych sił i bicie rozdzielonych wojsk przeciwnika było jedną z reguł sztuki wojennej. Ale Tereza na pewno nie mogła wyżywić dwakroć liczniejszego wojska, a poza tym nie miał o jej armii żadnych wieści. Mogła być gdziekolwiek: w odwrocie na Akalę, za plecami Enewena w Dartanie albo zgoła w niebycie, jeśli doszło do przegranej walnej bitwy.

Nadtysięcznik wybrał okrężny odwrót na Neten. Idąc z powrotem do zachodniego Dartanu, wciąż wiązał na tym kierunku jakieś siły wroga i w ten sposób najlepiej mógł dopomóc Terezie. Armia Zachodnia była *orre seg gever* – siłą, która samym swym istnieniem krzyżowała plany przeciwnika i zmuszała go do trzymania odwodów. Caronen niezmiennie był gotów stracić swoje wojsko, byle tylko nadtysięczniczka mogła dokazać następnego cudu i raz jeszcze pobić Ahe Vanadeyone. Wiele kolejno odnoszonych zwycięstw to nie była dziedzina polityki, lecz wojny.

46

Jego Godność T.L.Wadelar
w Akali

Wasza Godność,

burmistrz to poczciwa ciapa, a wójt, choć niegłupi, niewiele potrafi przedsięwziąć, bo stale się ogląda na Kirlan. Posyłam pisma dla nich, ale niewiele się spodziewam. Namiestniczka Trybunału w Akali (z całym dla Twej byłej Małżonki szacunkiem) to ktoś, komu nie powierzyłabym starej koszuli, bo Ty, choć byłeś straszny, to przynajmniej wiedziałeś, co do Ciebie należy.

Krótko mówiąc: Wadelar, przestań pić i weź się do roboty. Już nie pada. Chorągwie Ahe Vanadeyone wgniotą mnie w ziemię, gdy tylko sforsują Ranelę, a w końcu gdzieś ją sforsują. Już niewiele będę mogła opóźnić te wojska, a od wczoraj mam pewność, że skierują się na Akalę. Jesteś w tym mieście znany wszystkim, którzy mają cokolwiek do gadania, a wiem już, że potrafisz działać, jeśli chcesz. Napraw mury, choćbyś miał sypać tam wały z ziemi i utykać nie wiadomo jakie graty, zbierz ludzi, którzy mogą nosić jakąkolwiek broń. Podeślę ci, co tylko zdołam, jutro przyjdzie do miasta klin grombelardzkich kuszników. To żadna siła, ale niech Rycerze Królowej widzą na murach zielone mundury – pomyślą, że to posiłki od Przedstawicielki z Londu. Enewen musi się spieszyć i nie będzie oblegał bronionego miasta, złupi najwyżej przedmieścia i ruszy dalej na Armekt, paląc wioski, bo potrzebny mu wreszcie jakikolwiek sukces. Jeżeli wpuścisz go do Akali, będzie rzeź.

Tereza
nadtysięczniczka-komendantka
Armii Wschodniej

Był jeszcze dopisek, drobnymi literami, jakby pisząca wstydziła się i chciała coś ukryć:

Uratuj to miasto, proszę Cię.

Wadelar musiał najpierw uratować siebie.

Odkąd stracił urząd, był gościem w gmachu Trybunału Imperialnego, ledwo tolerowanym przez Pierwszą Namiestniczkę. Z całkowitą bezdusznością, tak znamienną dla matki, której dziecko próbowano skrzywdzić, jej dostojność T.L.Akea prześladowała nieudacznego męża i ojca. Pozwalała mu mieszkać w komnatce obok pomieszczeń służby najbardziej dlatego, że był pod ręką i mogła mu do woli obrzydzać życie. Poza tym jej synek, nie rozumiejąc jeszcze, że ojciec jest potworem gotującym mu straszną przyszłość, uwielbiał Wadelara i nie było mowy o natychmiastowym rozstaniu, choć Akea co wieczór cierpliwie tłumaczyła małemu Lenetowi, że ojciec wcale go nie chce, bo przez całe życie robił wszystko, żeby rodzina przymierała głodem, a jego syn, gdy urośnie, nie miał żadnej przyszłości. Dzieciak, gdy tylko puszczono go do ojca, a ojciec akurat nie był kompletnie ogłuszony, pytał o takie sprawy. Zionący winem Wadelar opowiadał mu wówczas, że to wszystko nieprawda, polecał kochać matkę i nierzadko zasypiał w pół słowa.

Wówczas smutna Weseta odprowadzała dziecko Namiestniczce, nigdy nie trzymając go za rękę, bo Akea na to nie pozwalała. Ohydna flama, którą sobie kupił i wyzwolił jej były mąż, nie śmiała dotykać Leneta. Namiestniczka Akali robiła, co w jej mocy, by uratować Wadelara, uświadamiając mu, jak bardzo jest podły i winny. Obudzone wyrzuty sumienia niczego nie mogłyby naprawić, ale pokazałyby przynajmniej, że Wadelar jest w ogóle człowiekiem. Powinien cierpieć, zadręczać się – a nie chciał.

Weseta, wyzwolona przez swojego pana, wzięła do ręki potwierdzający to dokument – i natychmiast odeszła, nie mówiąc słowa pożegnania. Lecz dwa dni później Wadelar, budząc się rano ze strasznym bólem głowy (bo dolegliwości, których raz zasmakował, już go odtąd nie odstępowały), zobaczył ją, gdy krzątała się po sypialni, uprzątając resztki pijackiej biesiady. Było to jeszcze zanim stracił swój urząd.

– Chciałam zobaczyć, jak to jest – powiedziała, zamiast go powitać. – Odejść, nie pytając nikogo o zgodę, stanąć w bramie miasta i pomyśleć, czy nie warto pójść do Armektu albo Grombelardu. Zabawić się z młodymi mężczyznami w gospodzie, a tak. I wrócić, kiedy mi się spodoba i jeżeli mi się spodoba. Wróciłam, ale to jest twój dom. Jeżeli mi pozwolisz, zostanę.

I Wadelar rozrzewnił się po pijacku.

Od tamtej chwili minęło sporo czasu. Trudno powiedzieć, ile. Trzy tygodnie albo może pięć miesięcy... Były Namiestnik Trybunału w Akali ostatnio nie bardzo liczył dni.

List przyniesiono, gdy Wadelar spał. Spał akurat całkiem normalnie, bo nie zawsze zaglądał do kielicha. Zresztą był najzupełniej pewien, że przebiera miarkę w piciu, bo tak chce. W każdej chwili mógł przestać. Tylko nie miał po co.

Ale właśnie dlatego, że nie miał po co przestać, obudził się i podążył do dzbana, który postawiła na stole Weseta. Postawiła jeszcze zanim zasnął, a jednak nie napił się z niego. Był to dowód, że nie musiał pić wina.

Dopiero teraz, w każdej chwili mogąc się powstrzymać, napełnił kubek i wypił.

Leżąca w opuszczonym łóżku kobieta przekręciła się z boku na plecy i wyprostowała ręce. Przeciągnęła się, otwarła oczy i usiadła, podparta na ramionach. Miała najpiękniejsze piersi na świecie. Nie miał pojęcia, dlaczego odmówiono jej certyfikatu Perły. Na pewno nie z powodu niedostatków urody. Ale nie chciał wracać myślą do jej niewolniczej przeszłości.

– Na razie wystarczy – powiedziała. – Zjedz coś, a przede wszystkim przeczytaj list. Przynieśli go wczoraj, ale już spałeś i bałam się... i nie chciałam cię budzić.

– Jaki list?

Wadelar już zapomniał, że można otrzymywać jakiekolwiek listy. Gdy był Namiestnikiem Trybunału, otrzymywał po kilka dziennie. Ale to nie były listy do niego, tylko do urzędu, który piastował. Stracił urząd i natychmiast przestał otrzymywać listy.

– Od żołnierza – powiedziała Weseta. – To znaczy, nie wiem od kogo, ale list przyniósł żołnierz.

Wadelar wziął pismo, złamał pieczęć, przeczytał i spokojnie napił się wina.

– Chcesz przeczytać?

– A coś ciekawego?

– Nie. Tak sobie – powiedział. – Dowódczyni Armii Wschodniej, nadtysięczniczka Tereza, z którą przez całe życie byłem w wielkiej przyjaźni, przypomniała sobie, że istnieję.

– I co pisze?

– No... najkrócej mówiąc, chce, żebym wystawił armię, i kiedy nadciągną tutaj hufce Ahe Vanadeyone, stanął w bramie w blaszanej czapce na głowie, oparł się o jej skrzydło i krzyknął: „Nie przejdziecie! Wara!".

– Pokaż – powiedziała z uśmiechem.

Przestała się uśmiechać, gdy przeczytała.

– O, na Szerń... – szepnęła. – Ale... co możesz zrobić?

– Nic. Zupełnie nic, Weseto – rzekł pogodnie, wracając do łóżka z pełnym kubkiem w dłoni. – Bardzo chciałbym sprostać choć dziesiątej części tego, o czym pisze nadtysięczniczka. Ale nie sprostam niczemu.

Legł na plecach i napił się wina.

– Nie mam żadnej władzy, wpływów, pieniędzy, przyjaciół, ani nawet wojskowych zdolności. Mam tylko opinię pijaka, wszystko jedno, zasłużoną czy nie. Teraz taki zdjęty z urzędu pijak, ma wkroczyć do ratusza, jak rozumiem, i powiedzieć: „Do roboty, zacni ojcowie miasta! Wójcie, proszę zaraz udać się po kopię i dosiadać tego, co wójt ma! Teraz ja tutaj rządzę!". Pozostanie na zawsze tajemnicą, czego spodziewa się po mnie nadtysięczniczka Tereza.

– Przestań – powiedziała zgorszona. – Ta kobieta walczy z całą dartańską armią, widziałeś tych żołnierzy, którzy przyjechali na wozach? Niektórzy to chłopcy, a ci starsi... Co za różnica? Niektórzy mieli rodziny w tym mieście, poumierali... A ty się z tego śmiejesz?

– Wcale się nie śmieję, Weseto. Ale nadtysięczniczka Tereza podobno dokonała wielkiego wojennego czynu, istnego cudu, wygrywając bitwę, po którym to czynie i cudzie nadciągnęły właśnie wozy z tymi setkami rannych. Tak właśnie wygląda wojna. Teraz nadtysięczniczka oczekuje, że ja tutaj sprawię drugi cud? Gdybym miał choć tyle władzy, ile ona ma żołnierzy... a podobno ma bardzo mało... Może mógłbym czegoś spróbować. Ale jestem nikim, nawet dla swego czteroletniego syna.

– Już prawie pięcioletniego – przypomniała z kobiecą dokładnością.

– To istotnie wiele wyjaśnia. Jest dorosły, więc nie musi mnie słuchać. Nawet Lenetowi nie mogę niczego rozkazać. Znasz mnie, Weseto, znasz moich przyjaciół, moje sprawy... Nie, nie chcę tego wina. – Nieoczekiwanie chlusnął resztką napoju w bok i obrócił głowę ku kobiecie, spoglądając jej w oczy. – Nie chcę, bo zaraz powiesz, że w głowie mi tylko pijatyka... Nie jestem pijany i mówię: nadtysięczniczka Tereza straciła poczucie rzeczywistości. Udało jej się dokonać czegoś niezwykłego i myśli, że każdy tak potrafi. To miasto pewnie może się uzbroić i nawet obronić, kto wie. Ale ja będę wtedy... wiesz gdzie? Na murach, rzeczywiście w jakimś hełmie na głowie, może mi coś wydzielą z tych łupów przysłanych przez Terezę po bitwie. Właśnie tyle mogę zrobić dla Akali. Wcisnąć jakiś sagan na łeb i dać się mężnie zabić, świecąc wszystkim przykładem.

– Nawet nie spróbujesz? Znają cię w ratuszu, może posłuchają jakiejś rady?

– Jakiej rady? Podsetnik Legii Akalskiej, ten co trzyma teraz komendę w garnizonie, udzieli im dziesięć razy więcej cennych rad niż były namiestnik Wadelar. Napij się ze mną tego wina – powiedział.

Po krótkiej chwili westchnęła, przyniosła dzban i drugi kubek.

– Może lepiej wyjedźmy?

– Nie wiem. Może lepiej.

Późnym wieczorem (ale nie dość późnym, bo Wadelar i Weseta byli jeszcze pijani, nie zdążywszy należycie odespać porannej libacji) do pokoju byłego namiestnika przyszedł posłaniec od jej dostojności Akei. Wadelar zwlókł się z nagiej, leżącej w poprzek łóżka kobiety, ogarnął jako tako i przyodział dosyć porządnie, choć z niemałym trudem. Bez reszty zależał od matki swego syna, mieszkał z jej łaski, dostawał jeść i – od czasu do czasu – trochę srebra. Nie mógł sobie pozwolić na przepędzenie jej posłańca. Tym bardziej że nigdy dotąd nie zdarzyło się nic podobnego. Nigdy go nie wzywała.

Ochędożony, powlókł się korytarzem, potem po schodach i znowu korytarzem.

Namiestniczka czekała w kancelarii. Była wyraźnie zdenerwowana.

– Jak ty wyglądasz? – zapytała i był w tym cień dawnej przyjacielskiej troski.

Wadelar pokiwał tylko głową, bo już wiedział, że owa troska należała się tylko – by zostać przy wojennej retoryce – kopijnikowi, który miał torować drogę dla swego giermka-syna. Gdy wyszło na jaw, że z kopijnika kiepski rycerz, zaraz został skazany na niebyt.

– Nie zbywa ci na niczym?

– Wszystkiego mam w bród, Akeo. Mam wino, kobietę... Śpiewać nigdy dobrze nie umiałem.

Przygryzła usta.

– Rano dostałam list od nadtysięczniczki-komendantki Armii Wschodniej – powiedziała. – Wiesz, że mamy wojnę... – zabrzmiało to niepoważnie; nie, nie wiedział. – Akala została ogłoszona twierdzą. To już nie jest tylko Wojskowy Okręg Akali, gdzie komendant garnizonu ma najwięcej do powiedzenia. Status twierdzy to, o ile zrozumiałam, coś, co mają stanice na Północnej Granicy... W twierdzy akalskiej nikt nie ma nic do gadania, zupełnie nikt. Tylko komendant.

– W samej rzeczy – przyznał były namiestnik.

– Nadtysięczniczka Tereza, z woli Kirlanu, jest dowódcą wszystkich działających w tym rejonie wojsk. Zrozumiałam, że może uznać za twierdzę cokolwiek, czego będą bronić jej żołnierze.

– W samej rzeczy. Nawet wiatrak stojący na pagórku – zgodził się Wadelar. – Jest wojna, Akeo, i rządzą wojskowi. Z podjętych decyzji muszą się tłumaczyć tylko przed swoimi zwierzchnikami. Jeśli podejmują złe decyzje, to ci zwierzchnicy pozbawiają ich dowództwa.

– Nadtysięczniczka mianowała tymczasowym komendantem twierdzy najwyższego tutaj rangą wojskowego. To podsetnik naszego garnizonu... Ten człowiek przyszedł dzisiaj do mnie i zażądał... zażądał rzeczy niemożliwych. Dostępu do wszystkich, nawet najtajniejszych, raportów. Chce mieć wpływ na to, jakie wiadomości zbierają tajni urzędnicy, i dostęp do nich... nawet przede mną. Chce jeszcze.... Sama już nie wiem, czego chce. Wszystkiego. Podsetnik legii. Zupełnie nie wiem, do jakich spraw mogę go dopuścić, a do jakich muszę. Na pewno są odpowiednie przepisy, ale... Nie wiem gdzie ich szukać. Zupełnie nie wiem co robić. Ja... posłuchaj, przecież ja dopiero co objęłam ten urząd. Pomóż mi.

– Przecież masz do pomocy swoich śledczych. I Drugiego Namiestnika.

– Uprzedziłam ich na drodze do awansu, uważają, że niezasłużenie. Okłamią mnie albo wprowadzą w błąd, żeby zaszkodzić. A Drugi Namiestnik był... jest nielojalny i posłałam raport do Kirlanu... On o tym wie.

– Wieczne Cesarstwo ma tu takich ludzi, na jakich zasłużyło. Ty wiesz, co jest po armektańsku, Akeo. Ja nie wiedziałem, niestety, i dlatego doniesiono, gdzie trzeba, że jestem nielojalny. Teraz mam działać? Wbrew interesom Kirlanu, jak rozumiem? Bo w interesie Kirlanu leży przecież zajmowanie tego stanowiska przez ciebie.

– Pomóż mi – powiedziała raz jeszcze.

Patrzył w milczeniu.

– Wasza dostojność, nie możesz mnie dopuścić do tajemnic Trybunału Imperialnego – rzekł wreszcie. – Możesz, albo musisz, dopuścić do nich komendanta twierdzy. Ale nie obcego człowieka, którego uprzejmie gościsz pod swym dachem, odnajmując jeden z prywatnych pokoi.

– Nie mów tak. Chodzi o coś więcej niż moja kariera. Jeśli Akala nie zdoła się obronić... Nie wiem, jak mam pomóc, co zrobić, a czego zaniechać. Kirlan jest za daleko. Tutaj chodzi...

– Wiem – przerwał. – Chodzi o nasze dziecko.

– Tak – powiedziała. – Jeśli Akala padnie... Chodzi o nasze dziecko, pomóż mi.

Znowu patrzył i patrzył.

– Ani mi to w głowie, głupia babo. Ja i Weseta wyjeżdżamy. Możemy zabrać ze sobą Leneta – powiedział, obrócił się na pięcie i wyszedł.

***

Woda opadła i Ranela odsłoniła brody.

Enewen tylko raz spróbował forsowania rzeki pod łukami piechoty Terezy i dowiedział się, że straci w ten sposób wszystkie swoje chorągwie, chyba że łucznikom zabraknie pocisków. Było jednak zupełnie jasne, że znacznie wcześniej rycerzom braknie animuszu. Poległy chwalebną śmiercią Kenes toczył krwawą bitwę, bo nadtysięczniczka do bitwy dążyła i wpuściła na drugi brzeg połowę jego sił. Teraz jednak Armia Wschodnia nie zamierzała wdawać się w beznadziejne zmagania z dwudziestoma chorągwiami konnymi i sześcioma pieszymi, jako że Enewen dawno ściągnął do sił głównych rezerwową kolumnę Ovenetta. Brodu nie sforsowano; żołnierze nadtysięczniczki mieli już nie tylko łuki, ale i kusze zabrane poległym w bitwie nad Merewą pocztowym, a nie trzeba było bardzo dobrych strzelców, żeby trafiać w to, co kłębiło się w wodzie. Wódz Ahe Vanadeyone pożegnał się po tej bitwie nie tylko z poległymi, ale i wieloma żywymi rycerzami, których nie cierpiące zwłoki sprawy wzywały do swych majątków. Uzyskał zarazem pewność, że następne forsowanie rzeki koniecznie musi się powieść, bo jeżeli nie, to za trzecim razem będzie przekraczał ją sam. Jeszcze tego samego dnia, ponownie podzielił swoje siły na trzy kolumny marszowe, z których dwie silniejsze natychmiast ruszyły wzdłuż rzeki, na prawo i lewo od kolumny środkowej. Wódz rycerskiej armii został przy niezdobytym brodzie, na czele czterech chorągwi jazdy i sześciu pocztowej piechoty. Czekał, co zrobi stojący na drugim brzegu przeciwnik. A mógł zrobić jedną z trzech rzeczy. Mógł zostać na miejscu, nadal pilnując brodu, co musiało się skończyć nadejściem którejś z bocznych kolumn, przeprawionej przez

Ranelę w innym miejscu; mógł podzielić swe siły tak samo na trzy części i próbować pilnowania aż trzech brodów, każdego przy pomocy wątlutkiego oddziału; mógł wreszcie odstąpić od rzeki i przepaść nie wiadomo gdzie, snując nie wiadomo jakie plany.

Rano przeciwnika nie było. Enewen sforsował Ranelę i natychmiast posłał rozkaz powrotu do prawoskrzydłowej kolumny, która musiałaby maszerować do najbliższej przeprawy ze trzy dni. Nieświadomie pokrzyżował w ten sposób plany nadtysięczniczki, która nie odeszła ze swym wojskiem daleko i zamierzała raz jeszcze spróbować szczęścia, wydając jego oddziałom walną bitwę. Ale nie mogła jej wydać w szczerym polu; miejsce, gdzie Enewen forsował Ranelę, w niczym nie przypominało tego, w którym starła się z jego bratem. Tereza czekała, aż Enewen ruszy naprzód. Nie ruszył, a zamiast tego wieczorem wróciły pod jego rozkazy chorągwie prawego skrzydła i zamiar dowódczyni Armii Wschodniej spełzł na niczym. Miała szansę pokonać, prowadzone przez samego naczelnego wodza wojsko, złożone w głównej mierze z pocztowych piechurów, nie lepszych w boju od dartańskich legionistów, ale nie mogła nawet marzyć o pobiciu wspieranych przez tę piechotę dwunastu chorągwi ciężkiej jazdy.

Czas naglił. Nadtysięczniczka musiała natychmiast podjąć decyzję, co będzie lepsze: dalsze opóźnianie wszystkich wojsk Enewena (rzecz trudniejsza, niż przed sforsowaniem Raneli, ale nadal możliwa) czy też marsz na spotkanie lewoskrzydłowej kolumny i wydanie jeszcze jednej walnej bitwy. To drugie, choć na granicy szaleństwa, mogło wydać nadspodziewane owoce. Już teraz niektóre chorągwie, ani razu nie będące w boju, topniały w oczach. Dzięki nieocenionym kocim zwiadowcom nadtysięczniczka miała świadomość, że z całej armii codziennie ubywa kilkudziesięciu do kilkuset ludzi; po nieudanym forsowaniu rzeki szeregi Ahe Vanadeyone opuściło około stu rycerzy, którzy oczywiście zabrali swoje poczty. Tereza wyraźnie widziała, że rycerstwo ma dosyć żmudnej i niechwalebnej wojaczki. Kolejna porażka – bo nawet niekoniecznie wielka klęska – mogła pozbawić Enewena większości jego wojsk. Ale podobny skutek musiały wywrzeć także uporczywe działania opóźniające, a nie groziło to nagłą zagładą całej Armii Wschodniej.

Nadtysięczniczka wybrała wojnę podjazdową, obliczoną na zniechęcenie i przetrzymanie przeciwnika. Nie był to pierwszy, ale za to ostatni błąd, jaki popełniła w tej wojnie.

Pierwszy błąd nie był czysto wojskowej natury. Tereza, podobnie jak nadtysięcznik Caronen, także żołnierz do szpiku kości, nie potrafiła na podstawie otrzymywanych raportów i rozkazów ocenić, jak bardzo zniechęcony do wojny był przeciwnik. Po sforsowaniu przez wrogie wojsko rzeki powinna przepuścić je jeszcze dalej i uderzyć wreszcie na Dartan. Prawdopodobnie, gdyby posłuchała ponagleń z Kwatery Głównej, mogłaby zakończyć wojnę, nie przejmując się wcale idącym na Akalę wojskiem Enewena, które rozpłynęłoby się w mgnieniu oka. Na pierwszą wieść o tym, że idące szerokim frontem legiony Armii Wschodniej palą z miejsca każdy majątek, w którym nie zastaną gospodarza, rycerze Enewena co tchu w końskich piersiach zawróciliby do swych domów. Enewen zapewne zdobyłby Akalę, opierając się na kilku najwierniejszych chorągwiach, ale byłby to sukces bez żadnego znaczenia, wobec zawiązania się pod

Rollayną wrogiego mu stronnictwa, które wystawiłoby wreszcie swoje chorągwie i – nie ogladając się na wojsko Yokesa, na pewno nie mogące stratować ich tak, jak tratowało w polu lekkozbrojnych piechurów – na cztery wiatry przepędziło ze stolicy samozwańczą regentkę, o ile zgoła nie wydało jej w ręce wychodzącego z Puszczy Bukowej Caronena.

Jednak podobne przewidywania kryły się bardzo daleko za horyzontem rozważań prostej żołnierki, jaką koniec końców była Tereza. Nadtysięczniczka toczyła od pewnego czasu własną wojnę, miała własnego wroga i już trochę nie pamiętała, co jest nadrzędnym celem gry. A było nim utrzymanie Dartanu w granicach Wiecznego Cesarstwa, nie zaś ocalenie paru armektańskich wiosek czy choćby nawet wielkiego miasta. Z czysto wojskowego punktu widzenia nadtysięczniczka podejmowała słuszne decyzje, albo może raczej byłyby takimi wtedy, gdyby nie istniały inne armie, pozycja dartańskiej władczyni była niezachwiana, a o wyniku wojny miał zdecydować wyścig dwojga dowódców do dwóch miast: Rollayny i Akali. Może zdołałaby wygrać ten wyścig, krusząc armię przeciwnika aż do jej całkowitego rozpadu. Lecz nie wiedziała tego, co rozumiał Enewen, gorszy wódz, ale lepszy polityk: że potrzebne są tylko natychmiastowe sukcesy, choćby tanie i bezwartościowe z punktu widzenia działajacych na wschodzie armii, byle dosyć głośne. Enewen mógł znaleźć swój sukces, odnosząc wreszcie zwycięstwo nad wojskami upartej przeciwniczki – ale co mogła znaleźć w swej mozolnej szarpaninie Tereza? Całkowity rozkład upadłej na duchu armii Enewena, okupiony w międzyczasie zjednoczeniem wszystkich sił Dartanu, pod berłem potężnej monarchini? Dotychczasowe powodzenia wojsk imperialnych powinny zostać natychmiast potwierdzone przez nowe, hałaśliwe i buńczuczne dokonania – wychodziło więc na to, że nadtysięcznik Caronen, który spalił puste chałupy w głuchej kniei i wyprowadzał z niej poszarpane, nieomal bezwartościowe resztki czegoś, co parę dni wcześniej było armią, ten właśnie posłuszny rozkazom Caronen zrobił dla Wiecznego Cesarstwa znacznie więcej niż nieustraszona Tereza. Mógł ofiarować siedzącemu w Lida Aye Księciu Przedstawicielowi Cesarza potężny argument w rozmowach z elitami Dartanu.

Drugi – i ostatni – błąd nadtysięczniczki wynikał niejako z pierwszego. Dowódczyni Armii Wschodniej nie chciała być błyskotliwa, lecz skuteczna. Dlatego wybrała drogę, która dość pewnie wiodła do zwycięstwa, zamiast wybrać ryzykowną, ale za to efektowną możliwość odniesienia kolejnego sukcesu. Enewen mógł się obejść bez swojej pomocniczej kolumny marszowej i Tereza o tym wiedziała, nie chciała więc wydać bitwy dla osiągnięcia próżnego, wiodącego donikąd – w jej mniemaniu – zwycięstwa. Rozważała wprawdzie skutki, jakie dla upadłych na duchu wojsk Enewena miałoby takie zwycięstwo, ale nie sięgała myślą dalej: nie myślała, jakie skutki miałoby dla całego Szereru.

Gwoli sprawiedliwości należałoby dodać, że choć Tereza nie umiała rozstrzygnąć wojny na korzyść Wiecznego Cesarstwa, to i tak stale takie rozstrzygnięcie przybliżała. Nie odnosiła nowych wielkich zwycięstw, ale i nie dawała się pobić, naprawiając w ten sposób błędy naczelnego dowództwa, które postawiło ją w obliczu operującej we wschodnim Dartanie potężnej armii wroga; armii, której przecież miało nie być. Czas działał na korzyść Kirlanu. Może więc nie było wielkim błędem unikanie kolejnej walnej rozprawy, która równie dobrze mogła przynieść zwycięstwo, jak i klęskę.

Nadtysięczniczka, z respektem jednak wspominająca postawę wojsk Kenesa nad Merewą, nie wiedziała, jak mało ta klęska jest prawdopodobna. Jej koci zwiadowcy, po pierwsze, nie mogli być wszędzie, a po drugie, brakowało im doświadczenia, zdobywali je dopiero w pierwszej swojej kampanii. Stary kocur Derenet, który pół żywota przesłużył w armektańskich stanicach na północy, teraz w mgnieniu oka oceniłby stan lewoskrzydłowej kolumny Ahe Vanadeyone i przybiegł do nadtysięczniczki z wiadomością, że to wojsko nie ma żadnej wartości bojowej. Koty, które miała Tereza, widziały tylko ludzi na koniach.

A tymczasem grzęznące na rozmiękłych drogach chorągwie lewej kolumny, nawet pomimo udanego przekroczenia Raneli, miały tak szczerze dosyć wojowania, że zaskoczone nagłym i zdecydowanym atakiem mogłyby zwyczajnie nie przyjąć bitwy, a nawet pójść w rozsypkę. Były to wojska wystawione przez Domy, które poparły sprawę Enewena już po upadku Stronnictwa Asenavene. Pierwsze wracające z boju chorągwie, jakie ujrzeli ci ludzie, były chorągwiami pobitego Kenesa. Nowe znaki rycerskie nie poznały jeszcze smaku żadnego zwycięstwa, a od chwili rozpoczęcia wyprawy, zamiast łupów i sławy, były tylko uciążliwe marsze, najpierw w słońcu, a potem w ulewie i błocie. Ulewy przeminęły, ale ludzie nadal marzli w swych blachach i przemoczonym od tygodnia odzieniu, które niepodobna było wysuszyć we wszechobecnym bagnie. Co z tego, że deszcz przestał padać, gdy natychmiast przyszło forsować w bród rzekę? Na wozach, w papce z mokrej mąki i kaszy, taplały się cuchnące stęchlizną namioty. Nieprzyzwyczajeni jeszcze do trudów wojny rycerze jedli spleśniałe suchary, chorowali, a uporczywe biegunki wykończyły już niejedną, o wiele bardziej zahartowaną, armię. Dolegliwość, przykra i męcząca nawet we własnym domu, na orężnej wyprawie stawała się nie do zniesienia – wycieńczeni, obolali ludzie, pozwijani w kłębki na końskich grzbietach tak bardzo, jak tylko pozwalało obmierzłe żelastwo, myśleli o wszystkim, tylko nie o rąbaniu wroga. Imperialny piechur, przeważnie były wieśniak, o niebo lepiej znosił takie niewygody. Pod surowym spojrzeniem Enewena, w asyście jego najświetniejszych, wciąż jeszcze jako tako trzymających się chorągwi, nowopozyskani rycerze mieli jakąś wartość. Pozostawieni sami sobie – żadnej. Dość powiedzieć, że lewoskrzydłowa kolumna C.L.L.Ovenetta, której nikt nie stał na drodze, pokonywała dziennie taką samą odległość, jak Enewen, stale zmagający się z Terezą: trzy do czterech mil.

W ciągu najbliższych dwóch dni Ahe Vanadeyone mieli się dowiedzieć, że przeklęta rzeka, którą z taką ulgą zostawili za plecami, wyznaczała nie koniec, lecz początek istnego pasma udręki. Z Rollayny na Potrójne Pogranicze, szybkimi marszami po drogach, wojsko mogło dotrzeć zaledwie w tydzień. Szło już prawie trzy tygodnie i wyglądało na to, że potrzebne będą jeszcze trzy. Po sforsowaniu Raneli, pierwszego dnia marszu armia Enewena pokonała właśnie niespełna cztery mile. Wiodącą przez podmokłe łąki drogę rozkopano w nocy, nie było mowy o przeprowadzeniu po niej wozów. Chorągwie grzęzły na błoniach. Między nieodległymi zagajnikami pojawiła się wroga piechota, wojsk przybywało. Enewen sprawił swoje hufce do bitwy, a gdy tego dokonał, przeciwnik spokojnie odmaszerował, nie martwiąc się o to, że ktokolwiek będzie go ścigał, brnąc w grzęzawiskach. Podmokłe tereny nadrzeczne długo trzymały wodę; pierwszy rycerz królowej nie upadał na duchu, bo wierzył, że dalej znajdzie więcej twardego gruntu. Słońce świeciło z całą mocą, podnosząc parę z łąk, pól i lasów.

Rzeczywiście, już następnego dnia chorągwie znalazły się na wcale suchej drodze, której nikt nie rozkopał. Ale prowadzono po niej tylko tabor, w obawie przed nadmiernym rozciągnięciem marszowego szyku. Po obu stronach drogi zieleniły się zboża. Chorągwie wlokły się przez pola, ugniatając paskudne zielsko, z którego miał kiedyś powstać chleb, ale na razie tworzyła się tylko pułapka dla każdej jazdy, pragnącej runąć do szarży na przełaj przez świeże łany. Dalej droga wychodziła spomiędzy pól, lecz w zamian wiodła, szeroką na ćwierć mili, cieśniną między lasami. Przezorny Enewen posłał tam oddziały na rozpoznanie, a wtedy wyszło na jaw, że lasy po równo składają się z drzew i żołnierzy. Oddziały pieszych pocztowych, skierowane do walki w pierwszym rzucie, uderzyły w próżnię – w lesie nikogo już nie było. Sformowano na nowo szyk marszowy – i rozformowano, bo trzy chorągwie piechurów, trzymające las po lewej stronie, wypadły zeń na łeb na szyję, wręcz wymiecione spomiędzy drzew uderzeniem trzykrotnie liczniejszej armii strzelczej, która zawróciła z głębi lasu i poszła do boju niczym na grzybobranie. Enewen stracił trzystu piechurów, zdobywając pusty las, który zaraz mu odebrano, by ponownie oddać, ale znowu pusty. Spieszeni jeźdźcy obsadzili jego skraj w takiej liczbie, że kolejnego ataku już nie było, lecz tych spieszonych jeźdźców następnie trzeba było zabrać z powrotem, sformować w kolumny marszowe i... rozformować, bo czas był najwyższy na rozbicie nocnego biwaku. Wojsko znowu pokonało cztery mile. Oddalona o paręnaście mil Akala jawiła się jako miejsce gdzieś na końcu świata.

K.B.I.Enewen był naprawdę niezłym wodzem, ale jednak wodzem dartańskim, którego istna przepaść oddzielała od armektańskiej żołnierki, żyjącej ze swego zajęcia. Tereza przez całe życie zajmowała się tylko wojskiem, a armektańska sztuka wojenna stała nieporównanie wyżej od tego, co pokazać mógł Dartan. Błyskotliwy dowódca armii rycerskiej, silący się na tak śmiałe rozwiązania, jak scalenie całej piechoty w samodzielnych oddziałach i ograniczenie rozmiarów taboru, umiejący pokonywać rzeki w obliczu nieprzyjaciela, w żaden sposób nie potrafił, na czele swej konnej armii, przyłapać i zmusić do bitwy pieszych zastępów imperialnych. Potrafił tylko wlec się w jednej lub kilku kolumnach, ku wyznaczonemu celowi. Potrafiłby jeszcze spustoszyć zajęty kraj, ale na razie, niestety, wciąż był we własnym kraju.

Lecz pokazał Terezie chociaż to, że prowadzona przez nią „mała wojna" w ciągu czterech, a niechby pięciu dni, nie zdoła całkowicie zniechęcić jego wojska. Nadtysięczniczka stanęła przed nowym wyborem: zamknąć się ze swymi żołnierzami w Akali i popatrywać stamtąd, jak chorągwie Enewena pustoszą armektańskie pogranicze, albo wydać jeszcze jedną bitwę. Tę samą, której nie wydała nad rzeką, gdy wojska Ovenetta były gotowe przeprawiać się z powrotem na sam widok jej legionistów, a Enewen był za daleko, by pospieszyć z pomocą.

47

Yokes zabrał swoje chorągwie i tabory, i pomaszerował głównym traktem z Rollayny do Armektu – tym samym traktem, który przecinał skraj Puszczy Bukowej i przekraczał rzekę Lidę koło Netenu. Regentka została w stolicy pod opieką Mniejszej Chorągwi Domu Enewena.

Przyjęty widział minę, z jaką dowódca wojsk Sey Aye wyruszał na wojnę, do której nie miał przekonania i nie obiecywał sobie nazbyt wiele po tej dziwacznej wyprawie na poszukiwanie jakiegokolwiek wroga. Rzeczywiście, po trzech dniach włóczęgi po trakcie, było już jasne, że Yokes ciągnie na Neten, chcąc prawdopodobnie odzyskać to, co utracił. W marszu bezlitośnie szarpały go lekkokonne półlegiony Caronena.

Zaskoczone zniknięciem niewygodnych wojsk Domy przycichły tylko na chwilę. Gdy wyszło na jaw, że Yokes nie czai się nigdzie w pobliżu, by wyskoczyć znienacka i rozpędzić zawiązki formowanych chorągwi, rycerze i ich poczty jawnie już zaczęli ściągać pod nowe znaki. Wyprawa, do której Ezena zmusiła komendanta swojej armii, nie miała żadnego sensu. Co prawda, po odbiciu Netenu Yokes mógł podjąć marsz na Lida Aye i zagrozić armektańskiemu pograniczu, ale ta kampania powinna była rozpocząć się jeszcze przed deszczami... Czyli wtedy, gdy komendant Sey

Aye nie zdobywał Netenu, lecz go bronił, tracąc całą piechotę i strasząc wroga groźnym wyglądem swoich jeźdźców, zamiast wyjść z nimi na tyły Armii Zachodniej, czego tak obawiał się nadtysięcznik Caronen.

Jeszcze wcześniej napłynęły kiepskie wieści z Sey Aye. Kesa donosiła, że Caronen rusza właśnie do Puszczy, w związku z czym wydała polecenie wyprowadzenia do lasu całej ludności polany. Uspokajała, że wie, co musi zabrać ze sobą, a co zniszczyć, żeby nie wpadło w ręce wroga. Do listu Perły był dołączony krótki raport Ohegeneda. Komendant gwardii książęcej, a ostatnio także dowódca wszystkich sił broniących Sey Aye, zapewniał, że poprowadzi leśną wojnę szarpaną przeciw armektańskim legionom, i był dobrej myśli, co nie mogło jednak przysłonić faktu, że uciekał z majątku swojej pani, wydając jej ziemie na łup najeźdźcom. Krótko mówiąc, pani Dobrego Znaku lada dzień miała zostać panią pogorzeliska. Tylko takiej wiadomości było trzeba Stronnictwu Słusznej Sprawy – bo zarówno zawiązanie się tego bractwa, jak i jego nazwa, nie stanowiły już wielkiej tajemnicy. Choć oczywiście ciągle powtarzano – wprawdzie z coraz wyraźniejszą kpiną, jeśli nie zgoła szyderstwem – że są to wojska szykowane dla księżnej regentki.

Przyjęty nie wątpił, że dla niej. Nikt nie wątpił. Dla niej, ale jako „honorowa eskorta" w drodze do Lida Aye albo zgoła do samego Kirlanu (bo chwilową stolicę Przedstawiciela mógł przecież lada tydzień zdobyć człapiący na czele swych chorągwi Yokes, uporawszy się najpierw z obrońcami Netenu).

Wreszcie przyszły wieści od Enewena, odrobinę pomyślniejsze. Ahe Vanadeyone sforsowali Ranelę i w dwóch kolumnach marszowych posuwali się ku

Potrójnemu Pograniczu. Enewen zapewniał, że jest w stanie zarówno zdobyć samo miasto, jak i wywiązać się z zadania spustoszenia wszystkich pogranicznych ziem armektańskich, a nawet grombelardzkich. Nie umiał tylko powiedzieć kiedy. A było to pytanie najważniejsze, na które odpowiedź powinna brzmieć: wczoraj. Upadek regentki był kwestią dni. Dwóch? Może trzech lub czterech... Gotah domyślał się, na co czekają przywódcy Stronnictwa Słusznej Sprawy. Na wieści z Puszczy Bukowej. Przyjąłby każdy zakład, że wiedzieli o rozpoczęciu leśnej kampanii Caronena, i to wiedzieli z najpewniejszego źródła: od samego Księcia Przedstawiciela Cesarza. Armektańscy dowódcy mieli rozeznanie, jakie siły bronią Sey Aye. Od początku było jasne, że Caronen osiągnie sukces. Można było zapytać najwyżej: jakim kosztem?

Idąc do komnaty Anessy, Gotah zastanawiał się, jak przemówić do Pierwszej Perły. Chciał poruszyć sprawę, która dawno powinna zostać poruszona: w jaki sposób ocalić Ezenę? I nie chodziło o tron, lecz wolność, albo zgoła życie. Już dziesięć razy otwierał usta, by zwrócić się do księżnej z tą sprawą, i zawsze milkł pod jej uważnym spojrzeniem, w którym można było wyczytać: „Wiem, z czym przyszedłeś i... nawet nie próbuj". Postanowił w końcu porozmawiać z Pierwszą Perłą, choć może powinien zacząć od Hayny.

Zapowiedziany przez służkę pięknej Anessy, odczekał trochę pod drzwiami – w sam raz tyle, ile było trzeba, by I.N.Eyenes, znakomity rycerz stojący na czele strzegącej pałacu Mniejszej Chorągwi Domu, pozbierał się i wyszedł, uprzejmie pozdrowiwszy go w drzwiach. Perła nie pozbierała się równie starannie; jej włosy wyglądały troszeczkę byle jak. Wprawdzie nie do tego stopnia, by piękna blondynka mogła uchodzić za rozczochraną – ale to jednak na pewno nie był ten sam kok, który rano ułożyła niewolnica. Gotah poczuł daremność wszystkich wysiłków. Przyszedł do kogoś, kto w samym środku dnia myślał o... pogłębieniu znajomości z rycerzem jego godności Enewena. Zastanawiał się teraz, czy warto coś powiedzieć na ten i na jakikolwiek inny temat.

– Przeszkodziłem – powiedział wreszcie, ale nie dodał „przepraszam". – Chciałem o czymś porozmawiać, ale nie wiem, czy warto.

Ponowiła gest, który uczyniła już przed chwilą: żeby usiadł.

– A o czym chcesz rozmawiać, wasza godność?

Anessa lubiła Gotaha mniej więcej tak samo, jak Gotah Anessę.

Westchnął mimo woli.

– Naprawdę nie wiem, czy jeszcze chcę. Ale może powinienem, Perło, chociaż raz powiedzieć, co właściwie myślę o tobie. – Tylko Kesę tytułował kiedyś „panią", pozostałe niewolnice były dla niego co najwyżej „Perłami". – Nie ma to żadnego znaczenia, ale będzie uczciwe.

Uśmiechnęła się po krótkiej chwili, lecz nie był to ciepły uśmiech.

– No dobrze – pozwoliła. – Obyś tylko nie żałował, wasza godność.

– Miałbym żałować? A dlaczego?

– Dlatego, wasza godność, że już kilkakrotnie byłeś trochę zbyt pochopny w swoich sądach. Nie przepadam za tobą, panie – wyznała z całkowitą szczerością – ale chciałabym zawsze cenić twoją mądrość i wiedzę.

Ta druga jest naprawdę ogromna. Ale z tą pierwszą bywa różnie.

Aż uniósł brwi.

– O, naprawdę?

– Naprawdę.

Nie powiedziała nic więcej, zrozumiał więc, że teraz jego kolej. Ale dała mu trochę do myślenia. Zdawał sobie sprawę, że jest do tej kobiety mocno uprzedzony. To ograniczało wiarygodność sądów.

– Właściwie chciałem ci powiedzieć to samo albo coś bardzo podobnego. Cenię twój żywy umysł, Perło, potrafisz być błyskotliwa i wręcz niezastąpiona. Ale gdzieś, bardzo płytko, schowana jest wstrętna kobieca pustota.

– A dlaczegóż by nie, wasza godność? Mam prawo mieć jakąś wadę. Jestem zapewne najdroższą niewolnicą Szereru. W najlepszej dartańskiej hodowli uzyskano klejnot, jakiego nie było już dawno, i trudno przypuszczać, żeby od razu pojawił się drugi, podobny.

– Może pojawił się gdzie indziej... Domyślasz się pewnie, Pierwsza Perło, jakie ma dla mnie znaczenie twoja cena?

– Tarzam się z mężczyznami, bo lubię. – Lubiła także być troszeczkę wulgarna. – Ale zawsze wiem, dokąd zmierzam i co trzeba zrobić, wasza godność. Nie jestem Hayną, która obrazi się nagle na rzeczywistość i będzie siedziała w swojej komnacie myśląc: „I tak jej nie upilnuję". I dostanie za to po buzi.

– Uderzyłaś ją?

– Nie ja. Kogo, Haynę? Tylko raz próbowałam i do dzisiaj boli mnie na samo wspomnienie – rzekła cierpko. – Wprawdzie to tylko pies, ale bardzo dobrze wytresowany. Czy przyszedłeś, wasza godność, porozmawiać ze mną o czymś ważnym? – zapytała wprost. – Jeśli tak, to mów wreszcie.

Gotah pomilczał. Pomedytował.

– Nie, Perło – powiedział po chwili. – Nie mam żadnych ważnych spraw. Albo raczej mam sprawę, ale tylko jedną. Wyjeżdżam wkrótce, może nawet jutro przed południem i chciałem się pożegnać. Nie wiadomo co może się zdarzyć i później może nie być okazji.

– Wyjeżdżasz? No tak, to co dzieje się właśnie w stolicy, to nie są twoje sprawy, mędrcze Szerni... A zatem żegnam waszą godność. Nie będziemy płakać z powodu rozstania, prawda?

– Nie, Perło. Nie będziemy płakać.

Przyjęty poszedł do Hayny.

Czarna Perła warowała w przechodnim pokoju; wiodło stąd troje drzwi do dalszych komnat księżnej regentki. Na widok Gotaha, zapowiedzianego przez jeźdźca z chorągwi Enewena, który trzymał straż na korytarzu, uniosła spojrzenie.

– To najbardziej pusty i cichy pałac w całym Szererze – zażartował blado Przyjęty, o ile w ogóle był to żart.

– Jest tu prawie cała służba z Sey Aye. Ale ten dom wsysa ludzi, jak suchy piasek wodę. Zbudowano go z myślą nie o jednej mieszkance i jej niewolnikach, ale o setkach gości, dworzan i petentów.

Od pewnego czasu Hayna nie nosiła swojej jaskrawoczerwonej narzuty. Na kolczudze miała jasnozieloną tunikę, podobną trochę do munduru legionisty imperium. Ale wysokie buty, czarna spódnica haftowana złotem, przede wszystkim zaś dwa pasy na biodrach były takie same, jak kiedyś.

– W kolorze zielonym jesteś jeszcze piękniejsza, Hayno.

– Rzeczywiście? Ale to nie mój wybór, wasza godność. Stara tradycja, a dla niektórych ostrzeżenie.

– O, naprawdę? – zdziwił się Przyjęty. – Nie wiem, nic nie słyszałem o tradycyjnych barwach Pereł Domu.

– Raczej tradycyjnych barwach przybocznych gwardzistów. W Dartanie barwa jasnoczerwona oznacza wojnę, a niedawno byłam przecież wojowniczką strzegącą pani na wojnie. Tutaj wojny nie ma.

– Więc zielona barwa coś oznacza? – zainteresował się Przyjęty. – Ale chyba nie pokój?

Czerń była barwą groźby i żałoby, książęcy szkarłat i królewska purpura barwami władzy. Ale o znaczeniu innych barw Gotah nic dotąd nie wiedział. Zresztą na pewno nie u każdego oznaczały to samo. Różne zamknięte a elitarne klany – takie choćby, jak szkoleni do walki gwardziści – miały własne tradycje.

– W czasie pokoju nosi się wszystkie barwy – powiedziała Hayna z uśmiechem. – Oprócz czerwonej i jasnozielonej. Jasnozielona to ostrzeżenie.

– Przed czym?

– Przed tym, wasza godność, że jestem i czuwam – powiedziała Hayna odrobinę kpiąco. – Że trzeba mnie zabić, nim cokolwiek złego spotka moją panią, i to nie musi być od razu zamach na jej życie. Nie mogę nosić tej barwy bez pozwolenia księżnej, bo to wiadomość od niej, nie ode mnie. Ta wiadomość brzmi mniej więcej tak: „Kimkolwiek jesteś, licz się z tym, że stojąca przy mnie gwardzistka może zabić cię nawet za jedno nieopatrzne słowo". Odradzałam jej tę barwę.

– Dlaczego? – Gotah był trochę oszołomiony.

– Dlatego, wasza godność – dziewczyna wciąż uśmiechała się lekko – że tak naprawdę to jest barwa strachu. Dowodzi, że miecz wiernej przybocznej jest ostatnim posiadanym argumentem. Powiedziałam to księżnej, ale nie cofnęła decyzji. Ta barwa – dodała jeszcze – uniemożliwia właściwie jakąkolwiek poważną rozmowę, o sporze nie wspominając. Do księżnej regentki można podejść teraz tylko na czele oddziału uzbrojonych rycerzy, z zamiarem użycia siły.

– I jej wysokość kazała ci nosić tę barwę?

– Tak.

– Czy mogę do niej wejść? Właściwie przyszedłem porozmawiać z tobą, ale może lepiej zacznę od księżnej.

– Zapowiem cię, wasza godność.

– I będziesz asystować przy rozmowie? Strach powiedzieć, ale może dojść do sporu między jej królewską wysokością a mną...

Hayna parsknęła śmiechem.

– Ciebie, wasza godność, nie obchodzi, co noszę. To nie są wiadomości dla ciebie. Poczekaj, zapowiem cię. Ale nie licz za bardzo, że zostaniesz przyjęty. Ezena... jej królewska wysokość snuje od wczoraj jakieś rozważania, rozmawia sama ze sobą, jak to ma w zwyczaju, i w zamyśleniu drze obrus na długie, bardzo równe pasy... Poczekaj, zaraz wrócę.

Zniknęła za jednymi z trojga drzwi.

Zgodnie z obietnicą wróciła po krótkiej chwili.

– Możesz wejść, wasza godność, jesteś nawet bardzo pożądany... Nie wiem, o co chodzi – uprzedziła pytanie. – Przejdź przez pierwszy pokój i wejdź prosto w następne drzwi. Odwagi! – dorzuciła z właściwym sobie dobrym humorem.

Gotah nie miał pojęcia, skąd dobry humor u kogoś, kto nosi zieloną narzutę, o której to barwie dowiedział się właśnie tylu niezwykłych rzeczy. Zrobił, jak kazała Hayna: pomaszerował przez wielką salę ku następnym drzwiom. Stała przed nimi przyboczna niewolnica. Widząc Przyjętego, skinęła głową i bez słowa odsunęła się na bok. Gotah wszedł do kolejnego pomieszczenia i przystanął zaraz za progiem.

– O, nie – powiedział. – Prosiłem, wasza wysokość, żebyś nie pokazywała przy mnie takich sztuk.

Był w sypialni; Ezena wszystko, co tylko mogła, robiła w łóżku. Podawano jej do łóżka śniadania, czytała w nim, czasem nawet pisała, niemiłosiernie plamiąc pościel inkaustem. Teraz oddawała się głębokim rozważaniom. I o ile zielona tunika Hayny miała jakąś symboliczna wymowę, to jeszcze bardziej wymowna była rozchełstana koszula jej królewskiej wysokości regentki. Obrażona Armektanka wylegiwała się na wznak, opierając gołą łydkę na kolanie drugiej, ugiętej nogi. Z głębokim namysłem wpatrywała się w palce stopy. Poruszyła nimi, prostując i zadzierając na zmianę. Być może w kształcie paznokci było coś niezmiernie pouczającego.

– Jestem we własnej sypialni, wasza godność – powiedziała chłodno. – Nie wzywałam cię. Uważasz, że będę pospiesznie zmieniać strój zawsze, gdy przyjdzie ci do głowy złożyć mi niezapowiedzianą wizytę? W każdej chwili możesz wyjść, pozwalam.

– Przepraszam, wasza wysokość – rzekł Gotah. – Przyszedłem porozmawiać.

– To rozmawiaj – pozwoliła, nie spuszczając wzroku ze swej stopy.

Apatyczna, obrażona. Jak zawsze, gdy nie miała zupełnie nic do roboty.

„Odwagi!" – ponuro pomyślał Przyjęty, wspominając, co przed chwilą powiedziała Hayna. „Skoro pozwoliła, to mogę sobie trochę porozmawiać...".

– Wasza wysokość, jutro będą tutaj przedstawiciele Domów Rollayny, a także innych Domów z całego okręgu i nawet z południowego Dartanu. Co zamierzasz?

– Skąd wiesz, że jutro?

– Jutro, pojutrze... Wszystko jedno.

– Wcale nie wszystko jedno. Czekam na wieści z wojny.

Nie miał pojęcia, na jakie wieści liczyła. Yokes, gdyby trochę się pospieszył, mógł pewnie odbić Neten, a nawet zdobyć Lida Aye. Czyli jedno z dartańskich miast... Jaka była wymowa podobnego wojennego czynu? Książę Przedstawiciel spokojnie mógł zabrać stamtąd manatki, bo naprawdę dało się posyłać tajnych kurierów do Stronników Słusznej Sprawy i z Tarwelaru. Czemu nie? Z kolei Enewen raczej nie mógł rozbić świetnie dowodzonych, imperialnych wojsk na wschodzie, bo gdyby mógł, zrobiłby to już dawno. Ale nie, wręcz przeciwnie. Donosił przecież tylko, że jest w stanie zdobyć Akalę. Czyli kolejne miasto, należące wprawdzie do imperium, ale ani armektańskie, ani dartańskie, ani grombelardzkie... Miasto-księstwo na pograniczu. Czy dartańskie rody, gotowe poprzeć sprawę Kirlanu, mogły zadrżeć na wieść, że Enewen zdobył Akalę? Jedyną wieścią, jaka powinna wkrótce napłynąć do stolicy, była wieść o spaleniu Dobrego Znaku, bo że doszło do tego, trudno było wątpić, choć Puszcza zamknęła w swej głębi wszystkie wojenne echa. Według obliczeń Gotaha nadtysięcznik Caronen właśnie puszczał porzucone dobra z dymem... Na przybycie jakiego zdyszanego gońca, zajeżdżającego rozstawne konie, liczyła jej wysokość Ezena? Jaką niby wiadomość miał wieźć? Doniesienie o zdobyciu Kirlanu? Chyba tylko to jedno mogło jeszcze odwrócić losy wojny. Wielka szkoda, że Kirlan leżał w odległości kilkuset mil i Yokes nie mógł groźnie powlec się w jego stronę.

Najwyraźniej chciała się dowiedzieć, czy mędrzec Szerni nie skorzysta z pozwolenia i w pół słowa nie wyjdzie z komnaty. Wyprostowała nogi, odrzuciła ręce za głowę i przeciągnęła się z kwaśną miną, jakby przyszło jej dokonać czegoś wielce nieprzyjemnego. Było widać pępek i wszystko poniżej. Co jeszcze zamierzała zrobić wobec gościa?

– Chcesz rozmawiać, mędrcze Szerni czy dumać tu razem ze mną? To połóż się gdzieś, gdzie ci wygodnie, i dumaj. – Zrobiła szeroki gest, pokazując na posadzkę.

– Wasza wysokość, wyjedź z tego miasta. To jeszcze może się udać.

– Dokąd mam wyjechać? Do Dobrego Znaku? Czy do wojsk Enewena, objąć tam komendę nad jedną z jego chorągwi?

– Choćby do wojsk Enewena.

Przyjęty uzyskał odpowiedź na pytanie, co jeszcze zrobi jej królewska wysokość. Otóż jej królewska wysokość księżna regentka wyprawiała na łóżku łamańce, które miały na celu tylko jedno: rozgniewać Przyjętego i sprowokować go do kłótni. Koniecznie chciała wyładować się na kimś. Teraz próbowała chyba założyć nogę za głowę, a może tylko oglądała podeszwę stopy, opartej na kolanie drugiej nogi. Jeśli mędrzec Szerni nie pamiętał, jak dokładnie wygląda kobieta, to właśnie mógł sobie przypomnieć najdrobniejsze szczegóły.

– Czy wszyscy w tym pałacu poszaleli? – zapytał.

– Przeciwnie. Wszyscy robią swoje, a niektórzy nawet jeszcze więcej... Wasza godność, czy naprawdę nie masz mi do powiedzenia nic, ale to nic ciekawego?

– Wyjedź ze stolicy, Ezeno – rzekł niegłośno. – Proszę cię.

Po raz pierwszy popatrzyła wprost na niego. Po krótkiej chwili obciągnęła nieco koszulę, przekręciła się na bok i podparła głowę ramieniem.

– Nie, wasza godność – powiedziała wreszcie, tak samo cicho, jak on. – Co ma być, to będzie. Zasiadłam na tym krześle w sali tronowej i wytrwam na nim do końca. Jakiegokolwiek końca.

– Czy jest coś... – zaczął ostrożnie. – Czy jest coś, o czym wiesz, wasza wysokość? Coś, co ma znaczenie dla twojej sprawy?

– Wiem, ale ci nie powiem.

– Nie zasługuję na zaufanie?

Znowu położyła się na plecach.

– Zasługujesz, wasza godność – rzekła, patrząc w sufit. – Ale ja... trochę boję się śmieszności. Czasem liczę na coś, co uznałbyś za zupełnie niepoważne. I wstydzę się przyznawać do takich nadziei. W każdym razie nie wyjadę stąd.

– Za to ja chciałbym wyjechać. Przyszedłem poprosić waszą wysokość o pozwolenie.

– Nie pozwalam.

– O... – powiedział zaskoczony. – A dlaczego, wasza wysokość?

– Dlatego, mędrcze Szerni, że związałeś swoje losy z moimi. Nie będziesz włóczył się za mną, jak za ciekawym okazem zwierza, wystawianego na jarmarkach. Pooglądasz, a kiedy ci się znudzi, pójdziesz sobie, czy tak? No więc, nie. Jesteś mi dzisiaj zbędny, ale możesz być potrzebny jutro. Proszę, byś nadal zechciał gościć pod moim dachem.

Nic już nie było do powiedzenia. Przyjęty odczekał chwilę, potem skłonił się lekko i wyszedł. Miał wrażenie, że po raz ostatni w cztery oczy rozmawiał z jej wysokością Ezeną, panią Dobrego Znaku. Młodą kobietą odzianą w prostą koszulę praczki.

***

Być może regentka lepiej znała dartańskich magnatów i rycerzy niż Gotah, a może rzeczywiście wiedziała coś więcej... Dość, że minęły jeszcze trzy długie dni, nim pierwsze choragwie jęły ściągać pod mury i na przedmieścia stolicy. Prawdę rzekłszy, Przyjęty nie był tym zdziwiony; dartański rycerz nie lubił się śpieszyć, a już zwłaszcza wtedy, gdy prowadził z kimś rokowania. Pozostało tylko po raz kolejny pogratulować księżnej przenikliwości, opanowania i chłodnego spojrzenia; gdy wszyscy wokół dowodzili, że katastrofa zdarzy się lada chwila, ona jedna potrafiła ocenić sprawę z należytego dystansu. Przywódcy Stronnictwa Słusznej Sprawy nie mieli żadnego powodu do pośpiechu; przeciwnie, jakieś małe niepowodzenie wojsk imperialnych mogło tylko wzmocnić ich pozycję przetargową. Im bardziej Kirlan ich potrzebował, tym więcej musiał obiecać. Niewykluczone, że rycerstwo Słusznej Sprawy nie mogło się doczekać, kiedy wreszcie Yokes odbije nieszczęsny Neten... Niemniej, pierwsze ich oddziały przybyły jednak pod Rollaynę. Wierni rycerze i pocztowi Małej Chorągwi Domu pilnowali pałacu regentki dniem i nocą, trwając w pełnej gotowości bojowej, z końmi trzymanymi pod siodłem, na wypadek gdyby jej królewska wysokość podjęła jednak decyzję o wyjeździe, a może raczej ucieczce... dokądś. Dokądkolwiek. Z przedmieścia nadeszła druga chorągiew, niezabrana przez Yokesa na wyprawę, jedna z posiłkowych, zostawionych przez Enewena. Na przedmieściu przed Bramą Pani Seili stała jeszcze trzecia chorągiew, a raczej licząca stu paru jeźdźców chorągiewka, dowodzona przez jego godność K.D.R.Wasanena, pozyskanego niedawno honorowego sprzymierzeńca. To było całe wojsko, gotowe bronić księżnej i jej sprawy.

Nadeszła długo oczekiwana wiadomość, a raczej od razu dwie wiadomości: jego godność Enewen donosił o zwycięstwie w walnej bitwie z Armią Wschodnią nadtysięczniczki Terezy. Druga wieść, gromko rozpowszechniana w stolicy, brzmiała dokładnie odwrotnie: Armia Wschodnia, w walnej bitwie niedaleko Akali, pobiła wojska Ahe Vanadeyone... Gotah domyślał się, co to naprawdę oznacza, bo historyczne kroniki były pełne obustronnie wygranych bitew. Najprawdopodobniej dwa wojska nawzajem dały sobie tęgiego łupnia, jedno musiało ustąpić, a drugie miało dwa razy więcej poległych... W podobnej sytuacji każdy dowódca, jak świat światem, uważał, że odniósł zwycięstwo, i nawet nie kłamał, przynajmniej we własnym przekonaniu. Dopiero dalszy przebieg zmagań udzielał zwykle odpowiedzi na pytanie, co właściwie było ważniejsze: dotkliwe straty czy utrata jakiegoś terytorium.

Następny list od K.B.I.Enewena, sporo obszerniejszy, w całej rozciągłości potwierdził domysły Przyjętego. Armia Wschodnia uderzyła na słabszą kolumnę Ahe Vanadeyone, przyparła walczące bez zapału rycerstwo do jakichś bagien i bez mała wyrżnęła w pień, a częściowo potopiła. Enewen jednak zdążył z odsieczą na plac boju i tuż przed zachodem słońca zdołał rozbić chwilowych zwycięzców. Noc uniemożliwiła przeprowadzenie skutecznego pościgu, ale wszystko wskazywało na to, że zwartej armii imperialnej już nie ma. Jednak doniesienia o stratach były wręcz przerażające: wódz Ahe Vanadeyone, szczerze i odważnie jak zawsze, raportował, że blisko trzy tysiące ludzi pod wodzą C.L.L.Ovenetta, zostało wręcz zmasakrowanych w powszechnej ucieczce i bezładnym odwrocie na bagna. Godne wzmianki straty cesarscy ponieśli dopiero po nadejściu odsieczy, ale okupiono to życiem jeszcze kilkuset zbrojnych. Krótko mówiąc, jeśli Armia Wschodnia, rozpędzona na cztery wiatry, miała się już nie zebrać, to bez dwóch zdań zwyciężył Enewen. Ale jeśli jednak miało się okazać, że nadtysięczniczka ściągnęła z powrotem pod rozkazy choć połowę swoich legionistów, to co właściwie osiągnęli rycerze, poza utrzymaniem pola bitwy z przeszło trzema tysiącami własnych trupów?

Jednak polityczne zwycięstwo odniosła na pewno Armia Wschodnia. W rozpowszechniane przez dwór regentki wieści nikt specjalnie nie wierzył – gdy odwrotnie, doniesienia o kolejnej klęsce jej oddziałów były bardzo po myśli przywódców Stronnictwa Słusznej Sprawy. Kwestia opowiedzenia się przez rody po stronie Wiecznego Cesarstwa została przypieczętowana; najwyraźniej czekano już tylko na nadejście chorągwi z południowego Dartanu, nie chcąc bez zdecydowanej przewagi liczebnej wdawać się w krwawe boje z rębajłami Enewena, wspieranymi przez oddział łysego rycerza z Domu K.D.R. Ale w stolicy wszczął się ruch. Wszyscy czuli, że wielkie zmiany wiszą na włosku; przez cały dzień oczekiwano, że zaraz coś się wydarzy, i to oczekiwanie można było wyczuć nawet w rozmowie z ulicznym przekupniem.

Jednak czas jeszcze nie nadszedł. Nie wydarzyło się nic, ani w mieście, ani w pałacu regentki.

48

Zdruzgotane ciosem ramię do reszty pogruchotał upadek z kulbaki na ziemię; w bezkształtnej krwawej masie widniały ostre kawałki kości, które w wielu miejscach przebiły skórę. Medyk w długim, szarym przyodziewku, owinięty od pasa do kolan końską derką, jął kręcić głową, wzdychać i przewracać oczami.

– Czekają następni – ochryple powiedziała Tereza. – Rób, co masz robić, tylko najpierw dajcie mi wódki.

Dwaj nadsetnicy wymienili spojrzenia. Gorzałki brakowało, ale dla nadtysięczniczki coś jednak mogło się znaleźć... Może ktoś jeszcze miał? Jeden z oficerów oddalił się pospiesznie.

Stękania i przekleństwa ciężko rannych ludzi wypełniały cały zagajnik, jednak wciąż znoszono następnych. Było już całkiem widno, ale wciąż jeszcze nie nadeszły żadne pewne wieści o wrogu. Półprzytomna, otępiała z bólu nadtysięczniczka, próbowała jednak myśleć o pozbieraniu swego wojska. Albo chociaż ocaleniu wszystkich rannych, jakich dało się jeszcze ocalić.

– Jak nie ma wódki, no to trudno – powiedziała. – Już nie mogę z tym... Co się gapisz, całe życie lewą ręką prowadziłam konia! – ofuknęła oficera, parskając jakimś ni to śmiechem, ni szlochem. – Z łuku zawsze strzelałam jak cipa, a miecza nie trzymałam od dwudziestu lat... Od tego są moi żołnierze, ja mam tylko dowodzić...

Nadsetnik widział, że rozmowa pomaga dowódczyni, która nie mogła się powstrzymać od patrzenia na trzymaną przez chirurga piłę.

Pędzący z gorzałką oficer już z daleka krzyczał, że jest, że znalazł, że ma. Jakiś ranny, który zaraz sam miał trafić pod rękę rzeźnika, oddał natychmiast, gdy tylko usłyszał, że to dla nadtysięczniczki. Tereza pociągnęła potężny łyk, zakrztusiła się i odetchnęła. Poprawiła jeszcze.

– No to... marsz. Dajcie mi coś w zęby. Bez języka... to już na pewno nie będę dowodziła...

Podetknięto kłębek niezbyt brudnych szmat. Nadtysięczniczka wytrzeszczyła oczy i wygięła się pomimo ciężaru trzymających ją ludzi. Medyk szybko okroił nożem mięso wokół kości, trochę poniżej miejsca, gdzie zamierzał odciąć wszystko, co zbędne, podciągnął skórę do góry, a potem wziął swą piłę. Rozbrzmiał zgrzyt, a wraz z nim głuchy ryk mdlejącej z bólu kobiety, którego nie mogły powstrzymać wetknięte w usta szmaty. Po krótkiej chwili litościwa Arilora zakryła dłonią oczy swojej wojowniczki; Tereza straciła przytomność. Medyk szybko dokończył dzieła, przypalił podanym żelazem tryskające krwią naczynia, potem uformował z luźnej skóry zgrabny kikut i machnął ręką, dając znak, że skończył. Owinięcie resztki ramienia szmatami to było zajęcie dla pomocnika, nie samego mistrza. Na specjalny blat, oparty na dwóch zdjętych z wozu skrzyniach, kładziono już łucznika z nogą stratowaną chyba przez setkę galopujących koni. W każdym razie tak wyglądała. Medyk otarł pot z czoła, bo piłowanie kości wcale nie było lekką pracą, dał łucznikowi łyk niedopitej przez nadtysięczniczkę berbeluchy i zabrał się do nowej roboty. Gnat udowy był bardzo potężny, łucznik zaś nie myślał mdleć. Ponieważ nie mógł ryczeć na dwie mile, uduszono go niemal, przyciskając do twarzy skłębioną wojskową narzutę.

Tereza nie dotarłaby do swoich, ukrytych w lesie, wozów, gdyby nie ofiarni żołnierze, którzy ją porwali i unieśli z pola bitwy. Półprzytomną dowódczynię armii, leżącą w poprzek końskiego karku, a potem chwiejącą się na wierzchowcu, którego oddał jej napotkany konny łucznik, dowiózł do taborów lekko ranny w głowę trójkowy. Człowiek ten nigdy nie miał usłyszeć od niej podziękowań, bo zaraz z powrotem kazano mu dosiąść wymęczonego zwierzęcia. Nieliczni jeźdźcy musieli być wszędzie jednocześnie, bo tylko oni mogli obiec szmat świata, skupiając niedobitków i kierując ich na miejsca zbiórek. Wstrząśnięci piechurzy słabo znali teren; co innego stale rozsyłana na patrole jazda. Pomimo dokładnych wskazówek, gdzie powinni iść w przypadku zgubienia się po bitwie, żołnierze zwykle nie byli w stanie odnaleźć drogi nawet w dzień, a cóż dopiero w nocy.

Konny łucznik, który przywiózł do taborów Terezę, a potem pojechał szukać towarzyszy, nigdy już nie wrócił do szeregów.

Odzyskawszy przytomność, dowódczyni armii poczuła się znacznie lepiej. Resztka ramienia bolała tak, że miała ochotę jęczeć bez chwili przerwy, na dodatek był to ból bardzo dziwny, bo wciąż jej się zdawało, że dobiega z łokcia, przedramienia, dłoni... Ale to było niewiele w porównaniu ze wspomnieniem piły konowała. Kikut bolał (choć Tereza wolała żołnierskie słówko napierdalał) równo, rwał bardzo rytmicznie i między tym rwaniem – którego rytm stał się wkrótce całkiem zgodny z rytmem oddechu – nadtysięczniczka mogła wypowiadać się dość zrozumiale. Złościło ją tylko, że nic nie może poradzić na stale stojące w oczach łzy.

Przyjmowała raporty oficerów i gońców. Tych ostatnich natychmiast posyłała z powrotem do oddziałów. Wieźli wieść o przejściu Armii Wschodniej pod komendę tysięcznika Aroneta – Tereza wiedziała już, że jej zastępca żyje i odniósł bardzo powierzchowną ranę. Wyznaczono dwa miejsca zbiórki wojsk: główne i zapasowe.

Jeszcze przed południem nadtysięczniczka wyrobiła sobie ogólny pogląd na sytuację. Nie była aż taka zła. Przede wszystkim w rozbitej Armii Wschodniej próżno było szukać objawów rozprzężenia, upadku ducha i dyscypliny. Rozproszeni żołnierze szukali towarzyszy, skupiali się w grupy i grupki, wyłaniali tymczasowych dowódców i pod ich kierunkiem podejmowali przemyślane działania. Wiele oddziałów zachowało zwartość; Tereza bez zdziwienia przyjęła gońca od Agatry, która już o północy miała pod komendą większość żołnierzy półlegionu gwardyjskiego. Goniec raportował, że tysięczniczka dowodzi teraz zbiorczym legionem, złożonym z podporządkowanych sobie oddziałów, i nienaciskana przez wroga cofa się powoli ku armijnym taborom, gotowa je osłonić nawet przed dość poważnymi, wysłanymi w pościg, siłami. W ogóle nie było doniesień o jakichś przerażonych ludziach bez broni, pragnących tylko uciekać przed siebie, byle dalej.

Odnalazło się za to kilku kocich zwiadowców, działających jak zwykle pod samym nosem wroga. Ahe

Vanadeyone stali obozem tuż obok zdobytego pola bitwy, nie podejmując żadnych działań poza rozpoznawczymi. Z rzadka tylko dochodziło do potyczek między patrolami rycerzy, a jakimiś oddziałkami legionistów. Enewen nie umiał, bądź z jakichś przyczyn nie mógł, zebrać owoców zwycięstwa.

Do taborów spływało coraz mniej raportów i meldunków; miejsce postoju armijnego zaplecza było najpierw jedynym, które wszyscy znali, i dlatego dowódcy kierowali tam gońców. Ale zdecydowane rozkazy Terezy, oddającej dowodzenie armią w ręce Aroneta, wywarły pożądany skutek: tysięcznik coraz pewniej zarządzał oddziałami Armii Wschodniej, zarówno tymi, które już spłynęły do punktu zbornego, jak i pozostałymi, wciąż jeszcze będącymi w marszu.

Tereza, już tylko jako komendantka armijnego zaplecza, także nakazała wymarsz swoich „sił", złożonych z medyków i kilku setek rannych żołnierzy, meldując o tym nowemu dowódcy. Znaczna część zaplecza ruszyła w drogę już z samego rana – były to wozy wyładowane zapasami żywności, a raczej tym, co z tych zapasów zostało, i sprzętami obozowymi. Do wieczora wszystkie taborowe kolumny były w drodze, kierowane ku wiosce oznaczonej jako punkt zborny armii. Osłaniał je, wciąż wchłaniający nowe grupki i pojedynczych żołnierzy, legion Agatry. Tysięczniczka odsyłała do taboru kilkudziesięciu ciężko rannych, jednocześnie raportując, że ma już pod bronią blisko sześciuset zdolnych do walki legionistów.

Pozostawiona wreszcie samej sobie, leżąca na rozchybotanym wozie, rozgorączkowana Tereza miała wrażenie, że umiera. Próbowała się pozbierać, ale nic z tego nie wychodziło. Bezsenność, upływ krwi, a na koniec nieustanny szarpiący ból, nasuwały myśli, jakich nigdy dotąd nie miała. Nadtysięczniczka zasnęła na chwilę i obudziła się, gdy jedno, a zaraz potem drugie koło wozu wpadło w dziurę. Jakieś graty osunęły się na owinięty w skrwawione szmaty kikut i Tereza poznała nowe oblicze bólu. Półprzytomna, po jakimś czasie chciała otrzeć z twarzy pot i łzy, co się nie udawało, i nadtysięczniczka zdała sobie sprawę, że próbuje użyć ręki, której nie ma... W ciemności, pod podziurawionym płóciennym dachem wozu, twarda wojowniczka z wielkim trudem przekręciła się na lewy bok, wtulając twarz w jakieś pakunki, i przez pewien czas była tylko okaleczoną do końca życia, pięćdziesięcioletnią kobietą, na którą nikt nigdzie nie czekał. Nie istniało żadne imię, które mogłaby cicho wymówić, ze świadomością, że ten człowiek martwi się gdzieś... choćby nawet daleko... o swoją zawsze młodą dziewczynę i przyjmie ją taką, jaka wróci, byleby tylko wróciła. Miała jechać na tym wozie dokądś, nie wiadomo dokąd, nie wiadomo jak długo – obolały, wieczny dodatek do konia i kolczugi.

Ale istniało chociaż miejsce – coś, co jest tak bardzo potrzebne przemierzającemu setki mil żołnierzowi. Państwo, naród, kraj... Za takimi wielkimi słowami nie stało nic konkretnego; nic, czego dałoby się dotknąć choć myślą. Lecz istniało najpiękniejsze na świecie miasto: znane uliczki, rynek, mieszkańcy... Widoczne z baszty garnizonu, doskonale znane dachy domów. Skrwawiona, zasikana i brudna, cuchnąca bólem kobieta na wozie myślała o swoim mieście. Skupisku budynków i ludzi, a zarazem jednej wielkiej istocie, która była przez kogoś kochana i umiała odwzajemnić tę miłość.

Gorączkująca żołnierka znalazła swoje kojące słowo i wymówiła je bardzo cichutko... a może tylko poruszyła w ciemności ustami.

***

Późnym popołudniem kilka chorągwi Enewena mogło wreszcie ruszyć w pościg za uchodzącym wrogiem, wykrytym przez konne patrole. Tuż przed zachodem słońca Ahe Vanadeyone dopadli i po krótkim, krwawym boju, rozbili dowodzoną przez Agatrę ariergardę. Śladem czołowych chorągwi, przez całe popołudnie, aż do zapadnięcia nocy, ciągnęła reszta wojska i tabory.

Kolumny wozów Armii Wschodniej mozolnie posuwały się przez całą noc i nie stanęły po nadejściu świtu. Do celu było jeszcze około czterech mil.

W trakcie całej kampanii opóźniające marsz Enewena legiony bez trudu osłaniały swe zaplecze. Sytuacja uległa zmianie, gdy wojsko poszło w rozsypkę i tabory stały się bez mała tylną strażą wojska. Pojedyncze wozy i juczne zwierzęta, trzymane przy samych oddziałach, czasem zgoła na obrzeżach pól bitewnych, przepadły w powszechnym zamieszaniu, istniała już tylko armijna część taboru, w znacznej mierze składająca się z wozów, na których jechali ciężko ranni. Agatra zrobiła co w jej mocy, by zatrzymać wroga, ale miała sześciuset głodnych żołnierzy, zebranych ze wszystkich legionów i wszystkich możliwych formacji przeciw tysiącowi wypoczętych po bitwie jeźdźców. Niemniej, gdyby nie postawa jej zbiorczego legionu, ogon taborowej kolumny zostałby zapewne zagarnięty przez rycerskie chorągwie jeszcze przed nastaniem nocy. Teraz ludzie i zwierzęta dobywali wszystkich sił, by ujść przed pościgiem wroga, od którego nie odgradzały już żadne własne oddziały. Aronet, desperacko klecący wojsko z resztek, które przeszły pod jego komendę, w żaden sposób nie mógł osłonić długich na kilka mil kolumn, których czoła właśnie wchodziły do obozu. Armia Wschodnia miała jeszcze blisko dwieście wozów, nadciągających w grupach i grupkach, czasem po kilka lub kilkanaście, tak jak były wysyłane z miejsca poprzedniego postoju – byle prędzej. Pośpiech sprawił, że ocalono wiele zapasów i żołnierze Aroneta dostali w końcu jeść, ale rozkawałkowanych taborów, w których najwięcej było wozów z rannymi, nawet liczna i zwarta armia nie mogłaby należycie ubezpieczyć.

W samym ogonie tych porozcinanych węży wlokły się wozy medyków, którzy do ostatniej chwili ratowali znoszonych na ich blaty wojaków, wyglądających zwykle znacznie gorzej niż nadtysięczniczka Tereza. Odjęcie tylko ręki lub nogi było dla owiniętych końskimi derkami chirurgów bez mała odpoczynkiem. Gorzej, gdy trafiał się łucznik, któremu należało wydłubać resztki kolczugi spomiędzy żeber, podruzgotanych ciosami topora i wepchnąć z powrotem wnętrzności do rozciętego brzucha. Jeszcze na trzęsących się wozach, w świetle łojowych lampek i świec, wspierani przez swych pomocników medycy łatali żołnierskie życie. Zakrawało nieledwie na cud, że którykolwiek z tych ludzi w ogóle przeżył zabiegi, jakim go poddawano.

A jednak przeżywali wcale liczni i nie dość, że przeżywali, to po kilku miesiącach – bywało – wracali do szeregów... Objawiał się kolejny powód, dla którego imperialni żołnierze tak dobrze stawali na wojnach. Najmarniejszy z łuczników wiedział, że nikt nie machnie na niego ręką, gdy z żebrami na wierzchu, rozwalonym łbem i nogą wiszącą na kawałku skóry zostanie zniesiony z pola bitwy. Każdego, w miarę sił i możliwości, starano się ratować, jakby miał dożyć stu lat, a był samym wodzem naczelnym. I jeżeli rannego nie zabiły kolejne przemarsze, nie wdała się gangrena lub nie stracił zbyt wiele krwi, zdarzało się, że dochodził do siebie w jakimś mieście na zapleczu wojny.

Nim nastał świt, pobita w obronie taborów tysięczniczka Agatra, znowu miała pod komendą kilkuset żołnierzy. Ze świetnego półlegionu, który jeszcze tak niedawno zadziwił swym wyszkoleniem samego imperatora, zostały żałosne resztki, ale żałosne tylko pod względem liczebności. Gwardziści i legioniści stawali w szykach tak, jakby dopiero mieli ruszać na wojnę. Nosili podarte narzuty, poszarpane kolczugi i powgniatane kirysy, niektórzy nie mieli kapalinów, ciężkozbrojnym czasem brakowało tarcz, a wielu jeźdźcom połamanych w walce włóczni. Byli głodni i niewyspani, czasem lekko ranni. Łucznicy i kusznicy dzielili się pociskami, których brakowało, bo nie było kiedy ściągnąć nowego zapasu z taborów. Tacy ludzie, wspierani przez różnobarwną zbieraninę, zaskakująco sprawnie formującą się w nowe dziesiątki i kliny, za pomocą własnych hełmów i toporów rozkopywali o świcie drogę, którą miały nadciągnąć chorągwie Ahe Vanadeyone. Praca szła tak sprawnie, jakby zapędzono do roboty półlegion płatnych kopaczy, co prawda kiepsko wyposażonych w narzędzia – topornicy rąbali toporami ziemię, zaraz przychodzili łucznicy i wybierali ją hełmami, sypiąc w płaszcze nastawiane przez lekkokonnych. Topornicy odpoczywali i natychmiast po ustąpieniu łuczników znów rzucali się ze swą bronią, rozdrabniając kolejną warstwę w wykopie. Zwiadowcy Enewena, którzy wyruszyli o świcie, mogli wkrótce donieść dowódcy przedniej straży, że o dwie mile dalej uwija się na drodze banda nieśmiertelnych, nie znających się na żartach, ponuraków w niebieskich i niebiesko-szarych tunikach – prawdopodobnie ta sama, którą rozbili wieczorem, tracąc dwie setki zabitych i ciężko rannych jeźdźców.

Rzecz jasna, miejsce pod wykop nie zostało wybrane przypadkowo. Po lewej stronie drogi rósł las, w którym inna posępna zgraja ani chybi ostrzyła groty strzał. Używając wierzchowców jazdy, ściągano jakieś zrąbane drzewa. Szykowała się kolejna utarczka z tylną strażą Armii Wschodniej. Dowódca trzech czołowych chorągwi posłał te wieści do sił głównych, od razu prosząc zarówno o posiłki, jak i puste wozy, na których mógłby złożyć, tak na oko, kilkudziesięciu zabitych i stu pięćdziesięciu rannych.

Ale kilka mil dalej dwa silne patrole Rycerzy Królowej, wyprowadzone przez rzutkich dowódców jeszcze w nocy, ominęły broniony przez Agatrę las, rozpędziły jakiś, maszerujący na przełaj przez łąkę, oddziałek legionistów i połączyły się. Dwaj rycerze, stojący na czele trzydziestu pocztowych, spoglądali z niewielkiego wzniesienia pod lasem na trakt łączący Rollaynę z Akalą, po którym ciągnęły mniejsze i większe grupki wozów. Nie ubezpieczały tych kolumn żadne oddziały pod bronią. Słaniający się na nogach, wsparci o ciężkie pojazdy ludzie to byli ranni, którzy mogli chodzić. Podobnie nieliczni jeźdźcy, towarzyszący wozom, nie tworzyli zwartego oddziału. Poranieni konni łucznicy, dosiadający swoich zwierząt.

Pocztowi nakładali bełty na cięciwy. Po niedługim czasie oddział jezdnych stoczył się ze wzniesienia pod lasem, kłusując ku oddalonej o ćwierć mili drodze. Dowódczyni Armii Wschodniej dostała od swojej Niepojętej Pani jeszcze jeden – ale nie ostatni – dar. Miała stoczyć może najpiękniejszą w życiu bitwę, broniąc swych wspaniałych żołnierzy, którzy już nie mogli trzymać broni.

Nadtysięczniczka jeszcze przed świtem zażądała konia, ustępując miejsca na wozie żołnierzowi, który bardziej go potrzebował. Półprzytomna i gorączkująca, ledwie trzymająca się w siodle, była jednak świadoma tego, co widzi. I raz jeszcze kościana oficerska świstawka ściągała pod jej rozkazy posłusznych, znakomicie wyszkolonych jeźdźców, poowijanych w zakrwawione szmaty, czasem rozgorączkowanych jak ona. Ale na twarzach kilku pojawiły się blade uśmiechy, gdy wyszło na jaw, kto ich poprowadzi do ostatniej szarży, a potem na spotkanie z piękną Panią Wojny i Śmierci. Dowódczyni nie miała swojej białej tuniki, ale jej twarz znał każdy żołnierz, a już na pewno każdy jeździec.

Lecz nadtysięczniczka nie myślała o walce.

– Wynocha stąd – rozkazała. – Tysięcznik potrzebuje każdego żołnierza.

Nie wykonano rozkazu.

– A ty, pani?

– Armia Wschodnia ma już dowódcę. Nie muszę porzucać swych żołnierzy dla ratowania armii... bo to już nie moja robota – z wysiłkiem powiedziała Tereza.

Przez chwilę panowała cisza. Nie wiadomo, kto pierwszy się roześmiał. Ale zaraz potem kilkunastu rannych żołnierzy trzęsło się w ataku wisielczej wesołości, wywołanej myślą, że pognają po drodze, byle dalej, zostawiając między wozami ukochaną, sławną komendantkę, która prowadziła ich przez wszystkie dni chwały.

– Pora... wasza godność... – rzekł wreszcie płaczący z wyzwolonego przez śmiech bólu dziesiętnik, pokazując mieczem wrogich jeźdźców. – Prowadź... albo chodź pod moją komendę.

Nadtysięczniczka już wiedziała, że żaden z tych pokrwawionych obdartusów nie dołączy do oddziałów Aroneta.

– No to... przeklęci gamonie... – powiedziała ledwie zrozumiale, ze łzami w gardle. – Stępa, kłusem... marsz...

Rozpłakała się – już wcale nie ze śmiechu – i poprowadziła.

Kilkunastu półżywych ludzi poszło na spotkanie Ahe Vanadeyone na grzbietach swych wiernych koni-legionistów – towarzyszy broni samorzutnie równających szyk.

Niedługo potem jeden z dowodzących rycerzy pytał rannego w brzuch, leżącego na wozie legionistę, kto prowadził kontrszarżę na łące. Żołnierz wiedział, lecz nie mógł donieść wrogowi o śmierci dowódczyni Armii Wschodniej. Więc powiedział:

– Nasza... podsetniczka.

– Kobieta?

– Tak, panie... Nasza podsetniczka.

Rycerz kazał odnaleźć ciało.

Pocztowi wracali z pościgu za zmykającymi pachołkami i woźnicami, odcinali zwierzęta pociągowe, dobijali rannych, podpalali i przewracali wozy.

Dużo później drogą nadciągnęła kolumna jazdy imperialnej, wysłana przez dowódcę Armii Wschodniej – żołnierze ci mieli wesprzeć tylną straż pod komendą tysięczniczki Agatry. Na tle poprzewracanych i wciąż jeszcze płonących lub tylko dymiących wozów, pośród rozrzuconych wszędzie trupów, zwracał uwagę rząd równo ułożonych na łące ciał. Dowódca oddziału chciał wiedzieć, co to znaczy, i posłał na łąkę dziesiętnika, w asyście kilku konnych łuczników. Jedno z ciał okryte było pogniecionym, wyjętym chyba z juków przy siodle, dartańskim płaszczem rycerskim. Dziesiętnik uniósł skraj tego płaszcza.

Niepojęta Arilora, opiekunka Wojny i Śmierci, miała dla swej brzydkiej armektańskiej dziewczyny ostatni dar: wspaniałą urodę bez reszty szczęśliwej wojowniczki. Wiecznej dowódczyni lekkiej jazdy, zakochanej w pędzie wierzchowca, której w nagrodę za wierną służbę pozwolono pomknąć na spotkanie Pani galopem, na czele prowadzonych do szarży jeźdźców w tunikach ze srebrnymi gwiazdami.

49

Yokes zdobył, a może raczej opanował Neten i utkwił tam niemal na całą dobę, najwyraźniej rad ze zwycięstwa. Przystań zastał całkowicie zrujnowaną, miasteczko spalone, mieszkańców zaś wypędzonych lub wymordowanych przez pozostawiony przez Caronena garnizon. Zebrał się wreszcie w sobie i pociągnął dalej traktem przez las, chwilowo nie niepokojony przez konnych łuczników imperium, którym nie uśmiechało się zapuszczać między drzewa. Wyglądało na to, że wojsko Dobrego Znaku zamierza zdobyć Lida Aye. Przyjęty, któremu księżna podczas wieczornego posiłku pokazała list od wodza swych zastępów, nie krył szyderczego podziwu zarówno dla misterności tego wojennego planu, jak i brawurowego wykonania. Wiadomości były dość świeże, wczorajsze, ale nawet taka „świeżość" nie zaimponowała Gotahowi. Goniec, dosiadający kurierskiego wierzchowca, mógł pokonać, zwłaszcza po drodze, sto i więcej mil w ciągu dnia, jeśli rozstawiono sztafety.

– Wasza wysokość – powiedział – jeśli mogę szczerze przedstawić swoje zdanie... Co prawda, niedobrze jest poruszać ważne sprawy w trakcie posiłku.

– To wymówka? – zapytała, odbierając list i przekazując w ręce Anessy. – Ale już nie jemy, bawimy się tylko deserem.

Była w bardzo dobrym humorze. Zastanawiał się, dlaczego. Niemożliwe, by wieść o zdobyciu bezwartościowej i do tego spalonej przystani uznała za naprawdę istotną. Podziękowała skinieniem współbiesiadnikom (w pałacu królewskim utrzymano niektóre puszczańskie obyczaje) i została przy stole tylko w towarzystwie obu Pereł i Przyjętego.

– Mam jeszcze wieści od Kesy – powiedziała, pokazując drugi list. – Teraz ci go nie dam, wasza godność, powiem tylko, co napisała.

Mędrzec Szerni nie zdołał ukryć ożywienia – i przykrości. Wolałby przeczytać jeden krótki i nudny list od smukłej jasnowłosej Perły z Dobrego Znaku niż pięć długich i zajmujących od Yokesa.

– Kesa już odbudowuje Sey Aye – mówiła Ezena, z zaciekawieniem spoglądając na Przyjętego. – Ocaliła wszystkich mieszkańców i niemal cały dobytek, trzeba tylko postawić nowe chałupy i wyciosać sprzęty domowe. Nawet marudne chłopstwo nie bardzo narzeka, bo dalej ma krowy, które doi, kury, które znoszą jajka, a ze schowków wyciąga wszystko, czego nie znaleźli żołnierze nadtysięcznika Caronena. Zdaje się, że niewiele znaleźli, bo bardzo się spieszyli. Trochę gorzej jest w mieście, gdzie zostały tylko murowane domy. Ale za to Ohegened wygrał bitwę na przystani w Sey Aye i stoczył wiele leśnych potyczek, ponosząc niegodne wzmianki straty, tylko ta bitwa na przystani była ciężka i krwawa. Legioniści lada chwila wyjdą z lasu, może nawet wychodzą teraz, w chwili gdy rozmawiamy... Możliwe, że wkrótce znów odbiorą nam Neten, o ile nie pomaszerują prosto na Rollaynę. Poza tym Kesa pisze, że mam we wszystkim słuchać mędrca-Przyjętego, pozdrowić go i poprosić, żeby nie wyjeżdżał do Grombelardu, chyba że wcześniej zajrzy jeszcze na chwilę do Sey Aye.

Zaskoczona Pierwsza Perła uniosła wzrok znad listu Yokesa. Hayna także ze zdziwieniem popatrzyła na Przyjętego, który nie wiedział co powiedzieć.

– Żartowałam – rzekła Ezena. – Ale w liście rzeczywiście jest o tobie ciepłe słowo, wasza godność. Kesa naprawdę pyta, czy nie wybierasz się, panie, do Sey Aye, gdy tylko to będzie możliwe, a przede wszystkim, gdy będzie bezpieczne. Jest tam zupełnie sama, potrzebuje rady i pomocy, a wie doskonale, że nikt inny nie może teraz opuścić księżnej regentki, bo wszyscy potrzebni są tutaj. Proszę, wasza godność. – Wyciągnęła dłoń z pismem. – Nie musisz mi tego oddawać, ale przeczytaj później, w wolnej chwili. Powiedziałam, co jest tam napisane, specjalnie po to, żebyś nie czytał teraz.

Zmieszany mężczyzna podziękował, trochę dziwiąc się własnemu poruszeniu, które ogarnęło go na myśl, że oto ma w ręku list własnoręcznie napisany przez będącą daleko, mądrą kobietę, zupełnie różną od wszystkich, które znał.

– Wasza godność – powiedziała księżna regentka – prawdę mówiąc, w ogóle cię nie poznaję... Już nie pamiętam, kiedy udzieliłeś mi ostatnio dobrej rady. Rozumiem, że zgłębianie tajemnic Pasm Szerni to zajęcie nieporównanie spokojniejsze niż udział w wojnie, a zwłaszcza oglądanie wzlotów i upadków zamieszanych w nią ludzi. Ale, jako historyk, powinieneś chyba wiedzieć, że wielkie wydarzenia nie mogą obyć się bez tego. Co cię trapi, mędrcze-Przyjęty? Założę się, że ślamazarność Yokesa, czy zgadłam?

– A ciebie, wasza wysokość, to nie martwi?

– Nie – powiedziała – bo Yokes coś mi obiecał, a ja mu uwierzyłam.

– Co takiego obiecał, wasza wysokość?

Anessa przeczytała już list. Wymieniły spojrzenia z Hayną i wyczekująco zapatrzyły się w twarz księżnej. Czekał także Przyjęty.

Ezena wypiła łyk wina.

– Obiecał – powiedziała – że wygra dla mnie tę wojnę. Posłuchał mojej rady i porozmawiał z pewnym znakomitym dowódcą, który został w Sey Aye.

Tylko Hayna, swego czasu obecna przy rozmowie, do której nawiązywała księżna, zrozumiała, o jakiego dowódcę chodzi.

– I wierzysz mu, wasza wysokość?

– Tak, wasza godność. Wierzę mu. Nie wiesz, że największą sztuką dla każdego, kto chce rządzić, jest uwierzyć właściwemu człowiekowi? Uwierzyć, wasza godność, bez żadnych gwarancji i zastrzeżeń. Uwierzyłam Yokesowi i nie zawiodę się. Cała reszta zależy ode mnie. Czy tak, Anesso?

Teraz, dla odmiany, Hayna i Przyjęty nie wiedzieli, o czym mówi księżna. Ale i Anessa chyba nie była pewna.

– Tak, wasza wysokość – powiedziała, trochę niepewnie.

– Czy ta wiara w dokonania Yokesa ma coś wspólnego z nadzieją, do której tak niedawno wstydziłaś się przyznać, regentko? – zapytał Przyjęty.

Na chwilę spuściła wzrok.

– Tak, bo wtedy była tylko nadzieją. Ale dzisiaj jest już czymś więcej. Skoro Yokes oszukał ciebie, oszukał Anessę i Haynę... to znaczy, że oszukał wszystkich. Dokładnie tak, jak powiedział.

Przyjęty zrozumiał, że dowódca wojska Sey Aye obmyślił jakiś fortel wojenny. Ale nie potrafił oprzeć się wrażeniu, że jest już na to za późno... O czymkolwiek myślała Ezena, nie mogło zatrzymać nieuchronnego biegu wypadków. Knowania, intrygi i podstępy – tak, ale wszystko w swoim czasie. Regentka przegrywała nie dlatego, że źle radziła sobie w stolicy. Przegrywała, bo jej czynów i decyzji nikt nie umiał poprzeć orężem. Gotah na próżno zastanawiał się, co takiego może uczynić Yokes, co przeważy szalę wojny. A może księżna liczyła, że uda się jej rozbić jedność Stronnictwa Słusznej Sprawy i pozyskać tysiąc nowych mieczy? Ale to był, niestety, zaklęty krąg niemożności... Do rozbicia jedności Stronnictwa potrzebne były miecze; tych zaś, przynajmniej w Rollaynie, dostarczyć mogło właśnie Stronnictwo i nikt inny. Gotah uważał, że tylko jakiś cud, zarazem wojskowy i polityczny, może dać regentce broń do ręki.

I miał, niestety, słuszność. Jeszcze tej nocy zaczęło wychodzić na jaw, że jej wysokość grała zbyt wysoko, zbyt ryzykownie – i przeliczyła się. Bo cud nie chciał nastąpić. Potrafiła go wykrzesać nadtysięczniczka Tereza, ale cud nadtysięczniczki nie polegał na samym chceniu. Dowódczyni Armii Wschodniej wiedziała, czym dysponuje, nie polegała na szczęściu, tylko na swoich umiejętnościach, odwadze i liczbie żołnierzy, a na koniec przykrawała swój cud do rozmiarów zaledwie wielkiego wojennego czynu. W tym samym czasie Ezena – liczyła na uśmiech losu.

A los nie zamierzał się uśmiechać, bo chyba po prostu nie lubił niewolnicy o wybujałych ambicjach.

***

Obudzona tuż przed świtem Hayna nie mogła zrozumieć, czego domaga się od niej Pierwsza Perła. Gwardzistka jej wysokości wprawdzie bardzo szybko dochodziła do siebie, nawet wyrwana z najgłębszego snu, ale za to Anessa, niestety, była zupełnie pijana. Miała czkawkę i nie potrafiła ustać o własnych siłach. Najpierw podtrzymywała ją przyboczna, potem oparcie krzesła, ale ta podpora mogła się okazać zbyt słaba... Rozmawiały w przechodnim pokoju, z którego wiodła droga do dalszych komnat, a wreszcie sypialni księżnej. Od pewnego czasu przechodni pokój był mieszkaniem Hayny. Czarna Perła warowała tam stale.

– Przestań bełkotać – powiedziała stanowczo, cokolwiek oszołomiona, bo wprawdzie Anessa umiała głębiej zajrzeć do pucharka, ale teraz najwyraźniej doń wskoczyła. – Jak ty wyglądasz? Uciekaj stąd, bo jak Ezena się obudzi...

– Zawałe... He-ep! – rzekła, nabrzmiała na twarzy, Anessa, spoglądając przekrwionymi oczami i przecząco kiwając palcem. – Obućś ją.

Śmierdziała winem nie do wytrzymania, a wyglądała jak ostatnia z podmiejskich kurew. Wszystko wskazywało na to, że niedawno postanowiła poprawić swój wygląd i uróżowała policzki, czy też raczej próbowała to uczynić. Z jednej strony miała bladoczerwoną skroń, z drugiej zaś krawędź szczęki. Uczerniła też rzęsy i brwi, co dało taki mniej więcej efekt, jakby uwalaną w sadzy ręką kolejno przetarła oczy. Potargane włosy były zlepione czymś, co przywodziło na myśl gęsty sos do pieczeni; ten sam sos pokrywał gors sukni, na której dodatkowo znalazła się zawartość przynajmniej dwóch kielichów czerwonego wina.

– Gdzie ty byłaś? Co chcesz, żebym zrobiła. Mam ją obudzić? Przecież ona cię zabije, zanim zdążysz w ogóle...

– Zilak – powiedziała Anessa.

Oparła łokieć na stole, głowę na dłoni i zamknęła oczy. Zasnęła, nim Hayna zdążyła zadać kolejne pytanie.

– Ty mów – powiedziała Czarna Perła, patrząc na przyboczną. – Byłaś z nią? Gdzie?

– Nie wiem, Perło. Nie znam tego domu. Trafiłabym tam, ale nie wiem, do kogo należy. To pałacyk, jeden z tych, jakich wiele w Rollaynie. Byłyśmy tam już przed kilkoma dniami.

– I nie wiesz, do kogo należy? Czekałaś przed wejściem?

– Nie, Perło. Przed drzwiami komnaty, w której...

– Spuściłaś swoją panią z oczu?

Przyboczna była najstarszą ze wszystkich, najlepszą i najodważniejszą. Jeszcze niedawno strzegła samej Ezeny, dopiero od chwili przyjazdu do Rollayny, na polecenie księżnej, towarzyszyła Anessie, wiecznie załatwiającej jakieś sprawy poza murami pałacu.

– Tak, Perło – powiedziała bez zmrużenia oka. – A co mam robić, gdy dostaję wyraźny rozkaz, jestem w obcym domu i do tego sama? Przybiec do ciebie, włamać się do komnaty, czy zmusić Pierwszą Perłę do zmiany rozkazu? Wolałam podsłuchiwać pod drzwiami.

– Bezczelna – oceniła Hayna, ale nie powiedziała nic więcej, bo lepiej niż ktokolwiek zdawała sobie sprawę, jak niewiele czasem może zrobić przyboczna niewolnica. – I podsłuchałaś coś?

– Niewiele. Nie byłam sama, towarzyszyło mi dwóch przybocznych gospodarza.

– To wtedy tak się upiła? Za tymi zamkniętymi drzwiami?

– Donoszono potrawy i podawano coraz nowe wina.

– Biesiada? Raczej libacja. W większym gronie czy tylko we dwoje?

– We dwoje.

– I co się tam działo? W tym pokoju? – wypytywała Hayna.

– Wszystko, o czym myślisz – spokojnie powiedziała przyboczna.

Przez chwilę panowało milczenie. Anessa czknęła przez sen. Nie chodziło już nawet o to, że Hayna nigdy nie widziała jej aż tak pijanej. Zadawała sobie pytanie, czy w ogóle widziała w takim stanie kogokolwiek.

– Zrobimy inaczej... Opowiedz mi dokładnie o wszystkim. Gdzie właściwie byłyście, co się działo, no, wszystko, co wiesz albo czego się domyślasz.

– Nie o wszystkim mogę powiedzieć.

– Wiem. Powiedz to, co możesz.

Przyboczna niewolnica musiała umieć milczeć. Hayna z miejsca kazałaby sprzedać gadułę, rozpowiadającą o powierzonych jej sekretach. Jeśli przyboczne miały należycie wypełniać obowiązki, to osoba pilnowana musiała mieć pewność, że może je wszędzie zabrać, wszystko pokazać i dopuścić do każdej tajemnicy. Dobra przyboczna niewolnica powinna przeszkadzać – i przypominać o swoim istnieniu – najwyżej w takim samym stopniu jak zawieszony u pasa miecz. Hayna wiedziała, że usłyszy od towarzyszącej Anessie gwardzistki wyłącznie to, co w jej mniemaniu chciałaby powiedzieć Pierwsza Perła. Gdyby była w stanie.

– Codziennie towarzyszę gdzieś Pierwszej Perle. Przeważnie to zwykłe, nudne sprawy. Handlowe, urzędowe. Rzadziej jakieś dyskretne spotkania. Trzy... nie, cztery dni temu byłyśmy w tym samym domu. Tak samo ubrane.

– To znaczy jak?

– Długie płaszcze, kaptury. Same. Wieczorem.

– Co to znaczy: same? Bez pachołków? Twoja pani nie wzięła lektyki?

– Same, bez pachołków, bez lektyki.

– Aha. Dwie prostytutki?

– Raczej kochanka z zaufaną niewolnicą.

– I co dalej?

– I to już wszystko. Przez większą część nocy czekałam pod drzwiami.

– A za drzwiami twoja pani jadła, piła i... przyjmowała wszelkie hołdy gospodarza.

– I rozmawiała.

– Ma się rozumieć – rzekła Hayna. – W jaki sposób udało wam się wrócić?

– Gospodarz posłał po lektykę.

– Gospodarz był w stanie posłać po cokolwiek? Chyba nie piła sama? Posłuchaj: albo wezwę kogoś, kto pomoże ci ją teraz zanieść do łóżka, albo... albo trzeba doprowadzić ją do stanu, w którym będzie mogła pokazać się księżnej. To ty masz o tym zdecydować. Ja nie umiem ocenić, czy Pierwsza Perła przyszła tutaj, bo coś jej się uwidziało, czy też rzeczywiście może mieć powód do obudzenia księżnej. Może mieć taki powód?

– Myślę, że tak. Jej wysokość wiedziała, gdzie chodzimy. To był dom jakiegoś wiele znaczącego rycerza. Ale mnie nie obchodzi polityka – powiedziała przyboczna – bo na rycerza patrzę tak samo, jak na jego pachołka: obchodzi mnie tylko, czy ma broń i czy potrafi jej użyć.

– Nie wymądrzaj się.

– Przepraszam, Perło.

– Ale w takim razie, skoro to może mieć związek z polityką, a regentka wiedziała o waszych wyprawach, przypilnuję twojej pani. Zostaw ją tutaj, obudź parę dziewczyn i wróć. Nigdzie nie będziemy jej ciągać, tylko do pokoju obok. Potrzebny będzie kubek ciepłej wody z solą, kubeł z wodą i drugi pusty. I jeszcze coś do picia, najlepiej jakieś ziółka, na przykład mięta. W kuchni stale ktoś trzyma ogień, poślij tam, niech zaparzą Pierwszej Perle ziółek. Niech dziewczyny przyniosą jedną z jej domowych sukni.

– Tak, Perło.

Hayna została sama, bo śpiąca z policzkiem na stole Anessa nie była przecież towarzystwem. Chrapała jak armektański gwardzista po przemarszu, zakrztusiła się przez sen i wysmarkała z nosa gluta. Po jakimś czasie zrezygnowana gwardzistka usłyszała coś jeszcze i nie musiała zaglądać pod stół, by wiedzieć, co właściwie oznacza kałuża wokół nóg przyjaciółki. Z mokrej sukni pluskały spóźnione kropelki.

– Świnio jedna – powiedziała. – Ja sobie wyobrażam Ezenę, jak patrzy, kiedy szczysz jej na posadzkę przy łóżku... Zawdzięczasz mi dzisiaj życie i pogadamy na temat tego długu.

Przyboczna nabiegała się, wykonując zlecone przez Czarną Perłę zadania, które nie należały do jej obowiązków. Orężne strażniczki ostentacyjnie pogardzały niewolnicami do drobnych posług i gwardzistka Anessy była trochę obrażona, bo przyszło jej dźwigać kubek ze słoną wodą, na czele oddziałku służących, co nie licowało z godnością srogiej wojowniczki. Ale Hayna sama była gwardzistką i – co prawda skrycie –

wobec innych Pereł odczuwała podobną wyższość, jak przyboczna wobec innych niewolnic.

– Dlaczego sama to nosisz, trzeba było obudzić jedną więcej – powiedziała, pokazując kubek. – Wyśpią się w dzień, gdy ty znowu będziesz nadstawiała karku... Idź już, przyślij tylko zmienniczkę do sypialni Pierwszej Perły.

Takie drobiazgi sprawiały, że żołnierze kochali dowódców.

– Nie będę ci już potrzebna? – Przyboczna specjalnie pominęła słówko „Perło", chcąc pokazać towarzyszącym niewolnicom, w jak zażyłych stosunkach pozostaje ze swoją komendantką.

– Nie, siostro – odparła pierwsza gwardzistka, zyskując dożywotnią wdzięczność podkomendnej. – Uciekaj i wyśpij się. A wy podnieście Pierwszą Perłę i wnieście ją do pokoju. – Pokazała jedne z trojga drzwi. – I posprzątajcie pod moim stołem.

Polecenia spełniono. Hayna nie odmówiła sobie przyjemności podetknięcia kubka pod nos ledwie przytomnej przyjaciółki.

– Pij, maleńka – powiedziała, drugą ręką przyciągając pusty kubeł.

Anessa, głupia, wypiła. Klęcząc na posadzce, z głową w kuble, rzygała jakby miała zaraz wydać ostatnie tchnienie. Hayna trzymała jej głowę. Trwało to i trwało... Anessa nie żałowała sobie tej nocy jadła ani trunków.

– Ależ ty potrafisz się nażreć! – powiedziała skrzywiona gwardzistka, z obrzydzeniem, ale i podziwem. – No, jak? Lepiej? Rozumiesz, co się do ciebie mówi?

Oddychająca z wysiłkiem Anessa słabo skinęła głową.

– To wypij resztę tego.

– Mm...

– Pij i koniec!

Anessa wypiła resztkę wody z solą i znowu zaczęła się dławić. Ale wyglądało na to, że żołądek jest pusty; Pierwsza Perła mogła już co najwyżej wyrzygać flaki. Hayna zaczerpnęła czystej wody z drugiego kubła.

– Wypłucz usta. Wstań.

Przy pomocy służebnych zwlokła z Anessy poplamioną suknię, oczyściła jej włosy z sosu i pomogła się umyć. Zmoczonym w wodzie rękawem sukni obmyła twarz, szyję i dłonie przyjaciółki.

– Kucnij nad tym kubłem. No kucnij, posikałaś się! Co masz zrobić? Nie wiesz? Masz się podmyć, Pierwsza Perło Domu, najdroższa w całym Dartanie.

Pierwsza Perła, podtrzymywana przez przyjaciółkę, nieudolnie wypełniała polecenie, rozchlapując wodę. Hayna podniosła ją wreszcie i oblekła w domową suknię, ale biorąc do ręki przyniesione obuwie, popatrzyła na niewolnice.

– Oszalałyście? Przecież z miejsca się zabije, jak tylko włoży to na nogi!

– Nie wiedziałyśmy, Perło...

Rzeczywiście nie wiedziały. Hayna rzuciła obuwie w kąt pokoju; karkołomnie wysokie koturny puknęły o ścianę.

– Co powiedziała? – słabo, ale dosyć wyraźnie zapytała Anessa, oparta ramieniem o ścianę przy drzwiach.

– Kto?

– Księżna.

– Jeszcze z nią nie rozmawiałaś – uprzejmie powiedziała Czarna Perła. – Pij.

– A co to jest?

– Ziółka. Nic na wymioty.

Anessa drobnymi łykami popijała gorący napój. Wyglądała już jako tako, choć na pewno nie na kobietę kosztującą tysiące sztuk złota. Szczerze mówiąc, Hayna szacowała jej wartość na jakieś pół sztuki srebra, ale tylko w gospodzie, w której nie ma żadnego wyboru.

– Przejdź się, pospaceruj.

Anessa, bardzo chwiejnie, powlokła się do okna i z powrotem.

– Musisz widzieć się z księżną?

– Muszę. Zaraz. Już świta? – Blondynka przestraszyła się, spoglądając w okno.

Odwróciła się trochę zbyt gwałtownie i cofnęła, opierając ręką o szybę. Hayna przymknęła oczy... ale okno wytrzymało.

– Posprzątajcie to i idźcie – rzekła do niewolnic.

Gdy wyszły, nakłoniła Anessę do wypicia resztki miętowego napoju. Raz jeszcze popatrzyła uważnie i skinęła głową.

– No to chodź. Załatw swoją sprawę i idź spać. Nie boisz się, że ktoś ci kiedyś zrobi krzywdę w takim stanie?

– Musiałam go upić – powiedziała Anessa. – Zowu mi niedobrze...

– To zwymiotuj i chodź.

Anessa podławiła się trochę nad śmierdzącym kubłem, zwymiotowała ziółka, pooddychała głęboko i dała się poprowadzić.

W sypialni księżnej panował mrok, słabo rozjaśniany przez blaski świtu. Skierowane na północ okna nigdy nie dostarczały dość światła. Hayna wróciła po kandelabr ze świecami.

– Wasza wysokość – powiedziała.

Nie było gorszej pory do budzenia Ezeny.

– Wasza wysokość, pobudka, wstawaj! – powiedziała rozzłoszczona Hayna, wiedząc, że choćby nawet skrapiała regentkę wodą różaną, to i tak oberwie po uszach. – Już koniec tego wylegiwania się po nocach. Pilna wiadomość od Pierwszej Perły!

Ezena przekręciła się na bok, otworzyła na chwilę oczy i zamknęła je zaraz na powrót.

– Wyrwę ci ten jęzor – wymruczała. – Przyślij ją tutaj.

– Już przysłałam. Czeka.

– Wasza wysokość – powiedziała mężnie Anessa, trzymana za łokieć przez towarzyszkę. – Przywódcy Szusz... Szłusznej Sprawy spotkają się dzisiaj po południu. Jak chcesz z nimi tego... to dziś.

Księżna, wciąż z zamkniętymi oczami, spała albo myślała o tym, co jej powiedziano.

Jednak myślała.

– Gdzie się spotkają?

Anessa wytłumaczyła, plącząc się tylko tyle o ile. Hayna zrozumiała, że chodzi o jeden ze strzelistych pałacyków, ale raczej nie ten, w którym przyjaciółka bawiła tej nocy. Prawdę rzekłszy, Czarna Perła była trochę zawiedziona, bo wyobrażała już sobie, że Anessa wygłosi istne rewelacje. Ale po krótkim namyśle doszła do wniosku, że tak właśnie było. Jeśli regentka chciała spotkać się ze swymi politycznymi przeciwnikami, w jakimkolwiek celu, to miała jedyną okazję. Od dawna było jasne, że zaproszenia do Dzielnicy Królewskiej nie przyjmie prawie nikt. I równie jasne było, że nikt nie zaprosi regentki na naradę przywódców Stronnictwa Słusznej Sprawy, ani nawet nie powiadomi o takim tajnym spotkaniu. Zrozumiały był także pośpiech Anessy. Na pewno nie mogła wyspać się, ogarnąć i powiedzieć księżnej przy obiedzie: „A, prawda... Za chwilę zaczyna się spotkanie twoich wrogów, powinnyśmy zdążyć".

– Hayna, jesteś jeszcze? – zapytała Ezena, wciąż z zamkniętymi oczami.

– Jestem, wasza wysokość.

– Pojadę tam dzisiaj. Zadbasz o to, żebym była bezpieczna, a zarazem nie musiała ciągnąć ze sobą całej armii. Dowiedz się od Anessy wszystkiego, co trzeba. Anesso?

– Tak wasza wysokość.

Ezena otworzyła wreszcie oczy – co prawda, znowu tylko na chwilę.

– Rozumiem, że musisz czasem, wypełniając moje polecenia, wziąć udział w jakiejś biesiadzie, a nawet nie odmówić wina. Ale jednak, nie przychodź do mnie więcej z plączącym się językiem i z takim kołtunem na głowie. Najpierw spróbuj doprowadzić się choć trochę do porządku.

– Mmm... tak, wasza wy... sokość. Przepraszam.

– Wyjdźcie. Przyślijcie mi służbę. Zaraz wstaję.

Perły opuściły sypialnię. Ezena została sama, myśląc o tym, czy Yokes zdąży, pomimo iż zabrakło mu jednego dnia.

***

Yokes niestety nie zdążył. Nie zdążył, choć oszukał wszystkich – dokładnie tak, jak powiedziała księżna przy wieczerzy. Musiał zdobyć Neten, bo tylko tam, w lesie, uwolniony od towarzystwa konnych łuczników Caronena, mógł poczynić stosowne przygotowania. Tylko tam miał wszystko co potrzebne: spokój, drogę, a przede wszystkim oczywisty powód. Nie mógł przecież, bez wzbudzenia podejrzeń, wleźć do pierwszego z brzegu lasku, gdzie nic go nie ciągnęło. Neten był najlepszym z możliwych miejsc, a może nawet więcej: jedynym odpowiednim miejscem. Yokes zrobił swoje, wywiązał się ze wszystkich obietnic, ale nie zdążył, bo pijana Pierwsza Perła przyniosła cenną wiadomość dzień wcześniej, niż tego życzyła sobie księżna, albo może raczej to nie wiadomość przyszła zbyt wcześnie. Pospieszyli się przywódcy Stronnictwa Słusznej Sprawy.

Yokes już nie człapał.

Książę Przedstawiciel Cesarza w Lida Aye, przygotowujący się do wyjazdu z miasta, od kilku dni otrzymywał doniesienia o marszu chorągwi Dobrego Znaku. Prześladowane przez konnych łuczników ciężkie wojsko Yokesa wlokło się w tempie pięciu, sześciu mil na dobę, pilnując niemałych taborów. Ale w ciągu jednej nocy spędzonej w Netenie owo ciężkie wojsko i tabory przeobraziły się nie do poznania. Yokes postanowił, że już nie będzie dowodził ciężką jazdą, bo przez całe życie dowodził lekkokonnymi i to właśnie potrafił najlepiej. Z wozów zabrano tylko rzeczy niezbędne, wpakowano na grzbiety podjezdków, które miały odtąd być końmi jucznymi, mogącymi dotrzymać kroku ruchliwym oddziałom – tak jak w imperialnych legiach. Wozy pociągnęły drogą, pod osłoną dwóch posiłkowych chorągwi Enewena, a całe wojsko przepadło, jakby pochłonęła je ziemia.

Wypłynęło nieomal natychmiast, bo tego samego dnia... przeszło czterdzieści mil dalej. W ciągu niecałej doby Yokes pokonał odległość, jaka dzieliła go od Lida Aye i którą, zgodnie z czynionymi szacunkami, pokonywać miał przez tydzień; pochłonął ją w tempie godnym imperialnych łuczników konnych. Jeźdźcy Chorągwi Straży Tylnej, wbrew swemu mianu tworzący awangardę, późnym wieczorem wywołali w mieście panikę, pojawiając się nie wiadomo skąd; wkrótce wsparły ich pozostałe chorągwie, co prawda zdziesiątkowane marszem i ciągnące za sobą ogon maruderów, ale i tak niemające na miejscu godnego przeciwnika. Miasta strzegło nieco ponad dwustu beznadziejnie rozproszonych morskich piechurów, tworzących bojowe trzony załóg trzech stojących w Lida Aye okrętów; jeszcze niedawno było tych żołnierzy trochę więcej, ale część włączono do Armii Zachodniej, jako wzmocnienie eskorty taborów, potem zaś ci piechurzy w żeglarskich hajdawerach zostali na straży Netenu.

Zaskoczeni strażnicy morza nie mieli najmniejszych szans na stawienie skutecznego oporu. Sam tabor, odesłany niedawno przez nadtysięcznika Caronena, stał za zachodnimi rogatkami miasta, gdzie w miarę skromnych możliwości uzupełniano zapasy. Nieliczni pilnujący wozów żołnierze zostali wycięci, a bezcenne dla Armi Zachodniej ładunki dostały się zwycięzcom.

Poprzedniego dnia armektański tysięcznik, dowodzący legionem konnych łuczników, który przez wiele dni nękał wlokące się wojsko Yokesa, nie chcąc zapuszczać się do lasu, okrążył go niespiesznie, sforsował Lidę i stanął na noc obozem. Zwinął go o świcie i pociągnął na miejsce pierwszej bitwy pod Puszczą Bukową, gdzie czekał, aż przeciwnik ukaże się na drodze i pociągnie na Lida Aye, o ile, rzecz jasna, w ogóle ma taki zamiar. Doczekał się, ale tylko dwóch posiłkowych chorągwi rycerskich, eskortujących tabor. Podokuczał im trochę i zostawił w spokoju, czekając na resztę sił. Lecz siedem ciężkich chorągwi Yokesa było wówczas niemal dwadzieścia mil dalej i nikt o tym nie miał pojęcia, poza zdziwionymi chłopami z przydrożnych wiosek, którzy zupełnie nie wiedzieli, co sądzić o setkach zakurzonych żołnierzy na wielkich koniach, pokonujących mile stępa, kłusem i galopem na zmianę, niczym podjazd armektańskich łuczników. To wojsko w niczym nie przypominało słynnych chorągwi Sey Aye. Przepadły gdzieś świetne płytowe zbroje, pozostały tylko kolczugi. Także wierzchowce uwolniono od ladrów, a kopijnicy nie mieli nawet swojej głównej broni – wszyscy wieźli lżejsze od kopii i wygodniejsze w marszu włócznie, używane przez średniozbrojnych.

I na czele takich właśnie żołnierzy komendant Yokes osobiście wyrzynał nieliczne warty pilnujące gmachu Trybunału, w którym zatrzymał się Książę Przedstawiciel Cesarza. Spieszeni jeźdźcy najmniejszej Chorągwi Błękitnej byli jednak dość liczni, by zostawić swe wierzchowce pod silną strażą, otoczyć budynek i wedrzeć się do środka, gdzie w korytarzach i salach nie było żadnego przeciwnika dla pięćdziesięciu rębajłów.

Yokes nie zamierzał brać jeńców, bo nie miał żadnej możliwości targania ich wszędzie ze sobą, ani tym bardziej trzymania pod kluczem – zarówno więc urzędników Trybunału, jak i dworzan księcia, a na koniec wszelką służbę, wycinano bez cienia litości. Opowieści o upiornym gmachu, straszącym setkami trupów, miały stać się wkrótce jedną z najbardziej ponurych legend tej wojny. Ale do legendy przeszło całe miasto, bo w Lida Aye nie oszczędzono niczego, na czym odcisnął się choć ślad armektańskiej obecności.

Zamordowano wójta i całą jego rodzinę, podobny los spotkał niemal wszystkich imperialnych urzędników, a o koszarach Dartańskiej Straży Morskiej nie warto było nawet mówić; poszło tam z dymem wszystko, co tylko chciało się palić. Niemal w każdym kwartale spłonął jakiś dom, a ktokolwiek na widok żołnierzy krzyknął choć słowo po armektańsku, kładziony był trupem na miejscu. Przezorne miasto, poddające się każdemu, kto przyszedł, tym razem nie zdążyło przysłać zdobywcy kluczy do swych bram, a dziewczęta z domów publicznych wojownicy wzięli sobie sami, nie pytając nikogo o zgodę (choć wzięli, trzeba przyznać, bardzo pospiesznie, bo do spalenia było jeszcze kilka armektańskich składów i dowódca mógłby zawrzeć gniewem, dostrzegłszy tam rano coś więcej niż dymiące zgliszcza). Bitwa w porcie, gdzie poszła chorągiew lekka, wsparta przez dwie Sztandaru Mniejszego, nie trwała długo i zgasła jeszcze przed północą; strażnicy wyprowadzili na morze jeden z trzech okrętów eskadry, tracąc pozostałe, podpalone u nabrzeży. Straty nieszczęsnych Dartańczyków, w ogóle niedowodzonych (bo komendant eskadry wieczerzał tego dnia z Księciem Przedstawicielem, zastępcy zaś nigdzie nie było), rozproszonych w ulicznych patrolach, trzymających wachty na żaglowcach, w garnizonie, przy gmachu Trybunału i nie wiadomo gdzie jeszcze, były bardzo wysokie, a na dodatek okupione zaledwie paroma trupami po stronie przeciwnika.

Yokes, bez hełmu i bez zbroi, bo nie miał nawet kolczugi, a tylko narzutę w barwach Domu K.B.I., na czele swoich żołnierzy metodycznie i sumiennie oczyszczał pałac Trybunału od dołu, piętro po piętrze. Niezliczonych uciekinierów, wyskakujących przez okna bądź wybiegających przez boczne drzwi, niezwłocznie chwytali rozstawieni wokół domu jeźdźcy. Na drugim piętrze Yokes przebił mieczem jeszcze jednego urzędniczynę, zrzucił ze schodów wrzeszczącą wniebogłosy niewolnicę, bo nie miał czasu jej zgwałcić, poszedł dalej i na czele kilku zbrojnych wkroczył do komnat, gdzie najwyraźniej dopiero co biesiadowano przy suto zastawionych stołach. Rycerz księżnej regentki pościągał obrusy, otworzył kopniakiem jeszcze jedne drzwi, po czym skłonił się uprzejmie, ale powściągliwie. Cesarskiego przedstawiciela znał bowiem osobiście, jeszcze z czasów, gdy na rozkaz księcia K.B.I.Lewina podróżował po Dartanie, szukając koni i jeźdźców – tych samych jeźdźców, których teraz miał za plecami.

– Wasza wysokość – powiedział, odrobinę zdyszany – jestem M.B.Yokes, rycerz w służbie jej królewskiej wysokości księżnej regentki K.B.I.Ezeny. Proszę tędy, bo mamy bardzo mało czasu.

To rzekłszy, wskazał zakrwawionym mieczem na drzwi.

Nim nastał świt, jeźdźcy Chorągwi Straży Tylnej dostarczyli cenną przesyłkę swoim towarzyszom spod bratniego znaku. Chorągiew Straży Przedniej, nieliczna, skrwawiona swego czasu na mokradłach przez konnych łuczników, od kilku dni stała na sztafetach, obsadzając okrężny szlak do Rollayny, wiodący od wybrzeża Morza Zamkniętego, przez Senelettę i dalej. Była to droga zupełnie niepokrywająca się z tą, którą szło całe wojsko Sey Aye.

Yokes wprawdzie, jeszcze niedawno, wlókł się noga za nogą, ale nie znaczyło to, że próżnował. Wiedział, co chce osiągnąć, i nie życzył sobie, by konni łucznicy Caronena wykryli jego pochowane po lasach posterunki kurierskie – dlatego wybrał dla nich bezpieczny okrężny szlak. Książę Przedstawiciel rozpoczynał właśnie najdzikszą i najszybszą ze wszystkich podróży, jakie odbył w całym swoim życiu.

Szlak jednak, choć bezpieczny, był długi, a Stronnictwo Słusznej Sprawy wyznaczyło termin narady o jeden dzień wcześniej, niż trzeba. I księżna regentka, chcąc wziąć udział w owej naradzie, a tym samym wpłynąć na podejmowane tam decyzje, nie mogła dłużej czekać. Półżywego dartańskiego wicekróla, piastującego urząd z nadania imperatora, przywleczono do Rollayny w chwili, gdy jej wysokość wracała już do swego pałacu w Dzielnicy Królewskiej.

50

Owego fatalnego dnia, gdy wszystko działo się za wcześnie lub za późno, jeszcze z samego rana księżna Ezena pchnęła dwóch gońców do Lida Aye, gdzie, jak sądziła, już powinien znajdować się Yokes. Gońcy, na wypadek jakiejś złej przygody jadąc jeden za drugim, w odstępie paru mil, popędzili okrężną drogą przez Senelettę, a więc tym samym szlakiem, którym z przeciwnej strony gnał pod eskortą Książę Przedstawiciel. Posłańcy Ezeny spotkali ten „orszak", zasięgnęli wieści i pojechali dalej.

W tym czasie Yokesa w Lida Aye już nie było. Rycerz księżnej posłał traktem w kierunku Netenu kilka chorągwi, w tym Chorągiew Straży Tylnej, z zadaniem wzmocnienia eskorty taboru (który, wraz z dwiema chorągwiami rycerskimi, utrzymywał świetne tempo piętnastu mil na dobę), zostawił w Lida Aye Chorągiew Domu, sam zaś pociągnął na Tarwelar. Nie mając nigdzie przeciwnika, mógł zrobić to, czego kiedyś nie uczyniła zagrożona przez hufce Enewena Tereza: podzielił swe szczupłe siły i pomaszerował szerokim frontem, paląc wszystkie napotkane wioski, a były to już wioski armektańskie. Nadtysięcznik Caronen miał więc sporo racji, obawiając się, że legiony złożone z samych tylko intryg i układów w żaden sposób nie osłonią pogranicza. Żołnierze Yokesa zupełnie bezkarnie, w oddziałkach po pięćdziesięciu lub najwyżej stu ludzi, przebiegali bezbronny kraj na przestrzeni wielu mil i puszczali z dymem wszystko, co mogło stanąć w ogniu, nawet samotne zajazdy, młyny i wiatraki. Chętnie odwiedzali małe miasteczka, z których dawno już zabrano każdego legionistę, mogącego maszerować i dźwigać broń. Malutkie garnizony, w głównej mierze złożone z chorych lub rannych, odesłanych na tyły wojaków, nie mogły stawić skutecznego oporu rozbestwionym jeźdźcom Yokesa. W prywatnych dobrach natomiast natykano się czasem na prywatne poczty – przydatne co najwyżej do odpędzenia liczącej paręnaście koni watahy Jeźdźców Równin, stepowych rozbójników, będących tu kiedyś największym zagrożeniem... W ciągu zaledwie jednego dnia pięciuset bezkarnych jeźdźców Sztandaru Mniejszego puściło z dymem jedną z najbogatszych krain Szereru: spokojne od wieków, bogacące się w oparciu o dwa wielkie porty, dartańsko-armektańskie pogranicze i północne wybrzeże Morza Zamkniętego.

Wieczorem owa niemająca przeciwnika półtysięczna armia zebrała się w wyznaczonym przez dowódcę miejscu i pomaszerowała jeszcze milę lub dwie, by stanąć wreszcie obozem, z wyraźnym zamiarem podjęcia nazajutrz marszu na Tarwelar.

Z Tarwelaru, gdzie dotarły już wieści o zdobyciu Lida Aye i rzezi w gmachu Trybunału, pospiesznie wyprowadzano Główną Kwaterę sił imperialnych, w zamian zaś ściągano każdego zdolnego do walki żołnierza. Byli to w pierwszym rzędzie morscy piechurzy z eskadry tarwelarskiej, wsparci przez obsady wszystkich żaglowców, jakie dało się ściągnąć na ląd – w tej liczbie także załoga jedynego okrętu zbiegłego z Lida Aye. Najwyżsi rangą wojskowi, dowodzący siłami Wiecznego Cesarstwa, mogli w milczeniu wysłuchiwać raportów wracających zwiadowców, mówiących o rozciągającej się na wschodzie chmurze dymu; wieczorem ten dym ustąpił miejsca łunom. Nie było żadnych dokładnych meldunków o postępach wroga; wiedziano tylko ogólnie, że ciągnie na Tarwelar. Brakowało wieści o sile tej armii. Wyglądało na to, że Yokes prowadzi wszystkie chorągwie Dobrego Znaku – taki obraz wyłaniał się zarówno z opowieści uciekinierów z Lida Aye, jak i rozmiarów dokonanych zniszczeń. Najgorsza była świadomość, że wróg jest nieobliczalny, zdolny do niebywałych wysiłków marszowych. Podobnych zagonów nie mogły powstrzymać żadne formacje piesze, w grę wchodziła tylko podjazdowa wojna, prowadzona przez Legion Konny Armii Zachodniej, do dowódcy którego słano kolejne ponaglenia. Jednak wobec wchodzących w grę odległości nie mogły nadejść jeszcze żadne potwierdzenia tych rozkazów. Było za to więcej niż pewne, że nie wszyscy gońcy docierali na miejsce, bo na drodze stały wrogie wojska; dzielni kurierzy musieli przekradać się między płonącymi wioskami i lasami, unikając spotkania z oddziałami wroga, a w zamian oglądając setki uchodźców, pozbawionych dachu nad głową, opłakujących stratę najbliższych – był to widok wstrząsający, wywołujący zarówno przerażenie, jak i chęć dzikiego odwetu.

Tysięcznik dowodzący konnymi łucznikami pod Puszczą zupełnie nie wiedział, co ma robić. Wieczorem dotarło do niego jednocześnie aż dwóch kurierów z zachodu i jeden ze wschodu. Szarpany był sprzecznymi rozkazami: wzywał go do siebie zarówno Caronen, czyli bezpośredni przełożony, wyprowadzający właśnie z Puszczy Bukowej resztki pieszych legionów, jak i wódz naczelny z Kwatery Głównej w Tarwelarze. Na dodatek było całkiem jasne, że obaj wodzowie błędnie oceniali sytuację. Po pierwsze, w Kwaterze Głównej stracili jednak głowę: nie istniała na świecie taka armia konna, która mogła codziennie pokonywać czterdzieści, pięćdziesiąt mil – był to jednorazowy wysiłek, po którym należało zadbać o wierzchowce, jeśli konnica nie miała przemienić się w piechotę. Yokes mógł, po krótkim odpoczynku, jeszcze przez dłuższy czas utrzymywać forsowne tempo marszu, czyli robić jakieś dwadzieścia, a niechby nawet dwadzieścia pięć mil na dobę – lecz nie więcej. Oznaczało to, że od Tarwelaru dzieliły go przynajmniej dwa dzienne przemarsze, bo paląc Armekt, niewiele odsunął się od Lida Aye. Po wtóre, tysięcznik konnych legionistów nie miał pojęcia, jakie siły puszczają z dymem Armekt i kierują się na Tarwelar, ale widział, że nie była to cała armia Sey Aye, bo większość tej armii skupiała się właśnie przy taborze, niemożliwym już do zdobycia. Gdy zaś szło o Caronena, to nadtysięcznik, od dawna pozbawiony jakichkolwiek wieści, kompletnie zgłupiał w dzikiej kniei – nie wiedział zgoła nic o niczym, pytał o Neten i chciał wiedzieć, czy chorągwie Yokesa nadal stoją pod Rollayną.

Przez cały dzień dowódca Legionu Konnego usiłował zarówno potwierdzić otrzymane rozkazy, jak i przesłać zebrane wieści. Mógł pognać na odsiecz zagrożonemu Tarwelarowi, ale nie chciał, bo miał świadomość, że większość wojska Sey Aye skupiła się między Puszczą Bukową a spalonym portowym miastem i tutaj tkwiło największe zagrożenie, wcale nie w chorągwiach (dwóch? trzech? nie więcej jednak niż czterech) ciągnących na Tarwelar. Ale, z drugiej strony, wrogie chorągwie eskortujące tabor nie mogły dokonać niczego nadzwyczajnego, podczas gdy upadek Tarwelaru oznaczałby katastrofę; od nastania imperium nikt nie spalił armektańskiego miasta! Wielkiego, ludnego miasta, portu będącego oknem na Morze Zamknięte.

Tysięcznik słał gońca za gońcem na wszystkie strony świata, żądał potwierdzenia rozkazów, przedstawiał własny obraz sytuacji – i nie robił nic poza zdobywaniem nowych, coraz dokładniejszych, wieści o wrogu. Siedząc na wrogim terytorium, nie mógł nawet palić wiosek w odwecie za spalone własne, albowiem ręce miał związane rozkazami Księcia Przedstawiciela, potwierdzanymi od dawna przez Kwaterę Główną. Wioski w okręgach Rollayny i Lida Aye miały być zagrożone, ale w żadnym wypadku nie spalone, bo to mogłoby obrócić przeciw Kirlanowi rycerzy Słusznej Sprawy.

W ten oto sposób, w ciągu zaledwie dwóch dni, jego godność M.B.Yokes, rycerz księżnej regentki, bez reszty przejął inicjatywę w wojnie na zachodzie i mógł zrobić co tylko chciał. Chciał zaś bardzo wiele, poza jednym: ani myślał zdobywać Tarwelar. W myśl świętej zasady lekkokonnych, która brzmiała: „Nigdy nie idź tam, gdzie cię oczekują", dowódca pocztów Sey Aye zamierzał zawrócić, połączyć się z chorągwiami strzegącymi taboru, po czym dać wytchnienie swoim ludziom – a jeszcze bardziej zwierzętom – i ruszyć szerokim frontem na północ, z Puszczą Bukową po prawej ręce. Nie widział powodu, dla którego miałby poprzestać na spaleniu kilkudziesięciu wiosek, skoro mógł spalić kilkaset, licząc się z poważnym oporem chyba dopiero na Północnej Granicy, gdzie siedzieli żołnierze walczący z alerskimi półzwierzętami.

Znakomity dowódca, którego na tak długo zostawiono w Sey Aye, porozmawiał wreszcie z Yokesem i przypomniał mu, że nieruchome wojsko, tkwiące pod jakimś lasem, niczego nie obroni, a nawet nie zdoła zmusić wroga do stoczenia bitwy. Gdy przeciwnie: dość było ruszyć je z miejsca, by imperialni legioniści sami pędzili na spotkanie, stając do zupełnie beznadziejnych potyczek w obronie palonego kraju. Nie mogli unikać walki, bo wioski nie chciały uciekać razem z nimi i nie mogły toczyć podjazdowej wojny.

Yokes czekał na wieści z Rollayny. Dał swojej pani wszystko, o co prosiła: zwycięstwo, chaos, płonące armektańskie wioski, a na koniec zakładnika, którym na pewno umiała się posłużyć. Teraz czekał na listy, bo nie wiedział, czy Książę Przedstawiciel Cesarza bezpiecznie dotarł na miejsce, a tym samym, czy jej królewska wysokość dostała do ręki oręż. Ufał zdolnościom księżnej, lecz zarazem – jak prawie każdy wojskowy – nie lubił polegać na samych intrygach i układach; liczył się z tym, że w ciągu kilku dni będzie musiał stawić się pod Rollayną i poprzeć orężem sprawę regentki. Nie mógł ruszyć na podbój Armektu, zostawiając ją samą i bezbronną wobec wrogich oddziałów na przedmieściach Rollayny, które na dodatek mogły uzyskać wsparcie od resztek wojsk Armii Zachodniej. Musiał mieć pewność, że jego pani zdołała przeciągnąć na swoją stronę chorągwie rycerzy Słusznej Sprawy.

Gońcy przybyli dopiero wieczorem, bo wcześniej nie zdołali go odnaleźć. Oddziały Sztandaru Mniejszego ściągały do prowizorycznego obozu, meldując o dokonanych spustoszeniach. Yokes przeczytał przywiezione przez kurierów listy i złapał się za głowę. Nie miał szansy stawić się do bitwy, którą chciała wydać Ezena, mógł podesłać jej najwyżej wymęczoną do cna chorągiew lekką – dwustu jeźdźców, a więc tyle co nic. Księżna potrafiła czasem zadziwić intuicją, ale w gruncie rzeczy nie miała pojęcia o wojnie; nie mogła wydać tej bitwy, nie będąc pewna poparcia przynajmniej przez kilka chorągwi przeciwnika. A pisała właśnie, że pewna nie jest. Udawała się na jakąś naradę, nie mogąc dłużej czekać.

Yokes zaczął ryczeć, jakby postradał zmysły. Żądał inkaustu, pergaminu i piór. Wkrótce potem z obozu, jeden po drugim, jęli wypadać posłańcy, na złamanie karku pędzący ku Lida Aye.

***

Tego samego dnia, gdy Yokes odnosił swoje zwycięstwa, bezlitośnie pustosząc pogranicze, jego pani poniosła klęskę. Nie znała jeszcze rzeczywistych jej rozmiarów, ale że była to klęska lub – co najmniej – porażka, nie ulegało wątpliwości.

Jadąc na spotkanie z przywódcami Stronnictwa Słusznej Sprawy, księżna regentka po raz pierwszy mogła dokładnie obejrzeć swą stolicę. Nie uczyniła tego w dniu przyjazdu, bo dostrzegała tylko nieprzebrane tłumy. Także i później nie znalazła czasu, by wybrać się na przejażdżkę po ulicach; najpierw czasu, a później ochoty... Dopiero teraz oglądała największe i najbogatsze, a podobno także najpiękniejsze miasto Szereru. Miasto, w którym chciała zostać wbrew woli jego najznamienitszych mieszkańców.

W siedzącej na koniu, okrytej niebieskim płaszczem postaci nikt nie domyślał się jej królewskiej wysokości regentki. Jadący z tyłu rycerze, tworzący zaledwie kilkunastoosobowy poczet, nie nosili barw Enewena. Księżna miała przy boku swoją wierną Perłę, tak samo okrytą płaszczem, z twarzą w cieniu obszernego kaptura. Dwie damy Czystej Krwi (bo na to wskazywały zarówno świetne wierzchowce, jak i stroje), przemierzające ulice pod orężną eskortą, to nie było w Rollaynie nic nadzwyczajnego, zwłaszcza teraz, gdy trwała wojna. Także i wcześniej nikogo nie dziwiły lektyki, a nawet kobiety jadące dokądś konno, choćby na polowanie w podmiejskich lasach; co prawda, w czasach pokoju rzadko widziało się tylu zbrojnych jeźdźców.

Ezena i Hayna jechały środkiem ulicy, obojętnie mijając uciekających z drogi mieszczuchów. W Dzielnicy Królewskiej, gdzie przeważały magnackie pałacyki (w których gospodarze rzadko ostatnio bywali, najwyraźniej niedobrze czując się pod samym bokiem regentki...), ruch na równo brukowanych ulicach był niewielki, ale w pozostałych dzielnicach – „ćwiartkach" noszących szumne nazwy dartańskie – trudno było zauważyć coś, czego mogło zabraknąć w jakimkolwiek innym mieście Szereru. Jedynie urodę. Bo rzeczywiście, Rollayna była bardzo bogata i piękna – drewniane domy stały tylko na przedmieściach, samo miasto w całości zbudowano z cegły, po dartańsku tynkowanej. Bielone ściany domów – może nieco wyższych, niż bywało zazwyczaj – utrzymywano w czystości, nierzadko pokrywano freskami. W ogóle nie było zaniedbanych ruder; każdy, kto nie mógł utrzymać kamienicy w „złotej" stolicy Dartanu, mógł sprzedać ją od ręki, za dowolną bez mała cenę, ale takich było niewielu. Czynsze, niemające sobie równych w całym Wiecznym Cesarstwie, pozwalały na dostatnie życie; tylko utracjusz i hulaka mógłby przetrwonić dochody uzyskiwane od najemców izb, choćby nawet dom stał na przedmieściu. Opłacało się zatem dbać o kurę znoszącą szczerozłote jajka.

Po ucieczce imperialnych żołnierzy, na żądanie Enewena, powołano do służby straż miejską – liczną i pięknie odzianą, bo miasto stać było na to. Przydatność tych pachołków budziła spore wątpliwości, ale pierwszy rycerz królowej dał ojcom miasta bardzo potężną broń: otóż, zgodnie z prawem czasu wojny, każdy rabuś bądź awanturnik, przyłapany na gorącym uczynku, z miejsca był przekazywany w ręce dowódcy Mniejszej Chorągwi Domu, ten zaś wiedział, gdzie mieszka kat. Księżna regentka nie uchyliła tych zarządzeń i na ulicach miasta, mimo nieobecności dartańskich legionistów, nikt nie martwił się o mienie i życie – w każdym razie nie bardziej niż za starych porządków. Rzecz jasna, ściganie i osądzanie występków zasługiwało na poważniejsze traktowanie, ale jej królewska wysokość miała na razie znacznie większe kłopoty niż spisywanie nowego kodeksu zbrodni i wykroczeń oraz umniejszanie bądź zwiększanie uprawnień straży miejskiej. Tymczasowe rozwiązanie, jeśli nawet nie było bardzo sprawiedliwe, to jednak dość skuteczne, a ponadto gorąco popierane przez większość mieszkańców stolicy; jak świat światem, ludność uważała, że zabójcy i gwałciciele winni być z miejsca wieszani, a złodzieje... złodzieje, najlepiej, też wieszani lub przynajmniej pozbawiani rąk. Coś takiego właśnie wprowadził Enewen i działało dalej za zgodą regentki, lud więc gorąco kochał ich oboje.

Wojna powołała do życia nową modę: niemal wszyscy przechodnie poczytywali sobie za właściwe przyozdobić stroje czymś, co przywodziło na myśl narzuty, wkładane na kolczugi przez pocztowych z rycerskich chorągwi. Lecz wąskie, delikatne pasy materiału, nie szersze od dłoni, spływające z przodu i z tyłu, oczywiście narzutami nie były. Ładnie – ale i trochę zabawnie – wyglądały na sukniach kobiet, szczególnie sukienkach mieszczek, które chętnie ozdabiały w ten sposób niewyszukane szatki.

Ezena, z wysokości grzbietu swojej klaczy, patrzyła na ludzi, którym wojna dostarczyła okazji do zabawy. Rollayna nie uroniła dotąd nawet kropli krwi. W każdym razie nie uroniła jej Rollayna mieszczańska, Rollayna rzemieślników, kupców, stręczycieli, oberżystów i urzędników... Rollayna rycerska bardzo wiele oddała swojej pani – a jak wiele, wiedziały tylko płytkie wody Merewy, którymi spłynęły do morza dziesiątki tysięcy kolorowo opierzonych strzał. Księżna myślała o tym, próbując stale pamiętać, że garstka krętaczy, z którymi miała się spotkać, to w istocie właśnie marna garstka. Synowie Domów z byle jaką krwią w żyłach, Czystą tylko z nazwy, ani sprzymierzeńcy, ani wrogowie – co kiedyś wytknęła jednemu z nich, najznamienitszemu, i sprawiła, że uniósł się honorem. Prawdziwi rycerze dawno już znaleźli w tej wojnie swoje miejsce. Knowania prowadzili tylko siedzący w swoich domach nieudacznicy i tchórze, w najlepszym razie kupcy, gotowi handlować, kupować i sprzedawać cokolwiek, choćby swoje poparcie, ale na pewno nie walczyć. Ci wspaniali rycerze od wielu miesięcy przyglądali się zbrojnym zmaganiom i byli gotowi ruszyć do boju dopiero teraz, gdy stało się jasne, kto wygra i po której stronie będzie można zebrać owoce zwycięstwa.

Jeszcze niedawno była gotowa rozmawiać z tymi ludźmi. Ale teraz bała się, że nie sprosta wyzwaniu.

Czuła wzbierającą w piersi pogardę. Nie powinna jej jawnie okazywać, bo – niestety – potrzebowała pomocy, musiała mieć nowych rycerzy, choćby takich, którzy siedzieli w domach i nigdzie się nie wybierali. Ale czuła, że gotowa jest pogrzebać własną sprawę, pozwalając sobie na kilka szczerych słów. Słowa zaś były wszystkim, co wiozła, i musiała wybrać najwłaściwsze.

Bo Yokes, niestety, nie zdążył... Rozmawiałaby zupełnie inaczej, prowadząc za kołnierz lub ucho, Jego Wysokość Księcia Przedstawiciela Cesarza. Myślała, że postawi go przed zgromadzonymi i powie: „Kurierzy są już niepotrzebni. Książę przyjął moje zaproszenie do Rollayny, proszę więc prowadzić z nim rozmowy, a ja chętnie posłucham, co obieca dartańskim rycerzom". Niestety. Wiedziała, że Yokes dopiął swego, bo kurierzy wyprzedzili „przesyłkę", ale wiadomość o tym nie mogła zastąpić wrażenia, jakie zrobiłaby sama osoba. Jeszcze wczoraj Ezena była pewna zwycięstwa. Teraz już nie. Sugestie, odpowiednie wrażenie, odpowiednio dozowana stanowczość... To właśnie od takich spraw zależały decyzje rycerzy tego formatu, jacy zebrali się pod sztandarem Słusznej Sprawy. Mogła pokazać się na tle wystraszonego, przywleczonego z końca świata człowieka, którego obietnice, składane prosto w oczy, brzmiałyby wręcz niepoważnie na tle zbrojnego pocztu regentki i jej samej. Mogła i musiała wygrać taką grę. Tajni kurierzy, przybywający z Lida Aye, przywozili listy od władcy, przemawiającego w imieniu samego imperatora – siedzącym w Rollaynie intrygantom Książę Przedstawiciel nieodmiennie jawił się jako otoczony dworem, najwyższy urzędnik Dartanu, który jeszcze niedawno podejmował decyzje w pałacu w Dzielnicy Książęcej. Chciała im pokazać tego... wicekróla.

Zamiast tego wiozła tylko słowa. Pogróżki, obietnice, zapewnienia.

Nie mogła, niestety, grać na zwłokę i zyskiwać na czasie. To już nie od niej zależało. Było zupełnie jasne, jakie decyzje zapadną na naradzie, w której zamierzała wziąć udział. Już tej nocy, a najpóźniej dnia następnego, mogła mieć nieproszonych gości w swym pałacu. A za cztery lub pięć dni mogły nadejść pierwsze południowodartańskie chorągwie. Jedyne, co jej pozostało, to uprzedzić cios.

Zmierzający z naprzeciwka poczet powitała z ulgą, chociaż wiedziała, że ci ludzie na pewno się stawią, by ją wesprzeć. Dwaj rycerze, obaj tak samo mężni, choć tylko jeden z nich nosił miecz. W środku dnia, na ulicy wypełnionej tłumem mieszczan, nie było miejsca na powitania, ale wierni sprzymierzeńcy potrafili okazać jej szacunek. Rozstąpili się, biorąc regentkę w środek, i poprowadzili konie, strzegąc boków. Towarzyszący im zbrojni dołączyli do pocztu, który teraz stanowił siłę na tyle znaczną, że wzbudzał powszechną uwagę. Blisko czterdziestu jeźdźców to już była spora kawalkada.

Ezena zauważyła, że jej pierwsza gwardzistka odetchnęła nieco. Hayna była przeciwna podobnej awanturze. Jej pani wybierała się w sam środek wrogiego gniazda, do istnej sadyby zbójców, mających pod swymi rozkazami nie wiadomo jaką liczbę mieczy.

– Wasza wysokość – odezwał się młodszy z mężczyzn.

Regentka zwróciła ku niemu ocienioną kapturem twarz.

– Twój list niewiele mi wyjaśnił. Czy naprawdę zamierzasz, regentko, rzucić dziś tym ludziom wyzwanie?

– Tak, wasza godność.

– Pod Rollayną stoi siedem chorągwi.

– Ale liczy się tylko sześć.

Widząc pytające spojrzenie, dodała:

– Dowódca jednej z tych chorągwi, nawet jeśli nie będzie mógł opowiedzieć się po mojej stronie, nie stanie do walki.

Jego godność A.B.D.Baylay nie zapytał, skąd pewność, że tak właśnie będzie. I uczynił słusznie, albowiem nie dostałby odpowiedzi. Nawet księżna nie znała szczegółów, bo nie wypytywała o nie swojej Pierwszej Perły. „Tego człowieka mamy w ręku" – powiedziała jej niedawno Anessa. „Żadne tam kwity czy weksle... Zabójstwo i sfałszowanie testamentu. Jeśli te sprawki wyjdą na jaw, będzie po nim, wszystko jedno, pod czyimi rządami. Nie poprze cię, jeśli nie uczynią tego inni, ale znajdzie pretekst, by uchylić się od otwartej walki. Gdzieś się spóźni, coś opacznie zrozumie... To już nie nasza sprawa". I Ezena nie pytała o nic więcej, bo wcale nie chciała zbyt wiele wiedzieć o człowieku, który już wkrótce, być może, miał być jej lojalnym poddanym. A może wręcz sojusznikiem, gościem, współbiesiadnikiem?... Morderca i oszust. Wystarczyło, że Anessa wiedziała, co trzeba.

– Pozostanie więc sześć chorągwi, przeciw którym mamy dwie i pół.

– Umiesz liczyć, wasza godność, więc bez trudu zrozumiesz, jak niewiele trzeba, byśmy uzyskali przewagę. Ale tylko teraz. Nie zdobędziemy jej, gdy nadciągną chorągwie południowodartańskie. Spróbuj zaufać mi, panie, bo wiem, co musimy zrobić.

Rycerz lekko skłonił się w siodle i cofnął nieco konia na znak, że nie ma już żadnych pytań.

– Wasza godność – powiedziała regentka, zwracając się do drugiego z towarzyszy – zdajesz sobie oczywiście sprawę z tego, że nigdy nie dowodziłam wojskami, a mój udział w bitwie pod Puszczą Bukową to legenda?

K.D.R.Wasanen skłonił się równie powściągliwie jak Baylay.

– Liczę, że zechcesz już dzisiaj objąć komendę nad wszystkimi moimi wojskami. Bez względu na to, co się stanie... i czy w ogóle coś się stanie, chorągwie muszą mieć dowódcę.

– Mają go zatem, przyjmuję zaszczyt, wasza królewska wysokość. Pytanie, czy twoi przeciwnicy też będą mieli dowódcę.

– Co masz na myśli, wasza godność?

– Coś, co nie jest sprawą kobiety, regentko. Nawet kobiety o rycerskim sercu.

Księżna przestraszyła się, że surowy wojownik gotów popełnić jakieś głupstwo. Ale już dojeżdżali do celu i nie mogła dalej prowadzić rozmowy.

Smukły, biały pałacyk nawiązywał do starodartańskiego stylu wykrojem okien i drzwi, wszechobecnymi ostrymi łukami, a na koniec bardzo niskimi, lecz szerokimi stopniami, które spływały od drzwi na dziedziniec, zajmując znaczną jego część. Był to bowiem dziedziniec maleńki i ciasny – jak wszystko w tych niewygodnych domostwach, mających tylko jedną zaletę: zostały wzniesione w stolicy. Od ulicznego bruku oddzielało dziedziniec delikatne żelazne ogrodzenie, obficie zdobione miedzią. Na podwórcu stały stłoczone wierzchowce. Wprawdzie dość szeroka, brukowana alejka wiodła na zaplecze budowli, gdzie zapewne były stajnie, ale księżna regentka domyślała się, jak te stajnie wyglądają. Mogły pomieścić najwyżej kilka koni. Życie w podobnym domu przedstawiało się jako jedno pasmo udręki. Ale, koniec końców, strzeliste pałacyki nie służyły do mieszkania; niemal każdy z właścicieli miał gdzieś normalny dom. Były to budynki przypominające w pewien sposób hodowlane niewolnice o statusie Pereł: zaświadczały o czyjejś pozycji – i tyle.

Na widok oddziału jeźdźców, wjeżdżającego przez bramę na dziedziniec, jacyś ludzie wybiegli na spotkanie, chcąc chyba pytać, kto i dlaczego wkracza na teren prywatnej posiadłości. Towarzyszący księżnej rycerze poznali, że mają do czynienia ze służbą i nie zniżyli się do jakichkolwiek rozmów. Jego godność A.B.D.Baylay wyzwolił nogę ze strzemienia i kopnął bezczelnego niewolnika w łeb; Wasanen gotów był zrobić coś znacznie gorszego, albowiem po prostu dobył miecza.

Słudzy uciekli.

Jeźdźcy pozsiadali z koni i udzielili pomocy regentce.

Przed drzwiami stali dwaj zaskoczeni i zdezorientowani pocztowi z halabardami; na widok tych halabard oficerowie Armii Wschodniej zapłakaliby rzewnymi łzami i pobiegli szukać świetnego oręża, tak niebacznie sprzedanego jako ozdobny szmelc. Kilkudziesięciu zbrojnych ruszyło wprost do drzwi, a wtedy pocztowi bohatersko skrzyżowali drzewca, zagradzając drogę. Przed idących wysunęła się kobieta, ściągając z kasztanowych włosów kaptur płaszcza. Pierwsza podeszła do wartowników, złapała jedną z halabard i po krótkiej szarpaninie wyrwała ją strażnikowi, który zupełnie nie wiedział co ma począć. Hayna wyrżnęła żeleźcem w schody, krzesąc iskry, przy czym złamała drzewce, szacując chyba w ten sposób jego wartość, następnie oddała pocztowemu ułamany patyk; dokładnie to samo zrobiła z drugą halabardą. Wartownicy, przełykając ślinę, beznadziejnie bezradni i śmieszni ze zniszczoną przez kobietę bronią w dłoniach, w milczeniu patrzyli na wchodzących do budynku i obstawiających dziedziniec wojowników. Ci ludzie nie chcieli zwracać uwagi na ulicach, ale teraz każdy zarzucał na ramię pyszny rycerski płaszcz. Jej królewska wysokość nie przyjechała w gości na czele jakichś pocztowych. Towarzyszyli jej wyłącznie mężczyźni Czystej Krwi, mogący się poszczycić rycerskim pochodzeniem.

Czarna Perła z armektańskiej hodowli, odwrotnie niż mężczyźni, zdjęła płaszcz i porzuciła go przy wejściu. W parzącej jaskrawą czerwienią narzucie szła po niebywale stromych schodach, niemających nic wspólnego ze stopniami-tarasami na zewnątrz. Znów pojawił się sługa, lecz tym razem nie był to niewolnik, lecz młody mężczyzna Czystej Krwi; gospodarze pałacyku już wiedzieli, że mają nieproszonych gości. Silnie zbudowany młodzieniec ze spokojną stanowczością zagrodził drogę wspinającej się po schodach niewolnicy, śladem której, brzęcząc ostrogami, szło kilkunastu zbrojnych. Jednym rzutem oka ocenił dwa pasy podtrzymujące sztylety i miecz idącej ku niemu dziewczyny, po czym otworzył usta, ale uprzedziła go, pokonując kolejne stopnie:

– Mów, co chcesz, ale nie wyjmuj broni. Z drogi, przyboczny, ja tu tylko fikam koziołki przed orszakiem mojej pani.

Podeszła i odepchnęła go, ale równie szybko złapał ją za ramię i pociągnął, wytrącając z równowagi. Jeśli ją straciła, to w szczególny sposób, bo przysiadła na chwilę na stopniu, złamała mężczyźnie rękę i szarpnęła, aż poleciał w dół, omal nie zbijając z nóg łysego rycerza, który stanął na drodze, by zasłonić kobietę w niebieskim płaszczu.

– Przepraszam, wasza wysokość – powiedziała Hayna, idąc dalej po schodach. – W twojej służbie trudno się nauczyć celnego rzucania głupcami.

Rycerze, omijając stękającego nieszczęśnika na schodach, spokojnie szli za groźną przewodniczką. Wykruszali się z orszaku, obstawiając schody, drzwi. Hayna skręciła w ciasny korytarz, gdzie napotkała jakiegoś wystraszonego niewolnika i kolejnych pocztowych z halabardami. Nie zatrzymując się, rozbiła niewolnikowi łeb o ścianę, złamała trzecią halabardę i kopnęła właściciela czwartej w miejsce nieosłonięte żadną zbroją. W głębi korytarza majaczyły następne wąskie i strome schody. Zbiegło po nich kilku uzbrojonych ludzi i dopiero na ich widok niewolnica przystanęła, usuwając się z drogi swojej pani.

– Wasza wysokość – powiedziała – zdaje się, że nareszcie ktoś wyszedł cię powitać.

Dwaj rycerze poprzedzający regentkę szli nieco przed nią, ale wzdłuż ścian, dając tym do zrozumienia, że nie oni są najważniejsi, stanowią tylko eskortę osoby na czele oddziału. Ludzie czekający u stóp schodów być może chcieli coś powiedzieć, uprzedzono ich jednak – widocznie wszystkim w tym pałacu pisany był taki los.

– Którędy? – zapytała z daleka regentka, nie zwalniając kroku. – Przyszłam na naradę rycerzy Stronnictwa Słusznej Sprawy. Którędy? – powtórzyła niecierpliwie.

Było jasne, że nie zamierza przystanąć bodaj na chwilę; mężczyźni przy schodach mogli ruszyć z powrotem albo czekać, aż jej wysokość, idąc ciągle naprzód, uderzy któregoś skrytymi pod kolczugą, wypukłymi piersiami... Wybór był oczywisty, zawrócili i poprowadzili. Poprzedzani przez grupkę przewodników goście weszli po schodach na piętro, a następnie do niedużej, lecz i tak bez wątpienia największej w pałacyku komnaty.

– Jej królewska wysokość księżna regentka K.B.I. Ezena, pani Dobrego Znaku – rzekł spokojnie A.B.D. Baylay, usuwając się pod ścianę przy drzwiach.

Z drugiej strony stanął Wasanen.

Księżna, na czele kilku rycerzy z wiernej chorągwi Enewena, spokojnie postąpiła ku środkowi komnaty. Nie miała już niebieskiego płaszcza, zamiast tego na granatowej sukni lśniła srebrzysta kolczuga.

Gdy tylko umilkły kroki, w komnacie zaległa cisza. Blisko trzydziestu mężczyzn, siedzących za stołami ustawionymi w podkowę, w milczeniu spoglądało na samozwańczą władczynię Dartanu. Jej królewska wysokość przez długą chwilę odwzajemniała spojrzenia, zapamiętując twarze tych rycerzy-nie-rycerzy, kupców-nie-kupców, przekupniów... Walczyła z pokusą wydania jednego krótkiego rozkazu, który przemieniłby tę salę w pole bitwy, a raczej kaźni, bo jej okryci zbrojami wojownicy nie mieli tu godnego przeciwnika. Ale byłby to tylko niemądry kaprys rozgniewanej kobiety. Władczyni nie mogła zrobić niczego podobnego. Za tymi bezbronnymi krętaczami stały orężne hufce, stały nadciągające z południa chorągwie, a na koniec mógłby stanąć cały, wahający się jeszcze, Dartan. Nikt nie śmiał, poza polem bitwy lub turniejową areną, sięgnąć po życie tych ludzi, takich ludzi. A już na pewno nie mogła tego uczynić walcząca o uznanie i pozycję regentka, popierana przez trzy chorągwie przeciw siedmiu.

Nikt nie wstał. Stała przed zgromadzonymi w komnacie mężczyznami niczym podsądna przed sędziami.

– Nie zaproszono mnie tutaj – powiedziała – choć zaledwie dwa tygodnie temu nikt nie wyszedł z mojego domu, gdy pytałam, kto chce zostać, a kto woli odejść. Zrozumiałam, że wszyscy zostają. Lecz powinnam była poprosić o jakieś kwity i rewersy, dzisiaj już o tym wiem – nie ustrzegła się pogardy w głosie.

– Pozwól, pani, powiedzieć sobie, że nikt wtedy nie ślubował, iż zostanie twoim niewolnikiem – rzekł mężczyzna siedzący u szczytu podkowy. – Mam prawo przyjmować gości i nikt mi tego prawa nie odbierze. Mam też prawo zamknąć drzwi swego domu przed każdym, kogo nie zaprosiłem.

Człowiek ten nazywał się T.J.Seneres; jego Dom w stolicy znaczył tyle samo co Dom A.B.D.

– Obyś, wasza godność, nigdy już tych drzwi pospiesznie nie otwierał. Bo może się okazać, że znuży cię czekanie na progu, a przepędzony gość nie zechce wrócić.

– Gdy odmawiam komuś gościny, to zawsze wiem, co robię – w głosie gospodarza zabrzmiała niemal jawna ironia.

Ezena zrozumiała, że tym razem nie użyła właściwych słów, nie zapanowała nad przeciwnikami i na pewno niczego nie wskóra. Może zawiniła pogarda, której nieopatrznie dała ujście, mówiąc o kwitach i rewersach... Już jadąc ulicami Rollayny, obawiała się, że nie zdoła zapanować nad uczuciami – i tak właśnie się stało. A może po prostu nie istniało nic, co odwiodłoby tych ludzi od powziętego postanowienia? Dopiero jutro mieli się dowiedzieć, że nie ma już z kim negocjować, że jej żołnierze palą Armekt, a wynik wojny nie jest jeszcze przesądzony. Lecz czy chcieli czekać do jutra? A jeśli nawet, to czy mogli cofnąć raz podjęte decyzje? Regentka zadała sobie pytanie, czy dobrze uczyniła, przychodząc na tę tajną naradę. Być może siedzący w tej komnacie ludzie mogli uznać za niebyłe słowa, które padły w ich własnym gronie. Lecz czy mogli jawnie opowiedzieć się przeciw niej, a potem udawać, że nic się nie wydarzyło?

Nie. Na pewno nie.

– Pojutrze rano – powiedziała – poprowadzę moje chorągwie do bitwy.

Ludzie za stołami wymienili spojrzenia.

– A przeciw komu, pani?

– Jeszcze nie wiem. Z jednej strony staną moje wojska, a naprzeciwko... staną jakieś inne. Będzie to bitwa nie mająca wielkiego znaczenia dla losów całej wojny, a może nawet zupełnie bez znaczenia. Ale jestem we własnym kraju, we własnej stolicy i nie życzę sobie nieproszonych gości, co na pewno łatwo zrozumiesz, wasza godność. Pojutrze na przedmieściach Rollayny będą stały tylko moje wojska. Moje i żadne inne.

– Dlaczego dopiero pojutrze? – zapytano kpiąco, z drugiego końca stołu.

– Dlatego, wasza godność, że właśnie tyle czasu mi trzeba na przygotowanie się do bitwy. Wydaję rycerski bój przeciwnikom, których mam za rycerzy. Ale, jeśli się pomyliłam, to być może już dzisiaj napadnie na mój dom banda skrytobójców, z zamiarem wywleczenia mnie z sypialni?

– Czy taka banda, jak ta, która dzisiaj poturbowała moją służbę w moim własnym domu? – zagadnął gospodarz, słuchający niewolnika szepczącego mu właśnie coś do ucha.

Zaległo krótkie milczenie.

Pomoc przybyła z najmniej oczekiwanej strony.

– Regentko.

Posępny łysy rycerz pochylił głowę, ale wbrew gestowi nie zaczekał na pozwolenie.

– Powiedziano dzisiaj w tej sali, że ci, którzy nie wyszli kiedyś z twojego domu, są niewolnikami. A teraz powiedziano jeszcze, że przyprowadziłaś bandę skrytobójców.

Rycerz ruszył przed siebie i szedł, aż stanął przed gospodarzem.

– Czy powtórzysz to raz jeszcze, wasza godność?

Zaległa cisza.

– Gotów jestem powtórzyć każde słowo, które kiedykolwiek wymówiłem.

– Więc zabiję cię, pachołku w obcej służbie – powiedział K.D.R.Wasanen. – Tu i teraz. Wyjdź zza tego stołu i każ przynieść swoją zbroję.

Gospodarz nie zdołał ukryć konsternacji.

– Natychmiast?

Wasanen odstąpił pół kroku.

– Jej królewska wysokość chce stanąć do walki pojutrze. Jeśli nie respektujesz, pachołku, rycerskich obyczajów, to i ja ich nie muszę respektować. Twierdzisz, że można stanąć do równej walki bez jakichkolwiek przygotowań, no to wychodź zza tego stołu, albo zaraz cię nim przywalę.

Być może po raz pierwszy i ostatni w swym życiu nieobrotny w języku rycerz przygwoździł przeciwnika samym słowem. Przed pałacową bramą Ezena obawiała się skrytych zamiarów, które powziął w swym sercu sojusznik; teraz mogła tylko błogosławić jego gniewną porywczość. Wcale nie było pewne, czy Wasanen wiedział, co w ogóle osiągnął. Być może, w swoim mniemaniu, znalazł tylko znakomity pretekst, by niezwłocznie porąbać pierwszego ze Stronników Słusznej Sprawy, co sobie w duszy poprzysiągł.

– Moje życie i mój czas nie należą dziś do mnie – rzekł sucho wyzwany. – Lecz pojutrze ma dojść do bitwy, jak słyszałem. Przyprowadzę tam swoją chorągiew i stanę po właściwej stronie. Znajdziesz mnie łatwo, rozbójniku. I odpowiesz za nazwanie pachołkiem.

Regentka zobaczyła, że jej zawzięty sprzymierzeniec wcale nie zamierza ustąpić... Rzeczywiście myślał tylko o tym, żeby zaraz zarąbać wodza wrogich wojsk.

– Wasanenie – wymieniła imię swego wojownika, wyróżniając go wobec licznych świadków – przyjmij, proszę, warunki przeciwnika.

– Czy tak ma być, wasza królewska wysokość?

Teraz, przez krótką chwilę, regentka była górą. Od niej zależało, co zrobi łysy rębajło, a z całą pewnością mógł chlusnąć w twarz przeciwnika winem ze stojącego przed nim kielicha, opłazować mieczem lub zrobić zgoła cokolwiek, byle zaraz wywlec zza stołu i zmusić do pojedynku. W przegranej bitwie na słowa jedyny sukces i drobną satysfakcję zawdzięczała najbardziej nieporadnemu ze swych sojuszników.

– Tak – powiedziała. – Dartan to ojczyzna rycerzy i rycerskich zwyczajów.

– A zatem pojutrze?

– Pojutrze – odpowiedziano zza stołu.

Przez chwilę panowało milczenie.

– Gdzie odbędzie się ta bitwa, pani?

– Na błoniach za Przedmieściem Czterech Jeźdźców. Zgraja armektańskich koczowników spaliła moje dobra w Puszczy Bukowej, co na pewno dla nikogo nie jest tajemnicą.

Było. Nikt tu jeszcze o tym nie wiedział, choć na pewno spodziewano się podobnej wieści. Regentka raz jeszcze pożałowała, że nie może teraz zaprosić do komnaty Księcia Przedstawiciela Cesarza.

– Moje wojska wystawiły już Armektowi rachunek za ten czyn – mówiła dalej – o czym Rollayna dowie się jutro, a może nawet dziś w nocy. Ale chcę ukarać jeszcze samych podpalaczy. Nauczona jednak smutnym doświadczeniem, nie zostawię stolicy zdanej na łaskę obcych wojsk. Dlatego pojutrze wydam im bitwę, a przy okazji... policzę moje chorągwie, zanim ruszę na ich czele przeciw Armektańczykom.

Siedzący mężczyźni raz jeszcze porozumieli się wzrokiem. Ktoś skinął głową, inny tylko wzruszył ramionami.

– Niech tak będzie, pani.

Odwróciła się. Jej rycerze odstąpili na boki, robiąc przejście.

Księżna zyskała trochę czasu, ale jednak przegrała swą potyczkę z przywódcami Stronnictwa Słusznej Sprawy. Było jasne, że pojutrze nie stanie u jej boku ani jedna nowa chorągiew.

51

Przez cały wieczór, noc i ranek dnia następnego królewski pałac wyglądał jak wymarły. Księżna regentka zamknęła się w swoich komnatach, nikogo nie wzywała, z nikim nie rozmawiała.

Gotah-Przyjęty dowiedział się od Hayny, jaki przebieg miała rozmowa z przywódcami wrogiego stronnictwa, i mógł tylko pokiwać głową. A jednak, ku własnemu zaskoczeniu, nie czuł przygnębienia. Wbrew rozsądkowi spokojnie spoglądał w przyszłość. Wieści o poczynaniach Yokesa podniosły go na duchu tak bardzo, że aż wstydził się przyznać do tego. Jakieś dziwne powietrze parowało ze ścian tego domu, nieodmiennie trujące dla jednych, ożywcze dla drugich... ale nigdy takie samo dla wszystkich.

Zaraz po śniadaniu zaszło wydarzenie, które wprawiło Przyjętego w doskonały nastrój. Przyszła doń Hayna, we własnej pięknej osobie.

– Potrzebuję pomocy, wasza godność – powiedziała. – Księżna nie życzy sobie z nikim rozmawiać, a do pałacu przyszedł właśnie człowiek, który twierdzi, że ma niechybny sposób na wygranie wojny.

– Co ma? – nie zrozumiał Przyjęty.

– Sposób na wygranie wojny. Ni mniej, ni więcej.

– Czy posłałaś już, Perło, gońca do domu obłąkanych, z pytaniem, czy nikt im nie uciekł?

– Bądź pewien, wasza godność, że przyszło mi to do głowy... Ale ten człowiek mówi o Szerni, Porzuconych Przedmiotach i wielu innych sprawach, na których się nie znam. Na szczęście jest w pałacu ktoś, kto się zna.

– O? – powiedział Gotah. – Ja naprawdę trochę się znam! Chodźmy szybko. Skoro tak, to chodźmy.

W średniej wielkości komnacie, przeznaczonej do przyjmowania niezbyt ważnych gości, czekał zamożnie odziany mężczyzna Czystej Krwi, na pewno jednak niemający rycerskiego pochodzenia. Przyjęty z wielkim zaciekawieniem wysłuchał długiej historii wyprawy po Porzucone Przedmioty, najeżonej niebezpieczeństwami (w co nie wątpił), której owocem był pokaźny zbiór potężnych artefaktów, mogących przechylić szalę każdej bitwy. Dowiedział się, czym są i do czego służą Przedmioty, a szczególnie potężne Geerkoto. Ostrożnie zapytał o ceny i popatrzył na Perłę, która nie wiedziała, co ma o tym myśleć. Potem wrócił spojrzeniem do kupca-domokrążcy.

– Wasza godność – zapytał – czy oprócz potężnych Przedmiotów wojennych, masz jakieś inne?

– A o jakich myślisz, panie?

– O kamykach nazywanych Listkami Szczęścia.

– O... Nie. To Przedmioty strzegące przed wszystkimi dolegliwościami, bardzo drogie, ale też bardzo poszukiwane. Miałem, lecz niestety już nie mam.

– Wielka szkoda – rzekł Gotah, po czym zwrócił się do Perły: – Cokolwiek mówić o wynoszeniu Porzuconych Przedmiotów za granice Nienazwanego Kraju, Listki rzeczywiście zapewniają życie w dobrym zdrowiu, choć nie jest prawdą, że ustrzegą przed każdą chorobą.

– Wasza godność, zapewniam, że przed każdą... – zaczął przybysz, ale Przyjęty machnął ręką.

– Nie masz ich, panie, więc nie zalecaj mi tak usilnie, bo szkoda rozmawiać o czymś, czego nie ma. To wszystko, wasza godność.

Hayna spojrzała pytająco na Gotaha, po czym wezwała niewolnicę, by odprowadziła handlarza do drzwi.

– Wasza godność, mam Czarny Kamień. – Gość najwyraźniej raz jeszcze pragnął wymienić nazwy wszystkich Przedmiotów, jakimi dysponował. – Ten Przedmiot...

Przyjęty znowu zamachał ręką i powiedział coś, co zdumiało, ale i rozbawiło Haynę:

– Ten Przedmiot, panie, wsadź sobie w tyłek i noś. Tam jest jego miejsce; jeśli nie w Romogo-Koor, Nienazwanym Kraju, to tam. No już, uciekaj panie, bo stracę cierpliwość, kopnę cię i nie będziesz mógł niczego tam nosić.

Przyjęty i Perła zostali sami. Gotah widział, że niewolnica z trudem powściąga ciekawość, więc poprosił ją gestem, by usiadła, gotów porozmawiać.

– Czy na pewno nie miał nic, co mogłoby się przydać? – zapytała. – Dużo słyszałam o Przedmiotach...

Pokręcił głową.

– Listek Szczęścia, Perło. Jeśli kiedyś natkniesz się na ten Przedmiot, to go sobie kup, choć kosztuje, o ile wiem, fortunę. Nie daj się oszukać, bo pokazywano mi już zwykłe zielone kamyki, pozbawione jakiejkolwiek wartości. Listek można nosić jako kolczyk albo wisiorek, bo jest w nim mały otwór umożliwiający choćby przeciągnięcie łańcuszka. Ale żadne znane w Szererze narzędzie nie zarysuje tego Przedmiotu, możesz nim, Perło, ciąć diamenty. W ofiarowany Listek grzmotnij najpierw głowicą swojego miecza, a dopiero potem kup, albo nakarm nim ofiarodawcę.

– Nie wiedziałam. Czy naprawdę strzeże przed chorobami?

– Raczej usuwa objawy, łagodzi ból. Ale rzeczywiście przyspiesza gojenie się ran, a przede wszystkim... hm, przede wszystkim nazywany jest Kamieniem Dziwek, co dość wyczerpująco, jak mniemam, daje odpowiedź na pytanie, przed jakimi chorobami najskuteczniej chroni. Takimi i w ogóle wszystkimi, które można przejąć od kogoś.

Hayna zadumała się.

– Muszę powiedzieć Anessie – rzekła z głębokim namysłem i dopiero po chwili, gdy Przyjęty nie wytrzymał i zarechotał od serca, zdała sobie sprawę, co właściwie palnęła. Zaczerwieniła się.

– Daruj, Perło – rzekł Przyjęty, ocierając łzy. – Pozostałe Przedmioty... no, powiedziałem handlarzowi, co może z nimi zrobić. To także mi daruj.

– Ale, wasza godność, taki Czarny Kamień?

– Geerokto. – Przyjęty skinął głową. – Ciemny Przedmiot, aktywny. Silnie rzucony leci bardzo daleko i może przebić mur, nie mówiąc o zbrojach kilku stojących jeden za drugim rycerzy.

– Czy to do niczego nie może się przydać?

Przyjęty spoważniał.

– Posłuchaj, Czarna Perło... Wszystko może się do czegoś przydać. Takie cuda, jak ten Przedmiot, są wożone na pokładach wszystkich dużych żaglowców i nazywane bombardami. Mają jedną wielką zaletę: można z nich wystrzelić wiele kamieni, zwykłych, niekoniecznie Czarnych. Druga zaleta to taka, że nikt tych wystrzelonych kamieni nie odrzuci z powrotem...

Porozmawiaj kiedyś ze swoją panią, Hayno. Ona już wie, że Szerń jest Szernią, a świat światem. Żadne wyszarpnięte z Pasm moce nie pomogą nieudolnemu dowódcy wygrać bitwy, a dowódca zdolny tym bardziej żadnych mocy nie potrzebuje. Porzucone Przedmioty, jakby to powiedzieć, spinają świat z niektórymi Pasmami i do tych Pasm można się odwoływać, nic właściwie nie wiedząc o Szerni. Tylko tyle.

– Trzeba znać Formuły – powiedziała Hayna.

Przyjęty z namysłem spoglądał na mądrą dziewczynę, której dość było opowiedzieć bajkę o zaczarowanych przedmiotach, by kompletnie zgłupiała. W umyśle – ludzkim, bo już nie kocim – tkwiła jakaś potrzeba cudowności. Gotah wiele razy się zastanawiał, dlaczego człowiek nie jest w stanie przyjąć świata takiego, jakim był: rządzącego się swoimi własnymi prawami, dość przecież cudownego, nawet bez latających kamieni i innych dziwów.

– Formuły nadają tylko kształt myślom – powiedział. – Za pomocą każdego Przedmiotu można dotknąć Pasma Szerni na tysiąc różnych sposobów, a wśród tych sposobów jeden albo dwa są dostępne człowiekowi, lub jakiejkolwiek żywej i rozumnej istocie. Żaden Czarny Kamień donikąd nie poleci, rzucony przez człowieka, który wprawdzie wymówi Formułę, ale nie będzie wiedział, jakiego skutku oczekuje. Bo Formułą jest tutaj oczekiwanie tego skutku, nie zaś jakiś dźwięk. Te dźwięki, one tylko... jakby rzec... – uniósł palec do ucha – pomagają istocie, używającej na co dzień mowy, wyzwolić moc własnego umysłu. Nie chce mi się tego tłumaczyć, nie dzisiaj. Porozmawiaj ze swoją panią, Perło – doradził raz jeszcze. – Ona to wszystko wie, chyba że zapomniała... Będzie jeszcze niejeden wieczór, gdy znudzona lub znużona sprawami państwa królowa zechce porozmawiać ze swoją wierną gwardzistką.

– Tak myślisz, wasza godność? Że będą jeszcze takie wieczory?

– A ty, Hayno?

– Nie wiem – odrzekła. – Będę wiedziała jutro.

Wieczorem poproszony do stołu księżnej Przyjęty wziął udział w najbardziej ponurej biesiadzie, o jakiej w ogóle słyszał. Na tle tego stypa byłaby istnym balem. Przy stole zasiadło tylko sześć osób: regentka, mędrzec-Przyjęty, jego godność A.B.D.Baylay (który już w południe złożył księżnej wizytę, lecz nie doczekał się posłuchania), dwie Perły i... jeniec. Książę Przedstawiciel Cesarza, któremu dopiero teraz dano możliwość spotkania z jej wysokością. Hayna usługiwała regentce, Anessa zaś Baylayowi; mędrzec Szerni i dostojny zakładnik korzystali z pomocy dwóch pośledniejszych niewolnic.

Od początku do końca posiłku nikt nie powiedział słowa. Ktokolwiek otworzył usta i rozejrzał się po twarzach współbiesiadników, rezygnował z zamiaru zagajenia rozmowy, pod spojrzeniem gospodyni, która zastygała nieruchomo i patrzyła dokładnie tak, jakby gość co najmniej zakasał spódnicę i przymierzał się do ulżenia pęcherzowi.

Było jasne, że przy stole ma panować śmiertelna cisza. Gotah nie wiedział co o tym myśleć. Widywał Ezenę energiczną, zbuntowaną, obrażoną... Ale nigdy nie widział nieżywej. A tym razem, na krześle u szczytu stołu, siedział trup regentki Dartanu – martwa kobieta, która nie życzyła sobie, by ktokolwiek przemawiał na jej stypie.

Księżna wstała od stołu, gdy inni jeszcze jedli, dając znak, że posiłek skończony.

– Panie – powiedziała do zakładnika – zechciej mi towarzyszyć.

Po czym wyszła.

Sześćdziesięcioletni mężczyzna, na twarzy którego wciąż jeszcze widoczne było piętno wyciśnięte przez dziką galopadę, nieomal przewrócił krzesło, próbując nadążyć za kobietą, która lada moment mogła zniknąć za zakrętem korytarza, idąc w niewiadomym kierunku, do któregoś z tysiąca pokoi.

Perły Domu wymieniły spojrzenia. To samo zrobili Baylay i Przyjęty.

– Jeśli moje towarzystwo nie jest ci przykre, wasza godność – powiedział Gotah do magnata – to je ofiarowuję. Przyszedłeś dzisiaj, jak sądzę, porozmawiać z jej wysokością, ale chyba... No, nie wiem.

Hayna wyszła, idąc za swoją panią i Księciem Przedstawicielem.

– Ja także, wasza godność, oddaję się do twojej dyspozycji – powiedziała Pierwsza Perła.

Być może była to propozycja rozmowy we troje. Ale Gotah nie zamierzał jej podjąć, a Baylay potrafił dostrzec takie rzeczy.

– Dziękuję, pani – powiedział. – Chyba potrzebne mi dzisiaj męskie towarzystwo.

Anessa wydęła usta, wzruszyła ramionami, popatrzyła przeciągle na Gotaha i wyszła. Magnat i Przyjęty zostali przy stole sami.

– Moje wyobrażenia o niewolnicach uległy zmianie, odkąd znam Perły jej wysokości Ezeny – rzekł Gotah.

– To niewolnice tylko z nazwy. Pani Anessa jest przyjaciółką i pierwszą damą dworu jej królewskiej wysokości. Może będzie wkrótce najbardziej wpływową osobą w królestwie, przed którą będą zginali karki magnaci. To, skąd przyszła, nie ma żadnego znaczenia. A skąd przyszła sama księżna, wasza godność?

– Jeśli nie potępisz tego, panie – rzekł mędrzec Szerni, zasiadając z powrotem na krześle, z którego wstał, gdy wychodziła jej wysokość – to uchybię gospodyni i nie przyjmę do wiadomości, że posiłek dobiegł końca. Jestem głodny, przez cały wieczór żułem jeden kęs i nijak nie mogłem przełknąć! – dorzucił z zabawną złością.

Baylay uśmiechnął się lekko i także usiadł z powrotem.

– Regentka miewa humory – zauważył porozumiewawczo, gestem dając znak niewolnicom, że nie są już potrzebne. – Niezwykłe humory, jak przystało na kogoś niezwykłego. Ale wady ludzi nietuzinkowych prawie zawsze są na miarę zalet i trzeba się z tym pogodzić.

Uderzała swoboda, z jaką ten niestary mężczyzna potrafił prowadzić rozmowę. W jednej krótkiej wypowiedzi pozwolił sobie skrytykować panią, której służył, a zarazem podniósł jej znaczenie. Znał swoją wartość, ale i swoje miejsce.

– Czy wiesz, wasza godność – zagadnął Gotah, sięgając do półmiska i odłamując potężny kawał dziczyzny – że nie jesteś osobą mi nieznaną?

– Domyślam się, że dotarły do ciebie, panie, jakieś echa moich poczynań w Grombelardzie?

– Echa... Znałem twoją małżonkę, wasza godność.

Mężczyzna spoglądał w milczeniu.

– Czy rozmowa na ten temat jest ci niemiła, panie? – zapytał wprost Przyjęty.

– Nie potrafię powiedzieć. Moja żona nie żyje, ale to wszystko, co wiem. Słyszałem jeszcze różne bajki i legendy. Byłem w Grombelardzie dość długo, by nauczyć się, ile są warte.

– Czy opowiedzieć ci, panie, co wiem o jej godności A.B.D.Karenirze i... o tobie?

Magnat znowu milczał.

– Opowiedz, wasza godność.

– Na zlecenie jej królewskiej wysokości Księżnej Przedstawicielki Cesarza w Londzie spisano pewne dzieło. To, w rzeczy samej, grombelardzka legenda, opowiadająca o losach jednej z najbardziej niezwykłych kobiet, jakie chodziły po ziemi Szereru. Większość mojej wiedzy pochodzi z tego dzieła – przyznał Gotah.

– Była najbardziej niezwykłą kobietą, jaką znałem i o jakiej słyszałem – powiedział A.B.D.Baylay. – Najwspanialszą wojowniczką, wierną przyjaciółką i... najgorszą żoną dla kogoś takiego jak ja. Opowiedz mi, wasza godność, co wiesz. Proszę o to.

Gotah opowiedział. Ale przemilczał szczegóły śmierci legendarnej Łowczyni, bo nie chciał dręczyć człowieka, którego szanował, a nawet, w pewien sposób, polubił.

Do komnaty wniesiono rozłożyste świeczniki, bo za oknami coraz śmielej rozpościerał się zmierzch.

– Co mogę powiedzieć, wasza godność... – rzekł na koniec magnat, przemyślawszy zasłyszaną historię. – To bajka i nie bajka zarazem. Więcej tam prawdy, niż przypuszczasz. Może poza jednym, i tutaj zgodzę się z twoimi zastrzeżeniami: pisał to człowiek niewiele wiedzący o Dartanie, a na dodatek ktoś, kto chciał w najlepszym świetle przedstawić księżnej Werenie postać jej przyjaciółki, choćby kosztem zniewieściałego i małostkowego małżonka. Nie usprawiedliwiam się ani nie tłumaczę, ale postać żałosnego młodzieńca, który wypłakiwał się w górach przed każdym, kogo spotkał, naprawdę niewiele ma wspólnego z rzeczywistością. Poznałem wielkiego człowieka, Dorlana, i to spotkanie, muszę powiedzieć, odmieniło moje spojrzenie na świat. Tutaj zaś... nie byłem dobrym mężem dla największej wojowniczki Szereru, to prawda. Ale nie istnieje na świecie taki mężczyzna, który godnie stanąłby u jej boku, co nie od razu potrafiłem przyznać. Pominięty zupełnie w twojej opowieści dartański rozdział dziejów Łowczyni to może najbarwniejsza karta z jej życia. Nie uwierzysz, wasza godność, co jedna grombelardzka Armektanka potrafiła urządzić w Złotej Stolicy Dartanu. I nie zawsze były to rzeczy, których bym nie poparł... – Uśmiechnął się, chyba mimo woli. – Powiem tylko, że od czasu, gdy wyjechała, nie było tu żadnej kobiety o podobnym formacie. Aż do dziś.

– Pytanie, czy będzie jutro – zauważył Gotah.

– A to już, wasza godność, obojętne – rzekł magnat, odchylając się na oparcie krzesła. – Dla mnie obojętne. Jutro, wbrew wszystkim zasadom, które w ciągu ostatnich lat wyznawałem i miałem za słuszne, wbrew rozumowi przywdzieję zbroję i wezmę do ręki miecz. Wrócę do tego pałacu u boku mojej królowej albo nie wrócę wcale.

Gotah pokiwał głową, bo nie były to słowa rzucone na wiatr.

W tym samym czasie królowa rozmawiała z człowiekiem, któremu odebrała całą władzę, znaczenie, a nawet cel i sens życia – słowem wszystko, w co wierzył i co miało dla niego wartość.

W jednym z dziennych pokoi – a był to ten sam pokój, w którym jeszcze niedawno Anessa piła wodę z solą i próbowała wypchnąć okno ręką – jej wysokość księżna regentka pół siedziała, pół leżała na szerokiej ławie, wymoszczonej miękkimi poduszkami. Ława, pięknie rzeźbiona, stała wzdłuż ściany, o którą księżna opierała głowę. Zakładnik siedział na krześle przy niedużym kwadratowym stole, ponad splecionymi dłońmi wpatrując się w barwny kobierzec, kryjący część posadzki.

– Możemy porozmawiać jak dwoje ludzi, którzy spotkali się po raz pierwszy i nie spotkają już nigdy – mówiła księżna regentka. – Powiedz, panie, jak mam cię tytułować, bo nie chcę być nieuprzejma, a zarazem rozumiesz, że nie uznaję twojego tytułu. Tylko symbolicznie jesteś krewnym cesarza i tak samo przysługuje ci tytuł wysokości. Ale nie chcesz chyba być tytułowany dostojnością, jak byle urzędnik imperialny?

– Mogę być chyba Księciem Przedstawicielem? – zapytał mężczyzna. – Choćby tylko jego godnością Księciem Przedstawicielem, bo wysokością niekoniecznie. Cesarskim przedstawicielem jestem w samej rzeczy, wszystko jedno, czy rządzę w Dartanie, czy nie rządzę nigdzie. Możesz, pani, zająć ten pałac i sięgnąć po dowolne miano, ale ja stale reprezentuję Kirlan i nie od ciebie to zależy.

– To prawda – przyznała. – Niech tak będzie, Przedstawicielu Cesarza. Dla miłej zgody pomińmy także „jej królewską wysokość". Najzupełniej wystarczy: Ezeno.

Zdziwiony mężczyzna uniósł na chwilę wzrok.

– Przywleczono cię tutaj, panie, na złamanie karku – ciągnęła – a jednak jechałeś zbyt wolno. Teraz już w ogóle nie jesteś mi potrzebny, bo w żaden sposób nie mogę cię użyć. W każdym razie jeszcze nie dziś. Nie poślę przecież posłańca do przywódcy Stronnictwa Słusznej Sprawy z wiadomością, że gościsz pod moim dachem i chętnie poprowadzisz dalsze rokowania z rycerzami. Taka wieść, nieledwie zdawkowa, dowiedzie najwyżej mojej bezsilności... Dopiero jutro, wasza godność, przed rozpoczęciem bitwy, poślę przeciwnikom twoją głowę, zatkniętą na długiej żerdzi. To na pewno dziki obyczaj, ale nie mogę zaniedbać niczego, co zwiększy moje szanse. Rozumiesz przecież, że nie mogę?

– Rozumiem.

– Jesteś Dartańczykiem, wasza godność. Wytłumacz mi, dlaczego stoimy po przeciwnych stronach, zamiast ramię przy ramieniu? Czy zdajesz sobie sprawę, że gdybyś z tego samego pałacu, z tej samej sali tronowej, rządził jako dartański król, władający własnym królestwem, to nigdy byśmy się nie spotkali? Albo może raczej spotkalibyśmy się wówczas, gdyby ktoś zapragnął strącić koronę z twojej głowy. Wówczas księżna Ezena, pani Dobrego Znaku, przybyłaby na twoje wezwanie, prowadząc swoje chorągwie. Zresztą może nie byłoby w ogóle księżnej Ezeny pani Dobrego Znaku... – powiedziała z głębokim namysłem. – Dlaczego jesteś urzędnikiem obcego monarchy, panie?

– To mój monarcha. Cesarz Wiecznego Cesarstwa, król Armektu, Dartanu, Grombelardu i Garry.

– Dlaczego go uznajesz?

– Bo Dartan pod jego panowaniem miał wszystko, czego mu brakło pod panowaniem wlasnych królów. Sprawiedliwość, dobrobyt i pokój. Armekt pokazał Dartanowi rzeczy, których nikt tu kiedyś nie oglądał.

Warto, odkładając na bok pychę, uczyć się od sprawiedliwszych i mądrzejszych, a nawet oddać im władzę. Dlatego że niczego ważniejszego od sprawiedliwości i mądrości nie widzę.

– „Armekt pokazał Dartanowi rzeczy, których nikt tu nie oglądał"? – powtórzyła. – Co pokazał Armekt, wasza godność? Bo ja widzę przed sobą kogoś, kto reprezentuje władcę tego wspaniałego kraju, czy tak? I ten człowiek, w imieniu swego władcy z Kirlanu, pokazał mi knowania z rycerzami niewartymi plunięcia; knowania z miernotami przeciw wojownikom. To, jak rozumiem, podoba się armektańskiej Pani Arilorze, władczyni Wojny i Śmierci? Tego właśnie Dartan powinien się uczyć od Armektu? Odpowiedz mi, wasza godność.

Przedstawiciel milczał.

– Gdy upadał Złoty Dartan królów – powiedziała – wtedy armektański porządek, armektańskie tradycje i prawa rzeczywiście godne były podziwu. Narzucono je wszystkim, widocznie tak miało być. Ale nie widzisz tego, panie, że minęły stulecia i oto pod niebem Szereru inny kraj stoi na straży takich cnót, jak uczciwość, męstwo i duma? Nie widzisz, że Niepojętej Arilory od dawna już nie ma w Armekcie, bo odeszła razem ze swoimi wojownikami, na których miejsce przyszli urzędnicy, krętacze i szpiedzy? Zamiast żołnierzy siepacze, gotowi tłuc kijami każdego, kto podniesie głowę. Co Armekt może dzisiaj pokazać Dartanowi? Wicekróla, który sprzymierzy się z najżałośniejszymi kreaturami, wskrzeszając to wszystko, co już wymierało? Intrygi, kupowanie prywatnych korzyści w zamian za udzielone poparcie? Armekt, który kiedyś, szanując odrębność i dumę kilku tysięcy ludzi na pograniczu, powołał do istnienia miasto-księstwo, nienależące do żadnego kraju, dzisiaj nie jest w stanie dostrzec rozbudzonej dumy milionów Dartańczyków, spośród których wielu mieni się być Dartami, rdzennymi mieszkańcami tej ziemi. Nie ma już szacunku dla tego, co kraj wspaniałych żołnierzy-koczowników uznawał za najcenniejsze i najwartościowsze: dla męstwa, uczciwości, poczucia tożsamości, dumy z bycia tym, kim się jest. Nie opowiadaj mi, panie, że bronisz takich wartości. Bronisz tylko skarbca Wiecznego Cesarstwa.

Mężczyzna westchnął.

– To bardzo piękne, co mówisz, pani, ale, niestety, nieprawdziwe. Przyszłaś znikąd, natchniona wzniosłymi ideami, marząca o potężnym sprawiedliwym królestwie, które może współistnieć zarówno z Armektem, jak i całym Wiecznym Cesarstwem. Ale ja, wasza wysokość, w granicach tego „sprawiedliwego królestwa" spędziłem całe życie, a od kilku lat nim rządzę. W tym sprawiedliwym królestwie nadal na każde skinienie stawi się zgraja Czystej Krwi łapserdaków, którzy za byle przywilej sprzedadzą godność, uczciwość i honor, i gdy tacy ludzie chcą poprzeć jakąkolwiek godną uwagi sprawę, dajmy na to sprawę wiecznego pokoju w granicach Wiecznego Cesarstwa, to należy się z tego tylko cieszyć, bo równie łatwo mogliby poprzeć sprawę córki z nieprawego łoża przeciw adoptowanemu synowi albo inną równie istotną. Mogliby toczyć o to wojnę i palić wioski razem z ich mieszkańcami. W tym „sprawiedliwym i dumnym królestwie" po staremu sądzą sądy, gotowe przyznać rację temu, kto hałasuje najgłośniej, bo na pewno nie przyznają jej niewolnicy, podniesionej, za sprawą czyjegoś kaprysu, do godności księżnej... czy nie tak, wasza wysokość? To nie Armekt wymyślił te sądy, przeciwnie: przyzwolił tylko na ich istnienie, bo są mniejszym złem niż wieczne wojny rodowe. Walczysz, pani, o mit, a zresztą sama jesteś mitem, bo wiem przecież, z kim cię utożsamiają niektórzy. Powiem coś ważnego, wasza królewska wysokość – powoli i wyraźnie wymówił tytuł, żeby było zupełnie jasne, iż się nie przejęzyczył. – Być może naprawdę istniała legendarna królowa Rollayna i być może ty właśnie jesteś kimś, kto mógłby zająć jej miejsce. Ale życie ludzkie trwa krótko, wasza wysokość, a mówi to człowiek stary. Za kilkadziesiąt lat, nawet gdyby twoje panowanie miało trwać aż tyle, w Złotym Dartanie zapanuje chaos, wybuchnie wojna domowa, a wkrótce potem armektańskie wojska będą zmuszone wkroczyć w granice tego kraju i zaprowadzić swoje porządki, zresztą jakiekolwiek porządki, bo inaczej ten szererski wrzód będzie ropiał i ropiał bez końca, zakażając wszystkie inne kraje, tak jak to było przed wiekami. Oto, wasza królewska wysokość, najważniejszy powód, dla którego już nigdy nie użyję tytułu, który aż dwukrotnie usłyszałaś przed chwilą. Wieczne Cesarstwo ma być jedno, a w jego granicach wieczny pokój. To sprawa, za którą chcę umrzeć. I za którą, nawet o tym nie wiedząc, będą jutro umierać nędzni krętacze, myślący tylko o swych trzosach. Krętacze stający przeciw szlachetnym marzycielom.

***

Była noc, lecz przy resztkach wieczerzy dwaj mężczyźni wciąż rozmawiali o Grombelardzie, Dartanie, Szernii Szererze, niezwykłych kobietach... O wszystkim, tylko nie o wojnie, która jutro, być może, miała zostać ostatecznie rozstrzygnięta. Nie zażądali więcej światła, więc płonęły tylko świece osadzone w dwóch rozłożystych kandelabrach, postawionych na stole.

– Dwaj wielcy wojownicy, człowiek i kot, przybyli do tego miasta i skryli się pod obcymi imionami, bo byli ścigani przez prawo – mówił Gotah. – Znałeś obu, wasza godność. Co się z nimi stało?

Dartańczyk patrzył w milczeniu, wyraźnie ważąc słowa.

– Powiem, wasza godność, że znam wielu wojowników. Powiem coś takiego: być może istnieją na świecie wojownicy, którzy uciekli od jednej wojny nie po to, żeby wziąć udział w innej. Być może są wojownicy, którzy byli niemal królami, a porzucili swe królestwo nie po to, by służyć innym, obcym monarchom. I nie snujmy więcej domniemań, wasza godność.

Gotah uszanował tajemnicę, która nie była tajemnicą rozmówcy.

– Być może istnieją też wojownicy – powiedziała od drzwi czarnowłosa kobieta – którzy nie biorą do ręki miecza, a mimo to potrafią walczyć o ważne sprawy.

Nie zauważyli, kiedy weszła. Kto wie, jak długo stała w drzwiach, słuchając, co dwaj mężczyźni mówią o Dartanie, Grombelardzie... i niezwykłych kobietach.

Wstali.

Księżna niespiesznie podeszła do stołu, wzięła swój pucharek, którego nikt dotąd nie sprzątnął, i sama nalała wina. Spojrzała pytająco na mężczyzn, najwyraźniej gotowa usłużyć i im. Miała na sobie lekką domową suknię, białą, rozciętą po bokach, bardzo podobną do szat noszonych często przez Perły. Tak samo w talii zbierał ją złoty łańcuszek i podobnie delikatna zapinka nie pozwalała wychylić się piersiom. Gotah – pomimo iż brutalnie mu o tym przypominano – zapomniał już trochę, że jej wysokość jest nie tylko księżną regentką, ale także młodą i bardzo urodziwą dziewczyną. Ta dziewczyna unosiła teraz dzbanek z winem i pytała spojrzeniem: „Chcecie?".

– Dziękuję, wasza wysokość – powiedzieli jednocześnie.

Usiadła i pokazała gestem, że powinni zrobić to samo.

– Przyszłam pomarzyć – powiedziała. – Powiedziano mi dzisiaj, że jestem mitem, walczę o sny i marzenia... Może to wszystko prawda. Ale chcę pomarzyć jeszcze raz, tylko trochę. Najwyżej do świtu. Potem już nie będzie żadnych mitów i marzeń.

Zrobiła niejasny ruch ręką, opierając plecy o oparcie krzesła.

– Tam leżą listy... Od jego godności Enewena, od Yokesa. Ja już wiem. A wy?

– O czym, wasza wysokość? – zapytał Gotah.

– Yokes nie zdąży. Jutro rano, być może, stawi się do bitwy jedna z lekkich chorągwi. Pozostałe nie zdążą. Yokes pisze, że zdążyłby, gdyby miał pod siodłem armektańskie konie stepowe. Ale wielkie rumaki ciężkiej jazdy nie są wytrzymałe. Są tylko bardzo silne. Yokes obiecuje, że żołnierze zajeżdżą te konie i będą dalej szli pieszo... ale na pewno nie zdążą. Może przybędzie trochę kuszników konnych. Trochę. Wierzchowce ze Złotych Wzgórz to wprawdzie konie bardzo szybkie, ale i one nie są wytrzymałe.

Przez chwilę panowało milczenie. Księżna przymknęła oczy, dotknęła dłonią skroni i umoczyła usta w winie.

– Co radzi jego godność Yokes? – zapytał A.B.D.Baylay.

– Żebym jak najdłużej zwlekała z rozpoczęciem bitwy. Właściwie radzi, żebym uciekała, a tego jednego nie zrobię. Rzuciłam wyzwanie, które po rycersku zostało podjęte, i nie uchylę się od tego boju.

– Wasza wysokość...

Otworzyła oczy.

– Jestem regentką Dartanu i pierwszą damą Domu K.B.I. Jestem panią Dobrego Znaku, gdzie spoczywają najwspanialsi rycerze, jakich nosiła ziemia Szereru. Uczynili mnie spadkobierczynią swych tradycji. Czy mam dowieść, że pobłądzili?

Nikt nic nie powiedział. Po chwili podjęła:

– Yokes czyni mi zarzut, że nie wyznaczyłam późniejszego terminu tej bitwy. Chcę się usprawiedliwić... może tylko przed tobą, panie – popatrzyła na mędrca-Przyjętego – bo jego godność Baylay był ze mną w tym pałacu spiskowców i widział, że zrobiłam wszystko, co możliwe. Ludzie, którzy tam siedzieli, byli gotowi bez żadnej zwłoki przyjść tutaj, do pałacu, i wywlec uzurpatorkę na dziedziniec. Już minionej nocy. A za dwa lub trzy dni będą tutaj chorągwie południowodartańskie. Nie mogłam uzyskać niczego więcej, niż uzyskałam. Ale przyszłam pomarzyć – powiedziała raz jeszcze. – Chociaż raz wybiec myślą dalej niż do dnia następnego, do najbliższej bitwy, najbliższego spotkania... Uwierzyć na chwilę, że wojna już się skończyła, że nie trzeba palić wiosek, wysyłać gońców ani cieszyć się, że gdzieś umiera tysiąc żołnierzy w tunikach z gwiazdami Cesarstwa. Ci żołnierze wyszli z takich wiosek jak moja i z takich jak te tutaj, pod Rollayną, i to wcale nie są nędzni podpalacze. Ja musiałam tak mówić do przywódców Stronnictwa, ale tak nie myślę. To bardzo dobrzy i odważni żołnierze, wierni sprawie, której służą. Jak potoczyłyby się losy Dartanu i moje własne losy, gdybym jutro wygrała? Wasza godność – zapytała, chyba trochę zawstydzona, patrząc na przystojnego magnata – czy zostałbyś posłem jej królewskiej wysokości regentki? Czy pojechałbyś do Kirlanu, z propozycją zawieszenia broni i rozpoczęcia rokowań pokojowych? Przecież ta wojna prowadzi donikąd... Dlaczego dwa największe narody Szereru nie mogłyby żyć w zgodzie, w dobrym sąsiedztwie, wspierając się w razie potrzeby? Dlaczego nie miałyby chociaż spróbować? Wasza godność – powiedziała, zwracając się z kolei do mędrca Szerni – jak należałoby przemówić do pierwszego Armektańczyka w Armekcie, by zechciał w ogóle słuchać? Przecież ten człowiek, tak naprawdę, nie wyrządził nigdy krzywdy Dartanowi, odziedziczył tron w Kirlanie po swym ojcu i czasem myślę, że mogłabym się z nim porozumieć.

– Może to łatwiejsze niż doprowadzenie do zawieszenia broni, wasza wysokość. Nie będzie go, dopóki armektańskie armie są w Dartanie, a szala wojny przechyla się na stronę Kirlanu. To naród wojowników, którzy nie podejmą z nikim rozmów, dopóki widzą choć cień szansy na zwycięstwo.

Spuściła wzrok.

– Ale ja chcę tylko pomarzyć – powiedziała. – Chcę... opowiedzieć sobie bajkę. O tym, że mi się udało. Czy to dużo?

– Kirlan na pewno nie uzna dartańskiego królestwa za równorzędnego partnera, współdecydującego o losach Szereru – rzekł Baylay. – Na to jeszcze zbyt wcześnie, w Armekcie mają tylko wyobrażenia o Dartanie, przeważnie wyobrażenia fałszywe. Przede wszystkim, trzeba cofnąć się pół kroku, żeby Armektańczycy mogli zachować dumę. Upokorzenie ich nie rokowałoby dobrze przyszłemu pokojowi. Ale imperator to człowiek bardzo mądry, gotów uznać monarchinię, jeśli ta uzna jego zwierzchnictwo i ogłosi Dartan lennem Wiecznego Cesarstwa. Na razie. A kiedyś... Umiem marzyć, regentko, i też o czymś marzyłem. – Uśmiechnął się lekko znad kielicha. – Może o tym, że pojadę... kiedyś, dokądś... z propozycją nowego wiecznego pokoju? Z czyimś listem, obdarzony czyimś zaufaniem, świadom ogromnej wagi swej misji... dumny, że mi ją powierzono. Będę słał listy, żądał dodatkowych instrukcji, negocjował. Z poczuciem, że buduję nowe państwo, i jeżeli zbuduję, to na zawsze zostanę nieśmiertelny...

Urwał.

Lecz opowieść podjął grombelardzki uczony.

– Władca zrujnowanego Wiecznego Cesarstwa przyjmie hołd dartańskiej królowej, a jeszcze chętniej daninę i reparacje wojenne – powiedział, bo też czegoś pragnął; może tylko uśmiechu na czyjejś twarzy? – Jeśli królowa ponadto zobowiąże się do wystawienia kontyngentu wojsk, które na każde wezwanie poprą interesy Kirlanu... Przecież wciąż do odzyskania są Agary, wkrótce po raz drugi trzeba będzie ujarzmić Grombelard... Dartańskie królestwo, formalnie tylko zależne, faktycznie zaś niepodległe, z własną dynastią na tronie, może dać Cesarstwu o wiele więcej, niż dawała Złota Prowincja. Tyle mógłby uzyskać zręczny poseł, odwołujący się do cenionych przez Armektańczyków tradycji i wartości, a wreszcie do zdrowego rozsądku.

Tyle na początek, a uważam, że to niemało dla królestwa, którego od stuleci nie ma – Podniósł kielich, upił mały łyk i odstawił. – Własne granice, własne wojsko, własna moneta i własne prawa. Na tronie zaś własna królowa, dająca początek dynastii.

Regentka odchyliła głowę na oparcie krzesła i przez chwilę patrzyła w sufit. Odetchnęła głębiej raz i drugi.

– Dziękuję – powiedziała na koniec, lekko stłumionym głosem. – Właśnie po to... Tak, właśnie po to tu przyszłam.

Wstała i szybko ruszyła ku drzwiom. Przystanęła przy samym progu.

– Jeszcze chciałam... Chciałam jeszcze wam podziękować. Wiele razy dawałeś mi oparcie, mędrcze Szerni. A ty, wasza godność... Dałeś mi wiarę, że w Dartanie są ludzie szlachetni. Dziękuję. Nie zapomnicie o mnie?

Gotah i Baylay zostali sami przy stole z resztkami wieczerzy.

52

Wojna wymknęła się spod kontroli. Nikt już nad nią nie panował.

Nadtysięcznik Caronen wyprowadził z lasu cztery legiony głodnych, do cna wyczerpanych żołnierzy, którym przez ostatnie trzy doby nie pozwolono zmrużyć oka. Odwrót z Sey Aye był istną drogą przez mękę. Wojska brnęły przez las, jako że sławetna ścieżka, poprzegradzana zwalonymi pniami drzew, nie była nawet namiastką traktu, a co najwyżej dróżką-przewodniczką. Oficerowie nosili tuniki prostych żołnierzy, bo każdy, kto miał jakiekolwiek obszycia przy mundurze, był oczywistym i rzetelnym trupem. Łucznikom rozpaczliwie brakowało strzał, niektóre kliny miały do walki już tylko swoje miecze. Podczas biwaków żołnierze wszystkie potrzeby załatwiali wprost pod siebie, bo ktokolwiek oddalił się od towarzyszy choć na dwadzieścia kroków, mógł nie wrócić. Wróg był wszędzie: z przodu, po bokach i z tyłu. Na drodze przemarszu armii zastawiano dziesiątki pułapek, sideł, wilczych dołów – te myśliwskie sposoby, choć nie powodowały śmiertelnych strat, przyczyniły się do kontuzjowania i okaleczenia wielu żołnierzy, których towarzysze musieli nieść. Cztery poszarpane legiony stanęły na skraju puszczy wymęczone, pozbawione jakichkolwiek zapasów. Dowodzący leśnymi wojskami Ohegened nie dotrzymał wprawdzie słowa i nie unicestwił wrogiej armii, ale zdołał ją dosłownie zdziesiątkować, godne uwagi straty ponosząc tylko w bitwie o przystań. Podczas leśnego przemarszu Caronen, nawet nie widząc wroga, codziennie tracił ponad setkę żołnierzy.

Nadtysięcznik skierował się na Neten. Działał zupełnie na oślep, nie mając pojęcia o tym, gdzie jest wróg; wiedział tylko o żołnierzach Ohegeneda, których miał w lesie za plecami. Dysponując samą piechotą, nie był w stanie rozesłać szybkich patroli dla zebrania wieści. Garstka konnych łuczników, którymi dysponował, zdołała odnaleźć tylko jakiś oddział Legionu Konnego – i był to najszczęśliwszy przypadek. Nadtysięcznik dowiedział się o zdobyciu przez Yokesa Lida Aye, a wcześniej Netenu, o marszu ciężkich chorągwi na Tarwelar, krwawej bitwie stoczonej przez Armię Wschodnią... i to było wszystko. Nie miał żadnych rozkazów, żadnego celu dla swych legionów, a przede wszystkim żadnych możliwości działania. Zdobycie Lida Aye oznaczało, że nie istnieje już tabor armijny, a to z kolei znaczyło, że w ciągu najwyżej tygodnia przestaną istnieć jego legiony, przemienione w tłum myślących tylko o jedzeniu dziadów-włóczęgów, mogących strzelać ze swych łuków znalezionymi na gościńcu patykami. Na gościńcu dlatego, że nikt po owe patyki nie śmiałby zapuścić się do lasu... Nadtysięcznik, pozbawiony jakiegokolwiek kontaktu z Kwaterą Główną w Tarwelarze, bezradny, mógł kontynuować swój marsz na Neten, a dalej na Lida Aye i Tarwelar (co oznaczało przebijanie się przez wojska Yokesa, ale dawało nadzieje na wyprowadzenie do Armektu choćby części armii) albo ruszyć do ryzykownej szarży na

Rollaynę, z zamiarem zdobycia stolicy, pod którą już nie było wojsk Sey Aye. W Rollaynie wojsko mogłoby żyć na koszt miasta, wymuszając na kupcach przyjmowanie bezwartościowych kwitów wojskowych.

Caronen wybrał drugie rozwiązanie. Kategorycznie, biorąc za to pełną odpowiedzialność, nakazał dowódcy Legionu Konnego ignorowanie rozkazów z Kwatery Głównej i stanął obozem, czekając na jego przybycie. Bez jazdy nie mógł ruszyć się nawet na krok. Działając na oślep, bez ruchliwych oddziałów rozpoznawczych i ubezpieczających, mógł po prostu stracić całe wojsko, nie osiągnąwszy niczego. O chorągwiach Yokesa przychodziły niejasne i sprzeczne wieści; te wojska miały być zarówno pod Tarwelarem, jak w Lida Aye, między Lida Aye a Netenem... a wreszcie nie wiadomo gdzie. Nadtysięcznik stanął więc pod Puszczą Bukową, ogarnął trochę swoje wojsko i czekał.

Jeszcze większe kłopoty miał działający pod Akalą tysięcznik W.Aronet, dowodzący resztkami Armii Wschodniej. Z wielobarwnych legionów, które wyruszyły na wojnę, pozostało pod bronią niespełna dwa i pół tysiąca żołnierzy – głodnych i zabiedzonych tak samo, jak legioniści Caronena. Aronet gonił resztkami. Kto wie, czy o wyniku wojny na wschodzie nie przesądziły finansowe intrygi, uknute przez Perły Sey Aye?... Gdyby legiony Armii Wschodniej mogły wchłonąć uzupełnienia, albo gdyby wychowanych przez Terezę weteranów wsparły bodaj dwa świeże legiony, tysięcznik mógłby myśleć nawet o pobiciu Wskrzeszonych Rycerzy Królowej. Ale zrujnowane finanse Kirlanu nie podołały wyzwaniu. Z trudem wystarczyło pieniędzy na utrzymanie tego, co już było w polu. Rezerwowe legiony, które miano sformować na tyłach, nigdy nie powstały. Aronet miał strzępy wojsk i nie mógł dłużej osłaniać Akali, bo działające w trzech kolumnach chorągwie Ahe Vanadeyone stały na samym Potrójnym Pograniczu. Mógł zamknąć się w twierdzy albo wyprowadzić skrwawioną armię do Armektu.

Tysięcznik gorąco pragnął bronić wiernego miasta, ale uważał, że właśnie zamknięcie się za jego szczerbatymi, nieotoczonymi fosą murami, byłoby wyrokiem śmierci, zarówno dla jego żołnierzy, jak i samej Akali. Enewen mógł poniechać zdobywania bronionej, choćby słabo, twierdzy i poszukać, być może, łatwiejszego sukcesu gdzie indziej – lecz nie wtedy, gdy jej zdobycie oznaczało zarazem unicestwienie wszystkich wrogich sił. Dowódca Armii Wschodniej nie wierzył, że zdoła się obronić przed dwukrotnie liczniejszym, najwyraźniej gotowym na wszystko, przeciwnikiem. Całkowite skruszenie chorągwi Enewena okazało się mrzonką. Do domów rozjechali się już wszyscy, którym świtał w głowach taki zamiar, lecz ci, co zostali, chyba nie mieli nic do stracenia. Tym ludziom chodziło widocznie o coś więcej niż udział w wojennej awanturze. Oprócz półtora tysiąca piechurów przy taborze Enewen wciąż miał pod komendą kilkanaście chorągwi, poszarpanych, słabych liczebnie – lecz były to chorągwie najlepsze i najwierniejsze, z którymi rozpoczął wojnę, stając jeszcze przeciw Stronnictwu Sprawiedliwych. Aronet, podobnie jak nadtysięcznik Caronen, miał do wyboru: bez widoków na zwycięstwo bronić miasta, które Enewen po prostu musiał zdobyć, jeśli chciał osiągnąć w swojej wojnie cokolwiek lub poświęcić Akalę, wyprowadzając w zamian żołnierzy do

Armektu. Wybierając drugą możliwość, mógł liczyć na wciągnięcie Enewena w dalszą wojnę podjazdową już na terenach armektańskich, lub – co bardziej prawdopodobne – w wypadku zdobycia Akali, na nieformalne, być może długotrwałe, zawieszenie broni. Mocno wątpił, by zdesperowani wojownicy Ahe Vanadeyone, osiągnąwszy wreszcie upragniony cel, jakim było zasobne Potrójne Pogranicze, natychmiast rzucili się dalej, maszerując w trudzie i znoju, byle tylko spalić jeszcze parę wiosek.

Tysięcznik bił się z myślami, ale był głównodowodzącym wszystkich imperialnych sił na wschodzie i nikt nie mógł zdjąć z jego ramion brzemienia odpowiedzialności. Gdy zostawał sam, niewidziany przez nikogo, próbował rozmawiać ze swą poległą dowódczynią, zasięgał rady i opinii. Jednak niczego nie uzyskał. Wzywana nadtysięczniczka mówiła: „Ocal wojsko, bo wojny wygrywają wojska, nie miasta", lecz w oczach miała coś innego, coś czego nie umiał nazwać...

Zdał sobie sprawę, że oszukuje sam siebie. Enewen nie mógł ominąć Akali, kontentując się w zamian spaleniem jakichś wiosek. Wybór był prosty: wydanie wrogowi bezbronnego miasta lub bohaterska obrona, okupiona całkowitym zniszczeniem Armii Wschodniej.

Aronet podjął być może najtrudniejszą w życiu decyzję: wciąż osłaniany przez żelazną ariergardę tysięczniczki Agatry, pod której rozkazami walczyli żołnierze ze wszystkich możliwych formacji, w nocy oderwał się od przeciwnika i forsownym marszem pociągnął w kierunku Rapy. Jednocześnie pchnął do Akali gońca, wiozącego krótki, wojskowym językiem napisany list, z którego wynikało, że miasto nie będzie bronione przez siły Armii Wschodniej.

Następnego dnia rycerze i pocztowi Enewena, pospołu z piechurami i obozową czeladzią, rabowali i puszczali z dymem szeroko rozłożone przedmieścia, z których uciekli niemal wszyscy mieszkańcy. Stare grombelardzkie mury Akali były ostatnią ostoją tysięcy opuszczonych przez Wieczne Cesarstwo ludzi.

Tysięcznik W.Aronet, dobry dowódca i żołnierz, nie żywił do Akali żadnego sentymentu, ale wielokrotnie budził się w nocy z uczuciem, że nienawidzi wojny. Nienawidził Niepojętej Pani, której wiernie służył, a która kazała mu być zdrajcą. Bo kogoś zdradzić musiał: albo wierne miasto, albo własnych żołnierzy, rozkazując im stoczyć z góry przegraną bitwę.

Po długich tygodniach wojennych niepowodzeń, wstrętnych deszczach, nieudanych przeprawach przez rzekę i marszach w błocie zasobne Potrójne Pogranicze stanowiło dla rycerzy Enewena – i dla samego wodza – cel sam w sobie. Ci ludzie już prawie nie pamiętali, o co toczy się wojna, wiedzieli tylko, że mają zdobyć i puścić z dymem Akalę. Aronet po stokroć miał rację, uważając, że nie było mowy o jakichś „innych" sukcesach. K.B.I.Enewen, rycerz o wielkiej duszy, który potrafił okazać łaskę pokonanej stolicy swego brata, w ogóle by nie zrozumiał pytania o przyszłość Akali.

Ogromna większość mieszkańców uciekła, lecz nie wszyscy mogli lub chcieli to uczynić. W ratuszu pozostała część rady miejskiej – mężni ludzie, uczepieni nadziei, że ich wstawiennictwo i prośba ulżą doli mieszkańców. Ale nieszczęsnego burmistrza, próbującego prosić tylko o życie kalek, kobiet i dzieci, nawet nie wysłuchano. Czołowy oddział jednej z Chorągwi Rollayny wpadł do miasta, wlokąc na sznurach bezkształtne toboły skrwawionego mięsa – byli to rajcy towarzyszący burmistrzowi. Sam burmistrz został zatknięty na rycerskiej kopii i podparty dwiema innymi; koszmarny trójnóg ustawiono na odkrytym wozie, który powoli, majestatycznie toczyli po ulicach porwani z przedmieścia mieszkańcy. Nieszczęsny ojciec miasta, nie tyle konający, co wręcz zdychający niczym robak nadziany na patyk, do ostatniej chwili swego życia mógł patrzeć na to, co robią z jego miastem pocztowi i czeladź obozowa, a nawet niektórzy rycerze.

Ulica, którą kiedyś jechała do rynku wzruszona tysięczniczka Tereza, stała się placem kaźni, gdzie zmuszano mieszkańców, by męczyli i mordowali się nawzajem. Ludzie podpalali własne domy i zapędzali w płomienie sąsiadów. Ku wściekłości zdobywców, w Akali prawie wcale nie było młodych i zdrowych kobiet – odgadując, jaki los je czeka, uciekły z miasta, czasem niosąc tylko tyle mienia, ile mogły unieść. Teraz pomyloną, głupkowato uśmiechniętą dziewczynę, wyciągniętą z jakiegoś zaułka, obozowe ciury wręcz rozdarły, bo każdy ciągnął zdobycz w swoją stronę; pijany zrabowanym winem pachoł nawet nie zauważył, że na środku ulicy, pośród pożarów i dymów, gwałci trupa bez ręki i z wydartymi razem ze skórą włosami. Stawały w ogniu kolejne domy; w byle kamienicy rzadko trafiały się godne uwagi łupy, czekały przecież liczne składy kupieckie, z których właściciele niedużo zdołali uratować, można więc było palić nieomal wszystko bez wyboru. Wspaniałe miasto, które tak wiele wozów oddało żołnierzom, spełniając prośbę komendantki swego garnizonu, nie znalazło ich dość, by wywieźć mienie najzamożniejszych mieszkańców...

Pośród wszechobecnych pożarów i powszechnej rzezi, zrazu uszanowano tylko jedno, jedyne miejsce. Rycerz, który na czele swych ludzi wdarł się do koszar garnizonu, ujrzał wypełnione dziesiątkami i setkami rannych wielkie izby żołnierskie. Olbrzymi lazaret, gdzie garść słaniających się na nogach ludzi gotowa była raz jeszcze stanąć do walki w obronie ciężko rannych towarzyszy.

Rycerz stał w drzwiach śmierdzącej bólem i ranami izby, wreszcie z chrzęstem oparł żelazną dłoń na piersi, bez słowa odwrócił się i wyszedł, zabierając ze sobą swoich ludzi.

Musiało minąć sporo czasu, nim koszary garnizonu zostały odkryte ponownie – lecz tym razem przez zgraję czeladzi obozowej, której nie przewodził żaden mężczyzna Czystej Krwi...

Bezbronni żołnierze imperium dołączyli do wielkiego legionu, który miał stopić się z Pasmami Szerni, co wchłonęły duszę ich dzielnej dowódczyni.

Wielkie miasto zamordowano – i miało już nie zmartwychwstać. Umarła jeszcze jedna legenda: niezależne od wszystkich prowincji Potrójne Pogranicze, gdzie stykały się Armekt, Dartan i Grombelard.

***

Gdy płonęły pierwsze domy na rogatkach Akali, ze stołecznej Dzielnicy Królewskiej wychodziły do boju chorągwie jej królewskiej wysokości regentki. Sama księżna, w brązowej sukni wojennej i pozłacanym łuskowym pancerzu, wciąż jeszcze siedziała w pałacu, nie mogąc się zdobyć na opuszczenie murów, których nie kochała, w których źle się czuła, ale które jednak miały być jej domem.

Po raz ostatni wyszła do leśnego ogrodu, bo musiała jeszcze z kimś porozmawiać. Między pniami sosen, w półmroku, czekały na nią cienie wielkich wojowników z książęcego rodu rycerzy królowej, których imiona wyczytała z nagrobnych tablic znalezionych na puszczańskim cmentarzu.

Nikt nie widział w lasku za pałacem zastępu martwych rycerzy, ale wszyscy czuli, że księżna nie jest sama. Wiedziały o tym Perły, wiedział mędrzec-Przyjęty, wiedział nawet magnat z Domu A.B.D.

Młoda dziewczyna, piorąca niegdyś w potoku sterty brudnych koszul, rozmawiała ze starym, dobrym księciem, którego nie ośmieliła się nazywać małżonkiem.

– Wasza wysokość – mówiła cicho, dotykając ręką szorstkiego pnia sosny – powiedz proszę, czego nie uczyniłam, a co koniecznie należało zrobić? Przecież wiem, że nie pomyliłeś się co do mnie, bo nie mogłam oddać Dartanowi więcej, niż oddałam. Nie jestem królową Rollayną, ale potrafiłabym zasiąść na jej tronie. Dlaczego mi się nie udało? Skąd bierze się ta nieśmiertelna potęga Armektu, kraju, który pozbawiony wszystkiego potrafi podjąć każde wyzwanie? Czy są odpowiedzi? Czy będzie jeszcze kiedyś królowa Rollayna? Czy pojawi się gdzieś, może tak samo w Dobrym Znaku? Mędrzec Szerni powiedział, że Rollayna powstała z marzeń rodu wielkich rycerzy... Tego rodu już nie ma, ale ja też o niej marzę, wasza wysokość. Czy uda mi się sprawić, by wróciła jeszcze raz, mądrzejsza i silniejsza ode mnie?

Książę milczał, ale błądzącej między drzewami Ezenie wydawało się, że czuje na włosach dotyk jego dłoni. Ten sam dotyk, który zwykłą niewolnicę skierował kiedyś ku marzeniom, jakich nie śmiał snuć nikt inny pod niebem Szereru.

– Przebacz mi, wasza wysokość. Bardzo pokochałam ten... nieudany kraj, który miał być moim krajem. Bardzo chciałam, ale... Nie udało mi się.

Skryci w leśnym półmroku rycerze milczeli. Pani Dobrego Znaku nie znalazła pociechy, ale nie usłyszała też ani jednego słowa potępienia. Cienie wielkich wojowników potrafiły zajrzeć w głąb duszy i było oczywiste, że ta młoda kobieta, której nieudane życie być może właśnie dobiegało kresu, nie kłamie. Zrobiła wszystko, co w jej mocy; wszystko, czego od niej żądano. Kochała ich Złoty Dartan i wierzyła, że zasiądzie na tronie, by uczynić go piękniejszym i lepszym.

W małym lasku za pałacem dartańskich monarchów umarło tego poranka marzenie o wspaniałej królowej – lecz natychmiast zrodziło się nowe. Było to marzenie nieśmiertelne, czy też raczej wskrzeszane wciąż i wciąż na nowo.

Chorągwie jechały przez miasto. Przodem szła świetna Mniejsza Chorągiew Domu jego godności K.B.I.Enewena, za nią zaś Potok – jeden z trzech znaków, przydzielonych swego czasu Yokesowi jako wsparcie. Na przedmieściu czekała malutka chorągiewka K.D.R.Wasanena – ci rycerze przybrali sobie zasłużone miano Wiernych.

Dwie jadące z Królewskiej Dzielnicy chorągwie mozolnie przebijały się przez tłum. Nie wiadomo, kto i kiedy rozpowszechnił wieść o mającej nastąpić bitwie, ale wiedzieli o niej wszyscy. Rycerze i pocztowi regentki, pozdrawiani z prawa i lewa, słuchali niemilknących okrzyków zachęty i wiwatów. Jego godność I.N.Eyenes, dowodzący Mniejszą Domu, zrozumiał wkrótce, że nie może posuwać się dalej. Tłumy rosły, towarzyszyły oddziałom, szły dalej, pragnąc obejrzeć bitwę na przedpolach stolicy. Rycerz zawrócił do pałacu trzecią część Potoku z wieścią, że regentka musi natychmiast dołączyć do swojego wojska, bo z niewielką przyboczną asystą nie zdoła opuścić stolicy.

W tym samym czasie do Rollayny wkraczali, przez Bramę Pani Seili, okryci kurzem jeźdźcy na zgonionych koniach – Chorągiew Straży Tylnej, jedna z dwóch lekkich, wzmocniona przez kilkudziesięciu żołnierzy Chorągwi Straży Przedniej, których dało się ściągnąć z kurierskiego szlaku. Lekko uzbrojeni wojownicy, przeznaczeni do ubezpieczania sił głównych i zwalczania podjazdów wroga, dosiadali najwytrzymalszych i najszybszych koni, będących w posiadaniu wojska Dobrego Znaku. Nie były to wierzchowce równie odporne na trudy, jak konie imperialnych łuczników, lecz sprostały wyzwaniu wielomilowego przemarszu. Zbiorcza lekka chorągiew przemierzała zupełnie puste, niemal wymarłe ulice, bo cała ludność miasta podążyła ku Bramie Pani Delary.

Nie wiadomo, co sprawiło ten cud, że uśmiechnięta kobieta o granatowych włosach, raz tylko widziana przez pospólstwo, stała się jego ulubienicą. Czy surowe dla przestępców prawa, które utrzymała? Czy plotki i niezwykłe opowieści, rozpowszechniane w gospodach i przed budami kramarzy? Najprędzej uśmiech, szczery i prawdziwy, jakiego nigdy nie miała dla tłumu żadna z dam Domów Rollayny. Wjazd księżnej do stolicy obrósł prawdziwą legendą, o jej dobroci i przyjaźni, którą żywiła dla ludu, opowiadano niestworzone historie. Ileż to razy widziano regentkę, gdy rozmawiała gdzieś z kimś, nie wiadomo gdzie ani z kim... Ileż razy rozpoznawano jej granatowe włosy, gdy z niewielką przyboczną asystą chodziła pośród zwykłych ludzi, pytając, jak im się wiedzie... Dumna i pyszna Rollayna, bogata i rozgrymaszona, potrzebowała swojego mitu, a może raczej miała wspaniały mit, który koniecznie należało oczyścić z patyny. Mieszkańcy miasta po raz pierwszy od niepamiętnych czasów czuli, że ich świetna stolica ma prawdziwą władczynię, kogoś będącego na właściwym miejscu. Tchnięto duszę w zbiorowisko ludzi, ulic i domów; legendarna królowa wróciła. Wierzono w to gorąco, bo jakże wspaniała była taka wiara!... Nie dawano ucha plotkom, że istnieje spisek zawiązany przeciw księżnej regentce; wydawało się niemożliwe, by ktokolwiek chciał zdradzić władczynię, uznawaną już przez miasto za prawowitą królową.

Lecz ta królowa nie umiała wykorzystać zapału i oddania ludu; nie umiała go nawet dostrzec... Marząc o czymś, Ezena nie pomyślała, że i zwykli ludzie mogą mieć swoje marzenia, swoje sny o świetności i potędze, sny o własnym Dartanie. Nie dziwiło, że zawiodła kapryśna i wyniosła Anessa, gotowa intrygować z najznamienitszymi, gdy należało raczej schylić się i spojrzeć w dół, gdzie kilkadziesiąt tysięcy ludzi gotowych było natychmiast rozedrzeć zdrajców, gdyby tylko ich pokazano. Ale i grombelardzki mędrzec-historyk, zapatrzony w niezwykłą kobietę, nie widział nikogo i niczego więcej. Teraz zdumieni i skołowani, nic nie wiedzący o wojnie ludzie, szli obejrzeć zapowiedzianą bitwę, rozumiejąc, że wierne ich pani wojska przegonić mają jakieś oddziały, zapewne armektańskie, bo wiadomo było od dawna, że cesarska jazda zapuszcza się pod samą stolicę.

Coś dziwnego wydarzyło się w Złotym Dartanie, Pierwszej Prowincji Wiecznego Cesarstwa. Coś bardzo niezwykłego zrodziło się w samym sercu kraju, w samej jego stolicy. Bogaty lud, od zawsze żyjący pod panowaniem odległego – i dobrego – władcy z Kirlanu, odstąpił odeń w jednej chwili, kierując swe uczucia ku przybyłej znikąd, jak niedawno powiedział cesarski przedstawiciel, ale własnej władczyni. Co takiego zaszło w Dartanie, że prości ludzie chcieli być naraz u siebie, chcieli być Dartańczykami, poddanymi dartańskiego monarchy, nie zaś poddanymi armektańskiego cesarza? Nie ciemiężeni, jeszcze niedawno ochraniani przez legionistów, którzy wprawdzie nosili na piersiach srebrne gwiazdy, lecz wywodzili się spośród nich, nagle wybrali wojnę – prawda, że odległą, trochę niewyraźną i nierealną – odtrącając wieczny pokój w granicach Wiecznego Cesarstwa.

Otoczona przez poczty Potoku regentka jechała do swoich chorągwi pośród ryku rozentuzjazmowanego tłumu, nie wierząc własnym uszom, oszołomiona i niemal przestraszona, a przede wszystkim przygnieciona poczuciem winy, że o czymś zapomniała. Straciła coś wielkiego, a może największego. Zapomniała, kto witał ją na ulicach, gdy wjeżdżała do Rollayny; zapomniała, dla kogo miała pierwszy uśmiech, najpierw wyrachowany, a potem szczery do głębi. Wolała rozmawiać z krętaczami, rzucać im rycerskie wyzwania, może nawet płacić za niechętne poparcie, zamiast przyjść do ludzi, którzy z radością i darmo wystawiliby dla niej pięciotysięczną armię uzbrojonych na koszt miasta knechtów – tak jak w innym mieście, inni lecz podobni ludzie, spełnili prośbę kochanej tysięczniczki. W jednym szeregu stanęliby synowie stołecznych rzemieślników, drobnych urzędników i kupców, słuchający rozkazów wyłonionych ze swego grona oficerów. Przybyliby na wezwanie, okryci niebogatymi kolczugami i na niepięknych konikach, ubodzy mężczyźni Czystej Krwi, gotowi pod sztandarem królowej Dartanu wywalczyć dla siebie rycerskie płaszcze i pierścienie. Stawiłaby się cała gołota, dla której nigdy nie było miejsca w imperialnych legiach – setki i tysiące ubogich, lecz przeważnie uczciwych ludzi, potrafiących przyjąć obowiązki i rygory dyscypliny, gotowych służyć za samo utrzymanie i byle sztukę srebra miesięcznego żołdu, bo tę sztukę srebra i trochę odjętego od ust żołnierskiego chleba mogli przekazać żonom na wykarmienie dzieci. Księżna nie mogła mieć z tych ochotników sprawnej armii polowej, ale w ciągu tygodnia wystawiłaby potężny stołeczny garnizon, gotów bronić Rollayny i osoby władczyni przed każdym. Mając kwaterującą we własnych domach, silną milicję terytorialną, mogła siedzieć w swym pałacu i śmiać się z rycerskich chorągwi na przedmieściach, które na jej pierwsze skinienie rozpędzono by na cztery wiatry. Za lada przyzwoleniem ze strzelistych białych pałacyków nie pozostałby kamień na kamieniu, a świadomi tego stołeczni magnaci przypochlebialiby się zarówno swej władczyni, jak ludowi – i nie byłoby żadnego Stronnictwa Słusznej Sprawy. W zamian byłyby nowe chorągwie w służbie księżnej regentki.

Lecz Ezena nie dostrzegła tego, rozmawiając tylko z rycerzami, widząc się na czele wielkich Domów i rodów, a zapominając o milionach zwykłych ludzi, zamieszkujących jej Złoty Dartan.

Teraz było za późno, by wykorzystać potęgę żywiołu. Pospólstwu brakowało przywódców. Nikt nie przyszedł do tych ludzi, nie pokazał im wielkiego Dartanu, chwały wspaniałej stolicy – ich własnego miasta, które miało stać się równe Kirlanowi. Nikt nie opowiedział o samotnej władczyni, opuszczonej i zdradzonej przez możnych, pragnących tylko utuczyć swe sakiewki. Jej królewska wysokość mogła już tylko milczeć, ze spuszczoną głową jadąc pośród zakochanych w niej tłumów.

A jednak obecność tych tłumów wywarła na kimś wielkie wrażenie. Bo nie tylko księżna regentka zapomniała, że Złota Rollayna nie składa się z samych białych pałacyków... Chorągwie Stronnictwa Słusznej Sprawy, ruszające na błonia za Przedmieściem Czterech Jeźdźców, odprowadzane były wiwatami, tak jak Mniejsza Chorągiew Domu i Potok, i tak samo ciągnęły za nimi tłumy, pragnące obejrzeć bitwę. Lecz wiwatowano na cześć regentki; żaden z idących do bitwy rycerzy nie słyszał swego imienia i żaden nie śmiałby przyznać, przeciw komu rusza do walki. Siedzący na bojowych wierzchowcach wojownicy, z kopiami w rękach i konnymi kusznikami za plecami, patrzyli prosto przed siebie – bo inaczej musieliby popatrzeć na nieprzebrane tłumy, które za chwilę miały być świadkami ich triumfu. Dartański mężczyzna Czystej Krwi mógł pogardzać motłochem, ale ten motłoch jednak istniał. Gdzieś na dartańsko-armektańskim pograniczu żelazne hufce Dobrego Znaku puszczały właśnie z dymem wioski, których Wieczne Cesarstwo nie zdołało obronić. Wieści o tym już dotarły do Rollayny i rycerze Słusznej Sprawy zadawali sobie pytanie, czy imperium, które nie obroniło armektańskich wiosek, na pewno zdoła obronić inne, należące do dartańskich sprzymierzeńców. Ale największą grozą napawały te wiwatujące na cześć regentki ulice, na które lada chwila należało wrócić, wlokąc trupa tejże regentki lub prowadząc ją w łykach. Te ulice nie były daleko – gdzieś tam, odległe... nierealne... Były tu. I w chorągwiach ciągnących z przedmieść na błonia trudno byłoby znaleźć choć jednego człowieka, który nie zadałby sobie pytania: gdzie właściwie ma jechać po zwycięskiej bitwie? Bo rozum podpowiadał tylko jedną odpowiedź: gdziekolwiek, byle dalej i byle jak najszybciej.

Już na podmiejskich łąkach, prowadzący swych rycerzy T.J.Seneres, wódz Stronnictwa Słusznej Sprawy, którego przed dwoma dniami wyzwał do walki Wasanen, przyjął gońca, przybyłego od jednej z chorągwi. Jej dowódca, chcąc skrócić sobie drogę, pojechał przez miasto i donosił, że spóźni się na plac boju, bo jego jeźdźcy uwięźli w tłumie i jedynym wyjściem jest wyrąbanie sobie drogi. Seneres odesłał gońca z ponagleniem, lecz zarazem przestrzegał przed pochopnymi posunięciami; w gruncie rzeczy jednak wiedział, co ma myśleć o owym „spóźnieniu na plac boju"... Zachodziło podejrzenie, że za chwilę otrzyma podobne raporty od dowódców pozostałych znaków i stawi się do bitwy na czele swoich trzystu pięćdziesięciu jeźdźców. Ale sam widział, że skończyły się żarty. Mogło się okazać, że zwyciężywszy na błoniach, będzie zmuszony zaraz szlachtować mieszczan na ulicach Rollayny. Dumny mężczyzna Czystej Krwi nie bał się motłochu i był pewien, że rycerstwo pod jego wodzą rozpędzi tłumy w pół dnia. Lecz umiał także przewidzieć, jakie mogą być tego dalekosiężne skutki.

Chorągwie, wbrew obawom, kolejno spływały na błonia i na koniec brakło tylko jednej, tej, która ugrzęzła w środku miasta. Jego godność Seneres zaczął sprawiać swoje wojsko do bitwy, ustawiając „groty" w szachownicę. Miał pod bronią dwa tysiące dobrze uzbrojonych ludzi. Naprzeciwko stawały, także w szyku „grotów", dwie silne chorągwie Enewena, chorągiewka Wasanena i lekka jazda Dobrego Znaku, o której przybyciu dowódca Stronnictwa dowiadywał się właśnie teraz. Zaniepokoiła go ta, przybyła znikąd, jazda. Wojska Dobrego Znaku miały być pod Lida Aye... lecz lekka chorągiew, której czarno-białą banderię doskonale znał, chorągiew, która jeszcze niedawno stała pod Rollayną, i chyba wraz ze wszystkimi poszła pod Lida Aye, trwała u boku regentki, najwyraźniej pełniąc rolę straży przybocznej. Czy za tym lekkim znakiem mogły nadciągnąć następne? A może już nadciągnęły, być może stały w gotowości, pod osłoną drzew niedalekiego lasu? Seneres naraz zaczął się obawiać, czy nie został wciągnięty w pułapkę. Przebiegła intrygantka, której nie docenił, którą pochopnie zlekceważył, narzuciła mu czas i miejsce stoczenia bitwy, dostrzegał to coraz wyraźniej. Nie mógł przegrać, mając dwukrotną przewagę liczebną, ale rodziło się pytanie, czy na pewno ma tę przewagę? Im dłużej myślał o okolicznościach, w jakich rzucono mu wyzwanie, tym bardziej był pewien, że regentka wiedziała, co robi. Nikt przy zdrowych zmysłach nie parłby przecież do bitwy z dwukrotnie silniejszym wrogiem!

Istne morze pospólstwa wylało się z przedmieść i jęło rozpływać po błoniach. Ci ludzie przyszli obejrzeć widowisko, z którego jednak rozumieli coraz mniej. Nie było jasne, dlaczego małe wojsko rycerskie stanęło naprzeciwko większego, nie było nawet jasne, które oddziały do kogo należą. Wszyscy chcieli widzieć regentkę i dostrzegali ją to tu, to znowu tam. Wyrostki obsiadły sterczące na równinie drzewa, których gałęzie uginały się, niczym pod ciężarem dorodnych owoców. Jego godność Seneres nie potrafił podjąć decyzji o rozpoczęciu boju; zamiast tego przemyśliwał gorączkowo, w jaki sposób sprawdzić, czy na pomoc samozwańczej regentce nie ruszą zaraz straszne wojska Sey Aye. Nie opuszczało go wrażenie, że lada chwila, zza widocznego na zachodzie niewielkiego garbu, przez który biegła droga z Rollayny do Armektu, wyłonią się żelazne, najlepiej na świecie okryte chorągwie. Seneres nie miał żadnych złudzeń; wiedział, że wojenna sprawność jego rycerstwa ma się zupełnie nijak do sprawności żołnierzy pani Dobrego Znaku.

Na tę samą nierówność, co Seneres, spoglądała nieszczęśliwa Ezena.

Księżna nie mogła pogodzić się z tym, co zobaczyła na ulicach. Siedziała w swoim zimnym i pustym pałacu, mając tylko Perły i kilku wiernych przyjaciół, gdy dość było wyjść za próg domu, choćby tylko z Hayną u boku, by poczuć się zupełnie bezpiecznie w morzu rozradowanych ludzi. Mogła pójść na rynek, jak zwykła dziewczyna, i sama kupować ulubione jabłka; mogła potargować się o barwny pas materiału, udający narzutę pocztowego strzelca. Dlaczego śmiała się z tych narzut, zamiast dojrzeć w nich poparcie dla toczonej przez siebie wojny? Te narzuty nie udawały tunik legionistów imperium! Dlaczego nie przyszło jej do głowy – choćby wtedy, gdy jechała na naradę Stronnictwa Słusznej Sprawy – zsiąść z konia, zsunąć na plecy kaptur kryjący granatowe włosy i kupić sobie taką narzutę, pośród zgiełku i okrzyków zachwyconych ludzi, mających swą królową między sobą? Próbowała zaprząc do pracy falangi gnuśnych urzędasów, zamiast wykorzystać entuzjazm ludu, gotowego wręcz spełniać jej kaprysy. Samotna w zimnym pałacu, mogła znaleźć na rynkach Rollayny to wszystko, za czym tęskniła: szczere uśmiechy, rozmowy z dziewczynami, do których kiedyś należała...

Księżna miała ochotę rozpłakać się z żalu nad tym, czego już nie mogła naprawić. Przysięgła sobie kiedyś, że płakać nie będzie, ale teraz, stając do ostatniej bitwy, żałowała całego nieudanego życia. Za chwilę jej trzy wierne chorągwie miały zderzyć się z dwakroć silniejszym przeciwnikiem – wspaniałe, lecz niepotrzebne, wiodące donikąd bohaterstwo. Znalazła odpowiedź, której nie udzieliły cienie wielkich rycerzy. Dlaczego się jej nie udało? Otóż dlatego, że miała wszystko: wierne wojska, przyjaciół, a na koniec niezasłużoną miłość swych poddanych... i roztrwoniła to.

Nie było już jej wysokości K.B.I.Ezeny, księżnej regentki, pani Dobrego Znaku. Biedna dziewczyna odnalazła swoje miejsce: było to miejsce taniej niewolnicy, która poczuła się kimś ważnym i od razu zapomniała, że najwięcej mogą sprawić właśnie mali ludzie – tacy jak ona sama. Dość okazać im zaufanie, pozwolić o czymś marzyć... Śnić i marzyć! Mądry książę Lewin zaufał i pozwolił marzyć niewolnicy.

Teraz niewolnica śniła ostatni, śmieszny sen. Sen o swym wspaniałym i wiernym wojsku, które jej kiedyś powierzono. Sen o żołnierzach, którzy gdzieś tam, daleko, wytężali wszystkie siły, żeby tylko zdążyć – ale nie zdążyli. Ezena śniła o wspaniałych znakach Trzech Sióstr, Stu Róż i Pierwszego Śniegu, o chorągwi Szarej, Błękitnej i świetnej Czarnej Przybocznej. O przepysznej Chorągwi Domu, która tak niedawno wprowadziła swą panią do Rollayny.

I tylko raz, ten jeden jedyny raz w całej wojnie – wyśniła... Może Niepojęta Pani Arilora, choć zrodzona w Armekcie, potrafiła zwrócić spojrzenie ku każdemu, kto jej wiernie służył? Żaden cud wojenny nigdy nie wziął się znikąd, zawsze stał za nim rozkaz dowódcy i wysiłek świetnych żołnierzy.

Na odległej o ćwierć mili nierówności, przez którą biegła droga, coś zamajaczyło. Księżna, z sercem bijącym mocno i boleśnie, nie od razu poznała, że są to dwaj jeźdźcy, trzymający łopoczące banderie chorągwiane... Ludzie ci stali w miejscu, powiewając tylko bławatami na potężnych drzewcach, jakby chcieli coś pokazać, dać do zrozumienia... może tylko tyle, że są? Na prawo i lewo od nich wkrótce zaczęli się pojawiać następni jeźdźcy. Ci nie zatrzymali się na szczycie garbu, zjeżdżali po łagodnej pochyłości, kierując się w stronę małego wojska pod miastem. Po drodze i obok drogi, ciężkim kłusem, albo już tylko stępa, szli rozproszeni żołnierze dwóch wspaniałych chorągwi: Szarej i Czarnej Przybocznej. Księżna nie wiedziała, jak wyglądał ten przemarsz. Nie widziała ludzi, którzy całe mile pokonywali pieszo, biegnąc obok kłusujących wierzchowców, by dosiadać ich tylko do jazdy galopem albo stępa. Nie widziała, jak na krótkich postojach żołnierze przemawiają do swych czworonożnych przyjaciół, przekonując, że trzeba biec dalej. Nie widziała kopijnika, który zapłakał nad swym zajeżdżonym na śmierć, potężnym rumakiem, nie potrafiącym sprostać kolejnemu wysiłkowi marszowemu. Nie mogła też widzieć ludzi, którzy zostawiali na drodze kulejące zwierzęta, chwytali się strzemienia któregoś z towarzyszy i po prostu biegli – tak długo, aż zabrakło im sił. Pod Rollayną stawała armia cieni: wymęczonych do granic wierzchowców, dosiadanych przez ledwie żywych wojowników, mających za całą osłonę kolczugi, a do walki tylko miecze przy boku. Ci ludzie nie przedstawiali żadnej wartości bojowej, ale też nie przybyli, by zwyciężyć... Przyjechali walczyć i zginąć u boku swojej pani, bo ta pani zażądała tego kiedyś. Ezena dowiedziała się, jaką wagę ma słowo królowej. Nie wolno było mówić bezkarnie: „Oni wszyscy mają zginąć, najpierw oni, dopiero potem ja!" – bo takie słowa miały moc sprawczą. Nadciągały grupy i grupki, nadjeżdżali pojedynczy żołnierze z dwóch zdziesiątkowanych morderczym marszem, zmieszanych z sobą, znakomitych chorągwi, a każdy z nich spoglądał ku regentce w złotym łuskowym pancerzu, z dumą, a zarazem nadzieją, że zostanie przez nią dostrzeżony, że pani uśmiechnie się, może tylko spojrzy, wykona drobny gest... Lecz księżnej żadna siła nie mogła utrzymać w miejscu; półprzytomna ze wzruszenia kobieta ponagliła wierzchowca i wyjechała naprzeciw, żołnierze mijali ją z salutem i wszyscy mogli zobaczyć, że po policzkach ich pani spływają ogromne łzy. Ze wzniesienia wciąż jeszcze zjeżdżali, bądź schodzili prowadzący konie za uzdy, żołnierze Szarej i Czarnej, gdy obok dwóch banderii wykwitła trzecia: biało-liliowa. Ostatniemu ze znaków Wielkiego Sztandaru, Chorągwi Pierwszego Śniegu, dawano gorsze konie niż chorągwi Szarej i Czarnej, które stale pełniły służbę u boku pani Sey Aye. Pod Rollayną stawiła się tylko garść tych pięknych, jeszcze do niedawna, żołnierzy, teraz pokrytych potem i kurzem, bez zdobiących wierzchowce kropierzy, w narzutach szaro-brązowych, bo już nie biało-liliowych. Ich towarzysze mieli dopiero nadciągnąć, ale kilkudziesięciu jeźdźców na najlepszych koniach stawiło się do bitwy wraz z żołnierzami dwóch pierwszych znaków.

O czym myślał stojący naprzeciw przywódca Stronnictwa Słusznej Sprawy? Czy o tym, jak haniebnie dał się wywieść w pole? Jeśli tak, to był w błędzie, bo nikt przecież nie mógł uwzględnić w rachubach rzeczy niemożliwej. Sam komendant Yokes, dobrze znający wartość swych żołnierzy, był pewien, że nie stawią się do bitwy. Lecz ci ludzie wcale nie liczyli szans, obojętne im było, jak daleko leży Rollayna. Wbrew rozumowi, wbrew rozsądkowi, postanowili biec przed siebie tak długo, aż dobiegną.

Przybycie chorągwi Sey Aye wywarło wrażenie nie tylko na wodzu rycerzy Słusznej Sprawy. Z uliczek przedmieścia wysunął się zwarty, bardzo silny oddział, uformowany w długą kolumnę. Jadący trójkami spóźnieni jeźdźcy siódmej chorągwi Stronnictwa przybywali na pole bitwy. Chorągiew, wciąż w szyku marszowym, porozrywała się nieco, bo jej czoło poszło wyciągniętym kłusem. Dowódca wskazał miejsce i jął ustawiać podkomendnych w „grot". Cokolwiek myślał jego godność Seneres, stojący na czele sześciu zbuntowanych znaków, nie mogło zmienić wymowy faktów... Nie miał już przewagi liczebnej, a w zamian dowodził niedoświadczonymi w boju, zdezorientowanymi, upadłymi na duchu wojownikami, którzy najpierw oglądali tłumy na ulicach, potem przybycie posiłków dla regentki, a na koniec własną chorągiew, dołączającą do jej szyku. Słychać było odległe okrzyki i wiwaty; wrogie wojsko zmieszało się nieco, bo wielu ludzi nie zdołało tam zapanować nad uniesieniem i opuściło szeregi, by uściskać nowych sprzymierzeńców, bądź tylko przypatrzeć się z bliska twardym jak żelazo żołnierzom Sey Aye – ludziom, którzy z końca świata gotowi byli przybiec na ratunek swojej pani.

Wkrótce wszczęło się nowe poruszenie. Ku środkowi pola zmierzała niewielka grupka jeźdźców, w środku której migotały powleczone złotem łuski świetnej półzbroi. Milczące zastępy Słusznej Sprawy coraz wyraźniej widziały otoczoną przez kilku rycerzy młodą kobietę, na której twarzy widniały ślady przeżytych wzruszeń. I dojrzano kogoś jeszcze: za plecami tej kobiety jechał bez zbroi i broni sześćdziesięcioletni, zgaszony mężczyzna, doskonale znany rycerstwu. Ktoś, z kim jeszcze niedawno, za pośrednictwem tajnych wysłanników, prowadzono rokowania, negocjowano warunki przymierza. Przedstawiciel imperatora, symbol potęgi i znaczenia cesarstwa...

Poczet zatrzymał się o kilkanaście kroków przed stojącym nieruchomo przywódcą Stronnictwa. Kobieta odetchnęła głęboko i chciała zapewne powiedzieć coś bardzo doniosłego... ale, być może nieoczekiwanie dla samej siebie, zawołała trochę drżącym, ale wyraźnym głosem:

– Co wy tutaj robicie, po tej stronie pola bitwy? Chodźcie ze mną! Nic jeszcze nie jest stracone, możemy być wszyscy razem! Przecież wspólnie dokonamy... wszystkiego!

Zabrzmiało to żarliwie i szczerze.

Jeden z towarzyszących jej rycerzy zdjął hełm i cisnął go precz za siebie. Każdy mógł wyraźnie zobaczyć twarz łysego wojownika z domu K.D.R. Rycerz, kierując się ku dowódcy wrogiego stronnictwa, szukał chyba odpowiednich słów, a raczej przypominał sobie to, co ułożył, przemierzając równinę między wojskami. Ten wysiłek tęgiego rębajły, lecz marnego mówcy, był doskonale widoczny, nikomu jednak nie wydał się śmieszny. Wasanen miał silny i donośny głos:

– Seneres! Odwołuję, co powiedziałem w twoim domu, i wiesz, że nie ze strachu to robię! Są ważniejsze sprawy niż duma jednego rycerza! Nie chcę mieć w tobie wroga, wolę towarzysza! To jest moja ręka! Przyjmij ją!

Wódz Stronnictwa Słusznej Sprawy wiedział, jak wiele musiały te słowa kosztować Wasanena. Ale wypowiedział je wobec setek ludzi, którzy już nie tworzyli groźnych „grotów", bo ściągali zewsząd, chcąc wszystko zobaczyć i usłyszeć. Na ich oczach tworzyła się historia. I jakże dartańskie było to nieskrwawione jeszcze pole bitwy, gdzie pomiędzy wrogimi zastępami od nowa wszczynano układy!... Przede wszystkim jednak dumni wojownicy Słusznej Sprawy zupełnie jasno rozumieli, że ich sprawa (słuszna czy niesłuszna) w każdym razie jest przegrana z kretesem... T.J.Seneres nie widział z bliska żołnierzy Dobrego Znaku i nie mógł ocenić, w jakim stanie stawili się do bitwy. Rozumiał za to wybornie, że może skorzystać z otwartej przed chwilą drogi i podążyć nią bez uszczerbku na honorze – lub stracić wszystko, przegrywając bitwę, do której musiałby siłą zapędzić swe rycerstwo. Pytanie, czy udałoby się wcielić ów zamiar w czyn...

Nakłoniwszy wierzchowca do zrobienia kilku kroków, wódz rycerzy Słusznej Sprawy, pośród głuchej ciszy, która zaległa w szeregach jego wojska, powoli i uroczyście wyciągnął ukrytą w stalowej rękawicy rękę i połączył ją z tak samo opancerzoną, wyciągniętą dłonią K.D.R.Wasanena. Zgrzytnęło żelazo o żelazo i nim przebrzmiał dźwięk tego pojednania, magnat zeskoczył z siodła, po czym pieszo podszedł do regentki.

– Wasza królewska wysokość – powiedział – każdy czasem błądzi, lecz trzeba dać mu możliwość naprawienia błędu. Zbłądziłem i nie wstydzę się przyznać do tego. Nie brak mi odwagi, a stojący tutaj rycerze także mają jej dosyć. Chcemy poszukać chwały, stając przeciw żołnierzom ze srebrnymi gwiazdami na piersiach. Jeśli tylko poprowadzisz nas, pani, dowiedziemy, że obcy nam lęk.

Dwa tysiące ludzi, którzy wcale nie pragnęli bezsensownie umierać, przeklinani przez dziesiątki tysięcy wzburzonych mieszkańców stolicy, jęło wiwatować tak potężnie i radośnie, jak potrafią tylko krętacze, których matactwa właśnie uszły płazem. Księżna roześmiała się nagle z głębi duszy, otarła oczy i pochyliła w siodle, na chwilę dotykając dłonią żelaznego ramienia nowego sojusznika. Potem uniosła w górę rękę, pozdrawiając swoje świeżo zyskane zastępy, i zawróciła ku linii wiernych, wspaniałych chorągwi, prowadząc zmieszany tłum ciągle wiwatujących ludzi. Ku jadącym zaczęli pryskać najpierw pojedynczy jeźdźcy, potem grupki, a wreszcie całe chorągwie. Dwa migoczące zbrojami wojska bratały się na błoniach pod miastem. Ale regentka wolała pojechać dalej, ku zakurzonym, najbrzydszym i najgorzej uzbrojonym wojownikom, jakich miała. Chciała być z żołnierzami swojego Wielkiego Sztandaru, których wymarzyła i wyśniła pod uważnym spojrzeniem Niepojętej. Nie mogła przemówić do każdego z osobna, zamiast tego podjechała do jednego z prostych wojaków, przechyliła się w siodle i uściskała go jak siostra, a potem pocałowała w zakurzone czoło, na którym pot wyżłobił kręte ścieżki. Żołnierze cisnęli się zewsząd; było zupełnie jasne, że gotowi są choćby zaraz ruszyć w dalszą drogę i jechać tam, gdzie będą mogli służyć swojej wspaniałej pani.

Bezkrwawa bitwa pod Rollayną, którą mieli opisywać kronikarze, rozpamiętywać zaś historycy Szereru, bitwa, w której bez reszty zostało unicestwione silniejsze wojsko, oznaczała całkowity zwrot w wojnie.

Księżna nie od razu wróciła do pałacu. Najpierw, otoczona przez rozentuzjazmowane tłumy, nieomal niesiona przez pospólstwo wraz z koniem, podążyła na rynek, gdzie długo wybierała dla siebie zabawną, wąską, kolorową narzutę, którą mogłaby nosić na sukni.

Epilog

Brodaty mężczyzna w kolczudze i prostej wojskowej spódnicy, przy mieczu, stawił się na skraju największej polany Szereru w towarzystwie ośmiu jeźdźców. Byli to gońcy na znakomitych koniach, potrzebni rządzącej w Sey Aye Perle.

Nie było huczącego młyna ani mostu przy młynie, zamiast tego straszyły czarne zgliszcza. Przeprawiwszy się w bród przez rzeczkę, jeźdźcy stanęli na rozstajach, skąd próżno było sięgać spojrzeniem ku dachom przydrożnej gospody, gdzie niegdyś kwaterowali, a potem byli więzieni żołnierze pocztu K.B.I.Denetta. Gospodę spalono tak samo jak wszystkie drewniane budynki.

Jeźdźcy ominęli niewielki lasek na pagórku i ujrzeli sędziwy zameczek, a wkrótce potem dziedziniec i królujący na jego skraju biały dom, z którym nie mógł się równać, godzący w niebo wieżowymi skrzydłami, pałac w stolicy Dartanu. Z bliska widać było okna pozasłaniane jakimiś tkaninami, a niektóre wręcz zabite deskami; wciąż jeszcze nie sprowadzono szklanych tafli, bo czekały pilniejsze sprawy i wydatki.

O przybyciu jeźdźców wiedziano. Pilnujący leśnych szlaków gajowi dali znać, że przyjadą goście. Ale powiedziano tylko, że przez las podąża oddziałek gońców; dowódca tego oddziałku nie zdradził swej tożsamości, bo chciał sprawić komuś niespodziankę.

Perła księżnej Ezeny, jeszcze bardziej szczupła i wiotka niż kiedyś, zmęczona, stale zapracowana, nie miała w ogóle czasu, ale wieści z Dartanu były chciwie oczekiwane. Brodaty dowódca gońców stawił się w jednej z komnat, do której dawno już wstawiono uratowane sprzęty. Pod szpakowatym zarostem i nieco zbójowatą czapką niewolnica o królewskim spojrzeniu z najwyższym trudem rozpoznała twarz jedynego prawdziwego przyjaciela, jakiego znalazła w życiu; przyjaciela, lecz i podłego zdrajcy, który uciekł na daleką wojnę, doradziwszy wpierw księżnej Ezenie, by nie brała ze sobą najstarszej, najmniej znaczącej z trzech Pereł.

– Oto listy z Rollayny, pani – powiedział Przyjęty, wyciągając rękę. – Jej królewska wysokość dziękuje za odesłanie jej gwardii, a jeszcze bardziej dziękuje ci Hayna, która wreszcie ma swoich żołnierzy. A tutaj... jest jeszcze jeden list, który kiedyś sama napisałaś. Wspominasz tam, że przydałby ci się ktoś do pomocy i tę prośbę właśnie spełniono.

Biedna niewolnica, zawsze spokojna i opanowana, tym razem nie potrafiła się odnaleźć. Odetchnęła głęboko... i nagle zdecydowanym krokiem ruszyła wprost ku drzwiom komnaty. Osłupiały przybysz nie doczekał się powitania, ani nawet jednego przelotnego spojrzenia, od chwili, gdy go poznała.

– Keso! – powiedział.

– Perło! – odpowiedziała gniewnie, odwracając się w drzwiach, ale tylko na chwilę. – Proszę tu poczekać, zaraz przyślę kogoś, kto odbierze listy.

Mędrzec Szerni, od wielu miesięcy poznający świat, ludzi, a przede wszystkim kobiety, niczego się jednak nie nauczył. W jego rozumieniu czynami winien rządzić rozum, nie emocje. Tak przynajmniej, jakby sam nie miał kapryśnej natury i zawsze działał rozsądnie, ze spokojem i wyrachowaniem.

– Prosisz Ezenę – zawołał do pustych drzwi – żeby mnie tu przysłała, a kiedy przyjeżdżam, zaczynasz stroić fochy?! Już się stąd zabieram, listy kładę na stole!

Zawróciła, z powrotem stając w drzwiach.

– Jedziesz sobie na wojnę! – krzyknęła, zarumieniona na policzkach. – Nawet się nie pożegnasz! Potem udajesz, że nie umiesz pisać!... Ani jednego listu, nic! „Keso, czy jesteś zdrowa? Bo ja owszem". A gdzie tam! Mam cię w nosie! – krzyknęła, czyniąc gest, jakby czymś rzucała w Przyjętego; w ustach dystyngowanej Perły było to iście żołnierskie przekleństwo.

– Chciałem się pożegnać, to ty uciekałaś przede mną!

– Tak, to ja uciekałam na wojnę! To ja nie mogłam wytrzymać w Sey Aye!

– Chciałem ci wytłumaczyć! Szukałem cię przed wyjazdem, ale nigdzie cię nie było! „Perły nie ma, Perła jest zajęta"...

– Bo kazałeś mnie tu zostawić jak niepotrzebny rupieć! Wiem, że nikt mnie nie potrzebuje, ale... myślałam, że chociaż ty – dokończyła z nagła goryczą. – Przez pół roku udawałeś, że lubisz ze mną rozmawiać, kłamałeś, że cenisz sobie moje spostrzeżenia... Uwierzyłam w to. Biegałam koło ciebie jak głupia czternastolatka, próbowałam się mądrzyć... A potem mnie wyrzuciłeś, tak jak wszyscy, zawsze... Idź sobie – powiedziała. – Nie chcę cię.

Z Gotaha w jednej chwili wyparował cały gniew.

– Ale ja cię chcę – powiedział. – Nie chciałem, żebyś jechała na wojnę, bo to niebezpieczne... Były też inne powody, ale ważne dla księżnej, nie dla mnie.

Gotowa była się rozpłakać.

– Akurat! – powiedziała z żalem. – Po co przyjechałeś? Po drodze do Grombelardu?

Pokiwał głową.

– Tak. Właściwie tak. Ale nie chcę wyjeżdżać dzisiaj ani jutro.

Przygaszona, nie miała już ochoty na kłótnie.

– Wyjedziesz, kiedy będziesz chciał albo musiał. Czy w tych listach jest coś ważnego? Jeśli nie, to naprawdę nie mam czasu na czytanie ich teraz. Każę przygotować twój pokój – nie powiedziała, że jest przygotowany, bo był jednym z pierwszych pokoi, które kazała doprowadzić do porządku po „wizycie" wojsk armektańskich.

Może po raz pierwszy w życiu Gotah-Przyjęty nie przyjął do wiadomości sensu i znaczenia czyichś słów; zamiast tego posłuchał intuicji. Przyszło mu do głowy, by rozmowę z rozżaloną Perłą odłożyć na później. Jednocześnie jednak czuł, że tej kobiety nie należy zostawić samej już ani na chwilę. Mężczyzna, być może, mógł przemyśleć wszystko do wieczora i pójść za głosem rozsądku. Ta tutaj, rozgoryczona i skrzywdzona dziewczyna (bo dla Gotaha trzydziestodwuletnia Kesa zawsze była „dziewczyną") mogła tylko rozjątrzyć swoje żale.

– To najważniejsze listy na świecie, przynajmniej jeden z nich. Właściwie nie list, a dokument. Nie może go przeczytać nikt inny, tylko ty. I bez najmniejszej zwłoki.

Patrzyła z wahaniem.

– Jeśli to żart, wasza godność... – ostrzegła chłodno. Wróciła na środek komnaty i wyciągnęła rękę. Gotah poczuł, jak mocno uderza mu serce, bo brał właśnie byka za rogi i już nie mógł się cofnąć. Podał jedno z pism i patrzył, jak Perła łamie pieczęć.

– Jeszcze zanim stąd wyjechałem – rzekł pospiesznie, gdy czytała – księżna obiecała mi coś bardzo ważnego i dotrzymała słowa. Jesteś wolną kobietą, wasza godność. Księżna regentka prosi, żebyś jeszcze przez jakiś czas zarządzała jej majątkiem, ale nie musisz spełnić tej prośby. Możesz, ale nie musisz. Wszystko zależy od ciebie.

Nie usłyszała ani jednego słowa. Litery zlewały się jej przed oczyma.

– Co to jest? – zapytała zduszonym głosem.

– Najważniejsze pismo na świecie – powtórzył. – Ważniejsze dla mnie niż... nawet niż Księga Całości – powiedział z największą powagą.

Kobieta gotowa była zemdleć. Cofnęła się do krzesła i usiadła. Próbowała jeszcze raz przeczytać potwierdzony przez licznych świadków akt wyzwoleńczy. Rozpłakała się. Były tam monogramy rodowe największych stołecznych Domów; regentka potwierdziła wolność swojej Perły tak dobitnie, jak to tylko możliwe.

– No... tym razem już mi nie uciekniesz... – trochę chaotycznie i od rzeczy powiedział Przyjęty. – Nauczyłem się na tej wojnie niejednego, a przede wszystkim nauczyłem się, że trzeba mieć swoje miejsce, swój dom... i koniecznie swojego człowieka. Odbuduję z tobą Sey Aye, ale już teraz muszę wiedzieć, Keso, czy pojedziesz potem ze mną? Tak, jestem tu tylko po drodze, muszę wrócić do Grombelardu... Ale jeśli nie będzie innego wyjścia, to wrócę tam tylko na chwilę. Trudno! Mam... mam w nosie Szerń i Grombelard. Dzisiaj wszystko mam w nosie, oprócz twojego „tak", albo „nie".

Chyba nadal nie słuchała, wpatrując się w zaczarowany dokument, obiecujący ziszczenie snów. Było tam zaklęte własne życie, były własne decyzje, własne, zupełnie własne sprawy, o które nikt nie miał prawa zapytać. Był tam własny dom, a może nawet własna rodzina... dzieci... Ale o czym mówił stojący przed nią, dziwnie wzruszony, a nawet przestraszony mężczyzna?...

– Co ty wygadujesz? – zapytała niegłośno i zobaczył, że trzydziestodwuletnia niewolnica, nawet z wyzwoleńczym aktem w ręku, nie potrafi w jednej chwili stać się kimś innym. – To nie ode mnie... Nie należę do siebie, ja... nie mogę!

Urwała, bo miała przed oczami dowód na to, że owszem może – lecz zarazem nie umiała przyjąć tego do wiadomości. Gotah dostrzegł coś, czego nie oczekiwał: Kesa męczyła się, gotowa znowu wybuchnąć płaczem, bardziej chyba przerażona niż uradowana cudownym snem, z którego zaraz należało się obudzić.

– Ależ możesz, a nawet musisz, bo odtąd nikt nie podejmie w twoim imieniu decyzji. Wszystko zależy od ciebie – powiedział z wysilonym spokojem, kucając u nóg siedzącej na krześle kobiety i opierając splecione dłonie na jej kolanach, gdzie spoczywał rozpostarty dokument (przykucnął zaś najbardziej dlatego, że mocno trzęsły mu się nogi). – Nie wykręcisz się od niczego... Posłuchaj: wojna niedługo się skończy. Imperialna armia właściwie nie istnieje, Yokes stoi pod Tarwelarem, gotów spalić jutro cały południowy Armekt. Regentka ma pod Rollayną blisko dwadzieścia nowych chorągwi, przeważnie południowodartańskich, a w samej Rollaynie trzytysięczną milicję, wystawioną dla niej przez miasto. Do Kirlanu pojechało poselstwo, lada dzień zostanie ogłoszone formalne zawieszenie broni, bo nieformalne trwa od dwóch tygodni. Nie jesteś już potrzebna swojej pani, która wkrótce dotknie na skroniach ciężkiej korony królewskiej. Odbudujmy Sey Aye i zajmijmy się wreszcie własnym życiem, Keso. Moje nie było udane, zapomniałem o tak wielu sprawach... A twoje życie? Powiedz?

Spokojny głos Przyjętego, napomknienie o toczącej się wciąż wojnie, podziałały otrzeźwiająco. Kesa pojmowała już, co mówi do niej Gotah.

– Moje życie? Przecież wiesz – odparła, mocno trzymając w dłoniach bezcenne pismo, o którym dotąd nawet nie śmiała marzyć. – Ale... o co ty mnie pytasz? Ja nic z tego wszystkiego nie rozumiem! – wyznała z całkowitą bezradnością.

Wciąż było to bliskie prawdy. Stawał przed nią wyjątkowy i wspaniały mężczyzna, nie widzący niewolnicy, lecz człowieka. Pytał, czy chce odmienić swoje życie i był gotów zrezygnować ze wszystkiego, co uważał dotąd za ważne, a nawet święte. Kesa bała się, że jest obiektem najbardziej ponurej, okrutnej kpiny, jaką można było dla niej wymyślić. Drżała na myśl, że czar pryśnie w chwili, gdy przyjmie złudzenie za prawdę. Setki niedosiężnych dotąd tęsknot, setki pragnień, w jednej chwili ogarnęły kobietę, która jeszcze wczoraj mogła co najwyżej marzyć o czymś tak zwyczajnym dla każdego, jak pójście dokądś... z kimś... Lub pozostanie dla kaprysu w domu, bez pytania nikogo o zgodę.

– Nic z tego nie rozumiem... – powtórzyła. – Boję się – przyznała cicho i szczerze.

– Wiem. Ja też – spróbował zażartować, ale naprawdę czuł istną trwogę i dlatego to nie był żart. – A jednak, Keso, żadne „później", żadne „może" i „nie wiem" – uprzedzał odpowiedzi. – Nie mam już czasu na głupstwa, bo zdążyłem zmitrężyć pół życia... Jestem, kim jestem. Tego nie można zmienić. Nie mam dla ciebie nic więcej, tylko niekończące się rozmowy, wgłębianie się w treść starych kronik i roczników. Nie mam i mieć nie będę takiego domu, jak ten tutaj... Jeżeli pojedziesz ze mną, to zabierzesz ze sobą swoje suknie i wszystko, co zechcesz, ale nieprędko dostaniesz jakikolwiek prezent od swojego przyjaciela i... swojego mężczyzny. Nic dla ciebie nie mam, zupełnie nic, to prawda – mówił szybko, trochę chaotycznie, bo z głębi serca, tak jak nigdy dotąd.

– Przecież uciekłeś ode mnie. Na wojnę – powiedziała oskarżycielsko, ocierając na policzkach łzy.

– E, tam! – odparł niecierpliwie; gotów był nakrzyczeć na nią, byle wreszcie udzieliła odpowiedzi, bo już nie mógł wytrzymać lęku, że zrobił z siebie durnia. – Więc spróbujmy po grombelardzku, skoro armektański taki trudny... Chcę cię stąd zabrać, najpierw w najbardziej ponure miejsce, o jakim słyszał Szerer, do Romogo-Koor, gdzie mam coś na kształt domu. Ale nie będziemy tam mieszkać, bo dowiedziałem się czegoś bardzo ważnego. Tego, że wiedząc wszystko o Szerni, zarazem nic nie zrozumiem, jeśli nie odniosę jej praw do świata. Będziemy więc podróżować i myślę, że jej królewska wysokość przyjmie nas kiedyś w swej stolicy. A może właśnie w Rollaynie znajdziemy sobie dom?... Ale odezwijże się wreszcie! Robię z siebie błazna, opowiadając niestworzone historie kobiecie, która tylko patrzy, jakbym postradał zmysły! Postradałem? Jeśli tak, powiedz to wreszcie! Ale to straszne – poskarżył się z głębi serca. – Nie wiedziałem!

Zaczęła śmiać się i płakać jednocześnie, bez poczucia winy, bo nikomu nie przysięgała, iż do końca życia nie uroni łzy.

– Czy oświadczył mi się... mędrzec-Przyjęty? – zapytała urywanie, z prawdziwym rozbawieniem, ocierając łzy. Ale było w tym rozbawieniu niedowierzanie i dużo strachu; Kesa nie sądziła dotąd, że kiedykolwiek wypowie, zastrzeżone dla innych, takie zaczarowane słowa, jak „oświadczył mi się".

Bali się oboje.

– Jasne, że tak – powiedział. – I proszę się z tego nie śmiać... Dostałem kosza?

– Nie! – zawołała, nie próbując już panować nad śmiechem, który wreszcie wziął górę nad łzami. – Czy coś takiego... zdarzyło się już komukolwiek?

– Jasne, że tak – powtórzył. – Nie dałaś mi kosza?

– Nie. Gdzie jest prezent? No, prezent zaręczynowy?

Uradowany Gotah, któremu wielki ciężar spadł z serca – bo nie ma dla mężczyzny straszliwszej chwili w życiu, niźli ta, gdy czeka się na odpowiedź wybranki – rozejrzał się bezradnie, ale nagle przypomniał sobie o zbójeckiej czapce, którą zapomniał zdjąć. Zwlókł ją z głowy i niezwłocznie podarował pięknej blondynce, która wciąż siedziała na swym krześle.

– A ten pierścień? – zapytała, przyjmując wprawdzie czapkę, ale bez entuzjazmu.

Przyjęty spojrzał na rubin, migoczący na małym palcu.

– O, nie – powiedział z nieoczekiwaną powagą. – Zaraz to zdejmę i założę z powrotem dopiero wtedy, gdy będziemy wyjeżdżać. Miejsce tej rzeczy jest w Romogo-Koor.

Patrzyła pytająco.

– To Geerkoto, Rubin Córki Błyskawic – wytłumaczył. – Hayna kupiła tę błyskotkę od marnego handlarza, którego przegnałem z pałacu, i przeżyła najgorsze chwile w swoim życiu, gdy dowiedział się o tym Głupi Gotah... Postanowiłem, że tym razem Delara nie zdradzi swojej najstarszej siostry i nie zabije średniej.

Tego było już naprawdę zbyt wiele dla kobiety, która w jednej chwili odzyskała przyjaciela, zdobyła swojego mężczyznę i odczytała, zaklętą w pieczęciach i literach, obietnicę dzikiego, żywiołowego życia, nad którym nikt w całym Szererze nie miał i nie mógł mieć władzy.

– Czy Hayna to... Delara? – zapytała trochę nieprzytomnie. – Trzecia Siostra?

Gotah wstał i przeszedł się po komnacie, by na powrót stanąć przed krzesłem, z którego pytająco spoglądała ku niemu piękna narzeczona. Jedyna na całym świecie kobieta, z którą umiał rozmawiać o tym wszystkim, co wypełniało mu życie.

– Nie... – powiedział niechętnie.

Wzruszył ramionami.

– Tak – powiedział.

Pytająco przekrzywiła głowę.

– Właściwie nie wiadomo – powiedział i uniósł palec do ucha. – Wzięłaś czapkę?

– Wzięłam.

– No, to załatwione.

Bezmiar Północny
Yagar
Morze Enivetty
Aler
Ziemia Niczyja
Wielkie Gardło
Gardło
Góry Dzielące
Północna Granica
Lond
Grombelard
Zatoka Szara
Rahgar
Gromb
Bador
Riks
Kanaza
Rina
Zatoka Królewska
Donar
Kirlan
Rapa
Wody Środkowe
Morze Puste
Wąskie Góry
Armekt
Wielkie Równiny
Puszcza Bukowa
Akala
Morze Dartańskie
Sar Soa
Pło. Akara
Bana
Tarwelar
Lida Aye
Rollayna
Seneletta
Morze Zamknięte
Dartan
Seyen
Pło. Mały Dartan
Semena
Złote Wzgórza
Llapma
Nin Aye
Szczyty Książęce
Bezmiar Zachodni
Wyspy Przybrzeżne
Morze Zwarte
Wyspy Barierowe
Wyspy Końca
Bezmiar Wschodni Bliski
Dran
Morze Garyjskie
Dorona
Garra
Hareny
Dalonory Garrany
Archipelag Południowy
Bagba
Bezmiar Wschodni Daleki
Agary

KŁAMSTWA LOCKE'A LAMORY

Scott Lynch

Powiadają, że Cierń Camorry to niezwyciężony fechmistrz, złodziej nad złodziejami, duch, który przenika ściany. Pół miasta wierzy, że jest legendarnym bohaterem i obrońcą biedaków; druga połowa uważa, że opowieści o nim to mit dla głupców. Jedni i drudzy się mylą.

Drobny i słabo władający rapierem Locke Lamora rzeczywiście jest (ku swemu utrapieniu) Cierniem Camorry. Z pewnością nie cieszy się z plotek towarzyszących jego wyczynom – a specjalizuje się w najbardziej złożonych oszustwach. Istotnie, okrada bogatych (kogóż innego warto okradać?), ale biedni nie oglądają ani grosza z jego zdobyczy. Wszystko, co zdobędzie, przeznacza na użytek swój i swojego nielicznego gangu złodziei: Niecnych Dżentelmenów.

Wielobarwny i kapryśny światek przestępczy wiekowej Camorry jest ich jedynym domem. Niestety, w ostatnich czasach nad miastem zawisło widmo tajemnicy, która grozi wybuchem wojny gangów i rozdarciem półświatka na strzępy. Locke'a i jego przyjaciół, wplątanych w śmiertelną rozgrywkę, czeka niezwykle trudna próba pomysłowości i lojalności. Jeśli chcą żyć, muszą z niej wyjść zwycięsko...

NA SZKARŁATNYCH MORZACH

Scott Lynch

Złodziej i nadzwyczajny oszust – Locke Lamora – oraz śmiertelnie niebezpieczny Jean Tannen porzucają rodzinne miasto i dotychczasowe życie, z którego zostały tylko ruiny. Ale nie mogą wiecznie uciekać, kiedy więc wreszcie się zatrzymują, postanawiają zaatakować najbogatszy i najtrudniejszy cel na horyzoncie. Miasto-państwo Tal Verarr. Wieżę Grzechu.

Wieża Grzechu to dom gry przewyższający wszystkie inne jaskinie hazardu. Nikomu nie udało się ukraść stamtąd choćby jednej monety i przeżyć. Takiemu wyzwaniu Locke nie zdoła się oprzeć...

...ale będzie musiał poczekać, nim wprowadzi w życie swój perfekcyjnie przygotowany plan.

Ktoś jeszcze w Tal Verarr potrzebuje nadzwyczajnych umiejętności Niecnych Dżentelmenów i gotów jest ich zabić, jeśli dzięki temu coś zyska. Nim się obejrzą, Locke i Jean uwikłają się w piractwo. Doskonała robota dla złodziei, którzy nie potrafią odróżnić dzioba galery od rufy.

Scott Lynch utkał wciągającą i ekscytującą opowieść o burzliwych morzach i najpodlejszych przekrętach, opowieść o zaufaniu i zdradzie, o przyjaźni poddawanej najcięższym próbom. Wartko płynąca, pełna napięcia i zawile opowiedziana nowa powieść Lyncha to murowany sukces – spodoba się wszystkim wielbicielom przygody i sztuki wyrafinowanej szacherki.

MÓJ WŁASNY DIABEŁ

Mike Carey

Seria o Feliksie Castorze to debiut literacki Carey'a, który szybko zdobył uznanie krytyków i czytelników w Wielkiej Brytanii i Stanach Zjednoczonych. Doskonałe połączenie czarnego kryminału, horroru i dark fantasy.

„Ta książka od pierwszej szokującej niespodzianki wciąga niepowstrzymanie i już ani na moment nie puszcza. Zarwiecie noc, nie mogąc oderwać się od lektury".

– Richard Morgan

Felix Castor to prywatny egzorcysta; jego podwórkiem jest Londyn. Praca pogromcy duchów ma swoje zalety – płacą dobrze, człowiek nigdy się nie nudzi – ale istnieje też ryzyko: wcześniej czy później jakiś duch okazuje się silniejszy.

Próbując wycofać się z zawodu, Castor przyjmuje pozornie łatwe zlecenie pozbycia się ducha nawiedzającego jedno z londyńskich archiwów – w końcu musi z czegoś żyć. Lecz teoretycznie proste egzorcyzmy wkrótce zmieniają się w rozgrywki pod tytułem „Kto Pierwszy Załatwi Castora", w których o główną nagrodę walczą duchy i demony.

Nic nie szkodzi: Castor umie sobie radzić z umarłymi. To żywi go wkurzają...

BŁĘDNY KRĄG

Mike Carey

Po sprawie ducha z Archiwum Bonningtona Castor, uwierzywszy, że dzięki swym zdolnościom może jednak zdziałać coś dobrego (oczywiście „dobro" w kontaktach z nieumarłymi to pojęcie względne), powraca niechętnie do praktykowania egzorcyzmów. Lecz jego przyjaciel Rafi nadal pozostaje opętany, sukkub Ajulutsikael (dla przyjaciół Juliet) wciąż technicznie ma kontrakt na jego życie, a on sam jest ciągle – nie bójmy się tego słowa – biedny jak mysz kościelna.

Konsultacje dla lokalnej policji pomagają opędzić najpilniejsze wydatki, ale by choć w części zapełnić dziurę w budżecie Castor potrzebuje dużego, prywatnego zlecenia. Ponieważ jednak jego stosunki z Losem są, delikatnie mówiąc, chłodne, dostaje pozornie błahą sprawę zaginionego ducha, która powoli, lecz nieuchronnie wciąga jego i jego najbliższych w sam środek złowieszczego spisku, zmierzającego do wywołania jednego z najgroźniejszych demonów piekieł.

A kiedy w tym samym raporcie policyjnym pojawiają się sataniści, krwawe ofiary, skradzione duchy i nawiedzone kościoły, z pewnością widnieje też w nim nazwisko Felix Castor...

PRZEBIERAŃCY

Mike Carey

Praca pogromcy duchów ma swoje zalety – płacą dobrze, człowiek nigdy się nie nudzi – ale istnieje też ryzyko: wcześniej czy później jakiś duch okazuje się silniejszy. Podczas, gdy pierwsza powieść dotyczy pojedynczej tajemnicy, następne książki poszerzają swoje spektrum i zaczynają przedstawiać szerzej Świat Castora.

Myślicie może, że trudno wymyślić coś dziwniejszego, niż pomoc wdowie po przyjacielu w walce z prawnikiem, usiłującym wykraść zwłoki jej męża. Ale dla Felixa Castora to dzień powszedni. Często miewa dużo większe kłopoty.

Brutalne morderstwo na King's Cross wygląda dokładnie jak zbrodnia nieżyjącej od dziesięcioleci amerykańskiej seryjnej morderczyni. Człowiek rozsądny trzymałby się jak najdalej od podobnego bagna, ale Castor nie słynie z rozsądku. Jednocześnie toczy sądową batalię o ciało – i częściowo duszę – opętanego przyjaciela, Rafiego, i dręczy go przeczucie, że te trzy sprawy coś ze sobą łączy.

Być może z pomocą sukkuba Juliet i paranoicznego geniusza komputerowego, zombie Nicky'ego Heatha Castorowi uda się złożyć w jedną całość elementy układanki, zanim ktoś zrzuci go w głąb szybu windy albo rozszarpie mu gardło. A może i nie.

GROMOWŁADNY

Felix Gilman

„Gromowładny" to egzotyczna powieść w stylu Borgesa, która nawet na chwilę nie traci tempa i nie rozczarowuje.

Miasto, prawdziwe bądź wymyślone, pojawia się w wielu gatunkach powieści fantastycznych, zwłaszcza w literaturze urban fantasy. Jednak niewiele fikcyjnych powieści w prawdziwie ekstrawagancki sposób czci, odkrywa i bada miasta; rzadko kiedy miasto przestaje być jedynie dekoracją, a staje się pełnoprawnym bohaterem. Na myśl przychodzą Bellona Delany'ego, New Crobuzon Miélville'a, Viriconium Harrisona, Ambergris VanderMeera, Gormenghast Peake'a, Lankhmar Leibera czy niezliczone wizje Londynu autorstwa Moorcocka. Do tej ekskluzywnej listy możemy dodać Ararat, metropolię dotkniętą plagą bogów, gdzie toczy się akcja imponującej debiutanckiej powieści Feliksa Gilmana pt. „Gromowładny". To mistrzowska powieść, oszałamiająca i nieoczekiwana jak grom z jasnego nieba...

„Gromowładny" robi wrażenie polotem, śmiałością wizji i pomysłowością. Miasto Ararat jest stworzone z takim przepychem i wyczuciem, że od pierwszej strony nie wątpimy w jego realność. Nazewnictwo olśniewa bogactwem przydomków i neologizmów. Kwestie ekonomiczne i społeczno-polityczne zostały przedstawione w solidny i wiarygodny sposób. Poszczególne warstwy miasta są traktowane z należytą uwagą. Bogowie odgrywają subtelną i odpowiednio dziwaczną rolę. Uwagę przykuwają także wzmianki o wielowymiarowości przedstawionego świata. Ararat jest równie nastrojowym miejscem co Ambergis czy New Crobuzon, a także inne miasta „nie z tego świata", zachowuje jednak oryginalność.

BOHATEROWIE UMIERAJĄ

Matthew Woodring Stover

Hari Michaelson aka Caine, sławny na całą Ankhanę jako Ostrze Tyshalle'a, zabija krolów i plebejuszy, bohaterów i złoczynców. Jest bezlitosny, niemożliwy do powstrzymania, po prostu najlepszy w swoim fachu, to doskonały zabójca, ale nie superbohater, bo tacy giną. Caine to zimnokrwisty profesjonalista, który jest dlatego tak dobry w tym co robi, bo poświęca się walce całkowicie, jakby była jego ostatnią. Dzięki temu radzi sobie nawet z silniejszymi przeciwnikami, a dodatkową pomocą służy mu także jego krwawa renoma. Sięga po nieczyste metody, wykorzystuje ludzi uważających się za jego przyjaciół, nie interesują go moralne implikacje jego zawodu, jednym słowem, drań. A jednak to po jego stronie stoimy, bo okazuje się że tkwią w nim pokłady dobra. Gdy sam zostaje wplątany w intrygę, z zainteresowaniem śledzimy jego walkę o życie żony, o swoje życie i przyszłość.

OSTRZE TYSHALLE'A

Matthew Woodring Stover

Na Ziemi Hari Michaelson był gwiazdą, w Nadświecie zaś znano go jako Caine'a-zabójcę. Z jego ręki ginęli najprawdziwsi królowie i książęta, niejedno państwo legło w gruzach – a wszystko ku uciesze milionów widzów na Ziemi.

Tym razem Hari – odarty z tożsamości Caine'a – musi stoczyć największą bitwę w swoim życiu, zmierzyć się z potężną korporacją rządzącą Ziemią i anonimowymi masami, gotową zniszczyć wszystko, co kocha. Wrogowie, starzy i nowi, zbroją się, żeby wystąpić przeciw niemu – samotnemu, bezsilnemu kalece. Chodzą słuchy, że Hari jest wrakiem i nie poradzi sobie w walce.

Niektórzy chcieliby tego, ale okrutnie się oszukają...

DROGA CIENIA

Brent Weeks

Dla Durzo Blinta zabijanie to sztuka, a w tym mieście on jest największym artystą.

Dla Merkuriusza przetrwanie nie jest rzeczą pewną. Nie ma żadnej gwarancji przeżycia. Jako szczur z ulicy wychował się w slumsach i nauczył się szybko oceniać ludzi. I podejmować ryzyko. Na przykład zgłaszając się na ucznia do Durzo Blinta.

Jednak żeby zostać przyjętym do terminu, Merkuriusz musi odrzucić swoje dawne życie i przyjąć nową tożsamość. Jako Kylar Stern musi nauczyć się poruszać w świecie zabójców – w świecie niebezpiecznych polityków i dziwnej magii. I musi rozwijać talent do zabijania.

STUDNIA WSTĄPIENIA

Brandon Sanderson

Dokonali niemożliwego, obalając niemal boską istotę, której brutalne rządy trwały tysiąc lat. Teraz Vin, wychowanka ulicy, która wyrosła na najpotężniejszą Zrodzoną z Mgły w krainie, i Elend Venture, zakochany w niej szlachetnie urodzony idealista, muszą zbudować nowe społeczeństwo na gruzach imperium. I wtedy atakują ich trzy oddzielne armie. Jedynie starożytna legenda daje cień nadziei. Ale nawet jeśli Studnia Wstąpienia istnieje, nikt nie wie, gdzie jej szukać i jakimi mocami obdarza. Być może zabicie Ostatniego Imperatora nie było wcale najtrudniejsze i prawdziwym wyzwaniem okaże się przetrwanie po jego upadku.

SPRZYSIĘŻENIE CZERWONEGO WILKA

Robert Redick

Wiadomość nadzwyczajna
CSK CHATHRAND
ZAGINĄŁ NA MORZU

wielu obawia się,
że Wspaniały Żaglowiec i osiemset dusz spotkał
Tragiczny Koniec

Cesarski Statek Kupiecki Chathrand {znany też jako Wspaniały Żaglowiec, Wietrzny Pałac, Największa Słabostka Jego Zwierzchności i tak dalej} zaginął na pełnym morzu - jak się obawiamy - z całą załogą. JEGO ZWIERZCHNOŚĆ CESARZ zapłakał, usłyszawszy tę nowinę, i nazwał statek SKARBEM, którego nic nie zastąpi. Właścicielka statku, lady Lapadolma Yelig, mówiła o ZMIERZCHU DWUDZIESTU WIEKÓW SZTUKI BUDOWY OKRĘTÓW.

Chathrand, który ostatni raz zawinął do portu na Simji, ruszył w rejs dwanaście tygodni temu w czasie najłagodniejszego z letnich szkwałów i zmierzał do macierzystego portu w Etherhorde, z sześciuset żeglarzami, setką cesarskich marynarzy, sześćdziesięcioma smołownikami oraz najrozmaitszymi pasażerami, począwszy od nisko urodzonych, a skończywszy na szlachetnie urodzonych. Listy złożone w Simji opisują PORZĄDEK NA STATKU i NADZWYCZAJNIE SPOKOJNY REJS.

Jednakże trwamy w niepewności, jako że NADAL NIE ODNALEZIONO WRAKU. Rozliczne plotki także nie są w stanie zdusić powszechnej wrzawy wokół pytania:

Jakie nieszczęście zawisło nad tym Statkiem Statków?